BARRIEREN

Politthriller

von

Georg von Andechs

Georg von Andechs ist das Pseudonym Jörg Ziemers, der bislang sechs Regionalkrimis veröffentlicht hat und abwechselnd in Duisburg und Maintal lebt. Jörg Ziemer versah über 40 Jahre lang Dienst als Polizeibeamter in Duisburg und Düsseldorf.

Disclaimer:

Der Verfasser weist ausdrücklich darauf hin, dass es sich bei der Handlung und den beschriebenen Personen um Erfindungen des Verfassers handelt. Bestimmte Charaktere sind zwar möglicherweise durch die Handlungen und Aussagen real existierender Menschen inspiriert; deren Variationen dienten jedoch ausschließlich als Symbole für die stereotypen Eigenschaften der frei erfundenen Personen.

Bibliografische Information der Deutschen Nationalbibliothek

Die Deutsche Nationalbibliothek verzeichnet diese Publikation in der deutschen Nationalbibliografie, detaillierte biografische Daten sind im Internet unter http://dnb.dnb.de abrufbar

Herstellung und Verlag
Ziemer-Verlag, Duisburg
ISBN: 978-3-9820351-7-8

„Power tends to corrupt and absolute power corrupts absolutely."

(Macht korrumpiert, und absolute Macht korrumpiert absolut.)

Lord John Emerich Edward Dalberg-Acton,
erster Baron Acton, 1834-1902

Kapitel Eins
Tag Eins, gegen Mittag

Der junge Mann im grünen Parka bewegte sich geschmeidig im Strom der ihn umgebenden Menschen. Keiner der vorbeihastenden Männer und Frauen sah ihm ins Gesicht oder schenkte ihm auch nur im Mindesten Beachtung, denn es handelte sich bei ihm ganz offensichtlich einfach um jemanden, der an einem gewöhnlichen Wochenende in Berlin das Vergnügen suchte und sich bei der Gelegenheit das Regierungsviertel ansah. Und wenn ihm Blicke folgten, so waren dies eher die der Frauen, denen die hochgewachsene, athletische Gestalt und das gut geschnittene Gesicht gefielen.

Dass er nicht unbedingt wie ein hellhäutiger Westeuropäer aussah, war in einer Stadt wie Berlin, in der sich Menschen aller denkbaren Hautfarben, Religionen und Weltanschauungen tummelten, ebenfalls nichts Unnormales. Auch der Rucksack, den er lässig über einer Schulter trug, ließ ihn in Verbindung mit dem bunten Stirnband und dem Lächeln in seinen Augenwinkeln wie den Inbegriff völliger Harmlosigkeit wirken. Er ging mit sicheren Schritten und absoluter Selbstsicherheit auf den Besuchereingang des Reichstagsgebäudes zu, vor dem eine Besuchergruppe aus Duisburg mit zunehmender Ungeduld darauf wartete, endlich eingelassen zu werden. Der Sicherheitsmitarbeiter am

Eingang, der gerade über sein Headset mit seiner Zentrale sprach, war jedoch eisern.

„Es tut mir wirklich leid, aber der persönliche Referent des Abgeordneten Berger wird sich um einige Minuten verspäten, und Sie werden so lange warten müssen“, teilte er Sebastian Pelkat, dem Leiter der Gruppe höflich, aber bestimmt mit.

Der Delegationsleiter war etwas irritiert. „Herr Hauschild wollte pünktlich um 13 Uhr hier sein, und das hat er mir auch per What's App bestätigt, Herr...“ - „Moltke“, stellte der Uniformierte sich vor. „Ich verstehe. Herr Hauschild hat sich schon auf den Weg gemacht, war aber bis gerade eben noch in einer Konferenz mit Staatssekretär Dr. Lessinger. Ah, da kommt er ja schon.“

Pelkat sah dem Mann, mit dem er das Besuchsprogramm für die Mitglieder des Duisburger Stadtrats vereinbart hatte, erwartungsvoll entgegen und empfand es als äußerst zuvorkommend, dass er sie persönlich begrüßte und nicht einen Mitarbeiter beauftragt hatte. Und so achtete er auch nicht darauf, dass sich ein Fremder zwischen den Lokalpolitikern hindurchgeschlängelt hatte und jetzt direkt hinter ihm stand. Er merkte erst auf, als der Security Guard scheinbar durch ihn hindurchblickte und zu sprechen begann.

„Gehören Sie auch zur Gruppe aus Duisburg? Sie sollten wissen, dass Taschen und Rucksäcke nicht mitgeführt werden dürfen.“

Pelkat runzelte verwundert die Stirn, da er genau diese Anweisungen detailgetreu an die Gruppe weitergegeben hatte. Er drehte sich um und stutzte. Der Angesprochene war ihm unbekannt, und er schien die Worte des Wächters entweder nicht verstanden zu haben oder glaubte, nicht gemeint zu sein. Pelkat tippte dem etwa 25-jährigen, der ihn um Hauptesläange überragte daher gegen die Schulter und wies auf den Sicherheitsmann, der seine Worte wiederholte.

„Verzeihung, meine Deutsch ist nicht gut", antwortete der Athlet langsam. „Ich wurde gesagt, soll hierherkommen. Zu diese Eingang. Jetzt."

„Und wer hat sie hierher bestellt?", fragte der Posten misstrauisch. „Auf meiner Liste ist nur die Duisburger Gruppe aufgeführt. Von weiteren Besuchern habe ich keine Kenntnis. Wenn Sie sich den Reichstag ansehen wollen, dann sollten Sie eine reguläre Führung buchen und mit Ihrem Ticket zum Treffpunkt gehen. Hier dürfen nur eingeladene Gruppen herein."

„Nein", widersprach der Mann lächelnd. „Hierher kommen. Sollte warten. Er ruft an."

„Er? Wer ist ‚er'? Hat der Mann auch einen Namen?", fragte der Wächter, dessen Nackenhaare sich langsam zu sträuben begannen. Er hatte ein ganz mulmiges Gefühl bei der Sache.

„Nein. Kenne nicht. Aber..." Der Mann stockte, da aus seinem Rucksack ein deutlich vernehmbares Handyklingeln ertönte. Moltke öffnete den Mund, um etwas zu sagen, aber es blieb bei der Absicht.

Nur Sekundenbruchteile nach dem Anrufsignal ließ ein Zünder den im Rucksack befindlichen Plastiksprengstoff detonieren, welcher die umgebenden 10 kg Plastikgranulat in alle Richtungen schleuderte, was auf alles im Umkreis von mehreren Metern wirkte wie abgefeuerte Schrotladungen aus einer Shotgun. Der Rucksackträger, Moltke, Pelkat, Hauschild und sechs weitere Touristen wurden regelrecht zerfetzt, und das letzte, was sie in ihrem Leben sahen, war ein greller Blitz. Ob sie den Schmerz noch spürten bevor sich ihr Bewusstsein verflüchtigte, ist eine eher hypothetische Frage. Sicher ist nur, dass die übrigen Verletzten ihren Schmerz und ihre Panik herausschrien, während die entsetzten Besucher ringsherum in alle Himmelsrichtungen flohen.

***

„Die Explosion am Reichstag fand nach unserer Rekonstruktion um exakt 09:30 Uhr statt und kostete bisher zehn Menschenleben. Achtzehn weitere Personen sind verletzt, neun davon befinden sich in unmittelbarer Lebensgefahr."

Der erste Kriminalhauptkommissar Thorsten Breuer atmete durch und sah sich mit schmalen Augen im Lagezentrum der Berliner Polizei um. Der Raum war gefüllt mit geschockt wirkenden Führungskräften des Landeskriminalamtes III, die aufgrund der Ereignisse als Führungsstab zusammengekommen waren. Breuer hatte als Chef der Berliner Mordkommission die Leitung der operativen Tatortarbeit übernommen und erstattete einen kurzen Lagebericht. Leider waren seine einleitenden Worte erst der Anfang.

„Exakt eine Minute später erfolgte die zweite Explosion, diesmal in Moabit vor dem Bundesinnenministerium. Auch hier befand sich der Sprengsatz in einem Rucksack und wurde von einem vorerst als Selbstmordattentäter anzusehenden Mann in eine Touristengruppe getragen. Erste Bilanz hier: sechs Tote, sieben Schwerverletzte.

Doch damit nicht genug. Wiederum eine Minute später betrat ein Mann mit Aktentasche das Foyer des Auswärtigen Amtes, in dem sich glücklicherweise nur vier Menschen aufhielten. Er wies sich als Ibrahim Mansour, Attaché des libyschen Botschafters aus, der um 09:45 Uhr tatsächlich einen Termin mit Staatssekretär Demminger, dem Vertreter des Ministers vereinbart hatte. Als Demminger das Foyer betrat, ging die in der Aktentasche verborgene Bombe hoch. Neben dem Attentäter und dem Staatssekretär starben zwei der vier übrigen Anwesenden, die beiden anderen und das durch eine Panzerglaswand geschützte Wachpersonal blieben unverletzt."

„Unfassbar, dass der Kerl durch die Sicherheitsschleuse gekommen ist", empörte sich Kriminalrat Eichler, Leiter des Dezernats 26 und direkter Vorgesetzter Breuers. „Die Anschläge auf offener

Straße… nun gut, das ist logisch. Aber wozu haben wir die Schleusen?“

„Leicht zu erklären“, seufzte der Ermittler. „Er hat die Tasche als Diplomatengepäck deklariert, woraufhin sie anstandslos akzeptiert wurde. Es bestanden also zuerst keine Verdachtsmomente. Die Videoaufzeichnung belegt auch, dass Demminger zunächst strahlend auf den Besucher zuging, dann aber stutzte und stehenblieb, als habe er erkannt, dass sein Besucher nicht der war, der er zu sein vorgab. Vor wenigen Minuten meldete mir dann ein Einsatzkommando, welches ich zur Wohnanschrift Mansours geschickt hatte, dass sie dort die Leiche des Attachés und seines Chauffeurs gefunden hätten. Nach dem ersten Augenschein wurden beide durch Kopfschüsse aus nächster Nähe getötet.

Wir müssen demnach davon ausgehen, dass sich ein oder mehrere Personen Zugang zur Wohnung Mansours verschafften und ihn und seinen Fahrer dort töteten, bevor diese zum Außenministerium aufbrechen konnten. Danach nahmen die Täter den Platz der Getöteten ein, um den Anschlag durchführen zu können. Dies beweist eine ausgefeilte Logistik, welche die Theorie von unabhängig operierenden Einzeltätern widerlegt.

Ohne voreilige Schlüsse zu ziehen, können wir aufgrund der bisher bekannten Faktenlage die Hypothese aufstellen, dass eine unbekannte terroristische Gruppe gezielte Anschläge auf Regierungsgebäude und die darin befindlichen Repräsentanten des Bundes verübte. Angesichts der engen zeitlichen Verbindung sowie der Vorgehensweise der Täter ist dies die einzig mögliche Schlussfolgerung."

Breuer zuckte zusammen und griff an sein Ohr, um die Freisprechanlage zu aktivieren. „Ja? Ach, Beckmann, ich bin...". Er hörte einige Sekunden zu, bevor er wortlos sein Gespräch unterbrach und seinen Vortrag fortsetzte.

„Ich sprach anfangs von zwanzig Toten und fünfundzwanzig Verletzten. Leider muss ich die Zahlen nach oben korrigieren. Mein Stellvertreter KHK Beckmann hat mich gerade informiert, dass drei der Schwerverletzten (zwei vom Reichstag, einer vom IM) ihren Verletzungen erlegen sind. Die Ermittlungen werden also wegen Mordes in 23 Fällen geführt."

Die Anwesenden schwiegen für etwa eine Minute, welche sie benötigten, um das Gesagte zu verarbeiten. Danach meldete sich erneut KR Eichler zu Wort.

„Gibt es schon Anhaltspunkte, wer hinter den Anschlägen steckt? Ich meine, kann man schon sagen, ob es sich um islamistische Anschläge handelt, die Reichsbürger ihre Finger im Spiel haben, oder..."

„Überhaupt keine", antwortete Breuer knapp. „Wir stehen völlig am Beginn der Ermittlungen. Du liebe Güte, geknallt hat es doch erst vor zwei Stunden! Hexen können wir leider nicht. Nur so viel: laut einer der Leichtverletzten vom Reichstag handelte es sich bei dem dortigen Attentäter um einen Mann mit dunklerem Teint, so als ob er aus Nordafrika stammen würde."

„Also kann doch sehr wohl ein islamistischer Hintergrund angenommen...", setzte einer der Abteilungsleiter an, doch Breuer unterbrach ihn sofort.

„Auch das ist nur eine der möglichen Szenarien. Unsere Bombenspezialisten sind gerade dabei, die Tatorte genau unter die Lupe zu nehmen - und das meine ich wortwörtlich. Wenn die Analysen vorliegen, wissen wir mehr. Nur eines steht fest: wir haben von allen drei Anschlagsstellen die Aussagen Überlebender, welche beschwören, unmittelbar vor der Explosion das Klingeln eines Handys gehört zu haben."

„Fernzündung per Telefon?", fragte Eichler, und Breuer nickte. „Vieles deutet darauf hin. Das lässt den Schluss zu, dass wir es nicht mit irgendwelchen Selbstmordattentätern zu tun haben, die die Bombe zusammenbasteln, sie ins Ziel tragen und selbst auf den Knopf drücken. Stattdessen scheint es eine gut organisierten Gruppe zu sein, die genau plant und über eine ausgezeichnete Logistik verfügt. Die eigentlichen Drahtzieher sind somit unbekannt."

„Wie sehen Ihre nächsten Schritte aus?", fragte Landeskriminaldirektor Hoffmann, der Leiter des LKA III. Breuer seufzte. Am liebsten hätte er seinem Chef gesagt ‚wenn Sie noch Polizist wären und nicht Politiker, wüssten Sie es noch', aber er schluckte den sarkastischen Kommentar herunter und beschloss, kurz und sachlich zu antworten.

„Zunächst minutiöse Tatortaufnahme und Suche nach allen möglichen Spuren. Erstes Ziel ist hierbei, die eigentlichen, noch unbekannten Attentäter über DNA-Vergleiche zu identifizieren. Gleiches gilt für die Opfer, die namentlich noch nicht vollständig feststehen. Parallel dazu Befragung der vernehmungsfähigen Zeugen. Zeitgleich laufen die Ermittlungen im Bereich der Telekommunikation an. Wir ermitteln, welche Mobiltelefone zum Zeitpunkt der Anschläge im Bereich der Tatorte eingeloggt waren, und welche genau in der Minute der Explosionen einen Anruf erhielten. So können wir die Anruferhandys ermitteln, und das wird uns eventuell weiterbringen, auch wenn es sich hierbei mit großer Wahrscheinlichkeit um Prepaidgeräte handelt, die nur einmal eingesetzt wurden."

„So weit, so gut", seufzte Hoffmann. „Betrachten Sie uns zunächst als vorläufigen Krisenstab. Wahrscheinlich sind wir bald nicht mehr in der Verantwortung, denn es ist davon auszugehen, dass die Generalbundesanwaltschaft die Ermittlungen an sich zieht und Sie für Ihre operativen Tätigkeiten dem BKA unterstellt werden. Kräfte aus Wiesbaden sind bereits auf dem Weg hierher."

Na großartig, dachte Breuer zynisch. Dann haben die Sesselfurzer das Sagen, und wir Praktiker dürfen die Drecksarbeit machen, während andere die Lorbeeren ernten. Er betrachtete die Beamten des BKA zwar weniger negativ als seine amerikanischen Kollegen die Special Agents des FBI, aber er wusste, dass das BKA in der Regel eine reine

Informationssammel- und Koordinationsstelle war. Wer dort Dienst versah, betrachtete ausschließlich seinen Schreibtisch als Arbeitsplatz und kannte Tatorte nur vom Hörensagen. Dennoch nickte er stumm und machte Anstalten zu gehen.

„Einen Moment noch", hielt ihn Eichler zurück. „Unser Dezernat 22 verfügt über eine umfangreiche Datei gewaltbereiter Extremisten. Ich glaube, sie sollten diese Erkenntnisse bei in Ihren Untersuchungen nicht außer Acht lassen."

Breuer schloss die Augen und widerstand dem Bedürfnis, fassungslos den Kopf zu schütteln. Glaubte Eichler wirklich, es mit ortsansässigen Tätern wie den Spontis aus Kreuzberg zu tun zu haben? „Wir werden nichts außer Acht lassen, aber danke", knurrte er nur und schloss die Tür hinter sich. Draußen lehnte er sich mit dem Rücken an die Wand des Flurs und atmete tief durch, bevor er sich einen Ruck gab und weiterging. Er wäre sicher daran interessiert gewesen, was im Konferenzraum nach seinem Gehen zur Sprache kam.

„Halten Sie Breuer tatsächlich für den richtigen Mann?", fragte Hoffmann seinen Abteilungsleiter. „Wir kennen seine persönlichen Probleme zur Genüge. Wollen Sie wirklich einen Alkoholiker die wichtigsten Ermittlungen seit Anis Amris Anschlag auf den Weihnachtsmarkt führen lassen?"

„Breuer ist unser bester Mordermittler und leitet das Dezernat für Tötungsdelikte schon seit acht Jahren", wandte Eichler ein. „Außerdem sind die

Gründe für seine Trinkerei doch hinlänglich bekannt, denke ich. Seit der Kur ist er außerdem nüchtern wie ein Sargnagel. Ich frage Sie: wen sonst sollten wir mit der Sache beauftragen?"

„Vergessen Sie nicht, dass wir uns auf dünnem Eis befinden", sagte Hoffmann leise. „Wir dürfen uns nicht den geringsten Fehler erlauben, sonst sägt man uns schneller ab, als wir gucken können. Und das meine ich wörtlich." Er sah sich um und alle Anwesenden nickten bestätigend.

„Ich vertraue Breuer, aber dennoch habe ich ein Sicherheitsventil eingebaut", erwiderte Eichler. „Sollte mit Breuer etwas nicht stimmen, erhalte ich beim ersten Anzeichen einer Schwäche sofort Kenntnis davon, gleichgültig, ob er es uns berichtet oder nicht."

„Ein Maulwurf in Breuers Team? Keine schlechte Idee", grinste Hoffmann. „Und wer ist das?"

Eichler winkte ab. „Ach, das ist doch bedeutungslos. Wichtig ist nur, dass wir ein Ohr an seiner Brust haben, von dem er nichts ahnt. Notfalls wird unser Mann eingreifen und dafür sorgen, dass alles so läuft, wie wir es wollen."

Die Zufriedenheit der Runde hätte sich mit Sicherheit nicht auf Breuer übertragen.

***

Auch der Leiter der Duisburger Mordkommission war weit von Zufriedenheit entfernt, als er einen Anruf aus Berlin erhielt. „Verdammte Hacke!“, fluchte Detlef Schall und schmetterte die Faust so hart auf seinen Schreibtisch, dass Klaus Heppner aus dem Nebenraum hereinstürmte und seinen Chef fragend ansah. „Moment“, fauchte Schall in den Hörer und hielt die Sprechmuschel zu.

„Der Anschlag in Berlin betrifft uns, und zwar direkt. Die vor dem Reichstag in die Luft gesprengte Besuchergruppe war eine Delegation des Rates der Stadt Duisburg. Die Berliner Kollegen benötigen eine Teilnehmerliste der Reise, und zwar gestern. Schwing die Hufe und fahre dorthin, um…“

„Schon gut“, winkte Heppner ab und rannte in das Geschäftszimmer, um einen Dienstwagen zu organisieren. Auf der Fahrt zum Rathaus am Burgplatz rief er dort an und erfuhr, dass der Leiter des Rechtsamtes bereits auf ihn warten würde.

Zu sagen, dass Stadtdirektor Prendtke erschüttert aussah, wäre die Untertreibung des Monats gewesen. Heppner hatte mit dem Amtsleiter mehrmals beruflich zu tun gehabt und erkannte, dass der Rechtsdezernent buchstäblich spontan ergraut war. Trotzdem bemühte er sich um Fassung und bot Heppner einen Sessel in seinem Büro an.

„Natürlich erhalten Sie die erbetene Liste. Wissen Sie, dass es eine Reise für Mitglieder des Stadtrates war, welche sich durch besondere Leistungen um das Wohl Duisburgs verdient gemacht haben? Ich habe den Trip sogar noch selbst überprüft und genehmigt, nachdem von Seiten einer Ratsfraktion der politische Bezug in Frage gestellt worden war. Es ist entsetzlich, dass genau diese Leute Opfer eines Anschlages wurden."

„Niemand konnte so etwas voraussehen", murmelte Heppner mitfühlend. „Und niemand kann Ihnen einen Vorwurf machen. Die Leute waren wohl einfach zur falschen Zeit am falschen Ort."

„Schicksal, meinen Sie?" Prendtke verzog das Gesicht. „Ich glaube nicht an Schicksal. Es war einfach nur ein unfassbar beschissener Zufall. Warum konnte sich dieser Bastard von Attentäter nicht irgendeine andere Gruppe für sein schmutziges Spiel aussuchen?"

„Dann wären andere gestorben", antwortete Heppner hart. „Und für uns ist es auch kein Unterschied, ob die Toten aus Duisburg oder von Tahiti stammen: schon ein Toter ist ein Toter zu viel. Jetzt geht es erst einmal darum, die Opfer zu identifizieren und die Angehörigen zu benachrichtigen. Das ist eine Aufgabe, vor der es mir jetzt schon graut. Da wäre mir die Täterermittlung schon lieber, aber darum kümmern sich dann die Berliner Kollegen."

Prendtke nickte und reichte dem Kriminalbeamten einen Computerausdruck. „Das sind die Reiseteilnehmer, Herr Kommissar. Um ehrlich zu sein, ich beneide Sie nicht um Ihre Aufgabe. Die meisten kenne ich persönlich, und ich weiß, dass zwei von ihnen kleine Kinder haben. Aber das ist ja etwas, worauf so ein ‚Allahu Akhbar' schreiender Wahnsinniger keine Rücksicht nimmt."

„Wir wissen noch nichts über die Hintergründe", antwortete der Ermittler abwehrend. „Ob ein islamistisches Motiv vorliegt, steht also nicht fest. Aber danke für das Mitgefühl." Er stand auf und ging hinaus, während er die Liste überflog. Einer der Namen ließ ihn abrupt stehenbleiben.

„Das… steht hier wirklich Tanja Rexrodt?", fragte er tonlos, und Prendtke nickte überrascht. „Ja! Sie sitzt seit der letzten Wahl für eine freie Wählerinitiative im Rat. Wieso? Kennen Sie sie?"

„Und ob", murmelte der Ermittler. „Sie ist meine Ex-Frau."

Kapitel Zwei
Tag Eins, am Abend

„Die Liste der Duisburger Besucher hab ick, die aus Freiburg ooch“, berichtete Karl Beckmann seinem Vorgesetzten Thorsten Breuer. „Die beiden Verletzten aus‘m Foyer des Auswärtigen Amtes sind inzwischen außer Lebensjefahr“, fügte er hinzu.

„Wenigstens etwas Positives“, knurrte Breuer zurück. „Haben sich die Superermittler des BKA schon gemeldet?“

„Nee, noch nicht“, seufzte Beckmann und rollte die Augen. „Na det kann ja mal wat werden. Mit Leuten malochen zu müssen, denen man erst verklickern muss, wat ´ne Schrippe ist, und die Pfannkuchen als Berliner bezeichnen dürfte `ne ziemliche Herausforderung werden.“

Breuer schnaubte nur. „Ein Name auf der Liste aus Duisburg ist markiert“, murmelte er. „Tanja Rexrodt. Wissen wir etwas zu ihr?“

„Nur, dat se die Exfrau eines Duisburger Kollegen sein soll. Ick habe ihn aber schon beruhigen können. Sie ist eine von denen, die nur `n paar leichtere Verletzungen und `n Schock davongetragen haben. Sie ist zwar noch im Krankenhaus, dürfte aber schon bald entlassen werden. Übrigens, ick habe schon die Videoaufzeichnungen von den Tatorten geordert. Wat `ne Sahne, dat kürzlich an allen öffentlichen Plätzen Digitalkameras installiert worden sind. Wir werden uns also schon bald den Tathergang ankieken können."

„Gut. Wir brauchen umgehend Videoprints von den Gesichtern der Täter. Dann werden wir sehen, wie gut die Gesichtserkennungssoftware ist, die unser Erkennungsdienst benutzt. Stehen die Namen der Getöteten bereits fest?"

„Nee, so schnell jeht det nich", schüttelte Beckmann den Kopf. „Ein paar von den Verletzten sind immer noch bewusstlos, und nich alle hatten `n Ausweis dabei. Aber einige sind schon identifiziert. Ick habe Eckert jesacht, er soll `ne Excel-Liste erstellen. Er ist schon dabei."

„Okay", seufzte Breuer. „Besprechung in einer halben Stunde. Trommle das ganze Team zusammen. Bis dahin werde ich mir mal die Daten unseres Staatsschutzes ansehen. Die Großkopfteten der Behörde halten es für möglich, dass es eine Aktion lokaler Täter war."

Beckmann lachte meckernd. „Det is jut! Die glooben im Ernst, dat die Spontis vom SO 36 Bombenanschläge aushecken? Die tüten sich bei Demos in Sturmhauben ein und schmeißen Mollis, aber so wat is `ne Nummer zu jroß für die!"

„Ganz meine Meinung, aber du kennst doch die primäre Devise eines Polizisten. ‚Ob du den Fall klärst, ist völlig egal, aber halte den eigenen Arsch an der Wand'. Also dürfen wir nicht einmal die unwahrscheinlichste Eventualität außer Acht lassen, sonst zieht uns die hohe Führung das Fell über die

Ohren. Ich habe echt keinen Bock, denen als Bauernopfer zu dienen."

„Meenste icke?" grunzte Beckmann. „Denn tu mal watte nicht lassen kannst. Ick häng mir anne Strippe und interviewe mal meene Kontakte. Vielleicht weeß eener von denen wat." Er nickte Breuer zu und stiefelte in sein Büro.

Breuer sah ihm lächelnd nach. Sein Stellvertreter hatte eine eher untypische Karriere hingelegt, da er in seiner Jugend eher zur Anarcho-Szene tendiert und auch selbst in Kreuzberg gewohnt hatte. Erst als er Zeuge von massiven Gewalttaten des Schwarzen Blocks wurde, änderte er seine Einstellung und trat der Polizei bei, da er Unrecht bekämpfen wollte, ohne selbst welches zu begehen. Seine immer noch bestehenden Kontakte zu den früheren Freunden machten ihn zu einer profunden Informationsquelle, die er aber nur sehr selektiv sprudeln ließ, um die Balance zwischen Informieren und Verraten nicht zu verlieren.

Als sein Telefon klingelte, wurde Breuer aus seinen Gedanken gerissen. „Ja? Wer? Ach, die sogenannte Unterstützung aus Wiesbaden! Ja, ich komme runter." Er legte auf und erhob sich seufzend, um das BKA-Team an der Pforte abzuholen.

Ausgerechnet das BKA, dachte er verdrossen. Auf diese Typen habe ich nun gar keinen Bock. Wahrscheinlich alle Besserwisser, die mir sagen wollen, wie ich meinen Job zu machen habe, und die mehr Wert auf Formalismen und schicke Klamotten legen als auf ehrliche Polizeiarbeit. Er schob verdrossen die Hände in die Taschen seiner Jeans und hob erst den Kopf, als die Türen des Aufzugs sich öffneten. Er trat hinaus und blieb stehen, als sei er vor eine Mauer gelaufen.

Die angekündigte Verstärkung entsprach in optischer Hinsicht nicht nur seinen Erwartungen, sondern toppte sie sogar. Sie war etwa 30 Jahre alt, knapp über 170 cm groß, trug ein cremefarbenes, kurzes Etuikleid und ihr langes, blondes Haar fiel offen auf ihre Schultern. Breuer war sich nicht sicher, ob sie die schönste Frau war, die er je gesehen hatte, aber die schönste Kollegin war sie allemal. Und sie war offenbar allein, denn sein suchender Blick erspähte keinen Begleiter. Breuer entschloss sich zu einer Begrüßung in nassforscher Schnodderigkeit.

„Soso, das ist also die Verstärkung aus dem fernen Wiesbaden“, sagte er gedehnt, während er auf die Frau zutrat. „Sie haben sich in der Stadt geirrt. Das Casting für Germanys Next Topmodel ist in München. Soll jetzt Heidi Klum den dummen Hauptstädtern erklären, wie man Fälle löst?“

Der bislang neutrale Gesichtsausdruck der Frau gefror. „Tanja Strasser, OA 32 des BKA“, erwiderte sie knapp. „Freut mich auch, Sie zu sehen, Herr Breuer. Gerüchte über Ihren Charme haben mich zwar schon erreicht, entsprechen aber bei weitem nicht der Realität. Und falls es Sie interessiert: ich bin nicht freiwillig hier. Ich wurde abgeordnet, um Sie und die BAO zu unterstützen. Wenn Sie auf meine Hilfe pfeifen, habe ich kein Problem damit, mich auf dem Absatz umzudrehen und wieder zurückzufahren."

„Bei den Stilettos, die Sie tragen, dürfte das ‚auf dem Absatz umdrehen' ziemlich spektakulär werden, aber mögliche Unfälle will ich nicht provozieren", frotzelte Breuer. Er nahm jetzt doch die Rechte aus der Hosentasche und streckte sie der Frau entgegen. „Die Begrüßung tut mir leid. Ich bin nur ein gebranntes Kind, was die Zusammenarbeit mit dem BKA angeht, und konnte meine Vorurteile nicht unterdrücken."

„Auch das ist mir bekannt", entgegnete Tanja Strasser kühl. „Was im Rahmen der Aufarbeitung des Anschlags vom Weihnachtsmarkt 2016 vorgefallen ist, wird immer noch in jeder Kaffeerunde erzählt. Ich hoffe, Sie werden mich nicht niederschlagen, wenn ich Sie auf das Einhalten von Kompetenzen hinweise."

Breuer schüttelte sich kurz, bevor er mit einem gequälten Lächeln antwortete „Wohl kaum. Zu dieser Zeit war ich ein anderer. Aber lassen wir die alten Geschichten ruhen. Kommen Sie mit nach oben, damit ich Sie meinem Team vorstellen kann." Die werden Stielaugen machen, dachte er.

Mit seiner Annahme behielt der Ermittler Recht. Nicht nur seinem Team, sondern auch der Leitungskommission stockte beim Anblick der BKA-Beamtin der Atem. Fritz Eichler beugte sich beim Händeschütteln so weit vor, dass Breuer glaubte, die Rückenwirbel seines Chefs knacken zu hören.

Von wegen Höflichkeit; ihm geht es doch nur darum, den Ausschnitt der Kollegin aus der Nähe zu inspizieren, dachte Breuer geringschätzig. Hoffentlich fallen ihm nicht die Augen aus dem Kopf. Aber wahrscheinlich ist er so schmerzfrei, dass er gemäß dem alten Bibelvers handelt: ‚Hebet eure Augen auf und tut, als wäre nichts geschehen'.

Tanja Strasser tat Eichler nicht den Gefallen, ihre Wirbelsäule auch nur einen Zentimeter zu verbiegen. Sie nickte nur knapp und wandte sich wieder dem Mordermittler zu. „Ich glaube, es ist am besten, wenn EKHK Breuer mich in die Lage einweist. Ich kenne das Szenario zwar aus den mir vorliegenden Berichten, hinke dem aktuellen Sachstand aber rund drei Stunden hinterher. Wenn die Herren uns also entschuldigen würden." Sie wartete eine Reaktion des Führungsstabs erst gar nicht ab, sondern ging an Breuer vorbei und verließ den Konferenzraum. Breuer eilte ihr sofort nach, obwohl er die Gesichter der ‚hohen Tiere' gern noch etwas länger betrachtet hätte. Ihre Frustration, von der Kontaktbeamtin des BKA mehr oder weniger ignoriert zu werden war unbezahlbar.

„Und nun?", fragte er seine Kollegin, als er sie nicht ohne Mühe eingeholt hatte. „Jetzt?", antwortete sie kühl. „Jetzt brauche ich erst mal einen großen Becher Kaffee und Informationen, am besten in dieser Reihenfolge. Und die Infos will ich von Ihnen und Ihrem Team, nicht vom Führungsstab. Ich brauche schließlich die echten, wahren Fakten und nicht irgendwelchen zehnmal durchgekauten und gefilterten Brei.“ Sie schnaubte angewidert.

Breuer nickte und war erstaunt. Fast wider Willen musste er sich eingestehen, dass ihm Tanja Strasser zu gefallen begann.

***

Der Raum war derart abgeschirmt, dass nicht einmal ein einzelner elektronischer, visueller oder akustischer Impuls die fensterlosen Wände hätte durchdringen können. Im Inneren verbreiteten die in der Decke eingelassenen, aber gedimmten LEDs ein ausreichendes, wenn auch diffuses Licht, welches die sieben anwesenden Personen, die in bequemen Sesseln um einen runden Tisch saßen, nur schemenhaft sichtbar werden ließ. Die sechs Männer sahen die einzige Frau in ihrer Mitte erwartungsvoll an.

„Phase 1 ist abgeschlossen“, begann sie ihren Report. „Unsere Mittelsmänner haben wie geplant funktioniert, und mit dem Ergebnis ihrer Aktionen können wir recht zufrieden sein. Die Anzahl der Getöteten entspricht zwar nicht im Detail unseren Erwartungen, aber wer weiß, vielleicht erliegen ja noch einige Personen in der Folgezeit ihren Verletzungen. Wir hatten mit rund dreißig Toten kalkuliert, derzeit sind es nach offiziellen Verlautbarungen inzwischen dreiundzwanzig. Und offenbar hat es die Zielpersonen des ergänzenden Teils ebenfalls erwischt. Die Abweichungen zum Plan liegen jedenfalls im Toleranzbereich."

Sie lehnte sich zurück und betrachtete die übrigen Anwesenden. Drei der Männer waren älter als sie, die übrigen um einiges jünger. Nicht immer hatten sie die gleiche Meinung vertreten, teilweise sogar erbitterte Streitigkeiten geführt. Doch jetzt, in der Zeit der Bedrohung einte sie die von allen geteilte Besorgnis um ihre Zukunft.

Vor acht Jahren hatten sie sich geeinigt und einen Masterplan entwickelt, der ihre Machtbasis in Deutschland auf Jahrzehnte hinweg festigen sollte. Dieser Plan war von riesigen Craye-Computern, deren Leistungsfähigkeit ein Normalsterblicher für Fantasien eines Science-Fiction-Autors gehalten hätte, durchgerechnet, bestätigt und mit den internationalen Partnern abgestimmt worden. Dazu hatten die Elektronenhirne noch einige eigene Vorschläge gemacht, welche den ursprünglichen Plan verfeinert und ergänzt hatten. Hierzu gehörten etliche Ablenkungsmanöver und eine Beschränkung des Plans auf ein Sechs-Phasen-Modell, was dazu führte, dass die Wahrscheinlichkeit einer vorzeitigen Aufdeckung ihrer wahren Absichten von den Rechnern mit $1{:}10^{23}$ beschrieben wurde, was in Worten eins zu hundert Trilliarden, also nach menschlichem Ermessen unmöglich bedeutete. Die Computer hatten aber davor gewarnt, dass ein minimales Abweichen von den Planungen zu katastrophalen Ergebnissen führen und ihre Macht auf alle Ewigkeiten zerstören würde. Die Frau lächelte in der Erinnerung daran, wie die Mitglieder des Kreises gegen die Computerberechnungen gewettert hatten. Erst nach und nach hatten sie deren Richtigkeit akzeptiert, was ihr als Wissenschaftlerin von Anfang an nicht schwergefallen war. Sie nickte dem jüngsten in der Runde zu, welcher sein Tablet hob und das Wort ergriff.

„Wir haben die ersten Pressemeldungen verfolgt, und alle entsprechen den Prognosen. Die meisten Publikationen gehen von einem islamistischen Anschlag aus, wobei viele sich noch sehr vorsichtig ausdrücken. Interessant ist ein Artikel in der ‚Morgenpost online', der die Frage nach wirtschaftlichen Auswirkungen auf den Tourismus in Berlin aufwirft."

„Das hatten wir noch nicht einmal bedacht", grunzte der älteste der Runde. „Ja, aber die Computer", widersprach der Jüngste. „Sie haben als direkte Folge der Anschläge einen Rückgang der Berlinreisen um 17% und einen Umsatzverlust von 14,85% vorausgesagt. Ich bin mir sicher, dass es auch ziemlich genau so eintreffen wird."

„Interessant," murmelte die Frau. „Unser Ziel war es, genau diese Wirkung zu erzielen und spätestens nach Phase 3 den Tourismus in Berlin völlig zu ruinieren. Touristen hätten Geld nach Berlin gebracht, und nur eine verarmte Bevölkerung, die verzweifelt nach Hilfe ruft wäre offen für unsere Propaganda gewesen."

„Die ich direkt im Anschluss an Phase 2 anlaufen lasse", seufzte der Älteste. „Ich habe mir da schon ein paar nette Sachen einfallen lassen. Ihr wisst ja, dass ich das kann."

Die anderen nickten beifällig, und die Frau räusperte sich, um Aufmerksamkeit zu erregen, obwohl dies in ihrem Kreis überflüssig war. „Wie geplant, beginnen wir übermorgen mit Phase 2. Die Menschen sollen sich zunächst einmal beruhigen, dann trifft sie der zweite Schlag umso härter.

Wir sind uns alle über die Ziele im Klaren? Gut. Dann hebe ich die Besprechung auf, und jeder leitet die vorgeplanten Maßnahmen ein. Nächstes Treffen ist dann in drei Tagen um zweiundzwanzighundert."

Ist ja großartig, dachte der zweitälteste, auf den ein Großteil der Arbeit in Phase 2 zukommen würde. Ich hätte nie gedacht, dass sie bei der Zeitangabe die NATO - Terminologie verwenden würde.

Dabei war sie noch nie beim Militär gewesen…

***

Breuer warf die Wohnungstür hinter sich zu und deponierte den Schlüsselbund am Haken neben seiner Tür, während er sein leichtes Sommerjackett auf einem Bügel an die Garderobe hängte. Wie üblich führte ihn der Weg direkt zum Kühlschrank, und beim Öffnen fiel ihm der flaue Witz ein, den Beckmann ihm am Morgen erzählt hatte. „Kennste den

Unterschied zwischen Ehemännern und Junggesellen? Nee? Denn pass mal uff. Der Junggeselle kommt heim, kiekt innen Kühlschrank, findet nüscht besonderet und jeht inne Koje. Der Ehemann kiekt innet Bett, findet nüscht besonderet... Du vastehst?"

Der Kommissionsleiter hatte gequält gelächelt, seinem Stellvertreter, der nun wahrlich nicht für besondere Feinfühligkeit bekannt war auf die Schulter geklopft und sich in sein Büro verzogen, bis die Horrornachricht von den Anschlägen in das Morddezernat vorgedrungen war. So sehr er von den Morden betroffen war, ein Gutes hatten sie: sie hielten ihn davon ab, sinn- und endlos zu grübeln. Das war jetzt, nach Dienstende nicht mehr so.

Er hasste die Abende, die sich endlos dahinzogen und kein Ende nehmen wollten. Ins Bett zu gehen, bevor die Müdigkeit ihn übermannte, was selten vor drei Uhr morgens der Fall war hatte sich als sinnlos erwiesen, denn statt zu schlafen wälzte sich der Kommissar dann stets ruhelos hin und her.

Sein Blick fiel auf die halbvolle Flasche Wodka, die immer noch in seinem Kühlschrank stand und ihn anzulächeln schien. Er hatte sie dort stehen lassen, nachdem er im Anschluss an die Entziehungskur wieder in seine Wohnung zurückgekehrt war. Nicht um aus ihr zu trinken, sondern als ständige Prüfung seiner Willenskraft. Bislang hatte er die Probe noch jeden Abend bestanden, wenn die Stimmen in seinem Kopf ihm ihre Botschaften zuraunten.

„Trink“, sagten sie. „Trink, und es wird dir leichter fallen, die Einsamkeit zu ertragen. Du fühlst dich dann sofort besser. Nur ein Schluck! Er wird dir nichts ausmachen. Du bist darüber hinweg und wirst es verkraften. Also greife schon zu!“

Breuer griff jeden Abend zu, jedoch nicht zum Alkohol, sondern zu dem Bild, welches auf der obersten Ablage im Kühlschrank stand und eine dunkelblonde Frau Anfang dreißig zeigte, die ein knielanges weißgeblümtes Sommerkleid trug und lachend einen etwa sechsjährigen Jungen umarmte. Im Hintergrund des Bildes fuhren Segelboote über eine sonnenbeschienene Wasserfläche, und das gesamte Bild schien von Glück und Heiterkeit zu strahlen. Das Foto und die damit zusammenhängenden Gefühle ließen Breuer jedes Mal die Tränen in die Augen treten, und er schüttelte stets den Kopf, stellte das Bild in den Kühlschrank zurück und entnahm sich, was er für das Abendessen brauchte – Wurst, Käse, Butter und Mineralwasser.

Ich habe meine Lektion gelernt, dachte er verbissen. Nichts ist für die Ewigkeit, schon gar kein Glück, welches immer dann vergeht, wenn es gerade unvergänglich erscheint. Und es ist keine Lösung, sich zuzuschütten, denn der Katzenjammer wird nur noch stärker. Alkohol ist nicht die Lösung, im Gegenteil. Er verschönert auch nicht das Warten auf die Lösung.

Und dennoch musste er jeden Abend den Kampf mit seinem persönlichen Dämon ausfechten. Bislang war er stets siegreich geblieben, doch Breuer wusste genau, dass sein Gegner hämisch grinsend auf ihn lauerte. Schließlich konnte er sich sicher sein, dass die Zeit für ihn arbeitete.

Kapitel Drei
Tag Zwei, am Morgen

„Na Chef, ist Miss Wiesbaden schon uffjewacht?“, frotzelte Beckmann, als er am anderen Morgen ins Büro gestiefelt kam. Während die anderen grinsten, zuckte Breuer nur die Achseln.

„Kann ich nicht sagen“, knurrte er. „Ich war nämlich weder in ihrem Schlafzimmer, noch haben wir dieses verwanzt. Also halte keine Volksreden und gib mir meine beiden Schrippen, bevor Wiesbadens Antwort auf Jane Rizzoli eintrifft. Ich fürchte, danach hat es sich mit dem Essen erledigt.“

Sein Kollege grinste nur und warf ihm zwei Teigwaren zu, die sein Chef im Flug fing. „Geben, sagte ich, geben! Nicht werfen!“, fauchte Breuer kopfschüttelnd und stiefelte in die kleine Einbauküche ihres Büros, um Butter und Marmelade aufzustreichen. Als er einen Teller in der Hand und mit vollen Backen kauend zu seinem Schreibtisch zurückkehrte, fand er seinen Platz besetzt vor.

„Gutn Morgn, Kollegin“, nuschelte er kauend. „Wie ich sehe, sind Sie pünktlich. Sehr gut! Halbe Schrippe gefällig?“

„Danke, ich habe schon im Hotel gefrühstückt“, antwortete die BKA-Beamtin so eisig, dass Breuer das Gefühl hatte, die Temperatur im Raum würde um mehrere Grad sinken. Er ließ sich aber nicht beeindrucken, zuckte nur die Schultern, nahm sich einen Stuhl und stellte den Brötchenteller mit einem

Knall auf seinen Schreibtisch. Tanja Strasser blickte indigniert auf die Krümel, die sich rund um den Teller auf der Tischplatte verteilt hatten.

„Und gleich liegt die Ermittlungsakte in der Marmelade“, versetzte sie spöttisch. „Das wird den Generalbundesanwalt aber sehr freuen, wenn er die Flecken sieht.“

„Den sollte mehr interessieren, was drinsteht“, meinte Breuer lächelnd und biss mit Wonne in seine letzte Brötchenhälfte. „So machen wir das hier“, erklärte er, als er ausgekaut hatte. „Altes Polizistenmotto: ‚Ohne Mampf kein Kampf‘. Oder denken Sie an den Klassiker: ‚kräftiges Essen hält Leib und Seele zusammen‘, wenn Ihnen das lieber ist.“

„Es wäre mir lieber, wenn wir uns endlich unseren Aufgaben widmen würden“, entgegnete sie spitz. Breuers gestern Abend entstandene Sympathie schwand allmählich wieder. Diese Frau war einfach nur eine Nervensäge.

„Na dann“, sagte er daher knapp und stand auf. „Folgen Sie mir unauffällig zur Lagebesprechung. Oder halten Sie Brainstorming auch für Zeitverschwendung?“

Er wartete ihren Kommentar gar nicht ab und ging einfach los. Ihm war ziemlich egal, ob sie ihm folgen würde oder nicht. Die Reaktion seiner Leute im Konferenzraum belegte jedoch, dass sie nicht nur seiner Aufforderung, sondern auch ihm gefolgt war.

„Guten Morgen, Troops! Wer gestern Abend noch im Einsatz war: das ist Hauptkommissarin

Tanja Strasser aus Wiesbaden. Sie ist unsere Verbindung zum BKA, das uns in unseren Ermittlungen unterstützen wird. Fangen wir mit der Bestandaufnahme an. Was hat sich seit gestern Abend getan?"

„Eine weitere Verletzte hat es nicht geschafft", berichtete Fritz Eckert. „Sie stammte aus der Freiburger Gruppe am Innenministerium. Ich habe die Listen der Reiseteilnehmer in einer großen Excel-Datei zusammengestellt. Heute Morgen werden wir die Aufnahmelisten der Krankenhäuser gegenlaufen lassen und die Personalien verifizieren. Dann wissen wir, wie schwer die Einzelnen verletzt sind und wen wir wann vernehmen können."

„Gut," nickte Breuer und wandte sich an Beckmann. „Videoauswertung?"

„Startet direkt nach der Besprechung. Vorab hab ick euch schon ma wat zum Kieken eingestellt." Er drückte auf einen Knopf der Fernbedienung in seiner Hand, und die Lamellenvorhänge an den Fenstern schlossen sich, während ein weiterer Knopfdruck den Beamer startete.

„Ihr seht die Aufzeichnung der Kamera, die uff den Besuchereingang am Reichstag gerichtet war. Kiekt ma, da steht die Gruppe aus Duisburg. Passt uff, gleich drängelt sich so `ne Type im Parka durch die Leute. Achtet auf ihn, er ist unser Täter."

Atemlos beobachteten die Polizisten, wie der junge Mann von dem Schleusenbeamten angesprochen wurde, und obwohl alle wussten, was kommen würde, zuckten sie zusammen, als ein greller Lichtblitz die Kamera blendete.

„Wir werden uns det Janze in Super-slomo und mit maximaler Vergrößerung ankieken, und sicher auch `n jutet Foto von der Bratze mit dem Rucksack herstellen können“, sagte Beckmann mit verkniffenem Gesichtsausdruck. „Nur eenet is klar: det war nie und nimmer `ne Anarcho-Nummer. Det ist zu jroß für die Jungs aus Kreuzberg.“

„Sie kennen offenbar ihre Pappenheimer“, bemerkte Tanja Strasser leicht spöttisch, und alle Blicke richteten sich auf sie. Beckmann musterte sie einige Sekunden, bevor er langsam nickte. „Und darauf kannste Gift nehmen, Puppe. Wenn ick jemanden kenne, dann die Jungs und Mädels aus SO 36. Die kann ick einschätzen. In Gegensatz zu dir.“

„Macht halblang, Leute“, griff Breuer ein, um die aufkommende Spannung zu mindern. „Ich glaube, die Kollegin Strasser wollte nur fragen, ob du dir deiner Sache sicher bist.“

„Dann hat sie `ne komische Art, Fragen zu stellen“, konstatierte Beckmann, aber er nickte und signalisierte damit, dass er das Vermittlungsangebot akzeptierte. „Ja, ick bin mir sicher. Todsicher, sogar.“

„Dann ist es gut“, antwortete die BKA-Beamtin. „Es muss gut sein, denn wenn sich Herr Beckmann täuscht, kommen wir alle in Teufels Küche.“

„Aber wer dann?“, fragte Eckert, und Breuer seufzte. „Das ist ja die entscheidende Frage. Gehe mal zurück bis unmittelbar vor der Explosion, zentriere das Bild auf den Rucksackträger und vergrößere ihn."

Beckmann nickte und nahm einige Veränderungen vor, bis das Konterfei des jungen Mannes das Bild füllte.

„Araber, würde ich sagen", murmelte einer der Anwesenden, und alle nickten beifällig. „Also doch Al-Kaida?"

„Keine Spekulation, bitte", sagte Breuer scharf. „Beckmann, jetzt das zweite Video vom Innenministerium." Der Angesprochene nickte, und binnen Sekunden änderte sich das Bild an der Wand von einer Portraitaufnahme zu einer Straßenszenerie. Gebannt beobachteten die Polizisten, wie die Freiburger Besuchergruppe fröhlich lachend auf den Einlass wartete, bis ein greller Lichtblitz sie auslöschte. Beckmann ließ die Aufnahme zurücklaufen, und alle konnten sehen, wie sich ein Mann mit Rucksack zu der Gruppe gesellte. Im Gegensatz zum Anschlag am Reichstag war keine Vergrößerung erforderlich, um die Ethnie des Bombenträgers zu ermitteln. Nichtsdestoweniger war sie eine Überraschung.

„Ein Asiate! Ja hol mich doch der...", Eckert brach ab. „Überraschend, oder?", kommentierte Tanja Strasser kühl. „Mir war eine Beteiligung asiatischer Terroristen an Al-Kaida bisher nicht bekannt."

„Al-Kaida, Boko Haram, Asian Dawn... die arbeiten doch eh alle zusammen", knurrte Breuer.

„Aber noch einmal: wir wollen nicht mutmaßen, sondern ermitteln. Ebenso gut möglich wie ein weltweites Terroristenkomplott ist doch, dass unsere Bombenträger nichts weiter waren als blinde Kuriere, also keine Ahnung hatten von ihrer tödlichen Fracht."

„Nu kiek mal an", hörte er Beckmann murmeln, dem offenbar etwas aufgefallen war. „Siehste auch, wat ick sehe, Chef?"

„Nee, offenbar hab ich Tomaten auf den Augen", schnappte Breuer. „Nu rede schon, Junge! Was ist dir aufgefallen?"

„Der Rucksack, Chef. Det sind in beiden Fällen genau dieselben. Ick kenne die Dinger, weil ick ja selber Trecking mache. Det sind keene 08/15-Dinger, sondern North Face Borealis! Die kriegste nich auf'm Wühltisch, die kosten mehr als einen Hunni pro Stück. Und nirgendwo hatten die Bagpacks eine Macke. Scheinbar waren beede Dinger brandneu."

„Offensichtlich haben wir es mit Tätern zu tun, für die Geld keine Rolle spielt – sofern es sich um echte Produkte und keine Plagiate handelt", entgegnete Breuer. „Ich war mal in Nepal, und unser Guide lief auch in einer Jacke dieses Herstellers herum. Er meinte aber, die sei nicht von North Face, sondern von North Fake."

„Sehr komisch", schnappte Tanja Strasser. „Statt herumzualbern, sollten Sie lieber dankbar für einen weiteren Ermittlungsansatz sein. Wenn Sie immer derart flapsig mit Spuren umgehen, wundert es mich nicht, dass…"

„Das was?", unterbrach Breuer, dem es langsam zu bunt wurde, sie hart. „Dass wir bei Tötungsdelikten hier in Berlin eine Aufklärungsqoute von 93,4% haben? Ich weiß nicht, wie Sie es beim BKA handhaben, aber wir lockern unsere ernste Aufgabe mitunter durch einen flotten Spruch auf. Das kostet nichts und hält das Personal bei Laune. Also gewöhnen Sie sich daran. Wir zeigen Ihnen mal, wie das bei uns läuft. Eckert!"

Der Angerufene imitierte einen lässigen Salut und nickte. „Schon alles notiert, Chef. Die Firma North Face gibt eine Garantie auf ihre Produkte, speichert also die Personalien der Käufer. Ich kontaktiere also North Face Deutschland und frage nach einem Filialnetz. Dann stelle ich per Sammelmail fest, ob innerhalb der letzten sechs Monate irgendwo gleich zwei dieser Rucksäcke verkauft oder über das Internet bestellt worden sind. Wenn sich ein Geschäft meldet, ermittle ich dort, wer der Käufer war, und lege die Videoprints unserer Attentäter vor. Bei einem Internettreffer checke ich die IP-Adresse und lasse den Namen des Bestellers durch unsere Fahndungscomputer laufen. Zufrieden?"

Breuer sah seine BKA-Kollegin nur grinsend an, was ihre Miene noch eisiger werden ließ. Der Teamleiter wandte sich also von ihr ab und seinen Leuten zu.

„Wir haben nach wie vor kein Bekennerschreiben erhalten, obwohl sich unsere Terroristenfreunde sonst sehr gern mit ihren Taten brüsten. Wir…"

Das Klingeln seines Telefons ließ den Ermittlungsleiter innehalten. Er hob nicht nur entschuldigend den Arm, sondern auch den Hörer ab. Als sich die Telefonvermittlung meldete, reagierte er unwirsch.

„Ich bin in der Besprechung, und da möchte ich nicht gestört werden!"

„Vielleicht doch", widersprach die gemaßregelte Angestellte. „Ich habe hier einen Anruf aus Japan in der Leitung. Die Frau am anderen Ende vermisst ihren Ehemann."

„Und? Wir sind doch nicht die Vermisstenstelle", fauchte Breuer, der langsam die Geduld verlor. Seine Gesprächspartnerin ließ sich aber nicht beirren.

„Mag sein, aber Frau Kawashima meint, dass sie einen merkwürdigen Anruf ihres Mannes erhalten habe, der plötzlich abgebrochen sei. Und dabei habe er etwas gesagt, was sie vermuten lässt, dass er genau zum Zeitpunkt des Anschlags am Innenministerium gewesen sei."

Breuer blieb die Luft weg. „Notieren Sie bitte die Rufnummer, ich rufe umgehend zurück." Er atmete tief durch und schüttelte den Kopf.

„Manchmal tauge ich offenbar zum Propheten. Außer unserem Attentäter war kein Asiate weit und breit, als der Sprengsatz am IM hochging. Es scheint, als hätten wir unseren ersten Täter identifiziert."

***

Ihr Name war Akira Kawashima, und ihre Stimme klang angesichts ihrer Situation sehr gefasst. Zunächst einmal entschuldigte sie sich für ihr angeblich schlechtes Deutsch, was Breuer kurzfristig sprachlos machte, bevor er sich an die japanische Mentalität erinnerte. „Wieso sprechen Sie überhaupt Deutsch?", fragte er verwundert.

„Ich habe mit Hiro fast zehn Jahre lang in Düsseldorf gelebt", erklärte sie mit leiser Stimme. „Wir waren von unseren Firmen dorthin geschickt worden, und haben uns bei einem Erfahrungsaustausch im Hotel Nikko kennengelernt. Ein halbes Jahr später hat er um meine Hand angehalten. Nächsten Monat feiern wir unseren zwölften Hochzeitstag. Wenn wir ihn feiern können", fügte sie mit unsicherer Stimme hinzu.

Breuer seufzte und antwortete zunächst nicht auf die unausgesprochene Frage. Stattdessen fragte er nach dem Inhalt des merkwürdigen Telefonates.

„Hiro hat mich immer angerufen, wenn er beruflich in Deutschland war. Vorgestern hat er im Radisson Blu eingecheckt, wo er immer absteigt, wenn er nach Berlin musste. Wir haben lange telefoniert, und er hat mir berichtet, dass er am nächsten Tag seinen Termin im deutschen Innenministerium hätte."

„Was für ein Termin war das?", unterbrach Breuer sie behutsam. „Ach, es ging da um eine Software seiner Firma, für die das Ministerium eine Lizenz erwerben wollte. Das haben verschiedene deutsche Behörden schon öfters gemacht, und diese Vorgehensweise ist inzwischen nichts Besonderes mehr.

Gestern hat er mich dann vor dem Termin noch einmal angerufen und mir berichtet, ein Hotelangestellter habe ihn angesprochen. ‚Sie wollen doch gleich zum Innenministerium", hat er gesagt. „Könnten Sie etwas mitnehmen? Ein Mitglied einer Reisegruppe, die hier im Hotel untergebracht ist, hat seinen Rucksack vergessen.' Hiro hat zunächst gestutzt, aber der Hotelmitarbeiter sagte ihm, dass sich dringend benötigte Medikamente darin befinden würden. Deshalb war mein Mann einverstanden. Er hat mir am Telefon noch gesagt, dass dieser Mensch wohl sehr krank sein müsse, weil der Rucksack so schwer sei. Ich habe ihm vorgeschlagen, dort hereinzusehen, aber Hiro meinte ‚So etwas tut man nicht.' Hätte er es nur getan, aber er meinte, das wäre kein ehrenhaftes Verhalten."

Breuer konnte die Frau am anderen Ende schlucken hören. Bevor er ihr den Sachverhalt erklären konnte, sprach sie weiter.

„Ich weiß von den Anschlägen in Berlin. Einer war am Innenministerium, und wenn die im Internet genannten Zeiten richtig sind, brach mein Gespräch mit meinem Mann genau zu dem Zeitpunkt ab, als die Bombe dort explodiert ist. Ich kann zwei und zwei zusammenzählen, Herr Kommissar, und ich kann Hiro nicht mehr spüren. Er ist von mir gegangen, das weiß ich ohne Zweifel."

Sie begann leise zu schluchzen. Breuer räusperte sich, und er entschloss sich, der Frau die Wahrheit zu sagen.

„Frau Kawashima, wir wissen bislang nur, dass der Sprengsatz von einem Asiaten in einem Rucksack zum Tatort transportiert wurde. Wenn ich die Schlüsse aus ihrer Aussage ziehe, drängt sich der Eindruck auf, dass jemand die Gutmütigkeit oder das Ehrgefühl Ihres Mannes schamlos ausgenutzt hat. Hat Ihr Mann Ihnen den Namen des Hotelmitarbeiters genannt, oder den Namen des Reisenden, dem er den Koffer geben sollte?"

„Der Reisende sollte Bauer heißen. Ralf Bauer, hat Hiro gesagt, oder Rolf Bauer. So etwas jedenfalls. Den Hotelmitarbeiter hat er nicht mit Namen genannt. Er sagte nur, dass der Bursche wohl Ärger bekommen würde. Seine Dienstkleidung sei offenbar sehr stark zerknittert und auch ein wenig schmutzig gewesen. Hiro sagte noch, so etwas sei er von Radisson Blu nicht gewohnt."

Frau Kawashima wechselte abrupt das Thema. „Wie viele Menschen hat die Explosion mit in den Tod gerissen, Herr Kommissar?"

„Das steht noch nicht fest", antwortete Breuer leise. „Einige Schwerverletzte kämpfen noch um ihr

Leben. Bisher mussten wir zwölf Tote allein bei diesem Anschlag betrauern."

„Ist Herr Kleinschmidt wohlauf?", fragte die Zeugin, und Breuer stutzte. „Wer?", fragte er verblüfft, und seine Verwunderung schien sich bis nach Japan zu übertragen.

„Staatssekretär Sven Kleinschmidt", antwortete Frau Kawashima überrascht. „Er muss ganz in der Nähe der Explosion gewesen sein. Die letzten Worte, die mein Mann sprach, waren ‚Ach, da kommt er ja'. Ich weiß, dass sich die beiden heute treffen wollten. Herr Kleinschmidt war sein Verhandlungspartner wegen der Software. Ich kenne ihn, wir waren vor ungefähr drei Monaten einmal zusammen essen."

Breuer atmete scharf ein. Von einem verletzten Politiker am Innenministerium war ihm noch nichts bekannt gewesen. Er bat Frau Kawashima, ihm ein Foto ihres Mannes zu übersenden und sich für eine Identifizierung durch die japanischen Kollegen bereit zu halten, bevor er das Gespräch beendete.

Derartige Gespräche hatte er immer gehasst, aber dieses war seltsam gewesen. Die Ehefrau des mutmaßlichen Bombenträgers war sehr gefasst gewesen, was vermutlich an der japanischen Mentalität lag. Hiro Kawashima hatte die Bombe transportiert, weil es ihm seine Ehre geboten hatte. Scheiss Bushido, dachte Breuer, und zum wiederholten Male dachte er an den gleichnamigen Rapper. Da dieser aus Sicht des Kommissars nicht viel mit Ehre am Hut hatte, empfand er die Wahl des Künstlernamens als ziemliche Unverschämtheit.

Nur wenige Minuten später erbrachte das übersandte Foto aus Kyoto die Bestätigung, dass es sich bei Hiro Kawashima um den unfreiwilligen Bombenleger gehandelt hatte. Tanja Strasser zog bei der Nachricht die Stirn in Falten.

„Das gibt der Sache eine neue Wendung", murmelte sie. „Scheinbar hatten Sie recht mit den ‚blinden Kurieren', obwohl ich das nicht für möglich gehalten hatte. Wer würde schon freiwillig einen schweren Rucksack irgendwohin befördern?"

„Wenn der Preis stimmt oder es ihnen die Ehre gebietet, tun Menschen fast alles", widersprach ihr Breuer. „Ich sehe durch die Nachricht fast nur Schwierigkeiten auf uns zukommen. Die Hintermänner des Anschlags im persönlichen Umfeld der Selbstmordattentäter zu suchen können wir knicken."

„Bleibt uns nur die Videoauswertung aus der Hotellobby, wo der angebliche Angestellte Kawashima angesprochen hat", betätigte die BKA-Beamtin. „Ich hoffe, sie ist schon angefordert."

Breuer nickte nur stumm. Sofort nach seinem Telefonat mit der Witwe hatte er Eckert auf diese Spur angesetzt, und dieser war bereits unterwegs, um die Videofiles zu sichern.

„Gut", bestätigte Tanja Strasser. „Ihre Männer haben bereits einen Teil der Opferlisten befüllt, und wir könnten zur Zeugenbefragung übergehen."

„Zeigen Sie mir mal die Liste“, meinte Breuer, und seine Kollegin gab ihm ein Blatt, welches sie bereits in der Hand hielt. Breuer sah darauf und zuckte zusammen, als er die ersten Zeilen las.

Anschlagsort	Name	Vorname	Alter	Wohnort	Verletzungsgrad	Krankenhaus	Station	Zimmer
Reichstag	Pelkat	Sebastian	47	Duisburg	tödlich			
Reichstag	Rexrodt	Tanja	52	Duisburg	leicht	Charitè	Ambulanz	
Reichstag	Moltke	Boris	36	Berlin	tödlich			
Reichstag	Hauschild	Bruno	44	Berlin	tödlich			
Reichstag	Swartenja	Tatjana	39	Duisburg	schwer	Franziskus	A 36	4
Reichstag	Tummer	Petra	61	Duisburg	schwer	Franziskus	A 36	4

„Boris Moltke? Ach, herrje“, seufzte er, und Beckmann, der hinter Tanja Strasser getreten war, machte ein betrübtes Gesicht. „Ja, Chef“, murmelte er, „det war ja wohl nix mit juter Tat, wa?“

„Nee“, knurrte Breuer. Als er sah, dass die Beamtin aus Wiesbaden offenbar nur Bahnhof verstand, bequemte er sich zu einer Erläuterung.

„Moltke war früher das, was man ein Problemkind nennt. Er war in der Schule drei Klassen unter mir, hat sich aber immer mit den älteren Schülern angelegt und sie schon in der Grundschule regelmäßig verdroschen. Kein Wunder, dass er ab dem 14. Lebensjahr fast regelmäßig mit dem Gesetz in Konflikt kam.

Vor fünf Jahren hat sich das aber schlagartig gewandelt. Er war von einer Unterweltgröße als Bodyguard angeheuert worden und bekam mit, dass sein Chef auf kleine Mädchen stand. Auf sehr kleine Mädchen, um genau zu sein. Als er seinen Boss zu einem „Termin“ fuhr und er feststellte, dass sich dieser mit einer Sechsjährigen vergnügen wollte, ging er dazwischen, prügelte ihn windelweich und schmiss seinen Job. Kurz darauf versuchte ein angeheuerter Killer, Moltke umzubringen. Er überlebte den Kampf mit knapper Not, der Killer nicht."

„Und da kamen wir innet Spiel", übernahm Beckmann den Faden. „Moltke hat umfassend ausjesagt, und uns `n paar dicke Fische jeliefert. Wir sorgten dafür, det er `ne andere Fresse und `n neuen Namen jekriegt hat. Außerdem halfen wir ihm bei der Jobsuche und haben ihm dem richtigen Leumund verpasst, sodass er bei der Security am Reichstag anfangen konnte. Mensch, letztet Jahr hat er uns sojar `ne Weihnachtskarte jeschickt. Da siehste, Chef: keene jute Tat bleibt unjestraft."

„Sei's drum. Wir haben jetzt eine andere Aufgabe. Frau Strasser, warum fahren Sie nicht mit Beckmann in die Franziskus-Klinik? Ich sehe, dass dort zwei Verletzte auf einem Zimmer liegen, und Sie zwei Fliegen mit einer Klappe schlagen können."

„Und Sie?", fragte Tanja Strasser spitz. „Was machen Sie in der Zwischenzeit?"

„Nachdenken", antwortete Breuer. „Ich habe irgendetwas gehört, was meine Aufmerksamkeit erregt hat, aber ich weiß nicht mehr, was. Es erschien mir aber wichtig. Ich glaube, ich werde alt. So was sollte ich mir ab sofort notieren."

Während Beckmann nur grinste, schüttelte Strasser den Kopf. Trotz der offenkundigen gegenseitigen Abneigung stiefelten beide einträchtig davon.

Kapitel Vier
Tag Zwei, gegen Mittag

Es hatte leicht angefangen zu nieseln, doch den Mann mit den von wenigen grauen Strähnen durchzogenen schwarzen Haaren schien dies nicht sonderlich zu stören. Er schlug einfach den Kragen seines Hugo Boss-Jacketts hoch und zog den Kopf ein wenig zwischen die breiten Schultern, während er sich an die Wand des KaDeWe lehnte.

Alpha hatte auf diesem Treffpunkt bestanden, als er ihn in Panik angerufen hatte. „Du musst raus aus Berlin, Delta“, hatte ihr Anführer gesagt. „Du bist in der Hauptstadt deines Lebens nicht mehr sicher. Wir treffen uns am Tempel. Bravo und Echo hat es schon erwischt, weißt du das?“

Delta hatte nur geschnaubt. Natürlich hatte er davon gehört, und er war sich darüber im Klaren, dass er ihrem Schicksal nur durch einen glücklichen Zufall entgangen war.

Er hatte sich mit einem Geschäftspartner treffen wollen, wurde aber schon in Sichtweite von einem menschlichen Bedürfnis überfallen. Er hatte abgedreht und war zur Toilette gelaufen, als die Explosion erfolgte. Die Druckwelle hatte ihn einige Meter nach vorn geschleudert, aber außer einigen Prellungen und Schnittwunden, die von den zerborstenen Scheiben stammten, war er unverletzt geblieben. Wo sein Kontaktmann gestanden hatte, gähnte ein mittelgroßer Krater im Asphalt.

Anschließend hatte er versucht, die anderen zu erreichen, aber weder Bravos noch Echos Handy waren aktiv. Delta wusste sofort, was dies zu bedeuten hatte, und verließ den Ort des Geschehens auf der Stelle und ohne die Tatsache, dass er überlebt hatte irgendjemandem preiszugeben. In Absprache mit Alpha vernichtete er sein Smartphone und begab sich zum Treffpunkt, den ihr Anführer immer spöttisch als ‚Tempel des Konsums' bezeichnet hatte. Delta hoffte, dass sein Freund und Mentor einen Plan parat hatte.

Denn: wohin sollte er gehen? Jeder, mit dem er jetzt Kontakt aufnahm musste automatisch in höchster Gefahr schweben. Erstmals kam ihm der Gedanke, dass es gar nicht mal so schlecht war, das einzige Kind seiner viel zu früh verstorbenen Eltern zu sein. Er war unverheiratet, und von seiner letzten Freundin hatte er sich unlängst getrennt.

Ein junges Paar, welches erregt miteinander diskutierte, näherte sich dem Eingang des Kaufhauses und blieb kurz davor stehen. Obwohl er unauffällig einige Schritte beiseitetrat, konnte er hören, wie sie sich darüber unterhielten, ob es jetzt die richtige Zeit zum Shoppen sei.

„Und wenn so ein Attentäter meint, das KaDeWe hochjagen zu müssen, während du gerade nach Unterwäsche suchst?", fragte er sie, doch sie schien um einiges tougher als ihr Freund zu sein.

„Unfug", erwiderte sie. „Die Typen haben sich ja Behörden ausgesucht und keine Kaufhäuser. Und selbst wenn: willst du von jetzt an immer in Angst leben? Wir können uns nicht nur verkriechen und auf unser Ende warten. Ich habe jedenfalls keine Lust, in den ‚Wir werden alle sterben' Modus zu wechseln. Wir gehen da jetzt rein und shoppen, du trübe Tasse. Wenn unsere Zeit gekommen ist, sind wir halt fällig. Aber ich habe so das dumpfe Gefühl, dass es noch nicht so weit ist."

Du hast ja keine Ahnung, wie recht du damit hast, dachte Delta spöttisch und beobachtete, wie das Mädchen den Jungen mehr in das Kaufhaus hineinzerrte, als dass er freiwillig mitging. Noch während er den Kopf schüttelte, bemerkte er aus den Augenwinkeln eine sich nähernde Gestalt, die er sofort erkannte.

Ohne ihn zu beachten, ging der untersetzte Mann an ihm vorbei und verschwand im Kaufhaus. Nachdem er sich unauffällig umgesehen hatte, ging Delta hinter ihm her und sah, wie er auf eine Rolltreppe der ersten Etage zustrebte. Dort angekommen wandte sich der Mann in die Abteilung Men's Fashion und nahm einige Jacketts der Größen 54 in Augenschein, was seinen Verfolger noch aufmerksamer werden ließ. Delta wusste genau, dass sein Mitverschwörer mindestens Kleidergröße 26 benötigte, und seine Mundwinkel begannen zu zucken, als Alpha tatsächlich versuchte, eins dieser Jacketts anzuziehen. In diesem Moment ging ihm nicht nur ein Licht, sondern ein ganzer Kronleuchter auf.

Natürlich passte das Jackett nicht, und der Untersetzte hängte es auch wieder mit Kleiderbügel auf den Ständer, bevor er mit einem missbilligenden Gesichtsausdruck die Abteilung verließ.

Noch einmal prüfte Delta, ob ihm jemand mehr als nur normale Aufmerksamkeit schenkte, dann schob er die Hände in die Taschen und schlenderte zu dem Rondell, auf dem das Lagerfeld-Jackett hing, für das sich Alpha so überraschend interessiert hatte. Er nahm es vom Ständer und verschwand in einer Umkleidekabine, in der er nach kurzer Suche in einem Jackenärmel fündig wurde.

Eingehüllt in ein Tuch, um es vor dem Herausfallen zu schützen, fand er ein Mobiltelefon. Es war kein Smartphone, sondern ein billiges Wegwerfhandy ohne PIN-Code, und als er es aktivierte, sah er auf dem kleinen Display einen unbeantworteten Anruf. Alpha, dachte er zufrieden, steckte das Gerät in die Hosentasche und verließ die Kabine.

„Möchten Sie dieses Jackett erwerben?“, fragte ihn eine freundliche Verkäuferin, die offenbar noch eine Provision brauchte. Delta schüttelte jedoch den Kopf und drückte ihr das Jackett in die Hand.

„Nein diesmal nicht“, murmelte er, aber die junge Frau gab noch nicht auf.

„Und warum nicht? Wenn es nicht passt, wir haben es auch in anderer Größe da. Und wenn Sie es lieber in einer anderen Farbe hätten…“

„Es lohnt sich einfach nicht“, unterbrach Delta die Verkäuferin, und dünn lächelnd beschloss er, das Mädchen etwas zu schocken. „Mutmaßlich bin ich schon tot, bevor ich die Chance habe, es einmal zu tragen.“ Er nickte der sprachlosen Angestellten freundlich zu und machte, dass er nach draußen kam, um endlich ein ungestörtes Telefonat führen zu können. Auf dem Weg erlosch sein Lächeln.

Ihm war eingefallen, dass er bei seinen letzten Worten wahrscheinlich nicht übertrieben hatte.

***

Das Einzige, was Mounir Ben Mohammad von seinem Vater hinterlassen wurde, waren sein Name und die Einstellung zum Leben. „Nimm, was du kriegst, sonst wirst du ganz schnell verrecken“, hatte sein Vater gesagt, bevor aus dem Haus ging und den Jungen und seine Mutter in Aleppo zurückließ. Später hatte Mounir erfahren, dass sein Erzeuger (anders nannte ihn seine Mutter nie) als Mitglied des Widerstands gegen Präsident Assad von dessen Regierungstruppen getötet worden sei. Mounir hatte die Nachricht mit einem Achselzucken quittiert und sich sofort wieder seiner üblichen Betätigung gewidmet: dem ‚Organisieren‘ von Lebensmitteln und sonstigen Dingen, die in ihrer zerbombten Heimatstadt das Überleben garantierten.

Der Junge wurde in seinen Kreisen mit der Zeit zu einer kleinen Berühmtheit. Keiner konnte so wie er sagen, unter welchem Schutthaufen noch Wertgegenstände versteckt waren, und keiner konnte die Einschläge der syrischen Artillerieraketen so genau voraussagen wie die ‚Ratte von Aleppo‘. Auf diese Weise gelang es dem Jungen, sich, seiner

Mutter und seinen beiden Schwestern auch in Zeiten des Krieges ein Leben ohne Gefahr des Verhungerns zu ermöglichen. Doch seine Fähigkeiten riefen auch Neider auf den Plan. Als Mounir von einer seiner Touren kommend den Keller aufsuchte, der seiner Familie als Zuflucht diente, fand er den Unterschlupf geplündert und seine Angehörigen vergewaltigt und ermordet vor. Der Vierzehnjährige vergoss keine Träne, sondern legte die Frauen nach muslimischem Ritus wie für eine Bestattung zurecht und flüchtete durch einen geheimen Nebenausgang, nachdem er einige Vorbereitungen getroffen hatte. Als die Mörder seiner Familie erneut in den Keller eindrangen, um sich auch Mounir und seine letzte Beute zu holen detonierten die vom vermeintlichen Opfer gelegten Sprengfallen. Der Junge hatte gleich zwei Fliegen mit einer Klappe geschlagen: seine Familie lag unter einem würdigen Grabhügel, und ihr Tod war gerächt.

Zu der Zeit, in der Aleppo fiel und die Schergen Assads mit dem Massaker an denjenigen begannen, die sie als Aufständische gegen den Staatschef bezeichneten, hatte sich Mounir mit seinem untrüglichen Instinkt bereits aus dem Staub und auf den Weg nach Europa gemacht. Sein genaues Ziel stand fest, seit er vom Freund eines Freundes gehört hatte: ‚Geh nach Deutschland, dort gibt es Gehalt'. Als er die Summe hörte, die dort jeder Flüchtling zum Leben erhält, ohne einen Handschlag dafür tun zu müssen, gab es für ihn kein Halten mehr.

Statt sich aber wie andere auf den beschwerlichen Landweg zu machen, kratzte er seine Ersparnisse zusammen, stahl mehrere Tage wie ein Rabe und kaufte sich von seinem gesamten Geld ein Bootsticket, welches ihn direkt nach Italien bringen sollte. Mounir hatte bereits von den offenen EU-Binnengrenzen gehört und war sich sicher, es mühelos bis nach Deutschland schaffen zu können.

Seinen fünfzehnten Geburtstag feierte er an Bord eines alten Fischerbootes mit Außenbordmotor, welches nicht einmal die Hälfte dessen wert war, was Mounir dem Schlepper hatte abdrücken müssen. Der wortkarge Libanese hatte auf seine Frage, wie dieser Seelenverkäufer es über das halbe Mittelmeer schaffen sollte nur „gar nicht" gegrunzt. Was er damit meinte, wurde dem jungen Syrer klar, als zu Beginn des zweiten Seetages ein mittelgroßes Schiff in Sicht kam, ihr Schiffsführer eine Leuchtkugel abschoss und nach Blinksignalen des Seeschiffes wortlos mit einer Handaxt Löcher in den Bootsrumpf zu schlagen begann. „Jetzt schwimmt", knurrte er, bevor er über Bord sprang und die Passagiere ihrem Schicksal überließ.

Von den 35 Insassen schafften es nur 20 an Bord der „Sea Star", der Rest starb im kalten Wasser des Mittelmeeres. Das Schiff hatte bereits rund 100 weitere Schiffbrüchige geborgen und nahm Kurs auf Italien. Mounir gehörte zu den Glücklichen, die auf der Insel Lampedusa an Land gingen und nur wenig später in der EU als ‚echter' Flüchtling registriert wurde. Zu seiner großen Freude gehörte er tatsächlich zu dem Kontingent, welches Deutschland zugewiesen und an den Bahnhöfen von jubelnden Menschen begrüßt wurde, die offenbar alle von der ‚Wir schaffen das'-Stimmung der deutschen Politik ergriffen worden waren. Mounir dankte es dem ihn umarmenden Mann, indem er seine Brieftasche stahl. Der Inhalt hätte für drei Monate Überleben in Aleppo gereicht, dachte der Junge. Ich beginne jetzt schon, dieses Land zu lieben.

Dieses Gefühl kühlte sich jedoch recht schnell ab, nachdem er beim BAMF registriert und nach Berlin geschickt wurde und erstmals sein ‚Gehalt' in Empfang nahm. Als er den Betrag mit den Lebenshaltungskosten und den Preisen für Luxusgüter verglich registrierte er, dass sein „Gehalt" ihm keine großen Sprünge erlaubte. Zudem musste er entsetzt feststellen, dass das Haschischrauchen in seinem neuen Heimatland strafbar und der Stoff deshalb schwer zu beschaffen war.

Mounir war mehr als frustriert. Da er aber gelernt hatte auch unter den widrigsten Umständen einen Weg zu finden, tat er das, was er am besten konnte. Er begann eine Karriere als Dieb, und es dauerte nicht lange, bis seine Einkünfte aus den illegalen Geschäften sein „Gehalt" bei weitem überstiegen. Drei Jahre später wechselte Mounir ins Arbeitgeberlager. Im Klartext: er stahl nicht mehr selbst, sondern ließ durch Neulinge aus Aleppo, die er aus den Neuankömmlingen heraussuchte, stehlen.

Das wiederum stieß den beiden libanesischen Clans, die den Taschendiebstahl in Berlin unter sich aufgeteilt hatten, sauer auf, und sie beschlossen, dem Syrer eine Lektion zu erteilen. Der mittlerweile Neunzehnjährige fand seinen besten Taschendieb lebend, aber mit zerschmetterten Händen unweit der Hackeschen Höfe in der Gosse. Allerdings reagierte er anders als erwartet.

Drei Tage später verließen die libanesischen Clanchefs das Restaurant in Stieglitz, welches sie als Geldwaschanlage verwendeten und stiegen in den weißen AMG SLS ihres Oberhauptes Ibrahim Al Zein, den ein eifriger Kellner unmittelbar davor vom restauranteigenen Parkplatz geholt und vor der Tür abgestellt hatte. Als Al Zein den Startknopf drückte, sagte er stolz zu Hamdi Al Bakr: „Mein Bruder, gleich wirst du sehen, wie es sich anfühlt, mit einer Rakete abgeschossen zu werden.“ Er sollte Recht behalten.

Nur Sekundenbruchteile später detonierten die unter den Sitzen versteckten Sprengstoffpakete, und tatsächlich dürften die beiden Gangsterbosse kurzzeitig die notwendige Geschwindigkeit erreicht haben, um das Schwerefeld der Erde zu verlassen – zumindest einige ihrer Einzelteile. Die Ermittlungen der Polizei verliefen im Sande, da sie primär nach libanesischen Kontrahenten aus dem Milieu suchte und nicht nach einem syrischen

Nachwuchsgauner. Für Mounir hatte dies die positive Folge, dass er von der Justiz unbehelligt blieb und niemand aus der Branche mehr versuchte, ihm auf die Finger zu klopfen.

In den beiden folgenden Jahren baute er sein Imperium immer weiter aus. Inzwischen gehörten fast 75% der Berliner Straßen ihm, das heißt, in diesen Bereichen wurde nichts mehr gestohlen, ohne dass der eigentliche Täter einen Anteil an Mounir abzutreten hatte. Sein Aussehen erinnerte nicht mehr an eine Ratte, denn der ehemals schmächtige und unterernährte Syrer war inzwischen zu einem athletischen Hünen Anfang zwanzig herangewachsen, der den größten Teil seiner Freizeit in einem Sportstudio verbrachte. Inzwischen hatte er auch damit begonnen, einen neuen Geschäftszweig zu entwickeln, den er einfach nur als ‚Finderlohn abgreifen' bezeichnete. Mounir und drei andere Spezialisten simulierten, von einem Auto angefahren zu werden, und während der besorgte Autofahrer zu dem ‚Verletzten' eilte, plünderten seine Komplizen den Pkw, wobei sie sich nicht nur auf Geldbörsen und Brieftaschen beschränkten, sondern auch jeden Aktenkoffer mitnahmen, denn sie hatten herausgefunden, dass gerade die vermögenden Berliner fast jeden Preis zahlten, um ihre Geschäftsunterlagen zurückzubekommen – oder dass ihre schmutzigen Geheimnisse geheim blieben. Die Einkünfte ermöglichten ihm über einen Strohmann den Erwerb eines 120 qm-Appartements, welches er an einen bekannten Rapper vermietet hatte, denn offiziell war er ja noch arbeitssuchend, und die nach dem sechsmonatigen Aufenthalt in der Flüchtlingsunterkunft in Marzahn bezogene Mietwohnung wurde natürlich vom Amt bezahlt. Mounir legte sein Geld jedoch nicht auf die hohe Kante, sondern spendete große Beträge an Organisationen, welche die Bootsflüchtlinge aus dem Mittelmeer zogen. Nicht nur, dass er damit Dankbarkeit für seine eigene Rettung bewies, sondern er sorgte damit auch für neue Rekruten in seiner Organisation. Eigentlich habe ich mir unter einer Win-Win-Situation immer etwas anderes vorgestellt, dachte er von Zeit zu Zeit und grinste bei diesem Gedanken jedes Mal von neuem.

Die Anschläge von gestern ließen ihn ziemlich kalt, denn er hatte in Syrien mehr zerfetzte Tote gesehen als fast jeder andere, und da seine Familie inzwischen ausgelöscht war, kümmerte es ihn nicht, wenn andere starben. Seine einzige Sorge war, dass das Geschäft jetzt schwieriger würde, denn die Leute würden vorsichtiger werden, wenn sich ihnen eine unbekannte Person näherte. Also war es Zeit, wieder einmal einen satten Finderlohn zu kassieren.

Gestern Nacht hatten sich Mounir und seine zwei besten Stuntmen auf die Suche nach einem passenden Opfer begeben und waren unweit des Regierungsviertels fündig geworden. Ein dicker Mercedes mit getönten Scheiben war unmittelbar vor ihnen aus einer Hoteltiefgarage auf die Leipziger Straße und von dort aus über den Potsdamer Platz auf die Stresemannstraße gefahren. Mounir, der den unauffälligen Ford Focus fuhr, hatte seinem Beifahrer Hassan nur zugenickt, und dieser hatte ihren dritten Mann Iakub telefonisch informiert.

Es hatte Mounir keine Mühe bereitet, an dem Mercedes dranzubleiben. Auf dem Mehringdamm schnappte die Falle dann zu. Mounir überholte den Mercedes und bremste dann stark ab, wie um in die Hagelberger Straße abzubiegen. Darauf hatte der am Straßenrand wartende Iakub nur gewartet. Er betrat die Fahrbahn vor dem Mercedes, der sein Tempo aufgrund von Mounirs Manöver stark abgebremst hatte, stürzte spektakulär über die Motorhaube der Limousine und blieb wie tot auf der Fahrbahn liegen.

Der Fahrer des Mercedes war ausgestiegen und hatte begonnen, sich um den scheinbar Verletzten zu kümmern, während Passanten (alles Mitglieder von Mounirs Gang) herbeiströmten. Mounir selbst hatte den Focus schnell geparkt und war unbemerkt an das Heck des Mercedes geeilt, wo er abwartete, bis der Passagier im Fonds seine Neugier nicht mehr bezähmen konnte und die Tür öffnete.

Mit zwei schnellen Schritten hatte Mounir ihn erreicht und ohne viel Federlesens mit einer sandgefüllten Socke niedergeschlagen. Danach blickte er schnell in den Innenraum des Wagens, entdeckte einen schwarzen Aktenkoffer und verschwand unbemerkt, bevor der Chauffeur sich umdrehte und seinen Fahrgast auf dem Boden liegen sah. Er ließ Iakub auf dem Boden liegen, eilte zu dem Niedergeschlagenen und wunderte sich bereits Sekunden später, dass alle Unfallbeteiligten und Schaulustigen sich anscheinend in Luft aufgelöst hatten. Überflüssig zu erwähnen, dass die Ruinenkinder von Aleppo spurloses Untertauchen gründlich gelernt hatten.

Jetzt sah sich Mounir den erbeuteten Aktenkoffer in aller Ruhe an. Noch hatte er ihn nicht geöffnet, denn sein untrüglicher Instinkt verriet ihm, dass etwas damit nicht stimmte. Er rief seinen Bombenexperten Samir zu sich, der den Koffer ansah und nur den Kopf schüttelte.

„Das Ding ist heiß“, murmelte er. „Wie immer du dir den Inhalt ansehen willst, lasse die Finger von den Schlössern. Ich mache das schon, aber gehe besser ans andere Ende des Zimmers.“

Mit einem kleinen Messer schnitt Samir ein Loch ins Leder und führte eine Minikamera mit Beleuchtung hindurch. Was er sah, ließ ihn abfällig grunzen.

„Dachte ich's mir doch“, schnaubte er. „Diplomaten-Standardausführung. Die Schlösser sind gesichert, die Seiten in 10 cm Abstand zum Rand und in der Mitte mit Zünddrähten versehen, und wenn einer der Drähte berührt wird, gehen die im

Rahmen versteckten 350 Gramm Plastiksprengstoff, wahrscheinlich C4 oder Semtex, hoch. Dass aber jemand ein Loch irgendwo in die Seite bohrt, das haben die Hersteller nicht bedacht. Da ist kein Auslöser."

Er drehte die Minikamera im Koffer hin und her, und begann ungläubig mit dem Kopf zu schütteln. Danach bohrte er ein zweites Loch in die Seitenwand, schob eine Greifklammer hinein und holte ein kleines Objekt heraus, welches er Mounir fast abfällig zuwarf.

„Hier," schnaubte er, „sieh zu, was du daraus machen kannst. Mehr als das kleine Ding war nicht im Koffer. Ich beseitige die Sprengladung mal lieber, bevor jemand sie versehentlich auslöst." Er nickte seinem Chef zu, der verständnislos auf das circa 8 cm lange Objekt starrte.

Wer zum Teufel transportiert in einem sprengstoffgesicherten Behälter nur einen USB-Stick?

Es sollte sich herausstellen, dass dessen Inhalt der eigentliche Sprengstoff war…

Kapitel Fünf
Tag Zwei, am Abend

„In der Krankenstube herrschte so wat von dicke Luft, Chef", berichtete Beckmann grinsend, während Tanja Strasser den gewohnten überheblich-gelangweilten Gesichtsausdruck zur Schau stellte. Der Ermittler mit dem Hang zur Berliner Schnauze ließ sich davon jedoch nicht beeindrucken und redete weiter, wie ihm der Schnabel gewachsen war.

„War vielleicht nicht die beste Idee, `ne kesse Linke mit `ner AFD-Mutti zusammenzulegen. Wenn die beeden wat sagen, keifen sie sich bloß an. Ick globe fast, det eine von beeden der anderen im Schlaf die Lampe ausknipsen könnte, so haben die sich anjefaucht."

„Und? Was haben die beiden zur Sache zu fauchen gehabt?", fragte Breuer ungehalten. Sein Kollege grinste bloß.

„Nüscht. Sie haben nix gesehen und gehört, bis es geknallt hat. Für uns sind die beeden taube Nüsse. Kannste vergessen."

„Nicht ganz", unterbrach die BKA-Beamtin jetzt. „Ilka Swartenja, die Sie als kesse Linke bezeichnet haben war sich sicher, dass der Attentäter vom Reichstag ausgesucht höflich gewesen sei. Er habe ganz brav hinten am Ende der Schlange gewartet, bis sein Telefon geklingelt habe. Er habe das Gespräch angenommen, kurz etwas erklärt, mehrfach etwas bejaht und danach in gebrochenem Deutsch darum gebeten, einmal zum Eingang durchgelassen zu werden, weil er etwas abgeben müsse. Ich finde, dass dies schon von Interesse ist." Sie musterte Beckmann mit gerunzelter Stirn, und ihre Miene drückte ihre Missbilligung aus. Breuer gab ihr seufzend recht und wandte sich an Eckert.

„Konzentriere dich bei der Telefonüberwachung auf die Funkzelle am Reichstag, und erweitere den Zeitraum auf… Frau Strasser, wie viele Minuten vor der Explosion hat der Anrufer telefoniert?"

„Etwa zwei bis vier Minuten", kam die kühle Antwort, und Eckert nickte verstehend. „Ich werde dann mal nach einem Gerät suchen, das ein Handy in der Wabe am Reichstag angerufen hat und dann circa 2-4 Minuten später ein weiteres", fasste er seine Aufgabe zusammen. Breuer zeigte ihn den hochgestreckten Daumen, und Eckert schob ab, um den Auftrag zu erfüllen.

„Moment noch", hielt ihn sein Chef zurück. „Wie sieht die Opferstatistik derzeit aus?"

Eckert hob nur den Daumen. „Überraschend gut, Chef. Keine weiteren Verstorbenen, und bis auf eine sind die Schwerverletzten alle außer Lebensgefahr. Besser als wir erwarten konnten, denke ich."

Breuer gab ihm uneingeschränkt recht. Noch mehr Tote hätten den Druck auf ihn und seine

Leute zweifellos erhöht. Er war nur froh, dass derzeit in Berlin keine weiteren Mordserien zu verzeichnen waren. Angesichts der politischen Dimensionen der Anschläge wären sie zwar von untergeordneter Bedeutung gewesen, aber dennoch hätte er befürchten müssen, dass die Dezernatsleitung ihm Personal abgezogen hätte.

Allerdings freute sich der Kommissionsleiter zu früh.

***

„Wie bitte? Was ist passiert? Sind Sie denn von allen guten Geistern verlassen, diese Unterlagen mit sich herumzutragen und dann auch noch zu verlieren?“

Der Gemaßregelte duckte sich, als habe er einen weiteren Schlag auf den Kopf erhalten. „Ich habe ihn nicht verloren, sondern…“

„Verschonen Sie mich bitte mit den peinlichen Details!“, fauchte die Frau, deren Kopf langsam rot anlief. „Es ist mir egal, ob die Datenträger verloren gingen, gestohlen oder geraubt worden sind. Entscheidend ist, dass sie weg sind und sich in den Händen Unbefugter befinden. Die gesamte Operation kann hierdurch in Gefahr geraten. Ich nehme doch an, dass die Daten wenigstens verschlüsselt sind?“

„Äh… ja, ich glaube es wenigstens“, stammelte der Mann. „Ich habe jedenfalls den üblichen Krypto Schlüssel darüber laufen lassen müssen, um die Daten lesen zu können. Vorher hatte ich nur Kauderwelsch angezeigt bekommen."

„Trotzdem haben Sie sich benommen wie der hinterletzte Idiot", knurrte die Frau. „Wir planen den Coup über Jahre hinweg, und Sie bringen das Ganze einfach so in Gefahr. Warum haben Sie denn ihren Fahrer nicht die Sache regeln lassen, Sie Idiot? Warum sind Sie nicht einfach im Auto geblieben?"

„Weil… ich habe nicht nachgedacht. Ich wollte sehen, ob der Fußgänger möglicherweise mit einer Regelung ohne Polizei einverstanden gewesen wäre."

„Ja, davon können wir ausgehen", spottete die Frau. „Es sieht so aus, also ob Sie in eine vorbereitete Falle getappt wären. Die Polizei wäre das letzte gewesen, was diese Typen gebrauchen konnten."

„Das sehe ich auch so", stimmte der Mann zu. „Ich habe aber schon Maßnahmen eingeleitet, um die Daten wiederzubeschaffen. Der angebliche Fußgänger hat sich mit der Handfläche auf meiner Motorhaube abgestützt. Ich habe meine Leute darauf angesetzt, und wir haben herausgefunden, zu wem die Fingerabdrücke gehören.

Der Bursche heißt Iakub Tahiri, ist gebürtiger Syrer und 2019 als Flüchtling nach Berlin gekommen. Nach den offiziellen Dokumenten bezieht er Hilfe zum Lebensunterhalt und wohnt in einer Unterkunft in Marzahn. Er ist unverheiratet und 22

Jahre alt. Gegen ihn sind keine Ermittlungsverfahren anhängig, aber die Berliner Polizei verdächtigt ihn, Mitglied einer Verbrecherbande von syrischen Dieben zu sein, welche von einem Mann geleitet wird, von dem man nur den Spitznamen „Ratte von Aleppo“ kennt.

Wenn das stimmt, hat Tahiri den Koffer an diese „Ratte“ weitergegeben. Wahrscheinlich werden sich unsere Probleme mit einem lauten Knall in Staub auflösen, und wir haben noch etwas Gutes für Berlin getan, indem wir die Führungsspitze einer Diebesbande ausgelöscht haben.“

„Ich würde nicht zu sehr darauf hoffen“, versetzte die Frau scharf. „Ich bin zwar Mitglied der Generation 60+, aber ich bin nicht weltfremd. Ratten haben gute Instinkte, und Sprengsoff können sie wittern. Vielleicht kennen sie sogar die Verdrahtung in den Aktenkoffern. Ich glaube also, dass sie an den Stick herankommen werden, ohne sich in die Luft zu sprengen. Und was dann?“

Sie holte Luft und sah den Mann auf dem Bildschirm vor sich an, der offenbar darauf wartete, dass sie weitersprach. Sie tat ihm also den Gefallen.

„Wenn sie den Stick in einen PC stecken, wird dieser sofort ein Trackingsignal absenden, durch den wir genau wissen, unter welcher IP-Adresse wir suchen müssen. Und um die Daten zu entschlüsseln, bedarf es eines Fachmanns, und von denen stehen 75% auf unserer Lohnliste. Also warten Sie auf das Signal, halten Sie Ihre Leute bereit und beschaffen Sie den Stick wieder. Wenn nicht möglich, vernichten Sie ihn. Und damit eines klar ist: jeder, der auch nur von der Existenz des Sticks weiß, ist final auszuschalten."

„Ungeachtet Alter, Nationalität und Geschlecht?", fragte der Mann nervös. Die Frau schnaubte nur.

„Hier geht es um wichtigere Dinge als um das Leben einer Handvoll Menschen. Wir haben in Phase eins schon über zwanzig per Sprengstoff getötet, und wenn ich an Phase zwei denke…da kommt es auf einige mehr nicht mehr an. Und denken Sie an die Planung der Phasen zwei und drei. So ein Kinkerlitzchen wie zwei oder drei Menschenleben fallen da nicht ins Gewicht. Also legen Sie los. Wir haben schließlich einen Zeitplan zu erfüllen."

Der Mann nickte, denn auch ohne seinen abhanden gekommenen Stick kannte er den Plan mehr als nur genau. „Meine Spezialeinheiten sind schon auf der Suche nach den syrischen Bastarden. Diese Volksgruppe in unserem Land spielt uns einfach perfekt in die Karten," meinte er, und seine Chefin machte eine bestätigende Geste.

„Vollkommen richtig, Nummer vier. Ohne sie wäre der Plan nichts als Stückwerk gewesen, sozusagen ein Muster ohne Wert. Jede Straftat, die ein Flüchtling begeht, erleichtert unsere Aufgabe. Sie hatten schlicht und ergreifend nur Pech. Aber wenn keiner von denen, wäre es ein anderer gewesen."

Der Mann nickte und beendete das Videogespräch. Die Frau am anderen Ende der Leitung sah noch einige Sekunden auf den Bildschirm und erhob sich dann. Sie war es zwar gewohnt, unangenehme Entscheidungen zu treffen, aber Menschen zu opfern war nicht immer einfach. Wenn es jedoch sein musste, ging sie auch über Leichen.

Sie hoffte nur, dass es nicht nötig sein würde, sich des einen oder anderen Mitverschwörers zu entledigen.

***

„Nur ein Stick? Kein Geld? Keine Dokumente, mit denen wir den Besitzer identifizieren und erpressen könnten? Allah, hilf mir! Und für so etwas habe ich meine Knochen riskiert?"

Iakub Tahiri stand fassungslos vor Mounir Ben Mohammad, der gelassen und mit gefalteten Händen hinter seinem Schreibtisch saß. Bei den Worten seines „Stuntman", wie er seine Spezialisten für vorgetäuschte Unfälle zu nennen pflegte, hatte er zu lächeln begonnen, und dieses riss auch bei seiner Antwort nicht ab.

„Geduld, mein Freund. Du bist mit deinem Urteil viel zu voreilig. Der tatsächliche Wert dieses Sticks ist wahrscheinlich viel höher als du dir vorstellen kannst. Ich gebe dir mal ein Beispiel.

Ich habe kurz nach meiner Ankunft einmal einem recht unscheinbaren Mann die Brieftasche gestohlen, in dem neben dem Ausweis auch das Foto einer jungen Frau steckte. Meine Recherche ergab, dass er der CEO eines Großunternehmens und ein ziemlich verknöcherter Prominenter war, der sehr viel Wert auf das Image eines harmonisch erscheinenden Familienlebens legte. Als ich ihn kontaktierte und den üblichen „Finderlohn“ forderte, ließ ich kurz anklingen, was wohl seine Frau - sie war es nämlich nicht auf dem Foto gewesen - oder die Yellow Press von einer kurzen Info halten würde. Er hat mir daraufhin freiwillig 50.000 € gezahlt, mehr, als wir aus den Konten jemals hätten herausholen können. Und auch heute brauche ich ihn nur anzurufen, um von ihm eine fünfstellige Spende zu erhalten, wenn wir mal spontan Geld brauchen.

Du siehst, mein Freund“, schloss er seinen Bericht, „der Wert eines Objektes ist nicht absolut, sondern relativ. Und bei diesem Ding hier“, er deutete auf den Stick auf der Schreibtischplatte, „glaube ich schon, dass es erheblichen Wert für seinen Besitzer hat.

Ich bin damit vor zwei Stunden in einem Internetcafé gewesen und habe den Datenträger in einen PC gesteckt. Als ich sah, dass der Inhalt verschlüsselt war, habe ich den Stick instinktiv aus dem Slot gezogen und das Café fluchtartig verlassen, und das erwies sich als richtig.

Nur zwei Minuten später betraten zwei Männer den Laden, die Mouzzef, den ich als Beobachter postiert hatte, sofort als professionelle Killer erkannt hat. ‚Die sahen aus wie die Leute von Assads Geheimpolizei‘, hat er mir berichtet, und das reicht mir. Der Stick ist also offenbar mit einem Tracer ausgestattet, der sich aktiviert, sobald jemand versucht, die Daten auszulesen, und das ist keine Software für jemand, der seine Steuererklärung verschlüsseln will.

Was wir hier haben ist potenzielles Dynamit. Auf dem USB-Stick befinden sich Firmen- oder Staatsgeheimnisse oder etwas Vergleichbares, da bin ich mir absolut sicher. Also etwas, das zwar sehr gefährlich, aber auch extrem wertvoll ist – zumindest für den oder die Ersteller der Dateien. Und die werden schätzungsweise jeden Preis dafür zahlen."

„Mag sein", wandte Iakub ein, „aber an wen wirst du dich wenden? Wie willst du herausfinden, wer die Daten erstellt hat, um ihn oder sie zu kontaktieren? Dazu müssten wir den Code wahrscheinlich erst einmal knacken!"

„Richtig", bestätigte Mounir. „Das ist die Aufgabe für den Neuen."

Iakub holte tief Luft und nickte, während sein Mund ein großes ‚O' formte. Der Neue, wie der Chef ihn genannt hatte, hieß Samir Al Husseini und war erst vor drei Monaten von Mounir in die Dienste des Clans genommen worden. Der Mann war mehr tot als lebendig in Deutschland angekommen, nachdem er in einem in der Nähe von Bagdad gelegenen Gefängnis mehrere Monate lang inhaftiert und gefoltert worden war. Seine Befragung durch Mounir nach der Ankunft hatte ergeben, dass er einer der besten Sprengstoff- und IT-Spezialisten der Geheimpolizei des Präsidenten Assad gewesen war, bis er die Augen vor dem Terror nicht mehr verschließen konnte und insgeheim die Seiten gewechselt hatte. Seine Informationen über die Truppenbewegungen der Regierung hatten der bewaffneten Opposition in Aleppo monatelang einen erfolgreichen Widerstand ermöglicht, bevor er enttarnt und verhaftet wurde. Zu seiner Überraschung wurde er nicht sofort erschossen, sondern einem intensiven Verhör unterzogen, welches ihn auf die Dauer zweifellos umgebracht hätte, wenn das Folterlager nicht durch amerikanische Drohnen angegriffen und fast völlig zerstört worden wäre.

Samir war halbtot aus den Trümmern gekrochen und hatte sich sofort auf den Weg nach Europa gemacht, da er in Syrien seines Lebens nicht mehr sicher war. Mounir hatte ihn verpflichtet, nachdem er in seinem Auffanglager fast umgehend damit begonnen hatte, ein Netzwerk mit wahllos alterierenden IPs einzurichten, wodurch eine Ortung durch die Behörden fast unmöglich wurde.

Der Clanchef hatte seinen neuen Rekruten sehr schnell zu schätzen gelernt. Die Hard- und Software war binnen weniger Tage optimiert worden, und die Sicherheit befand sich auf Geheimdienststandard. So hatte Samir auf einen geschützten Raum bestanden, dessen Abschirmungen jeden Datentransfer nach und jeden Zugriff von draußen verhinderte. Die Überprüfung der neu erlangten Datenträger erfolgte auch über einen nicht netzgebundenen PC. Optimale Voraussetzungen also, um den Versuch zu unternehmen, den erbeuteten Stick zu hacken.

„Das könnte aber dauern", murmelte Iakub, was bei Mounir nur ein Achselzucken bewirkte. „Na und?", antwortete er. „Wir haben Zeit. Uns hetzt keiner, und je länger wir nichts von uns hören lassen, umso nervöser werden die Besitzer des Sticks."

„Hoffentlich werden sie nicht zu nervös", knurrte Iakub. „Im Wilden Westen Amerikas wurden nervöse Männer meistens schießwütig." Er nickte seinem Boss zu und ging hinaus, um sich wieder seinen originären Geschäften zu widmen.

„Verschwinde, du notorischer Schwarzmaler", rief Mounir ihm hinterher. Er griff nach dem Stick und verpackte ihn in einem strahlungssicheren Etui, während er kopfschüttelnd über die Worte seines ‚Stuntmans' nachdachte. So eine Nervensäge, kam es ihm in den Sinn.

Er hätte wahrscheinlich freundlicher von ihm gedacht, wenn er gewusst hätte, dass sie sich nicht mehr lebend wiedersehen würden.

***

Iakub hatte kaum dem Kurfürstendamm erreicht, als ihn das merkwürdige Gefühl beschlich, beschattet zu werden. Zwei Männer um die dreißig hielten immer den gleichen Abstand zu ihm, egal wie schnell oder langsam er ging. Als er kurz stehenblieb, lief eine junge Frau gegen ihn, entschuldigte sich und ging weiter. Iakub war alarmiert. Er reagierte, wie er es gelernt hatte, betrat die U-Bahnhaltestelle und sprang in letzter Sekunde die U9 in Richtung Stieglitz. An der Haltestelle Mehringdamm wartete er, bis sich die Türen schlossen, um sich durch den letzten Spalt hindurchzuzwängen und sofort den Bahnhof zu verlassen. Von einem nahen Hauseingang aus beobachtete er, ob jemand ihm gefolgt war, bevor er zurück halbwegs beruhigt in die U-Bahn lief und mit der U7 bis zum Bahnhof Friedrichstraße zurückfuhr.

Nach kurzer Suche hatte er ein potenzielles Opfer entdeckt. Der Mann schien um die Vierzig zu sein und machte den Eindruck eines Touristen, der sich in Berlin nicht auskannte, denn er sah immer wieder auf einen Stadtplan, während er sich in Richtung Unter den Linden bewegte.

Das geschulte Auge Iakubs entdeckte natürlich sofort die auffällige Beule in der Gesäßtasche seines Opfers. Was für ein Simpel, dachte er abfällig. Das ist auch so einer, der ein Schild ‚Vorsicht vor Taschendieben' sieht und ganz automatisch zu der Stelle greift, an der sich die Geldbörse befindet. Das macht alles für uns viel einfacher.

Er pirschte sich an den Mann heran, bis er an der Kreuzung zur Mittelstraße unmittelbar hinter ihm war. Alles war bereit für den Fischzug, doch plötzlich tat der Mann etwas unerwartetes. Er blieb stehen, drehte sich um und sah Iakub mit einem Blick an, der den jungen Syrer entsetzte.

Die Augen des Mannes waren blau wie Gletschereis und von einer ebensolchen Kälte. Er sah Iakub scharf an, lächelte böse und sagte halblaut: „Das war's dann, mein Junge."

Iakub öffnete den Mund, um etwas zu sagen, aber dazu kam er nicht mehr. Aus der rechten Hand des Mannes zuckte etwas hervor, dass mit Wucht gegen die Brust des verhinderten Diebes stieß. Nur Sekundenbruchteile später verkrampften sich sämtliche Muskeln des Syrers, und er brach lautlos zusammen. Wäre er noch bei Sinnen gewesen hätte er bemerkt, dass es sich bei den zwei Männern, die ihn hilfsbereit auffingen, um diejenigen handelte, die er zuvor auf dem Ku-Damm als Verfolger registriert hatte. Bevor er jedoch wieder aufnahmefähig wurde, landete er im Kofferraum einer Limousine, deren Fahrerin er ebenfalls erkannt hätte. In diesem Fall wäre ihm klar geworden, dass sie ihm bei ihrem zufällig wirkenden Zusammenstoß einen Peilsender untergejubelt hatte, und diese Erkenntnis wäre für ihn als professionellen Taschendieb wirklich peinlich gewesen.

„Was machen Sie denn mit dem Mann?“, empörte sich eine Passantin und trat auf die Männer am Kofferraum zu. Einer von ihnen griff in die Tasche und zeigte der Frau einen amtlich aussehenden Ausweis. „Landeskriminalamt III, Abteilung Terrorbekämpfung. Bitte mischen Sie sich nicht in die Festnahme eines Tatverdächtigen ein.“

„Ach so“, murmelte die Frau und ging davon. Dass es für Polizisten mehr als unüblich ist, einen Festgenommenen in den Kofferraum zu sperren kam ihr nicht im Geringsten in den Sinn.

Zweifellos rettete dies aber ihr Leben.

Kapitel Sechs
Tag Drei, am Morgen

„Also, Oberregierungsrat Bruno Hauschild steht zu Recht auf der Verlustliste“, berichtete E-ckert im Rahmen der morgendlichen Besprechung. „Seine durch DNA-Test identifizierten Überreste sind am Tatort in solchen Massen weit verstreut aufgefunden worden, dass sein Tod feststeht wie das Amen in der Kirche. Den hat es echt komplett zerlegt.“ Er schnaubte angewidert.

„Gleiches gilt für Staatssekretär Phillip Demminger, den es im Auswärtigen Amt erwischt hat. Unser ID-Team macht auch bei den übrigen Personen riesige Fortschritte. Die 24 Opfer sind inzwischen bis auf drei alle identifiziert, und bei denen dürfte es sich mit ziemlicher Sicherheit um unsere Täter handeln. Bei Nakamura am Innenministerium wird es recht schnell gehen, da seine Frau uns mitgeteilt hat in welchem Hotel er übernachtet hat und wir Vergleichsproben sichern konnten. Was den Araber am Reichstag angeht, haben wir auch schon seine serologischen Spuren sequenziert, und möglicherweise passt ein Hinweis aus dem Best Western am Spittelmarkt. Dort ist ein Bagpacker aus Tunis vor zwei Tagen nicht in sein Zimmer zurückgekehrt. Alle seine Sachen sind noch dort, und auch sein Pass liegt noch im Hotelsafe.

Ich habe seine Personalie gecheckt, und weder europaweit über das Schengener Informationssystem SIS noch via Interpol in Tunesien kommt irgendetwas heraus. Mustafa Boureddine ist völlig unbescholten, aber unbekannt ist er nicht. Er ist oder besser war ein sehr bekannter Handballer in Tunesien, hat 2019 mit der Nationalmannschaft bei der WM gespielt und danach seine Karriere beendet. Er hat sich niemals salafistisch oder sonst wie radikal geäußert, im Gegenteil; er gilt als überzeugter Demokrat und ist auf dem Trip durch Europa gewesen, um noch etwas über parlamentarische Demokratie zu lernen und das zu Hause umzusetzen. Kurz gesagt, bei ihm ist sehr wahrscheinlich, dass er ebenso wie Nakamura nur als blinder Kurier eingesetzt wurde."

„Stimmt, alles andere würde nicht passen", murmelte Breuer. „Was ist denn mit dem Attentäter aus dem Auswärtigen Amt? Haben die Analysen schon etwas ergeben?"

„Schon, aber da sind einige Merkwürdigkeiten", entgegnete Eckert. „Wir haben die DNA von Demminger und dem Attentäter gefunden. Demminger ist wie gesagt eindeutig identifiziert, aber der Attentäter…". Er stockte.

„Ja was denn nun?", fragte Tanja Strasser unwirsch. „Sie werden doch schon Ergebnisse haben, zumindest zur Ethnie, Geschlecht und so weiter."

„Habe ich auch, und das ist ja das Verwirrende", verteidigte sich Eckert. „Wir wissen ja, dass der Bombenleger vorgetäuscht hatte, Ibrahim

Mansour, der Attaché des libyschen Botschafters zu sein, und die Videoauswertung zeigt auch einen Mann vom nordafrikanischen Typus. Allerdings sagt die Analyse, dass es sich bei dem zweiten Toten um einen Mitteleuropäer gehandelt haben muss, und wir wissen ja: DNA lügt nicht."

„Dann war der Auftritt als Mansour eine maskentechnische Meisterleistung", kommentierte Tanja Strasser trocken, und alle Kommissionsmitglieder nickten beifällig. Wiewohl sie Mörder verabscheuten, zollten sie einer professionellen Leistung Achtung.

„Stimmt, aber der Auftritt war auch wirklich einmalig – in jeder Hinsicht", schnappte Breuer, und das Nicken stoppte sofort.

„Zumindest habe ich ein paar vernünftige Fotos des angeblichen Attachés zu bieten", fuhr Eckert fort und schaltete den Beamer ein, der umgehend zwei nebeneinandergestellte Fotos auf die Wand projizierte. Das linke war offenbar eine Vergrößerung der Raumüberwachungskamera und zeigte den Täter in einer Ganzaufnahme und in Bewegung, das rechte war ein Portraitfoto, das von der Kamera in der Personenschleuse aufgenommen worden war. Darauf war deutlich zu erkennen, dass der Mann etwa 35 Jahre alt war, das Gesicht unter dem dunklen Vollbart schmal geschnitten war und er grüne Augen hatte, die mit einem seltsam melancholischen Ausdruck in die Kamera blickten.

Ein scharfes Einatmen ließ die Berliner Polizisten ihre Gesichter der BKA-Beamtin zuwenden.

Tanja Strasser hatte die Augen weit aufgerissen und starrte mit offenem Mund auf die Fotos, während sie damit begann, den Kopf langsam hin- und herzudrehen.

„Das… das kann nicht sein! Er kann es nicht sein! Ich…“, ihre Stimme erstarb, und ihr Kopf sank langsam herab.

„Wer kann es nicht sein?“, fragte Breuer neugierig. Als seine Kollegin den Kopf hob, konnte der Kommissar sehen, dass sich ihre Augen mit Tränen gefüllt hatten.

„Verzeihung“, flüsterte sie und wischte sich mit einer zornigen Bewegung das Wasser aus den Augen. „Der Mann auf dem Foto erinnerte mich nur an jemanden, aber der kann es aus zwei guten Gründen nicht sein.“

„Nu kiek mal an“, knurrte Beckmann gedehnt. „Det toughe Luder is jar nich so hart wie et tut. Wenn ick det richtig sehe, war mal wat zwischen Ihnen und dem Typ, an den Sie der Killer erinnert, wa?“

Tanja Strassers Blick durch immer noch an den Wimpern hängenden Tränen drückte etwas aus, das Mordlust ziemlich nahekam. Beckmanns Worte schienen nichtsdestoweniger zutreffend zu sein, denn nach wenigen Sekunden nickte sie.

„Stimmt, Daniel und ich waren fast drei Jahre zusammen, und wir standen sogar kurz davor zu heiraten. Das ist allerdings jetzt fünf Jahre her.“

„Aber das schließt aus meiner Sicht nicht aus, dass er der Killer sein könnte“, entgegnete Breuer. „Menschen ändern sich schließlich.“

„Sie haben sicher recht“, flüsterte die Polizistin. „Unser Verhältnis war aber auch keiner der zwei von mir erwähnten Gründe.

Zum einen: Daniel Vollmer war einer von uns, genauer gesagt, einer der besten Außendienstbeamten des Bundesnachrichtendienstes.“

„Ein Spion also, aha“, murmelte Breuer nachdenklich. „Das überzeugt mich allerdings auch nicht völlig. Es passiert schließlich ziemlich oft, dass Agenten umgedreht werden.“

„Dann sollten Sie aber mein letztes Argument hören“, erwiderte Strasser. „Es war nämlich nicht so, dass wir uns getrennt hätten. Kurz vor der Hochzeit musste er in einen Einsatz, und drei Tage später stand plötzlich ein hochrangiger Geheimdienstoffizier an meiner Tür und informierte mich darüber, dass die Transall, in der sich Daniel befand, unweit von al-Fashir in der sudanesischen Provinz Darfur abgestürzt sei und es keine Überlebenden gegeben habe.

Sehen Sie, Herr Breuer, Menschen ändern sich vielleicht. Tote aber nicht mehr.“

„Mag sein“, antwortete der Angesprochene gedehnt. „Die Ähnlichkeit muss jedoch überragend sein, wenn Sie ihn durch die Maskerade zu erkennen glauben. Was hat Sie überzeugt? Seine Augen, seine Bewegungen?“

Die BKA-Beamtin nickte nur wortlos, und Breuer seufzte. „Nun… Ich denke, wir sollten der Sache nachgehen. Schließlich habe ich eine Devise: glaube nicht an den Tod eines Menschen, bis du seine Leiche gesehen hast. Und selbst dann kannst du dich irren."

„Trotzdem, Chef: was sollte einen von uns dazu bringen, zum Selbstmordattentäter zu werden?", warf Eckert ein. Breuer blieb nur, die Schultern zu zucken.

„Noch wissen wir ja nicht, ob er es wirklich ist", entgegnete er und wandte sich an einen seiner Leute. „Poschmann, sie haben doch einen Draht zum BND. Haken Sie nach. Ich will alles über den Absturz dieser C-160 wissen, inklusive Schuhgröße des Bordmechanikers."

„Wird gemacht, Chef", schnappte Poschmann und tippte mit dem rechten Zeigefinger an den Kopf, um einen Salut anzudeuten.

„Aber ein Mitarbeiter einer Bundesbehörde…", Breuer schüttelte den Kopf. „Schwer vorstell…"

Er riss die Augen auf, als ihm plötzlich ein Gedanke kam. Jetzt wusste er, was ihm nach dem Gespräch mit der Frau aus Japan entfallen war.

„Eckert! Du hast berichtet, alle Toten und Verletzten seien identifiziert. Frau Kawashima sagte was von einem Staatssekretär, mit dem sich ihr Mann treffen wollte. Der ist nicht unter den Toten?"

„Definitiv nein, Chef. Wir hatten nur zwei hochrangige Behördenangehörige, den einen am

Reichstag und den anderen im Auswärtigen Amt. Sonst keinen."

„Klemm dich ans Telefon und finde heraus, welcher Staatssekretär im Innenministerium berechtigt ist, Verträge zum Ankauf von Überwachungssoftware abzuschließen. Ach ja: und er heißt Sven mit Vornamen. Das war leicht zu merken."

Eckert nickte und verschwand in sein Büro. Tanja Strasser hatte sich inzwischen wieder gefangen und wandte sich an Beckmann.

„Wieso war der Vorname leicht zu merken? Ich könnte das nicht, wenn ich den Namen nur einmal nebenbei…"

„Sein Sohn hieß Sven", antwortete Beckmann knapp, drehte sich um und ließ sie stehen.

Die Kommissarin musste nicht nachfragen, was mit Breuers Sohn geschehen war. Der Gebrauch der Vergangenheitsform sagte ihr genug. Sie wollte sich entschuldigend an den Kommissionsleiter wenden, als Eckert schon wieder zurückkam. Sein Gesicht glühte vor Eifer, und es war klar, dass er Neuigkeiten hatte.

„Chef, hier ist was oberfaul", platzte er heraus. „Der Bursche, den du meinst, heißt Sven Kleinschmidt, und er hat tatsächlich zum Zeitpunkt des Anschlags ein Treffen mit Kawashima gehabt."

„Na fein, dann her mit dem Kerl. Politiker oder nicht, mit ihm will ich reden. Was grinst du so?", fragte er Eckert, doch der änderte seinen Gesichtsausdruck nicht im Mindesten.

„Stell dich hinten an, Boss. In seinem Ministerium sind sie auch auf der Suche nach ihm. Er ist nämlich seit dem Anschlag wie vom Erdboden verschluckt."

***

Das Erwachen war mit einem grellen, fast unerträglichen Schmerz verbunden gewesen. Martha Stolzenburg tat das, was jeder in ihrer Lage getan hätte. Sie schrie sich die Seele aus dem Hals, bis sie spürte, dass eine warme, weiche Hand ihre Schulter berührte und eine sanfte Stimme sie ansprach.

„Nur ruhig, Frau Stolzenburg. Wir haben die Medikation erhöht, und in wenigen Minuten dürften Sie keinen Schmerz verspüren."

Die junge Frau, die sie angesprochen hatte, beugte sich über die Verletzte und entpuppte sich als Krankenschwester. Tatsächlich ließ die Agonie schon Sekunden später nach, und der Blick der Frau im Bett klärte sich ein wenig.

„Wo bin ich? Was ist geschehen?", fragte sie noch leicht benommen, und die Schwester seufzte.

„Ich glaube, da hole ich erst mal Dr. Kerning. Er wird froh sein, dass Sie wieder aufgewacht sind, denn wir haben uns große Sorgen um Sie gemacht. Warten Sie einen Moment, er wird sofort hier sein."

Die Schwester, die höchstens Anfang bis Mitte 20 sein konnte, verließ die Patientin nicht, sondern sprach nur ein paar Worte in ihr Handy.

Keine Minute später erschienen zwei Männer in der Tür, von denen einer in den traditionellen Arztkittel gekleidet war, während der zweite zwar keine Uniform trug, aber dennoch die unübersehbare Autorität eines Polizisten ausstrahlte.

„Sie sind tatsächlich wach! Das ist überaus erfreulich“, strahlte der Arzt, und der Amtsträger neben ihm nickte zufrieden. „Sehr schön“, murmelte er. „Kann ich ihr denn einige Fragen stellen? Glauben Sie, dass sie schon in der Lage ist, eine Befragung auszuhalten?“

„Fragen Sie sie selbst“, erwiderte der Arzt und verschränkte die Arme hinter dem Rücken. „Sobald ich aber ein Risiko für meine Patientin sehe, breche ich das Verhör ab.“

„Kein Verhör, nicht mal eine richtige Vernehmung“, schüttelte der Polizist den Kopf und wandte sich an die Frau im Bett.

„Mein Name ist Kriminalhauptkommissar Karl Jaschke vom LKA Berlin. Frau Stolzenburg, sie sind im Rahmen eines Anschlags am Innenministerium verletzt worden und liegen in der Charité. Es tut mir leid, aber wir benötigen Informationen von Ihnen, die uns weiterhelfen könnten. Woran können Sie sich erinnern?“

Die Frau atmete mehrmals durch, und auf den Monitoren hinter ihrem Bett konnten die beiden Männer sehen, dass Herzfrequenz und Blutdruck anstiegen. Trotzdem antwortete die Verletzte ohne Zögern.

„Wir waren gerade angekommen und warteten am Tor, als dieser nette Japaner darum bat, durchgelassen zu werden. Er habe einen Termin, sagte er und hat sich ganz höflich verbeugt.

Unser Reiseleiter war zunächst etwas ungehalten, aber der junge Mann war wirklich reizend. Er sagte sogar noch, dass er den vergessenen Rucksack eines unserer Mitreisenden mit aus dem Hotel gebracht habe und entschuldigte sich, als sein Handy klingelte. Es sei seine Frau, sagte er.

Unser Reiseleiter fragte ihn nach dem Namen des Rucksackbesitzers und war überrascht, als der Japaner ihn nannte, denn es gab kein Mitglied namens Wegner oder Wagner in unserer Gruppe. Wir haben noch gerätselt was das Ganze sollte, als der Japaner sagte: ‚Ah, da ist er ja' oder etwas Ähnliches und er einige schnelle Schritte in Richtung des Eingangs machte. Dann gab es einen fürchterlichen Krach, und alles wurde schwarz, bis ich wieder hier aufwachte."

Der LKA-Beamte zog ein Foto aus einer Tasche und hielt es der Frau vor das Gesicht. Diese sog scharf die Luft ein und nickte zweimal ganz schnell. „Ja, das ist der Japaner", flüsterte sie. Sie versuchte nach dem Bild zu greifen, doch ihr rechter Arm schien ihr nicht zu gehorchen.

„Ihre Arme und Beine sind fixiert, zu ihrem eigenen Schutz", sagte der Arzt schnell. „Sie dürfen sich nicht bewegen, denn ihr Kreislauf befindet sich noch in einem kritischen Stadium. Wir werden jetzt gehen, denn es ist wichtig, dass Sie sich in aller Ruhe erholen, um wieder ganz gesund zu werden."

Der Polizist nickte und folgte dem Arzt, der sich anschickte, das Krankenzimmer zu verlassen, während er nochmals auf die Patientin sah, die inzwischen ihre Augen geschlossen hatte und zu schlafen schien. „Was man auch immer unter ganz gesund versteht", flüsterte er dem Arzt zu, der ihn strafend ansah.

Martha Stolzenburg schlief nicht, sondern hatte die Augen nur vor Erschöpfung geschlossen. Ihre Ohren waren jedoch offen, und die Worte des Polizisten erschreckten sie zutiefst. Sie wartete, bis auch die Schwester das Zimmer verlassen hatte, dann hob sie den Kopf aus dem flachen Kissen, um an ihrem Körper herabzusehen.

Fast ihr gesamter Oberkörper und ihr Bauch waren mit kleinen Mulltupfern übersät, die Operationsnarben verdeckten, und aus etlichen dieser Stellen ragten Schläuche heraus, aus denen Blut und Wundflüssigkeit in Vakuumflaschen gesaugt wurde. Es sah aus wie eine Szene aus einem Horrorfilm, doch dies war noch nicht einmal das Schlimmste.

Ihre Beine waren nicht direkt von einem Bettlaken bedeckt. Stattdessen war die Bettdecke wie ein Zelt über ihre Beine gespannt, sodass nichts sie berühren konnte. Der Polizist hatte, als er ihr das Bild Kawashimas zeigte dieses Gebilde etwas verschoben, und hierdurch war Frau Stolzenburg in der Lage, in das Innere des „Zeltes" zu blicken.

Was sie sah, ließ sie die Augen und den Mund weit aufreißen.

In der Mitte ihrer Oberschenkel befanden sich zwei Verbände, die sich langsam rot zu färben begannen. Unterhalb dieser Bandagen, wo sich eigentlich Knie, Unterschenkel und Füße befinden sollten, war nichts mehr.

Noch einmal schrie Martha Stolzenburg auf, doch diesmal nicht vor Schmerz, sondern vor Entsetzen.

***

Inzwischen war Iakub nicht mehr in der Lage einzuschätzen, ob es Tag oder Nacht war. Zu oft schon hatte er unter den unablässigen Schlägen die Besinnung verloren, und inzwischen fühlte sich sein Körper an wie eine einzige große Prellung.

Als er im Kofferraum liegend die Worte seines Entführers gehört hatte, wonach sie Polizisten seien war er im ersten Moment erleichtert gewesen, doch dieses Gefühl war schon bald verflogen, als er Wagen anhielt und der Kofferraum geöffnet wurde. Der junge Syrer hatte aufgrund des gleißenden Lichts instinktiv die Augen geschlossen, und danach hatte sich das Sehen erledigt, denn brutale Hände hatten seinen Kopf nach vorn gerissen und eine dunkle Kapuze darübergestülpt. Spätestens zu diesem Zeitpunkt war es Iakub klar geworden, dass es sich nicht um Polizisten handelte.

Ohne viel Federlesens hatten die Männer ihn in einen Aufzug verfrachtet und einige Stockwerke abwärts befördert. Als sich die Türen öffneten, wurde er kurzerhand an den Schultern ergriffen und einen Flur entlang geschleift. Iakub registrierte anhand der Rillen, über die seine gefesselten Füße glitten, dass dessen Boden mit großen Steinfliesen belegt war, und er zählte die Schritte der ihn transportierenden Männer, um die Länge des Flures einschätzen zu können.

Was nützt mir das jetzt noch, dachte er bekümmert, und er hatte allen Grund zur Skepsis. Seine zwei Entführer hatten ihn am Ende des Ganges in einen Raum befördert, auf einen Stuhl gesetzt, Hände und Füße mit Kabelbindern an das Sitzmöbel gefesselt und ihn im Hinausgehen die Kapuze vom Kopf gezogen. Kurze Zeit später hatten sich seine Augen an das Zwielicht gewöhnt, und er erkannte, dass er in einer Art Verhörzimmer, das karg möbliert und etwa 4 x 5 Meter groß erschien, gelandet war. In einer Ecke des fensterlosen Raumes stand ein kleiner Schreibtisch, hinter dem ein athletischer Mann Mitte 30 saß und Iakub interessiert betrachtete. Dieser ließ seinen Blick kurz auf seinem Gegenüber verweilen, bevor er sich weiter umsah und dünn zu lächeln begann als er feststellte, dass eine Seitenwand fast komplett von einer großen verspiegelten Scheibe eingenommen wurde. Spionspiegel waren ein alter Hut, selbst bei der syrischen Geheimpolizei.

Sein Lächeln erlosch, als der Mann hinter dem Schreibtisch auf ihn zu trat. Seine Bewegungen waren geschmeidig wie die einer Katze, und er trug dünne Lederhandschuhe. Iakub wusste was kommen würde, noch bevor ihn der erste Schlag traf.

„Das ist für den Hieb auf den Kopf meines Chefs“, murmelte der Mann und ließ die Faust sinken, die er Iakub gegen den Kinnwinkel geschmettert hatte. Der junge Syrer drehte den zur Seite gerissenen Kopf wieder seinem Gegner zu und lächelte, obwohl er das Gefühl hatte, von einem auskeilenden Ochsen getroffen worden zu sein. „Gut, dann sind wir quitt“, antwortete er mit klarer Stimme. „Allerdings habe nicht ich zugeschlagen. Es wäre also nett gewesen, wenn Sie…“

„Du hältst gefälligst dein Maul, bis ich dich was frage“, knirschte der Schläger und versetzte seinem Gefangenen einen Hieb in die Magengrube. Obwohl Iakub den Schlag kommen sah, sich straffte und die Bauchmuskeln angespannt hatte, drang die Trefferwirkung bis in seine Organe durch, und er fühlte sich, als habe man seinen Magen an die Wirbelsäule getackert. Er stöhnte, rang nach Luft und ließ den Kopf sinken, als ob er schwer angeschlagen sei. Tatsächlich war er fast erleichtert. Die Typen hatten ihn nicht sofort umgebracht, also wollten sie etwas von ihm wissen. Vielleicht würde es ihm gelingen, sich mit der üblichen Mischung aus Wahrheit und geschickten Lügen aus der Sache herauszuwinden. Doch seine Hoffnung schwand in den folgenden Stunden unter den unablässigen Schlägen des Folterknechts. Schließlich kam die entscheidende Frage.

„Wo ist die Ratte von Aleppo? Wir wissen, dass er dein Boss ist, und dass er den Stick hat. Also spucke es aus."

„Ich weiß es nicht. Er…", weiter kam Iakub nicht. Der wuchtige Schlag, diesmal gegen seine Schläfe gezielt schleuderte seinen Kopf nach rechts, und in seinem Schädel begann es zu summen, als habe man ihm einen Schwarm Hornissen implantiert.

„Wo ist die Ratte?", fragte der Hüne, der von den Augen des jungen Syrers nur noch verschwommen wahrgenommen werden konnte. Iakub fand, dass es jetzt an der Zeit war, mit einigen Halbwahrheiten herauszurücken. „Er wechselt seinen Aufenthaltsort fast stündlich", stöhnte er. „Wenn er mit uns reden will, erhalten wir einen Anruf, und ein Treffpunkt wird vereinbart. Und er hat jeden Tag eine neue Telefonnummer. Ich kann Ihnen die von gestern geben, aber da erreichen Sie niemanden mehr." Und das mit dem Telefon ist nicht einmal gelogen, dachte Iakub. Wenn ich doch nur klar denken könnte.

„Was ist mit dem Stick?", grollte eine neue Stimme, die anscheinend aus einem verborgenen Lautsprecher erklang. „Der ist doch wertlos gewesen", antwortete Iakub scheinbar erstaunt. „Verschlüsselt, nicht lesbar, also wird der Boss ihn weggeworfen und unsere Aktion als Fehlschlag abgehakt haben. Ich meine, was sollen wir damit? Vielleicht hat er ihn auch schon formatiert, um was anderes drauf zu speichern. Keine Ahnung. So dicke Freunde sind wir nicht."

Diesmal war eine wuchtige Rechts-Links-Kombination der Lohn für seine offenbar durchschaute Lüge. Als er den Kopf hob, empfand er überdeutlich, dass er den Raum nicht lebend verlassen würde. Ratten haben ein untrügliches Gespür dafür, ob sie sterben werden. Iakub hatte die Nase voll und beschloss, die Sache abzukürzen.

„Kann den ganzen Tag so weiter gehen", grinste er den Schläger an, ohne zu ahnen, dass er gerade Captain America zitiert hatte. „Bilde dir nicht ein, du wärest gut. Die Folterer der syrischen Präsidentengarde wussten, wie man zuschlagen muss. Du prügelst einfach drauf los. Wie erbärmlich! Mit Schlägen wirst du mich nie brechen, du Schlappschwanz!"

Der so beleidigte hob die Faust, um ihm das Gegenteil zu beweisen, besann sich aber in letzter Sekunde anders. Er drehte sich um, ging zum Tisch zurück und kehrte mit einem langen schmalen Objekt zurück, das er siegessicher zwischen Zeige- und Mittelfinger hielt.

„Siehst du das, mein Junge? Vielleicht habe ich mit der Faust bei dir keinen Erfolg, aber hiermit bin ich ein Meister. Ich werde dir die Haut bei lebendigem Leibe abschälen, und spätestens in einer halben Stunde wirst du dafür betteln, sterben zu dürfen."

Er machte eine kurze Handbewegung, und Iakub stöhnte vor Entsetzen auf. Nicht vor Schmerz, denn der Folterknecht hatte lediglich das in seine Stirn hängende Haar abgeschnitten, ohne die Haut auch nur im Geringsten zu verletzen. Jetzt wusste Iakub, dass er es mit einem echten Profi zu tun hatte und es nur eine Frage der Zeit sein würde, bis er tatsächlich redete.

„Was willst du wissen?", krächzte er, während sein Gehirn fieberhaft nach einem Ausweg suchte.

„Das habe ich dir schon zweimal gesagt, du Bastard. Wo ist der Stick? Und wo ist die Ratte von Aleppo, euer Anführer?"

Iakub hielt den Atem an, Die Worte des Mannes hatten ihm ganz deutlich etwas gezeigt, und trotz seiner hoffnungslosen Lage begann er zu lächeln.

„Woher wisst ihr von der Ratte? Kaum jemand kennt seinen Spitznamen, nur die Kinder aus den Ruinen, deren Held er war. Ihr könnt diesen Titel nur von einem von uns erfahren haben…". Er stockte, als ihm etwas einfiel.

„War es Mounir? Mounir Al-Zain, mein Cousin, der vor einem Monat spurlos verschwunden ist? Habt ihr etwas damit zu tun?"

„Ich habe keine Ahnung, wie der kleine Hurensohn hieß, den ich zuletzt hier behandelt habe, aber das kann schon sein. Der war ganz schön zäh.

Zwei Stunden hat er durchgehalten, bis er uns den Titel eures Chefs genannt hat. Leider versagte sein Herz, bevor er uns den Ort eures Hauptquartiers verraten konnte. Aber bei dir bin ich mir sicher, dass du zäher bist, und ich kenne euch Ruinenkinder. Ihr werdet alles tun, um euer erbärmliches Leben zu retten. Zur Not verkauft ihr auch eure eigene Mutter. Also: wo ist die Ratte?"

Iakub begann lauthals zu lachen. „Ihr kennt nicht einmal seinen wirklichen Namen! Wie wollt ihr ihn dann finden? Und ich sage nichts, ihr Versager!" Er warf den Kopf in den Nacken und lachte nur noch lauter.

Außer sich vor Wut griff der Folterer Iakubs Nackenhaare und drückte den Kopf wieder nach vorn, bis die Spitze des Skalpells unmittelbar vor dem rechten Auge des Gefangenen schwebte. Wie in Panik zog Iakub seinen Kopf etwas zurück, bis der Kerl die Bewegung stoppte. „Noch ein Wort zu viel, und ich schneide dir die Augen heraus, dass du Allahs Paradies niemals sehen wirst", flüsterte der Mann. Er ahnte nicht, dass er Iakub damit genau in die Karten spielte, da dieser mit seinem Leben abgeschlossen hatte und nur noch beabsichtigte, seinem Tod einen Sinn zu verleihen. Als I-akub den Kopf nochmals zurückbog, drückte der Schläger dagegen. Genau darauf hatte Iakub gehofft. Er warf den Kopf gedankenschnell nach vorn, das Skalpell bohrte sich durch sein Auge bis ins Gehirn und tötete ihn in Sekundenschnelle.

Mitunter spüren auch Ratten, wofür es sich zu sterben lohnt.

Kapitel Sieben
Tag Drei, früher Nachmittag

Inzwischen verfluchte Delta seine voreilige Flucht aus dem Ministerium. Zwar hatte er damit sein Leben zunächst einmal gerettet, aber alle Unterlagen und Dokumente, die jetzt von Wert waren, befanden sich in seinem Büro. Sicher, es existierten Kopien, die er zu Hause und in einem Bankschließfach deponiert hatte, aber nach Hause konnte er auf keinen Fall gehen, denn dort würden „sie“ garantiert auf ihn warten. Und die Bank? Er war leider so naiv gewesen, sein eigenes Kreditinstitut auszusuchen, und auch hier würde er garantiert in eine vorbereitete Falle laufen.

Der Tod seiner beiden Freunde hatte klar gezeigt, dass sie enttarnt worden waren, obwohl sie bei ihren Recherchen mehr als vorsichtig vorgegangen waren. Da sie wussten, mit wem sie sich eingelassen hatten, waren tödliche Gegenmaßnahmen mehr Gewissheit als Möglichkeit gewesen. Trotzdem hatten sie gehofft, mehr Zeit zu haben, bis die Gegenseite auf sie aufmerksam wurde.

Delta seufzte bei dem Gedanken an die beiden verstorbenen Freunde. Immerhin war es schnell gegangen, und sie dürften nichts mehr gespürt haben. Er bezweifelte allerdings, dass die Gegner für den Fall der Fortsetzung ihrer Aktivitäten ihm und den anderen Überlebenden gegenüber ähnlich gnadenvoll agieren würden.

Sein gut geschnittenes Gesicht verhärtete sich zusehends bei dem Gedanken, dass die wahrscheinlich als Warnung gedachte Ermordung von Bravo und Echo eher das Gegenteil bewirken würde, denn sie hatte gezeigt, dass es zur Ausschaltung des Gegners (Delta kam es in den Sinn, dass sie fortan als ‚Feinde' betrachtet werden mussten) keine wirkliche Alternative geben würde.

Delta vertraute in seiner Dienststelle nur einer einzigen Person so sehr, dass er ihr sein Leben anvertraut hätte. Und genau darauf kam es jetzt an, dachte er trocken, als er zu dem Wegwerfhandy griff, das er sich zusammen mit einem zweiten, welches er jetzt anrief, bei einem Discounter gekauft hatte.

Es klingelte lediglich zweimal, bis sich die gewünschte Teilnehmerin meldete. „Ja, wer ist..."

„Ich bin's", unterbrach sie Delta knapp. „Sprechen Sie nur weiter, wenn Sie allein sind. Wenn nicht, sagen Sie ‚nein, da sind Sie hier falsch' und legen auf."

„Chef! Mein Gott, bin ich froh, Ihre Stimme zu hören! Als Sie sich nach dem Anschlag nicht meldeten, haben wir alle hier schon das Schlimmste befürchtet!". Die Stimme der jungen Frau war kurz davor zu brechen, und Delta konnte hören, dass sie tatsächlich mit den Tränen kämpfte. Tränen der Freude, wie unverkennbar war.

„Schon gut, Trixi. So schnell sehe ich mir nicht die Radieschen von unten an – hoffe ich. Ich habe aber gerade einen Auftrag erhalten, bei dem es sehr gut passt, dass ich offiziell als vermisst gelte. Sollten Sie jemals gefragt werden, welche Erklärung Sie für mein Verschwinden haben, sagen Sie einfach, Sie hätten keine Ahnung. Egal, wer Sie fragt, und sei es die Polizei, ein Staatsanwalt oder ein Bundesminister. Lügen Sie, dass sich die Balken biegen, und wenn Sie aufgefordert werden zu spekulieren…"

„…sage ich einfach, dass sie wahrscheinlich desorientiert und im Zustand der Amnesie durch Berlin irren", ergänzte die Trixi genannte Beatrix Porthum. Delta lächelte. Trixi hatte sich an einen Vorfall vor zwei Jahren erinnert, als ein Mitarbeiter ihres Büros nach einem Autounfall in Potsdam drei Tage verschwand und in genau dem geschilderten Zustand in Bernau aufgegriffen worden war.

„Ich hatte mich schon gefragt, was das mit dem Handy soll, dass mir gerade zugestellt worden ist. Das Einzige, was mir einfiel war, dass Sie möglicherweise mal wieder in einer Undercover-Aktion unterwegs sind."

„Sehr gut, Trixi, und sehr richtig. Ich muss Sie allerdings um einen Gefallen bitten, und den müssen Sie sehr unauffällig erledigen. Ich benötige einen bestimmten Ordner aus meinem Büro, aber es ist wichtig, dass sein Verschwinden nicht auffällt. Er muss also durch eine identische Kopie ersetzt werden."

„Warum soll ich ihn denn nicht scannen und Ihnen die Dateien auf einen Stick ziehen?", fragte

Trixi. „Auf keinen Fall!“, schnappte Delta. „Jede Datei kann mit einer Tracking-Software auf jedem PC gefunden werden. Schriftstücke muss man mit den Augen suchen. Also keine Dateien! Ich benötige die Originale. Außerdem müssen Sie einkalkulieren, beobachtet zu werden, im Büro und außerhalb. Selbst wenn Sie das bemerken, verhalten Sie sich unauffällig.

Gehen Sie nach Dienstende völlig normal nach Hause und bleiben Sie bis 19 Uhr dort. Dann bringen Sie mir die Unterlagen. Erinnern Sie sich, wo ich Sie getroffen habe, als Sie sich bei uns beworben haben? Bestellen Sie sich einen Espresso und gehen Sie zur Toilette. Dort werden wir uns treffen.“

„Okay, Chef. Nur müssen Sie mir auch sagen, um welche Unterlagen es geht. Sie haben ihr ganzes Büro mit Ordnern gefüllt, weil Sie Computern nicht trauen, und ich weiß nicht, welchen der 500 Sie meinen.“

Delta lachte auf. „Ach ja, natürlich. Der Ordner steht im Regal an der Seitenwand links vom Eingang, und zwar als vierter von rechts im dritten Fach von unten gesehen. Es ist ein unauffälliger Schmalrückenordner mit der Aufschrift „Genthin 2017“. Stellen Sie eine identische Kopie des Inhalts her und bringen Sie mir die Originale. Und noch etwas: ziehen Sie beim Kopieren Handschuhe an.“ Ohne ein weiteres Wort legte Delta auf.

Trixi ließ das Handy sinken und steckte es in ihre Hosentasche. Keine Sekunde zu früh, wie sich zeigte.

Die Tür öffnete sich, und ihre neugierige Kollegin Ellen Kerner streckte den Kopf hinein. „Mit wem hast du da gerade gesprochen, Trixi? War ja ein intensives Gespräch, der Lautstärke nach." Sie grinste anzüglich.

Trixi zwang sich zu einem Lächeln. „Ja, du hast recht. Ich habe einen neuen Freund, aber sage es nicht weiter."

„Ach was, ich schweige wie ein Grab", posaunte Ellen und schloss die Tür hinter sich. Jetzt wurde Trixis Lächeln echt. Die Aussage der Tratschtante bewies Trixi, dass die Existenz eines neuen Freundes in kürzester Zeit dem ganzen Büro bekannt sein würde.

In den nächsten beiden Stunden erreichten sie etliche Anforderungen von Material, welches sie aus Deltas Büro holen und für andere Abteilungen kopieren musste. Es fiel ihr also leicht, den von ihrem Chef benötigten Ordner darunter zu schmuggeln. Sie hatte auch schon eine Idee, wie sie das Material mitnehmen konnte.

Nahezu täglich kamen Werbeunterlagen unterschiedlicher Firmen in dicken Umschlägen bei ihr an. Einer davon hatte das richtige Format, um die Blätter aus dem angegebenen Ordner aufzunehmen, ohne aus den Nähten zu platzen. Sie warf also den Baumarktkatalog ins Altpapier und ersetzte ihn durch die angeforderten Schriftstücke.

Bei der Taschenkotrolle zum Dienstende warf der Posten am Ausgang nur einen flüchtigen Blick auf den Umschlag und grinste. „Na, haben Sie was vor?“, fragte er und schloss die Tasche. Trixi zeigte Ihm ein skeptisches Gesicht. „Ich plane eine Gartenumgestaltung. Mal sehen, was ich brauche und was mich das Ganze kosten würde – und wer mir dabei hilft. Das war jetzt keine Aufforderung“, beeilte sie sich zu sagen, als sie sah, wie der Uniformierte sich in Positur warf. Bei diesen Worten erloschen jedoch seine Hoffnungen, und er sank wieder in sich zusammen wie ein Ballon, aus dem die Luft entweicht.

Schade, dachte der Posten, als er hinter Trixi hersah. Ihr hätte ich gern geholfen, und nicht nur bei der Gartengestaltung.

Die attraktive Dreißigjährige wusste genau, wie sie auf die Angehörigen des anderen Geschlechts wirkte, und dies setzte sie auch ein, wenn es notwendig war.

Auf dem Nachhauseweg prägte sie sich die Gesichter der anderen Fahrgäste in der S-Bahn genau ein, bevor sie zweimal ausstieg, um in verschiedenen Geschäften etwas einzukaufen. Als sie an der Haltestelle Schlachtensee ausstieg war sie sich sicher, dass ihr niemand gefolgt war.

Von der Haltestelle aus waren es noch rund 200 m bis zu dem Haus auf der Altvaterstraße, welches sie seit dem Tod ihrer Eltern allein bewohnte. Einer der Gründe für ihre Einstellung war ihre finanzielle Unabhängigkeit gewesen, welche sie über jeden Korruptionsverdacht erhaben machte. Wer Millionen hat, lächelt über normale Bestechungssummen nur. Beatrix Porthum besaß ein Vermögen von rund 30 Millionen Euro, was aber nur eine Handvoll Eingeweihte wusste. Für alle anderen war sie die zuverlässige Chefsekretärin, die hart für ihren Lebensunterhalt arbeitete und keine Überstunden scheute.

Zu Hause blickte sie auf die Uhr und stellte fest, dass sie bis zum Treffen mit ihrem Chef noch genug Zeit hatte. Sie duschte, schminkte sich sorgfältig und kleidete sich an. Ein in Frauenmode Erfahrener hätte fraglos bemerkt, dass sie beim Verlassen des Hauses ein sündhaft teures Louis Vuitton-Ensemble trug, aber von dieser Klientel war gerade niemand in der Nähe. Und niemand bemerkte, dass ihre Bolerojacke einen darunter befindlichen Beutel mit Papieren verbarg.

Sie kannte ihr Ziel genau. In dem Restaurant in orientalischem Stil auf der Breisgauer Straße hatte sie sich vor gut drei Jahren mit ihrem jetzigen Chef getroffen, weil es quasi auf halbem Wege zwischen ihrer beider Wohnungen lag. Die Chemie zwischen ihnen stimmte, und nach den vorgeschriebenen Sicherheitschecks trat sie ihre Stelle an, was sie bis heute nicht bereut hatte. Der Chef war zwar ein ziemlicher Geheimniskrämer mit einer Abneigung gegen Computer, aber er war ein guter Mensch, ein sehr guter sogar, und ein sehr netter…

Trixi riss sich zusammen, als sie das Restaurant betrat. Jetzt war nicht die Zeit für Träume, die eher einem Teenager zugetraut werden könnten als einer gestandenen Frau. „Ich setze mich an den Tisch am Fenster“, teilte sie dem diensteifrig herbeieilenden Kellner mit und bestellte einen Espresso, bevor sie in Richtung der WCs ging.

Der Toilettenmann war ein älterer, krumm sitzender Herr von geschätzt 60 Jahren, dem sie kaum einen Blick zuwarf. Als er sie unvermittelt ansprach, schreckte sie zusammen. „Haben Sie es dabei?“, flüsterte er.

„Chef! Mein Gott! Ich habe Sie überhaupt nicht erkannt“, wisperte Trixi zurück, während sie den Beutel unter ihrer Jacke hervorholte. „Diese Maskerade erinnert mich an ‚Mission Impossible‘! Ist das nicht etwas übertrieben?“

„Leider nicht“, flüsterte Delta zurück, während er zum Test einige Seiten überflog und schließlich zufrieden nickte. „Gehen Sie an Ihren Tisch zurück, und dann fahren Sie nach Hause. Mein Original löst mich in zehn Minuten ab, und dann verschwinde ich durch den Hinterausgang. Ich melde mich wieder bei Ihnen. Und vernichten Sie das Einweghandy nebst Karte! Meins besitzt jetzt ein Drogenabhängiger am Cotti. Das Gesicht meiner Verfolger möchte ich gern sehen, wenn sie ihn orten.“

„Ist diese Geheimnistuerei wirklich notwendig? Ich fühle mich wirklich wie in einem Agentenfilm“, fragte Trixi gequält, doch Delta nickte ernst.

„Ist es. Vielleicht ist es die wichtigste Operation, die wir je hatten. Es könnte sein, dass unser aller Existenz, so wie wir sie kennen, auf dem Spiel steht. Und jetzt ab zu Ihrem Tisch! Ach, vergessen Sie nicht, die 50 Cent auf den Teller zu legen."

In seinen Augen blitzte für eine Sekunde sein Humor auf, und Trixis Gesicht verzog sich zu einem Lächeln, das auch nicht erlosch, als sie an ihrem Tisch angelangt war.

Ach Chef, wenn Sie nur wüssten, was ich für Sie empfinde, dachte sie. Wenn ich Sie nur einmal mit Ihrem Vornamen anreden dürfte. „Sven…", flüsterte sie.

Vielleicht wäre ihr Lächeln noch breiter geworden, wenn Delta, oder besser: Staatssekretär Sven Kleinschmidt, der gerade in seiner Maskerade das Lokal durch einen Hinterausgang verlassen hatte ihr erzählt hätte, was er seinerseits für sie empfand…

***

„Wenn ich dich einen gottserbärmlichen Stümper nenne, ist dies ein unverdientes Kompliment", fauchte der Mann hinter der Glasscheibe den unglücklichen Folterknecht an. „Das ist jetzt der zweite hintereinander, der dir unter den Händen stirbt, ohne etwas Verwertbares ausgespuckt zu haben!"

„Ja", murmelte der Mann betrübt. „Er hat mich übertölpelt, weil ich ihn unterschätzt habe. Ich habe nicht damit gerechnet, dass er bereit ist, seinem Leben freiwillig ein Ende zu setzen."

„Und ich dachte, in Afghanistan hättest du oft genug mit islamistischen Attentätern zu tun gehabt! Dieser Bursche scheint geglaubt zu haben, er müsse sich als Märtyrer seiner Sache opfern. Und du gibst ihm auch noch die Möglichkeit dazu!"

„Moment mal", begehrte der Killer auf. „Das in Afghanistan waren Selbstmordattentäter der Taliban. Bei denen wusste ich, woran ich war. Hier ist das was anderes! Das sind Ratten in Menschengestalt, Überlebenskünstler! Ich kann doch nicht damit rechnen, dass jemand, der alles getan hat, um zu überleben und hierher zu kommen, sein Leben einfach wegwirft!"

„Doch", kam die kalte Antwort. „Genau dafür haben wir dich geholt. Und du hast auf der ganzen Linie versagt. Für Versager ist kein Platz bei uns."

„Na schön, und was habt ihr jetzt vor?", fragte der Mann zynisch. „Feuern könnt ihr mich nicht."

„Du hast immerhin zwei Menschen umgebracht", erinnerte ihn die harte Stimme. „Das schreit geradezu nach einer Ahndung."

„Hey, Moment mal", protestierte der Folterer. „Ich habe strikt nach euren Anweisungen gehandelt. Es war nicht meine Idee, sie intensiv zu befragen, und dass sie starben… nun, einmal war es ein Unfall, und einmal ein Selbstmord.

Wenn ihr etwas gegen mich unternehmt, werde ich reden. Ich glaube, die Polizei wird ganz Ohr sein."

„Nein, das wird sie nicht“, entgegnete der Mann hinter der Scheibe langsam. „Und zwar nur deshalb, weil Tote nicht reden.“

Der Mann im Verhörzimmer stand eine Sekunde bewegungslos, dann rannte er in Richtung Tür, doch es war schon zu spät. Mit einem Klicken hatte sich die Tür verriegelt, und aus verborgenen Düsen erklang ein leises Zischen.

Mit wachsender Verzweiflung warf sich der Mörder gegen die Tür, doch nach wenigen Sekunden begann er nach Luft zu ringen, und er brach wie vom Blitz getroffen zusammen.

„Schwefelwasserstoff ist doch immer wieder wirksam“, murmelte der Mann hinter der Scheibe, der dem Sterben des Folterers ungerührt zugesehen hatte. Er drehte den Kopf und nickte dem Mann neben ihm zu, der auf den Knopf drückte, welcher die verpestete Luft aus dem Zimmer saugte.

„Der kleine Syrer kann irgendwo auf der Straße deponiert werden“, ordnete der Chef der Beobachter an. „Man wird ihn für ein Opfer des aktuellen Bandenkriegs halten. Den KSK-Mann setzt in ein Auto, dichtet es ab und leitet Auspuffgase hinein. So tarnen wir das Ganze als Selbstmord eines psychisch gestörten Ex-Soldaten, der mit den Erlebnissen im Kampf nicht klargekommen ist. Für die gefälschten toxikologischen Untersuchungsergebnisse sorge ich schon.“

Er stand auf und ging hinaus. Entgegen seiner gezeigten Ruhe brodelte es in ihm. Wo zum

Teufel war dieser verdammte Stick? Langsam, aber sicher wurde ihm mulmig zumute.

Es konnte schließlich gut sein, dass ihm das gleiche Schicksal blühte wie seinem Folterknecht…

Kapitel Acht
Tag Drei, am Abend

Hauptkommissar Ingo Poschmann machte ein betrübtes Gesicht, als er das Telefongespräch beendete. „Man kann oder will mir keine genauen Angaben zu den Todesumständen von Daniel Vollmer machen. Tut mir leid Chef, aber meine Kontakte blocken total.“ Er zuckte bedauernd die Schultern und wandte sich zum Gehen.

Tanja Strasser blickte ihm verständnisvoll nach. „Er hat sein Bestes versucht. Vielleicht rächt es sich jetzt, dass ich damals nicht nachgefragt habe, aber ich stand zu sehr unter Schock, um klar denken zu können.“

Sie rieb sich die Augen und sah Breuer einen Moment lang überlegend an. Dann erhob sie sich, nahm ihre Jacke von der Stuhllehne und bedeutete Breuer, ihr zu folgen.

Die beiden waren allein in den Räumen der Ermittlungsgruppe, nachdem Breuer seine Leute nach Hause geschickt hatte. Die Berichte über die Nachforschungen, insbesondere die Vernehmungen der Verletzten waren hart gewesen. Martha Stolzenburg war nicht die einzige gewesen, die den Anschlag zwar überlebt hatte, aber für ihr ganzes restliches Leben gezeichnet sein würde. Bei aller Professionalität: auch Polizisten waren nur Menschen, und die Betroffenheit war ihnen an den Gesichtern abzulesen gewesen. Breuer hatte aber auch erkannt, dass die anonymen Opfer jetzt ein Gesicht erhalten hatten. „Ein Toter ist ein Unglück, tausend Tote sind eine Katastrophe. Eine Million Tote ist eine Zahl in einer Statistik“, hatte Stalin einst gesagt. Von dieser Einstellung waren seine Leute jetzt weit entfernt. Er erhob sich ebenfalls und folgte seiner Kollegin, innerlich darüber grübelnd, was sie von ihm wollte. Er sollte es bald erfahren.

„Haben Sie etwas dagegen, mir noch ein wenig Gesellschaft zu leisten, während ich versuche, die Geister der Vergangenheit zu bekämpfen? Ich brauche dazu Gesellschaft – und etwas zu trinken.“

„Ja und nein“, antwortete Breuer. „Gesellschaft – ja, von mir aus, aber trinken – nein danke. Ich kann Ihnen aus eigener Erfahrung sagen, dass Alkohol keine Lösung ist.“

„Chemisch gesehen, haben Sie recht. Da ist es ein Molekül“, erwiderte die BKA-Beamtin knapp. „Aber ich verstehe schon, was Sie meinen. Trotzdem könnten Sie sich mit einer Cola neben mich setzen und sich anhören, wie ich mich ausheule. Ich brauche das jetzt, und ich weiß von meinem Vater, dass Kollegen manchmal besser zuhören und mehr bewirken als Psychiater.“

„Na schön“, seufzte Breuer. Das kann ja heiter werden, dachte er.

Das Hotel, in dem seine Kollegin untergebracht war, lag nicht weit vom Dienstgebäude des LKA entfernt. Schon auf dem Weg dorthin begann Tanja Strasser von sich zu erzählen.

„Meine Eltern waren beide Polizisten in Düsseldorf, also was gab es für mich Natürlicheres als in ihre Fußstapfen zu treten. Da ich keine Lust auf Streifendienst hatte, was als Laufbahnabschnitt in Nordrhein-Westfalen vorgeschrieben war, habe ich mich beim BKA beworben und wurde dort auch direkt angenommen."

„Leben Ihre Eltern noch?", fragte Breuer, als sie an der Bar des Hotels ‚Berliner Bär' Platz nahmen. Da der Barkeeper eilfertig erschien, bestellten sie zunächst einmal Gin Tonic und Bitter Lemon, bevor Tanja Strasser den Kopf schüttelte.

„Nein. Papa starb bei einer Verfolgungsfahrt, als ich vierzehn war, und Mama… nun, sie hat zehn Jahre später den Kampf gegen Morbus Hodgkins aufgegeben, als das Land ihren Antrag auf Anerkennung der Krankheit als Dienstfolge abgelehnt hat."

Sie seufzte und deutete Breuers fragenden Blick richtig. „Klar, nicht jeder Polizist erkrankt in Folge des Dienstes an Krebs. Sie war aber eine derjenigen, die 1986 als Beamtin des Objektschutzdienstes dreimal stündlich am Thorium-Hochtemperaturreaktor in Hamm-Uentrop vorbeifahren musste. Die Leitung des Betreibers hat es unterlassen, einen massiven Störfall zu melden, weil sie der Meinung waren, dass die Verstrahlung sowieso der fast gleichzeitig ablaufenden Tschernobyl-Katastrophe angelastet werden würde. Leider hatten sie damit recht."

„Vollkommen nachvollziehbar“, zuckte Breuer die Achseln. „Läuft doch alles nach der Devise ‚der Dank des Vaterlands wird dir ewig nachschleichen, dich rechts überholen und links liegenlassen‘. Ob in NRW, Wiesbaden oder Berlin, Polizisten werden von ihren Dienstherren niemals wertgeschätzt. Für unsere Bosse sind wir keine Menschen, sondern nichts weiter als Rechnungseinheiten von acht Mannstunden pro Tag. Wie sonst hätte vor ein paar Jahren die Politik auf die Idee kommen können, die Wochen- und Lebensarbeitszeit der Polizisten zu erhöhen, weil zu wenige da sind?

Mein Lehrgangskollege Axel Portmann hat das mal so formuliert: ‚Früher fuhren zehn Streifenwagen zu einer Massenschlägerei am Cotti und regelten das in 30 Minuten. Zwanzig Kollegen mal eine halbe Stunde, das machte in der Summe zehn Einsatzstunden. Genauso viele sind es heute auch noch. Allerdings schicken wir nur noch einen Streifenwagen hin, weil unsere Personalstärke drastisch reduziert wurde, und diese beiden Kollegen sind danach je fünf Stunden bewusstlos‘.

Eins ist klar, Frau Strasser: wir werden systematisch verheizt. Und dass bei uns nur noch die Pfeifen befördert werden, die sich aus allem heraushalten, trägt auch nicht zur Motivation der Kollegen bei.“

„Überall das Gleiche“, seufzte die BKA-Beamtin. „Es sind gerade die motiviertesten Kollegen, die sich durch ihr Pflichtgefühl aufopfern und vor die Hunde gehen.“

Sie sah Breuer lange an und meinte schließlich: „Ach was soll's. Dieses ‚Frau Strasser' und ‚Herr Breuer' geht mir auf den Geist. Ich heiße Tanja, und dass du Thorsten heißt, weiß ich ja auch schon."

„Du hast recht", nickte der Berliner Kommissar. „Also hoch die Tassen und Brüderschaft getrunken." Er hob sein Glas, und seine Kollegin tat es ihm nach. Tanja Strasser begann ihn schon mehr als nur ein wenig zu gefallen.

„Sehr schön", grinste Breuer danach. „Aber du bist doch sicher nicht mit mir hierher gegangen, um mit mir zu fraternisieren. Du wolltest dir doch was von der Seele reden."

„Klar, aber per du geht das viel leichter", entgegnete Tanja, die mittlerweile beim dritten Longdrink angekommen war. Sie lehnte sich zurück, schloss die Augen und begann zu erzählen.

„Ich habe im BKA überraschend schnell Karriere gemacht. Es wurde bald klar, dass mich jemand von oben protegierte, sonst hätte ich für Ermittlungen und Recherchen, die ich für reine Standardmaßnahmen hielt, nicht Belobigungen und Top-Beurteilungen erhalten, die mich die Leiter schnell hochklettern ließen.

Gut, ich war auch recht ehrgeizig und habe mein Privatleben der Karriere untergeordnet. Natürlich hatte ich den einen oder anderen Freund, aber nichts war von Dauer, und eine eherne Regel habe ich immer beachtet: nichts mit einem Kollegen anzufangen. Meine Eltern waren mir warnendes Beispiel genug gewesen. Und dann…“, sie stockte.

„Dann lerntest du Daniel kennen“, vermutete Breuer, und das knappe Nicken Tanjas zeigte ihm, dass er richtig lag.

„Wir trafen uns bei einem Lehrgang des BKA über die nachrichtendienstliche Zusammenarbeit. Er war für einen erkrankten Kollegen eingesprungen und saß direkt neben mir. Lache bitte nicht, aber ich habe mich in ihn verliebt, als er versehentlich sein Mineralwasser umstieß und meine Notizen ertränkte. Es war ihm total peinlich, und er sah dabei so niedlich aus, dass ich ihm nicht böse sein konnte. Wir haben uns noch am gleichen Abend miteinander verabredet, und nach dem Date waren wir ein Paar.“ Sie seufzte in der Erinnerung.

„Nach knapp drei Jahren machte er mir einen Heiratsantrag, und ich nahm ihn an. Wir waren glücklich, auch wenn er immer wieder mal zu Auslandsmissionen musste. Ich hatte natürlich Angst um ihn, aber er sagte nur: ‚der kalte Krieg ist längst vorbei, und James Bond gibt’s nur im Kino. Wenn wir erwischt werden, wandern wir in den Bau und werden kurz darauf ausgetauscht. Die Enttarnung ist das Schlimmste, was passieren kann, denn wir sind dann für Undercover-Einsätze verbrannt.‘ Damit ist es ihm gelungen, mich immer wieder zu beruhigen. Aber dann kam am 16. Juni vor fünf Jahren sein Einsatzbefehl nach Kabul.“

Ihr Gesicht umschattete sich, und sie trank ihr Glas in einem Zug leer, bevor sie dem Kellner

„nachfüllen“ zurief. Breuer fand die Geschwindigkeit, mit der sie einen Longdrink nach dem anderen trank inzwischen beängstigend. Trotzdem saß Tanja nach wie vor bolzengerade auf dem Barhocker, ihr Blick war klar und ihre Sprache sicher.

„Der Einsatz, von dem er nicht zurückkam“, murmelte Breuer und klopfte ihr mitfühlend auf den Oberarm, und sie nickte.

„Daniel arbeitete mit zwei Kollegen an einer Falle für ein hochrangiges Mitglied des islamischen Staates, das sich bei Al-Quaida in Kabul versteckte. Er berichtete mir, dass dieser Mann umgedreht werden sollte, da er im Besitz brisanter politischer Informationen sei. Also sollte er kompromittiert werden, um ihn zum Überlaufen zu zwingen. Daniel und seine beiden Kollegen hatten über ein Jahr an diesem Plan gearbeitet und wollten jetzt in die operative Phase übergehen. Du musst verstehen, dass Daniel mir niemals Details verriet, sondern nur Andeutungen machte. Er könne möglicherweise verhindern, dass alle Landkarten im Mittleren Osten neu gezeichnet werden müssten, meinte er zu mir.“

„Moment“, unterbrach sie Breuer, „vor fünf Jahren im Juni? Damals hat der IS große Teile Syriens und des Irak erobert und einen eigenen Staat ausgerufen. Könnte er das gemeint haben?“

„Das habe ich auch schon vermutet“, bestätigte Tanja Strasser. Jetzt, als ihr Kopfnicken etwas zu wild ausfiel bemerkte Breuer erstmals den Einfluss des Alkohols auf sie. „Wäre es nicht tragisch, dass das Leid der Menschen dort unten und die Zerstörung unersetzlicher Kulturgüter nur passieren konnte, weil ein beschissenes Flugzeug vom Himmel fällt? Und wieso waren nur Daniel und zwei seiner Kollegen an Bord? Und was zum Teufel hatte er in Darfur verloren? Er war in Afghanistan und hatte zuletzt am Tag vor dem Absturz von dort aus mit mir telefoniert! Ich begreife das alles nicht."

Eine einzelne Träne lief ihre linke Wange herunter, und ihr Gesicht begann zu zucken, doch es gelang ihr, sich zusammenzureißen.

„Es hat zwei Jahre gedauert, bis ich wieder ich selbst war, zumindest in dienstlicher Hinsicht. Ich wurde zu einer verbissenen Terroristenjägerin und habe einige zur Strecke gebracht. Bei jedem festgenommenen Islamisten stellte ich mir vor, er habe Daniels Flugzeug abgeschossen, aber das linderte den Schmerz nicht. Es sind jetzt schon fünf lange Jahre, und ich vermisse ihn immer noch."

Sie stürzte den nächsten Gin Tonic herunter und stellte das Glas so hart auf die Theke, dass der Knall die Gäste um sie herum zusammenzucken ließ. „Und jetzt muss ich verdauen, dass Daniel Vollmer gar nicht in Darfur starb, sondern sich mit dem Mann in die Luft gesprengt hat, der mich über seinen Tod informiert hat!"

„Was?" Breuers Augen wurden groß. „Was hast du da gerade gesagt?"

„Genauso ist es", murmelte Tanja Strasser, deren Stimme jetzt doch verwaschen klang. „Dieser Staatssekretär im Auswärtigen Amt, dieser Phillip

Demminger war Daniels Chef beim BND. Wusstest Du das nicht?“

„Nein. Woher denn? Uns benachrichtigt der BND doch garantiert nicht, in welchen Ministerien er seine Leute versteckt hat“, knurrte Breuer. „Ein Rätsel mehr zu lösen.“

Als seine Kollegin jetzt aufstand, um zur Toilette zu gehen stolperte sie, und Breuer fing sie auf. Entgegen seinen Erwartungen löste sie sich nicht sofort von ihm, sondern blieb eng an ihn geschmiegt stehen. Ihr Körper war warm und weich, trotz der Muskeln, die der Kommissar unter ihrer Haut erfühlen konnte.

„Ich glaube, ich ziehe dich besser aus dem Verkehr“, flüsterte er halblaut, und er konnte spüren, dass sie nickte. Vorsichtig schob er seinen Ellbogen unter ihren Arm und stützte sie unauffällig auf dem Weg zum Fahrstuhl. Dort lehnte er sie an die Wand und drückte den Knopf des Stockwerks, in dem sich ihr Zimmer befand. Er drehte sich gerade noch rechtzeitig zu Tanja um, als diese an der Wand herunterzurutschen begann.

„Oh Mann, ich werde dich wohl tragen müssen“, murmelte Breuer, und als die Lifttür sich öffnete, lud er sich Tanja kurzerhand auf die Schulter. Sie wachte erst auf, als er sie mit Schwung auf ihr Bett warf.

„Danke“, murmelte sie im Halbschlaf. „Kannst du nicht noch ein bisschen bei mir bleiben?“

„Das geht nicht“, antwortete er leise. „Nicht heute. Gute Nacht.“

Er drehte sich um und ging hinaus. Es war besser, dass ich sofort gegangen bin, dachte er. Sonst wäre wahrscheinlich etwas geschehen, was wir beide bedauert hätten. Außerdem hatte er noch über einiges nachzudenken.

Es war schon unwahrscheinlich, dass ein BND-Top Agent die Seiten wechselt und einen Anschlag verübt. Dass er sich hierfür ausgerechnet seinen ehemaligen Chef ausgesucht haben sollte, war in etwa so wahrscheinlich wie der freiwillige Rücktritt eines Bundesministers, dessen Fehleinschätzungen in Sachen Pkw-Maut den Steuerzahler rund 560 Millionen Euro kosten würde.

Breuer schüttelte konsterniert den Kopf. Hier passte irgendwie gar nichts zusammen. Was zum Henker ging in seiner Stadt vor?

***

„Was ist mit dem Stick?", fragte die Frau, und alle Blicke in der Runde richteten sich auf den Angesprochenen. „Haben Sie ihn sichergestellt?"

Der Mann, dem das Desaster bei der Befragung Iakubs immer noch in den Knochen steckte, entschied sich für eine Halbwahrheit. „Das zwar nicht", antwortete er langsam, „aber er wurde zerstört, bevor die Daten ausgelesen werden konnten."

„Sicher?", fragte der Älteste der Runde scharf, und der unglückliche Verlierer nickte schnell.

„Todsicher," beeilte er sich zu sagen. „Wir können also ohne Bedenken fortfahren."

„Nein, nicht ohne Bedenken", murmelte die Frau langsam. „Dennoch beginnen wir morgen mit Phase 2. Phase 1 kann nicht komplett als Erfolg angesehen werden. Die Bevölkerung wurde zwar in ausreichende Angst versetzt, um auf die Maßnahmen der Phase 2 wie erwartet zu reagieren. Die Grundlagen für den Erfolg sind in dieser Hinsicht also geschaffen. Aber wir wissen mittlerweile, dass eine der Zielpersonen des Nebenplans überlebt hat und sich nach wie vor auf freiem Fuß befindet. Und noch einmal darf so etwas wie der Verlust eines Datenträgers, der unsere gesamte Planung enthält, nicht vorkommen."

Sie erhob sich, und die übrigen Mitglieder des inneren Zirkels taten es ihr nach. „Leiten Sie die Maßnahmen ein", ordnete sie an, und alle nickten, bevor sie stumm den Raum verließen.

Die Frau blieb noch einen Moment mit geschlossenen Augen stehen und stellte sich die Auswirkungen der von ihr befohlenen Maßnahmen vor. Sie dachte auch an die Opfer, die das Projekt fordern würde, und obwohl sie gerade kaltblütig den Tod tausender Menschen angeordnet hatte, empfand sie doch Mitgefühl mit ihnen. All for the higher stakes, hatte ihr amerikanischen Pendant ihr bei ihrem letzten Treffen eingeschärft. Für ein größeres Ziel seien die Verluste notwendig und akzeptabel. Und obwohl sie sich ihrer Sache nicht so sicher war, hatte sie keine Sekunde gezögert, ihren Teil beizutragen.

Sie öffnete die Augen und straffte sich. Dann ging auch sie hinaus, um zu tun, was zu tun war.

***

„Allah sei mit uns!“, flüsterte Samir Al Husseini entsetzt und strich sich über die Augen. Was er da auf dem Bildschirm seines PC sah, raubte ihm buchstäblich den Atem.

Es hatte lange gedauert, bis er das passende Kryptoprogramm aktiviert und den Code des USB-Sticks geknackt hatte. Natürlich hatte er die Daten des Sticks nicht im Original auszulesen versucht, sondern sie geklont und auf die Festplatten anderer Rechner überspielt. Drei PCs hatten sich durch Befehle, die auf dem Stick verborgen gewesen waren selbst zerstört, und nur die undurchdringliche Abschirmung des Raumes hatte verhindert, dass das abgesandte Notsignal seinen Empfänger erreichen konnte. Samir wollte sich nicht einmal vorstellen, was in diesem Fall passiert wäre, und er hatte sich zu fragen begonnen, ob der Inhalt den Aufwand tatsächlich wert war. Doch jetzt hatte er herausgefunden, was sich auf dem Datenträger befand.

Für einen Uneingeweihten wären die Programmcodes, die auf dem Flatscreen zu sehen waren, unlesbar gewesen, doch er hatte keine Schwierigkeiten damit gehabt. Die Befehle zur Selbstvernichtung im Fall der Decodierung waren auf der untersten DOS-Ebene versteckt, wo niemand nach ihnen gesucht hätte. Niemand, außer ihm vielleicht.

Samir Al Husseini war insgeheim in Deutschland ausgebildet worden, als Syrien noch als Bollwerk gegen die Ayatollahs im Iran betrachtet wurde. Die Codierung des Sticks ließ eine Erinnerung in seinem Gehirn aufblitzen, und auf einmal stand alles kristallklar vor seinen Augen. Er umging den verborgenen Selbstmordcode, und urplötzlich erschien der Stick im Explorer.

Der IT-Experte hatte nur gegrinst. Ein Amateurhacker hätte sich gefreut und versucht, auf die Datei zuzugreifen, aber er war nicht so leicht zu täuschen. Er benutzte das, was er und seinesgleichen als Hintertür bezeichneten, und nach der Eingabe einiger weiterer binärer Codes lehnte er sich entspannt zurück, nur um sich eine Sekunde später wieder zu versteifen.

Die Entschärfung war zwar kompliziert gewesen, aber nicht unmöglich, wenn man die Algorithmen der staatlichen Geheimdienste kannte, und das tat Al Husseini. Er spürte in jeder Zelle seines Körpers, dass sich in den Dateien wahrscheinlich Geheimnisse von eminenter politischer Bedeutung befinden mussten, und dass ließ ihn zögern.

Als er es dennoch wagte, die erste der insgesamt acht Dateien zu öffnen, sandte er ein Stoßgebet zu Allah mit der Bitte, ihm und seiner Familie gnädig zu sein. Was er jedoch fand, ließ ihn binnen

Sekunden begreifen, dass Allah zur Höchstform auflaufen musste, um sein Flehen zu erfüllen.

Atemlos und wie im Fieber klickte er die übrigen Dateien an, um immer verstörter und ungläubiger auf den Bildschirm zu starren. Letztendlich saß er ungefähr fünf Minuten völlig reglos vor dem Monitor, der eine unfassbare Zahl anzeigte.

„Hudha mosthil! Alleh sabhaneh watalies la y-emkenk al-sammah bezelk! (Das ist unmöglich! Allmächtiger Allah, das kannst du nicht zulassen!)“, flüsterte er, bevor er die Dateien sicherte und auf zwei neue, neutrale Sticks kopierte. Einen davon warf er zehn Minuten später auf Mounir Ben Mohammads Schreibtisch. Der Zeitverzug war dadurch entstanden, dass sich der Computerexperte bei dem Gedanken an die gesehenen Ungeheuerlichkeiten übergeben hatte und erst noch einmal frisch machen musste.

„Du hattest recht“, berichtete er seinem Chef mühsam. „Die Dokumente auf dem ursprünglichen Stick sind ungeheuer brisant. Keine Sorge, hierdrauf sind nur Kopien ohne Tracker und Löschfunktion. Sie enthüllen den Plan einer Terrorgruppe, über Gewalttaten unfassbare Macht zu erringen. Dabei schrecken sie vor nichts zurück.

Die geplanten Aktionen, von denen die Bombenexplosionen vor ein paar Tagen erst der Anfang waren sind derart verschachtelt und gut strukturiert, dass sie nicht vorausberechnet und damit auch nicht verhindert werden können. Und das Schlimmste dabei ist die Zahl der Opfer.“ Er stockte und sah der „Ratte“ dabei zu, wie sie den Stick in einen Laptop steckte, eine Datei aktivierte und diese überflog, während sein Gesicht mit jedem gelesenen Wort immer härter wurde.

„Eine Million?“, krächzte er fast unverständlich. „Die Schweine kalkulieren eine Million Tote in Deutschland ein?“

Samir schüttelte den Kopf. „Leider nicht“, murmelte er. „Du hast die Datei „B“ geöffnet. Der Buchstabe steht für die Bundeshauptstadt, in der ein Probelauf stattfinden soll. Sie nennen es 'Phase zwei'. Und sie sind nur ein Teil einer weltweiten Strategie.

Die Zahl von einer Million Toten bezieht sich nur auf Berlin. Wenn sie ihren Plan bis zum Ende durchziehen, beläuft sich in ganz Deutschland die Zahl auf zwölf Millionen – und weltweit ungefähr eineinhalb Milliarden.“

Kapitel Neun
Tag Vier, am Morgen

„Mareike, Stefan, nun kommt schon!“, rief Melanie Fromholtz ihre Kinder zum Frühstückstisch. Keine Reaktion, wie üblich, schoss es der alleinerziehenden Mutter der zwölfjährigen Zwillinge durch den Kopf. Verdrossen schüttete sie den letzten Rest ihres Kaffees herunter und schüttelte sich. Das Gebräu schmeckt ekelhaft, dachte sie angewidert und beschloss, den Inhalt der Kanne komplett wegzuschütten und die Kaffeemarke zu wechseln.

„Mama, Stefan hat meine Haarbürste versteckt“, erklang die erboste Stimme ihrer Tochter aus dem Bad. „Und Mareike mein Lieblingsshirt“, erfolgte die prompte Antwort.

„Seid friedlich, ihr beiden, sonst streiche ich das Kino in dieser Woche“, rief die genervte Mutter zurück. Es war halt nicht leicht, zwei Kinder in der Pubertät (oder kurz davorstehend) zu erziehen und ihnen die Gefahren in einer Dreimillionenstadt zu schildern, ohne ihnen den Spaß am Leben zu vermiesen. „Einigt euch, und dann kommt ihr frühstücken. Schließlich müsst ihr gleich zur Schule.“

„Und du musst arbeiten“, ergänzte ihr Sohn, der tatsächlich in seinem Lieblingsshirt anrückte und sich an den Tisch flegelte. Melanie verdrehte nur die Augen, Weder den Namen der Hard Rock Band noch ihre Musik fand sie auch nur ansatzweise gut. Wie konnten die Bandmitglieder auf die

Idee kommen, sich einen Namen zu geben, der im deutschen ‚Milzbrand' lautete? Doch das zu diskutieren wäre jetzt ebenso reine Zeitverschwendung gewesen wie bei gleichartigen Gelegenheiten in den letzten vier Wochen, seit Stefan den Fetzen im Tausch gegen das Geburtstagsgeschenk seiner Oma, einen Waterman-Füllhalter eingetauscht hatte.

Mareike hatte sich inzwischen auch dazugesellt und schaufelte die Cornflakes in sich herein, als wollte sie den Braunkohlebaggern in Gartzweiler II Konkurrenz machen. „Los jetzt", zischte sie ihrem Bruder zu und sprang auf. Stefan grinste und tat es ihr nach. „Sie will auf jeden Fall neben Florian sitzen", raunte er seiner Mutter zu. „Verknallte Schwestern sind die schlimmste Plage." Er zwinkerte ihr zu und rannte seinem Zwilling nach.

Die Mutter sah ihren Kindern lächelnd hinterher, doch urplötzlich wurde ihr übel. Sie sprang auf und musste sich am Küchentisch festhalten, weil ihre Beine sie kaum mehr trugen. Trotzdem gelang es ihr, ins Bad zu gelangen, bevor sie sich heftig übergeben musste. Was sie in der Toilettenschüssel sah, ließ sie vor Entsetzen ihre Übelkeit vergessen.

Ihr Erbrochenes war rot vor Blut, und als sie sich die laufende Nase abwischte hatte ihr Handrücken die gleiche Farbe angenommen. Melanie wankte zum Waschtisch, um sich das Gesicht zu waschen und warf dabei einen Blick in den Spiegel.

Die Person, die sie dabei sah, glich nur noch teilweise dem Foto in ihrem Ausweis. Blut sickerte nicht nur aus ihrer Nase, sondern auch aus ihren Augenwinkeln, und auch ihre Augäpfel hatten durch geplatzte Adern jede Spur von weiß verloren.

Was ist mit mir, dachte die junge Frau, deren Blick sich jetzt langsam verschleierte. Ich brauche Hilfe, schnelle Hilfe. Sie zog mit fahrigen Händen ihr Mobiltelefon aus der Hosentasche und wählte 112, doch statt der Stimme eines Mitarbeiters der Notrufzentrale hörte sie nur das Besetztzeichen. Wie kann das sein, dachte sie noch, bevor ihr schwarz vor Augen wurde und sie zu Boden stürzte.

Es ist zweifelhaft, ob das Wissen, dass die Notrufleitungen unter der schieren Masse gleichartiger Anrufe zusammengebrochen waren oder dass auch der sofortige Einsatz des besten Arztes auf diesem Planeten sie noch hätte retten können, irgendein Trost für sie gewesen wäre. Als sie vier Stunden später gefunden wurde, war sie bereits ebenso lange tot.

***

Im Bundeskanzleramt war das Kabinett zu seiner turnusmäßigen Sitzung zusammengetroffen. Natürlich waren dabei die kürzlich verübten Anschläge in Berlin das hauptsächliche Thema.

„Die zuständigen Ermittler tappen derzeit im Dunklen“, berichtete der Innenminister knapp. „Bei der seit den Anschlägen verstrichenen geringen Zeit ist dies aber auch nichts Ungewöhnliches. Erschwerend kommt hinzu, dass die Attentäter keine homogene Ethnie aufweisen. Ein Deutscher, der sich als Araber tarnte, ein Araber und ein Asiate. Entweder haben wir es mit einer weltweiten Verschwörung der Terroristen zu tun oder…". Er unterbrach sich kurz, bevor er ein anderes Kabinettsmitglied fixierte.

„Inzwischen steht fest, dass es sich bei dem Deutschen um einen ehemaligen BND-Agenten gehandelt haben soll", wandte er sich an die Verteidigungsministerin. Die schluckte die scharfe Antwort, die ihr auf der Zunge lag, herunter und nickte.

„Das ist richtig", bestätigte sie. „Wir gehen derzeit davon aus, dass er umgedreht wurde, seinen Tod vortäuschte und fortan für die andere Seite arbeitete. Wir haben interne Ermittlungen eingeleitet, um herauszufinden, wie so etwas möglich war."

„Für wie wahrscheinlich halten Sie eine Wiederholung der Aktionen dieser Verbrecher, Herr Innenminister?", hakte der Bundeskanzler nach.

„Unmöglich, eine genaue Berechnung durchzuführen", antwortete der Angesprochene leise. „Wer weiß denn schon, was in den Hirnen dieser gemeingefährlichen Irren vorgeht. Das kann nicht mal der leistungsfähigste Computer. Allerdings werden wir mit gleichartigen oder vielleicht noch schlimmeren Geschehnissen rechnen müssen."

Er sah unwirsch auf, als er erneut unterbrochen wurde, diesmal durch eine aufspringende Tür.

Ein junger Mann, dessen dunkelblauer Anzug und seine unverwechselbare Aura ihn als Mitglied des Personenschutzkommandos des Kanzlers auswies, hatte den Raum betreten und war zur Seite seines Chefs geeilt, um ihm eine Nachricht ins Ohr zu flüstern. Seine Erregung und seine unnatürliche Blässe übertrugen sich auf den Regierungschef, der nach wenigen Sekunden in sich zusammensank und die Hände vor das Gesicht schlug.

„Nein… nein, nicht das", flüsterte er, bevor er sich fasste und schwer atmend seine Kollegen ansah.

„Ihre Prognose ist schneller eingetreten als Sie es sich vorstellen konnten", murmelte er mit tonloser Stimme. „In den nördlichen Bezirken Berlins sterben die Menschen gerade wie die Fliegen. Wenn nicht eine lokale Seuche ausgebrochen ist, hat der Terror uns offenbar gerade den Krieg erklärt."

***

„Was geht da vor?", flüsterte Landeskriminaldirektor Hoffmann fassungslos, ohne zu ahnen, dass er gerade seinen Kollegen Breuer zitierte. „Die Leute fallen in ganz Berlin mit einem Mal tot um, und keiner weiß, wieso! Was passiert da, und wie können wir es stoppen?"

Das allgemeine Kopfschütteln der Mitglieder des Krisenstabs zeigte nur zu deutlich, dass er mit seiner Ratlosigkeit nicht allein war. „Was immer wir anordnen, es kann alles falsch sein", murmelte sein Kollege Eichler. „Ist es eine Seuche, und wir sagen den Leuten, dass sie alle ihre Häuser verlassen sollen, um sich untersuchen zu lassen, könnten wir erst recht zur Verbreitung beitragen. Andererseits, wenn wir anordnen, dass sie zu Hause bleiben sollen, haben wir bald Tausende von Toten in den Wohnungen liegen, und dann haben wir bestimmt eine richtige Seuche." Er seufzte tief, bevor er fortfuhr.

„Im Übrigen ist wohl nicht ganz Berlin betroffen, sondern nur die nördlichen Bezirke Reinickendorf, Spandau und Pankow. Diese Stadtteile wurden inzwischen abgeriegelt, denn südlich dieser Bereiche haben wir keine Meldung über Erkrankungen. Merkwürdig, oder? Vielleicht hilft uns das aber bei der Suche nach der Ursache und bei der Eindämmung. Bei aller Kritik an unseren Politikern: diesmal haben sie sehr schnell und umsichtig reagiert und schon mal vorab die Bundeswehr angefordert, bevor sie das Administrative erledigen. Das war zuletzt bei Helmut Schmidt und der Flutkatastrophe 1962 der Fall. Die Anzahl der Opfer dürfte dadurch erheblich eingeschränkt werden können."

„Ein Trost für die Opfer dürfte dies aber nicht sein", erwiderte Hoffmann hart. „Ich schätze mal, dass in den drei Bezirken rund 750.000 Menschen leben werden."

„Eher Neunhunderttausend", korrigierte Eichler mit gepresster Stimme. „Etwa 407.000 in Pankow und je eine Viertelmillion in jedem der anderen

Stadtbezirke. Mein Gott! Bei dem Gedanken an die Opfer bekomme ich eine trockene Kehle."

Er griff automatisch zu dem Krug mit Eiswasser, der auf der Mitte des Konferenztisches stand und begann, sein Glas vollzugießen. Doch nach nur einer Sekunde weiteten sich seine Augen, und seine Kinnlade fiel herunter. Er bemerkte nicht einmal, dass sein Trinkgefäß überlief und die Flüssigkeit den Notizblock an seinem Platz durchnässte.

„Das Wasser!", schrie er in jäher Erkenntnis. „Bei allen Heiligen! Wir müssen..."

„Ja", ächzte Hoffmann. „Alle Reservoirs und Aufbereitungsanlagen abriegeln. Das Trinkwasser der drei Bezirke wird aus dem Grundwasser und dem Oberflächenwasser Berlins gespeist, filtriert und an die Haushalte verteilt. Jemand mit Zugang zu diesen Verteileranlagen muss da etwas hineingeschüttet haben. Aber was für ein Teufelszeug war das?"

Es sollte sich herausstellen, dass seine Bezeichnung für den Erreger sogar noch untertrieben war.

***

In der zur Katastrophenkommission gewordenen Mordkommission beim Landeskriminalamt Berlin schrien derweil alle Anwesenden durcheinander. Das Personal war dermaßen aufgestockt worden, dass Breuer nur einen Bruchteil der Kollegen mit Namen kannte. Seine Versuche sich Gehör zu verschaffen schlugen fehl, bis er kurzerhand aus seinem Schreibtisch eine Handvoll Knallbonbons holte, welche von der letzten Betriebsfeier übriggeblieben waren und sie mit Schwung seinen Kollegen vor die Füße warf. Der Krach ließ die Polizisten kurzfristig verstummen, sodass sich der Kommissionsleiter Gehör verschaffen konnte.

„Ruhe jetzt! Alle! Wir werden nichts erreichen, wenn wir nur herumkrakeelen. Also behaltet einen klaren Kopf und macht mir konstruktive Vorschläge!“

„Ich kann nur an meine Eltern denken, die in Pankow wohnen“, stöhnte Jasmin Eilert, die mit ihren 23 Jahren das jüngste Mitglied der Mordkommission war. „Wir müssen sie und alle anderen Bewohner vor dem verseuchten Wasser warnen! Sie dürfen nur noch das trinken, was sie in ihren Kühlschränken stehen habe, sonst…“ Sie griff zum gefühlt tausendsten Mal an diesem Morgen zu ihrem Handy, aber nichts tat sich.

„Was du da machst, versuchen gerade ungefähr zwei Millionen Menschen hier in Berlin“, schüttelte ihr Kollege Maik Leschke den Kopf. „Alle Handynetze sind zusammengebrochen. Im Übrigen dürfte es eh zu spät sein. Jeder, der morgens einen Kaffee, Tee, Espresso oder etwas anderes auf Wasserbasis zu sich genommen hat, dürfte tot sein wie Julius Cäsar.“

„Genau das will Jasmin im Moment bestimmt nicht hören“, fuhr Breuer ihm scharf in die Parade, und die neben ihm stehende Tanja Strasser nickte ihm beifällig zu. Leschke zuckte zusammen. „Ich meinte doch nur“, murmelte er. „Wahrscheinlich haben wir mit mehr Toten als Überlebenden zu tun, rein logisch gesehen.“

„Um die kümmert sich der Katastrophenschutz“, wies Breuer ihn schneidend zurecht. „Wir sind nur für die Spurensicherung und Rekonstruktion zuständig. Unsere Behördenleitung und auch der Innensenator gehen von einem weiteren Anschlag aus, da die Art und Weise, wie die Menschen starben auf einen biologischen Kampfstoff hindeutet.“

Er sah die neugierigen Blicke der anderen auf sich geheftet und seufzte. „Unser Leitungsstab hat mir den Bericht eines Notarztes ausgehändigt, der zu einer der ersten Fälle gerufen wurde. Der Bursche hat ein Jahr bei ‚Ärzte ohne Grenzen‘ gearbeitet und kennt sich mit Tropenkrankheiten aus. Er meinte, die Symptome ähnelten denen einer Ebola-Infektion, allerdings einer Krankheit, die im Zeitraffer abläuft. Normalerweise sterben die Infizierten innerhalb einer Woche, hier scheint der Tod binnen weniger Minuten einzutreten. Das heißt, wenn die Infektion nicht in direkter Griffweite eines Gegenmittels erfolgt, war’s das. Wie immer der Tod abläuft, einen Trost haben die Opfer: es geht schnell. Rasend schnell sogar.“

„Für die Hinterbliebenen ist das aber keinerlei Trost“, fauchte Jasmin Eilert mit Tränen in den Augen. Sie hatte sich dran erinnert, dass der Espresso im Bett zum allmorgendlichen Ritual ihrer

Eltern gehörte. Ihr Chef nickte nur, während das Mitgefühl seine Augen umschattete.

„Bundespolizei, Katastrophenschutz, etliche Freiwillige und die bereits hier befindlichen Bundeswehreinheiten durchkämmen die betroffenen Stadtviertel nach Überlebenden. Diese werden nach Personalienfeststellung in Sporthallen und ähnlichen Großräumlichkeiten untergebracht."

„Wie wäre es denn mit dem Bundestag?", fragte eine Stimme aus dem Hintergrund ätzend. „Nach den Fernsehberichten ist das Plenum doch immer gähnend leer."

„Zu jeder anderen Zeit würde ich dir recht geben, aber nicht jetzt", widersprach Breuer bestimmt. „Alle Minister, alle Abgeordneten und ihre engsten Mitarbeiter sind jetzt im Reichstagsgebäude. Das Parlament tagt in Permanenz." Er bemerkte die verblüfften Gesichter und schüttelte den Kopf.

„Versteht ihr denn nicht, Leute? Offenbar wird Deutschland von unbekannter Seite angegriffen. Die Bundesregierung will einen Antrag stellen, dass der Verteidigungsfall erklärt wird, und dass müssen Bundestag und -rat beschließen. Klar soweit?"

Alles nickte, und Breuer drehte sich zufrieden um. Als er sich zurückdrehte, hielt er Schnellhefter in der Hand, die er an seine Leute weitergab.

„Das sind eure Einsatzpläne", erläuterte er knapp. „Ihr klappert alle Häuser der euch zugeteilten Straßen ab und geht hinein, wenn auf die Hausfassade ein großes rotes ‚X' gesprüht ist. Danach erfolgt in den Wohnungen eine minimale Spurensicherung. Das heißt, wir nehmen Wasserproben und je zwei Abstriche bei den Toten, einen zur Blutuntersuchung und einen zur Identifizierung über DNA-Abgleich. Markiert die Proben mit Straßennamen und Hausnummer sowie Etage und Seite und dem Zeichen für männlich/weiblich."

„Also z. B. Mommsenstr. 36-4r-w. Was ist, wenn wir zwei tote Frauen finden, meinetwegen Mutter und Tochter? Markieren wir dann mit w1 und w2?", fragte Maik Leschke, der offenbar bemüht war, etwas Produktives beizutragen. Breuer zeigte ihm den hochgereckten Daumen als Zustimmung und wollte schon fortfahren, als Tanja Strasser ihm zuvorkam.

„Und vergesst Keller und Dachböden nicht", erinnert sie die Mannschaft mit gepresster Stimme. „Wir können nicht ausschließen, dass sich auch dort Opfer befinden könnten. Leider werden wir aufgrund des knappen Personals einzeln arbeiten müssen. Ihr werdet also sehr starke Nerven brauchen. Wappnet euch auf Anblicke, die euch zutiefst erschüttern werden."

„Wenn ihr fertig seid, sprüht ihr neben das rote Kreuz noch ein schwarzes auf die Wand, bevor ihr euch das nächste Haus vornehmt", ergänzte Breuer leise.

„Was bedeuten denn diese Kreuze?", fragte einer der Breuer unbekannten Kollegen naiv, und wieder übernahm Tanja Strasser die Antwort.

„Rot bedeutet: Hier sind alle tot, und das schwarze Kreuz ist das Zeichen für die Transportkommandos, dass wir da waren und sie mit den Leichensäcken anrücken können. Zufrieden mit der Antwort? Dann alle Mann los."

Der Abzug der Polizisten erfolgte in bedrücktem Schweigen. Tanja Strasser griff nach ihrer Mappe und sah Breuer mit Augen an, in denen sich der Widerstreit ihrer Gefühle spiegelte.

„Danke für den gestrigen Abend", sagte sie leise. „Ich danke dir für alles, was du gesagt und getan hast. Für dein Mitgefühl und deinen Trost – und besonders danke ich dir dafür, was du gerade nicht getan hast, auch wenn ich es tief in mir bedauere. Nicht, dass es jetzt noch darauf ankommen würde..."

„Es kommt immer darauf an", widersprach ihr Breuer lächelnd. „Und auch ich bin mir nicht sicher, ob ich mehr Stolz auf meine moralische Handlungsweise empfinde oder das Bedauern überwiegt. Denn - je länger ich dich ansehe, desto mehr verfluche ich meine Charakterstärke."

Er sah die Züge Tanjas weich werden, und mit zwei schnellen Schritten war er bei ihr und nahm sie in seine Arme. Sie drückte ihren Kopf an seine Brust und hob das Kinn etwas an, damit er sie küssen konnte.

Seine Lippen waren weich, und die Intimität dieses ersten Kusses ließ die eigentlich hartgesottene Polizistin erschaudern. In Breuers Armen fühlte sie sich sicher und geborgen, und als er sich nach kurzer Zeit von ihr löste, war sie entgegen allen Argumenten des Verstandes sogar enttäuscht. Dennoch verstand sie, dass im Moment andere Dinge wichtiger waren.

„Ich weiß, wir haben jetzt etwas anderes zu tun“, flüsterte sie, während sie ihren Kollegen liebevoll ansah und mit Freude bemerkte, dass auch in seinen Augen ein erloschen geglaubtes Feuer wieder aufloderte. Sie griff nach ihrer Mappe, die sie auf einen Tisch hatte fallen lassen und ging zum Ausgang, in dem sie sich noch einmal kurz umdrehte.

„Was für ein Glück, dass Beckmann uns nicht so gesehen hat. Seine gepfefferten Kommentare könnte ich mir gut vorstellen. Das heißt: wo ist er eigentlich? Ich habe ihn heute Morgen noch nicht gesehen.“

Breuers Gesichtszüge froren ein, und zu Tanjas Erschrecken erlosch das Leuchten in seinen Augen wieder. Als er den Mund öffnete und mit kalter Stimme sprach, wandelte sich ihr Gefühl in Entsetzen.

„Beckmanns Vorbereitung auf den Dienst besteht traditionell aus zwei Tassen starken Kaffees und einer Gauloises bleu. Und er wohnt in Pankow.“

***

David Cramer fühlte sich mehr als nur unwohl. Als er sich vor vier Jahren dazu entschlossen hatte

Polizist zu werden hätte er sich nicht vorstellen können, dass sich seine Heimatstadt Berlin in so kurzer Zeit in eine Geisterstadt verwandeln würde.

Ihr Gruppentransportfahrzeug hatte ihn und drei weitere Kollegen auf der menschenleeren Sellinstraße abgesetzt, welche sie gemäß ihrer Listen abzuklappern hatten. David sah an sich herab und hoffte, dass der weiße Spurensicherungsanzug und die FFP2-Maske ihn vor einer Infektion mit dem noch unbekannten Virus schützen würden.

Der Zugang zu Haus Nr. 3, welches das erste auf seiner Liste war und an seiner Fassade ein rotes „X“ trug, war leicht zu betreten, denn das Vorauskommando hatte sowohl die Haus- als auch alle Wohnungstüren aufgebrochen. David entschied sich, die acht Einheiten des Hauses von oben nach unten abzusuchen.

Die Türen der beiden Wohnungen im 3. Obergeschoss waren angelehnt, sodass David die Pietät der Kollegen bewunderte. Er stieß die rechte Tür auf und wusste, dass er den Anblick in der Wohnung niemals wieder vergessen würde.

Im Flur der Wohnung lag ein Mann, den der Polizist auf ungefähr 35 Jahre schätzte. Er trug einen blauen Geschäftsanzug mit Krawatte, und die unvermeidliche lederne Aktentasche lag neben ihm. Rund um seinen zur Seite gedrehten Kopf hatte sich eine bereits eingetrocknete Blutlache ausgebreitet. Sein rechter Arm war ausgestreckt, und einen Meter davor lag ein Mobiltelefon. David bückte sich und stellte fest, dass beim letzten abgehenden

Anruf wie erwartet die Notrufzentrale angewählt worden war. Der junge Kommissar entnahm die Abstriche, markierte die Proben und verstaute sie im mitgebrachten Koffer, bevor er sich weiter umsah.

In der Küche fand er eine junge Frau, die vor der Spüle zusammengebrochen war. David drehte sie herum und prallte zurück. Ihr Morgenmantel war aufgeklafft, und ihr praller Bauch zeigte jenseits aller Zweifel, dass nicht nur sie, sondern auch ihr ungeborenes Kind dem heimtückischen Anschlag zum Opfer gefallen war.

Mit zusammengebissenen Zähnen verrichtete der Ermittler auch hier die Spurensicherung. Als er im fertig eingerichteten Kinderzimmer die Wickelkommode und die liebevoll ausgestaltete Babywiege sah, begann seine Selbstbeherrschung zu bröckeln.

Eine Stunde später hatte er Haus Nr. 3 abgearbeitet, und nur seine ohnmächtige Wut auf die unbekannten Täter ließ ihn weiter funktionieren. Er markierte die Hauswand mit einem schwarzen „X" und ging weiter zu Haus Nummer 5, in welchem er ebenso vorging wie im Nachbarhaus.

Drei Stunden und zwei Häuser später erledigte er seine Aufgabe bereits mechanisch wie ein Roboter. Kaum zu glauben, aber der Anblick der vielen Toten wurde durch die ständige Wiederholung erträglicher, und David war überzeugt, auf alles gefasst zu sein.

Er sollte sich irren.

Im Erdgeschoss des Hauses Sellinstr. 9 hielt er bei der Entnahme der Probe an einer jungen Frau, die in ihrem Badezimmer über der Toilettenschüssel gestorben war, plötzlich inne, da er Geräusche in der Wohnung zu hören glaubte. Du Narr hast schon Halluzinationen, schalt er sich, doch als er sich auf seinen Knien langsam umdrehte, glaubte er seinen Augen nicht zu trauen.

In der Tür zum Flur stand ein kleines Mädchen von ungefähr fünf oder sechs Jahren, welches ihn mit großen, angsterfüllten Augen ansah.

„Was machst du da mit Mama?", fragte die Kleine weinerlich, und David wurde schnell klar, dass keine noch so gute Ausbildung in einer Polizeischule ihn auf eine solche Situation vorbereiten konnte. Dennoch tat er sein Möglichstes.

„Ich versuche ihr zu helfen. Ich bin Polizist, auch wenn du meine Uniform unter dem weißen Overall nicht sehen kannst. Wie heißt du denn?"

„Katrin. Katrin Sanders. Ich hatte mich im Schrank versteckt, als die anderen Männer hier so einen Krach gemacht haben."

David nickte, holte sein Handy hervor und rief die Einsatzzentrale. „Hier David Cramer, Sellinstr. 9. Schickt mir ganz schnell jemanden her. Ich habe hier eine Überlebende gefunden. Ja, ein kleines Mädchen. Beeilt euch, bitte!"

Er beendete das Gespräch und wandte sich der kleinen Katrin zu, die offenbar keine Angst mehr vor ihm hatte und ihre ursprüngliche Frage wiederholte.

„Was ist mit Mama? Sie hat so schrecklich gewürgt und sich dann gar nicht mehr bewegt. Ist sie sehr krank, oder… ist sie tot?“

Der junge Polizist wusste nicht, wie er es der Kleinen schonend beibringen sollte und schwieg, was für das Mädchen offenbar Bestätigung genug war. Sie begann zu weinen und hielt sich die Augen zu. Cramer erhob sich aus der Hocke und wollte sie tröstend in den Arm nehmen, als sie die Hände vom Gesicht nahm, was ihn auf der Stelle stehenbleiben ließ.

Die Tränen des Mädchens waren rötlich verfärbt, und auch ihre Augen hatten sich in den wenigen Sekunden erschreckend verändert. Zudem ging ihr Schluchzen langsam in ein Würgen über.

„Hast du etwas getrunken? Hast du Wasser aus dem Wasserhahn getrunken?“, fragte David entsetzt, und als Katrin zu einer Antwort ansetzte, erbrach sie sich heftig auf den Boden des Badezimmers. Was sich neben einer großen Menge Blut in dem Auswurf befand, konnte der Beamte nicht erkennen, aber er sah, wie das Mädchen langsam in sich zusammensank. „Ich hatte solchen Durst…“, flüsterte sie, während sie an der Wand entlang zu Boden rutschte.

Als das Rettungsteam wenige Minuten später am Einsatzort eintraf, fand es einen weinenden Polizisten, der ein totes Mädchen in seinen Armen streichelte und fortwährend „Ich bringe sie um. Ich bringe sie alle um“ stammelte.

Zumindest was diese Absicht anging, war David Cramer kein Einzelfall.

***

Auch Delta raste vor Wut, als sich in den Medien die Horrornachrichten aus Berlin überschlugen. Zudem fragte er sich, inwieweit er selbst eine Mitschuld an den Todesfällen trug. Schließlich hatte er den Rahmenplan der Verschwörer entdeckt und wusste, dass sie einen massiven Anschlag mit vielen Opfern geplant hatten. Er hatte auf einer schnellen Weitergabe an die Ermittlungsbehörden gedrängt, aber Alpha war dagegen gewesen.

„Wir kennen zu wenige Details, um die Sache aufzudecken“, hatte er gemeint. „Wenn wir ohne konkrete Beweise unsere Schlussfolgerungen präsentieren, lachen die Generalbundesanwaltschaft oder das BKA uns nur aus.“

„Also müssen wir warten, bis Hunderttausende Menschen sterben? Das können wir doch nicht zulassen“, hatte er protestiert, aber auch Alpha hatte keine Alternative gewusst.

„Hätten wir es mit gewöhnlichen Terroristen zu tun, würde die Äußerung des Verdachts auf jeden Fall reichen. Aber wir haben es mit Leuten zu tun, die über jeden Verdacht erhaben scheinen. Machen wir die Sache öffentlich, glaubt uns jedenfalls kein Mensch, eingeleitete Ermittlungen würden halbherzig geführt und verliefen im Sande, und wir würden danach unauffällig aus dem Verkehr gezogen, um... wie sagte der Blade Runner über die Replikanten... ‚in den Ruhestand versetzt' zu werden. Nein, so schwer das auch fällt, wir werden abwarten müssen."

Delta hatte sich widerstrebend gefügt, doch die massive menschenverachtende Brutalität des Anschlags ließ ihn Alphas Warnungen vergessen. Er griff nach einem der drei Wegwerfhandys, die er unter falschem Namen gekauft hatte und rief bei der Telefonzentrale des LKA Berlin an, dessen Rufnummer per Laufband in die aktuelle Berichterstattung eingefügt war. Natürlich hatte er das Tool „Rufnummer unterdrücken" eingeschaltet.

„Hallo? Ich möchte den Leiter der Kommission sprechen, welche die drei Bombenanschläge untersucht. Ich bin sicher, dass ich wichtige Informationen für ihn habe."

Er lauschte in das Gerät, und sein Gesicht verfinsterte sich. „Nein, ich werde Ihnen meine Rufnummer nicht nennen, damit er mich in einer, zwei, fünf Stunden oder überhaupt nicht zurückrufen kann. Entweder sie geben ihn mir, oder ich behalte meine Erkenntnisse für mich. Ein Rückruf ist zudem unmöglich, da am Ende des Gesprächs dieser Anschluss nicht mehr existieren wird. Warum? Weil ich ansonsten binnen kürzester Zeit von den Hintermännern des Anschlags liquidiert werde, darum!"

Er horchte nochmals in den Hörer, um nach wenigen Sekunden bitter aufzulachen. „Ich soll aufhören, so zu tun als wäre ich James Bond? Für wen zum Teufel halten Sie sich, und was glauben Sie, wer hinter den Anschlägen steckt? So ein paar Hobbyanarchisten? Was gerade abläuft, ist für Ihr Hirn offenbar ein paar Nummern zu groß. Ach was rede ich denn mit Ihnen? Verbinden Sie mich jetzt mit dem Kommissionsleiter oder nicht?"

Delta erstarrte vor Entsetzen, als der Mitarbeiter des LKA ihm kalt erklärte, dass Anrufe wie seiner an der Tagesordnung seien und er sich nicht einbilden müsse, dass die Polizei auf derartige Mätzchen von Leuten, die nicht einmal Namen und Telefonnummer angäben, hereinfallen würde. Sekunden später war die Leitung tot.

Langsam und mit dem Gefühl unendlicher Verzweiflung ließ er das Handy sinken, welches er mit schnellen, geübten Griffen demontierte und zuletzt samt SIM-Karte mit einem Hammer zerschlug. Ihr verdammten Idioten, dachte er. Dabei ist meine Hilfe das Einzige, was euch weiterbringen kann. Wie viele Menschen müssen noch sterben, bevor ihr das begreift?

Berlin, so wusste er, war erst der Anfang.

***

Die mit Spannung erwartete Pressekonferenz des Bundeskanzlers fand zur Prime-Time um 20:00 Uhr statt und wurde von allen Fernsehanstalten live übertragen. Der Regierungschef erschien auf die Minute pünktlich, und der dunkelblaue, fast schwarze dreiteilige Anzug passte sowohl zu der Situation als auch zu seinem ernsten Gesichtsausdruck. Als er hinter das Rednerpult trat, verstummten alle Geräusche im Raum.

„Seien Sie gegrüßt, meine Damen und Herren. Verzeihen Sie mir, dass ich darauf verzichte, Ihnen einen 'Guten Abend' zu wünschen, aber dieser Abend ist nicht gut. Nicht für mich, nicht für Sie, nicht für Deutschland, und auch nicht für den Rest der Welt."

Er ignorierte das stumme, beifällige Nicken der Reporter und fuhr fort. „Sie alle sind über den Anschlag in Berlin informiert. Nach derzeitigem Stand der Ermittlungen wurden die Trinkwasseraufbereitungsanlagen dreier Berliner Bezirke durch eine tödlich wirkende Substanz verseucht. Diese ist noch nicht mit ausreichender Sicherheit identifiziert; erste Analysen deuten jedoch auf eine hochgezüchtete Ebola-Art hin. Und den Begriff 'hochgezüchtet' habe ich bewusst verwendet. Dieses Virus ist nicht natürlich, sondern wurde durch gezielte Genmutation künstlich erzeugt, und der skrupellose Einsatz einer Biowaffe gegen wehrlose Menschen ist in der Geschichte beispiellos. Nach derzeitigem Stand sind diesem Anschlag bereits vierhunderttausend Menschen zum Opfer gefallen - und die Einsatzkräfte zählen immer noch. Selbst die beiden Atomwaffeneinsätze von Hiroshima und Nagasaki am 6. und 8. August 1945 haben nicht so viele Menschen umgebracht wie das heutige Verbrechen. Und während die japanische Bevölkerung wusste, dass sie sich im Krieg befand, waren die Berliner völlig ahnungs- und somit wehrlos. Doch nun wissen es alle: wir sind im Krieg. Nicht mit Russland, Nordkorea oder einer anderen Nation, nein, der internationale Terror hat uns den Krieg erklärt. Dies wurde vor etwa einer halben Stunde auf brutale Art und Weise deutlich.

In den Hauptstädten mehrerer Bundesländer versuchten bewaffnete Terroristen in die Verteilerstationen einzudringen und trafen hierbei auf Spezialeinheiten der Bundespolizei, die zur Bewachung abkommandiert waren. Im Rahmen der Gefechte wurden 5 Angreifer und 2 Bundespolizisten getötet. Lediglich in Hannover gelang es den Angreifern, bis ins Schaltzentrum vorzudringen. Sie wurden aber gestoppt, bevor sie dort Schaden anrichten konnten."

Einer der Journalisten hob die Hand, und der Regierungschef nickte ihm zu. „Henry Porter, Berliner Zeitung", stellte sich der Pressemann vor. „Gab es weitere Verletzte, und konnten Festnahmen durchgeführt werden?"

„Verletzte gab es einige, wobei mir die genaue Zahl nicht vorliegt", erwiderte der Kanzler. „Von den 5 toten Terroristen sind zumindest zwei von ihren eigenen Leuten erschossen worden. Wahrscheinlich sollten sie nicht lebend in unsere Hände fallen. Leider ist den übrigen die Flucht gelungen, was sie insbesondere durch den Einsatz militärischer Waffen geschafft haben. Unsere Polizeieinheiten waren nicht dafür ausgerüstet, einer Armeeeinheit gegenübertreten zu müssen. Dennoch schafften sie es, weitere Anschläge zu verhindern. Jedenfalls hier in Deutschland", fügte er leiser werdend hinzu.

Bereits während seiner Worte hatten einige Handys der Journalisten zu klingeln begonnen, was ihre Besitzer verwirrte. Ihre Redaktion wusste doch wo sie waren! Wie konnten sie dann... Der Kanzler beantwortete schließlich diese Frage.

„Wahrscheinlich versuchen Ihre Chefredakteure gerade die aktuellen internationalen Meldungen durchzugeben. Lassen Sie mich das tun.

Simultan zur Hauptstadt Deutschlands wurden auch etliche andere Millionenstädte angegriffen. Leider waren die Terroristen dabei mehrmals erfolgreich. Auch in....", er zog eine Liste hervor und las das Geschriebene vor, „...Mailand, Bordeaux, Antwerpen, Rotterdam, Manchester, Lodz, Kiew, St. Petersburg, Hongkong, New Orleans, Houston, Denver, Chicago, Ottawa und Vancouver hat das Massensterben bereits eingesetzt.

Meine Damen und Herren, der Terror hat uns den Krieg erklärt. Nicht nur uns, sondern allen zivilisierten Staaten der gesamten Welt. Ich habe mich mit den Regierungschefs der betroffenen Staaten besprochen, und wir sehen keine andere Möglichkeit, als diese Kriegserklärung anzunehmen.

Vor wenigen Minuten haben Bundestag und Bundesrat übereinstimmend das Vorhandensein des Verteidigungsfalls beschlossen. Deutschland befindet sich somit formell zum ersten Mal seit 1945 im Krieg. Nicht mit einer verfeindeten Nation, sondern mit einer anonymen, gesichtslosen Verbrecherbande, für die ein Menschenleben nichts zählt. Nun, diesem perfiden Spiel werden wir nicht tatenlos zusehen, und mit ‚wir' meine ich nicht nur die deutschen Strafverfolgungsbehörden und Streitkräfte, sondern alle Verteidigungseinheiten der Zivilisation. Heute stehen wir Seite an Seite nicht nur mit den USA und den übrigen Verbündeten der NATO, sondern auch mit allen übrigen Staaten der Welt.

Hier geht es nicht mehr um nationale oder Bündnisinteressen, sondern um das Überleben unserer Völker. Vielleicht mag es in der Vergangenheit den Anschein gehabt haben, dass wir unsere Verantwortung für die Einwohner unserer Länder vergessen oder auf die leichte Schulter genommen hätten. Ich versichere Ihnen, nichts könnte realitätsferner sein als dieser Vorwurf.

Wir sind uns der Verantwortung mehr als bewusst, und wir nehmen sie ernst und voller Demut an. Alle Maßnahmen, die in den nächsten Tagen und Wochen getroffen werden, dienen ausschließlich dem Schutz der Menschen, auch wenn sie die Bürger- und Menschenrechte stark einschränken werden. Führen Sie sich hierbei vor Augen, dass diese Beschränkung Ihrer Freiheit nur Ihrem Schutz dient. Unsere Ordnungskräfte, denen ich hiermit meinen Dank und meine Hochachtung ausspreche, leisten Übermenschliches, aber sie können nicht überall sein. Aus diesem Grund appelliere ich an Ihren Gemeinschaftssinn und Ihre Solidarität.

Mit dem heutigen Tag setze ich die Notstandsgesetze gemäß Paragraf 115a folgende des Grundgesetzes in Kraft. Damit geht der Oberbefehl über alle Streitkräfte Deutschlands direkt auf mich über. Die Bundespolizei erhält Eingriffsbefugnisse im gesamten Bundesgebiet, und auch die Landespolizei wird entsprechende Weisungen direkt aus Berlin erhalten.

Sämtliche Großveranstaltungen wie Sportwettkämpfe, Konzerte, Theater- und Kinovorführungen sind ab sofort untersagt, ebenso jegliche Veranstaltung mit mehr als 10 Teilnehmern unter freiem Himmel. Ebenso erlasse ich eine allgemeine Ausgangssperre für die Zeit zwischen 20:00 Uhr und 07:00 Uhr; ausgenommen hierfür sind nur die Fahrten zur Arbeit oder zum Einkauf. Alle Schulen und Kindergärten beziehungsweise -tagesstätten sind geschlossen.“

Der Kanzler, welcher sich gerade eine Machtbefugnis zugeteilt hatte, welche in der bundesdeutschen Geschichte einmalig war, sah sich im Konferenzraum um und bemerkte etliche Gesichter, welche die Skepsis ihrer Besitzer ausdrückten. Also fügte er hinzu: „Falls Sie dies alles für übertrieben halten, führen Sie ich vor Augen, dass wir uns im Krieg befinden. 1944/45, als die Bomben auf

Deutschland fielen fanden auch keine Spiele um die Deutsche Fußballmeisterschaft mehr statt. Derartige Veranstaltungen sind für den Feind ein willkommenes Ziel. Nach meinem Kenntnisstand gab es hier in Berlin bereits rund eine halbe Million Tote. Das ist eine halbe Million zu viel, meine ich. Wir wollen alles in unserer Macht Stehende dafür tun, dass so etwas nie wieder vorkommt. Daher bitte ich nicht nur um Ihr Verständnis für diese harten Maßnahmen, ich erwarte es sogar.

Möge Gott uns beistehen in dieser schweren Zeit. Meine Damen und Herren, ich danke Ihnen für Ihre Aufmerksamkeit."

Der Regierungschef nickte noch einmal in den Saal, dann drehte er sich um und verließ das Rednerpult. Es gab schließlich viel zu tun.

Im Hinausgehen kam es ihm in den Sinn, dass er in dieser Rede wahrscheinlich häufiger die Wahrheit gesagt hatte als in den letzten zehn Jahren zusammen – allerdings nur, wenn man seine Aussagen in einer bestimmten Richtung interpretierte.

Kapitel Zehn
Tag Fünf, am Morgen

Während um sie herum das Chaos größer und größer zu werden schien, zeigte Tanja Strasser einen Charakterzug, der für ihr schnelles Vorankommen in der Hierarchie des BKA verantwortlich gewesen war: sie wurde immer ruhiger, und ihr Verstand arbeitete mit einer eiskalten Präzision. Während alle anderen versuchten, mit Hilfe wissenschaftlicher Methoden und einem detaillierten Profiling die Täter zu ermitteln, benutzte sie ihren gesunden Menschenverstand. Ihr primärer Ansatz glich dem, welcher von Sir Arthur Conan Doyle seiner Romanfigur Sherlock Holmes in den Mund gelegt wurde. *„Wenn alle anderen logischen Begründungen ausgeschlossen werden können, muss die verbliebene, so unwahrscheinlich sie auch klingt, richtig sein."*

Die Polizistin hatte sich in ihr Büro gesetzt und eine Liste angefertigt, auf welcher sie die die ‚üblichen Verdächtigen' eines solchen Terroranschlags vermerkt hatte. Quelle ihrer Auflistung waren Erkenntnisse des "National Consortium for the Study of Terrorism and Responses to Terrorism" (START) und deren Global Terrorism Database. In zwei daneben befindlichen Spalten hatte sie aufgeführt, was für und was gegen die Täterschaft dieser Gruppierungen wie Al Quaida, Boko Haram, Taliban, dem IS und anderen sprach.

Nach Auswertung aller Fakten schüttelte sie den Kopf. Ihre Berechnung hatte ergeben, dass keine der genannten Gruppen für sich allein in der Lage wäre, globalen Terror von diesem Ausmaß anzuzetteln, insbesondere weil die für die Logistik erforderlichen Mittel fehlen würden. Lediglich das Zusammenwirken von mindestens der fünf größten Gruppen wäre dazu imstande. Doch dies hielt Tanja für unmöglich, denn ungeachtet der vorgegebenen ideologischen Ziele ging es den Gruppen nur um eines: darum, die Macht in bestimmten Gegenden des Erdballs zu erringen. Und eine Kooperation bedeutete, die Macht teilen zu müssen.

Letztlich war auf ihrer Liste nur ein Begriff übrig, und der Gedanke an diese Möglichkeit ließ ihr das Blut in den Adern fast gefrieren. Doch die Logik ließ sich nicht verleugnen: wer hatte die notwendigen finanziellen Ressourcen und die kommunikationstechnische Infrastruktur, auf dem gesamten Globus simultan einen Massenmord durchzuführen? Wer war in der Lage, das Gift, ohne dass es auffiel, an die jeweiligen Einsatzorte zu transportieren? Und die Frage nach der erforderlichen Menge stand ja ebenfalls noch im Raum.

Es stand fest, dass der Wirkstoff zwar konzentriert gewesen war, aber dennoch wurde die Menge, welche die in Berlin gezeigte Wirkung entfaltet hatte von den befragten Virologen auf etwa 20.000 Liter geschätzt, was etwa 120-130 Badewannenfüllungen oder einem kleinen Tanklastwagen entsprach. Und dies war nur die Dosis für eine

Stadt unter vielen gewesen. Wo konnten die Labore stehen, die nicht nur einen genetisch designten Biokampfstoff herstellten, sondern auch noch Unmengen davon? Was für Menschen arbeiteten dort, die einen solchen Auftrag annahmen? Und vor allem: wie konnte eine solche Organisation derart gut abgeschottet sein, dass keiner der Beteiligten auch nur ein Wort darüber verlor?

Tanja Strasser starrte atemlos auf das letzte verbliebene Wort in der Liste, bevor sie diese nahm und in den Büroschredder steckte. Fast wünschte sie sich, ihre sich jagenden Gedanken ebenso leicht auslöschen zu können, doch dies war unmöglich.

Was soll ich tun, fragte sich die Polizistin. Was sollen wir tun? Wir haben es ohne Frage mit einem Gegner zu tun, gegen den wir machtlos sind. Und der uns, wenn wir zu lästig werden, ungestraft zerquetschen wird wie eine Mücke, deren Summen ihn geärgert hat.

Da eine Organisation wie Spectre aus den James-Bond-Filmen in der Realität nicht existierte, war nur eine Möglichkeit übriggeblieben, welche Tanja erschaudern ließ, weil sie die Grundfesten all dessen, an das sie glaubte, erschütterte.

Das Wort lautete: Staatsterrorismus.

***

„Leute, bitte Ruhe!“, sagte Breuer mit erhobener Stimme, und langsam erstarb das Gemurmel der anwesenden Kollegen. Der Kommissionsleiter nickte dankend in die Stille, bevor er mit der Besprechung begann.

„Zunächst einmal soll ich euch den Dank der Bundesregierung für die geleistete Arbeit aussprechen. Der Bundeskanzler befindet sich in permanenten Gesprächen mit seinen Kollegen in den betroffenen Ländern, um gemeinsame Maßnahmen zu koordinieren. Dies dürfte auch für uns eine erhebliche Erleichterung beim Informationsaustausch mit ausländischen Kollegen ergeben. Darüber hinaus wurde ein Sonderfonds für Ermittlungen und zur Unterstützung der Hinterbliebenen aufgelegt.

Allerdings wird ein Bevollmächtigter der Bundesregierung in Kürze hier eintreffen. Unsere Polizeiführung sagte mir, dass Staatssekretär Polaszek uns bei der Informationsbeschaffung und -übermittlung behilflich sein werde."

Angesichts des sardonischen Tonfalls in Breuers Worten sahen sich seine Kollegen gegenseitig an und dachten sich ihren Teil. Aha, ein Schnüffler, war aus ihren Mienen zu lesen, und Breuer lächelte dünn. Genau das hatte er gemeint.

„Die Tatortaufnahme in den betroffenen Gebieten ist zu 65% abgeschlossen. Bis jetzt haben wir 487.511 Tote und 24.107 Überlebende gezählt, und das waren zumeist alte, hilflose Personen und kleine Kinder, die ihre Wasserhähne nicht selbst bedienen konnten." Er schwieg, und seine Gesichtszüge verhärteten sich.

„Leider befanden sich unter den Toten auch diverse Kollegen die uns persönlich zum Teil sehr gut bekannt waren. Exemplarisch möchte ich Paul Beckmann, Lea Friedel und Helmut Sanders nennen, die Mitglieder unserer Kommission waren. Ich bitte darum, dass wir uns zum Gedenken an diese Kollegen erheben und eine Minute in Schweigen verharren.“

Die Anwesenden erhoben sich wie ein Mann von ihren Plätzen, senkten die Köpfe und falteten die Hände. Breuer tat es ihnen nach. Er dachte an Paul Beckmann, der ihm in den dunklen Zeiten seines Lebens den Rücken gestärkt hatte und einfach nur für ihn da gewesen war. Als er nach der Schweigeminute den Kopf hob, waren Tränen der Wut in seine Augen getreten.

„Paul war Single, aber die beiden anderen hatten Familie. Lea war seit zwei Jahren mit Marie Fischer vom LKA II verheiratet, und sie hatten eine einjährige Tochter. Alle drei sind tot. Helmut und seine Frau Katrin hinterlassen einen sechs Monate alten Sohn, der als einziger aus der Familie überlebt hat.

So wie unseren Kollegen und Kolleginnen erging es unzähligen Familien hier in Berlin und an anderen Orten auf der Welt. Ich erwähne sie nur deshalb, um dem Grauen ein Gesicht und einen Namen zu geben, bevor wir das Leid unter anonymen Zahlen begraben.

Wir dürfen die Dreckskerle, die für diesen Wahnsinn verantwortlich sind, nicht ungestraft davonkommen lassen. Und wenn es bis zum Ende meines Lebens dauert: ich schwöre, dass ich sie zur Rechenschaft ziehen werde, in welches Loch sich diese Ratten auch verkriechen."

Die grimmige Entschlossenheit Breuers floss auf seine Leute über. Die gesamte Kommission sprang auf und begann zu applaudieren. Alle – mit Ausnahme Tanja Strassers, die erst nach kurzem Zögern ebenfalls aufstand und Breuer zunickte.

Dieses Nicken bedeutet ihm mehr als der Applaus, zeigte er doch, das sie seiner Meinung war. Irgendetwas, und das spürte Breuer genau, hielt sie zurück, und er musste wissen, was es war.

Er beschloss also, mit kurzen Worten die Besprechung zu beenden und seine Leute wieder an ihre Arbeit zu schicken. Eine Ermahnung gab er ihnen noch mit auf den Weg.

„Ich habe mir bis vorhin noch die Gesprächsaufzeichnungen der telefonisch eingegangenen Hinweise angehört. Ein Kollege aus der Telefonzentrale hat einen Anrufer, der sich für mich sehr interessant anhörte, rüde abgewürgt, sodass diese Informationsquelle erst mal verschüttet ist.

Der Anrufer hatte angekündigt, dass er danach nicht mehr erreichbar sein werde. Damit hatte er recht. Sein Handy, das mit einer Prepaidkarte betrieben wurde, ist jedenfalls abgeschaltet. Ich kann nur hoffen, dass er mit seiner zweiten Annahme, dass er von den Hintermännern des Anschlags bald liquidiert werde, unrecht hat und er es sich, was die Kontaktaufnahme angeht, anders überlegt.“ Breuer scheuchte die sich betreten ansehenden Kollegen mit einem Winken hinaus. Tanja dagegen hielt er mit einer kurzen Geste zurück.

„Das war ja eine höchst inspirierende Ansprache“, sagte sie mit leichtem Spott in der Stimme. „Ein bisschen pathetisch, aber sehr motivierend.“

Breuer zuckte die Achseln. „Mag sein. Der Verlust von Kollegen, die ich kenne und die ich mag, lässt mich allerdings stinksauer werden. Da mache ich dann aus meinem Herzen keine Mördergrube und sage, was ich denke. Und diese Arschgeigen will ich kriegen. Ob sie dann vor einem Richter stehen, wird sich zeigen. Es würde mich nicht stören, wenn sie sich nicht lebend festnehmen lassen wollen und bis zur letzten Patrone Widerstand leisten. Dann sorgen unsere Dienstwaffen dafür, dass sie sich einem anderen Richter stellen müssen.“

„Ich bin prinzipiell deiner Meinung, dass die Verantwortlichen für dieses Massaker es nicht anders verdient haben“, entgegnete Tanja leise, „und ich werde dir mit aller Kraft dabei helfen. Aber…“, sie brach ab.

„Aber?“, fragte Breuer leise. „Ich zweifle daran, dass uns die Möglichkeit gegeben wird, die Täter zu ermitteln“, antwortete sie fast flüsternd.

Breuer stutzte. „Was?“, fragte er. „Wieso glaubst du, dass uns jemand daran hindern könnte?“ Er griff nach ihren Oberarmen und betrachtete sie prüfend.

Tanja wehrte sich nicht gegen die Berührung, sondern sah Breuer nur an. „Weil ich Angst habe, Thorsten. Weil ich glaube, dass die Täter keine Skrupel haben werden, jeden zu vernichten, der sich ihnen und ihren Zielen in den Weg stellt. Und ich glaube auch, dass nichts, aber gar nichts auf der Welt sie dabei wird aufhalten können."

Der Kommissionsleiter ließ seine Hände sinken und starrte die Frau vor ihm einige Sekunden lang sprachlos an. Dann gab er sich einen Ruck und führte sie in sein Büro, wo er sie in den Besuchersessel schob.

„Was willst du mir damit sagen, Tanja? Dass wir keine Chance haben werden und auch persönlich in Gefahr sind? Das ist doch für uns nichts Neues. Damit müssen wir nun mal leben."

Sie schüttelte energisch den Kopf. „Hier ist es anders. Wenn das, was ich mir zusammengereimt habe stimmt, dann haben wir es mit..."

Ein Klopfen an der Tür unterbrach ihre Ausführungen. Breuer brummte ein unwilliges „Herein", woraufhin eine Person die Tür aufschob und sich hindurch zwängte.

Dieser Ausdruck passte wie die Faust aufs Auge, schoss es Breuer durch den Kopf. Der eintretende Mann war etwa 50, buchstäblich so hoch wie breit, und die rechte Hand, die einen schwarzen Aktenkoffer hielt, endete in stummelig aussehenden Wurstfingern. Der Mann sah sich um, und beim Anblick der beiden Polizisten verzog sich das Mondgesicht zu einem freundlichen Lächeln.

„Es tut mir leid, dass ich störe“, eröffnete der Dicke das Gespräch. Seine Stimme klang genauso, wie es sich Tanja beim Anblick ihres Besuchers vorgestellt hatte: ein tiefer, sonorer Bass und eine akzentuierte, gepflegte Aussprache.

„Halb so wild“, erwiderte sie, und Breuer trat von ihr zurück und setzte sich auf die Kante seines Schreibtischs, während er den Mann auffordernd ansah. Dieser erkannte die Lage und stellte sich vor.

„Mein Name ist Steffen Polaszek. Ich bin Staatssekretär im Bundeskanzleramt und...“

„Ach, ja“, unterbrach ihn Breuer. „Sie sind die angekündigte Hilfe aus der Politik. Nett, dass Sie kommen. Meine Einsatzbesprechung haben Sie leider verpasst.“

„Ich habe aber ihre Kollegen darüber reden hören“, widersprach Polaszek milde, der sich offenbar entschlossen hatte, Breuers Unhöflichkeit und Ironie zu ignorieren. „Und ich schätze Ihre Einstellung. Ich weiß allerdings im Moment nicht, wie ich Ihnen helfen könnte. Tatsächlich scheint es so, als wolle der Kanzler mich einfach nur am Puls des Geschehens haben, damit er alle Informationen nicht in einer durch die Hierarchiekette gefilterten Form zu sehen bekommt.“

„Logisch. Da bleibt bekanntermaßen viel hängen“, knurrte Breuer, und Tanja Strasser nickte. „Na schön, machen wir das Beste aus der Situation. Suchen Sie sich einen freien Stuhl und warten

Sie ab, was passiert. Was wolltest du mir denn gerade sagen, Tanja?"

Doch seine Kollegin schüttelte nur den Kopf. „Später. Ich muss noch ein paar Dinge klarziehen, dann erzähle ich es dir. Vorher ist noch zu viel Spekulation dabei."

Sie warf einen Blick auf den Staatssekretär, der sich gerade unschlüssig umsah, erhob sich und verließ den Raum. Polaszek nutzte die Gelegenheit und ließ sich in den Sessel sinken. Wahrscheinlich hatte er schon zuvor auf das Sitzmöbel spekuliert, da dieses so aussah, als könne es sein Gewicht tragen. Er zog ein Notebook aus dem Aktenkoffer und begann scheinbar, die an ihn gerichteten Mails durchzusehen. Breuer verzog das Gesicht zu einem Grinsen und schickte sich an, den Raum zu verlassen.

„Kümmern Sie sich um den anonymen Anrufer", erklang es plötzlich aus Richtung Sessel, und der Kommissar fuhr herum. Ohne die Augen vom Bildschirm seines Mini-PC zu nehmen, sprach Polaszek weiter.

„Gibt es eine Aufzeichnung dieses Gesprächs? Wenn ja, würde ich sie schnellstens durch einen Stimmenidentifizierer jagen. Wenn dieser Bursche wirklich so nah an den Tätern war wie er behauptet hat, kennt man ihn vielleicht. Möglicherweise hat er mal ein Interview gegeben, das aufgezeichnet wurde. Und wer weiß, vielleicht überrascht Sie ja das Ergebnis."

Breuer sah den Mann mit offenem Mund an. Warum zum Teufel hatte er nicht selbst daran gedacht?

***

Kathryn Ndaye war inzwischen viel zu müde zum Fluchen. Seit fast 24 Stunden stand sie am Tisch und obduzierte eine Leiche nach der anderen, und das Ergebnis war jedes Mal das Gleiche: der Tod dieser Menschen war durch massive innere Blutungen eingetreten; teilweise hatte es sogar so ausgesehen, als hätten sich die Organe geradezu verflüssigt.

Kathryn war als Tochter eines deutschen Ingenieurs und einer Afrikanerin in Kinshasa geboren worden. Als sie elf war, wurde Zaire von der ersten Epidemie eines Virus heimgesucht, welches man später zur Gruppe der Ebola-Viren zählte. Das Leiden der Menschen hatte sie nicht losgelassen, zumal mehrere ihrer Mitschülerinnen an der deutschen Schule der Seuche zum Opfer gefallen waren. Sie hatte nach Rückkehr der Familie nach Deutschland ihr Abitur gemacht und Medizin studiert, um ihren Landsleuten zu helfen, doch anstatt in die Forschung zu gehen verlegte sie sich während des Studiums plötzlich auf die Pathologie. Auf die Frage nach den Gründen dafür pflegte sie stets zu sagen, dass sie als Pathologin Fragen beantworten könne, die sonst unbeantwortet und ein Rätsel blieben.

Inzwischen Mitte fünfzig war sie seit fast zehn Jahren Chefpathologin der Charité in Berlin und genoss den Ruf einer absoluten Koryphäe. Doch nun, nach ihrer sechzehnten Obduktion an diesem Tag fühlte sie sich hilflos und verwirrt.

Diese Symptome konnten einfach nicht normal sein! Gut, ein Ebolavirus konnte sich epidemisch verbreiten, und die Variante EBOV für bis zu 90% der Infizierten tödlich sein. Aber nicht binnen weniger Minuten nach der Infektion!

Die Ärztin schüttelte derart wild den Kopf, dass ihr Hochsicherheits-Schutzanzug knisterte. Unfug, dachte sie. Allein die Inkubationszeit des EBOV-Virus lag bei mindestens zwei, eher bei acht bis neun Tagen. Doch dieser Killer war rasend schnell und offenbar absolut tödlich. Sie hatte eine Ratte mit dem Blut einer Leiche infiziert und fassungslos mit angesehen, wie das Tier binnen zwei Minuten verendete. All das sprach nicht für Ebola, aber die erhöhte Körpertemperatur ließ in Zusammenhang mit den übrigen Symptomen auf ein hämorrhagisches Fieber als Ursache des Kreislaufzusammenbruchs schließen.

Sie lehnte sich an die Schleuse, und für wenige Sekunden fielen ihr tatsächlich die Augen zu, bevor sie sich wieder zusammenriss. Trotzdem wusste sie, dass ihre Reserven aufgebraucht waren.

„Schluss jetzt", knurrte sie. Wozu sollte sie sich abmühen? Keiner der Toten würde ihr weglaufen, und müde Menschen machen Fehler. Kurzentschlossen schlug sie mit der geballten Faust auf den Öffnungsmechanismus der Schleuse und trat ein. Sie ließ sich bereitwillig von ganzen Schwaden von Desinfektionsmitteln einnebeln und trat danach unter die Dusche. Das Wasser hatte kaum Zeit zum Herunterlaufen, bevor sie in die Hitzekammer trat, wo sie sich vorkam wie in einer Brennkammer. Obwohl nach menschlichem Ermessen kein lebender Organismus diese Behandlung überstanden haben konnte, musste sie sich in einer zweiten Schleuse komplett ausziehen und nochmals duschen. Ihrer Unterkleidung, die in einem wirren Haufen in der Schleuse lag, gönnte sie keinen Blick mehr. Sie wusste, dass T-Shirt, Slip und Socken in wenigen Minuten zu Asche verbrannt sein würden, ebenso wie ihr Schutzanzug.

Wieder angekleidet und auf dem Weg in ihren Bereitschaftsraum, in dem eine Campingliege auf sie wartete beschloss sie, noch ein Glas Milch zu trinken, und sie steuerte die Kantine an. Der Genuss der kalten, weißen Flüssigkeit wurde getrübt, als ihr jemand auf die Schulter tippte.

„Hey Chefin, gut, dass ich Sie treffe", begrüßte sie ihr Assistent Daniel Rosenberg offenkundig gut gelaunt, was nicht im Mindesten zu der Situation passte. Ihren genervten Gesichtsausdruck ignorierend plapperte Rosenberg weiter.

„Ich habe da einen interessanten Fall auf dem Tisch liegen. Tja, offenbar sterben im Moment die Leute nicht nur an dem Virus, sondern bringen sich auch selbst um." Sein Lächeln erstarb, als er Kathryn direkt in die Augen sah. „Oder jemand bringt sie um und tarnt es als Selbstmord."

Trotz ihrer Müdigkeit erwachte jetzt das Interesse der Pathologin. „Falldaten, aber in Kurzform", kommandierte sie, und Rosenberg nickte.

„Unbekannter Mann, Mitte 30 und athletisch, aufgefunden in einem Pkw mit laufendem Motor, bei dem ein Schlauch vom Auspuff ins Wageninnere führte. Die Leiche wies die typisch kirschrote Färbung der Haut auf, aber in seinem Blut befanden sich keine Spuren von in großer Menge eingeatmetem Kohlenmonoxyd. Ich habe die Untersuchung also intensiviert, obwohl uns für diesen Kleinkram eigentlich die Zeit fehlt, aber... wie auch immer, ich habe an seiner Haut geschrubbt, und plötzlich verschwand die rote Farbe. Als ich den Kerl dann aufschnitt und die Lungen untersuchte, fand ich etwas anderes, und ich glaube, Sie sollten sich das ansehen."

Kathryn nickte gottergeben und folgte ihrem Assistenten in Pathologieraum II, wo der Körper des Toten auf dem Edelstahltisch lag. Der Brustkorb war geöffnet und die Rippenbögen weit nach außen gespreizt, sodass die inneren Organe frei lagen. Schon auf den ersten Blick erkannte sie, was Rosenberg aufgefallen war.

„Das war auf keinen Fall eine Vergiftung mit Autoabgasen", entfuhr es ihr, und ihr Assistent nickte. „Hier hat sich offenbar jemand große Mühe gegeben, einen Mord als Suizid zu tarnen und darauf spekuliert, dass wir uns wegen der Überlastung durch den Anschlag mit reinem Augenschein begnügen. Was aber hat den Burschen dort umgebracht? Wenn ich mir den Zustand der Lungen ansehe, möchte ich fast auf H^2S tippen."

„Der Meinung bin ich auch", stimmte die Chefpathologin zu, während sie interessiert näher trat. „Ein Killer, dieser Schwefelwasserstoff. Einmal zu viel eingeatmet, und du bist hinüber, weil das eingeatmete Gas die Rezeptoren der Lungenbläschen zur Aufnahme des Sauerstoffs blockiert. Einer der wenigen Überlebenden einer solchen Geschichte hat mal gesagt, es habe sich angefühlt, als ob ihm die Lungen plattgewalzt worden wären. Eine schnelle, aber scheußliche Art, aus dem Leben zu scheiden."

„Also definitiv ein getarntes Tötungsdelikt", nickte Rosenberg. „Aber dumm getarnt", ergänzte Kathryn. „Ich zum Beispiel hätte ihn in eine Wohnung gelegt, Mund und Augen mit Blut gefüllt und ihn als Opfer der Seuche dargestellt. Wer das gemacht hat, scheint mit dem Töten von Menschen wenig Erfahrung zu haben."

Mit diesem Statement hätte sie nicht weiter entfernt von der Wahrheit liegen können.

***

Die Ratte und ihre Leute fühlten sich zum ersten Mal in Deutschland wie zu Hause. Berge von Leichen, überall leerstehende Wohnungen und Wertgegenstände, nach denen sie nur die Hand auszustrecken brauchten – fast wie früher in Aleppo. Und vor der Polizei und der Bundeswehr brauchten sie auch keine Angst zu haben, denn entgegen vollmundigen Ankündigungen im Radio und im Fernsehen war klar, dass die Ordnungskräfte etwas anderes zu tun hatten, als Jagd auf Plünderer zu machen. Und selbst wenn: die Ratten von Aleppo hatten gelernt, sich einer solchen Verfolgung zu entziehen. Sonst hätten sie die Ruinenfelder ihrer Heimat nicht lebend verlassen können. Zudem waren die Deutschen wesentlich lascher als die Soldaten Assads. Bevor sie schossen, riefen sie lieber dreimal „Stehen bleiben und Hände hoch". In diesem Zeitraum war jemand wie die Überlebenden der syrischen Trümmerstädte schon über alle Berge.

Mounir Ben Mohammad war jedoch niemand, der etwas dem Zufall überließ. Er beschloss also, für sich und seine Leute eine zusätzliche Lebensversicherung abzuschließen.

Die Auswertung des USB-Sticks hatte eindeutig gezeigt, wer sein Ansprechpartner war. Noch mehr Bedeutung hatte, dass der Verlust des Datenträgers bei den Partnern des Verlierers garantiert große Bestürzung hervorgerufen hatte. Die Entschlüsselung der Daten und ihre Kenntnisnahme durch Dritte musste für die Beteiligten an der Verschwörung einer Katastrophe gleichkommen, deren Verursacher bestimmt keine sehr hohe Lebenserwartung mehr hätte. Die Ratte wusste also, dass ihre Vorschläge Gehör finden würden.

Es war nicht besonders schwierig gewesen, dem Mann einen Auszug aus den Klardaten per Mail zuzusenden, da sich die Kontaktdaten der Verschwörer auf einer der Dateien des Sticks befunden hatten. Natürlich war die Mail aus einer der frei gewordenen Wohnungen versandt worden, welche die Ratte zu diesem Zweck aufgesucht hatte. Nur wenig später war die Antwort eingegangen. Zu dieser Zeit befand sich Mounir schon wieder drei Straßen weiter in einem anderen Gebäude. Selbst bei schneller Ortung der IP-Adresse bestand keine Gefahr, identifiziert und gefasst zu werden.

Jetzt stand er am Moritzplatz in Kreuzberg und wartete auf den Kontaktmann. Die Mitglieder seines Führungskreises hatten vehement protestiert, dass er sich keinesfalls in Gefahr begeben dürfe, aber er hatte nur gelacht. Schließlich war er ein vorsichtiger Mann, und seine Vorbereitungen sollten die meisten Gefahren abdecken. Und außerdem war er ein Meister im Improvisieren.

Als er den avisierten Mercedes kommen sah, winkte er kurz und ging in den Prinzessinnengarten hinein, der entgegen seinem royalen Namen alles andere als königlich wirkte. Kreuzberg, eben, aber der Ratte gefiel es hier. Er lehnte sich an einen Baum und wartete, bis seine Kontaktperson herankam.

Mounir erkannte den Mann sofort, da es derjenige war, den er zum Erlangen des Sticks hatte niederschlagen müssen. Der Gesichtsausdruck des Ankömmlings belegte jedoch, dass das Erkennen eine einseitige Angelegenheit war. Genau das war Mounirs primäres Ziel gewesen: herauszufinden, ob der Bestohlene ihn wiedererkennen konnte.

„Haben Sie mir die Mail geschickt?", eröffnete der gut gekleidete Mittfünfziger das Gespräch. Die Ratte schüttelte nur den Kopf.

„Nein, das hat mein Chef gemacht. Ich bin nur als eine Art Parlamentär geschickt worden, um.... nun, sagen wir, die Verhandlungspositionen klarzumachen."

„Was haben sie mir zu sagen?", fragte der Mann, und für Mounir war die Nervosität des Fragenden unüberhörbar, was ihn milde lächeln ließ.

„Nicht viel", antwortete er gelassen. „Unser einziges Bestreben ist, in Ruhe unseren Geschäften nachgehen zu können, so wie jeder. Und genau Sie werden dafür sorgen."

„Das... das kann ich nicht! Hören Sie, selbst wenn ich es wollte, könnte ich nicht in die Kompetenzen des Berliner Innensenators, des Innenministers und des Krisenstabs eingreifen, nur damit Sie ihre Raubzüge machen können!"

„Sie können, und Sie werden", widersprach Mounir bestimmt. „Wenn Sie Ihren Plan durchziehen, haben die gerade erwähnten Leute nur noch die politische Bedeutung von Bundespräsident Christian Wulff nach seinem Rücktritt, nämlich gar keine. Also kommen Sie mir nicht so. Halten Sie uns den Rücken frei und denken Sie sich einfach dabei, dass dies nur unser Anteil am Kuchen ist, den Sie und Ihre Kumpels sich reinziehen. Ob sie Erfolg haben oder nicht, ist uns scheißegal. Wir haben in Syrien gelernt, unter einem Diktator zu leben, also werden wir auch damit klarkommen, wenn Sie eine hier errichten und Ihre Kumpels in den anderen Ländern der Welt. War aufschlussreich, was da zu lesen war. Ich wäre echt gespannt, was die Menschen tun würden, nachdem sie die Geschichte aus den Medien erfahren haben."

„Schon gut, ich tue, was ich kann. Sie haben mein Wort. Wo ist jetzt der Stick?"

„Glauben Sie im Ernst, dass ich den in der Tasche habe? Der ist unsere Rückversicherung für den Fall, dass Sie mit gezinkten Karten spielen. Die Daten allein sind zwar ein Hieb, aber der originale Stick mit der Inventurnummer und dem Siegel des Innenministeriums bürgt für die Echtheit der Daten."

„Na gut. Sie sehen anders aus als ich Sie mir vorgestellt habe. Schwarze Lederjacke und schwarze Jeans, und dann erst diese Sonnenbrille! Zuviel Klischee für meinen Geschmack, aber na gut. Wie haben Sie es überhaupt geschafft, den Stick zu entschlüsseln? Meine Leute haben mir versichert..."

Ein Piepsen im Ohr ließ Mounir zusammenzucken. „Gefahr, Chef", wisperte eine Stimme in sein Ohr. „Mehrere Fahrzeuge nähern sich deinem

Standort. Ganz unverkennbar Sicherheitsdienst, keine reguläre Polizei."

„Aha", knurrte der Bandenchef. Sein Gegenüber brach seine Rede ab und sah ihn verwirrt an. „Schlau, aber nicht schlau genug eingefädelt", höhnte die Ratte und trat zwei schnelle Schritte auf den Politiker zu. Er riss ihn an dem Revers seines teuren Jacketts zu sich heran und sah ihm aus wenigen Zentimetern Entfernung in die Augen. Was er sah, war nackte Angst, und er begann zu grinsen.

„Sie haben geglaubt, mich so einfach fangen zu können. Falsch gedacht. Jetzt wird das Ganze für Sie noch etwas teurer!"

Er stieß den Mann von sich und lief schnell zur Oranienstraße, wo er in den Fahrgastraum eines Kleintransporters sprang, der mit rasender Fahrt davonjagte. Binnen weniger Sekunden hefteten sich zwei Mercedes-Limousinen an seine hintere Stoßstange. Die wilde Jagd ging über die Oranienstraße bis in die Rudi-Dutschke-Straße, wo der Kleintransporter genau vor dem Springerhochhaus anhielt. Bevor die Limousinen aufschließen konnten, sprangen zehn identisch gekleidete Männer aus dem Wagen und rannten in verschiedene Richtungen davon. Den Verfolgern blieb nur übrig, ihnen verwirrt hinterher zu starren.

Mounir und seine Freunde hatten sich einfach ein altes Prinzip zu Nutze gemacht: Ratten sehen alle gleich aus.

Kapitel Elf
Tag Fünf, am späten Nachmittag

Bertram Picken sah aus, als habe er seit Tagen nur noch unter Brücken oder auf Parkbänken geschlafen, und er roch, als habe er eine Flasche Korn gefrühstückt. Dies war immerhin fast richtig; es waren nur eine kaputte Nacht und eine halbe Flasche gewesen. Mehr hatte er am Abend zuvor nicht übrig gelassen.

Die Schuld, die er auf sich geladen hatte, ließ ihn verzweifeln. Normalerweise hätte er sich vor einen Zug werfen oder vom Dach des KaDeWe stürzen müssen, aber dazu war er (und das gestand er sich selbst ein) zu feige.

Er sah auf seinen Dienstanzug der Stadtwerke Berlin-Brandenburg herab, der inzwischen verschmutzt und an zwei Stellen eingerissen war. Nicht, dass sein Aussehen jetzt noch eine Rolle spielen würde...

Mit hängenden Schultern schlurfte er durch den verlassenen Tiergarten, und ab und zu drang ein ersticktes Schluchzen aus seiner rauen Kehle. Er hatte die Nachrichten verfolgt, und die Anzahl der Todesopfer in Berlin überstieg sein Fassungsvermögen bereits seit Stunden, und die Zahl wuchs immer weiter an. Zuletzt war von 600.000 Opfern die Rede gewesen, was seinen Geist endgültig zerbrechen ließ.

Mit blicklosen, tränenfeuchten Augen starrte er auf das Display seines Smartphones, auf dem der Aufruf der Berliner Polizei mit dem verzweifelten Appell an alle möglichen Zeugen aufblinkte. Oh ja, Picken hätte ihnen einiges erzählen können, aber Scham und Schuld hinderten ihn daran. Er wusste, dass die Augen der Polizisten nichts als Verachtung für ihn zeigen würden, und er fühlte sich unfähig, das zu ertragen. Fast schon wünschte er sich, dass die unsichtbaren, aber dennoch präsenten Verfolger ihn endlich ergreifen und ihr schmutziges Werk zu Ende bringen würden.

Kaum jemand kreuzte seinen Weg, da die meisten Menschen sich wegen der nahen Sperrstunde bereits nach Hause begeben hatten. Der ehemalige städtische Angestellte hätte dies zwar auch tun können, doch er hatte ein anderes Ziel. Er wollte sich einfach nur noch verkriechen, am besten dort, wo ihn niemand fand. Gestern hatte er einen solchen Platz gefunden: das Parkhaus eines Motel One an der Paulstraße.

Er wusste genau, wo er unbemerkt in das Gebäude schlüpfen und sich in einer Ecke zusammenrollen konnte, wo ihn niemand beachten würde. Vielleicht würde irgendein Security kommen und ihn hinauswerfen, aber das war Picken mittlerweile egal. Doch heute sollte er nicht einmal bis dort kommen.

Seine Absicht, über die Lutherbrücke zum Hotel zu kommen endete bereits auf der John-Foster-Dulles-Allee. Dann spürte er eine Hand auf seiner

Schulter und den Druck eines metallischen Rohrs in seiner rechten Niere.

„Schön weitergehen, Mann. Überquere die Straße und gehe runter zur Spree. Folge meinen Anweisungen, dann wird es halb so schlimm."

Bertram tat wie ihm befohlen wurde. Im Gehen warf er einen schnellen Blick über die Schulter und erschrak fast zu Tode. Und dann erinnerte er sich...

***

Tag Drei, kurz nach 22.00 Uhr

Der Tag war lang und aufregend gewesen, ohne dass er die Chance gehabt hätte, sich vor dem Nachtdienst noch mal hinzulegen und ein paar Stunden auf Vorrat zu schlafen. Aber wozu auch, dachte Bertram Picken gähnend. Heute Nacht würde ihn einfach die übliche langweilige Routine in der Schaltzentrale des Wasserwerks Pankow erwarten, die er sich schon ausgemalt hatte, als er vor rund sechs Wochen seine Versetzung nach hierher beantragte. Er hatte schlichtweg in unmittelbarer Nähe seiner Familie arbeiten wollen, die hier in Pankow wohnte, und dafür nahm er gelegentliche Nachtarbeit und Langeweile gern in Kauf. Die eintönige Dienstzeit ließ sich nach seiner Meinung am besten mit einem guten Buch totschlagen. Doch die übliche Ruhe sollte abrupt enden.

„Hey, was ist das denn?", murmelte Paul Stratenwerth überrascht und kratzte sich den Hinterkopf, während er mit der rechten Hand auf einen der Monitore deutete.

„Sieht aus wie ein Tankwagen", antwortete Picken im gleichen Tonfall. Er stand gar nicht auf, sondern rollte mit seinem Bürostuhl bis zum anderen Arbeitsplatz und verstellte per Remote den Fokus der Kameralinse an der Toreinfahrt so, dass das Kennzeichen klar und deutlich zu erkennen war.

„Ein Tankwagen der Stadt", ergänzte sein Kollege überrascht. „War denn einer angemeldet?"

Picken zuckte die Achseln und checkte sein Mailpostfach. „Tatsächlich," schnaubte er. „Pünktlich zu Dienstschluss haben sich die Brüder einfallen lassen, dass heute Abend unbedingt noch eine Ladung Fluoride ins Berliner Trinkwasser muss, damit die braven Leute keinen Karies bekommen. Ich dachte, das wäre vor ein paar Jahren eingestellt worden."

„Da liegst du falsch", grinste Stratenwerth ihn an. „Die Zahngesundheit der Berliner liegt dem Senat immer noch am Herzen. Aber jetzt klingst du wie einer dieser Verschwörungstheoretiker, Bert. Diese Spinner behaupten doch, dass die eingeleiteten Stoffe uns genetisch verändern sollen, wobei sie sich darüber streiten, ob eine Rasse von Supermenschen oder von willfährigen Sklavenarbeitern erschaffen werden soll."

Sein Kollege schüttelte entgeistert den Kopf. „Gott bewahre! So abgedreht bin ich nun wirklich nicht. Ich stehe mit beiden Beinen auf dem Boden der Realität, glaube also nur an Gott und die Liebe meiner Frau, nicht an Märchen und falsche Propheten." Er schüttelte sich angewidert.

Stratenwerth lachte, stand auf und griff nach seiner Jacke. „Dann lasse ich die Jungs vom Gesundheitsamt mal rein. Hoffen wir mal, dass sie die passenden Stutzen dabeihaben. Sonst müssen wir die Nacht damit verbringen, das passende Adapterstück zu suchen."

„Besser als tatenlos rumzuhängen". Picken zeigte ihm müde den hochgereckten Daumen. Er war zu faul, um aufzustehen und den Kollegen zu begleiten, und außerdem musste ja jemand die Monitore beobachten.

Auf einem dieser Bildschirme tauchte nach kurzer Zeit Paul Stratenwerth auf, um den Tanklaster durch das Tor einzulassen. Er wies dem Beifahrer den Abstellplatz zu und sah sich den Tankrüssel des Wagens an, bevor er auf den Stutzen zeigte, welcher zwar primär für die Entnahme von Wasserproben, aber sekundär auch für das Einleiten von Additiven gedacht war.

Okay, dache der Mann im Kontrollzentrum und widmete sich wieder seiner Lektüre. Nach wenigen Seiten ließ er den Roman jedoch kopfschüttelnd wieder sinken. Wie zum Teufel soll der Held es geschafft haben, einen Kordon von 50 schwer bewaffneten Elitekillern zu durchbrechen, hierbei mehr als

40 der Gegner zu liquidieren, ohne selbst einen Kratzer abzubekommen und anschließend unerkannt zu entkommen? Da lobe ich mir Jack Reacher, dachte Picken. Der wird auch mit allen Gegnern fertig, sieht aber nachher aus wie ein Coyote, der von einem Greyhoundbus überfahren worden ist. Er ging zum Kühlschrank, um sich eine Cola zu holen. Die hält mich hoffentlich wach, dachte er.

Die Eingangstür in seinem Rücken öffnete sich, Picken ging wie selbstverständlich vom Erscheinen seines Kollegen aus und drehte sich um. „Und, alles okay bei den..."

Seine Stimme erstarb, denn Stratenwerth war nicht allein eingetreten. Ein Mann stand hinter ihm und bedrohte den kreidebleichen Wasserwerksangestellten mit einer Pistole, an deren Laufmündung ein klobiger Gegenstand aufgeschraubt war. Picken kannte ihn nur aus zweitklassigen Kriminalfilmen, wusste aber sofort, dass er es mit einem Schalldämpfer zu tun hatte. Hinter dem Waffenträger huschten schnell zwei weitere kräftig gebaute Männer in den Raum, die gleichartig ausgestattet waren.

„Was soll das Ganze?", flüsterte er fassungslos. „Soll das ein Überfall sein? Hier gibt es doch nichts zu holen!"

„Darum geht es nicht", erwiderte der zuletzt Eingetretene. „Dein Kumpel war nur leider etwas zu neugierig und etwas zu schlau. Vor allem hat er eine zu gute Nase."

„Die füllen kein Fluor ins Trinkwasser", murmelte Stratenwerth tonlos. "Dessen Geruch kenne ich. Das Zeug, das sie im Tanker hatten, riecht nach nichts, und sie haben beim Einfüllen ABC-Schutzanzüge übergestreift."

Nur langsam drang die Information in das nahezu paralysierte Hirn Pickens. Dann weiteten sich seine Augen vor Entsetzen. „Was haben Sie getan?", flüsterte er fassungslos. „Was haben Sie da reingefüllt? Ein Gift, oder einen chemischen oder biologischen Kampfstoff? Sind Sie wahnsinnig? Wissen Sie, wie viele Menschen an diesem Verteiler hier hängen?"

„Fast eine Million", entgegnete der Wortführer der Banditen kalt. „Und ich schätze, dass wir etwa 75% davon erwischen werden. Na, na, na", schnappte er und richtete seine Waffe auf Picken, der sich unwillkürlich angespannt hatte. „Keine Dummheiten oder Heldentaten! Wir wissen, dass es hier irgendwo eine Schnellversiegelung für derartige Notfälle gibt. Sollte also einer von euch Clowns versuchen sie zu betätigen: macht euch keine Hoffnungen. Ihr kommt nicht weit. Wir wissen, dass die ganze Anlage vollständig programmgesteuert ist und ihr nur zur Überwachung da seid. Wenn ihr also verschwindet, wird es nicht auffallen, bevor eure Ablösung hier erscheint. Und dann ist sowieso alles vorbei."

„Sie wollen wirklich eine Dreiviertelmillion Menschen umbringen?", flüsterte Picken, der sah, wie sich sein Kollege zusammenduckte. Stratenwerth schien etwas Selbstmörderisches zu planen, aber er schien bereit zu sein, sein Leben gegen das einer Vielzahl von Menschen zu tauschen, und Picken begriff, dass er ihn nicht würde aufhalten können. Also verlegte er sich auf ein Ablenkungsmanöver. Er zog seinen Stuhl zu sich hin und nahm derart demonstrativ darauf Platz, dass sich alle Blicke auf ihn richteten.

In diesem Moment hechtete sein Kollege in Richtung des Schaltpults. Leider hatte er weder die Fähigkeiten noch das Glück eines Jack Reacher, Ethan Hunt oder Dirk Pitt. Zudem hatten die Killer offenbar nur auf eine derartige Aktion gewartet. Es bedurfte nur eines einzigen gut gezielten Schusses in seinen Hinterkopf, um Stratenwerth zusammenbrechen zulassen.

Der Schütze legte seine Waffe achtlos auf ein Schaltpult und griff in die Tasche, aus der er eine große Plastiktüte herausholte und sie dem Toten über den Kopf zog. Obwohl vor Entsetzen wie gelähmt begriff Picken, dass es darum ging, Blutspuren zu verhindern.

„Sie sehen, dass Sie keine Chance haben, Herr Picken", ergriff der Mörder wieder das Wort. „Ja, wir kennen Ihre Namen. Wir wissen überhaupt alles über sie beide, und es ist nicht verwunderlich, dass er", er wies auf den toten Paul Stratenwerth „und nicht Sie diese Kamikazeaktion unternommen hat. Er ist ledig, Sie haben Familie. Sie glauben, etwas zu verlieren zu haben, er glaubte das nicht."

Der Mann drehte Picken den Rücken zu und ging in Richtung Ausgang. In dieser Sekunde entlud sich der Zorn des Stadtwerkemannes, und er sprang zu der herrenlosen Pistole. Er riss sie hoch, richtete sie auf den Mörder seines Kollegen und drückte ab, einmal, zweimal, dreimal. Doch statt eines, wenn auch gedämpften Schussgeräuschs hörte er nur müde Klicks. Erst danach stellte er fest, dass seine Aktion keinen der anderen Männer dazu veranlasst hatte, auf ihn zu schießen. Statt alarmiert zu sein, grinsten sie nur.

„Haben Sie geglaubt, Sie könnten als Held sterben? Haben Sie wirklich angenommen, ich würde eine geladene Pistole in ihrer Reichweite liegen lassen? Dann sind Sie noch viel dümmer, als ich vermutet habe."

Picken ließ die Pistole sinken und sah sein Gegenüber einige Sekunden lang an, bevor er begriff. „Eine Falle", murmelte er stumpf.

„Ja", bestätigte der Mann vor ihm, während er nähertrat. „Sie werden kein Held sein. So was gibt es nur in Romanen. Nein keine Sorge: wir werden Sie nicht töten. Lebend sind Sie uns viel lieber. Sie sind nämlich der perfekte Sündenbock.

Auf Ihrem Konto befinden sich gerade 500.000 €, die von einer Stiftung auf den Cayman Islands stammen. Ihr Kollege ist tot, und auf der Tatwaffe befinden sich Ihre Fingerabdrücke. Was wird die Polizei also vermuten? Das liegt doch auf der Hand! Sie haben den Terroristen für eine halbe Million Zutritt zur Verteilerstation verschafft, wozu Sie leider Ihren Kollegen erschießen mussten. Anschließend sind Sie untergetaucht."

Das schmierige Grinsen des Mannes wurde immer breiter. „Und zu guter Letzt haben Sie es nicht mehr ausgehalten und sich umgebracht, als sie sahen, was wir angerichtet haben. Die Leute werden nur sagen: Schade, dass er es nicht vorher gemacht hat. Das wird Ihre einziger Nachruf sein. Denn wer wird Ihnen glauben, wenn Sie versuchen, jemandem die Wahrheit zu erzählen?"

Pickens Attacke auf den süffisanten Dreckskerl war ebenso erfolglos wie der Rettungsversuch seines Kollegen Paul. Nur begnügte sich die Verbrecher damit, ihm den Lauf einer Waffe über den Schädel zu schlagen und ihn ins Reich der Träume zu schicken.

Das Dröhnen im Kopf, welches sein Erwachen begleitete verstärkte sich, als er die Augen öffnete und in die Sonne blinzelte. Ungeachtet dessen sprang er auf und sah sich um.

Er befand sich am Ufer der Dahme in Köpenick, was er beim Anblick des Schlosses sofort erkannte. Und es war heller Tag, was bedeutete, dass jeder Rettungsversuch zu spät kommen würde - auch für Lisa und seine beiden Kinder. Seine Selbstbeherrschung zerbrach, und mit einem lauten Schrei abgrundtiefer Verzweiflung sank Picken in sich zusammen.

***

Tag Fünf, am Abend

„Seitdem haben Sie nur gesoffen", ergänzte der Mann, den Picken sofort als den Anführer des Killerkommandos erkannte. „Wir haben Sie beobachtet, um sicherzugehen. Aber bis jetzt hatten Sie ja noch nicht den Mut, die Sache zu beenden."

„Nein, hatte ich nicht", krächzte die abgerissene Gestalt. „Und wahrscheinlich werde ich dir Dreckschwein den Gefallen auch nicht tun. Du hast hunderttausende umgebracht, darunter auch meine Familie. Glaubst du, ich würde dir irgendeinen Gefallen tun? Eher pisse ich auf dein Grab oder verrotte im Knast. Jetzt geht es mir wie Paul; ich habe nichts mehr zu verlieren. Also werde ich den Bullen sagen was ich weiß, und vielleicht sind die ja cleverer als erwartet. Vielleicht finden sie heraus, dass ich gar kein Motiv für einen Massenmord haben konnte, und hören mir zu."

„Ja, vielleicht", murmelte der Mann. „Wie auch immer, ich kann kein Risiko eingehen."

„Aber du kannst mich nicht einfach erschießen. Nein, das kannst du nicht, denn dann würde die Polizei wissen, das mehr dahintersteckt und würde nach den Hintermännern suchen. Dann ist eure schöne Geschichte gestorben."

„Nicht ganz", erwiderte der Killer. Statt zu schießen, sah er sich nach allen Seiten um und drosch seinem Opfer die Waffe über den Schädel. Er fing den Zusammenbrechenden auf und stieß ihn mit einer gewaltigen Kraftanstrengung in die Spree. Einige Sekunden noch sah er hinter dem davontreibenden Körper her, dann wandte er sich ab und ging davon.

Im Fluss spielte sich derweil etwas ab, das ihn nicht gerade begeistert hätte. Bertram Picken war weder tot noch bewusstlos. Er hatte den Hieb kommen sehen und sich so geschickt weggeduckt, dass sein Kopf nur gestreift wurde. Dies genügte zwar um ihn ziemlich benommen zu machen, aber auch dies verging als er ins Wasser stürzte. Instinktiv spielte er 'Toter Mann', da sein Feind sicherlich keine Bedenken gehabt hätte, ihm einige Kugeln zu verpassen. Er hielt also den Atem an und ließ sich treiben, bis seine Lungen zu bersten schienen.

Ein Rundblick zeigte ihm, dass er schon einige hundert Meter stromabwärts getrieben worden war. Picken war immer ein guter Schwimmer gewesen, und so strebte er unter Missachtung jeglichen Schiffsverkehrs dem gegenüberliegenden Ufer entgegen, als ihn eine harsche Stimme anrief.

„He, Sie da! Ja, Sie da im Fluss! Hier ist Baden verboten!"

Der Schwimmer hob den Kopf und sah ein Boot der Wasserschutzpolizei Brandenburg nur wenige Meter querab von ihm in der Strömung dümpeln. Ein Polizist in der weiß-blauen Uniform der WaPo stand kopfschüttelnd an der Reling und hielt bereits einen Rettungsring in der Hand, um ihn Picken zuzuwerfen.

„Was zum Teufel haben Sie sich dabei gedacht?", raunzte ihn der Polizist an, nachdem er den erschöpften Mann an Bord gezogen und seine Personalien festgestellt hatte, doch der dachte gar nicht daran, klein beizugeben.

„Ich bin nicht hineingesprungen, sondern wurde hineingeworfen", knurrte Picken und griff nach dem Handtuch, das der zweite Polizist ihm freundlicherweise gereicht hatte. „Aha. Und wer soll das gewesen sein?", fragte der erste Uniformierte sarkastisch, doch Picken grinste nur.

„Derjenige, der den Massenmord in den nördlichen Stadtbezirken verübt hat. Wollen Sie wissen, wie er und seine Spießgesellen aussehen? Dann bringen Sie mich schleunigst zu den zuständigen Kollegen. Ich will ihnen erzählen, was ich weiß - solange ich es noch kann."

Kapitel Zwölf
Tag Sechs, am Morgen

„Phase zwei ist als beendet anzusehen. Nach derzeitiger, noch immer nicht abgeschlossener Zählung hat es in Berlin 612.122 Tote gegeben, und alle Ordnungskräfte sind mit der Bergung und dem Abtransport der Leichen sowie der Unterbringung der Überlebenden voll ausgelastet. Es gilt als sicher, dass die Polizei nicht genügend Informationen besitzt, um wirkliche Ermittlungstätigkeiten durchführen zu können.“

Nummer Eins, die Anführerin der Verschwörer sah sich im Kreis ihrer Kumpane um, und was sie sah, befriedigte sie. Keiner widersprach, keiner stellte ihre Autorität in Frage. Sie nickte Nummer zwei, dem Ältesten der Runde zu, welcher den operativen Teil koordiniert hatte.

„Unsere Aktion in Berlin verlief wie geplant, von einer kleinen unbedeutenden Störung abgesehen. Die Operationen in den übrigen Städten waren dagegen weniger erfolgreich. Überall wurden die Stoßtrupps von den Einsatzkräften der Polizei abgefangen. Dies war für uns jedoch keine Überraschung und entsprach unseren Berechnungen. Es konnte jedoch dafür gesorgt werden, dass keiner unserer Leute der Polizei lebend in die Hände gefallen ist.“

„Zurück zu Berlin“, schnappte der jüngste der Anwesenden. „Sie erwähnten eine unbedeutende Störung. Was genau ist damit gemeint?“

„Das Einbringen des Mittels verlief nicht unbemerkt“, musste Nummer zwei zugeben. „Einer der städtischen Angestellten hat Verdacht geschöpft und musste beseitigt werden. Wir haben gemäß Alternativplan 2b den Verdacht auf seinen Kollegen gelenkt, den wir ohnehin als angeblichen Verräter eingeplant hatten. Dieser Sündenbock wurde inzwischen ebenfalls beseitigt, wobei wir seinen Tod wie einen Selbstmord aus Scham aussehen ließen.“

„Gut,“ bemerkte Nummer eins knapp. „Wir haben also sichergestellt, dass kein Zeuge unsere Leute identifizieren kann. Gemäß unserem Gesamtplan halten wir jetzt für eine Woche die Füße still und lassen die Dinge sich entwickeln. Die Zeit arbeitet schließlich für uns.“

Sie nickte den anderen zu, die sich erhoben und den Raum verließen. Die Frau blieb allein zurück. Sie faltete die Hände und schloss die Augen. Ihre Gedanken wanderten zurück zu den Bildern, die sie gestern Abend in den Nachrichten gesehen hatte. Hunderte von Leichensäcken, die mit Militärfahrzeugen zu eilig ausgehobenen Massengräbern auf dem Gelände des ehemaligen Gutes Groß-Behnitz bei Nauen gebracht und dort unter dem Einsatz von Bulldozern verscharrt worden waren. Kein Priester hatte der Beisetzung beigewohnt, kein Angehöriger hatte getrauert, und es war unwahrscheinlich, dass jemand darauf geachtet hatte, Familien gemeinsam zu bestatten.

Das Leid der Opfer und ihrer Angehörigen drückte schwer auf Nummer eins, die den Kopf noch weiter sinken ließ und einige Worte vor sich hinmurmelte, bevor sie aufstand und ihren Mitverschwörern folgte.

Hätte jemand ihre Worte gehört, hätte er sich darüber gewundert, dass jemand, der gerade über eine halbe Million Menschen liquidiert hatte, den Allmächtigen um Vergebung anflehte…

***

Breuer betrachtete den Mann auf dem Stuhl im Verhörraum durch den Spionspiegel, um sich einen Eindruck von dem Zeugen zu verschaffen, der am gestrigen Abend eiligst von der WaPo ins LKA gebracht worden war. Obwohl seine Aussage von größter Wichtigkeit zu sein schien, hatte die Führung entschieden, ihn erst am folgenden Morgen zu vernehmen. Der Kommissionsleiter hatte kurz vor einem Tobsuchtsanfall gestanden, weil er die Täter schnellstmöglich identifizieren wollte, denn ein Zeitverlust konnte womöglich weitere Menschenleben kosten. Er hatte sich erst beruhigt als ihm mitgeteilt wurde, dass das Montagebildteam des BKA extra aus Wiesbaden eingeflogen werden sollte. Diese Experten sollten das erstellen, was in der Öffentlichkeit als ‚Phantombild' bekannt war.

Aus der Sicht des Polizisten war die Gelassenheit Pickens bewundernswert. Der Mann war zunächst als Goldgrube betrachtet worden, bis die Nachricht vom Tod seines Kollegen Stratenwerth, dessen Leiche rund zwei Kilometer von der Pumpstation entfernt aufgefunden worden war, bekannt wurde. Stratenwerth war erschossen worden, und neben ihm hatte eine Heckler & Koch SFD 9 SD nebst Schalldämpfer gelegen, deren Magazin noch mit 8 Projektilen gefüllt war und bei der es sich vermutlich um die Tatwaffe handelte. Als Picken erklärte, vom Tod seines Kollegen zu wissen und die Waffe auch schon in der Hand gehalten zu haben, war die Stimmung umgeschwenkt. Der Mann verbrachte die Nacht also nicht in einem bequemen Hotel unter Bewachung, sondern als Verdächtiger in einer Gewahrsamszelle.

„Was hältst du von ihm?“, fragte Tanja Strasser, die leise an seine Seite getreten war.

Breuer zuckte die Achseln. „Schwer zu sagen“, meinte er. „Er wirkt fast zu cool für seine Situation. Fast zu gut, um echt zu sein.“

„Ist er wirklich derjenige, für den er sich ausgibt?“, fragte die Polizistin ihren Kollegen, und dieser nickte entschieden.

„Ja, soviel steht fest. Wir haben die Dateien des Einwohnermeldeamtes überprüft und die Passdaten nebst Bild heruntergeladen. Er ist tatsächlich Bertram Picken, und somit für uns extrem interessant. Ob er seinen Kollegen erschossen hat oder nicht, er wird uns sagen können, was sich in der Verteilerstation Pankow abgespielt hat."

„Das denke ich auch. Du kannst schon mal reingehen und mit der Vernehmung beginnen. Ich wollte dir nur sagen, dass die Kollegen aus Wiesbaden eingetroffen sind und gleich hochkommen."

Er nickte, ging zur Tür und stieß sie auf, was Picken den Kopf überrascht hochreißen ließ. Er trug einen dunkelblauen Jogginganzug mit Polizeiemblem, der ihm an Stelle seiner nassen und derangierten Sachen zur Verfügung gestellt worden war. Dass seine Kleidung auf Schmauch- und DNA-Spuren untersucht werden sollten, verriet man ihm zunächst nicht. Breuer hatte dies vor, denn er kannte das Ergebnis der Analyse bereits.

„Bertram Picken? Mein Name ist Thorsten Breuer. Ich leite die Ermittlungen der Morde in Pankow und den übrigen Stadtteilen. Wie ich gehört habe, wollen Sie mir etwas dazu erzählen."

„Auf Sie warte ich schon seit gestern Abend", entgegnete Picken knapp. „Ich hätte nicht gedacht, dass Sie sich so viel Zeit lassen."

„War nicht meine Idee", schnappte der Polizist. „Es waren noch einige Vorbereitungen zu treffen und Informationen einzuholen. So was dauert halt. Ich hoffe, Sie hatten es bequem."

„Natürlich! Gegenüber meinem Domizil der letzten zwei Tage, einer Ecke im Parkhaus auf nacktem Asphalt war die Pritsche mit der Wolldecke ein deutlicher Fortschritt", antwortete Picken zynisch. „Und das Frühstück, eine Schrippe mit Käse und einer Tasse Kaffee war köstlich. Das Erste, was ich an fester Nahrung zu mir genommen habe, seit…" seine Stimme erstarb.

„Das ist es, was wir wissen wollen", nahm Breuer den Faden auf, und Picken nickte knapp. „Sie sollten aber darüber informiert sein, dass unser Gespräch aufgezeichnet wird. Außerdem sind wir uns über ihren Status nicht im Klaren. Wir sind also unschlüssig, ob wir Sie als Zeugen oder als Mittäter des größten Massenmordes seit dem Holocaust vernehmen sollen."

„Sie sprechen von einer halben Million auf meinem Konto und meinen Fingerabdrücken auf der Waffe, mit der Paul ermordet wurde, habe ich recht? Ist mir egal, ob Sie mich einbuchten oder nicht, ich sage Ihnen jetzt, was sich wirklich abgespielt hat. Also stellen Sie schon mal die Recorder an und spitzen die Ohren."

In den nächsten zwei Stunden berichtete Picken von den Ereignissen in der Schaltzentrale und was ihm anschließend zugestoßen war. Breuer hörte dem Mann zu, und er unterbrach die Aussage nur für die Zeit, in der die Spezialisten des BKA hereinkamen und ihr Equipment aufbauten. Als der ehemalige städtische Angestellte verstummte und sich zurücklehnte, gab er ihnen ein Zeichen.

„Diese Kollegen werden jetzt nach Ihren Angaben ein Montagebild erstellen. Das heißt, sie werden verschiedene Segmente eines Gesichts zusammenfügen, bis sich daraus ein Konterfei des

Anführers der Bande ergibt. Falls das klappt, können wir es gern auch mit den anderen Männern versuchen."

Picken schüttelte traurig den Kopf. „Tut mir leid, ich glaube nicht, dass ich Ihnen mehr als den Boss der Truppe liefern kann. Die anderen habe ich nicht mehr so genau auf dem Schirm, aber den Chef habe ich ja gestern noch einmal gesehen. Also lassen Sie uns loslegen."

Die Arbeit gestaltete sich ziemlich langwierig, da immer wieder ein Detail gegen ein besseres ausgetauscht werden musste, doch gegen Mittag lehnte sich der Zeuge zurück und nickte Breuer zu.

„Das ist er, Herr Kommissar. Genau so hat er ausgesehen. Jetzt finden Sie dieses Dreckschwein und diejenigen, die ihn für seine schmutzige Tat angeheuert und bezahlt haben. Die muss es geben, denn er war nur das ausführende Organ, nicht der Planer. Solche Leute machen sich selbst doch nicht die Finger schmutzig."

Sein Gesicht verzerrte sich in einer Mischung aus Trauer und Hass, und er fuhr sich fahrig mir der Hand durch das Haar. Breuer fragte sich gerade, wie er ihren Hinweisgeber in irgendeiner Form trösten sollte, als Tanja Strasser hereinstürzte und ihm ein Zeichen gab, ihr zu folgen. Bei seiner Rückkehr zwei Minuten später hatte sein Gesicht einen ungewöhnlich weichen Ausdruck angenommen.

„Herr Picken, Ihre Angaben sind schlüssig, und Sie sagen nach meiner Meinung die Wahrheit. Verraten Sie mir nur, warum Sie sich dazu entschlossen haben, entgegen Ihrer ursprünglichen Absicht bei uns auszusagen."

„Das ist recht einfach", erwiderte Picken mit stockender Stimme. „Ich stehe total auf die Marvel-Superhelden, und besonders auf Tony Stark alias…"

„Iron Man, ich weiß", murmelte Breuer, und sein Gegenüber nickte. „Ja, der Anführer der Avengers. Wissen Sie noch, was er den anderen vor dem Kampf gegen Loki sagte? ‚Wenn wir die Welt nicht retten können, werden wir sie wenigstens rächen.' Jedenfalls lauteten seine Worte sinngemäß so.

Die Kerle haben meine Familie umgebracht. Meine Frau, meinen Sohn, meine Tochter. Ich war verzweifelt, weil ich zu schwach war, sie zu retten. Jetzt will ich sie wenigstens rächen. Und es ist mir egal, was aus mir wird."

„Nun, es gibt immer noch Menschen, denen Sie alles andere als gleichgültig sind", erwiderte Breuer leise. „Da gab es jemanden, der -als Sie morgens nicht nach Hause kamen- alles stehen und liegen ließ und in Begleitung von zwei Kindern zur nächsten Polizeiwache fuhr, um dort eine Vermisstenanzeige zu erstatten. Es war allen dreien so wichtig, dass sie weder die Zähne putzten noch frühstückten."

Picken hatte atemlos und ungläubig zugehört. Dann begriff er, sprang auf und schrie in jäher Hoffnung den Namen seiner Frau heraus. „Lisa!"

Die Tür öffnete sich, und eine mittelblonde Frau Ende Zwanzig stürzte in die Arme Pickens, der schluchzend in die Knie sank und das Gesicht seiner Frau mit Küssen bedeckte, während er sie mit seinen Armen umschlang.

Tanja Strasser hatte Lisa Picken in einem der Auffangcamps gefunden, nachdem sie über die Vermisstenanzeige vom Arbeitsplatz ihres vermissten Mannes erfahren hatte, und sie auf Anweisung Breuers ins LKA geholt. Jetzt stieß sie ihrem Kollegen, der das sich unter Freudentränen unablässig küssende Paar nicht aus den Augen ließ, grinsend in die Seite.

„Warst du bei den Pfadfindern? Dann hast du deine gute Tat für heute bereits hinter dir."

„Nö, ich war bei der FDJ. Aber ungefähr so wie wir beide müssen sich der Weihnachtsmann und das Christkind jedes Jahr am Heiligen Abend fühlen", antwortete der Kriminalist, der jetzt auch zu lächeln begann.

Seine Kollegin hatte sich inzwischen zu den Laptops des BKA-Teams begeben, um einen Blick auf das fertiggestellte Montagebild zu werfen. Was sie sah, ließ sie mit einem Schrei der Überraschung nach hinten taumeln.

Breuer schoss regelrecht in die Höhe, eilte an die Seite seiner Partnerin und fasste sie um die Taille. „Was ist?", fragte er und warf seinerseits einen Blick auf das Bild, welches einen gutaussehenden Mann Mitte bis Ende der Dreißig zeigte. Seine grauen Augen standen etwas nah beieinander, was ihm einen stechenden Blick verlieh, und seine Augenbrauen waren schmal und ungewöhnlich gerade. Das blonde Haar war kurz geschnitten, seine Ohren lagen dicht an, und die hohen Wangenknochen ließen auf slawische Vorfahren schließen.

Tanja löste sich von ihm und stützte sich mit beiden Händen auf die Tischplatte, während sie das Portrait weiter betrachtete. Dann wandte sie sich abrupt ab und sah Breuer mit einem Blick in die Augen, der ihn alarmierte.

„Glaubst du Picken?“, frage Tanja tonlos, und Breuer nickte nach kurzem Zögern.

„Ja, ich glaube ihm. Wieso fragst du?“

„Weil ich ihm nicht nur glaube, sondern genau weiß, dass er die Wahrheit sagt“, antwortete sie bestimmt. „Ich weiß es, weil ich den Mann auf dem Bild kenne, und zwar verdammt gut.“

Ihrem Kollegen blieb beinahe die Luft weg. „Was? Mein Gott! Wer ist er?“, schnappte er, doch Tanja schüttelte nur den Kopf.

„Du erinnerst ich an meinen Lebensgefährten Daniel Vollmer vom BND? Er hatte einen Freund und Kollegen namens Pavel Petrov, und der war ebenfalls Außenagent des Bundesnachrichtendienstes im Dienstrang eines Hauptmanns. Der Mann auf diesem Bild, das ist mit absoluter Sicherheit Pavel. Aber das ist unmöglich, genauso unmöglich wie das Daniel der Attentäter im Auswärtigen Amt gewesen ist.

Die beiden saßen nämlich nebeneinander, als ihre Transall in Darfur abstürzte.“

***

Trixi Porthum zeigte alle Anzeichen extremer Besorgnis. Sie trommelte mit den Spitzen ihrer lackierten Fingernägel auf der polierten Schreibtischplatte und hatte schon viermal die Position ihrer wohlgeformten Beine verändert. Den Mann, der ihr mit verschränkten Armen schweigend gegenübersaß beeindruckte dies allerdings nicht im Geringsten.

„Ob Sie herumhampeln oder nicht, Frau Porthum, ändert nichts daran, dass ich auf eine Antwort warte. Wo ist Ihr Chef Sven Kleinschmidt?“

„Woher soll ich das denn wissen?“, schnappte Trixi gereizt. „Bis vor zwei Minuten dachte ich, er wäre dem Anschlag zum Opfer gefallen, dann kommen Sie und behaupten, dass er noch lebt und untergetaucht ist. Ich meine, ich freue mich ja dass er nicht tot ist, aber wieso sollte er ausgerechnet mit mir Kontakt aufnehmen? So dicke befreundet sind wir nun nicht gerade.“

Der Mann schwieg eine Weile, dann schüttelte er den Kopf. „Frau Porthum, sie sind gut. Sehr gut sogar, aber mich können Sie nicht täuschen. Sie wissen mehr als Sie sagen. Warten Sie… hat er Sie angewiesen zu schweigen, egal gegenüber wem auch immer? Hat er ihnen etwas von einem Geheimauftrag unter versiegelter Order erzählt, von dem niemand etwas wissen dürfte? Frau Porthum, er ist nur ein kleiner Westentaschenpolitiker mit einem

Ego-Problem, und wir verdächtigen ihn, mit den Terroristen gemeinsame Sache zu machen!"

Die Befragte warf den Kopf in den Nacken und lachte hell auf. „Sven Kleinschmidt als Terrorist? Ich lach mich krank! Eher wird Hertha Deutscher Meister! Was wollen Sie mir denn für einen Bären aufbinden? Nee nee, so nicht! Und das Gefasel bezüglich „kranker Egomane und Schmalspurpolitiker" zieht bei mir nicht. Das ist nicht der Sven Kleinschmidt, den ich kenne. Also geben Sie es auf, Herr.... Äh....Sie haben mir Ihren Namen übrigens gar nicht genannt. Finden Sie das nicht unhöflich?"

„Nein", antwortete der Mann schlicht. „Hier geht es um die nationale Sicherheit, und da arbeiten wir verdeckt. Sie werden sich also mit der Karte zufriedengeben müssen, die ich Ihnen gerade gegeben habe. Da steht eine Rufnummer drauf, bei der Sie sich rückversichern können, dass ich echt bin. Nur zu! Greifen Sie zum Telefon, wenn Sie zweifeln, dass ich das Recht habe, Sie zu befragen. Was glauben Sie denn, wie ich hier hereingekommen bin?"

„Durch die Tür, nehme ich an", frotzelte Trixi. „Ich vermute mal, dass Sie nicht durchs Fenster gestiegen sind. Ich bezweifle auch nicht Ihre Legitimation, sondern Ihre Umgangsformen und Ihr Gehör. Also nochmals für Hörgeschädigte." Sie formte mit den Händen einen Schalltrichter um ihren Mund und sagte laut „Ich habe keinen blassen Schimmer, wo Herr Kleinschmidt ist. Zufrieden?"

„Nein“, wiederholte der Unbekannte. „Sie haben sich gerade verraten. Obwohl jeder Ihren Chef für tot hält, reden Sie von ihm in der Gegenwartsform. Also haben Sie ihn entweder gesehen oder gesprochen, und zwar nach dem Anschlag.“

„Totaler Blödsinn“, schnaubte die Sekretärin. „Sie haben mir doch gerade selbst gesagt, dass er noch lebt. Im Übrigen war ich immer der Meinung, dass mein Chef nicht so leicht umzubringen ist. Deshalb glaubte ich nicht an seinen Tod. Das tue ich erst, wenn ich seine Leiche gesehen habe. Und selbst dann sind Irrtümer möglich.“

„Sie wissen ja gar nicht, wie Recht Sie haben.“ Der Mann grinste wie ein Haifisch, und Trixi bekam es langsam mit der Angst zu tun. Deshalb war sie erleichtert, als der Agent weitersprach.

„Trotzdem bin ich nach wie vor überzeugt, dass Sie lügen. Aber nun gut.“ Er erhob sich, griff in seine Tasche und holte eine weitere Visitenkarte heraus, die er auf den Schreibtisch legte. „Das ist meine Handynummer. Wenn Sie es sich anders überlegen sollten und bereit sind, im Interesse Deutschlands zu handeln, rufen Sie mich an.“ Er drehte sich um und ging ohne ein weiteres Wort hinaus.

Die Sekretärin sah ihm noch einige Sekunden nach, bevor sie damit begann, sich anscheinend ihren Routinegeschäften zu widmen. Tatsächlich jedoch rasten ihre Gedanken.

Was sollte sie tun? Ganz ohne Zweifel war Sven in großer Gefahr, und dass er zum Verräter geworden sein sollte, war für die junge Frau völlig undenkbar. Dieser Kerl, der sie gerade vernommen hatte... Trixi schüttelte sich noch im Nachhinein. Der Mann hatte zwar mit seinen leicht slawischen Gesichtszügen und der athletischen Statur attraktiv gewirkt, aber trotzdem eine Eiseskälte ausgestrahlt, die die Temperatur im Raum scheinbar um etliche Grade sinken ließ. Und dass er vom BND war, hatte sie nicht beruhigt, sondern eher den Eindruck verstärkt, es mit einem Berufskiller zu tun zu haben. Nicht, dass sie ständig mit solchen Menschen zu tun hatte und einen Killer an der Nasenspitze erkennen würde, aber die Erscheinung ihres Besuchers hatte bei ihr alle Alarmsirenen zum Schrillen gebracht, weshalb sie auch instinktiv darauf verzichtet hatte, die allzu durchsichtige Theorie mit der Amnesie überhaupt zu erwähnen.

Eins stand fest: ihr Chef musste so schnell wie möglich gewarnt werden, aber wie? Für Beatrix Porthum stand fest, dass sie lückenlos überwacht wurde und jedes Treffen für ihre heimliche Liebe fatal enden würde. Telefon schied ebenfalls aus, denn über die Möglichkeiten einer Standortbestimmung mittels Telefonüberwachung war sie ziemlich genau informiert. Was also blieb übrig?

Frustriert fuhr sie den Mailaccount ihres PC hoch und seufzte. Da hatte die Behörde Unsummen für Internet-Security ausgegeben, und dann schaffte es ein Pizza-Restaurant, so einen Werbeflyer durch den Spamfilter…

Sie stutzte und sah sich das Prospekt genauer an. Als sie den Innenteil aufblätterte überzog ein breites Grinsen ihr Gesicht, denn bei dem gezeigten Pizzabäcker handelte es sich um niemand anderen als ihren Chef. Bei flüchtigem Hinsehen war er kaum zu erkennen, aber ein liebendes Auge war nicht so leicht zu täuschen.

Ihr weiteres Vorgehen lag somit klar auf der Hand. Trixi notierte die Rufnummer der Pizzeria, löschte Mail und Prospekt und beschloss, sich heute nach Feierabend Linguine alla Formaggio zu bestellen…

Kapitel Dreizehn
Tag Sechs, am Nachmittag

„Fassen wir mal zusammen, was wir bisher haben“, seufzte Breuer und hob die Hand, um die Fakten an seinen Fingern abzuzählen. „Drei Anschläge werden scheinbar unabhängig voneinander auf verschiedene öffentliche Einrichtungen ausgeführt. Bei den Terrorakten werden insgesamt vierundsechzig Menschen getötet, darunter zwei hochrangige Ministerialbeamte, und einer verschwindet nach dem Anschlag, dem er nur durch Zufall knapp entgangen ist. Zwei der Täter sind blinde Kuriere, die offenbar willkürlich ausgewählt worden waren, der dritte war ein ehemaliger BND-Agent, der angeblich seit Jahren tot ist. Mit ihm soll ein Freund und Kollege gestorben sein, der aber jetzt als einer der Männer identifiziert wurde, die den mutierten Ebola-Erreger ins Berliner Trinkwasser eingeleitet haben. Und wie Eckert zu berichten hat, war das noch nicht alles,“

„Ganz recht“, bestätigte sein Kollege ernst. „Ich habe mich doch um die Rucksäcke gekümmert, mit denen der Sprengstoff zum Tatort gelangt ist. Ihr wisst doch noch, North Face, zwei gleiche brandneue Backpacks. Meine Recherche ergab, dass im letzten halben Jahr nur einmal zwei von genau diesen Dingern zusammen verkauft wurden, und das war vor genau drei Wochen in Dessau. Ich habe natürlich nach dem Namen des Käufers gefragt, und laut North Face war es ein gewisser Daniel Petrov. Die Adresse erwies sich als nicht existent, aber ich habe der Verkäuferin Fotos unseres Verdächtigen geschickt und... Bingo! Sie hat mir gerade mitgeteilt, dass der Käufer derjenige war, den wir unter dem Namen Pavel Petrov kennen. Schon stimmig, denn der Aliasname ist die Kombination aus den Namen der angeblich in Darfur verstorbenen BND-Agenten."

„Aber wie passt das zusammen? Wieso verwandeln sich zwei unserer eigenen Agenten in Attentäter und Massenmörder?", fragte Breuer sichtlich frustriert. „Ich hoffe, dass unsere BKA-Kollegin mit ihren Recherchen etwas Licht in die Sache bringen kann." Er wandte sich Tanja Strasser zu, die die Lippen zusammenpresste und den Kopf schüttelte.

„Nein, das kann ich nicht. Jedenfalls nicht mit Sicherheit. Ich habe alte Kontakte bemüht, gemeinsame Freunde von Daniel und mir befragt, aber keiner konnte mir etwas sagen – oder wollte es. Deshalb musste ich mir das meiste zusammenreimen. Einen wirklichen Beweiswert hat es nicht, aber wir wissen ja, etwas zu wissen und es beweisen zu können sind ja oft zwei Paar verschiedene Schuhe." Sie zögerte sichtlich, bevor sie weitersprach.

„Inzwischen bin ich nämlich der festen Überzeugung, dass wir gegen eine Mauer des Schweigens anrennen und uns dabei blutige Nasen holen. Keiner unserer ehemaligen Freunde will auch nur irgendeine Vermutung äußern. Keiner spekuliert, selbst wenn ich Suggestivfragen bezüglich einer möglichen Gehirnwäsche bei unseren Agenten stelle. Das lässt für mich nur zwei mögliche Schlussfolgerungen zu: entweder, sie wissen tatsächlich nichts, haben aber Gerüchte gehört und spüren instinktiv, dass es gefährlich ist, die falschen Fragen zu stellen, oder alle wissen genau, was abläuft und stecken bis zum Hals in der Sache mit drin. Beides führt mich aber zu den gleichen Verantwortlichen für all das. Ich kenne nämlich nur eine einzige Institution mit ausreichender Macht, weil sie alle Sicherheitsdienste beherrscht und für eine solche Abschottung sorgen kann, dass Variante eins möglich wäre, und die gleichzeitig eine Erklärung für Variante zwei ist." Sie schwieg und ließ ihre Kollegen die eigenen Schlussfolgerungen ziehen.

„Du meinst.... Nein, das ist undenkbar!", flüsterte Breuer. „Du glaubst, dass Mitglieder unserer eigenen Regierung auf das eigene Volk losgehen und es systematisch dezimieren? Hast du den Verstand verloren?"

Tanja schüttelte mit ernster Miene den Kopf. „Ich wünschte, es wäre so, aber... nein. Überlege doch selbst: wer wäre in der Lage, den Tod von BND-Agenten vorzutäuschen und diese unter versiegelter Order neu zu ‚programmieren'? Wer wäre in der Lage, Unmengen eines biologischen Kampfstoffs herstellen zu lassen, ohne dass der Produzent es an die Öffentlichkeit trägt? Das klappt auch nur im Zusammenwirken aller Bundesministerien. Und wer sollte es tun außer einer Regierung, welche die vorletzte Bundestagswahl wegen einer angeblichen Seuchengefahr und die letzte wegen eines drohenden Krieges mit Russland ausgesetzt hat und jetzt nur noch geschäftsführend im Amt ist? Haben sie sich nicht jetzt gerade die größte Machtfülle angeeignet, die jemals eine Bundesregierung in Händen gehabt hat? Wer kontrolliert den gesamten Geheimdienst- und Polizeiapparat? Wer sollte Skrupel haben, einen Massenmord an unbeteiligten Zivilisten durchzuführen, und zwar in globalem Maßstab? Denke daran, dass alle Regierungen dieses Planeten, mit Ausnahme von zwei oder drei, nach den Anschlägen genau das gleiche gemacht haben wie unser Kanzler. Wer kann es denn sonst gewesen sein? Glaubst du an die Existenz von so etwas wie Spectre aus den James-Bond-Filmen? Schön wäre es ja! Die könnte man bekämpfen. Sollte ich jedoch recht haben, ist ein Kampf aussichtslos, da unsere Gegner uns zerquetschen können wie lästige Mücken und damit auch noch ungestraft davonkommen werden."

Ein langes Schweigen war die Folge ihrer Worte. Niemand sprach, nur stumme, verzweifelte Blicke wurden gewechselt. Kaum jemand war in diesem Raum, der nicht Freunde oder Verwandte durch den Anschlag auf die Wasserversorgung verloren hatte. Alle hatten sich geschworen, die Täter zu fassen und vor Gericht zu stellen, doch keiner hatte geglaubt, sich in einen aussichtslosen Kampf stürzen zu müssen. Es war schließlich Breuer, der wieder das Wort ergriff.

„Wann hast du diese Schlussfolgerungen gezogen, Tanja? Du scheinst das alles ja gut durchdacht zu haben, und was du sagtest, klingt nicht nach einem spontanen Einfall."

„Nein, Thorsten. Das ist das Ergebnis meiner mehrtägigen Recherchen. Nur Staatsterrorismus besitzt nach meiner Extrapolation das Potenzial, Anschläge in diesem Ausmaß vorzunehmen."

„Immerhin: es ist nur eine Zusammenstellung von Schlussfolgerungen, also eine Theorie. Na gut, da sie auf Fakten beruht, bin ich bereit, sie als Hypothese zu bezeichnen, aber..."

„Denke an Sherlock Holmes", unterbrach ihn Tanja. „Ich zitiere: ‚Wenn alle wahrscheinlichen Erklärungen nicht zutreffen, so muss die einzig verbliebene, so unmöglich sie auch erscheinen mag, die Lösung sein'. So oder so ähnlich hat Sir Arthur Conan Doyle es ihn formulieren lassen."

„Warum um alles in der Welt sollten die Regierenden der Welt sich zusammenschließen, und ihre Völker dezimieren?", warf Eckert ein, der dem Dialog atemlos zugehört hatte. Tanja zuckte nur die Achseln.

„Seit der COVID-19 Pandemie ist etwas Zeit vergangen, Trotzdem werden immer noch die meisten Rechte der Menschen eingeschränkt. Massenveranstaltungen sind wieder untersagt, seit die Infektionszahlen im Herbst 2023 wieder explodierten,

Fußballspiele in vollen Stadien sowie der Zugang zu Kulturveranstaltungen wie Museen, Kinos und Theatern ist nur einer begrenzten Zahl von Personen gestattet. Bis vor einiger Zeit haben die Deutschen dies ruhig ertragen, doch inzwischen gärt es in der Bevölkerung. Das Volk begehrt auf und will seine Rechte zurück. Damit wäre es schwerer beherrschbar, und das Standardmittel zur Beherrschung ist nun einmal, alle Bürger in große Angst zu versetzen. Die Angst vor dem Virus, gleich wie viele angebliche Mutationen und wie viele neue Wellen es gibt hat sich aber inzwischen abgeschliffen; es musste also die zweite Bedrohung her: die Angst vor dem dritten Weltkrieg. Der Konflikt zwischen Russland und der Ukraine kam da wie gerufen. Ziel war es schlichtweg, die Menschen vom Denken abzuhalten und ihren Blick auf die vordergründige Gefahr zu richten. Wenn du dein Leben direkt bedroht siehst, sind deine Bürgerrechte doch zweitrangig."

„Aber so viele Menschen zu töten... da hätten doch wenige Nadelstiche gereicht, oder? Ich meine, wenn wir das Ganze global sehen und alle geplanten und vereitelten Terrorakte geklappt hätten, müssten doch viele Millionen Menschen auf der Abschussliste gestanden haben. Das ist doch..."

„Unvorstellbar, wollten Sie sagen?", erwiderte Tanja Eckerts erneuten Einwand. „Für uns schon. Wir sehen ja noch den einzelnen Menschen. Politiker sehen nur Zahlen. Je weniger Personen da sind, desto weniger Aufwand muss ich beim Beherrschen und Unterdrücken betreiben. Goebbels sagte einmal: ‚Ein Toter ist ein Unglück, hundert Tote eine Katastrophe, eine Million Tote eine Zahl in einer Statistik.' Das ist die Mathematik der Macht. Es gibt auch noch einen weiteren Faktor; allerdings muss ich zugeben, dass hier die Spekulation einsetzt.

Denken Sie an die Überbevölkerung dieses Planeten. Bald werden neun Milliarden Menschen den Erdball bevölkern, und so langsam wird es sehr eng hier. Schon Dan Brown erdachte in ‚Diabolus' einen Virus zur Lösung dieses Problems. Er ließ allerdings nur zwei Drittel der Angehörigen unserer Spezies durch ihn steril werden, ohne jemanden zu töten. Offenbar war dieses genetische Virusdesign den jetzt Verantwortlichen aber zu kompliziert, oder sie wollten den Tod der Menschen. Warum? Denke an das, was ich gerade sagte. Und ein anderer Faktor existiert noch. Dieser führt uns zum eigentlichen Hintergrund."

„Jetzt spanne uns nicht auf die Folter", stöhnte Breuer. „Mir gruselt es jetzt schon. Was könnte denn die eigentliche Zielrichtung für all das sein?"

„Was immer der Grund war", seufzte Tanja. „Gier. Schlichte Gier nach immer mehr, nach mehr Besitz, nach mehr Geld, denn Geld ist in unserer Gesellschaft Macht.

Es ist bekannt, dass sich 90% der Werte auf diesem Planeten im Besitz von 1% der Bevölkerung befinden, der ‚oberen Zehntausend' wie es so schön heißt. Und in ihrer maßlosen Gier wollen sie immer mehr. Es ist aber wesentlich einfacher, sich an den verbliebenen 10% zu bedienen als sich mit einem Mitglied ihrer eigenen Klasse anzulegen, denn das könnte nach hinten losgehen.

Aus meiner Sicht ist dieser globale Anschlag nichts weiter als eine weltweite Werteverteilung von unten nach oben. Wir haben es zuerst in den sogenannten Pandemiewellen gesehen: die Restaurants und Kneipen gingen in Insolvenz, eröffneten aber mit gleicher Belegschaft nach einiger Zeit wieder, weil die früheren Besitzer jetzt als Angestellte eines Konzerns ihrer Tätigkeit nachgehen. Und seit dem Beginn des Krieges zwischen Russland und der Ukraine starben dort bereits mehrere hunderttausend Menschen, und hier in Europa klettern die Preise auf ein Maß, welches jeder Vorstellung widerspricht. Um ihre simplen Grundbedürfnisse zu erfüllen, müssen die Menschen immer mehr von ihren Werten verkaufen, und die wandern in den Besitz der Leute, die genug Geld haben und immer reicher werden. Die Schere klafft also immer weiter auf. Unsere Politiker sagen zwar, die zusätzlichen Steuereinnahmen aus den gestiegenen Preisen würden für humanitäre Maßnahmen oder die Neubewaffnung der Bundeswehr gebraucht, aber tatsächlich verschwinden jedes Jahr hunderte Milliarden, ohne eine Spur zu hinterlassen."

„Diese Verschwörungstheorie namens ‚Great Reset' habe ich auch schon gehört, aber… welches

Motiv hätte der Staat daran, eine solche Vorgehensweise inklusive eines Massenmordes zu dulden? Weniger Bewohner bedeuten doch auch geringere Steuereinnahmen, oder?“ Eckert war offenbar nicht überzeugt, doch Tanja Strasser hatte den Einwand anscheinend vorausgesehen.

„Der Staat? Der Staat wird repräsentiert von Politikern, und Politiker denken zuallererst an ihren eigenen Vorteil. Nicht umsonst haben alle Parlamentarier irgendwelche sechsstelligen Nebeneinkünfte, und wer zahlt diese? Sie? Ich? Nein, folgen Sie der Spur des Geldes, und Sie werden sehen, für wen die Politiker gleich welcher Parteizugehörigkeit wirklich arbeiten.

Der Staat, wie Sie ihn nennen, duldet und fördert doch insbesondere die Wirtschaftskriminalität. Ich habe eine Weile in diesem Bereich gearbeitet und mich mit Grausen abgewandt. Nehmen wir das Beispiel des Kapitalanlagebetrugs. Findige Betrüger gründen eine Firma in einem Geschäftsbereich, der gerade en vogue ist wie Solar- und Umwelttechnologie und bringen diese an die Börse, ohne dass auch nur ein bisschen Geschäftstätigkeit besteht. Geht ganz leicht mittels farbiger Prospekte und einem gekauften Wirtschaftsplan. Dann lassen sie die Aktien über bezahlte Börsenbriefe und Callcenter bewerben, und tausende von Bürgern kaufen die wertlosen Papiere, die nach dem ersten Hype ins Bodenlose fallen. Wer sollte etwas dagegen haben? Der Staat macht nichts, weil die Betrügerfirmen brav ihre Steuern zahlen, und die Börsenaufsicht hält die Füße still, weil die Gebühren ordnungsgemäß entrichtet werden. Alle, die eine Pflicht oder eine Möglichkeit haben gegen diesen Betrug vorzugehen bleiben passiv, weil sie von der kriminellen Handlung profitieren. Und die Wirtschaftskriminalisten bei der Polizei verzweifeln, wenn sie die ertrogenen Gelder auf den Konten ausländischer Strohfirmen finden, eine lückenlose Beweiskette aufbauen und der zuständige Staatsanwalt entweder sagt, das Beschlagnahmen der Gelder im Ausland sei zu schwierig oder das Betrugsverfahren einfach umwandelt in eines wegen Marktmanipulation, wodurch sichergestellte Gelder dann nicht an die geschädigten Anleger ausgehändigt werden, sondern der Staatskasse zufließen, weil ja die Integrität des Kapitalmarktes verletzt worden sein soll." Tanja schwieg kurz, ebenso erbittert wie erschöpft, bevor sie aufblickte und fortfuhr.

„Alle Staaten dieser Erde sind hochgradig verschuldet, und bei wem? Bei Banken und dem IWF, und wer den beherrscht, darüber brauchen wir nicht zu diskutieren.

Letztlich hat die mehr als eine halbe Million Tote dem Staat extrem genützt. Was glauben Sie denn, wie viele Menschen ohne weitere erbberechtigte Angehörige gestorben sind? Alle ihre Vermögenswerte fallen dem Staat zu, und wenn Erben existieren, müssen sie Erbschaftssteuer berappen. Anschließend werden diese Gelder zur ‚Schuldentilgung' verwandt, fließen also an die schon genannten ‚oberen Zehntausend' ab. Folge der Spur des Geldes, das habe ich ja schon erwähnt."

„Plausibel ist das ja. Trotzdem fehlt der letzte Beweis", beharrte Eckert auf seiner Meinung, während Breuer bereits halb überzeugt war. „Was für Möglichkeiten haben wir, unsere Theo… unsere Hypothese zu beweisen und die Regierungen der Welt an den Pranger zu stellen?"

„Nicht viele, fürchte ich", murmelte Tanja Strasser. „Genau gesagt gibt es eigentlich nur zwei. Zunächst einmal denke ich, dass wir uns ganz dringend mit einer bestimmten Person unterhalten sollten."

„Mit wem?", fragte Breuer interessiert, aber Tanja machte eine beschwichtigende Geste.

„Es wird nicht leicht sein, an diese Person heranzukommen. Denkt daran, wie die Anschläge abgelaufen sind. Die Attentäter hätten die Möglichkeit gehabt, die Sprengsätze zu jeder möglichen Zeit zu zünden, machten dies aber genau in dem Moment, in dem sie drei Staatssekretäre mit erwischen konnten. Das macht man in der Regel mit Leuten, die zu viel wissen. Bei zweien ist es gelungen, der dritte ist unauffindbar."

„Sven Kleinschmidt", bestätigte Breuer und nickte. „Es hat mich schon sehr gewundert, warum er einfach untergetaucht ist."

„Genau ihn meinte ich", bestätigte die Hauptkommissarin. „Er fürchtet um sein Leben, und ich vermute, dass er niemandem mehr vertraut. Wir müssen herausfinden, ob er in einer engeren Beziehung zu den anderen Opfern der Anschläge stand, und wer noch darin verwickelt ist. Vielleicht waren sie dabei, so etwas zu formen wie die Weiße Rose um die Geschwister Scholl…"

„… oder sogar eine Operation Walküre nach Art von Stauffenberg und von Moltke", ergänzte Breuer. „Also sollten wir alle Möglichkeiten ausschöpfen, ihn an Land zu ziehen. Tanja, du und Eckert, ihr befragt umgehend seine engsten Kontaktpersonen im Ministerium. Ich will mit ihm reden, und zwar gestern!" Er seufzte, während die beiden Angesprochenen aufstanden und sich anschickten, den Besprechungsraum zu verlassen. Ein Wort des Kommissionsleiters hielt Tanja jedoch noch einmal zurück.

„Ach Tanja, du hast doch von zwei Möglichkeiten gesprochen. Kleinschmidt zu befragen war die eine. Welche war denn die andere?"

Die Polizistin lächelte dünn und, wie es schien, etwas traurig, Ihre Antwort ließ Breuer einen eiskalten Schauer über den gesamten Körper jagen und sich schütteln.

„Das liegt doch auf der Hand, Thorsten. Ich habe mich weit aus dem Fenster gelehnt und zu viele unangenehme Fragen gestellt.

Die Richtigkeit meiner Schlussfolgerungen wird wahrscheinlich dadurch bewiesen, dass unsere Feinde versuchen, mich umzubringen. Und mutmaßlich werden sie es schaffen."

***

„Haben sich die Verschwörer eigentlich schon bei dir gemeldet?", fragte Samir Al Husseini, und Mounir Ben Mohammad schüttelte den Kopf.

„Ich hatte ihm einen Zettel mit der von uns gewünschten Kontaktform, dass in den Ebay-Kleinanzeigen 20 Doppelkammer-Schlauchboote angeboten werden sollten, zugesteckt. Dann hätte ich unter der in der Annonce angegebenen Handynummer angerufen. Aber bisher: Fehlanzeige. Vielleicht sollten wir den Druck auf diese Typen erhöhen und einige Informationen an die Polizei steuern. Das Problem dabei ist: wir haben keine Ahnung, wem auf Seiten der Polizei wir trauen könnten."

„Ich kannte mal einen", seufzte Al Husseini. „War ein altgedienter Ermittler aus dem Bereich Sitte. Allerdings stand er kurz vor der Pensionierung und ist vielleicht nicht mehr im Dienst."

„Besser ein schwacher Kontakt als gar keiner", seufzte Mounir. „Wieso kennst du jemanden aus dem Bereich, und woher weißt du, dass er vertrauenswürdig ist?"

Samir blickte zu Boden. „Nun ja… ich muss dir dazu etwas erzählen, was ich dir bisher verschwiegen habe.

Kurz nach meiner Ankunft und der Rekrutierung durch eure Gruppe habe ich mich mit ein paar Diebstählen über Wasser gehalten. Dabei habe ich einem Mann einmal die Brieftasche geklaut und darin neben Geld, Kreditkarten und Ausweisen Pornofotos gefunden. Keine Ahnung, warum der Kerl sich Ausdrucke gemacht hat; möglicherweise dachte er, dass die Polizei zuerst nach Dateien und dann erst nach gedruckten Fotos suchen würde. So was kann man schließlich nicht hacken.

Die Fotos waren unsagbar widerwärtig. Chef, mir war klar, dass dieser Mann nicht weitermachen durfte, und damals hatte ich noch keinen Kontakt zu euch. Wenn du die Fotos gesehen hättest, wäre dir nicht eine Sekunde lang in den Sinn gekommen, den Burschen nur zu erpressen und ihn ansonsten ungeschoren zu lassen. Man sah darauf unter anderem, wie kleine Kinder nicht nur sexuell missbraucht, sondern auch bestialisch gequält wurden.

Über eine Prostituierte erfuhr ich dann den Namen des Beamten, der für sie zuständig war, und von dem sie in den höchsten Tönen schwärmte. Nein, nicht weil er etwas mit ihr angefangen hatte", nahm Samir den spöttischen Einwand der ‚Ratte' vorweg. „Er war einfach nur menschlich und hatte ihr auch ein paarmal aus der Patsche geholfen, als Freier sie fälschlicherweise des Beischlafdiebstahls bezichtigt hatten. Kommt in dem Gewerbe offenbar ab und zu vor.

Diesen Hauptkommissar Hans-Walter Gruschka habe ich mit Informationen über das Dreckschwein mit den Pornobildern versorgt. Natürlich konnte ich mich nicht selbst als Zeuge zur Verfügung stellen, aber ich habe ihm die Bilder und die ganzen Daten des Mistkerls zuerst per Mail und dann im Original geschickt. Er wollte gar nicht wissen wer ich bin, sondern hat sich darauf konzentriert, einen Haftbefehl gegen den Kinderschänder zu bekommen. Über ihn wurde vor Kurzem berichtet; vor drei Wochen wurde er in Moabit von einem Mithäftling, der sowieso lebenslänglich zu erwarten hatte, beim Hofgang erstochen."

„Stimmt, habe ich gelesen. Mein erster Gedanke war ‚komisch, dass jetzt wir Kriminellen für Gerechtigkeit sorgen müssen'. Wenn er so ein abscheulicher Unmensch war, hatte er es allemal verdient." Mounir schwieg und blickte sinnierend an Samir vorbei ins Leere.

„Inzwischen sind 36 der 48 Stunden vergangen, die ich dem Massenmörder für eine Reaktion zugebilligt habe. Wir warten jetzt noch die restlichen 12 Stunden bis morgen Vormittag ab, und wenn bis dahin keine Schlauchboote in den Kleinanzeigen stehen, werden wir aktiv. Aber vielleicht…", er zögerte kurz; „vielleicht ist es gar keine schlechte Idee, schon mal einen Köder auszuwerfen, um zu zeigen, dass wir gewillt sind, unsere Drohung in die Tat umzusetzen." Er schwieg für einige Sekunden mit gesenktem Kopf, um dann Samir anzusehen.

„Nimm Kontakt mit deinem honorigen Polizisten auf. Teile ihm mit, dass wir Informationen über die Täter des Anschlags besitzen, der Tausende von Menschenleben gekostet hat. Sage ihm auch, dass es nur eine Stufe in einem perfiden Plan gewesen sei. Das sollte reichen, um sein Interesse zu wecken – und das der ermittelnden Beamten."

„Gut, das mache ich. Aber wieso sollte er glauben, dass gerade wir an derartige Informationen gelangt sind?“ Samir war skeptisch, doch seine Worte veranlassten die Ratte nur zu einem dünnen, sardonischen Lächeln.

„Nichts ist überzeugender als die Wahrheit, mein Bruder. Sage ihm einfach, wir hätten die Daten gestohlen. Das glaubt uns doch sowieso jeder.“

***

Trixi Porthum lief nervös im Wohnzimmer ihres Hauses auf und ab, während sie im Sekundenabstand immer wieder auf ihre Armbanduhr sah. Bei jedem Blick ermahnte sie sich, Geduld zu haben; schließlich hatte sie die Linguine erst vor neun Minuten bestellt, und ihr Eintreffen war erst nach einer halben Stunde avisiert worden. Dennoch hielt sie es kaum noch aus, besonders wenn sie an den erwarteten Pizzaboten dachte.

Sie hatte bewusst das Gericht bestellt, welches sie bei ihrem ersten Treffen gegessen hatte, um Sven Kleinschmidt zu zeigen, dass sie seine Nachricht verstanden hatte. Und sie hatte Vorkehrungen getroffen, um einen längeren Aufenthalt ihres Chefs in ihrem Domizil plausibel erscheinen lassen. Als sie an dem großen Spiegel in der Diele vorbeikam und einen Blick auf ihr Outfit werfen konnte, wusste sie nicht, ob sie lachen oder weinen sollte.

Beatrix hatte sich für das Erscheinungsbild ‚frustrierte, notgeile Sekretärin‘ entschieden und trug halterlose Seidenstrümpfe, ein fast durchsichtiges Negligé und einen Bademantel, den sie so weit geöffnet hatte, dass er mehr enthüllte als verbarg. Es sollte genügen, um jeden garantiert vorhandenen Beobachter davon zu überzeugen, dass der heißblütige Italiener das Ausliefern der Pasta nur zu einem sehr offensichtlichen Zweck ziemlich ausgedehnt hatte.

Verdammt, wo blieb ihr Chef nur? Hatte ihn der Verkehr aufgehalten, oder war es seinen Verfolgern gelungen, ihn aufzuspüren und…nein, daran wollte sie gar nicht denken.

Kurz bevor sie mit dem Nägelkauen beginnen konnte (was ihren frisch lackierten Nägeln nicht gut getan hätte), hörte sie endlich das Motorengeräusch eines sich nähernden Fahrzeugs, und nur Sekunden später sah sie einen in den bunten Farben der Pizzeria lackierten Fiat Tipo in ihre Einfahrt einbiegen.

Als der Fahrer ausstieg ließ Trixi zunächst enttäuscht die Schultern hängen, denn der Mann schien schon weit über 50 zu sein und trug einen unübersehbaren Bierbauch vor sich her. Und trotzdem hatte dieser Mann etwas seltsam Vertrautes an sich.

„Buona sera, signorina“, begrüßte sie der Mann, dessen Augen sich proportional zur Größe des Türspalts, durch den er mehr und mehr von der jungen Frau zu sehen bekam, weiteten. „Bellissima Signorina“, verbesserte er sich schnell und setzte ein breites Grinsen auf, bei dem er zahlreiche schadhafte Zähne entblößte. Dennoch lächelte Trixi und warf sich verführerisch in Positur. „Hallo, schöner Mann“, hauchte sie verführerisch. „Willst du nicht hereinkommen? Es ist etwas frisch hier draußen, und mir wird schon etwas kühl. Ich brauche etwas, das mich wärmt.“

„Ah, Signorina, meine Pasta beste Methode warm zu werden. Ist ganz frisch, ganz heiß!“, entgegnete der Mann mit starkem italienischem Akzent.

„Ich habe noch was viel heißeres für dich“, wisperte die fleischgewordene Versuchung vor ihm, und das Gesicht des Italieners wurde abwechselnd rot und blass. „Aber ma Bella, meine Pizze und Paste in Wagen! Werde kalt, und Kunde warten. Ich kann nicht…“

Bei den Bewegungen, die Trixi gerade machte, wäre wahrscheinlich auch der Papst zum Sünder geworden. Der Pizzabote, der alles andere als Eunuch war, schluckte trocken und griff in die Tasche, aus der er sein Handy hervorholte. „Uno Momento, per favore“, stammelte er, bevor er einen italienischen Wortschwall ins Telefon losließ. Danach beendete er ohne viel Federlesens sein Gespräch und sah die junge Frau vor ihm mit strahlenden Augen an. Diese fackelte nicht lange, ergriff ihn am Schlafittchen und zog ihn zu sich heran.

Als die Tür hinter den beiden zufiel, ließ rund 150 m entfernt ein slawisch aussehender Mann das Fernglas sinken und zog sich die Kopfhörer des

Richtmikrophons von den Ohren. „Schalte sofort um auf die Wanzen in Flur und Schlafzimmer“, befahl er seinem Begleiter, der wortlos auf die entsprechenden Knöpfe drückte. Noch in der gleichen Sekunde erfüllten Geräusche, die an Eindeutigkeit nichts zu wünschen übrig ließen den Innenraum des S-Klasse-Mercedes.

„Hättest du die Porthum für so ein geiles Flittchen gehalten?“, fragte der dunkelhaarige Mann seinen Kollegen, und der Slawe schüttelte den Kopf. „Nein, sie machte nicht diesen Eindruck, als ich sie vernommen habe. Aber bei Frauen weiß man ja nie. Jeder hat so seine dunklen Geheimnisse, und wenn sie nymphomanisch veranlagt ist... vielleicht hast du ja eine Chance bei ihr. Bin mal gespannt, wieviel Kondition der Pizzabäcker hat.“

Im Haus saßen Trixi und Sven Kleinschmidt derweil in einem sorgsam abgeschirmten Keller und wollten sich ausschütten vor Lachen. Trixi hatte natürlich gewusst, dass ihr Haus abgehört werden würde und Gegenmaßnahmen ergriffen. Der Kellerraum war weder in den Lageplänen des Hauses eingezeichnet noch für einen Besucher erkennbar, da eine scheinbar massive Steinwand durchschritten werden musste, um hineinzugelangen. Dies funktionierte nicht wie bei Harry Potter auf Bahnsteig 9 ¾ mit Magie, sondern mit Hilfe eines ganz altmodischen Hebels, den ein uneingeweihter Betrachter nur für eine herumstehende Weinflasche gehalten hätte.

„Hier gibt es keine Wanzen, und von hier dringt auch kein pieps nach draußen“, beruhigte Trixi ihren Chef. „Wir können uns hier in aller Ruhe unterhalten, ohne dass die dort draußen herausbekommen, was wir wissen.“

„Fantastisch, Trixi“, freute sich Sven Kleinschmidt, der sich inzwischen des künstlichen Gebisses entledigt hatte. „Aber was werden die in der Wohnung vorhandenen Mikrofone denn nach draußen übertragen?“

„Das, was unsere unsichtbaren Beobachter und Zuhörer zu hören erwarten“, lächelte sie. „Ich habe einen italienischen Pornofilm in den DVD-Player eingelegt und mittels Fernbedienung gestartet. Sie werden also italienische Leidenschaft und spitze Schreie glücklicher Frauen zuhauf hören.“

Sven Kleinschmidt alias Delta lachte hell auf. „An dir ist zweifellos eine großartige Agentin verloren gegangen. Ich glaube, ich sollte dich ab sofort Miss Moneypenny nennen.“

„Lieber nicht“, seufzte Trixi, die erfreut bemerkte, dass ihr angebeteter Chef automatisch zum du übergegangen war. „Sie hat schließlich in jedem Film James Bond angeschmachtet, ist aber nie zum Zuge gekommen.“ Dabei sah sie ihren Chef mit einem gekonnten Augenaufschlag an. Dieser wusste im ersten Moment gar nicht wie ihm geschah, bevor er bemerkte, dass die Worte seiner Sekretärin wahrscheinlich weniger als halb scherzhaft gemeint waren.

„Ich meine … also … damit hätte ich jetzt nicht gerechnet“, stotterte er verlegen. „Du warst doch immer so professionell! Warum hast du denn niemals etwas gesagt?“

„Weil ich einfach der Meinung bin, dass in manchen Fällen nun einmal der Mann den ersten Schritt tun muss. Vielleicht bin ich da zu traditionalistisch, und alle Frauenrechtlerinnen würden mir wahrscheinlich bei diesen Worten am liebsten den Hals umdrehen, aber das ist nun mal meine Einstellung. Aber ich glaube, dass wir uns nicht getroffen haben, um unsere persönlichen Beziehungen zu klären.“

Delta fasste sich schnell. „Du hast vollkommen recht. Es ist besser, wir verschieben das Angenehme auf später. Was kann denn so wichtig sein, dass du es mir unbedingt persönlich mitteilen musst?“

Mit wenigen Worten berichtete Trixi Sven Kleinschmidt von dem Besuch des BND-Agenten am Vormittag, und dass dieser ihr die Auffassung der Behörden mitgeteilt habe, der Staatssekretär hätte sich dem Terrorismus zugewandt. Delta schnaubte nur verächtlich.

„Na, da verdrehen die Herrschaften aber ganz schön die Tatsachen! In Wirklichkeit ist es genau andersherum. Sie sind es, die sich von der Rechtsordnung abgewandt und dem Bösen verschrieben haben. Es klingt wie ein böser Traum oder ein dystopischer Science-Fiction Roman, was hier abläuft.

Tatsächlich komme ich mir im Moment vor, als wäre ich eine Figur in „'V wie Vendetta'."

„Ach, den kenne ich! Da spielt Hugo Weaving doch so einen Terroristen, der in einem faschistoiden London die Mitglieder der Staatspartei jagt und der Reihe nach umbringt. Am Ende sprengt er doch die Houses of Parliament in die Luft."

„Genau den Film meinte ich", schnaubte Sven Kleinschmidt. „Zusammen mit einigen Freunden bin ich einer gigantischen Verschwörung auf die Spur gekommen und stehe jetzt bei den Beteiligten auf der Abschussliste. Zwei meiner Freunde sind bereits tot, und die übrigen mussten wie ich untertauchen.

Ich kann dir jetzt noch nicht erzählen, was und wer genau dahintersteckt. Einerseits würdest du es mir nicht glauben, andererseits sind meine Beweise noch nicht schlüssig genug."

Trixi zog die Stirn in Falten. „Nicht schlüssig genug? Reichen denn über 600.000 Tote nicht aus, um dieses gigantische Komplott aufzudecken? Wie viele Menschen müssen denn noch sterben, bevor die Öffentlichkeit über das alles aufgeklärt wird?"

„Und wie sollen wir das machen?", fragte Delta mit matter Stimme zurück. „Der Gegner kontrolliert alles; alle Massenmedien, welche die gesamte öffentliche Meinung bestimmen und vor allem die kompletten Sicherheitsbehörden. An wen zum Teufel nochmal sollen wir uns denn wenden? Ich habe unmittelbar nach dem Anschlag versucht, meine Informationen an das Landeskriminalamt weiterzuleiten. Dort wollte man mir nicht einmal zuhören, weil man mich für einen Spinner hielt."

„Aber ich halte dich nicht für verrückt", widersprach Trixi. „Ich stehe zu dir, komme was wolle."

Aus einem spontanen Impuls heraus zog der Staatssekretär seine Sekretärin an sich und küsste sie. Es war für ihn nicht unbedingt eine Überraschung, dass sie die Küsse erwiderte. Als er eine halbe Stunde später strahlend das Haus verließ, zierten etliche vom Lippenstift herrührende Abdrücke sein Gesicht und seinen Hals. „Wenn du jetzt raus gehst, muss es doch echt aussehen", hatte Trixi gemeint und ihn nochmals so intensiv geküsst, dass ihm richtig heiß wurde. Er stolperte mehr als er lief zu dem Fiat und ließ sich in den Fahrersitz fallen. Dass er drei Versuche brauchte, um den Wagen zu starten, hatte weder etwas mit den technischen Gegebenheiten des Fahrzeugs noch mit der Angst vor eventueller Entdeckung zu tun, sondern nur mit der Vorfreude auf die nächste Begegnung mit Beatrix Porthum.

Trotz der Euphorie, in der er sich gerade befand, ließ seine Vorsicht jedoch nicht nach, und er bemerkte nach wenigen Minuten, dass er von einem schwarzen Mercedes verfolgt wurde. Er fuhr daher schnurstracks zu der Pizzeria zurück, welche seine Tarnung bildete und verschwand in der Küche. Als er nach wenigen Minuten das Restaurant wieder verließ, erinnerte seine äußere Erscheinung nicht im Mindesten mehr an den Pizzaboten. Stattdessen wirkte er wie ein modisch gekleideter, hellblonder Yuppie von Anfang Zwanzig inklusive des dazugehörigen Aktenkoffers. Er stieg in einen vor der Tür geparkten Porsche und fuhr unbehelligt davon. Erst als die Lichter der Pizzeria verloschen und die letzten Angestellten das Lokal verlassen hatten mussten die beiden Beobachter feststellen, dass der Pizzabote a) ihre Beute und er b) ihnen wieder einmal entwischt war. Sie schworen sich, dass ihnen so etwas nie wieder passieren sollte.

Wie gut, dass sich nicht jeder Schwur in die Wirklichkeit umsetzen lässt.

Kapitel Vierzehn
Tag Sieben, am Morgen

Hans-Werner Gruschka war müde, auch wenn er erst vor 45 Minuten nach siebenstündigem Schlaf aus dem Bett gestiegen war. Die letzten Tage waren extrem stressig für den 61-jährigen gewesen, und sein Blutdruck hatte ihm schon die ersten Warnsignale einer drohenden Überlastung gesendet. Ramipril wird's schon richten, dachte er zynisch, während er seine Bürotür im LKA 13 öffnete und sich seufzend umsah.

Die Berge von Akten auf seinem Schreibtisch waren nicht wirklich kleiner geworden, und den kümmerlichen Grünpflanzen auf der Fensterbank hatte sein Fernbleiben auch nicht gerade gutgetan. Und an die Mails in seinem Posteingang wollte er gar nicht denken. Er schüttelte den Kopf, warf seine Jacke über den Stuhl und legte ein Pad in seine Senseo, bevor er den Rechner startete und sich einloggte. Als er auf sein überquellendes Postfach sah, stöhnte er auf. Der Ermittler hatte schon mit viel gerechnet, aber 347 Mails in vier Tagen erinnerten ihn frappierend an „nur kurz die Welt retten“ von Tim Bendzko, der zum Schluss auf 148.713 Nachrichten kam, die er checken musste. Gruschka fühlte sich spontan noch müder als noch wenige Minuten zuvor und beschloss, erst einmal seinen Kaffee zu genießen, bevor er sich wieder in die gewohnte Arbeit stürzen würde.

Während er vorsichtig das heiße Getränk schlürfte, ging er schon mal die Absender der Mails durch, um eine Prioritätsreihenfolge beim Abarbeiten festzulegen. Nach kurzer Zeit setzte er den Kaffeebecher so hart auf der Tischplatte ab, dass einige Tropfen über den Rand auf die Schreibunterlage schwappten.

Die Absenderadresse polaris2@web.de hatte ihn buchstäblich elektrisiert. Von ihr war der beste Tipp gekommen, den er jemals erhalten hatte und auf dessen Grundlage er einen schon lange in seinem Visier befindlichen Kinderschänder hatte festnageln können, und noch besser war, dass auf dessen Festplatte die Mitglieder eines Pädophilen-Netzwerks gespeichert waren, an welchem sich seine Kollegen jahrelang die Zähne ausgebissen hatten. Es war ein voller Erfolg, nur hatte er niemals herausgefunden, wer hinter der Mailadresse steckte. Die Personalien, mit denen man sie und auch das Zahlungskonto eröffnet hatte, waren genauso falsch wie ein 75 Euro-Schein, und auch die Verbindungsdaten hatten sich als Blindgänger erwiesen, denn die Mailadresse war nur für diese eine Mail an die Polizei verwendet worden, und abgesandt wurde sie aus einem Internetcafé am Kotti, wo ohnehin alle Menschen einen spontanen Gedächtnisverlust erlitten, wenn die Polizei sie nach ihren Wahrnehmungen fragte. Der Hauptkommissar war gespannt, was ihn erwarten würde, und öffnete die Mail. Was er las, ließ ihn mit einer Geschwindigkeit in die Höhe springen, dass sein Stuhl nach hinten beschleunigt wurde und gegen das an der Wand stehende Sideboard krachte.

Gruschka war das ziemlich egal. In fliegender Hast griff er zum Telefon und wählte die Nummer der Kommission Breuers, die er mittlerweile auswendig kannte, während er die Mail an seinen Gesprächspartner weiterleitete.

„Thorsten, ich hab da was für dich! Wenn ich mich nicht täusche, könnte das eine ganz heiße Spur sein. Nein, ich weiß nicht, wer der Absender ist, aber er ist vertrauenswürdig. Wie du siehst, will er sich sogar mit mir treffen, aber allein. Ja, ich bin mir sicher, dass es keine Falle ist. Er oder sie hat mir das dickste Ding meines Lebens serviert, und ich glaube nicht, dass ich Bockmist präsentiert bekomme."

Er lauschte auf Breuers erregte Erwiderung und nickte. „Ja, ich werde ihm gleich mailen und ihm sagen, dass er mich anrufen soll. Ist dann mit Sicherheit ein von einem Wegwerfhandy aus geführtes15-Sekunden-Gespräch. Der Bursche ist kein Idiot und kennt sich mit unseren Überwachungsmöglichkeiten aus. Ich weiß auch nicht, wie er bei einem Treffen seine Anonymität wahren will, aber irgendetwas wird ihm einfallen. Ja, ich bin mir ziemlich sicher, dass es ein Mann ist, und die Wortwahl zeigt, dass er wahrscheinlich auch kein gebürtiger Deutscher ist. Aber das alles ist mir egal, wenn wir die Dreckschweine festnageln können. Sie haben Beckmann umgebracht, vergiss das nicht!"

„Wie könnte ich", schnaubte Breuer. „Halt mich auf dem Laufenden." Er legte auf und rieb sich die Hände. Endlich eine heiße Spur, dachte er und sah sich die Anlage zur weitergeleiteten Mail an. Sie bestand aus einer PDF-Datei eines offenbar eingescannten Schriftstücks. Bei der Lektüre bildete sich auf seinem Rücken eine immer stärker werdende Gänsehaut.

„Jour Fix vom 21.05.20..

Nummer eins stellte die Anwesenheit aller Mitglieder des Inneren Zirkels, Sektion Deutschland fest und bittet Nummer zwei um seinen Bericht. Laut seinen Ausführungen laufen die Vorbereitungen für die Operation „Schlachthof" (Phase 2) nach Plan. Das einzusetzende Präparat konnte in ausreichender Menge hergestellt und in stillgelegten Lagertanks abgefüllt werden. Die zur Herstellung des Stoffes eingesetzten Chemiker erhalten als Gratifikation einen Bonus von 250.000 € und einen Luxusurlaub in der Karibik. Unglücklicherweise wird ihr Flugzeug über dem Atlantik plötzlich vom

Radar verschwinden. Das Einleiten der Substanz wird von dem bewährten Team der „lebenden Toten" ausgeführt werden, welches auch für die Vorbereitung der Phase eins zuständig war. Nummer drei bestätigt die Kontrolle der Medien in Zusammenhang mit der Berichterstattung über die geplanten Vorfälle.

Aufsehen erregte die Wortmeldung von Nummer vier, welcher von einer möglichen Störung der Operation durch eine Gruppe von Idealisten aus verschiedenen Bundesministerien berichtete, welche möglicherweise Informationen über das Projekt „Sweepout" gesammelt hätten und dagegen vorgehen wollten. Ihm wurde die Erlaubnis erteilt, die Verdächtigen als Zielpersonen an die „lebenden Toten" weiterzugeben. Diese Personen sollen in die Operationen zu Phase eins einbezogen werden, damit ihre Liquidierung kein Aufsehen erregen kann.

Nummer fünf erläuterte die Grundlagen seiner Berechnungen über die Zahl der annihilierten Personen. Alle fünf Phasen zusammengerechnet ergäbe sich für die Sektion Deutschland eine Reduzierung der Bevölkerung auf etwa 70 Millionen Menschen. Diese Berechnung entspricht der beim internationalen Treffen im November vergangenen Jahres getroffenen Vereinbarung mit den übrigen Sektionen.

Nummer eins zeigte große Zufriedenheit mit den Berichten und wünschte den Operationen einen guten Verlauf.

Ende der Sitzung: 22:15 Uhr.“

Breuer atmete tief durch und schüttelte sich in dem vergeblichen Versuch, die ihn überfallende Kälte zu vertreiben. Reduzierung der Population Deutschlands auf 70 Millionen bedeutete im Umkehrschluss den Tod von mindestens 12 Millionen Menschen, und da es eine weltweite Verschwörung war…

Der Kopf des Kriminalbeamten rauchte bereits, und er aktivierte den Taschenrechner seines Handies. Als er es sinken ließ, war er blass geworden.

Er hatte gerade berechnet, dass 12 Millionen Tote rund 14% der Gesamtbevölkerung Deutschlands ausmachten. Bezog man diese Quote auf den ganzen Planeten, würde dies den Tod von 1,12 Milliarden Individuen bedeuten.

Breuer ahnte nicht, dass seine Berechnungen fast exakt denen Samir Al Husseinis, des IT-Experten der „Ratte von Aleppo“, entsprachen…

***

Niemand hätte in dem nachlässig gekleideten dicken Mann, der eine Plastiktüte mit leeren Flaschen tragend über die Friedrichstrasse schlurfte und dabei offenbar Probleme mit seinem rechten Fuß hatte denjenigen vermutet, der vor der letzten Wahl ein heißer Kandidat für den Posten des Finanzministers gewesen war. Passanten sahen dem hinkenden Alten zuweilen mitleidig nach, und vielleicht dachte der eine oder andere darüber nach, ihm Geld oder seine leere Coladose zuzustecken. Anton Lessinger, so lautete Alphas echter Name, registrierte das Ganze mit einer gewissen Belustigung. Dachte er jedoch an seine Situation wurde er umgehend wieder ernst.

Es war nicht so einfach, in Berlin unerkannt zu bleiben und keine Spuren zu hinterlassen. Gut, es wäre leicht gewesen sich ein Bahnticket zu kaufen und nach Fehmarn oder in die Eifel zu flüchten, aber dies wäre ihm wie ein Akt der Feigheit vorgekommen. So weit sind wir noch nicht, dachte er verbissen. Wir mögen angeschlagen sein, aber noch sind wir nicht besiegt.

Der Tod zweier ihrer Kameraden hatte Delta und ihn schwer getroffen, aber nicht von ihrem Ziel abgebracht, sondern ihnen eine Art „jetzt erst recht-Mentalität“ verliehen, da das Opfer ihrer Freunde nicht umsonst gewesen sein durfte. So oder ähnlich hatte es Delta bei ihrem letzten Gespräch formuliert, und Alpha bewunderte seinen jüngeren Verbündeten für seinen Durchhaltewillen und Optimismus. So glaubte dieser noch immer an Charlies

Überleben, obwohl jede Art von Kontaktversuch in der letzten Woche gescheitert war.

Er selbst hatte sich schon vor Beginn des Widerstandes Gedanken über ein Untertauchen im Fall des Entdeckt Werdens gemacht und Vorbereitungen getroffen. Er wohnte in einem kleinen Apartment in Alt-Mariendorf, welches unter dem Namen eines seiner Mitarbeiter schon vor über einem Jahr angemietet worden war. Die Nebenkostenrechnungen wurden durch eine Schweizer Firma als angeblicher Arbeitgeber bezahlt, und er war täglich dort gewesen, um Jalousien zu öffnen, Briefkästen zu leeren und Verbraucher zu aktivieren, um das Anwesen bewohnt aussehen zu lassen. Sogar eine Tageszeitung war abonniert und abgeholt worden. Die Pfandfinder hatten recht, schmunzelte der Staatssekretär. Be prepaired. Er hoffte nur, dass seine Freunde gleichsam vorsichtig gewesen waren.

Für seine mutmaßlichen Verfolger wirkte sich nachteilig aus, dass er niemals verheiratet gewesen war und daher keine Frau hatte, die ihn vermissen könnte. Und sein Fernbleiben vom Ministerium war ebenfalls noch unauffällig, da er sich offiziell auf einer Pilgertour auf dem Jakobsweg befand. Schon bei dem Gedanken an den entsprechenden Fußmarsch verzog der 125 kg schwere Politiker gequält das Gesicht. Es reichte schon, wenn er zur Kontrolle der vereinbarten toten Briefkästen durch die Berliner Innenstadt schlendern musste. Wenn er etwas vermisste, dann war es sein Dienstwagen. Kaum zu glauben, wie schnell man sich an diesen Luxus gewöhnte…

In den ersten drei Mülleimern hatte er tatsächlich nur leere Flaschen gefunden, und sein Beutel füllte sich langsam. Er empfand echtes Bedauern für die Menschen, die sich mit dieser mühseligen und wenig effizienten Methode etwas zu ihrer kargen Rente hinzuverdienen mussten und beschloss, bei der nächsten Diskussion zur Rentenerhöhung ernsthaft mitzumischen. Als er jedoch in den vierten Mülleimer griff und die Unterseite des Deckels betastete, fand er das, worauf er gewartet hatte.

Mit einem Ruck riss er das kleine Paket, welches mit Teppichband befestigt war ab, zog es heraus und steckte es ohne Zögern in seine Tüte. Danach ging er zum Bahnhof Friedrichstraße, wobei er tunlichst darauf achtete, auch die übrigen Mülleimer auf seinem Weg zu kontrollieren, um den Schein zu wahren.

Seiner Tarnung entsprechend führte ihn sein erster Weg nach dem Aussteigen an der Endstation der U 6 auch zum Pfandautomaten bei Penny. Die Tüte, in der sich nur noch das flache Paket befand, steckte er scheinbar achtlos in seine Jackentasche und schlurfte zu seiner Wohnung auf dem Forddamm, wo er es endlich -noch in der Jacke- öffnen konnte. Natürlich enthielt es das unvermeidliche

Wegwerfhandy. Alpha goss sich zunächst einen Craigellachie 2008 in ein bereitstehendes Glencairnglas, bevor er sich setzte und die einzige eingespeicherte Nummer anwählte, während er dem Single Malt Scotch beim Atmen zusah. Der andere Teilnehmer nahm das Gespräch an, sagte jedoch nichts, bevor Alpha das vereinbarte Codewort sprach.

„Es ist kalt geworden in Deutschland."

„Ja, und es soll auch bald regnen", antwortete Delta. „Hallo Alpha, schön, dass es geklappt hat."

„Hallo mein Freund, schön zu hören, dass es dir gut geht. Hast du etwas von Charlie gehört?"

„Nein. Weder über die Zeitungen noch über die toten Briefkästen. So langsam mache ich mir echte Sorgen."

„Die mache ich mir schon lange", seufzte Alpha. „Ich befürchte das schlimmste, auch wenn wir in den Medien davon gehört hätten, wenn er... na ja, du weißt schon."

Delta schwieg eine Weile und dachte nach, bevor er eine Entscheidung traf. „Also gut", meinte er. „Ich werde morgen vom Bahnhof Zoo aus unter einer Legende mit einem neuen Handy im Bundeskanzleramt anrufen und ihn verlangen. Dann werde ich ja sehen, wie sie reagieren. Wenn sie versuchen mich hinzuhalten und zu orten kann ich in Sekunden sechs U-Bahnen in alle Himmelsrichtungen nehmen. Ich gebe dir dann unverzüglich Kenntnis."

„Einverstanden", erwiderte Alpha. „Aber rufe mich erst morgen nach 13 Uhr an. Dann bin ich ziemlich weit von meiner Ausweichwohnung weg. Es ist nicht gut, wenn unsere Gegner durch einen dummen Zufall auf diese Nummer kommen, und beide Gespräche wurden in der gleichen Wabe geführt. Das zeigt ihnen zwar nicht meine genaue Adresse, aber sie sind dann schon ziemlich nah dran." Er schwieg für einige Sekunden, nippte an dem Scotch und wechselte dann das Thema. „Was haben deine Versuche ergeben, der Polizei unsere Informationen zu übermitteln?"

Delta schnaubte erbittert. „Da bin ich gegen eine Wand aus Ignoranz gerannt. Die blöden Heinis in der Telefonzentrale nehmen offenbar keine anonymen Anrufe entgegen, und ich konnte ihnen ja schlecht sagen, wer ich bin. Es war schlicht unmöglich, bis zu den leitenden Mitgliedern der Ermittlungskommission durchzukommen."

„Also das erwartete Ergebnis", konstatierte Alpha nüchtern. „Ich hatte dir ja gesagt, dass keiner unsere Warnungen für bare Münze nehmen wird, weil nicht sein kann, was nicht sein darf. Aber wir sollten es weiter versuchen. Ich habe in der Zeitung gelesen, dass ein Hauptkommissar Breuer die operativen Nachforschungen leitet, und ich habe mich unauffällig über ihn erkundigt. Er hat in Fachkreisen einen guten Ruf als beharrlicher Ermittler, litt aber vor einiger Zeit nach dem Tod seiner Frau unter einem Alkoholproblem, welches er aber überwunden haben soll. Einer der Befragten meinte, er sei heilfroh, dass er niemals auf die Idee gekommen sei, seine Frau nach ihren Fehltritten umzubringen, da sich sonst Breuer an seine Fersen geheftet hätte. Ich finde, das ist schon mal ein Gütesiegel."

„Gut und schön, aber wie sollen wir an ihn herankommen? Ich stelle mir das nicht so einfach vor, oder glaubst du, dass er mit seiner Handynummer hausieren geht oder sie ins Internet gestellt hat?"

„Wohl kaum", knurrte Alpha. „Ich glaube, da müssen wir uns etwas einfallen lassen."

Wie so manches Problem sollte sich auch dieses von selbst erledigen.

***

„Frau Porthum, mein Name ist Tanja Strasser, und ich wurde vom BKA nach Berlin abgeordnet, um die Ermittlungen hinsichtlich der Terroranschläge zu unterstützen. Das hier ist mein Kollege, Hauptkommissar Eckert vom LKA Berlin. Wir hätten einige Fragen an Staatssekretär Sven Kleinschmidt."

Trixi Porthum rollte seufzend die Augen. „Also, die Kommunikation zwischen den ermittelnden Dienststellen ist ja noch viel schlechter als bei uns im Hause", versetzte sie sarkastisch. „Ich hatte gestern Morgen schon Besuch von einem von euch selbsternannten Hercule Poirots, und auch dem konnte ich nur sagen, dass ich keinen blassen Schimmer habe, wo sich Herr Kleinschmidt befindet. Seit dem Anschlag hatte ich ihn weder gesehen noch was von ihm gehört, sodass ich ihn zunächst für tot hielt. Ich war also überrascht, als mir ihr Kollege sagte, er wäre noch am Leben und untergetaucht. Dann hat er noch so einen Schwachsinn geredet, Sven… ich meine, Herr Kleinschmidt sei in dunkle Geschäfte und vielleicht sogar in terroristische Aktionen verwickelt! Also wer das für wahr hält, der glaubt auch an den Osterhasen!"

Tanja Strasser und Eckert sahen sich an und dachten simultan dasselbe. Er war es dann, der die naheliegende Frage stellte.

„Sagen Sie, Frau Porthum, von welcher Dienststelle kam dieser Kollege, und wie hieß er überhaupt? Unserer Kommission ist nämlich nichts von persönlichen Nachforschungen hier im Haus bekannt!"

Trixi sah ihn einige Sekunden an, dann hob sie ihre Schreibunterlage an und holte eine hellgraue Visitenkarte hervor, die sie Eckert herüberreichte.

„Das ist das Einzige, was ich zu dem Mann weiß. Er wurde mir als Ermittlungsbeamter mit weitreichenden Kompetenzen avisiert und erschien auf die Minute pünktlich bei mir im Büro. Wenn ich ehrlich bin: der Bursche war mir unsympathisch und unheimlich, und er hat mir weder seinen Namen genannt noch seine genaue Dienststelle. Der Mann verströmte eine Aura der Eiseskälte. Wenn der in einen Raum kommt, dreht man automatisch die Heizung höher, aber man friert trotzdem. Nein, selbst als er anfing, unterschwellig zu drohen war mir klar, dass ich ihm den Aufenthaltsort von... Herrn Kleinschmidt nicht sagen würde, selbst wenn ich ihn gewusst hätte."

„Von Sven, wollten Sie eigentlich sagen", warf Tanja Strasser ein. „Geben Sie ruhig zu, dass zwischen Ihnen und Ihrem Chef mehr als nur ein berufliches Verhältnis besteht."

„Das wird hier im Haus nicht gern gesehen", nickte Trixi und bestätigte damit Tanjas Vorhalt indirekt.

„Bei uns auch nicht", winkte diese ab. „In einem solchen Fall muss sich einer aus dem Paar versetzen lassen."

„Gleiches Prinzip", nickte Trixi. „Hier läuft das auch so. Deshalb haben wir alles noch geheim gehalten."

Tanja blickte sie prüfend an, beschloss aber, zunächst das Thema zu wechseln. „Nun ja, wenn er nicht da ist... vielleicht können Sie uns ja auch ein paar Fragen beantworten. Am Tag des Anschlags sollte Herr Kleinschmidt -Sven- Besuch bekommen von einem Herrn Kawashima. Wissen Sie über dieses Treffen Bescheid?"

Trixi war zwar über diese unerwartete Wendung verblüfft, aber sie fing sich rasch und nickte. „Ja sicher, ich habe den Termin ja schließlich vereinbart und in... Svens Terminkalender eingetragen. Es war ja nicht das erste Treffen der beiden Männer. Sven hatte schon vor einem halben Jahr mit Kawashima gesprochen und mehrere Videocalls mit ihm geführt. Es ging dabei um eine Überwachungssoftware, die Kawashimas Firma entwickelt hat und die Sven auf ihre Eignung im deutschen Betrieb überprüfen sollte."

„Eigentlich keine Aufgabe für einen Staatssekretär", murmelte Eckert. „Der delegiert solche Aufgaben doch eigentlich."

„Sven ist nicht irgendjemand", widersprach Trixi entschieden. „Er hat Informatik studiert und darin auch promoviert. Er hat den Sachverstand, nicht nur für die Ausführungen, sondern auch für die technischen Details. Seine Erklärungen des Systems waren wenigstens so einfach, dass ich sie sogar als Laie verstanden habe."

Auf den auffordernden Blick Eckerts fuhr sie fort. „Es geht um ein System von nahezu unzähligen Minidrohnen, die gerade einmal 15 cm groß und mit Kameras und Mikrofonen bestückt sind. Trotz der geringen Größe der Linsen haben die Kameras eine erstaunlich große Brennweite und Tiefenschärfe. Zudem sind sie nahezu lautlos und können selbst aus 100m Höhe noch einen verlorenen Ohrring am Sandstrand erkennen.

Darüber hinaus sind sie überaus einfach zu bedienen. Die Steuersoftware für 10000 Drohnen hat eine Kapazität von nur 2 GB. Das schafft man auch mit einem veralteten Handy. Mit einem handelsüblichen PC ist man in der Lage, fast ein ganzes Bundesland flächendeckend zu bestreuen. Und noch einfacher wird es, wenn man die Drohnen über GPS-Koordinaten stationär an festen Punkten verankert. Dann sinkt die Anforderung an das Steuerprogramm fast bis auf null."

Die beiden Polizisten hatten atemlos zugehört. Jetzt atmete Tanja Strasser pfeifend aus. „Himmel! Damit ließe sich die Totalüberwachung eines Volkes erreichen, und zwar in dem Maß, von dem alle bisherigen Diktatoren und George Orwells ‚Big Brother' in ‚1984' nur zu träumen wagten. Mein einziger Trost ist, dass diese Alptraumdinger Unmengen an Energie fressen und wahrscheinlich alle 10 Minuten vom Himmel fallen werden."

Trixi Porthum beraubte sie schnell ihrer Illusionen. „Die Drohnen werden drahtlos versorgt. Sie haben einen Mikrochip eingesetzt, durch den sie nicht nur Informationen, sondern auch die benötigte Energie aus den Frequenzen des 5G-Netzes beziehen können."

Tanja Strasser und Eckert sahen sich sprachlos an. „Für Menschenrechtler ist dies doch der ultimative Alptraum!", flüsterte Tanja, und Eckert ergänzte: „Bei der Einführung eines solchen Systems können sich die Menschen von ihrer persönlichen Freiheit komplett verabschieden! Hölle und Teufel, natürlich gäbe es dann keine unaufgeklärten Verbrechen mehr, aber... als Jugendliche sind wir mit unserer Clique des Nachts über Freibadzäune geklettert, um nackt zu baden und... na ja, rumzuknutschen und so weiter. Als Kinder haben wir beim Nachbarn Äpfel aus dem Garten geklaut, und noch ein paar Streiche mehr! Vor all dem harmlosen Zeug müsste jetzt jeder eine Heidenangst haben, und... mein Gott, aus uns würde eine Nation verängstigter Duckmäuser ohne jede Freiheit!"

Trixi Porthum nickte ernst. „Genau das habe ich von Sven gehört, und er wollte mit Herrn Kawashima im Rahmen des persönlichen Treffens über dieses Thema sprechen. Ganz speziell sollte es darum gehen, wie man dieses System im Zweifelsfall abschalten kann."

„Wer erträumt sich denn ein solches System? Ich meine, wer war denn der direkte Auftraggeber für die Beschaffung?" Tanja Strasser fragte fast tonlos, und Trixi Porthum antwortete im gleichen Tonfall.

„Das war unser Innenminister. Er begründete dies mit der Gefahr terroristischer Anschläge und der geringen Aufklärungswahrscheinlichkeit nach einem solchen. Als Beispiel nannte er eine mögliche Bombenexplosion vor dem Reichstag, wo viel zu wenige Kameras für eine Beweissicherung vorhanden seien."

„Wann hat der Innenminister dies gesagt?", fragte Eckert gepresst, da er die Antwort fürchtete. Trixi gab sie ihm trotzdem.

„Vor sechs Monaten."

„Himmel!", flüsterte Tanja und schüttelte sich. Die Implikationen, die sich aus Trixis Aussage ergaben, stützten ihre Hypothese nur zu gut. Nach einem kurzen Durchatmen wandte sie sich jedoch erneut an Trixi, und ihre Augen wurden während ihrer folgenden Worte schmal.

„Kommen wir zurück auf das Schicksal von Sven Kleinschmidt. Frau Porthum, angesichts des persönlichen Verhältnisses zwischen Ihnen beiden kann ich die Schlussfolgerung ziehen, dass Sie diejenige sind, bei der sich Ihr Chef und Freund am Ehesten melden wird – wenn er es nicht schon getan hat. Sie haben dem anderen Ermittler nichts gesagt, nun gut." Sie sah nun erstmals selbst auf die Visitenkarte mit der Telefonnummer – und erstarrte kurzfristig, bevor sie fast wie in Zeitlupe wieder den Kopf hob.

„Wie sah dieser Ermittler genau aus? Hatte er slawische Züge und einen ebensolchen Akzent?

War er blond und trug das Haar kurz, und war er Mitte bis Ende dreißig?“

Trixi fiel die Kinnlade herab, und sie nickte mit großen Augen. Tanja zog ihr Handy hervor und öffnete den Bildspeicher, wählte ein Foto aus und hielt ihrer Zeugin das Display hin. Deren Augen wurden noch größer, bevor sie Tanja ansah und bestätigend nickte.

„Ja, das ist der Mann! Aber… wer ist das, und woher kennen Sie ihn? Woher wussten Sie so genau, dass er mein Besucher war?“

Tanjas Blick war extrem hart geworden, und sie sah Trixi direkt in die Augen. Ihre Worte ließen die sonst so toughe Frau bleich werden.

„Wer es ist, konnte ich mir denken, als ich die Rufnummer sah. Es ist die Durchwahl eines der höchsten Beamten des Bundesnachrichtendienstes. Der Mann auf dem Foto hat ebenfalls dort gearbeitet, bis er angeblich starb. Wir müssen davon ausgehen, dass er maßgeblich an den Terroranschlägen beteiligt war, unter anderem am Einleiten des tödlichen Virus in unsere Wasserversorgung. Dieser Mann ist wohl das gefährlichste Individuum im Umkreis von hunderten von Kilometern, und er ist hinter neuen Zielpersonen her. Frau Porthum, wenn Ihnen etwas an Sven Kleinschmidt liegt, bringen Sie ihn dazu, uns zu kontaktieren. Ansonsten wird er wahrscheinlich nicht mehr lange leben. Er nicht, seine Freunde nicht – und Sie wahrscheinlich auch nicht.“

Kapitel Fünfzehn
Tag Sieben, mittags

Es war nicht das erste Mal, dass sich Gruschka mit einem Informanten traf, aber heute war er so angespannt wie selten zuvor. Nein, die Anspannung war es nicht allein; hinzu kam noch ein hohes Maß an doppelter Neugierde, da er nicht nur auf die Neuigkeiten an sich gespannt war, sondern auch darauf, wie sein V-Mann die Daten übermitteln wollte, ohne sich selbst zu erkennen zu geben.

Er blickte zum wiederholten Male auf seine Armbanduhr und schalt sich selbst einen Narren, da er genau wusste, dass er eine Viertelstunde zu früh war. Sein Informant konnte noch gar nicht da sein, und die Hoffnung, ihn schon beim Ankommen zu erkennen war doch ziemlich illusorisch.

Der Hauptkommissar seufzte und beschloss, sich einen Kaffee zu bestellen. Der Hinweisgeber hatte auf einen Treff nahe des St.-Hedwig Krankenhauses bestanden und das Café The Barn vorgeschlagen, vor dem Gruschka jetzt saß. Er hob die Hand und war überaus erfreut, dass ein junger Mann in dunkler Hose und weißem Hemd nach einer Speisekarte griff und direkt herbeigeeilt kam. Die Freude wich der Verblüffung, als der vermeintliche Kellner aus der Gesäßtasche kein elektronisches Gerät zur Aufnahme der Bestellung herausholte, sondern ein Springmesser, welches er verdeckt von der Speisekarte auf den Tisch legte und sich Gruschka gegenüber hinsetzte. Die ganze Zeit über behielt der arabisch aussehende Mittzwanziger sein freundliches Lächeln bei. Dennoch wurde es dem Polizisten etwas mulmig zumute.

„Guten Tag, Herr Gruschka. Es freut mich, Sie kennenzulernen", eröffnete sein Tischgenosse das Gespräch. „Entschuldigen Sie bitte den dramatischen Auftritt, aber die Umstände... Sie verstehen sicher."

„Im Moment verstehe ich gar nichts", entgegnete der Kommissar gedehnt. „Wer sind Sie? Haben Sie mich per Mail kontaktiert?"

„Wer ich bin, spielt im Moment keine Rolle", erwiderte der Araber, „und ich bin auch nicht derjenige, der mit Ihnen reden will. Ich bin nur derjenige, der dafür sorgt, dass Sie in den nächsten Minuten nicht den Fehler machen werden, sich umzudrehen. Sollten Sie auf diese dumme Idee kommen, könnte dies fatale Folgen haben."

„Dafür das Messer?", fragte Gruschka ächzend, und der Mann nickte.

„Dafür das Messer. Herr Gruschka, wir haben nichts gegen Sie, aber wir müssen unsere Anonymität schützen. Und vertrauen Sie nicht auf die lokalen Überwachungskameras. Die haben seit dreißig Sekunden mit einem unerklärlichen Stromausfall zu kämpfen."

„Der wahrscheinlich für die Dauer des Gesprächs anhalten wird", erriet der Polizist, und sein Gast lachte auf.

„Wir haben Sie richtig eingeschätzt, Herr Kommissar. Sie kommen gleich zur Sache. Das tun wir aber auch, denn auch in unserer Branche ist Zeit Geld, und der Mann, der mit Ihnen sprechen wollte, sitzt bereits hinter Ihnen. Hören Sie also gut zu und sehen Sie mich dabei starr an."

Gruschka versteifte sich, denn er hatte den sich an den Tisch hinter ihm Setzenden nicht einmal gehört. Er bemerkte ihn auch erst, als der Mann ihn direkt ansprach. Seine Stimme war ruhig und sanft, und wie bei seinem ersten Besucher war nur der Hauch eines orientalischen Akzents vernehmbar.

„Sie haben um ein Treffen gebeten, Hauptkommissar Gruschka. Nun gut, hier bin ich.

Was meine Vorsichtsmaßnahmen angeht, bitte ich um Ihr Verständnis. Aus Ihrer Sicht bin ich zweifellos ein Verbrecher, vielmehr der Boss eines Verbrechersyndikats, und daher habe ich keine Lust, mich zum Dank für meine Hilfe verhaften zu lassen. Die Informationen, die ich anbiete, habe ich natürlich nicht auf legalem Weg erhalten. Genau gesagt, war es ein Raubüberfall, den das Opfer aber aus gutem Grund nicht gemeldet hat.

Ich muss auch zugeben, dass ich dem ursprünglichen Besitzer der Daten über einen meiner Mitarbeiter ein Rückkaufsangebot gemacht habe. Mein Mitarbeiter hat die Verhandlungen (wenn es sie überhaupt gab) jedoch nicht überlebt. Nachdem wir die Verschlüsselung der Daten geknackt hatten, wissen wir auch warum.

Herr Kommissar, diese Massenmörder folgen skrupellos einem weltweiten perfiden Plan, dessen endgültiges Ziel wir noch nicht kennen. Aber wir arbeiten daran, und wir werden Ihnen die Informationen im Laufe der Zeit komplett zur Verfügung stellen. Jetzt strecken sie bitte den rechten Arm nach hinten und drehen Sie die Handfläche nach oben. Keine Sorge, ich lege dort nur etwas hinein."

Gruschka tat wie ihm befohlen wurde, und als sich seine Finger um den Gegenstand schlossen wusste er sofort, dass es ein USB-Stick war.

„Darauf befindet sich ein Teil der Daten, welche sich auf die Planungen der Abna Aleahirat, Verzeihung: Hundesöhne, beziehen. Sie müssen sich beeilen: der nächste Anschlag ist bereits für morgen geplant. Und es ist eine weltweit gestaffelte Aktion! In allen demokratischen Ländern der Welt wird die Gewaltenteilung danach aufgehört haben zu existieren, denn dort, wo jetzt noch die Parlamente stehen, werden sich nur noch Krater befinden."

„Herr Kommissar, das ist keine Übertreibung", warf der vor ihm sitzende Mann ein. „Ich habe die

Daten gesehen, und unser Chef lügt nicht. Jedenfalls jetzt nicht. Man nennt uns zwar Ratten, aber wir sind keine. Wir sind Menschen, und das haben wir nicht vergessen. Im Übrigen können Sie sich jetzt umdrehen."

Automatisch wandte sich Gruschka um und wusste im gleichen Moment, dass er in eine Falle getappt war.

Der Stuhl hinter ihm war leer, und als er sich wieder gedreht hatte, war der ihm vorhin noch gegenübersitzende Mann verschwunden, als habe er sich in Luft aufgelöst, oder, als hätten sich die Ratten in die Kanalisation geflüchtet.

Gruschka war es gleich. Er rannte wie gehetzt zu seinem Dienstwagen, um den Stick, den er immer noch mit der rechten Hand umklammerte, schnellstmöglich an Breuer zu übergeben.

Samir Al Husseini und Mounir Ben Mohammad sahen ihm aus ihrem Unterschlupf lächelnd nach.

***

Es war der gleiche halbdunkle Raum wie sonst auch immer, in dem sich die sechs Männer und ihre Anführerin trafen, um die nächsten Schritte zu besprechen. Nummer vier sah, dass sich in ihr Gesicht tiefe Falten gezogen hatten, die er auf die fast übermenschliche Belastung zurückführte. Es kam ihm nicht in den Sinn, dass sie möglicherweise unter der hohen Opferzahl leiden könnte. Stattdessen fragte er sich, ob sie und die anderen seine Notlüge bezüglich des Sticks durchschaut hatten. Er merkte erst auf, als er direkt angesprochen wurde.

„Nummer vier, läuft die operative Durchführung der Phase drei wie vorgesehen?“, fragte Nummer eins scharf, und er beeilte sich zu nicken und ein zuversichtliches Lächeln zu zeigen.

„Absolut. Das notwendige Equipment ist bereits in Stellung gebracht worden und wird von den ‚lebenden Toten‘ bewacht, die ich dafür leider von den Überwachungsmaßnahmen bezüglich der möglichen Störer und ihrer Kontaktpersonen abziehen musste. Die Fahndung nach den drei Vermissten wird daher vorübergehend von der zweiten Garnitur erledigt. Der ungestörte Ablauf der Phase drei ist aus meiner Sicht wichtiger.“

„Rechnen Sie denn mit Störungen?“, fragte Nummer sechs lauernd, und der Gefragte schüttelte schnell den Kopf. Vielleicht eine Spur zu schnell, denn Nummer drei setzte sich kerzengerade auf und begann, ihn abschätzend zu betrachten.

„Es gibt keinen konkreten Anhaltspunkt, das anzunehmen. Ich habe nur ein mulmiges Gefühl, und darauf war meistens Verlass. Sie wissen doch: es gibt nur zwei Arten von Vorsichtsmaßnahmen, nämlich die, die man trifft und die, von denen man nachher sagt ‚hätte ich sie mal getroffen'. Überflüssig ist keine davon."

„Sie haben richtig gehandelt", entschied Nummer eins nach kurzem Nachdenken. Für die Mission ist militärisches Material erforderlich, und zur Handhabung benötigen wir Männer mit militärischer Ausbildung." Sie nickte Nummer vier zu, der verstohlen aufatmete, und gab den Zeitplan der nächsten Operation bekannt.

„Der Launch erfolgt morgen um Null Neunhundertdreißig. Die Folgen werden binnen drei Minuten erkennbar werden, und die ersten Katastrophennachrichten werden nur kurz darauf das Netz überfluten. Lassen Sie es uns angehen, meine Herren."

Sie nickte den anderen zu und erhob sich zum Zeichen, dass die Sitzung beendet sei. Auf dem Weg nach draußen winkte sie Nummer vier noch einmal zu sich.

„Sollte etwas schiefgehen, und sollte ich herausfinden, dass Ihr verschwundener Stick damit zusammenhängt, dann bekommen die ‚lebenden Toten' eine neue Zielperson. Ist das unmissverständlich klar?"

Nummer vier nickte nur stumm. Er war heilfroh, dass Nummer eins im Dämmerlicht nicht gesehen hatte, wie blass er geworden war.

***

Breuer lief in seinem Büro herum wie ein Tiger im Käfig. Eigentlich war es ein Wunder, dass seine Schritte noch keine Furche in den Boden geschliffen haben, dachte Tanja Strasser, die gerade den Bericht bezüglich der Befragung von Trixi Porthum abgeliefert hatte und jetzt ebenso wie ihr Kommissionsleiter auf das Ergebnis der Auswertung des USB-Sticks wartete, den KHK Gruschka keuchend auf dessen Schreibtisch gelegt hatte, als handele es sich um den heiligen Gral. Breuer hatte den Stick KHK Eckert in die Hand gedrückt und wartete jetzt ungeduldig auf das Ergebnis. Seine Ungeduld gründete vor allem auf seinem blöden Gefühl, dass von der schnellen Auswertung und ihren nächsten Maßnahmen viele Menschenleben abhängen würden. Der Gesichtsausdruck des zurückkehrenden Eckert bestätigte seine schlimmsten Vorahnungen. Sein Kollege war aschfahl.

„Raus mit der Sprache“, knurrte Breuer. „Auf was haben die Schweinehunde es diesmal abgesehen? Bundeskanzleramt oder das Verteidigungsministerium?“

„Schlimmer,“ stöhnte Eckert, während er den Kollegen zuwinkte und sie in den Besprechungsraum mitnahm, wo sich die gesamte Kommission bereits versammelt hatte. Er steckte den mitgebrachten Stick in den an den Beamer angeschlossenen PC und trommelte mit den Fingern auf den Schreibtisch, während sich das Bild aufbaute.

„Der Stick ist im Übrigen sauber“, erläuterte der IT-Spezialist Breuer und Strasser, die hinter ihn getreten waren. „Schließlich musste ich testen, ob irgendwelche Viren und Trojaner drauf sind, bevor ich die Dateien öffnen konnte. Es war aber nur eine drauf.“ Er wandte sich jetzt an die versammelten Kollegen.

„Liebe Freunde, bereitet euch auf eine lange Nacht vor. Wir müssen jede freie Minute einsetzen, um den Plan der Terroristen zu vereiteln.

Morgen früh wird der Bundeskanzler die Sitzung des Bundestags eröffnen und ein Gesetz zur Lesung vorstellen, welches die Gewaltenteilung in Deutschland mehr oder weniger aushebelt. Dieses Gesetz ist selbst in der Regierungskoalition umstritten, und der Kanzler war gezwungen, die Fraktionsdisziplin aufzuheben und alle Abgeordneten nach ihrem Gewissen entscheiden zu lassen. Tatsächlich haben Umfragen ergeben, dass dieses Gesetz, welchem die Opposition bereits den Namen „Ermächtigungsgesetz“ gegeben hat, abgelehnt wird.

Zu einer Abstimmung wird es jedoch nicht kommen. Nachdem der Kanzler die Debatte eröffnet hat, werden er und alle Bundesminister den Plenarsaal verlassen, um sich zu einer Klausurtagung ins Bundeskanzleramt zu begeben. Das wird gegen 09:15 Uhr sein.

Um 09:30 Uhr werden im Abstand von 15 Sekunden nach dem Plan der Terroristen zwei

ATACMS-Raketen Typ MGM-168 gestartet, welche den Reichstag als Ziel haben. In weniger als einer Minute nach dem Start erfolgen dann die Einschläge. Rakete 1 hat einen konventionellen WDU-18 Gefechtskopf und dient nur dazu, das Dach des Reichstags zu zerstören und den Weg für die Ladung der zweiten Rakete freizumachen. Deren MGM-140 D-Gefechtskopf wurde nach Art seines Vorgängers, des E-27, modifiziert. Statt der vorgesehenen M 74 APAM-Sprengsätze trägt die Rakete einen Gefechtskopf mit 1140 Bomblets, und die enthalten 120 Gramm Tetryl und...“, er holte tief Luft, „300 Gramm Sarin.“

„Sarin!“, flüsterte Tanja Strasser entsetzt. „Das Teufelszeug, das Shoko Asahara und seine Aum-Sekte 1995 in der U-Bahn in Tokyo freigesetzt haben! Wie entsetzlich! 10 Milligramm inkorporiert, und deine Atmung setzt binnen zwei Minuten aus! Wer um alles in der Welt hat dieses Teufelszeug eigentlich erfunden?“

„Wir“, antwortete Eckert hart. „Sarin ist wie Tabun und andere Nervengase eine Erfindung der deutschen IG Farben aus dem Jahr 1939. Der Einsatz von Giftgas ist zwar international geächtet und gilt als Kriegsverbrechen, aber dennoch wurden bis ins letzte Jahrzehnt auch die US-Streitkräfte mit derartigen Waffen ausgerüstet. Die Raketen, die jetzt gegen den Bundestag eingesetzt werden sollen, wurden von den Amerikanern im Rahmen der

NATO-Verträge an die Bundeswehr geliefert - zusammen mit den passenden Sprengköpfen."

„Teufel!", stöhnte Breuer auf. „Wie um alles in der Welt sollen wir die Raketen denn aufhalten?"

„Das können wir nicht", erwiderte Eckert leise. „Die Raketen werden nicht weit von hier gestartet. Sie fliegen mit Mach drei, also rund 3600 km/h, und selbst wenn einer der Sicherheitsbeamten die anfliegenden Geschosse ortet, sind sie eingeschlagen, bevor er auch nur daran denken kann, irgendwelche Gegenmaßnahmen einzuleiten. Nein, unsere einzige Chance besteht darin, den Abschuss überhaupt zu verhindern."

„Dazu müssten wir aber wissen, wo der Start erfolgen soll", wandte Jasmin Eilert ein. Eckert nickte seufzend.

„Ja, ich weiß es, und das beinhaltet unsere einzige Chance. Ich kenne den Startplatz der Raketen sehr genau, und es könnte auch aus historischer Sicht in Deutschland keinen besseren Platz für einen Raketenstart geben."

„Peenemünde?", riet Breuer, doch Eckert schüttelte den Kopf. „Ich vermute, dass die Dreckschweine das zunächst auch überlegt hatten, es aber dann verwarfen, weil es zu weit weg ist von Berlin. Aber ganz falsch hast du nicht gelegen, Chef.

Als Fritz Lang vor fast 100 Jahren den UFA-Film „Frau im Mond“ drehte, griff er auf Professor Hermann Oberth und seine Studenten, unter anderem auf einen gewissen Wernher von Braun zurück. Dieser experimentierte anschließend mit Walter Dornberger, Werner Riedel und anderen Enthusiasten bis Mitte der 30er Jahre auf einem Raketenschießplatz der Armee in Kummersdorf, bevor sie nach Peenemünde umzogen. Heute ist dort ein Museum. Ich kenne das Gelände, da Raumfahrthistorie ein Hobby von mir ist und ich schon mal dort zu Besuch war. Es ist sehr weitläufig und darf normalerweise nur mit einem Führer betreten werden, da noch an vielen Stellen unentdeckte Munition und Raketenteile herumliegen. Aus Sicht unserer Täter kann es keinen besseren Platz für den Launch der Raketen geben.“

„Werden die startbereiten Raketen bewacht, oder funktioniert das alles automatisch?“, fragte Breuer, und Eckert verzog das Gesicht.

„Natürlich sind die Startfahrzeuge bemannt. Falls die Aktion abgebrochen werden muss, wird ja jemand benötigt, der den Schlüssel auf ‚aus‘ dreht. Normalerweise liegt die Normbesatzung bei sieben Mann pro M-270 A1 Kettenpanzer, aber laut Planung sind insgesamt 20 Mann dort, um mögliche Störungen zu unterbinden. Und es sollen Elitekämpfer sein. Keine Ahnung, wo sie herstammen, aber ich würde auf das KSK tippen, welches die meisten Verschwundenen Marke ‚missing in action' hatte. Schließlich stammt ja auch alles, was sie verwenden aus NATO-Beständen. Das wird hart! Diese Burschen sind in Afghanistan und anderen Einsatzorten der Bundeswehr im Ausland gewesen, wo sie gelernt haben, schnell und hart zuzuschlagen, und sie töten, ohne nachzudenken, wenn sie den Befehl dazu erhalten. Wenn wir uns auf ein Gefecht mit diesen Burschen einlassen, ziehen wir garantiert den Kürzeren – selbst mit unseren eigenen Spezialeinheiten. Und sobald der erste Schuss fällt, drücken sie auf den Knopf. Mit einem Frontalangriff werden wir den Abschuss der Raketen nicht verhindern können."

„Vielleicht doch", ertönte eine Stimme, und alle im Raum wandten sich überrascht um. Steffen Polaszek lehnte an der Durchgangstür zum Nebenraum und hatte die Besprechung mitgehört. Jetzt stieß er sich vom Rahmen ab und kam nach vorn.

„Ich habe tatsächlich ein paar Verbindungen, die man mir vielleicht nicht unbedingt zutrauen würde. Der Kommandeur der Division schnelle Kräfte ist rein zufällig mein Bruder. Deshalb weiß ich, dass drei Vögel des Kampfhubschrauberregiments 36 derzeit im Luftwaffenmuseum in Berlin-Gatow stehen – voll aufgetankt und bewaffnet. Sie wären in der Lage, die Raketen und ihre Startfahrzeuge durch einen schnellen Luftschlag auszuschalten."

„Und das Sarin? Was, wenn es durch die Explosion der Behälter freigesetzt wird?“, wandte Tanja Strasser ein, doch der Staatssekretär winkte ab.

„Sarin wird in der Regel zerstört, indem man es hohen Temperaturen aussetzt. Wenn ein Kamphubschrauber seine gesamte Ladung aus Hellfire- und Hydra-Raketen auf ein Transportfahrzeug abfeuert, entsteht bei der Explosion eine Temperatur von fast 2000 Grad. Das übersteht auch kein Sarin.“

„Wie hoch ist die Wahrscheinlichkeit, dass die Raketen positiv identifiziert werden können? Es stehen dort schließlich etliche Modelle von alten Raketen aus dem Museumsbestand herum“, fragte Eckert, der langsam wieder Hoffnung schöpfte. Polaszek hatte auch darauf eine Antwort.

„Da eine Satellitenaufklärung ausscheidet, werden wir Drohnen mit Wärmebildkameras und Nachtsichtequipment einsetzen. Diese werden die typische Signatur von Fahrzeug und Rakete hundertprozentig erkennen – und auch den Leuten um sie herum.“

„Eben! Was ist mit den Panzerbesatzungen? Keine Warnung, keine Aufforderung, sich zu ergeben? Spielen wir uns dann nicht als Richter über Leben und Tod auf, um gleichzeitig den Henker zu geben?“, fragte Breuer gepresst. Der Politiker sah ihn einige Sekunden wortlos an, bevor er langsam den Kopf senkte.

„Es ehrt Sie, Herr Breuer, dass Sie sich Gedanken um Menschen machen, die Sie ohne Zögern töten würden, wenn sich die Chance dazu ergäbe. Wahrscheinlich handelt es sich um die gleichen Menschen, die den Anschlag auf die Wasserversorgung durchgeführt haben. Ich sage dies nicht, um Rachegelüste in Ihnen zu wecken. Ich will Ihnen nur verdeutlichen, mit wem Sie es zu tun haben. Sie sind aktuell in einer Situation, die vergleichbar ist mit einer Amok- oder Terrorlage. Ich habe an den Ausbildungsrichtlinien der Polizei für ein solches Szenario mitgewirkt, und sie wissen, was sie bei der Behandlung der Terroristen vorschreiben."

Breuer nickte stumm. Er hatte bereits kurz nach dem Massenmord von Paris im November 2015 an einer solchen Schulung teilgenommen und war fast erstarrt, als sein Ausbilder ihm wörtlich sagte: „Die Terroristen sind final zu bekämpfen." Es konnte keinen Zweifel geben, was damit gemeint war: final bekämpfen hieß, den Gegner nicht kampf- oder fluchtunfähig zu machen, sondern ihn zu töten, um ihm keine Gelegenheit zu geben, am Körper angebrachte Sprengmittel zu zünden. Der Polizist war schockiert und fast angewidert gewesen. Über Jahrzehnte war die Deeskalation als einzig mögliche Art polizeilichen Einschreitens propagiert worden, um durch die Erlaubnis zu töten ersetzt zu werden. Er hatte die Notwendigkeit, in bestimmten

Situationen zu tun was getan werden musste akzeptiert, aber nun vor die Wahl gestellt zu werden, einen Luftschlag gegen ein ahnungsloses Ziel anzuordnen belastete sein Gewissen. Breuer hob den Kopf und sah Polaszek starr an.

„Sie schienen das Ganze schon durchgeplant zu haben, bevor Sie zu dieser Besprechung kamen. Ich denke…“

„Nein, das ist nicht so“, unterbrach ihn der Angesprochene. „Ich habe nur sehr schnell strategisch gedacht. Und im Ernst: sehen Sie eine Alternative?“

„Leider nicht“, murmelte Breuer tonlos. „Ich bin aber nur der Kommissionsleiter. Die Entscheidung muss vom Führungsstab der Behörde getroffen werden. Ich habe freie Hand bei den Ermittlungen, aber so etwas…“. Er schüttelte den Kopf.

„Dann spreche ich mit ihnen! Ich kann genügend Druck ausüben, um einen schnellen Beschluss herbeizuführen! Und das ist notwendig, denn wenn die Herrschaften des höheren Dienstes der Polizei anfangen zu diskutieren, haben sie das Amtshilfeersuchen an das KHSR 36 erst formuliert, wenn vom Reichstag schon Rauch aufsteigt.“

Breuer schnaubte und nickte Polaszek zu, der sich umdrehte und durch die Tür verschwand. Er kannte seine Führungskräfte und hielt Polaszeks Worte eher für untertrieben. Langsam empfand er

Sympathie und Hochachtung für den kleinen dicken Politiker. Dessen nächste Aktionen hätten ihn jedoch ziemlich überrascht.

Der Staatssekretär dachte nämlich gar nicht daran, den Führungsstab aufzusuchen. Stattdessen griff er zu seinem Handy und drückte die Kurzwahltaste 2. Der gespeicherte Teilnehmer meldete sich sofort.

„Polaszek."

„Auch. Hallo, Karsten. Wie schnell kannst du deine beiden Vögel in Gatow in der Luft haben? Ich brauche sie für einen Luftschlag auf ein Ziel hier in Berlin. Ja, hier in Berlin! Halt die Klappe, denn wenn du anfängst Fragen zu stellen und nicht sofort handelst, hat Deutschland morgen kein Parlament mehr! Und jetzt hör mir genau zu..."

***

Pavel Petrov gähnte und streckte sich, so gut dies in einem M-270 möglich war. Er verfluchte die ereignislose Warterei und wünschte sich, es wäre bereits 10:15 Uhr am folgenden Tag. Ein Blick auf die Leuchtziffern seiner Uhr zeigte ihm jedoch, dass er bis dahin noch fast acht Stunden ausharren musste.

Er sah auf, als Költers die Luke öffnete und hereinkam, und nickte. Der Mann hatte seine Wache beendet und durfte sich jetzt in der Enge des Panzerfahrzeugs aufs Ohr hauen, während Romeiks für die nächsten zwei Stunden Augen und Ohren offenhalten sollte. Petrov erkannte, dass er nicht mehr würde schlafen können; Költers würde nämlich schnarchen zum Gotterbarmen. Er schüttelte den Kopf und kroch zur Luke. Als er hinaussprang, wirbelte Romeiks herum und legte das G-36 auf ihn an, bevor er seinen Truppführer erkannte und die Waffe sinken ließ.

„Gibt's hier draußen was?“, wisperte Petrov dem Wachtposten zu, doch der schnaubte nur.

„Was soll denn los sein? Außer uns gibt es hier doch keine lebende Seele mehr, nachdem wir die beiden Museumswächter liquidiert haben. Ab und zu mal ein Nachtvogel, aber sonst kein Geräusch.“

„Gut,“ knurrte Petrov. „Ich gehe mal ein paar Meter und suche mir einen sympathischen Baum zum Pissen. Halte derweil die Stellung.“

Er drehte sich um und marschierte rund hundert Meter in Richtung der Umzäunung des Museumsbereichs. Während er seine Hose öffnete und sich an einen wehrlosen Baum erleichterte, behielt er die Umgebung im Auge, doch auch er bemerkte nichts Auffälliges. Dennoch beschlich ihn ein merkwürdiges Gefühl, und er sah zu den beiden Transportpanzern mit den Raketen hinüber. Auch dort alles ruhig, dachte er, doch binnen einer Sekunde sollte sich dies ändern.

Wie aus dem nichts erschienen zwei, fünf, zehn und mehr feurige Raketenschweife, und noch bevor er das Zischen der Raketenantriebe hören konnte, schlugen die lasergelenkten Geschosse in die beiden Raketenträger ein. Das Licht der Explosion blendete Petrov, doch noch bevor er gepeinigt die Augen schließen konnte, fegte ihn die Druckwelle von den Füßen und schleuderte ihn fast fünfzig Meter weit, bevor er in einem Gebüsch zu liegen kam.

Blutend und zerschunden erwachte er einige Zeit später aus der Bewusstlosigkeit. Sein ganzer Körper schmerzte, und das Atmen war eine Qual, was ihm zeigte, dass er sich mindestens eine Rippe gebrochen hatte, was er allerdings schon gewohnt war. Schlimmer war, dass sich ein Metallfragment in seine rechte Hüfte gebohrt hatte. So wie es sich anfühlte, stak der Metallspeer sogar im Beckenknochen.

Die Agonie ignorierend rappelte sich Petrov auf. Er musste unbedingt weg, denn die Angreifer würden sicherlich bald nach möglichen Überlebenden suchen, wobei das Inferno vor ihm dafür sprach, dass er der einzige sein würde. Er zerbiss einen Fluch zwischen den Zähnen als er daran dachte, dass nach den fünf Verlusten in Phase 1 nun mit einem Schlag auch der Rest seiner handverlesenen Eliteeinheit ausgelöscht worden war. Der rasende Schmerz machte das Gehen zur Qual, doch er durfte nicht lebend in die Hände der Polizei fallen. Da er die Flucht dem Selbstmord vorzog, biss er die Zähne zusammen und hinkte davon. Dabei rasten zwei Gedanken durch seinen Kopf: wer hatte sie angegriffen, und wer war der Verräter in den eigenen Reihen?

Petrov schwor, dass dieser nur noch eine sehr begrenzte Lebensspanne haben würde…

Kapitel Sechzehn
Tag Acht, am Morgen

„Herr Breuer, Ihre Eigenmächtigkeiten werden langsam übermächtig“, fauchte Kriminalrat Eicher seinem Starermittler statt einer Begrüßung entgegen, als dieser das Lagezentrum des LKA betrat. „Sie haben mit der Anordnung dieses Luftangriffs Ihre Kompetenzen weit überschritten, und egal wie dieses Ermittlungsverfahren endet: das wird mit Sicherheit gravierende disziplinarrechtliche Konsequenzen haben!“

Breuer stutzte und sah sich im Kreis des Führungsstabes um. Es überraschte ihn nicht, dass er in abweisende Gesichter sah, deren Besitzer ihre Wut nur mühsam unterdrücken konnten. Er entschloss sich zu einer diplomatischen Antwort, obwohl er ebenso lautstark hätte protestieren können.

„Meine Herren, Sie hatten mir mehr oder weniger Carte Blanche erteilt und alles pauschal genehmigt, was die Durchführung der Ermittlungen beschleunigt. Hier ging es darum, einen Anschlag auf ein Organ der Demokratie zu verhindern. Mal im Ernst: hätten Sie die Genehmigung verweigert?“

„Natürlich nicht, aber wir wären gerne gefragt und informiert worden“, entgegnete KOR Hoffmann scharf. „Schließlich sind wir diejenigen, die alle Aktionen gegenüber der Behördenleitung und der Politik rechtfertigen müssen. Und dann wurden auch noch Bundeswehrkräfte eingesetzt, obwohl nicht einmal ein förmliches Amtshilfeersuchen vorlag! Es ist mir schleierhaft, wieso Sie es geschafft haben, überhaupt einen Hubschrauber in die Luft zu bekommen!"

„Es müssen nur die richtigen Leute an der richtigen Stelle sein, und schon läuft der Hase in die gewünschte Richtung", entgegnete Breuer, bevor ihm einfiel, dass seine Vorgesetzten dies als eine Anspielung auf ihre eigene Person ansehen könnten. Deshalb sprach er schnell weiter.

„Der verantwortliche Luftwaffenoffizier ist der Bruder von Staatssekretär Polaszek, der informelles Mitglied der Kommission ist, und der unsere Besprechung gestern Abend vorzeitig verlassen hat, um Sie zu informieren. Da ich nichts mehr gehört hatte, bin ich davon ausgegangen, dass Sie alle unterrichtet sind."

„Waren wir nicht", verneinte KR Eichler. „Also trägt dieser Staatssekretär die Verantwortung für die Aktion?"

„Wissen Sie, als es darum ging, den Bundestag und alle seine Mitglieder von der Vernichtung zu schützen habe ich mich ehrlich gesagt nicht um die Verantwortung geschert", antwortete Breuer gemessen. „Und ich war verdammt froh, dass Polaszek dieses Angebot machte, weil wir mit konventionellen polizeilichen Eingriffsstrategien den Abschuss der Raketen nicht hätten verhindern können."

„Moment mal, was für ein Raketenabschuss?", fragte Eichler entgeistert, und an den Mienen der Anwesenden erkannte Breuer, dass sie tatsächlich keine Ahnung von den Plänen der Terroristen hatten. Also erläuterte er ihnen die Gründe für den Angriff auf die feindliche Stellung und erwähnte dabei auch explizit die Überlegungen bezüglich der bürokratischen Hürden bei der Anforderung der erforderlichen Eingreiftruppen.

Sein Vortrag zeigte die gewünschte Wirkung in Form eines langen bedächtigen Schweigens, das anhielt, bis sich KOR Hoffmann räusperte und das Wort ergriff.

„Unter diesen Umständen haben sie schnell und angemessen gehandelt. Bislang war uns nur bekannt gewesen, dass sie die Gruppierung, welche für den Anschlag auf die Wasserversorgung verantwortlich war, aufgespürt und mit Hilfe der Bundeswehr ausgelöscht hätten. Dies hätte sehr stark nach einer Racheaktion ausgesehen und uns in der Presse sehr schlecht dastehen lassen. Aber so... es bleibt mir nur noch übrig, Ihnen für Ihr schnelles Handeln Dank zu sagen, Ihnen und Herrn Polaszek. Wo ist er eigentlich?"

„Er ist heute Morgen ins Bundeskanzleramt gefahren, um Bericht zu erstatten", sagte Breuer und hoffte, dass seinem Gesicht diese Lüge nicht anzusehen war.

Tatsächlich hatte er keine Ahnung, wo der Staatssekretär sich gerade aufhielt.

***

Nummer vier wusste bereits lange vor seinen Mitverschwörern, dass irgendetwas nicht stimmte. Als um acht Uhr morgens Petrovs vereinbarter Anruf ausblieb und auf seinen Rückruf lediglich die automatische Durchsage „the person you have called is temporarily unavailable" erfolgte, begann er hochgradig nervös zu werden. Er stieg in seinen Mercedes und befahl dem Fahrer, ihn zum Raketenmuseum nach Kummersdorf zu fahren, woraufhin dieser die Augenbrauen hochzog.

„Nach Kummersdorf, Chef? Wollen Sie wirklich heute Morgen dorthin?"

„Ja, Sebald. Warum denn nicht? Wir sind schließlich einer der Hauptsponsoren, und da müssen wir gelegentlich auch mal nach dem Rechten sehen. Warum fragen Sie?"

„Ich meine... es ist schon ein komischer Zufall, dass Sie ausgerechnet jetzt dorthin müssen. Gerade nach dem Feuer und so."

„Feuer? Was für ein Feuer?“, fragte Nummer vier, der sich innerlich verkrampfte. Die unbefangene Antwort seines Chauffeurs ließ ihm nicht nur sinnbildlich den Schweiß ausbrechen.

„Das ist doch seit Stunden die erste Meldung in allen Nachrichten. Da hat es heute Nacht eine riesige Explosion und ein Feuer gegeben, dass wohl gerade erst gelöscht werden konnte. Und es soll einen ganzen Haufen Tote gegeben haben! Was da passiert ist, darüber wird noch spekuliert, aber wahrscheinlich ist eines der neuen Exponate detoniert. Das muss ganz schön gerumst haben, sage ich Ihnen! Wollen Sie tatsächlich dahin, oder sollen wir lieber morgen fahren?“

Es dauerte fast eine halbe Minute, bis der Mann, den nicht nur die Deutschen als einen früheren Bundesminister kannte, antworten konnte. „Nein… ich glaube, das hat sich dann erledigt“, murmelte er tonlos. Und ich bin auch erledigt, dachte er und vergrub das Gesicht in den Händen. Er war so sehr am Boden zerstört wie die Angriffsraketen der „lebenden Toten“, bei denen es sich mit an Sicherheit grenzender Wahrscheinlichkeit um die Opfer der letzten Nacht handeln würde. Jetzt sind sie endgültig tot, dachte er zynisch. Also ist im Grunde nichts passiert außer etwas Materialschaden.

In ihm keimte eine leise Hoffnung auf, doch noch ungeschoren aus der Sache herauszukommen.

Bedingung hierfür war jedoch, dass niemand überlebt hatte, welcher der Version der Ereignisse, die er dem Konsortium aufzutischen gedachte, widersprechen konnte. In seinem Geist formte sich ein Plan, bei dem es im Wesentlichen um menschliches und technisches Versagen ging. Als der zu erwartende Anruf von Nummer eins einging, fühlte er sich bereits sicher genug, ihr und den anderen entgegenzutreten.

***

„Die Todesopfer sind mit einer Ausnahme völlig zerfetzt. Sie über Fingerabdrücke oder Zahnschema zu identifizieren, könnt ihr euch von der Backe putzen. Unsere Spezialisten des Erkennungsdienstes werden tagelang brauchen, die Körperteile zusammenzupuzzlen, aber die einzige Hoffnung ist, dass ihre DNA irgendwo gespeichert ist.“ Fritz Eckert schüttelte sich.

Der Ermittler hatte nach dem Luftschlag die Leitung der Spurensuche am Tatort übernommen und die Aufträge an den Erkennungsdienst erteilt. Nun berichtete er Breuer und Tanja Strasser von den vorläufigen Ergebnissen.

„Das Feuer ist relativ schnell erloschen, nachdem es alles Brennbare verzehrt hatte. Verzögert hat die Spurensuche nur, dass der Asphalt am

Standort der Ziele regelrecht gekocht hat. Wir mussten erst warten, bis alles abgekühlt war."

„Du sagtest gerade ‚mit einer Ausnahme'. Was meintest du damit?", fragte Breuer gespannt, und Eckert grinste.

„Eine der Leichen war nahezu komplett. Ich gehe mal davon aus, dass er der Wachtposten war, der die Umgebung im Auge behalten sollte. Nach oben hat er aber wohl nicht geguckt. Bei ihm steht die Todesursache auch fest. Ein Rumpfteil der explodierenden Kurzstreckenrakete hat ihn in der Mitte durchgeschnitten. Wegrennen konnte er also nicht mehr, und er war so weit von der Explosion weg, dass das ausbrechende Feuer ihn nicht erfasst hat. Seine Fingerprints sind also vollständig erhalten geblieben."

Breuer sah an Eckerts maliziösen Grinsen, dass er noch etwas auf Lager hatte. Er legte also den Kopf schief und zog die Augenbrauen zusammen.

„Okay, und ich bin sicher, ihr habt ihn auch schon identifiziert. Also was ist mit diesem Kerl?"

„Ich könnte jetzt „Stirb langsam 2" spielen und dir nur mitteilen, dass er tot ist. Da ich dich aber kenne und du dann sicher einen deiner legendären Wutanfälle bekommen würdest, sage ich es dir einfach.

Der Bursche hieß Frederick Romeiks, wurde 1991 in Filderstadt geboren und ging als Berufssoldat zur Bundeswehr. 2014 berief man ihn ins KSK, mit dem er 2015 nach Afghanistan verlegt wurde. Anfang 2017 ging er mit drei seiner Kameraden vom Camp Marmal bei Mazar-e Sharif auf Patrouille. Keiner der vier wurde je wieder gesehen. Nach der Auffindung von blutigen Uniformteilen und Ausrüstungsgegenständen wurden die vier Soldaten am 2. Juli 2019 offiziell für tot erklärt."

„Das war wohl etwas vorschnell", bemerkte Tanja Strasser trocken. „Offenbar neigen die im Ausland gefallenen deutschen Soldaten dazu, wieder aufzuerstehen. Das letzte derartige Ereignis soll vor 2000 Jahren stattgefunden haben. Und das lief damals etwas anders ab, denke ich."

„Ich bin mal gespannt, bei wie vielen der anderen Opfer von heute Nacht wir diesen Lazarus-Effekt noch feststellen werden," knurrte Breuer bestätigend. „Langsam, aber sicher verstehe ich, was in dem uns übermittelten Jour Fix mit dem Begriff ‚die lebenden Toten' gemeint war."

„Und es ist nicht davon auszugehen, dass jemand anderes als eine offizielle Stelle bei den Bundesbehörden in der Lage war, Spezialkräfte der Bundeswehr und des BND zu requirieren und sie durch einen vorgetäuschten Tod verschwinden zu lassen. Passt auf meine Hypothese wie die Faust aufs Auge", fügte Tanja Strasser grimmig hinzu.

Breuer begann es langsam schwindelig zu werden. Mit wem zum Teufel hatten sie es aufgenommen?

***

Die Personen, um die sich Breuers Gedanken drehten, machten im gleichen Moment finstere Gesichter. Erstmals in den vielen Jahren ihres Bestehens hatte jemand ihnen in die Suppe gespuckt und ein wesentliches Puzzleteil im Gesamtbild im wahrsten Sinn des Wortes in Rauch aufgehen lassen. Nummer eins kochte vor Wut, und diese ließ sie selbstredend an Nummer vier aus.

„Egal was Sie mir erzählen, für mich sind Sie der Schuldige an dem größten Fehlschlag unserer Geschichte! Sie haben die operativen Kräfte ausgesucht und erzählen uns jetzt, dass diese Männer durch einen simplen Bedienfehler zwei Raketen im Wert von mehreren Millionen Euro zerstört haben! Entweder waren dort keine Spezialisten, sondern Stümper am Werk, oder Sie präsentieren mir hier die billigste Ausrede seit dem Covid-19 Virus, der für jedes Versagen der Politik herhalten musste, bis keiner mehr der Regierung irgendetwas glaubte!“

„Na, das gehörte aber schon zur Vorstufe des großen Plans“, protestierte Nummer vier empört, doch Nummer eins ließ sich nicht beirren.

„Sie mögen damit Recht haben, aber ich verbitte mir Ablenkungen! Wie um alles in der Welt soll ein Bedienfehler zur Explosion der Raketen geführt haben?“

„Ich bin wie Sie alle auf Hypothesen angewiesen, da ich nicht dabei war. Theoretisch könnte die Startsequenz trotz aktivierter Halteklammern eingeleitet worden sein. Ein Rückschlag des Düsenfeuers dürfte die Triebwerke zur Explosion gebracht haben, und in der Folge ging der Sprengkopf der Rakete eins mit hoch. Die Hitze war glücklicherweise stark genug, das Nervengas zu verbrennen."

„Glück war, dass wir die geplanten simultanen Anschläge auf die Parlamente der anderen Länder rechtzeitig stoppen konnten. Unsere Partner waren nicht gerade erfreut über die Verzögerung innerhalb des großen Plans und haben uns Konsequenzen angedroht, falls wir die Umstände des Fehlschlags nicht lückenlos aufklären. Sie meinen, wir sollten die Schwachstelle innerhalb der Organisation finden und ausmerzen. Und aus meiner Sicht sind Sie das, Nummer vier. Erst lassen Sie sich einen Datenträger entwenden, auf dem die gesamte Operationsplanung gespeichert ist, und dann scheitern Sie und ihre Männer kläglich.

Sie berichteten uns unlängst von einer Gegenorganisation, die aus Ministerialbeamten besteht. Wie weit sind Sie mit ihrer Eliminierung? Soweit ich gehört habe, gibt es da ebenfalls Schwierigkeiten!" Nummer vier schluckte und beeilte sich zu antworten.

„Zwei der fünf Zielpersonen sind im Rahmen von Phase eins ausgeschaltet worden. Einer entkam durch einen glücklichen Zufall, die beiden anderen sind untergetaucht. Ihre Anschriften werden überwacht, ihre Telekommunikation ebenfalls. Zusätzlich werden uns alle Telefongespräche von neu im Netz auftauchenden Geräten automatisch gemeldet. Wenn signifikante Verbindungen ermittelt werden oder das Handy nach ein- oder zweimaligem Gebrauch wieder verschwindet sehen wir uns die Geodaten genauer an. Wird zum zweiten Mal ein Einweghandy am gleichen Ort aktiviert, haben wir eine heiße Spur.

Bezüglich des Gesuchten Sven Kleinschmidt ist die Überwachung seiner Kontaktpersonen vielversprechend. Er konnte zwar entkommen, aber er wird sich mit Sicherheit nochmals mit seiner Sekretärin Beatrix Porthum treffen, und dann haben wir ihn."

„Wenn Ihre Männer nicht wieder versagen!", grollte Nummer zwei. „Und es bleibt Ihnen offenbar nur noch die zweite Garnitur, nachdem Sie die Elite bereits verheizt haben!"

„Wir kommen schon zurecht", knurrte Nummer vier. „Für eine Personenüberwachung sind die Backup-Kräfte vielleicht sogar besser geeignet, weil sie keine Militärs sind."

Nummer eins hatte sich während der Diskussion still verhalten und auf das Display ihres Laptops gesehen. Jetzt erhob sie sich und verließ mit einer gemurmelten Entschuldigung den Raum. Es dauerte jedoch nur zwei Minuten, bis sie zurückkehrte. Ihr Gesichtsausdruck war überaus schwer zu deuten; dennoch hatte Nummer vier eine dunkle Vorahnung, die sich bestätigte, als ihre Anführerin sich an ihn wandte.

„Während unserer Sitzung wurde viermal versucht, Sie über Ihr Handy zu kontaktieren, das draußen unter Verschluss ist. Ich habe diese Nummer zurückgerufen und interessante Infos erhalten, die ich Ihnen allen jetzt auf Ihre Terminals senden lasse. Sehen Sie also selbst!“

Wie alle anderen blickte auch Nummer vier auf den Bildschirm vor ihm, doch er war der Einzige, der die Augen aufriss und aufstöhnte.

Blutend, zerschunden und offenbar nicht nur leicht verletzt blickte ihm das Gesicht des Agenten Petrov entgegen, und seine Worte erstickten den letzten Rest Hoffnung auf ein längeres Leben.

„Die einsatzbereiten MGM-168 wurden gestern Nacht durch einen Luftangriff zerstört. Die Angreifer, die offenbar hubschraubergestützte Raketen verwendeten, wussten genau, wo sie uns finden konnten. Sie hatten also umfassende Informationen, und ich kann mir nur eine Quelle vorstellen – den Stick, der Nummer vier verlorengegangen ist. Der Finder oder ein Mittelsmann haben also Informationen an die Behörden weitergegeben, welche dadurch in der Lage waren, den Anschlag auf den Bundestag zu verhindern. Wahrscheinlich dürften sie alles über den Plan wissen – mehr als ich jedenfalls."

Petrovs Gesicht verzog sich vor Schmerz, aber er war noch nicht fertlg. „Das Scheitern des Anschlags ist also ausschließlich Nummer vier anzurechnen. Ich spekuliere mal, dass er Ihnen eine Räuberpistole von einem Bedienfehler erzählt hat. Pech für ihn, dass ich überlebt habe und berichten kann, was wirklich geschehen ist.

Meine Kameraden sind alle tot, und das ist nur die Schuld dieses Stümpers. Wenn Sie mir einen Gefallen tun wollen, überlassen Sie ihn mir. Er wird nicht mehr die Gelegenheit haben, einen weiteren Fehler zu machen."

Das Bild erlosch, und dennoch sah Nummer vier immer noch mit blicklosen Augen auf den Bildschirm. Ohne den Kopf zu heben, wusste er schon, dass alle im Raum ihn anstarrten. Er hielt den Kopf immer noch gesenkt, als Nummer eins mit eisiger Stimme zu sprechen begann.

„Nummer vier, wir danken Ihnen für die Mitarbeit in den vergangenen Jahren. Ihre weitere Zugehörigkeit zu unserem Kreis ist jedoch nicht mehr erforderlich. Leben Sie wohl."

Sie drückte auf einen Knopf, und aus den breiten Armlehnen des Stuhls, auf dem Nummer vier saß, schossen lange, spitze Metalldornen, die sich durch die Unterarme des Mannes bohrten, bis sie an den Oberseiten der Arme wieder austraten. Dort klappten Widerhaken an der Spitze aus, und die Speere fuhren wieder ein, sodass die Arme des wimmernden Mannes an die Stuhllehnen gepresst wurden. Unmittelbar darauf schien er immer kleiner zu werden, was allerdings daran lag, dass die Platte, auf der sein Stuhl stand, wie ein Fahrstuhl nach unten sank, bis nichts mehr von ihm zu sehen war. Als das Podest wenige Sekunden später wieder hochfuhr, stand darauf nur noch eine offenbar funkelnagelneue Sitzgelegenheit.

„Sie überlassen ihn jetzt diesem Petrov, oder?“, fragte Nummer sieben, und seine Chefin grunzte bestätigend.

„Allerdings nicht sofort“, relativierte sie. „Er muss uns noch alle Informationen über die Gruppe geben, die ihm den Stick abgenommen hat. Danach hat Petrov freie Hand.“

Nummer sieben nickte, und er schüttelte sich innerlich bei dem Gedanken, dass er um nichts in der Welt jetzt an der Stelle seines im Boden versunkenen Mitverschwörers sein wollte.

Obwohl seine Fantasie bestimmt nicht an das heranreichte, was geschehen würde – Recht hatte er.

***

„Ein IKEA-Katalog? Wie kommen Sie dazu, sich einen IKEA-Katalog hierher ins Ministerium senden zu lassen? Haben Sie den Verstand verloren?"

Beatrix Porthum hatte schon den Mund geöffnet, um dem Leiter der Poststelle eine scharfe Erwiderung zu geben, als ihr mit einem Mal ein Licht aufging. Sven Kleinschmidt hatte offenbar eine neue Idee für ein unauffälliges Treffen gehabt, nachdem die Geschichte mit dem Pizzaboten ausgereizt war.

„Es tut mir leid, da muss ein Missverständnis vorliegen. Ich hatte einen Katalog bestellt, aber meine Privatadresse eingegeben. Neuerdings muss man auch seinen Arbeitgeber benennen, und da ist wohl etwas mit den Adressen schiefgelaufen. Ich rufe nachher an und kläre das. Den Katalog hole ich mir gleich ab, dann liegt er nicht bei Ihnen rum. Danke für den Anruf."

Der von dieser Erklärung besänftigte gab ein zustimmendes Brummen von sich und legte auf. Trixi grinste und begab sich nach fünf Minuten in das Büro, in dem die noch vereinzelt eingehende materielle Post verwaltet wurde. Sofort hinzulaufen hätte sie als zu auffällig betrachtet. Zurück an ihrem Schreibtisch legte den Katalog erst einmal beiseite und besah ihn sich erst in der Mittagspause – ganz die pflichtbewusste Büroleiterin.

Das Prospekt sah auf den ersten Blick völlig normal aus, bis auf die in Plastik eingeschweißte Beilage, die alle Kunden aufforderte, sich die Sonderangebote auf Blatt 486 anzusehen. Als Trixi die betreffende Seite aufschlug, musste sie lachen. Dort hatte IKEA einen Artikel im Preis gesenkt, nämlich das Himmelbett Trostje von 300 auf 160 €.

Die Message war klar: Sven würde heute um 16 Uhr in der Bettenabteilung von IKEA sein, und zwar in Tempelhof, da der beschriebene Artikel mit „T" begann.

Trixi war nicht unwesentlich stolz auf ihre deduktiven Talente. Allerdings fragte sie sich, wie Sven sie in dem Geschäft unauffällig ansprechen wollte.

Es zeigte sich, dass sie den Erfindungsreichtum ihres Chefs stark unterschätzte…

Kapitel Siebzehn
Tag Acht, am Nachmittag

Immer noch warteten Samir Al Husseini und Mounir Ben Mohammad in ihrem Hauptquartier auf die Anzeige mit den Schlauchbooten. Da immer noch keine Reaktion des Stickinhabers erfolgt war, beschlossen sie, sich ein wenig die Zeit zu vertreiben und eine Inventur ihrer Organisation durchzuführen. Manche Tätigkeiten klingen vielleicht langweilig, aber es stellt sich oft heraus, dass die Idee gut war.

Tahiq El-Kassem, ein 22-jähriger „Zieher“ aus dem Bereich des Taschendiebstahls mit einer eines Superhelden würdigen bürgerlichen Tarnexistenz war sich nicht darüber klar, das große Los gezogen zu haben, als er unweit des Friedrichstadtpalastes einen dicklichen, gerade telefonierenden Mann anrempelte und ihm das Portemonnaie klaute. Irgendetwas an dessen Worten kam Tahiq merkwürdig vor, und er verzichtete darauf, schleunigst das Weite zu suchen, um stattdessen mit Hilfe eines kleinen Richtmikros weiter zuzuhören. Vielleicht würde der Dicke sich ja über Kinderpornos oder etwas anderes austauschen, mit dem der Ring ihn erpressen könnte. Er gab also die Geldbörse an den vorgesehenen ‚Träger‘ weiter und schob sich die Kopfhörer in die Ohren, während er den Dicken anvisierte.

Seine Nackenhaare sträubten sich, als er die Worte zwar leicht verzerrt, aber dennoch gut verständlich vernahm. Sein Opfer und dessen unbekannter Gesprächspartner, den er nur ‚Delta' nannte während er selbst mit ‚Alpha' angeredet wurde, sprachen über eine weltweite Verschwörung und die Anschläge in Berlin, und aus ihren Worten war herauszuhören, dass sie genau wussten, wer dahintersteckte, und sie deshalb untergetaucht wären. Tahiq beschloss, an dem Dicken dranzubleiben. Er war über den Stick und seinen Inhalt in groben Zügen informiert, und er konnte sich lebhaft vorstellen, dass es dem Dicken sicher einiges wert sein würde, wenn sein Aufenthaltsort den Hintermännern des Anschlags unbekannt bleiben würde.

Er fasste blitzschnell einen Plan, rief den ‚Träger' zurück und ließ sich die Beute seines Fischzugs wieder aushändigen. Anschließend fotografierte er den Ausweis des Dicken, der auf den klangvollen Namen Dr. Anton Lessinger hörte und brachte alles wieder an Ort und Stelle, bevor er zu dem immer noch telefonierenden Mann eilte, der sich inzwischen etwa 50 Meter entfernt hatte und ihm von hinten auf die Schulter tippte. Lessinger erstarrte, ließ das Handy sinken und drehte sich langsam um. Tahiq sah ihn mit einem breiten, dreisten

Lächeln an und hielt ihm seine Geldbörse entgegen.

„Hallo, mein Herr, gut dass ich Sie noch erwischt habe. Gerade hat Ihnen ein Taschendieb das hier aus der Hose gezogen. Ich bin ihm hinterher, und als er mich sah, warf er Ihr Eigentum weg. Ich glaube, es war Ihnen wichtiger, die Börse wiederzubekommen, also habe ich ihn laufen lassen und bin wieder hierher zurück. Allah sei Dank, dass ich Sie noch gesehen habe."

Der Angesprochene sah Tahiq misstrauisch an, aber seine Vorbehalte verflogen, als er den Inhalt kontrollierte und sogar sein Bargeld vollzählig wiederfand. Er dankte dem jungen Syrer, drückte ihm zwei 50€-Noten in die Hand und ging davon, nicht ohne sich zu vergewissern, dass der „ehrliche Finder" ihm nicht folgte, doch der stand mit strahlendem Gesicht noch am selben Fleck und winkte ihm nach. Der Staatssekretär hob die Hand und winkte zurück.

Er konnte nicht wissen, dass genau dies das Zeichen für drei weitere „Kinder von Aleppo" war, sich an seine Fersen zu heften. Abends wussten Samir El Husseini und der Führungsstab des Clans, wo sich einer der auf dem Stick erwähnten Zielpersonen der „lebenden Toten" versteckt hielt.

Tahiq hatte Recht. Alpha hätte dies mit Sicherheit nicht gefallen.

***

Die Nachfragen Tanja Strassers beim BND hatten zweierlei Auswirkungen: gewünschte und befürchtete. Vor allem wurden diverse Aktivitäten in Gang gesetzt, die ihre eigene Person betrafen. Eine davon bestand in einem Telefongespräch zwischen zwei hohen Offizieren im Verteidigungsministerium, die sich zuvor niemals gesehen oder miteinander gesprochen hatten.

Hauptmann Thomas Hübner, Sachbearbeiter der Flugaufsicht der Bundesluftwaffe hatte ein Amtshilfeersuchen des BKA erhalten, mit dem Informationen über den lange zurückliegenden Absturz einer C-130 angefordert wurden. Hübner hatte die Stirn gerunzelt. Er arbeitete bereits seit fast 10 Jahren als Berufsoffizier bei der Luftwaffe und hatte ein Gedächtnis wie ein Elefant. Daher fand er es überraschend, dass er sich an ein solches Ereignis nicht erinnern konnte, obwohl dies bei allen Soldaten zweifellos Tagesgespräch gewesen wäre. Er hatte also die entsprechende Akte aus der Registratur angefordert und war fuchsteufelswild geworden, als ihm diese nicht ausgehändigt wurde. Nachdem auch seine persönliche Intervention ergebnislos verlaufen war, wandte er sich an seinen Chef Hendryk Singer.

Dem Oberstleutnant war bei seinem Dienstantritt in der Flugbereitschaft der Bundesluftwaffe ein schmaler Aktenordner übergeben worden, auf dem in dicken roten Lettern „VS-nfD“ stand, was im Klartext „Verschlusssache – nur für den Dienstgebrauch“ bedeutete. Im Detail enthielt er unter anderem eine Liste von Telefonnummern, welche er anrufen sollte, wenn irgendjemand Fragen zu einer bestimmten Sache oder einem bestimmten Ereignis stellen würde, und einer davon war der Absturz der C-130 in Darfur. Singer holte also tief Luft und sah seinen Untergebenen an.

„Hübner, Sie sind ein guter Mann. Stellen Sie ein Dossier über die Anfrage zusammen und legen Sie es mir bis achtzehn-hundert vor. Ich werde das Ersuchen persönlich beantworten, denn hier geht es offenbar um eine geheime Operation des BND, und -mit Verlaub gesagt- Informationen darüber weiterzugeben übersteigt Ihre Freigabe.“

„Verstanden, Herr Oberstleutnant!“, antwortete Hübner und salutierte. Derartige Befehle waren nichts Neues oder Unübliches für ihn. Dennoch zögerte er beim Hinausgehen und wandte sich noch einmal zu seinem Vorgesetzten um.

„Erlaubnis, frei sprechen zu dürfen?“ Singer nickte ihm zu und Hübner sammelte sich, um die richtigen Worte zu finden.

„Mit diesem Vorfall stimmt irgendetwas nicht, Herr Oberstleutnant“, begann der Hauptmann. „Ich kann mich an jeden Unfall einer Bundeswehrmaschine erinnern, aber es war keine C-130 dabei!

Starfighter, Tornados, Tiger-Hubschrauber, das ist alles kein Thema, aber eine große Transportmaschine haben wir nicht verloren! Keine Transall, keine Hercules. Wie also kann es einen Absturz gegeben haben? Und außerdem: die in der Anfrage angegebene Kennung der Maschine entspricht zwar unserem Standard, aber…"

„… diese Kennung gibt es nicht in unserem Verzeichnis", ergänzte Singer ruhig. „Das ist es, was ich meine. Hier wurde eine Geheimoperation vorbereitet, indem die beteiligten Kräfte offiziell für tot erklärt werden mussten, und da kommt ein solcher Unglücksfall doch wie gerufen. Da es keinen gab, musste man einen arrangieren. Man hätte natürlich eine leere Maschine abstürzen lassen können, aber offenbar wollte man Geld und Material sparen, ganz zu schweigen von der Gefahr für die Piloten. Also erfand man den Unfall einfach.

Hübner, Ich erinnere Sie ausdrücklich an Ihren Diensteid. Sie werden über das alles Stillschweigen bewahren. Haben Sie mich verstanden?"

„Vollkommen, Herr Kommandeur!", antwortete Hübner und salutierte nochmals. Singer wartete, bis sein Mitarbeiter den Raum verlassen hatte, um danach den Ordner hervorzuziehen und die Instruktionen durchzulesen. Diese waren an Eindeutigkeit nicht zu übertreffen.

‚Bleiben Sie bei den offiziellen Darstellungen der Akte, fügen Sie nichts hinzu und lassen Sie nichts

weg‘, stand dort geschrieben. *‚Berichten Sie alles, was Sie über die anfragende Person und die Institution, für die sie arbeitet, an die nachfolgend genannte Rufnummer‘.*

Nach dem Erhalt der Akte und des von Hübner erstellten Dossiers wusste Singer also, was er zu tun hatte. Er gab eine Kopie der Akte an Tanja Strasser frei und wählte die genannte Nummer. Beim Klang der Stimme seines Gesprächspartners nahm er unwillkürlich Haltung an.

„Sie werden diese Anfrage und alle Personen, die damit zu tun hatten, komplett aus Ihrem Gedächtnis streichen, Oberstleutnant. Alles, was mit dieser Akte zu tun hat, fällt unter strikte Geheimhaltung. Darüber mit Dritten zu reden, müsste als Befehlsverweigerung und Hochverrat angesehen und nach militärrechtlichen Bestimmungen geahndet werden. Sie verstehen, was das für Sie bedeuten würde?“

„Vollkommen,“ antwortete Singer, dem langsam der Mund trocken wurde. „Offiziell hat es diese Anfrage nie gegeben. Und eine Tanja Strasser ist mir auch so unbekannt, als würde sie nicht existieren.“

„Gut ausgedrückt“, erwiderte der Unbekannte spöttisch. „Sie wissen ja gar nicht, wie gut.“

Als Singer den Hörer auflegte, wischte er sich über die Stirn, und es war für ihn keine Überraschung, dass ihm der Schweiß ausgebrochen war. Er wusste zwar nicht, wer diese Tanja Strasser war, aber irgendwie hatte er ein mulmiges Gefühl, wenn er an ihr Wohlergehen dachte.

***

Der Stau auf der A 100 hatte Trixi Porthum eine halbe Stunde Zeit gekostet, und sie wusste, dass sie sich zu ihrem Date mit Sven Kleinschmidt verspäten würde. Dieser kannte jedoch ihre Arbeitszeit und musste sich im Klaren darüber sein, dass sie es vom Ministerium aus bis 16 Uhr höchstens mit einem Hubschrauber hätte schaffen können. Also behielt die junge Frau die Ruhe und fuhr seelenruhig an der Abfahrt Tempelhof auf den Tempelhofer Damm. Sie war noch etwa 50 m von der Kreuzung mit der Borussiastraße entfernt, als sie das Gefühl hatte, verfolgt zu werden. Tatsächlich hielt ein dunkelblauer BMW derart auffällig-unauffällig Abstand zu ihr, dass alle Alarmsirenen schrillten. Sie begann also zu „schütteln“, indem sie an der Borussiastraße rechts abbog und dann anschließend noch zweimal nach rechts, sodass sie quasi im Kreis fuhr. Nach der zweiten Ecke fuhr der BMW geradeaus weiter, und Trixis um das Steuer verkrampften Hände begannen sich wieder zu entspannen.

Fünf Minuten später bog sie auf den IKEA-Parkplatz ein und hielt Ausschau nach einer Möglichkeit, ihren Kangoo unweit des Ein- und Ausgangs abzustellen. Wie auf Kommando fuhr zwanzig Meter vor ihr eine Frau ihren Mondeo aus einer Parklücke, und Trixi schlüpfte hinein, bevor jemand anderes die Chance ergreifen konnte.

Sofort zur Bettenabteilung zu stürzen kam ihr nicht im Geringsten in den Sinn. Stattdessen strolchte sie durch den Laden, den Blick immer wieder in den Katalog richtend und Angestellte mit Fragen nervend.

So verging fast eine halbe Stunde, bis sie sich der Bettenabteilung näherte. Bewusst sprach sie eine junge Frau in blau-gelbem Dress an, um nach dem Trostje-Bett aus dem Angebot zu fragen. Diese sah sie prüfend an, zuckte dann aber mit den Schultern, erklärte, dass sie in diesem Fall wohl den Abteilungsleiter rufen müsse und ließ Trixi stehen. Wenige Augenblicke später erschien eine Gestalt, deren Anblick sie die Augen weit aufreißen ließ.

Der Abteilungsleiter war zwar etwa so groß wie Sven Kleinschmidt, schien aber beinah 180 kg Lebendgewicht auf die Waage zu bringen. Der erste Gedanke der Sekretärin war, sich in eine Ausgabe von ‚The biggest Loser' verlaufen zu haben. Das Ungeheuer vor ihr schnaufte bei jedem Schritt, alle Kunden versuchten, ihm möglichst weit aus dem Weg zu gehen, und obwohl ihr Unbehagen deutlich spürbar war, konnte Trixi sehen, dass die

Schweinsäugelchen des Fettsacks vor ihr vergnügt funkelten.

„So, Sie sind also die Frau, die sich für unser Trostje interessiert?", schnaufte der Dicke, an dessen Hemdbrust ein Schild mit dem Namen „Andreas Deckert" befestigt war. Sein fleischiges Gesicht glänzte vor Schweiß, und der unzeitgemäße Schnauzbart vibrierte im Rhythmus der heftigen Atemzüge.

„Ehm... ja", antwortete sie. „Unter gewissen Umständen schon. Ich bin allerdings hier mit einem Freund verabredet. Sie haben ihn nicht zufällig gesehen?"

„Ach, mit einem Freund! Ist ja toll!", meinte der Dicke und blickte sich um. Als er sich sicher war, dass niemand in ihre Richtung sah, fügte er hinzu: „Kaum drehe ich mal den Rücken, suchst du dir schon jemand anderen. Spricht ja nicht gerade für mich."

„Sven? Das bist doch nicht du, oder?" stammelte Trixi verdattert, und die monströse Karikatur ihres Chefs verzog das Gesicht zu einem professionell-freundlichen Lächeln.

„Wenn Sie mir also in unseren Beratungsraum folgen würden? Wir könnten dort den Vertrag klar machen."

„Mit Vergnügen", lachte Trixi und schlenderte in Deltas Windschatten zu einem kleinen Raum, der von den Ausstellungsflächen durch Glaswände abgetrennt war. Dort setzten sich die beiden an die gegenüberliegenden Seiten des Schreibtischs, und während Sven Kleinschmidt den dort stehenden Computer bediente, sah seine Freundin fasziniert auf seine Maske. So etwas hatte sie noch nicht einmal bei „Mission Impossible“ im Kino gesehen. Obwohl die Gesichtsmaske aus Gummi bestehen musste, sonderte das Material Feuchtigkeit ab und imitierte perfekt den typischen Transpirationsfilm eines übergewichtigen Menschen. Nur etwas stimmte nicht: der Schweißgeruch fehlte.

„Ich glaube, ich habe meinen Beruf verfehlt“, bemerkte Delta vergnügt. „Während ich hier auf dich wartete, habe ich einen Schlafzimmerschrank und zwei Betten verkauft! Vielleicht sollte ich auf Möbelverkäufer umsatteln. Könnte lukrativer sein als die Politik.“ Sein Lächeln erstarb. „Und ungefährlicher ist es auch.“

„Sven… ich hatte vorhin Besuch von zwei Mitarbeitern des LKA Berlin, einer Frau und einem Mann. Sie wollen sich unbedingt mit dir unterhalten. Ich glaube, sie wissen von der Verschwörung, oder sie ahnen zumindest, dass es sie gibt. Es könnte sich also lohnen, mit ihnen Kontakt aufzunehmen.“

„Und mich wieder von so einem blöden Affen in der Telefonzentrale abwimmeln lassen? Darauf habe ich echt keinen Bock“, grummelte Kleinschmidt, doch Trixi schüttelte vehement den Kopf.

„Ich habe von der Frau -sie hieß übrigens Strasser- sowohl ihre Handynummer als auch die des Kommissionsleiters bekommen. Der Mann heißt…"

„Breuer", ergänzte Delta zu ihrer Überraschung. „Sehr gut. Hast du die Nummern gespeichert oder aufgeschrieben?"

Trixi lächelte und reichte ihm (nur für den Fall, dass sie doch jemand beobachtete) ihre EC-Karte, unter der sich die Visitenkarte Tanja Strassers verbarg. Kleinschmidt sah sie an und nickte anerkennend. Seine Freundin entwickelte sich zu einer prächtigen Agentin.

„Vielen Dank, Frau… äh, Porthum", nuschelte er durch den Schnauzbart. „Da sie die entsprechende Option gewählt haben, wird Ihnen das Bett in der nächsten Woche geliefert. Schauen wir mal, ob ich mich persönlich um die Auslieferung kümmern kann."

„Oh, ich bitte darum", flötete Trixi und lächelte, während sie sich erhob. „Wie kommst du überhaupt an dieses Outfit, und wieso verkaufst du wirklich, und das mit Erfolg?"

Delta schmunzelte, was mit seinem Schnäuzer wirklich lustig aussah. „Ich habe während meines Studiums schon bei IKEA gejobbt, und es stellte sich heraus, dass ich mit dem hiesigen Filialleiter gemeinsam auf der Schule war. Ich habe ihm bei Geschichte geholfen, er mir bei Mathe, bis wir das

Abitur in der Tasche hatten. Und den Fatsuit wollte ich immer schon mal ausprobieren."

Er öffnete Trixi die Tür und verabschiedete sich freundlich von ihr. Während sie den Laden verließ, sah sie aus den Augenwinkeln, dass er sich bereits um den nächsten Kunden kümmerte. Tarnung war eben alles.

***

„Also eine stinknormale Berliner Diebesbande hat uns in die Suppe gespuckt! Das ist doch nicht zu fassen! Wäre die Situation nicht so prekär, wüsste ich nicht, ob ich lachen oder weinen sollte!"

Nummer eins stand kopfschüttelnd vor Nummer zwei, dem sie gerade das Ergebnis der Befragung der inzwischen verblichenen Nummer vier mitgeteilt hatte. Der lehnte sich nachdenklich zurück und zog an der Balmoral Anejo Connecticut, die er sich unter ihrem missbilligenden Blick angezündet hatte.

„Normale Verbrecher…", murmelte er nachdenklich. „Die Vorgehensweise der Diebe erscheint mir nicht normal, zumindest nicht gewöhnlich. Sie agieren mit einer ausgefeilten Logistik und hochdiszipliniert, sind also mit Sicherheit der organisierten Kriminalität zuzurechnen. Und sie haben mit Nummer vier zunächst über den Rückkauf verhandelt. Unser kleiner Stümper hat das zwar vermasselt, doch eröffnet uns das Angebot an sich noch einige Möglichkeiten. Was sagte Stef... ich meine, Nummer vier über das zu schaltende Inserat? Schlauchboote? Das passt zu seiner Beschreibung der ... na, sagen wir, Verhandlungspartner. Wahrscheinlich Syrer oder Iraker, die im Rahmen der ersten Flüchtlingswelle per Boot über das Mittelmeer zu uns kamen. Ich glaube, mit denen werden wir ins Geschäft kommen können."

„Aber lohnt sich das denn noch? Ich meine, schließlich haben die Ermittlungsbehörden den dechiffrierten Stick schon in der Hand!" Nummer eins schüttelte resigniert den Kopf, doch ihr Partner widersprach ihr entschieden.

„Mit Sicherheit nicht den kompletten Inhalt unseres Datenträgers! Wenn ich die jetzigen Besitzer richtig einschätze, haben sie nicht alle Informationen weitergeleitet. Sonst säße uns die Polizei auch schon im Nacken.

Diese Jungs sind in der Hölle aufgewachsen und haben gelernt, sich selbst der Nächste zu sein. Der Tod vieler Menschen interessiert sie nur dahingehend, dass er ihre Geschäfte behindert, weil jetzt weniger Opfer zum Bestehlen da sind. Und sie stehen selbst außerhalb der Gesellschaft, welche sie ablehnt. Sie haben letztlich mehr mit uns gemein als mit den Sicherheitskräften, welche die bestehende Ordnung zu schützen versuchen, sie als Verbrecher betrachten und sie verhaften wollen.

Ich bin mir sicher, dass die Weitergabe der Informationen nur ein taktisches Manöver in den Verhandlungen mit uns war. Ein Zug in einem Schachspiel, sozusagen. Sie haben uns gezeigt, dass sie in der Lage sind, unsere Züge vorauszusehen und unsere Pläne zu durchkreuzen. So weit, so gut. Ich denke aber, sie werden darauf verzichten, wenn sie ein ausreichendes Stück vom Kuchen abbekommen."

„Ist das Ihr Ernst?", fragte Nummer eins entgeistert. „Sie wollen Verbrecher an der gigantischsten Operation in der Geschichte der Menschheit teilhaben lassen? Sind Sie noch zu retten?"

„Ich will die Operation retten", antwortete Nummer zwei entschieden. „Und denken Sie nur an die menschliche Geschichte! Wer waren die Adligen, die Fürsten und Könige der Antike und des Mittelalters? Es waren Menschen, die sich mit Gewalt nahmen, was sie wollten, einfach, weil sie es konnten! Ein Tycoon Anfang des 20. Jahrhunderts hat auch auf Moral, Anstand und Gesetze gepfiffen, um seine Macht zu vergrößern. Was unterschied sie von Verbrechern? Nur ihr Erfolg, nicht ihre Methoden. Ihr Ziel war die eigene Macht, nicht das Überleben, wie bei denjenigen, die uns jetzt ein wenig stören. Ich muss sagen, dass die letzteren mir da schon etwas lieber sind als ein Gegner, der nur aus Machtgeilheit handelt."

„Und sie glauben, dass wir sie kontrollieren können?“, fragte Nummer eins zweifelnd, doch ihr Kollege beruhigte sie mit einer Handbewegung.

„Da bin ich mir sicher. Sie werden mit Sicherheit damit zufrieden sein, ungestört ihrer Arbeit nachgehen zu können, was wir ihnen garantieren können – sofern alles nach Plan funktioniert. Da sie unsere einzelnen Schritte kennen, können sie ihr Personal aus den betroffenen Gegenden zurückziehen und Verluste vermeiden. Natürlich werden sie Schweigegeld kassieren wollen, und das dürfte nicht von Pappe sein, aber finanzielle Reserven haben wir genug. Ich denke, wir werden unser Datenleck endgültig schließen können.“

„Dann leiten Sie alles in die Wege“, entschied die Leiterin der Gruppe, und ihr Mitstreiter nickte. Er wollte schon gehen, als sie ihn zurückrief.

„Ist Ihnen zur Beseitigung der Nummer vier nichts Besseres eingefallen als eine fehlgeschlagene Entführung durch Terroristen?“, fragte sie mit deutlich hörbarem Missfallen in der Stimme. „Wir leben doch nicht mehr in den Siebzigern und Achtzigern, als wir jedes ungeklärte Verbrechen im Zweifelsfall der RAF anhängen konnten!“

„Ach, das funktioniert sicher“, winkte der Angesprochene ab. „Angesichts der aktuellen Anschläge glaubt doch sowieso jeder an Terroristen in seinem Kleiderschrank, und warum sollten sie nicht auch einen ehemaligen Minister aufs Korn nehmen? Im Zweifelsfall werde ich ein Bekennerschreiben einer Gruppe lancieren, die erklärter Gegner der Vanguard Group ist, für die Nummer vier offiziell arbeitete. Also der übliche antikapitalistische Schwachsinn."

„Na gut", knurrte Nummer eins. „Was ist mit Petrov? Wird er wieder?". Ihr Stellvertreter verzog das Gesicht zu einer Grimasse.

„Er hat sich gerade an Nummer vier ausgetobt, und das schien eine merkwürdige Therapie für ihn gewesen sein. Petrov hat sich geweigert, einen Chirurgen an ihn heranzulassen, obwohl er einige Splitter abbekommen hat. Das Metallfragment in der Hüfte hat er sich selbst entfernt und die Wunde vernäht wie Sylvester Stallone im ersten Rambo-Film, eine straffe Bandage um seine Rippen gelegt und behauptet, er wäre wieder wie neu. Er hinkte zwar, aber um sich die Leiche von Nummer vier auf die Schulter zu legen und in den Kofferraum eines Wagens zu werfen hat es allemal gereicht. So lange der noch in einem Stück ist, wird er nicht aufhören zu funktionieren."

„Wenigstens eine Nachricht, die mich beruhigt", bemerkte Nummer eins lakonisch. „Immerhin ist er der letzte der ‚lebenden Toten'. Ich möchte mehr solche Meldungen erhalten."

Nummer zwei wusste, dass dies der Befehl war, den Raum zu verlassen. Er nickte ihr also zu und ging hinaus. Nummer eins konnte sich daher dem vordringlichsten Problem zuwenden: dem World Council ihrer Organisation den Verlust ihrer operativen Kräfte zu erklären, und sie wusste genau, dass dies nicht leicht werden würde.

***

Die Mitglieder der Mordkommission beendeten am frühen Abend ihre Tätigkeit mit einem ungewohnt gewordenen milden Gefühl der Zufriedenheit. Sie hatten tatsächlich im Kampf gegen die Organisatoren der Anschläge endlich einmal in die Offensive gehen können, statt immer nur zu reagieren. Der Schlag gegen die Exekutivkräfte des Gegners hatte nicht nur den Bundestag und alle seine Mitglieder gerettet, sondern auch die Fähigkeit des Gegners, derartige Operationen durchzuführen höchstwahrscheinlich stark eingeschränkt.

Thorsten Breuer überflog gerade die Belobigung für ihn und sein Team, welche der Behördenleiter nach dessen Worten ‚mit Stolz und Freude' unterzeichnet hatte. Worauf war der Kerl eigentlich stolz gewesen, fragte sich Breuer zynisch. Auf Mitarbeiter, die noch einen Arsch in der Hose hatten, wenn den Führungskräften der Behörde selbiger schon auf Grundeis ging? Die Zeit vor dem Anschlag wäre endlos und fruchtlos zerredet worden, und ohne den kurzen Draht von Steffen Polaszek zur Luftwaffe würde der Reichstag jetzt wie 1945 in Trümmern liegen, in denen Breuer und sein Team in Schutzanzügen nach den Leichen der getöteten Parlamentarier suchen müssten. Er seufzte und blickte auf, als jemand die Tür öffnete, und sein Blick wurde weich, als er in dem ‚jemand' Tanja Strasser erkannte.

„Willst du nicht auch auf ein Feierabendbier mit zu den anderen kommen? Für dich ist auch Limonade da. Alle würden sich freuen…"

Der Kommissionsleiter seufzte und ließ sich in den Stuhl zurücksinken. Eigentlich hatte er noch genug organisatorische Dinge zu tun. Berichte mussten gelesen und zur Weitergabe genehmigt, Spuren angelegt, klassifiziert und zur Auswertung zugewiesen werden, doch Tanjas bittender Blick ließ ihn weich werden, sodass er seufzte und aufstand.

„Also schön, aber nur für eine Stunde. Danach gibt es eine Aufgabe, die ebenso unaufschiebbar wie undelegierbar ist, und darüber werde ich nicht diskutieren."

„Häää? Was für eine Aufgabe sollte das sein?", staunte Tanja, und Breuer begann zu grinsen.

„Eine Personenschutzaufgabe. Du hast doch gesagt, dass deine Nachfragen Aufmerksamkeit erregt hätten und jemand dir nach dem Leben trachten könnte. Also habe ich mich freiwillig dafür gemeldet, auf dich aufzupassen."

„Rund um die Uhr? Sieben Tage die Woche?“, fragte Tanja lachend, aber ihr Gegenüber schien das nicht lustig zu finden.

„Morgens und abends, Tag und Nacht, und wenn es sein muss, über Jahre hinweg“, erwiderte er ernst, während er auf sie zutrat und sie in die Arme nahm.

„Ich habe schon einmal einen Menschen verloren, der mir alles bedeutete. Noch einmal soll mir dies nicht passieren, und wer dir etwas antun will, muss erst einmal an mir vorbei. Solange ich lebe, hast du einen Schutzengel, der dich mit seinem Leben verteidigen wird.“

Tanja Strasser presste sich gegen seine Brust und küsste ihn. Breuer hatte schon mehr als einen Kuss in seinem Leben bekommen, aber noch niemals einem, in dem Wildheit und Zärtlichkeit gleichermaßen einen Gefühlssturm in seinem Inneren erzeugten. Es war mehr als nur Verlangen; Breuer wusste, dass er diese Frau bis zum Ende seiner Tage lieben würde. Und so küsste er Tanja Strasser nach Kräften zurück, bis ihn ein Vibrieren in seiner Hosentasche irritierte.

Nur wenige Menschen kannten seine Handynummer, und wer immer anrief, gehörte zu diesem elitären Personenkreis. Er löste sich also mit einem entschuldigenden Blick von Tanja und nahm das Gespräch an.

Nachdem er seinen Namen genannt hatte, hörte er etwa 30 Sekunden einfach zu, bevor er auf den roten Knopf drückte und das Gerät wieder einsteckte.

„Wer war das?“, fragte Tanja, die den Umschwung in der Stimmung ihres Freundes umgehend bemerkt hatte. Der nahm sie in den Arm und schwieg einige Sekunden, bevor er ihr antwortete.

„Jemand, auf den ich unsere größte Hoffnung setze. Staatssekretär Sven Kleinschmidt, dessen Sekretärin du heute Morgen befragt hast, will sich morgen um 14:00 Uhr mit uns treffen. Und wir sollen darauf achten, dass uns niemand folgt. Sonst wäre er tot – und wir garantiert auch.“

Kapitel Achtzehn
Tag Neun, am Morgen

„Sie ist drin! Die Anzeige erschien heute Morgen in ebay Kleinanzeigen, wie vereinbart. Allerdings wurde darauf hingewiesen, dass der Anbieter gewechselt habe. Was soll das denn bedeuten?"

Samir El Husseini stand einigermaßen verwirrt vor seinem Boss, der das Ganze offenbar mit Humor nahm. „Entspanne, dich, Bruder. Wichtig ist nur, dass wir wieder im Geschäft sind. Und du hast keine Zweifel, was die Annonce angeht? Keine versehentliche Verwechslung mit einem zufälligen Angebot aus dem Freizeitwassersport?"

„Nein, auf keinen Fall!", widersprach Samir entschieden. „Es werden genau 20 Schlauchboote mit einer Kapazität von je 30 Personen angeboten, und in der Beschreibung wurde das Schlüsselwort „mittelmeertauglich" statt des normalen „seetauglich" benutzt. Wir haben es tatsächlich mit unserem „Kunden" zu tun."

„Oder mit dessen Erben", ergänzte Muhammad. „Der Mann, dem wir den Stick abgenommen haben, brachte die gesamte Operation dieser Größenwahnsinnigen in Gefahr. Ich kann mir nicht vorstellen, dass sie es ihm durchgehen lassen oder die Strafe daraus besteht, ihn ohne Abendbrot ins Bett zu schicken. Nein, was sie mit ihm gemacht haben, dürfte klar sein. Den deckt inzwischen das Moos. Mashallah, diese eiskalten Typen haben Hunderttausende von Menschen umgebracht, glaubst du im Ernst, dass es ihnen etwas ausmacht, einen ihrer Mittäter wegen Unfähigkeit zu beseitigen?"

„Natürlich nicht, Chef. Ich finde nur, dass es gefährlich sein dürfte, mit solchen Kerlen Geschäfte zu machen."

„Dem stimme ich zu, mein Freund", erwiderte die „Ratte". „Immerhin zählt bei ihnen ein Leben gar nichts. Das kennen wir allerdings aus Aleppo zur Genüge, und deshalb werden wir äußerst vorsichtig sein. Aber du weißt doch: je lukrativer ein Geschäft ist, umso gefährlicher ist es auch. Und dieses Geschäft hier dürfte das beste und größte in unserem Leben sein. Schließen wir es erfolgreich ab, haben wir für alle Zeiten ausgesorgt. Und um das Risiko zu minimieren, habe ich Vorsichtsmaßnahmen getroffen…"

***

„Ich habe die Akte über den Transall-Absturz in Darfur übermittelt bekommen", berichtete Tanja Strasser den Kollegen im Rahmen der Frühbesprechung. „Darin steht allerdings nur das offizielle Wischi-Waschi, und von dem glaube ich nicht das Geringste."

Die Hauptkommissarin warf den Ausdruck auf den Tisch und schüttelte frustriert den Kopf. „Wir haben alle Daten erhalten, also Startzeit und -ort, Flugzeit, Absturzort, Anzahl und Namen der Opfer, aber das alles kann schon deswegen nicht stimmen, weil wir es hier ständig mit den angeblich Umgekommenen zu tun bekommen!

In der Akte ist vermerkt, dass es sich um die Transall mit der Kennung Y-0417 gehandelt haben soll. Wenn ich jedoch im BW-System nach einem Flugzeug mit dieser Kennung suche, finde ich gar nichts. Kein Datum der Indienststellung, keine Flugdaten, nichts! Es ist, als ob dieses Flugzeug an diesem Tag zum ersten Mal geflogen wäre! Allerdings hätte es dann sechzehn Jahre auf Halde stehen müssen, weil seit gut 21 Jahren keine C-130 mehr gebaut worden ist, und bei dem notorischen Mangel an einsatzbereiten Maschinen ist das undenkbar."

Sie schwieg einen Moment, bevor sie die Akte aufschlug und einen dünnen Briefumschlag herauszog und ihn hochhielt.

„Das Interessanteste ist aber nicht die Akte an sich, sondern ein anonymes Schreiben, welches mir wahrscheinlich der Sachbearbeiter bei der Luftwaffe insgeheim geschickt hat. Wenn es von ihm stammte -und da habe ich eigentlich keinen Zweifel- tat er dies im Bewusstsein, befehlswidrig zu handeln, aber scheinbar hat er ein Gefühl für Gerechtigkeit, was ihn dazu gebracht hat, mir auf die Sprünge zu helfen.

Die Nachricht bestand nur aus einem Satz: ‚Treibstofflager auf der Route Germersheim – Darfur überprüfen'. Das sagte mir genug. Ich habe zunächst am Startflughafen nachgefragt und anschließend alle Militärflughäfen der NATO auf und auch etwas abseits der Route überprüft, und weder die angeblich nach Afrika fliegende Maschine noch irgendein anderes Transportflugzeug der Bundesluftwaffe ist im fraglichen Zeitraum dort zum Auftanken zwischengelandet! Die Transall kann zwar bis zu 6000 km weit fliegen, aber nur, wenn sie praktisch ausgeweidet ist, und dass sie am Startflughafen nicht betankt wurde ist undenkbar, denn kein Pilot fliegt bei einer solchen Strecke mit halbleeren Tanks los.

Zudem gibt es auch noch die Protokolle der Luftraumüberwachung. Das Transpondersignal unseres Geisterflugzeugs erscheint tatsächlich erst im sudanesischen Luftraum, und zwar fünf Minuten vor dem Crash. Selbst wenn das Signal erst nach Überqueren der Grenze aufgefangen worden wäre, hätte die C-130 bis zum Absturzort (ich habe das berechnet) mit rund 900 km/h fliegen müssen, und dies sind 150% ihrer theoretischen Höchstgeschwindigkeit.

Mir ist jetzt klar, warum die Akte unter Verschluss gehalten wurde. Das Ganze ist nichts als ein gigantischer Bluff, aber was dahintersteckt wissen wir immer noch nicht."

Tanja Strasser setzte sich, verschränkte die Finger und schlug die Beine übereinander. Breuer betrachtete sie sinnierend, bevor er sich entschloss, zu antworten.

„Wir haben zumindest eine Hypothese. Jemand von ganz oben hat sich eine Armee von Privatkillern zugelegt, die vor nichts zurückschrecken und auch zu einem Massenmord bereit sind. Und die braucht man auch, wenn deine bösen Vorahnungen von Reduzierung der Weltbevölkerung und einem wie auch immer gearteten ‚Great Reset' Wirklichkeit werden sollen."

„Mag sein", begehrte Tanja Strasser auf, „aber Daniel? Der entsprach überhaupt nicht diesem Anforderungsprofil! Er hätte bei einem Massenmord auf gar keinen Fall mitgemacht!"

„Hat er vielleicht auch nicht", sagte Eckert langsam. „Vergessen wir nicht, dass er der Einzige der ‚lebenden Toten' war, der sich tatsächlich direkt an einem Bombenanschlag beteiligt hat. Ist zwar nur eine Vermutung, aber… vielleicht haben die Verschwörer ihn als Sicherheitsrisiko betrachtet und deswegen liquidiert?"

„Denkbar, aber auch nur eine Theorie, für die uns jeglicher Beweis fehlt", entgegnete Breuer missmutig. Er seufzte und blickte seinen Kolleginnen und Kollegen in die müden Gesichter.

„Das ist und bleibt unser Problem", nickte Tanja. „Viele Theorien und keine Möglichkeit, auch nur eine davon zu beweisen. Aber vielleicht erhalten wir ja in Kürze…"

Ein heftiges Klopfen an der Tür unterbrach ihren Satz, und alle wandten sich zum Eingang um, durch den Landeskriminaldirektor Hoffmann geradezu hereinstürmte. Sein Gesicht war hochrot und seine Augen schreckgeweitet, und alle wussten, dass er mit Sicherheit die nächste Hiobsbotschaft verkünden würde. Sie sollten sich nicht täuschen.

„Meine Damen und Herren, es hat sich ein weiterer Terroranschlag ereignet. Vor etwa einer Stunde wurde auf den Geleisen der Stadtbahn an der S-Bahnhaltestelle Westkreuz eine männliche Leiche gefunden. Nein, kein vom Zug erfasster Selbstmörder, obwohl wir auf dem Gleis unweit davon schon einen hatten. Der Strang war deshalb noch gesperrt, und auf der Suche nach Einzelteilen stolperten die Bundespolizisten über den nächsten Toten.

Der Mann war voll bekleidet und lag so auf den Schienen, dass er in mindestens drei Teile zerlegt worden wäre. Als die Kollegen den Körper umdrehten, hat einer von ihnen das Gesicht sofort erkannt, obwohl es von Schlägen verschwollen war. Aber die Identifizierung ist auch so eindeutig, denn der

Mann hatte seinen Ausweis in der Tasche. Bei dem Opfer handelt es sich demnach um Stefan von Adelforst.“

Hoffmann sah sich bedeutungsschwer um und war verdutzt, dass die erwartete Reaktion ausblieb. Nur Breuer und Strasser sahen sich an, bevor sie scheinbar gelangweilt mit den Schultern zuckten.

„Na und?“, fragte nun auch Eckert. „Wie kommen Sie auf die Idee, dass es sich um einen Terroranschlag handelt? Mord, na gut, aber dafür kann es viele Motive geben. Nur weil das Opfer mal Verteidigungsminister gewesen ist…“

„… welcher nach einem Skandal um angebliche Schmiergeldzahlungen zurücktreten musste…“, ergänzte Breuer,

„… und sich seitdem nur als Lobbyist betätigt hat, macht ihn das nicht zum primären Ziel von Terroristen“, beendete Tanja Strasser den Satz. „Die würden doch eher auf einen aktuellen Mandatsträger losgehen. Außerdem würden sie sich nicht die Mühe machen, den Tod als Unfall zu tarnen.“

„Genau. Es gibt mehr als genug mögliche Motive“, fiel Jasmin Eilert ein. „Wenn die Ortsbeschreibung stimmt, liegt der FKK-Club ‚Artemis‘ direkt nebenan. Wer weiß, vielleicht ist er dort Gast gewesen, hat den dicken Max markiert und die Antwort der ‚Security‘ ist ein wenig harsch ausgefallen. Und diese Kerle lieben es nicht, wenn jemand tot auf dem Gelände liegt. Es schadet nämlich dem Geschäft.“

Der Behördenleiter schien von dem allgemeinen Kopfnicken, welches die Ausführungen der jungen Kommissarin begleitet hatten, nicht besonders begeistert zu sein. „Aber wir haben ein Bekennerschreiben zugespielt bekommen“, protestierte er.

Tanja Strasser lachte hell auf. „Wollte ich jemanden loswerden, würde ich auch ein Bekennerschreiben schicken. Ich glaube einfach nicht daran, dass hier die neue RAF, NSU 2 oder andere Terroristen ihre Hand im Spiel haben.“

„Sei’s wie es ist“, schnappte Hoffmann. „Da Sie im Moment keine heiße Spur zu den Hintermännern der Anschläge haben, dürfen Sie sich jetzt auch um das Tötungsdelikt zum Nachteil von Adelforst kümmern.“ Er nickte einmal kurz in die Runde und verließ den Besprechungsraum.

„Sehr interessant“, erklang eine weitere Stimme, und alle wandten die Köpfe in Richtung des Sprechers. Steffen Polaszek hatte sich unbemerkt in die letzte Reihe geschlichen und dort eine bequeme Sitzposition gesucht, die man im Rheinland mit ‚sich hinfläzen‘ beschreiben würde. Ein süffisantes Grinsen komplettierte den Eindruck völliger Lässigkeit. Die Aufmerksamkeit auf sich gerichtet sehend, sprach er weiter.

„Da wir gerade bei hübschen Theorien sind: wie wäre es mit noch einer? Also aufgepasst.

Wir haben zuletzt einen gravierenden Schlag gegen die operativen Kräfte des Gegners geführt und zumindest die am Angriff auf den Bundestag beteiligten Killer nahezu ausgelöscht. Aus Sicht unserer Feinde konnten wir diesen Erfolg nur erringen, weil jemand einen Fehler gemacht hat. Zum Beispiel, einen USB-Stick zu verschludern. Und dieser Jemand musste halt dafür büßen."

Der Staatssekretär schwieg und ließ die Polizisten selbst die naheliegenden Schlussfolgerungen ziehen. Es war schließlich Breuer, der als erster das Wort ergriff.

„Sie meinen also, von Adelforst sei einer der Verschwörer? Sind Sie sich wirklich sicher?"

Polaszek hob abwehrend die Hände. „Nicht so schnell, Herr Breuer. Ich habe nur beobachtet und mir meinen Reim auf das Ganze gemacht. Natürlich kann ich falsch liegen, aber es passt einfach alles zusammen. Der Betreffende hat alle möglichen nationalen und internationalen Verbindungen. Er war Oberbefehlshaber der Luftwaffe, als die Phantom-Transall nach Darfur abhob, und natürlich auch oberster Chef des KSK. Ungeachtet des Skandals war er außerdem nach meiner Erinnerung bei der Armee äußerst beliebt – im Gegensatz zu seinen Nachfolgerinnen, welche von der Truppe nur als Lachnummern angesehen wurden. So jemandem folgen Elitesoldaten, wenn er sich persönlich vor sie stellt und was von einem Geheimauftrag erzählt. Für diese Person tun sie alles – bis sie glauben, sie habe sie verraten oder sei für den Tod ihrer Kameraden verantwortlich. Dann…"

„Schon gut, wir haben verstanden", knurrte Breuer. „Aber Tanja hat die serologischen Spuren aus Kummerdorf mit den DNA der KSK-Leute verglichen, die angeblich in der Transall saßen. Demnach sind alle tot. Wer sollte dann..."

„Das zeige ich Ihnen sofort", unterbrach ihn Polaszek. „Dann werden sie auch verstehen, was ich mit meinen Worten ‚wir haben die Killer nahezu ausgelöscht' meinte." Er zog ein Tablet hervor, verlinkte es mit dem Beamer des Besprechungsraums und wartete, bis auf der Stirnwand ein Bild erschien. Es zeigte das Gelände des Raketenmuseums in Kummersdorf, und zwei Silhouetten schienen die M-270 Raketenpanzer zu sein.

„Sie sehen die Aufnahmen der Überwachungsdrohnen, über welche mein Bruder die anfliegenden Raketen auf die Ziele gelenkt hat. Ich werde den Ablauf jetzt starten, und genau zehn Sekunden danach wird es sehr hell werden. Da sollten Sie Ihre Augen schließen." Er drückte auf eine Taste, und Breuer zählte langsam bis neun, ehe er die Augen zusammenkniff. Trotzdem drang etwas vom Explosionsblitz durch seine Lider.

„Sie können die Augen jetzt wieder öffnen. Die nächsten acht Minuten sind uninteressant, da sie nur die brennenden Panzer zeigen. Danach ließ mein Bruder die Drohne einen Blick auf die Umgebung werfen, und das war das Ergebnis."

Er drückte eine weitere Taste, und das Bild der brennenden Panzer wurde durch ein Buschgelände ersetzt. Zunächst schien dort alles ruhig, doch nach wenigen Sekunden sahen alle die Bewegung im Unterholz. Tanja Strasser sog pfeifend die Luft ein, als sich aus dem Zwielicht die Umrisse eines Mannes herausschälten, der sich mühsam erhob. Ihre Befürchtungen wurden zur Gewissheit, sobald sich der Überlebende zur vollen Größe aufgerichtet und umgedreht hatte, um den Schauplatz der Zerstörung anzusehen und hierdurch der Kamera sein Gesicht zuwandte.

Sie und Breuer sahen sich an, und Tanja nickte nur, als ihr Freund mit den Lippen den Namen ‚Petrov‘ formte.

Der Hauptkommissar schloss kurz die Augen und schüttelte sich. Das ausgerechnet der gefährlichste der Killer überlebt hatte und jetzt sicherlich vor Wut barst, konnte sich durchaus zu einer Katastrophe ausweiten.

„Na ja“, seufzte er, „aber wenn Ihre Hypothese stimmt, ist wenigstens der Führungszirkel des Feindes auf vier Leute geschrumpft, denn im Jour Fix, welches uns zugespielt wurde, wurden nur die Nummern eins bis fünf erwähnt.“

„Weil nur die Diskussionsbeiträge aufgelistet wurden“, widersprach Polaszek. „Wenn wir schon beim Aufstellen von Schreckensbildern sind: warum sollte der innere Zirkel nicht mehr Leute umfassen? Zum Beispiel sieben!“

„Wieso gerade sieben?“, fragte Eckert verblüfft, und die Gegenfrage des Staatssekretärs, die er mit einem dünnen Lächeln aussprach, ließ alle Anwesenden zusammenfahren.

„Na hört mal: wie viele Parteien gibt es denn im Bundestag?“

***

Delta war guter Laune, aber auch angespannt wie ein Flitzbogen. Wieder und wieder sah er auf seine Uhr und schalt sich jedes Mal einen Narren. Als ob durch das häufige Kontrollieren der Zeigerstände die Zeit bis zum Treffen mit den Polizeibeamten schneller vergehen würde! Außerdem war es noch gut eine Stunde bis zu dem verabredeten Zeitpunkt, an dem er Hauptkommissar Breuer den Treffpunkt nennen würde. Aber zuerst stand das nächste Meeting mit Alpha an.

„Langsam geht mir das ewige Wechseln der Mobiltelefone auf die Nerven“, knurrte er in das Mikrofon, als sich der Anführer der Widerstandsgruppe meldete.

„Ich weiß, was du meinst“, seufzte Alpha zurück. „Glaubst du, es macht mir Spaß, ständig in irgendwelchen Abfalleimern zu kramen, damit ich dir das nächste Gerät zukommen lassen kann?“

Delta lachte leise. „Kaum. Könnte mir was Schöneres vorstellen. Also, wo diesmal?“

„Ausweichpunkt B4 in einer halben Stunde. Und keine blöden Bemerkungen!“ Alpha legte schnaubend auf, bevor Delta zu lachen beginnen konnte. Es war nämlich einfach zu komisch, sich den alten dicken Staatssekretär in einem Fitnessstudio vorzustellen. Na gut, das ASPIRA am KU-Damm hatte auch noch einiges mehr zu bieten als Foltergeräte, und Delta ging stark davon aus, dass sich Alpha eine der Co-Working Lounges reserviert hatte, um ungestört mit ihm reden zu können. Er war gespannt, wie ihr Anführer auf seine erfolgreiche Kontaktaufnahme mit der Berliner Polizei reagieren würde. Außerdem wartete er auf die Rückmeldung Trixis, dass sie sich erfolgreich ins Ausland abgesetzt hatte.

Von der S-Bahnhaltestelle Halensee brauchte er nur gut fünf Minuten zum Eingang des Studios. Er meldete sich am Empfang und löcherte die dort stehende Mitarbeiterin mit gezielten Fragen, bis der Mann, mit dem er verabredet war, erschien und verhältnismäßig lautstark den Schlüssel zu Lounge 3 verlangte. Sven Kleinschmidt wartete höflich, bis die Mitarbeiterin den gewünschten Gegenstand (kein klassischer Schlüssel, sondern eine Keycard) übergeben hatte und erklärte dann, dass er sich selbst ein wenig umsehen und auf der Dachterrasse möglicherweise noch einen Kaffee trinken wolle. Nur eine Minute später klopfte er an die Tür zu Lounge 3. Anton Lessinger öffnete ihm und winkte ihn herein.

„Ich habe Neuigkeiten zu Charlie“, eröffnete Alpha das Gespräch, noch bevor sie in den bequemen Stühlen Platz genommen hatten. „Er ist offenbar wohlauf und meinte, dass er zur Informationsbeschaffung eine neue Quelle angezapft habe. Zudem meinte er, wir sollten uns nicht wundern, wie er das angestellt habe.“

„Charlie hatte immer schon einen skurrilen Humor“, erwiderte Delta grinsend. „Ich erinnere mich an den Vorfall, als der Minister statt seiner Rede einmal den Text von ‚Was kann schöner sein auf Erden als Politiker zu werden‘ von Reinhard Mey auf dem Teleprompter hatte. Seine unschuldige Miene beim anschließenden Wutanfall des Amtsträgers sagte mir genug.“

„Ja, das waren andere Zeiten als jetzt“, seufzte Alpha. „Damals konnten wir uns darauf beschränken, unsere Gegner zu diskreditieren, indem wir sie lächerlich machten. Den Rest besorgte die öffentliche Meinung, und ein Feind war zumindest von seinem Posten entfernt. Heutzutage ist ein Skandal fast schon karrierefördernd, und ein Politiker, der sich zur Lachnummer macht, erringt selbst bei völliger Inkompetenz eher die Sympathie der Öffentlichkeit.“

„Wie wahr, wie wahr“, seufzte Delta. „Immerhin ist positiv, dass wir uns um Charlie keine Sorgen machen müssen. Ich habe übrigens auch eine Neuigkeit." Er lehnte sich zurück und berichtete von dem geplanten Treffen mit Breuer und Strasser, was Alpha offenbar mit Zufriedenheit zur Kenntnis nahm.

„Sehr gut", murmelte dieser lächelnd, bevor er abrupt wieder ernst wurde. „Was und wieviel gedenkst du denn zu berichten?"

„So viel wie nötig – und so wenig wie möglich", antwortete Sven Kleinschmidt ernst. „Wir waren uns doch darüber einig, dass die komplette Enthüllung des ganzen Komplotts die Menschen an allem zweifeln lassen würde. Alles, was bisher als gut und richtig galt, wäre mit einem Mal hinfällig. Alle Werte wären dahin, und eine Gesellschaft ohne Ideale ist undenkbar. Jeder wäre sich selbst der Nächste, und aus Wut und Verzweiflung würde die gesamte Menschheit in kollektive Raserei verfallen und alles, aber auch wirklich alles zerstören. Nein, das können wir nicht zulassen."

„Woran hast du also gedacht?", hakte Alpha nach, und sein jüngerer Kollege legte sinnierend den Kopf an die hohe Stuhllehne.

„Wir müssen auf jeden Fall klarstellen, wer hinter den Massenmorden steckt, und wir müssen preisgeben, woher wir das alles wissen. Anders geht es nicht."

„Dann werden die Behörden aber auch wissen wollen, warum wir so lange geschwiegen haben.

Sie werden sogar so weit gehen zu unterstellen, dass wir durch die Weitergabe unseres Wissens die Anschläge hätten verhindern können." Alpha nippte an seinem Wasserglas und seufzte tief, was Delta ihm nachtat, bevor er antwortete.

„Sie werden mir also die Fragen stellen, die mir seit über einer Woche wieder und wieder durch den Kopf gehen, und dir wahrscheinlich auch." Alpha nickte nur stumm.

„Ja", fuhr Delta fort, „damit muss ich rechnen. Ich kann ihnen nur die Antwort geben, die wir bereits gefunden haben: das Ganze ist so groß, dass uns niemand geglaubt hätte. Wir wären ausgelacht und in den Medien als enttäuschte Möchtegernminister und Verschwörungstheoretiker dargestellt worden. Das World Council unserer Feinde hätte die Umsetzung des Plans einfach aufgeschoben oder verändert, aber niemals aufgegeben. Also haben wir versucht, die Ausführung auf andere Weise zu verhindern, aber wir haben dabei versagt. So brutal das auch klingt." Er griff zu der Mineralwasserflasche vor ihm und goss sich das danebenstehende Glas voll, aus dem er durstig trank.

Alpha leerte sein bereits halbleeres Glas mit einem großen Schluck, bevor er aufstand und seinem jungen Kollegen auf die Schulter klopfte. „Du hast dir den schwersten Part von allen ausgesucht, mein Freund. Ach ja, hier ist das nächste Wegwerfhandy. Deine Rufnummer endet mit der Ziffer 3, meine mit der 2; ansonsten sind sie wie üblich identisch. Aktiviere das Gerät aber erst heute Abend, also nach dem Gespräch mit der Polizei. Ich ziehe mich inzwischen in ein Versteck zurück, dass du noch nicht kennst. Seit gestern schleichen nämlich merkwürdige Gestalten um meine bisherige Unterkunft herum. Ich sage dir dann bei Gelegenheit, wo du mich findest. Und noch etwas: ich habe vorhin im Internet gelesen, dass von Adelforst tot aufgefunden wurde. Nummer vier ist also erledigt. Sie fangen an, untereinander aufzuräumen."

Der Staatssekretär drehte sich um und verließ ohne ein weiteres Wort den Raum. Sven Kleinschmidt wartete noch einige Minuten, bevor er ebenfalls ging. Dabei sah er sich unauffällig nach etwaigen Verfolgern um, doch der Einzige, der im Studio überhaupt in seine Richtung sah, war ein Mittzwanziger mit dunklem Teint, der sich auf einem Rudergerät abquälte und dabei über Kopfhörer Musik hörte. Sein Shirt war schweißnass, und dies überzeugte Kleinschmidt davon, dass er das Gerät nicht als Tarnung zu seiner Überwachung verwendet hatte. Also würdigte er den Trainierenden keines weiteren Blickes mehr und verließ das ASPIRA.

Zu seinem Leidwesen war der Einfallsreichtum des Personals der ‚Ratte von Aleppo' um einiger größer als er sich hätte träumen lassen. Tatsächlich waren sie Alpha von dessen Ausweichwohnung gefolgt, um zu sehen, mit wem er sich treffen würde. Als Delta in die S-Bahn stieg, war Mounir Ben Mohammad bereits Im Besitz von vier Fotos, die Kleinschmidt aus allen Perspektiven zeigten. Seine Schlussfolgerung, dass diese Aufnahmen und die Informationen zum Aufenthaltsort des Abgebildeten seinen ‚Geschäftspartnern' einiges wert sein dürften, war ebenso zwingend wie korrekt.

***

Wie üblich ging es in der Redaktion der „Berliner Zeitung" zu wie in einem Bienenkorb, und während unzählige Informationen sie umsummten, führte Chefredakteur Pielkötter ein ernstes Gespräch mit seinem Starreporter.

„Das ist doch wohl ein Scherz, Henry", polterte er los. „Das Layout der Abendausgabe steht schon, und du kommst mit einer ganz neuen Schlagzeile! Nicht, dass ich was gegen spontane Sensationsmeldungen habe, aber ist die Quelle auch zuverlässig?"

„Obwohl ich ihn oder sie nie getroffen habe, meine ich das schon", erwiderte Henry Porter vorsichtig. „Immerhin habe ich Teile der Pläne erhalten, und was ich da gesehen habe, lässt mich erschaudern."

„Und dein Informant fürchtet um sein Leben, sagst du“, murmelte der Chef, was sein Untergebener nickend bestätigte. „Wenn nur die Hälfte stimmt, hat er auch allen Grund dazu.“

„Jetzt mach aber mal einen Punkt!“, begehrte Pielkötter auf. „Immerhin reden wir von unserer politischen Führung! Glaubst du, dass sie einfach jemanden umbringt, der Informationen vorzeitig veröffentlicht?“

„Nein. Ich glaube, dass diese Schweinehunde den betreffenden dann umbringen lassen“, antwortete Porter hart. „Selbst werden die feinen Damen und Herren sich die Finger nicht schmutzig machen. Aber das ist zweitrangig. Entscheidend ist, dass in Kürze eine Änderung bei den Umbaumaßnahmen am Reichstag erfolgen wird. Die dekorativen Wassergräben werden vertieft und verbreitert, was dem Volk auch mitgeteilt wird. Was die Menschen jedoch nicht gesagt bekommen ist, dass die Wege dazwischen versenkbar sein werden, wodurch sie im Bedarfsfall geflutet werden können. Hinter den Gräben sollen metallene Bodenplatten gelegt werden, unter denen sich vier Meter hohe S-Drahtzäune befinden, welche auf Knopfdruck hochgefahren werden können. Und diese Zäune sind mit Starkstrom geladen, der bei Berührung sofort tödlich wirkt. Zudem muss angeblich das Dach des Reichstags verstärkt werden, was aber nur dazu dient, automatische Maschinengewehrstellungen zu installieren.“

Pielkötter blieb der Mund offenstehen. Er öffnete die oberste Schreibtischschublade und griff nach der Packung mit den Nitrokapseln, da er einen Angina Pectoris-Anfall nahen spürte. „Aber… aber das ist doch…", flüsterte er entgeistert, und Porter nickte mit versteinerter Miene.

„Ja, Chef", antwortete er tonlos. „Das hat nichts mit Terrorabwehr aufgrund der jüngsten Vorfälle zu tun. Das sind ganz eindeutig Maßnahmen, um einer Erstürmung des Bundestags durch aufgebrachte Menschenmassen zu begegnen. Wieso auch immer: die Regierung rechnet mit einem Aufstand des Volkes, einer Revolution, und um diese niederzuschlagen ist ihr jedes Mittel Recht. Und da fragen Sie mich, ob unsere sogenannten Volksvertreter bereit seien, einen einzelnen Whistleblower zu töten, der ihre finsteren Pläne ans Tageslicht bringen will?"

Kapitel Neunzehn
Tag Neun, gegen 14:00 Uhr

Obwohl der Mann ihr einen Dienstausweis des Bundesnachrichtendienstes vorgelegt hatte, fühlte sich Tatjana Stolle überaus unwohl, was vor allem an der Eiseskälte in seinem Blick lag. Schon aus diesem Grund machte sie sich Sorgen um ihre Kollegin Beatrix Porthum, nach der sich der Typ gerade erkundigte.

„Es tut mir leid, aber Frau Porthum ist heute nicht im Haus“, teilte sie dem ungeduldig wirkenden Hünen knapp mit, der sich daraufhin auf den Empfangstresen zwischen ihnen stützte und den Abstand zwischen ihnen auf Handspannenlänge verkürzte. Tatjana wich instinktiv zurück. Der Mann begann ihr eine Heidenangst einzuflößen.

„Aha. Und wo steckt sie? Rücken Sie schon mit der Sprache heraus! Wenn Sie mir diese Auskunft verweigern, stellt dies eine Gefährdung der nationalen Sicherheit dar. Ich muss wohl nicht erläutern, was dies in der aktuellen Situation für Sie bedeuten würde!“

„Natürlich nicht“, beeilte sich Tatjana zu antworten. „Ich weiß nur nicht, wo sie ist. Mir wurde gesagt, dass sie sich aufgrund eines Todesfalls in der Familie spontan Urlaub genommen und Berlin verlassen hat, aber wohin sie fährt, hat sie niemandem erzählt.“

Der Mann mit den slawisch anmutenden Gesichtszügen fixierte sie noch einige Sekunden mit zusammengekniffenen Augen, dann nickte er, drehte sich um und ging hinaus, wobei er das linke Bein etwas nachzog. Erst als sich die Tür hinter ihm geschlossen hatte wagte es Tatjana Stolle, den angehaltenen Atem wieder auszustoßen.

Pavel Petrov barst fast vor Wut. Dieses Weib hatte ihn und seine Leute nicht nur einmal, sondern mehrmals zum Narren gehalten und steckte ganz offensichtlich mit diesem Kleinschmidt unter einer Decke – und das wohl im wahrsten Sinn des Wortes. Er beschloss, ihrem Haus einen Besuch abzustatten und einige kleine Überraschungen vorzubereiten, die sie ganz und gar nicht erfreuen dürften. Und vielleicht hatte er sogar das Glück, sie und Kleinschmidt dort anzutreffen, denn die Geschichte von der Reise zur Beerdigung eines Verwandten glaubte er nicht im Geringsten.

Dieser Irrtum bewies, dass die Vorsichtsmaßnahmen Deltas zur Verschleierung des Treffens mit Breuer und Strasser gefruchtet hatten. Und Trixi Porthum befand sich nicht mehr in Berlin, ja nicht einmal mehr in Deutschland…

***

Mounir Ben Mohammad blickte sinnierend auf die Bilder von neun Menschen, die ausgebreitet auf seinem Schreibtisch lagen, sieben auf der linken, zwei auf der rechten Seite. Von der linken Gruppe war eines der Fotos mit einem dicken Edding durchgekreuzt. Im Gegensatz zu den anderen Fotos, die offenbar mit einem Handy aufgenommen worden waren, handelte es sich hierbei um einen Internet-Ausdruck. Die beiden separat liegenden Bilder hätten die Abgebildeten sicherlich nicht begeistert, denn sie zeigten Alpha und Delta.

Niemand auf Seiten der Verschwörer hätte im Traum damit gerechnet, dass die Kinder von Aleppo in der Lage sein würden, so etwas wie eine Gegenobservation aufzuziehen, doch das Treffen mit dem inzwischen verstorbenen von Adelforst war eine Meisterleistung an Strategie und Logistik gewesen.

Die hollywoodreife Flucht von Mounir und seinen „Doubles“ hatte Nummer vier dermaßen in Sicherheit gewiegt, dass er überhaupt nicht mehr in Erwägung gezogen hatte, auf seinem Heimweg selbst verfolgt werden zu können. Anschließend blieben die ‚Ratten‘ ihm permanent auf den Fersen, bis er das nächste Mal das Hauptquartier der Verschwörer aufsuchte.

‚Ratten‘ haben bekanntlich eine Nase für Löcher, und es hatte nicht lange gedauert, bis ihnen alle Ein- und Ausgänge des Fuchsbaus bekannt waren. Von da an war es ein Leichtes herauszufinden, wer dort hinein- und herausging – und die Betreffenden zu fotografieren.

„Bisher kennen wir nur eure Gesichter, aber ihr alle kommt mir sehr bekannt vor“, murmelte Mounir. „Mal sehen, ob ihr in Zusammenhang mit unserem ersten Kontaktmann fotografiert und in der großen weiten Welt des Internets gespeichert worden seid."

Mounir war kurz darauf völlig überrascht, wie einfach es gewesen war, die Identität der anderen Personen zu ermitteln. Dennoch pfiff er überrascht durch die Zähne, als er feststellte, wen seine Leute als mutmaßliche Komplizen von Adelforsts fotografiert hatten.

Er lehnte sich zurück und nickte nachdenklich. Das passt, dachte er. Jeder der Identifizierten auf dem linken Stapel war zu irgendeiner Zeit entweder Mitglied eines Landes- oder sogar des Bundeskabinetts oder ein hochrangiger Wirtschaftsfunktionär gewesen, und sie alle gehörten unterschiedlichen Parteien an. Die beiden Personen rechts erwiesen sich als härtere Nuss, und vielleicht hätte er auf Samirs Gesichtserkennungssoftware zurückgreifen müssen, aber es zeigte sich, dass der ältere der beiden einmal als Bundesminister im Gespräch gewesen war, letztlich aber nicht berufen wurde. Trotzdem hatte sich die mediale Aufmerksamkeit kurz auf ihn gelenkt, und das Internet vergaß nichts. Als Mounir Anton Lessingers Namen eingab, dauerte es auch nur noch wenige Minuten, bis er Sven Kleinschmidt identifiziert hatte.

Auch das passt großartig, dachte die ‚Ratte' nachdenklich. Beide waren Politiker aus dem zweiten Glied, aber Mounir hatte gelernt, dass es sich dabei in der Regel um die Personen mit wirklicher Sachkenntnis und entsprechendem Durchblick handelte. Also fiel es ihm nicht schwer, zwei und zwei zusammenzuzählen.

„Ihr habt wirklich Mut, euch gegen diesen Gegner zu stellen“, murmelte der Bandenchef beeindruckt. „Ich frage mich nur…“

Er verstummte und rieb sich das Kinn. Diese Menschen brachten sich in tödliche Gefahr, um einen übermächtigen Gegner aufzuhalten. Die entscheidende Frage war: warum taten sie dies? Waren sie einfach nur die letzten Idealisten im Bereich der Politik, oder steckte da noch etwas anderes dahinter?

Seine Erfahrungen in Aleppo ließen Mounir keine übertriebenen Sympathien für Massenmörder empfinden, und seine geplante Kooperation mit den Verschwörern, deren Bilder er mit einem Anflug von Abscheu musterte, entsprach eher wirtschaftlichem Kalkül. Er beschloss also, seine Kenntnisse zu der Identität und den Aufenthaltsorten von Lessinger und Kleinschmidt zunächst einmal nicht weiterzugeben.

Es war schließlich immer von Vorteil, einen Trumpf in der Hinterhand zu behalten.

***

„In einer Bank also“, echote Tanja Strasser, nachdem Breuer ihr den Treffpunkt mitgeteilt hatte.

„Genau,“ nickte ihr Partner, „und zwar in der Filiale der Berliner Volksbank am Prenzlauer Berg, exakt in einer Dreiviertelstunde. Deswegen sollten wir uns auch beeilen.“ Er klopfte ihr auf die Schulter und ging Richtung Tür, als ihn ihre Stimme zurückhielt.

„Wir sollten Vorsichtsmaßnahmen treffen. Ich weiß, er will nur uns beide sehen, aber vielleicht ist Petrov ihm schon auf der Spur. Es könnte sein, dass wir beide nicht genug sind, Kleinschmidt schützen zu können.“

„Das Risiko müssen wir eingehen“, widersprach Breuer. „Er meinte, wenn er irgendjemand anderen als uns beide sehen würde, verschwände er wie morgentlicher Nebel – schnell und spurlos.“

„Echt prosaisch, der Bursche“, spöttelte Tanja Strasser, bevor sie wieder ernst wurde. „Na gut, dann müssen wir eben die Augen weit offenhalten.“

Die Fahrt zur Bornholmer Straße dauerte dank der Maßnahmen zum Abschütteln eventueller Verfolger eine halbe Stunde, aber ein schneller Erfolg bei der Parkplatzsuche führte dazu, dass sie die Bank tatsächlich pünktlich betraten. Den Anweisungen ihres Zeugen entsprechend verlangten sie nach dem Filialleiter, ohne sich als Polizisten auszuweisen. Der Schalterbeamte war zwar leicht irritiert, rief jedoch unverzüglich einen Mann Anfang vierzig herbei, an dessen weißem Hemd ein Schild mit der Aufschrift „Hermann Tabbert, Filialleitung“ angesteckt war. Dieser erfasste die Situation mit einem Blick und führte die Beamten in den nichtöffentlichen Bereich der Bank.

„Sven und ich haben zusammen Abitur gemacht und sind seit unserer Schulzeit befreundet“, erläuterte der Banker ungefragt. „Er ist außerdem Patenonkel meiner Tochter Luisa. Wahrscheinlich bin ich einer der Wenigen, denen er vertraut, und deswegen hat er mich wohl auch um Hilfe gebeten.“ Er blieb vor der Tür zu einem der Besprechungsräume stehen, zögerte aber, als er zur Klinke greifen wollte.

„Steckt er wirklich in großen Schwierigkeiten, Herr Kommissar? Ich meine, wenn ich einen ehrlichen und aufrichtigen Menschen kenne, dann ist es Sven.“

„Wahrscheinlich hat genau das diese Probleme verursacht“, erwiderte Tanja Strasser bedrückt. „Leider ist es manchmal so, dass Ehrlichkeit den Mächtigen ein Dorn im Auge ist.“

„Ja, da haben Sie recht“, murmelte Tabbert. „Es scheint ihm alles schwer an die Nieren zu gehen, so wie er aussah, als er gerade hierherkam.“ Er öffnete die Tür, trat ein und blieb wie angewurzelt stehen. Breuer griff automatisch zur Waffe und sprang in den Raum, doch zunächst war niemand zu sehen. Erst beim zweiten Hinsehen bemerkte er den Arm, der hinter dem Schreibtisch hervorragte.

Sven Kleinschmidt lag auf dem Boden und stöhnte leise, während seine freie Hand immer wieder versuchte, den Kragen seines Hemdes zu weiten, als würde es ihn ersticken. Sein Gesicht war gerötet und von feinen Schweißperlen bedeckt. Vor seinem Gesicht hatte sich eine Lache aus Erbrochenem auf dem Teppich verteilt.

Breuer steckte seine Waffe ein und sprang zusammen mit seiner Kollegin zu dem Niedergestreckten. Eine kurze Untersuchung ergab keine äußere Verletzung, und dennoch wiesen alle Anzeichen auf eine lebensbedrohliche Situation hin. Es war schwer zu beurteilen ob Kleinschmidt bei Bewusstsein war oder nicht, aber ansprechbar war er keineswegs.

„Jetzt stehen Sie nicht so blöd rum! Greifen Sie sich ein Telefon und rufen Sie einen Notarzt, aber zack-zack!“ fauchte die Hauptkommissarin Tabbert an, der nickte und über sein Handy 112 anwählte.

Breuer hatte inzwischen den Staatssekretär in eine stabile Seitenlage verfrachtet und überstreckte hierbei den Kopf zum Nacken hin, indem er das Kinn mit der linken und den Hinterkopf mit der rechten Hand umfasste. Hierbei glitten seine Finger durch das dichte Haar Kleinschmidts, und was er sah, ließ ihn vor Entsetzen erstarren.

Zwischen seinen Fingern waren ganze Büschel von Kleinschmidts sandfarbenen Haaren hängengeblieben, und als er nochmals durch die Mähne des am Boden liegenden fuhr, hätten die herausgezogenen Haare zusammengeknüllt die Größe eines Tennisballs erreicht. „Scheiße“, murmelte er bedrückt, und Tanja Strasser sah ihn alarmiert an.

„Was ist mit ihm? Hast du eine Ahnung?“, fragte sie, und Breuer atmete tief aus.

„Ziemlich genau, fürchte ich“, knurrte er und zeigte ihr die ausgefallenen Haarbüschel. Sie griff sich entsetzt an den Kopf.

„Vergiftung mit Pollonium-210?“, hauchte sie, damit das Opfer es nicht hören konnte.

„War auch mein erster Gedanke“, erwiderte Breuer im gleichen Tonfall. „Es erinnert jedenfalls stark an die Vergiftung von Alexander Litvinenko durch den russischen Geheimdienst FSB 2006 in London. Mit ziemlicher Sicherheit hat er ein radioaktives Isotop inkorporiert, entweder über die Nahrung oder ein Getränk. Wenn das stimmt, dürfte seine Lebenserwartung nicht mehr besonders hoch sein. Ob es Stunden, Tage oder Wochen sind hängt davon ab, wie hoch die Dosis dieses Teufelszeugs war und seit wann er es im Körper hat.

Du fährst mit ihm ins Krankenhaus, ich organisiere derweil die Bewachung. Gib mir sofort Bescheid, wenn er vernehmungsfähig ist. Am wichtigsten ist aber, Tanja: in sein Zimmer kommt nur jemand rein, den du persönlich kennst oder der zum medizinischen Personal gehört! Und damit meine ich nicht, dass er oder sie einen weißen Kittel trägt! Der hängt schließlich an jeder Garderobe.“

„Ich informiere die Ärzte über deinen Verdacht, Thorsten, und sorge für seine Sicherheit. Bei ihm kommt keiner rein, der als Feind in Frage kommt. Jetzt können wir nur noch beten, dass er noch die Zeit hat, uns zu erzählen, was er weiß.“

Breuer nickte, und als er in Tanjas Augen sah konnte er sehen, dass sie beide die gleiche Frage beschäftigte: wie hatten die Killer Kleinschmidt trotz aller Vorsichtsmaßnahmen erwischen können?

„Petrov?“, fragte sie, doch ihr Freund und Kollege schüttelte den Kopf.

„Eher nicht“, erwiderte er. „Petrov ist der Mann fürs Grobe. Er hätte sich den Spaß gegönnt, mit Kleinschmidt erst einmal den Fußboden aufzuwischen, bevor er ihn umgebracht hätte. Nein, das ist die Handschrift von jemand anderem. Diese Heimtücke passt zu denjenigen, die für den Anschlag auf die Wasserversorgung verantwortlich sind – oder jemand, der ebenso tickt wie diese.“

***

„Wir haben das offizielle Gutachten der Forensik jetzt vorliegen“, erläuterte Breuer dem Führungsstab der Behörde drei Stunden später. „Bei dem toxischen Stoff handelte es sich mit Sicherheit um ein genetisch verändertes Ebola-Virus. Also keine natürlich entstandene Variante, sondern um ein in einem Genlabor hergestellte Mutation. Das Teufelszeug ist also von Wissenschaftlern designt und von Pavel Petrov und seinen Mittätern in die Wasserversorgung eingebracht worden.

Petrov und ein ehemaliger KSK-Mann namens Harald Stolle wurden bei Lichtbildvorlagen durch Bertram Picken, dem überlebenden Mitarbeiter aus dem Wasserwerk Pankow eindeutig identifiziert. Von zwei weiteren Personen fanden sich auswertbare DNA-Spuren in der Schaltzentrale, und mit großer Wahrscheinlichkeit sind diese serologischen Spuren identisch mit den von zwei der Getöteten auf dem Raketenschießplatz Kummersdorf. Auch Stolle wurde mit hoher Wahrscheinlichkeit dort ausgeschaltet.

Bei allen bisher identifizierten… sagen wir mal, Terroristen, handelt es sich um ehemalige Bundeswehrsoldaten oder Agenten des Bundesnachrichtendienstes. Wer immer sie umgedreht und auf seine Seite gezogen hat, steht derzeit noch nicht fest. Wir wissen aufgrund der anonymen Mitteilung, die uns in die Lage versetzte, den Anschlag auf den Reichstag zu verhindern nur, dass es sich um ein mindestens fünfköpfiges Gremium handeln muss."

„Was ist mit dem Mord an von Adelforst?", wollte LKD Hoffmann wissen, und Breuer lächelte schwach.

„Ja, das ist interessant", erwiderte er. „Wir waren sehr überrascht, als wir das Ergebnis der Spurensicherung erhielten.

Der ehemalige Verteidigungsminister wurde vor seinem Sturz auf die Geleise schwer misshandelt. Die an seinem Kopf festgestellten Verletzungen stammen nur zu einem geringen Teil vom Sturzgeschehen. Tatsächlich sind sie Folge von Faustschlägen, die durch die von den Fingerknöcheln verursachten Prellmarken bewiesen werden.

Todesursache war das Zerreißen der Bauchaorta und das folgende innere Verbluten. Die Rekonstruktion seines Falls und des Aufpralls ergab, dass dieser nicht für die tödliche Verletzung verantwortlich sein kann.

Von Adelforst wurde also zu Tode geprügelt und über das Brückengeländer geworfen, und wir wissen sogar ziemlich genau, von wem.

An der betreffenden Stelle haben wir Blutspuren gefunden, die einerseits vom Opfer stammen, aber auch einige Tropfen des ehemaligen BND-Agenten Pavel Petrov. Er scheint also auch von Adelforst liquidiert zu haben."

„Dann können wir davon ausgehen, dass der Auftrag hierzu ebenfalls von diesem nebulösen Gremium stammen dürfte", mutmaßte Hoffmann, und Breuer nickte.

„Genau," antwortete er. „Was uns zu der Frage nach dem Motiv für diesen Mord führt. Hierbei tappen wir jedoch noch völlig im Dunklen."

„Tatsächlich?", warf KR Eichler ein. „Haben Sie nicht die Hypothese aufgestellt, von Adelforst sei einer der Verschwörer und von seinen Komplizen wegen Inkompetenz liquidiert worden?"

Breuer saß wie erstarrt, während in seinem Kopf die Gedanken jagten. Woher wusste die Führungsetage des LKA von den Vermutungen hinsichtlich der Zusammenhänge? Wer hatte die eigentlich noch geheimen Gedankenspiele lauthals ausposaunt? Und was hatte dieser Informant noch erzählt?

„Das ist lediglich eine von mehreren Möglichkeiten, und es gibt keine Fakten zur Unterstützung", antwortete Breuer langsam. „Deshalb gab es für mich keinen Grund, vorschnell unbewiesene Vermutungen als Ergebnisse zu präsentieren.

Unsere Ermittlungen gehen immer noch in verschiedene Richtungen, aber die Auswertung der eingegangenen Hinweise spricht eindeutig dafür, dass eine Gruppe mit weltweitem, immensem Einfluss hinter den Grausamkeiten steckt. Aus diesem Grund müssen wir vorsichtig agieren. Wir hatten hier in Berlin schon fast siebenhunderttausend Tote, und Gott allein weiß, was unsere Gegner noch beabsichtigen."

„Oh, ich glaube, dass nicht nur Gott es Ihnen sagen kann", warf Hoffmann ein. „Schließlich scheint es ja noch so etwas wie eine Gegenpartei zu geben, nicht wahr? Und schließlich sind Sie ja auch noch auf der Suche nach den zwei vermissten Staatssekretären Lessinger und Kleinschmidt. Wie weit sind Sie denn damit?"

Langsam stieg Breuers Blutdruck in himmlische Höhen. Konnte man denn überhaupt nichts mehr ermitteln, ohne dass es direkt ausgeplaudert wurde? Er entschloss sich zu einer Halbwahrheit.

„Nicht sehr weit, fürchte ich. Zu Lessinger weiß ich gar nichts, und Kleinschmidt wollte sich heute mit uns treffen, ist aber nicht erschienen. Ich hoffe jedoch auf eine neuerliche Kontaktaufnahme. Seine Aussage könnte wirklich Licht ins Dunkle bringen."

„Nun gut, warten wir es ab", seufzte Hoffmann und erhob sich. „Der Innenminister möchte gern auf dem Laufenden gehalten werden und dürfte nicht erfreut über die wenigen Ergebnisse sein."

„Der soll froh sein, dass er noch lebt", knurrte Breuer und nickte dem Führungsstab zum Abschied zu, bevor er ging.

Zurück im Büro sah er auf die Anrufliste und hoffte, Tanja Strasser darauf zu finden, doch offenbar gab es in der Charité noch nichts Neues. Er beschloss, dort selbst nach dem Rechten zu sehen, als es an seiner Tür klopfte und David Cramer eintrat.

Der junge Kommissar war seit seinem Erlebnis in der Sellinstraße, als er der kleinen Katrin Sanders nur noch beim Sterben zusehen konnte still und in sich gekehrt gewesen, und Breuer hatte sich schon gefragt, ob er ihn zu einem Psychologen schicken sollte. Jetzt aber hatte sich sein Gesichtsausdruck gewandelt. David Cramer glühte vor Zorn.

„Chef, ich weiß ja, dass Sie das Petzen nicht leiden können, aber es gibt Dinge, die gehen zu weit", sprudelte es aus ihm heraus. Breuer hob die Augenbrauen und nickte in Richtung des Stuhls vor seinem Schreibtisch, in den sich Cramer auch sofort fallen ließ.

„Ich glaube, nein, ich weiß, dass wir einen Maulwurf unter uns haben", berichtete er. „Ich habe das alles rein zufällig mitbekommen, also nicht herumgeschnüffelt oder so. Ich war auf der Toilette und hatte offenbar vergessen, meine Tür zu verriegeln. Beim Eintreten eines weiteren Besuchers wollte ich das sofort beheben, aber als ich bemerkte, dass der andere nur an allen Toilettenboxen entlanglief und nachsah, ob sich jemand drin befand, kam mir das verdächtig vor. Ich habe also meine Füße angehoben, als der Besucher sich hinkniete und durch den Spalt lugte. Danach stand er wieder auf und begann mit seinem Handy zu telefonieren.

Chef, der Mann hat alle unsere Ermittlungsergebnisse ausgeplaudert! Alles, was wir zu den ‚lebenden Toten', ihren Hintermännern oder Kleinschmidt und Lessinger wissen! Das Einzige, was mich beruhigt ist, dass es hier im Haus bleibt. Der Mann am anderen Ende der Leitung war nämlich LKD Hoffmann."

Breuer ließ den Atem mit einem Pfeifen entweichen. Die Antwort auf seine Fragen kam schneller als erwartet.

„Und? Wer ist der Maulwurf? Hast du ihn gesehen, David?", fragte er Cramer, und der junge Kollege lächelte traurig.

„Nicht gesehen, Chef, aber ich habe die Stimme erkannt, und zwar völlig ohne Zweifel.

Es ist Eckert, der bei uns spioniert."

***

Die perfekte Kombination einer Streifenwagenbesatzung besteht aus 50% Erfahrung und 50% jugendlichem Enthusiasmus, so lautet eine Redensart bei quasi jeder Polizeibehörde. In Berlin galt dies auch, aber beim Anschlag auf die Wasserversorgung waren etliche Polizisten ums Leben gekommen, was eine solche Mischung aus Routine und Tatkraft in den folgenden Monaten nur noch selten zuließ. Nicht selten hatte dies negative Auswirkungen, aber keine war so katastrophal wie die beim Einsatz auf der Altvaterstraße.

Um genau 17:22 Uhr an diesem tragischen Tag erhielten zwei Streifenwagen den Einsatz zu einer Alarmauslösung in einem Einfamilienhaus. Die Besatzungen bestanden aus vier blutjungen Polizeikommissaren, die zusammengerechnet keine drei Jahre Einzeldiensterfahrung hatten und zum Teil sogar im Rahmen der Neuverteilung des verbliebenen Personals aus anderen Stadtbezirken dorthin versetzt worden waren. Keiner der vier jungen Männer, von denen der Älteste gerade einmal 22 Jahre alt war, kannte die Örtlichkeit. Sie wussten nur, dass in einem gut gesicherten Bungalow der stille Alarm ausgelöst worden war. Um das Objekt zu umstellen, begaben sich also zwei der Polizisten an die hintere Grundstücksgrenze und beobachteten die Rückseite, während die beiden anderen die Straßenfront des Gebäudes beobachteten. Es war ein Treppenwitz der Geschichte, dass sie exakt dort standen, wo Tage zuvor Petrov und Romeiks ihren Wagen geparkt hatten, als sie den Pizzaboten alias Sven Kleinschmidt observierten.

„Was glaubst du, was da los ist?“, flüsterte Guido Hendrix seinem Kollegen Dennis Klothen zu, doch dieser zuckte nur die Schultern.

„Was weiß ich denn“, antwortete er. „Wahrscheinlich haben wir es mit einer von diesen neuen Banden zu tun, von denen der Chef in der Dienstbesprechung berichtet hat. Du weißt doch, die Typen, die in Wohnungen von Leuten einsteigen, die entweder an dem Ebola-Scheiß gestorben sind oder Berlin fluchtartig verlassen haben. Die holen raus, was nicht niet- und nagelfest ist und machen den Abgang, wenn jemand kommt. Pech für sie, dass sie nichts von der Alarmanlage wussten.“

„Und wir kriegen wir sie da raus?“, fragte Hendrix, der bisher nur Objektschutzdienst gemacht hatte und daher so gut wie keine praktische Erfahrung besaß. Klothen, der schon eine spöttische Bemerkung auf der Zunge hatte, erinnerte sich noch rechtzeitig an diesen Umstand und schluckte den Spott herunter.

„Eigentlich gar nicht“, erwiderte er stattdessen. „Sie haben keine Ahnung, dass wir hier sind. Also warten wir ab, bis sie herauskommen. Entweder wir oder die Kollegen vor der Tür brauchen sie dann nur noch in Empfang zu nehmen.“

„Und wenn sie nicht auskommen? Was dann?“, wollte Hendrix wissen. Klothen rollte nun doch genervt die Augen.

„Dann müssen wir uns was einfallen lassen“, knurrte er. „Leider sind ja alle unsere Diensthunde an der Ebola-Pest verreckt, sonst hätten wir einen reingeschickt. Aber was sollen sie da machen? Wurzeln schlagen? Ich sag dir, wenn sie genug Beute zusammengerafft haben, dann…“

Ein Krachen im Haus, welches durch die halb geöffnete Terassentür hörbar wurde unterbrach seinen Satz, gefolgt von einer Kaskade weiterer Geräusche, die nach zerschmetternden Möbeln klangen. Klothen fackelte nicht lange und griff zum Mikro an seinem Kragen.

„Alex, Tommi, der Einbrecher ist offenbar gefrustet und nimmt die Bude auseinander! Wir gehen jetzt rein! Einer von euch kommt hier nach hinten und übernimmt unsere Position, der andere ruft nach Verstärkung!" Er zog seine Waffe und flankte über den niedrigen Zaun, während Hendrix es ihm nachtat.

Tatsächlich war die Vermutung von Klothen, der Eindringling würde die Möbel ‚geraderücken', sogar richtig. Falsch lag er jedoch mit der Vermutung, der Einbrecher handele aus Frustration, weil er nichts Brauchbares gefunden hatte.

Petrov stand keuchend vor Wut und körperlicher Anstrengung in den Überresten von Beatrix Porthums Wohnzimmer. Er hatte nach dem Betreten des Hauses sofort gespürt, dass die Bewohnerin ausgeflogen war. Die kommt schon wieder, hatte er gedacht und damit begonnen, seine ‚Überraschungen' vorzubereiten. Beim Ersetzen der Wanzen durch Minikameras hatte er dann versehentlich eine dekorative Weinflasche angestoßen und war verblüfft gewesen, als eine scheinbar massive Steinmauer aufschwang und den Weg auf eine Treppe nach unten freigab. Die Einrichtung des

Kellers und die dort liegende Hülle eines italienischen Pornofilms bewiesen ihm, dass ihn eine blöde kleine Sekretärin hinters Licht geführt hatte; ihn, den Profi mit 15 Jahren Erfahrung im Spionagegeschäft! Wütend hatte er den Keller verwüstet, die tarnende Wand aus ihrer Verankerung gerissen und seine Wut an der Einrichtung des Wohnzimmers gekühlt. Gerade als er überlegte, ob er den ganzen Schuppen aus Rache anzünden solle, hörte er aus Richtung der Terrasse murmelnde Stimmen. Schnell huschte er in die Küche und zog seine Makarov hervor, an deren Lauf er mit kurzen Drehbewegungen einen Schalldämpfer befestigte. Als er einen Blick um den Mauervorsprung warf sah er, dass zwei Bullen gerade durch die Verandatür hereinhuschten. Dreck! Offenbar war das Haus doch alarmgesichert gewesen.

„Wir halten Abstand zueinander, um kein zusammenhängendes Ziel zu bilden", flüsterte Klothen seinem Kollegen zu, der eifrig nickte und zwei schnelle Schritte zur Seite machte. Dass er dabei einen Deckenfluter umstieß und einen Mordskrach erzeugte, ließ jede Absicht, sich unauffällig an die Täter anzuschleichen schlicht verpuffen. Als Streifenführer reagierte Klothen sofort und änderte den Plan.

„Polizei! Kommen Sie mit erhobenen Händen heraus! Sie haben keine Chance, das Haus ist umstellt!"

Gut zu wissen, dachte Petrov und grinste. Er versuchte die Richtung zu errechnen aus der er die

Geräusche gehört hatte, doch nach wenigen Sekunden fielen ihm die installierten Kameras ein, und er widerstand so eben noch dem Impuls, sich vor die Stirn zu schlagen.

Stattdessen zog er sein Handy hervor und aktivierte die Kameraüberwachung. Als der Schirm aufleuchtete sah er, dass beide Polizisten ihre Pistolen gezogen und ausgestreckt vor sich auf den Boden gerichtet hielten, wie es die aktive Sicherungshaltung aus dem Lehrbuch vorschrieb. Dies schützte zwar davor, versehentlich auf jemanden zu schießen, kostete jedoch im Einsatz wertvolle Zeit.

Der Killer entschloss sich, kein Risiko einzugehen und nicht an Munition zu sparen. Die räumliche Entfernung zwischen den beiden Polizisten machte ihm kein besonderes Kopfzerbrechen, denn er hatte schon schwierigere Aufgaben gelöst.

Er kauerte sich zusammen und sah nochmals auf sein Handydisplay. Die beiden Naivlinge glaubten offenbar, dass ihr Gegner sie aufrechtstehend erwarten würde. Als sich einer der Beamten seitlich abdrehte schob sich Petrov auf den Ellbogen gestützt vor, schoss zuerst dreimal auf den ihm frontal gegenüberstehenden Gegner und nahm danach den zweiten Polizisten auf die gleiche Art unter Feuer.

Der Effekt stellte sich sofort ein. Beide Uniformierte verschwanden aus seinem Blickfeld, und ein zweimaliger dumpfer Aufprall auf dem Boden bewies, dass er seine Ziele nicht verfehlt hatte.

Petrov erhob sich und ging zuerst auf die Gestalt zu, die rechts vor ihm lag. Der Mann war dreimal in Brust und Unterleib getroffen worden, und die glasigen, blicklosen Augen zeigten, dass er nie wieder aufstehen würde. Als sich der ehemalige Geheimagent zu dem zweiten umdrehte, erlebte er eine böse Überrascheng.

Auch Hendrix hatte zwei Neun-Millimeter-Geschosse im Körper und lag auf dem Rücken. Dennoch war er nicht nur am Leben, sondern auch bei Bewusstsein, und Wut und Verzweiflung verliehen ihm die Kraft, seine Waffe zu heben, auf Petrov zu zielen und abzudrücken.

Leider war sein Blick schon ziemlich verschleiert, sodass sein Projektil lediglich den linken Arm des Killers streifte. Petrov dagegen jagte dem jungen Polizisten eiskalt eine Kugel in den Kopf, bevor er das fast leere Magazin durch ein neues ersetzte. Er rechnete damit, dass der Weg nach hinten heraus freigeräumt sein würde, da für eine simple Alarmauslösung angesichts der aktuellen Personalknappheit bei der Polizei nicht mehr als zwei Einheiten eingesetzt würden, und das zweite Team sicher vor dem Haus stehen würde. Allerdings hatte er nicht mit dem letzten Funkspruch Klothens gerechnet.

Polizeikommissar Alex Schwartz hatte gerade den Posten am Gartenzaun bezogen, als er den Schussknall hörte. Sofort riss er seine Waffe aus dem Holster und duckte sich hinter ein Gebüsch, das zwar keine richtige Deckung, aber zumindest etwas Sichtschutz bot und ihm die Möglichkeit gab, durch Hecke und das große Panoramafenster des Wohnzimmers zu sehen, wie Petrov seinen Kollegen Hendrix liquidierte.

Schwartz kochte vor Wut. „Der Einbrecher hat gerade Hendrix in den Kopf geschossen“, knirschte er in sein Funkgerät. „Das Schwein mache ich fertig“, fügte er wütend hinzu und überprüfte noch einmal seine Waffe. Den entsetzten Protest seines Kollegen Thomas Elsner ignorierte er einfach. Dann trat der Mörder auf die Terrasse.

Normalerweise muss die Polizei ihren Schusswaffengebrauch androhen, entweder mit Worten oder durch die Abgabe eines Warnschusses. Es wurde nie geklärt, ob Schwartz diese zwingenden Formvorschriften vergessen oder bewusst ignoriert hatte; auf jeden Fall erhob er sich und nahm auf fast zwanzig Meter Distanz den überraschten Petrov unter Feuer. Wieder und wieder betätigte er den Abzug, während er auf seinen Gegner zuging.

Der hat wohl zu viele Wildwestfilme gesehen, dachte der Killer überrascht und milde erheitert. Und das Schießen hat er wohl auf einer Jahrmarktsbude gelernt.

Der junge Kommissar hatte in seinem Zorn schlicht vergessen, dass seine Dienstwaffe wie alle Pistolen im Grunde eine Nahdistanzwaffe ist. Deshalb wird beim polizeilichen Schießtraining fast ausschließlich das Schießen aus der Notwehrdistanz von sechs bis acht Metern und (mehr pro forma) ein wenig Präzision aus zwölf Metern Distanz geübt. Alles, was über diese Entfernung hinaus geht, fällt unter die Kategorie ‚Glückstreffer' – und genau einen solchen erzielte er bei Petrov. Leider war die Trefferwirkung nicht viel besser als die seines Kollegen Hendrix.

Der siebte Schuss, den Schwartz abgab, schlug tatsächlich in Petrovs bereits vorgeschädigte Hüfte ein und ließ ihn zurücktaumeln. Wahrscheinlich lag es an der Unzahl der eingenommenen Schmerzmittel, dass der Killer auf den Beinen blieb und nun seinerseits anfing, auf seinen Gegner zu schießen – und er war es gewohnt, Feinde auf größere Distanz auszuschalten.

Bereits sein zweiter Schuss traf Schwartz mitten in die Brust. Der Angeschossene wankte, fiel aber nicht und schoss noch zweimal, bevor die nächste Kugel Petrovs ihn mitten in die Stirn traf und auf der Stelle tötete.

Erst jetzt erreichten die Schmerzimpulse aus der Hüfte das Gehirn des Mörders, und er griff sich ächzend an die Einschussstelle. Nicht schon wieder, dachte er. Er versuchte vorsichtig einige Schritte und stellte zu seiner Erleichterung fest, dass er laufen konnte. Doch wohin?

An der Straße würde der vierte Polizist auf ihn warten, und die Verstärkung dürfte bereits im Anmarsch sein. Also blieb ihm nur die Flucht nach hinten heraus, wo auch sein Wagen geparkt stand.

Der Gedanke an den darin befindlichen Verbandskasten und die Wechselkleidung ließ ihn noch einmal alle Reserven aktivieren.

Als er zehn Minuten später bei einer Kontrollstelle angehalten wurde, war dank zweier strammer Verbände und einem sauberen mittelgrauen Anzug mit Krawatte nichts mehr von seinen Verletzungen zu sehen, und der gefälschte BKA-Ausweis, der ihm die Identität als KHK Peter Ivanov bestätigte, ließ die Streifenpolizisten strammstehen und ihn salutierend durchwinken. Petrov fuhr also unbehelligt davon, und die Fahndung verlief im Sande.

Am nächsten Morgen suchte man in den Zeitungen vergeblich nach einer Meldung über den Vorfall. Das war aber auch nur natürlich. Schließlich hat der Tod von drei Polizisten nach der Ermordung von fast siebenhunderttausend Menschen für Presse und Öffentlichkeit bestenfalls marginale Bedeutung.

***

Breuer war unsagbar müde. Tatsächlich hatte seine Erschöpfung einen Grad erreicht, welcher nicht einfach durch eine Mütze Schlaf kompensiert werden konnte, und er sehnte sich nach einigen freien Tagen, am besten weit, weit weg von Berlin an einem tropischen Strand. Und am liebsten zusammen mit Tanja Strasser, die ihm gerade telefonisch mitgeteilt hatte, dass es bei Sven Kleinschmidt noch keine Veränderung geben würde.

„Die Ärzte haben ihn in ein künstliches Koma gelegt", berichtete sie. „Leider hat sich deine Vermutung bezüglich der Polloniumvergiftung bestätigt, und die Dosis muss exorbitant hoch sein. Kleinschmidt ist also praktisch tot, auch wenn er im Moment noch atmet. Dennoch hoffen die Toxikologen, ihn wenigstens für einige Zeit stabilisieren zu können, damit er noch aussagen kann, bevor er stirbt."

Bei der Bewachung des Todkranken wollte sie die erste Nachtschicht übernehmen, obwohl sie meinte, sich etwas Schöneres vorstellen zu können. Breuer ahnte auch schon, was sie damit meinte und stimmte ihr zu, sah aber ein, dass die alte polizeiliche Redensart ‚Dienst ist Dienst und Schnaps ist Schnaps' zum Tragen kommen musste.

In der U-Bahn nickte er tatsächlich ein und hatte Glück, kurz vor der Zielstation hochzuschrecken. Als er aufstand, fiel von seinem Schoß ein zusammengefaltetes Blatt Papier auf den Boden. Breuer betrachtete es verwundert, bevor er es aufhob und sah, dass es eine an ihn adressierte Nachricht war, denn sein Name stand zweimal unterstrichen auf der Außenseite des Zettels, der entfaltet das handelsübliche DIN A 4-Format haben würde. Er steckte das Blatt vorsichtig in seine Jackentasche und beschloss, es zu Hause zu lesen. Als er es dann an seinem Küchentisch tat, stellten sich schon bei den ersten Worten seine Nackenhaare auf.

„Wir hatten bisher unsere Nachrichten über ihren Kollegen Gruschka an Sie übermittelt, doch das kostet uns zu viel Zeit.

Sie und ihre Kollegen befinden sich in höchster Gefahr. Das Konsortium, welches hinter den Anschlägen steckt, beabsichtigt, die ermittelnden Polizeikräfte anzugreifen. Nicht, weil Sie zu erfolgreich gewesen sind; die Schwächung der Ordnungskräfte ist einfach eine weitere Phase im Gesamtplan des Gegners. Achten Sie darauf, wer morgen um 09:00 Uhr das Präsidium betritt. Dieser Besuch wird Sie alle in höchste Gefahr bringen.

Wir hegen keine Sympathien für Ihre Gegner. Sie erinnern uns zu sehr an Leute aus unserer Vergangenheit, denen jedes Mittel zum Erreichen ihrer Ziele recht war. Aus diesem Grund werden wir sie unter der Hand informieren, ohne selbst in Erscheinung zu treten, wofür wir Sie um Verständnis bitten.

Und eins noch: Ihr Feind verfügt über ein breit gefächertes Netzwerk. Also trauen Sie niemandem!“

Wem sagst du das, dachte Breuer zynisch. Als er den Zettel zusammengefaltet hatte und im Bett lag, fiel ihm ein, dass er seinen obligatorischen Blick in den Kühlschrank ausgelassen hatte. Erschöpfung hat schon etwas für sich, dachte er noch, bevor ihm die Augen zufielen.

Kapitel Zwanzig
Tag Zehn, am Morgen

Tanja Strasser sah mindestens so müde aus wie sie sich fühlte, als sie morgens eine Zusammenfassung ihrer Nacht gab. „Acht Becher Kaffee, vier Gespräche mit den Nachtschwestern und drei Fälle von Beinahe-Sekundenschlaf, mehr war nicht. Cramer hat mich abgelöst. Ich habe ihm gesagt, dass in dem Zimmer derjenige liegt, der uns helfen würde, die Verantwortlichen des Massenmords bei den Eiern zu kriegen. Wer an ihm vorbei will, muss David wohl erst in Stücke hacken.“ Sie gähnte herzhaft und wollte sich auf den Weg nach Hause machen, doch Breuer hielt sie zurück.

„Warte noch kurz, ich brauche dich hier.“

Eckert sah verwundert aus, als Breuer ihn nach der Frühbesprechung in sein Büro rief. „Was gibt es denn, Chef?“, fragte er, während er in der offenen Tür stand.

„Komm her und setzt dich, Eckert“, meinte Breuer und wies auf den Besucherstuhl, auf dem sein Kollege Platz nahm und wartete, dass sein Vorgesetzter mit der Sprache herausrückte. Er erwartete einen Sonderauftrag, höchstwahrscheinlich im IT-Bereich. Was ihm jedoch bevorstand, erwartete er nicht.

Tatsächlich begann der Kommissionsleiter das Gespräch damit, Eckert lange schweigend anzusehen, bis dieser begann, sich sichtbar unbehaglich zu fühlen. Erst dann ergriff Breuer das Wort – und zwar ein einziges.

„Warum?"

Das Wort hing fast eine halbe Minute bedeutungsschwer im Raum, während über Eckerts Kopf ein unsichtbares Fragezeichen in der Luft hing. So lange dauerte es nämlich, bis ihm plötzlich ein Licht aufging und er begriff, dass seine Rolle als Maulwurf in der Kommission ausgespielt war.

Es sprach für Fritz Eckerts Intelligenz, dass er nicht einmal versuchte zu leugnen. Stattdessen lehnte er sich zurück und zuckte mit den Schultern.

„War einfach eine dienstliche Weisung, die ich befolgt habe", meinte er ohne eine Spur von Bedauern. „Hoffmann sprach mich an und erklärte, deine Berichte seien nicht mehr verlässlich genug. Du würdest der Führung nur die Hälfte von dem berichten, was wir wirklich ermitteln würden, und teilweise sogar falsche Sachverhalte schildern, um sie zu verwirren und in der Öffentlichkeit blöd dastehen zu lassen. Also suchten sie nach einer verlässlicheren Informationsquelle."

„Hühnerscheiße!", zischte Breuer. „Sie haben von mir alle harten Fakten bekommen, die sie brauchten! Und wer würde diesen Waschweibern, die das alles hier nur als Karrierebaustein betrachten, wirklich wichtige Infos auf die Nase binden?"

„Und was ist mit Kleinschmidt?", fragte Eckert provokant. „Davon, wo und wie ihr mit ihm Kontakt aufnehmen wolltet, habt ihr weder uns noch dem Führungsstab nichts erzählt!"

Breuer schnaubte nur. „Welche Ermittlungstaktiken ich anwende, verrate ich keinesfalls diesen Heinis, die mehr Politiker als Polizisten sind! Und euch... dein Beispiel zeigt mir, dass man gewisse Dinge besser geheim halten sollte.“ Er seufzte tief. „Ich finde es schon dreist, dass du dein Verrätertum durch mein angeblich illoyales Verhalten gegenüber der Führung zu legitimieren versuchst. Nein, das...“

Ihm fiel plötzlich etwas ein, und er beugte sich in seinem Sessel vor. „Was haben sie dir dafür geboten, Judas Ischariot? Dreißig Silberlinge dürften es ja wohl nicht gewesen sein, oder?“

Eckert lächelte dünn. „Nein, nicht so wenig. Es war schon erheblich mehr. Genauer gesagt, der Unterschied zwischen Besoldungsgruppe A12 und A13.“

Jetzt dauerte es bei Breuer dreißig Sekunden, bis er begriff. „Mein Job?“, flüsterte er erschüttert. „Sie haben dir meine Stelle angeboten?“

„Genau“, entgegnete Eckert ungerührt. „Du stehst auf der Abschussliste, alter Mann. Du bist ausgebrannt und nutzlos, und in der Behörde hat man das endlich erkannt. Es wird Zeit, dass ich hier übernehme, damit endlich mal ein wenig Dynamik in diese Bude kommt. Dann kannst du dich endlich wieder dem Saufen widmen, bis die Leber platzt.“

Breuer sah seinen Mitarbeiter, der gerade neue Maßstäbe in Sachen Insubordination gesetzt hatte, lange und intensiv an. Dann seufzte er, schüttelte den Kopf und stand auf.

„Ich habe dir in einigen Situationen, in denen du dich nicht gerade lehrbuchmäßig verhalten hast, den Arsch gerettet. Wäre ich nicht gewesen, hätte man dich schon vor Jahren mit Schimpf und Schande davongejagt. Aber das ist jetzt vorbei! Du hast dich als charakterlich untauglich für unseren Dienst erwiesen, und deshalb bist du raus, und zwar endgültig.

Du verlässt auf der Stelle diese Dienststelle, ach was, dieses Gebäude. Allerdings wirst du deine Dienstwaffe, die Marke und den Dienstausweis hierlassen. Ich untersage dir mit sofortiger Wirkung die Führung der Dienstgeschäfte, oder, wie es im allgemeinen Sprachgebrauch heißt: du bist suspendiert."

„Das kannst du dir von der Backe putzen", höhnte Eckert. „Ich habe nur die Weisung eines höheren Dienstvorgesetzten befolgt, dagegen kannst du nichts machen. Und für das, was ich dir gerade an den Kopf geworfen habe, gibt es keine Zeugen. Ich werde also einfach alles abstreiten."

„So ein Pech aber auch", ertönte plötzlich Tanja Strassers Stimme, und Eckert fuhr erschrocken herum, fasste sich aber schnell und setzte ein zynisches Grinsen auf.

„Hätte ich mir ja denken können, dass es eine Falle war. Ich bin aber mal gespannt, ob die Behördenleitung den Worten deines Fickflittchens…"

Glauben schenken werden, wollte er sagen, doch dazu kam er nicht mehr. Bevor Breuer reagieren konnte, war Tanja Strasser zu Eckert geeilt, und unter den Einschlägen ihrer flachen Hand und des Handrückens flog Eckerts Kopf nach links und rechts. Ehe der Geohrfeigte sich versah, hatte die BKA-Beamtin ihm die Waffe aus dem Gürtelhalfter und die Mappe mit Dienstinsignien aus der Gesäßtasche gezogen.

„Dafür mache ich euch beide fertig", knirschte Eckert, auf dessen Wangen bereits die roten Abdrücke sichtbar wurden.

„Vielleicht," antwortete Breuer trocken, „aber nicht jetzt. Jetzt wirst du dich verpissen, du Dreckskerl, und sollte ich dich nochmal hier im Gebäude sehen, brennt danach nicht nur deine Gesichtshaut. Und wenn du es wagen solltest, dich zu deinem PC zu begeben und unsere Daten zu verändern, brennst du wie eine Fackel – nicht nur sprichwörtlich."

„Das wird Folgen für euch haben", fauchte Eckert, der sich jedoch angstvoll duckte, als Tanja nochmals die rechte Hand hob. Er zog es also vor, aus dem Büro zu schleichen. Breuer sah ihm sinnierend nach und fand, dass das Akronym ‚wie ein geprügelter Hund' selten so gepasst hatte wie jetzt.

„Glaubst du, er wird dagegen angehen?", fragte Tanja, und Breuer zuckte die Schultern.

„Klar wird er das. Allerdings wird ihm Hoffmann die erhoffte Rückendeckung verweigern, weil es für ihn selbst nicht gerade karrierefördernd ist, jemanden zum Bespitzeln seines Vorgesetzten anzustiften. Also könnte er den angebotenen Job als Referent des Innensenators vergessen. So läuft das Spiel."

„Wie auch immer, ich brauche ein paar Stunden Schönheitsschlaf", meinte Tanja und lachte, als ihr Freund ihr ein launiges „du doch nicht" zuwarf.

Nachdem auch sie gegangen war, stellte Breuer durch einen Blick auf die Uhr fest, dass es schon 08:45 Uhr war. In einer Viertelstunde würde sich erweisen, ob die getroffenen Sicherheitsmaßnahmen ausreichend gewesen waren.

Alle Beamten und auch die Angestellten im Präsidium waren darauf hingewiesen worden, unauffällig die Augen aufzuhalten. Die Strategie der Angreifer zielte jedoch genau darauf ab, dass einer vergessen worden war: der Hausmeister...

***

Jeder im Haus nannte ihn einfach nur „Ede". Bei der Belegschaft war er bekannt wie der sprichwörtliche bunte Hund, und keiner, der ihn sah, hätte sein Gesicht je vergessen.

Eduard Schubert war Mitte fünfzig, fast zwei Meter groß und dünn wie eine Zaunlatte. Er trug den für seine Arbeit obligatorischen Blaumann mit dem gleichen Stolz wie ein Dirigent seinen Frack oder Christiano Ronaldo sein Trikot mit der Nummer sieben. Neben einem überdimensionalen Walross Schnauzbart trug er ein permanentes Lächeln im

Gesicht, dass durch eine gerade römische Nase in zwei symmetrische Hälften geteilt wurde.

Der Hausmeister des Präsidiums war das allseits beliebte ‚Mädchen für alles'. Das lag vor allem daran, dass er alles reparieren konnte, was man ihm auf den Tisch stellte, vom elektrischen Waffeleisen bis zur Kettensäge. Fragte man ihn nach den Reparaturkosten, verlangte er nur den Preis für das Material, und Fragen nach seinem Honorar beantwortete er stets mit den Worten „hat mir doch Spaß gemacht'.

Schubert war auch verantwortlich für die Koordination der Wartungen von allen Großinstallationen im Gebäude. Nach seinem Kalender war heute die Jahresinspektion des zentralen Lastenauszugs fällig, und daher bereitete er schon mal alles vor. Im Klartext bedeutete das, für den Monteur, der seit fast zehn Jahren diese Aufgabe erledigte, Getränke und Schrippen bereitzustellen. Der heutige Tag begann jedoch mit einer Überraschung.

Um Fünf vor Neun klingelte sein Diensttelefon, und auf dem Display erkannte er Paul, den Pförtner des Präsidiums als den Störenfried. Dementsprechend knurrte er nur ein „Was?" in den Hörer, ohne sich mit Höflichkeitsfloskeln aufzuhalten. Sein Kumpel Paule kannte das schon.

„Morjen Ede. Erwartest du heute einen Aufzugsmonteur?"

„Na klar, Paule? Wieso fragste so doof? Du kennst Jacek Strubski doch!"

Paul Wintzen schnaubte nur. „Is nich Jacek. Jacek ist krank, sagt der Typ. Hat aber den Blaumann der Firma an und is auch mit Jaceks Firmenwagen vorgefahren. Scheint also echt zu sein."

„Klasse! Hoffentlich mag der Kerl die Schrippen, die ich für Jacek geschmiert habe", schnaubte Schubert. „Wegschmeißen will ich die nicht."

„Na jut, denn. Soll ich den Heini zu dir schicken, oder…"

„Nee, ich hol ihn selbst ab. Wenn der sich nicht auskennt, verläuft er sich nachher noch."

Paule legte lachend auf, und Schubert stiefelte zum Eingang, um den neuen Monteur abzuholen. Beim Anblick des Kerls hielt er unwillkürlich die Luft an.

Der Mann war Mitte zwanzig und wahrscheinlich ebenso groß wie der nicht gerade schmächtige Hausmeister. Im Gegensatz zu diesem war er jedoch von muskulöser Statur, und Edes erster Gedanke war, dass man ihm den Monteuranzug besser zwei Nummern größer gekauft hätte. Als er den überdimensionalen Werkzeugkasten aufhob, traten seine Oberarmmuskeln wie bei einem Bodybuilder hervor, und Ede schoss durch den Kopf, dass man sich mit diesem Typen besser nicht anlegte.

„Na, dann kommen Sie mal mit", sagte er nichtsdestoweniger freundlich. „Mögen Sie Schrippen mit Roastbeef und Remoulade? Ich hatte sie für Jacek vorbereitet, aber…"

„Ich weiß, er hat es mir erzählt", unterbrach ihn der Ersatzmann mit einer gutturalen Bassstimme. „Tut mir leid, ich bin Veganer."

„Hätte ich mir denken können", knurrte Schubert. „Dann muss ich nachher kieken, wo ich die Dinger loswerde, bevor sie pappig werden."

„Trotzdem vielen Dank. Gegen einen Kaffee hätte ich aber nichts. Jacek meinte, hier gäbe es einen wirklich guten Kaffee."

„Ach, das hat er gesagt?", fragte Ede neugierig. „Jacek... nun, er hat immer so viel Milch und Zucker reingeschüttet, dass er von den Bohnen eigentlich gar nicht viel geschmeckt haben kann."

„Mag sein, aber ich kann nur sagen, was er mir erzählt hat, als ich ihn anrief, nachdem ich seine Tour übernehmen musste", Der Hüne war sichtlich um eine entspannte Atmosphäre bemüht, und sein Gesprächspartner ging darauf ein.

„Was hat Jacek eigentlich?", fragte er im leutseligen Ton, und der Techniker grinste.

„Nichts weltbewegendes, nur ein verdorbener Magen. Er war gestern chinesisch essen und hat wohl einen Koch erwischt, der nicht mit Glutamat gegeizt hat. So was verträgt nicht jeder."

„Ja, das stimmt. Ich hatte auch mal diese Probleme", seufzte der Hausmeister, während er die Tür zum Maschinenraum des Fahrstuhls im Dachgeschoss aufschloss.

„Sie kennen sich doch garantiert mit der Technik aus, oder? Reicht Ihnen der Zugang zu diesem

Raum, oder müssen Sie noch zu den Türen in den einzelnen Stockwerken?"

Der Monteur, der seinen Koffer bereits neben dem Motorgehäuse abgestellt hatte, schüttelte den Kopf und grinste. „Ja, die Technik kenne ich und nein, ich muss nirgendwo anders hin. Allerdings werde ich den Aufzug für etwa eine Stunde außer Betrieb setzen müssen."

„Hier im Haus weiß jeder Bescheid darüber. Na gut, dann besorge ich Ihnen mal einen Kaffee. Sie trinken ihn wahrscheinlich schwarz."

Der riesige Handwerker nickte nur und kniete sich neben seinen Koffer, den er aber erst öffnete, als Schubert den Raum verlassen hatte. Was er dann herausholte, hatte mit Gerätschaften zur Aufzugwartung nichts, aber auch gar nichts zu tun.

In früheren Zeiten hätte man das Sammelsurium aus Kabeln, Schaltern, elektronischen Bauteilen und zwei großen Glasröhren mit unterschiedlichen Flüssigkeiten als Höllenmaschine bezeichnet. Heutzutage nannte man es schlicht eine hochwirksame Bombe.

Der Attentäter, der sich als Monteur getarnt hatte, holte den Aufzug ins Dachgeschoss, öffnete das Bedienungspanel in der Kabine und trennte ihn vom Strom, bevor er einen Impulsgeber an die Taste für die zweite Etage anschloss. Danach ließ er die Kabine manuell so weit hinunter, dass er den Sprengkörper auf dem Dach platzieren konnte. Gerade als er seinen Oberkörper wieder aus dem Fahrstuhlschacht herauszog hörte er das Öffnen der Tür und die Stimme Schuberts, die ihm frischen Kaffee versprach.

Der Mann drehte sich in knieender Position halb um und erstarrte. Tatsächlich befand sich der Hausmeister im Türeingang, aber vor ihm standen fünf voll ausgerüstete Beamte des SEK, und ihre drohend erhobenen Maschinenpistolen ließen keinen Zweifel aufkommen, dass sie diese im Ernstfall ohne Zögern benutzen würden.

Trotz der hoffnungslosen Situation versuchte der Bombenleger das Unmögliche. Er griff gedankenschnell in den Werkzeugkoffer und zog eine MAC10 hervor, doch noch bevor er die Waffe auf die Polizisten richten konnte, eröffneten diese simultan das Feuer auf ihn.

Jeder der SEK-Beamten hatte seine Heckler & Koch MP5 auf die Abgabe eines Feuerstoßes von je drei Projektilen eingestellt. Von den insgesamt 15 Geschossen schlugen elf in den Körper des Hünen ein, der bereits tot war, als er auf dem Boden aufprallte, und er nicht mehr darüber nachdenken konnte, was ihn eigentlich verraten hatte.

Genau diese Frage stellte Breuer etwa zwei Stunden später Eduard Schubert, der traurig grinste, bevor er antwortete.

„Verraten hat der Kerl sich selbst, Herr Breuer. Ehrlich gesagt habe ich gar nicht mehr an Ihre Warnung gedacht, aber es kam mir schnell was komisch vor.

Dass er mit Jaceks Wagen kam, hat mich schon stutzig gemacht. Schließlich dürfte eine Firma wie

OTIS bestimmt so viele Autos wie Techniker haben, aber das war noch nicht entscheidend. Als er berichtete, dass Jacek meinen Kaffee gelobt habe, lief es mir eiskalt den Rücken herunter. Jacek trinkt nämlich keinen Kaffee. Er bekommt davon tierisches Sodbrennen und greift lieber zu Rooibos-Tee, den er mit einem Schuss polnischen Wodkas verfeinert. Ich habe immer aufgepasst, dass er nicht mehr als eine Tasse trank", fügte Ede entschuldigend hinzu, aber Breuer winkte nur ab.

„Letzter Beweis war die Erklärung für die Erkrankung meines Freundes", fuhr der Hausmeister traurig fort. „Magenprobleme durch Glutamat wären zwar möglich, aber nur bei jemandem, der auch chinesisch essen geht. Jacek hat mir mal erzählt, dass er sich vor Jahren in seiner Heimatstadt Kattowitz nach dem Besuch eines China-Imbisses furchtbar übergeben musste und das Gesundheitsamt dorthin geschickt hat. Die haben dann festgestellt, dass die Betreiber nicht nur ein Rattenproblem hatten, sondern es auch zu lösen versuchten, indem sie die Tiere als eine der sieben Kostbarkeiten verwerteten. Jacek hat seitdem nie wieder chinesisches Essen angerührt. Und dann war da noch etwas."

Bevor er weitererzählen konnte, erschien Jasmin Eilert und flüsterte Breuer etwas ins Ohr, dessen Gesicht daraufhin einen bekümmerten Ausdruck annahm. Schubert zog sofort die richtige Schlussfolgerung.

„Sie haben Jaceks Leiche gefunden, stimmt's?", fragte er leise, und Breuer nickte.

„Ja, leider. Er liegt im Laderaum seines Vans, den wir gerade geöffnet haben. Dauerte etwas, weil wir auf Sprengfallen achten mussten.

Die Bombe am Fahrstuhl war eigentlich harmlos und hätte keinen großen Gebäudeschaden angerichtet, aber die Flüssigkeit, die dabei verteilt worden wäre…

Wir müssen annehmen, dass der Täter beabsichtigte, die Ladung bei einem Halt des Aufzugs in unserem Stockwerk zu zünden und die Flüssigkeiten als Aerosole freizusetzen. Wir wissen noch nicht genau, worum es sich handelt, aber das Einatmen wäre uns sicher nicht gut bekommen.

Aber Sie waren mit ihrem Bericht noch nicht fertig, Ede. Und außerdem: woher wussten Sie, dass Jacek tot ist?"

„Das war es, was ich noch berichten wollte, Herr Breuer. Der Blaumann, den der Mörder trug, war ihm zu klein, und er hatte eine beschädigte ausgebesserte Stelle unter dem Arm. Herr Kommissar, er trug Jaceks Anzug. Mein Freund war sparsam, und er hat den Riss unter dem Arm selbst ausgebessert und mir stolz gezeigt. Es gab also keinen Zweifel."

Breuer betrachtete den Hausmeister mit einem Blick, in dem sich Erstaunen, Anerkennung und Hochachtung mischten. Zuvor war er ihm wie allen Polizisten als nützlicher Helfer erschienen, an den man aber kein zweites Mal dachte. Jetzt stellte sich heraus, dass er durch seine Achtsamkeit möglicherweise ihr aller Leben gerettet hatte. Als Breuer zu einem umständlichen Dankeschön ansetzte, reagierte Schubert einfach so, wie man es von ihm gewohnt war.

Er grinste nur und sagte: „Hat mir doch Spaß gemacht."

***

Zu sagen, dass Nummer zwei nervös an den Fingernägeln kaute, wäre stark übertrieben gewesen, aber wer ihn kannte, konnte die Anzeichen von Nervosität nicht übersehen. Seit der Installation des Sprengsatzes im Präsidium waren immerhin schon drei Stunden vergangen, und dennoch war der erwartete Aufschrei in den Medien bisher ausgeblieben.

Der seit dem Ableben von Nummer vier für der operativen Teil zuständige Verschwörer war nicht nur über die Details des Anschlags auf die Sicherheitskräfte eingeweiht, sondern hatte diesen auch zum größten Teil selbst ausgearbeitet. Er wusste also, dass kein genauer Zeitpunkt für die Detonation festgelegt worden war, aber dass der Lastenaufzug binnen drei Stunden nicht im zweiten Stock gehalten haben sollte, war höchst unwahrscheinlich. Und außerdem hatte der Mechaniker keine Rückmeldung abgegeben! Für einen Profi wie ihn war dies mehr als ungewöhnlich.

Um 13:00 Uhr hielt es Nummer zwei nicht mehr aus und versuchte, den Killer telefonisch zu erreichen. Und tatsächlich nahm am anderen Ende jemand das Gespräch an, doch der Verschwörer erkannte umgehend, dass dies nicht der Mann war, den die Eingeweihten nur unter dem Tarnnamen ‚Taurus' kannten. Reflexartig drückte er die Trenntaste und schaltete das Gerät komplett aus, wusste aber sofort, dass er einen gewaltigen Fehler gemacht hatte.

Wie schwer dieser gewesen war, zeigte sich nicht sofort. Zunächst einmal bestand die Reaktion nur aus einem zufriedenen Nicken Breuers, der das Handy des Killers in der Hand hatte und auf das Display sah, auf dem nicht die Anrufernummer, sondern das Wort ‚anonym' angezeigt wurde. Und wenn schon, dachte der Ermittler. Wir kriegen dich trotzdem.

Derweil wischte sich Nummer zwei über die Stirn und stellte fest, dass sich dort ein feiner Schweißfilm gebildet hatte. Jetzt hätte er allen Grund gehabt, an den Nägeln zu kauen, denn er wusste, was mit der letzten Nummer geschehen war, die Fehler gemacht hatte. Er konnte also nur hoffen, dass die zweite Aktion des Tages besser verlaufen würde.

***

Warten war das Einzige, was David Cramer an seinem Beruf hasste. Nachdem er vier Stunden im Krankenhaus vor der Tür des todkranken Sven

Kleinschmidt gesessen hatte, begann er zu bezweifeln, dass noch jemand in das Zimmer hereingehen wollte. Er schnaubte, als ihm der alte Polizistenspruch ‚die Hälfte seines Lebens wartet der Beamte vergebens‘ in den Sinn kam.

Verdrießlich blickte er auf seinen halbvollen Kaffeebecher. Der Nachschub funktionierte dank der freundlichen Schwester der Tagschicht zwar, aber leider war die Brühe fast ungenießbar. ‚Bodenseekaffee‘ sagte man dazu, weil man mit etwas Mühe durchaus den Boden der Tasse oder des Bechers erahnen konnte – vorausgesetzt, man trank ihn schwarz.

Genau in dem Moment, als er den Becher auf den Boden setzte hörte er aus Richtung des Schwesternzimmers ein Geräusch, und er drehte in kauernder Stellung den Kopf. Beim Anblick der sich nähernden Gestalt richtete er sich auf und begann zu lächeln. Der Anblick erfreute ihn jedes Mal, denn die Pflegerin vom Dienst war nicht nur attraktiv, sondern schien auch das Herz am rechten Fleck zu haben. Sie war Mitte 20, etwa 170 cm groß, hatte schwarzes lockiges Haar und eine Figur, die sie für das Titelbild eines Sportmagazins prädestinieren würde. Darüber hinaus hatte sie ein ebenmäßiges Gesicht, aus dem ein paar unverschämt blaue Augen pfiffig herausschauten. David Cramer war es mehr als Recht, seine Dienststunden mit ihr zu teilen.

„Schwester Cordula, was gibt es?“, begrüßte er sie lächelnd, während er sich aufrichtete. Die

Schwester erwiderte sein Lächeln uneingeschränkt.

„Nichts Besonderes. Ich wollte nur fragen, ob Sie vielleicht noch einen Kaffee...". Sie brach ab, als sie seinen Gesichtsausdruck sofort richtig deutete und zu lachen begann.

„Oh nein, nicht die Plürre von vorhin. Das war der letzte Rest des Entkoffeinierten. Ich habe in der Zwischenzeit echten, frischen gekocht. Nicht in der Maschine, sondern selbst aufgebrüht. Na, wie wär's?" Sie lächelte den Polizisten keck an, und David ging auf das Spiel ein.

„Lady, ich bin im Dienst", knurrte er in einer gekonnten Imitation des typischen amerikanischen Fernsehpolizisten, was Cordula erneut zum Lachen brachte.

„Keine Sorge, ich bringe ihn auch hierher", versprach sie. „Ich bin mir aber nicht sicher, ob ich noch Milch habe, denn Sie trinken ihn ja blond."

„Bitte, könnten Sie mich nicht David nennen und duzen? Wenn ich mit Sie angesprochen werde, fühle ich mich wie mein eigener Großvater."

Zu seiner Freude nickte sie lächelnd. „Aber nur auf Gegenseitigkeit. Dass ich Cordula heiße, weißt du ja schon." Davids Lächeln erreichte daraufhin fast seine Ohren, was sie feixen ließ, doch nur Sekunden später wurde sie schlagartig wieder ernst.

„Ich habe mir ein paar Gedanken gemacht, was die Sicherheit unseres Patienten angeht. Aktuell bin ich die Pflegerin vom Dienst, und es ist bewiesen, dass ich echt bin. Ich kenne die Ärzte hier und bin diejenige, die dir sagt, wer hineindarf und wer nicht.

Wie kann ich dir jedoch mitteilen, dass mein Begleiter nicht das ist, was ich dir erzähle? Was, wenn er mich irgendwie zwingt, ihn nur als Arzt auszugeben? Wenn er mich mit einer Waffe bedroht, die er unter dem Kittel versteckt?"

„Kluges Mädchen", entfuhr es David unwillkürlich. Er war überrascht, dass die junge Frau geradezu polizeilich dachte. „Und, hast du eine Idee?"

„Vielleicht," antwortete sie zögernd. „Ich weiß aber nicht, ob sie praktikabel ist. Wenn ich hierherkomme und ins Zimmer von Herrn Kleinschmidt gehe, habe ich doch immer das iPad dabei, um die Daten zu aktualisieren. Du weißt ja, Herzfrequenz, Blutdruck und so weiter. Normalerweise halte ich es immer in der rechten Hand, weil ich Linkshänderin bin. Wenn etwas faul ist, trage ich es links. Du musst nur auf dieses Detail achten, egal was ich sage."

„Großartige Idee! Vor allem ist es nicht im Geringsten verräterisch!" Er grinste breit und zwinkerte Cordula zu. „Du solltest den Job kündigen und bei uns anfangen."

„Kein Bedarf, David! Ich hab`s nicht so mit Schusswaffen. Mein Onkel war Polizist und ist bei einem Unfall auf dem Schießstand von einem Kollegen versehentlich erschossen worden."

„Oh Mann, das tut mir leid", ächzte der junge Mann. „Da bin ich ja in ein großes Fettnäpfchen getappt. Entschuldige bitte!"

Cordula winkte ab und erklärte, dass die Geschichte schon vor fast 15 Jahren passiert sei, sie sich aber deshalb nicht vorstellen könnte, selbst mal eine Dienstwaffe zu tragen, geschweige denn sie zu benutzen. „Okay, dann hole ich dir mal einen Kaffee, der diese Bezeichnung auch verdient“, schloss sie und ging zum Dienstzimmer zurück.

Gut zwanzig Minuten später schlürfte David versonnen an den Resten des inzwischen zweiten Kaffees, der tatsächlich so gut war wie Cordula versprochen hatte. Als er den zweiten Becher entgegengenommen hatte, kommentierte er es mit den Worten ‚Du erinnerst mich an meine Mutter. Sie hat auch so einen guten Kaffee gemacht‘. Cordula hatte schallend aufgelacht und erwidert: ‚Ja Cheyenne, ich bin aber nicht die größte Hure westlich von El Paso‘. Offenbar hatte sie das Filmzitat aus ‚Spiel mir das Lied vom Tod‘ erkannt. Daher wagte er es, sich weit aus dem Fenster zu lehnen und das Zitat zu vollenden. ‚Ob mein Vater einen Tag oder einen Monat mit ihr zusammen war, er ist gewiss ein glücklicher Mann gewesen‘.

Sie hatte ihm für einige Sekunden wortlos in die Augen geblickt, in denen ihm abwechselnd heiß und kalt wurde, weil er das Gefühl hatte, dass sie bis in die Tiefen seiner Seele hineinschaute. Danach verbreiterte sich ihr Lächeln, und sie nickte ihm zu. „Nun, wir werden sehen.“

David war noch nicht zu alt, um zu träumen. Er empfand es zwar als paradox, sich in der heftigsten

Krise, die Deutschland jemals überfallen hatte Gedanken darum zu machen, die Frau seines Lebens zu finden, schob diese Zweifel jedoch beiseite. Schließlich hatte es in der Vergangenheit immer Paare gegeben, die sich…

Ein Ruf vom Dienstzimmer riss ihn aus den Tagträumen. „David?“ – „Nein danke, auch wenn er gut ist, keinen weiteren Kaffee mehr!“, rief er gutgelaunt zurück.

„Ich komme gleich mal rüber, ich muss dir etwas zeigen“, kam ihre Antwort, und der Polizist runzelte die Stirn. Er konnte schon aus ihren Tonfall heraushören, dass sie beunruhigt war. Den Grund sollte er unmittelbar darauf erfahren.

„Schau her“, sagte Cordula und zeigte auf das Display ihres Notebooks, „das ist der Account unserer Station. Gerade ging eine Mail des Chefarztes der Charitè ein, der die Ankunft eines externen Toxikologen ankündigt, welcher Herrn Kleinschmidt nochmals untersuchen soll. Ich kenne Professor Hartmann und habe schon etliche Mails von ihm gelesen, aber die Wortwahl der heutigen Mail entspricht nicht seinem Stil! Und er ist für Rückfragen nicht erreichbar, weil er sich angeblich in einem Konzil befindet. Entweder bin ich auch schon paranoid, oder hier stimmt was nicht! Der angebliche Dr. Marquardt soll gleich hier erscheinen. Ich fühle dem Burschen mal auf den Zahn, dann weiß ich Bescheid!“

„Sei vorsichtig“, meinte David warnend, und Carola nickte zurück, bevor sie wieder zu ihrem Zimmer zurückging.

Die Architektur des Gebäudes verhinderte, dass David die Ankunft des avisierten Arztes sah, denn das Dienstzimmer war über Eck gebaut und hatte zwei Türen, von denen er nur die im Blick hatte, welche in den Flur führte, in dem er jetzt saß. Erst als der angebliche Spezialist in Begleitung Cordulas auf ihn zu kam, konnte er den Besucher in Augenschein nehmen.

Der Mann war größer als David, was aber nicht ungewöhnlich war, denn dieser maß gerade einmal 175 cm. Er war Ende dreißig, trug das dunkle Haar mittellang und den Vollbart kurz gestutzt, dazu den unvermeidlichen weißen Kittel und eine randlose Brille mit silberfarbenem Metallgestell. Sein Gang war federnd und elastisch, und er hatte ein unverbindliches Lächeln im Gesicht. Alles in Allem wirkte er recht harmlos, doch David sträubten sich die Nackenhaare, denn Cordula trug ihr iPad in der linken Hand.

Normalerweise hätte der junge Polizist seine Waffe hervorgeholt und den Eindringling aufgefordert, sich mit dem Gesicht auf den Boden zu legen, doch diese Möglichkeit schied aus, denn der Mann hielt seine rechte Körperhälfte hinter der ihn führenden Krankenschwester verborgen. Es war klar, dass er sie einerseits als Deckung benutzte und sie andererseits irgendwie von hinten bedrohte, und jedes vorschnelle Handeln Davids hätte Cordula in höchste Gefahr gebracht.

„David? Das ist Dr. Marquardt“, stellte sie den Besucher vor. „Er hat sich mir gegenüber zweifelsfrei legitimiert und ist daher berechtigt, das Zimmer zu betreten.“

David nickte und betrachtete den falschen Arzt genau. Er zeigte neben dem immerwährenden Lächeln einen blasierten Gesichtsausdruck, der manchen hochqualifizierten Ärzten zu eigen ist, als ob er zeigen wollte, dass eine Kommunikation mit einem gemeinen Polizisten weit unter seiner Würde sei. Das wollen wir doch mal sehen, dachte David und nickte ihm zu, während er sich von seinem Stuhl erhob.

„Ich möchte meine Untersuchungen ungestört vornehmen“, bemerkte der angebliche Doktor mit fester Stimme. „Es ist daher nicht erforderlich, dass Sie mich ins Zimmer begleiten. Warten Sie bitte draußen.“

David trat pflichtschuldig einen Schritt zur Seite, doch als der Besucher an ihm vorbeigehen wollte, zog er die Waffe. Leider stellte sich heraus, dass sein Gegner dies offenbar geahnt hatte.

Der Schlag, der Davids Waffenhand traf war so heftig, dass sich sein Griff um die Pistole löste und sie im hohen Bogen durch den Flur flog. Gleichzeitig schleuderte der Killer Cordula mit derartiger Wucht gegen die Wand, dass sie benommen zusammenbrach.

„Irgendwas hat mich verraten. Pech für euch! Jetzt muss ich euch leider auch umbringen", knirschte der Killer und nahm eine Kampfstellung ein, die ein Eingeweihter als Gedan/Chudan-Kamae, die Angriffsstellung im Karate erkannt hätte. Seine Augen weiteten sich, als Cramer zur Antwort die Shizentai-Haltung einnahm. „Sehr gut", murmelte er befriedigt. „Wenigstens ein würdiger Gegner." Unmittelbar darauf ging er zum Angriff über.

David Cramer war im Besitz des 2. Dan, aber schon nach wenigen Angriffs- und Blocktechniken war ihm klar, dass sein Gegner ihm überlegen war. Pausenlos prasselten die Schläge auf ihn ein, und nicht immer gelang ihm eine saubere Abwehr, sodass ihm schon nach zwei Minuten etliche Stellen des Körpers schmerzten.

Es kam schließlich, wie es kommen musste: bei einem unpräzisen Konterschlag lenkte ‚Marquardt' seinen linken Arm zur Seite und schlug selbst mit voller Wucht auf Davids Schlüsselbein, welches zerbrach wie ein morscher Ast. Der Polizist taumelte zurück und wurde vom sofort nachsetzenden Gegner zu Fall gebracht, der sich auf den Brustkorb setzte und den gesunden Arm seines Kontrahenten mit dem Knie fixierte. Als er den Arm hob, um Davids Kehlkopf mit der Handkante zu zerschmettern schloss dieser mit seinem Leben ab.

Bevor der Killer seinen Schlag vollenden konnte, ertönte ein donnernder Knall, sein Kopf zerplatzte wie eine zu Boden geschleuderte Melone, und er brach über Cramer zusammen. Als sich dieser mühsam unter der Leiche des Feindes hervorgearbeitet hatte, erkannte er, wer ihn gerettet hatte.

Cordula kniete vier Meter entfernt von ihm auf dem Boden. In ihren ausgestreckten Händen hielt sie seine Walther, mit der sie den Killer niedergeschossen hatte. Während sich David mühsam aufrappelte und auf sie zuwankte, begann sie am ganzen Körper zu zittern, und sie ließ die Pistole fallen, als wäre sie glühend heiß.

„Du hast mir das Leben gerettet", flüsterte er ihr zu, während er neben ihr auf die Knie sank und sie mit dem unverletzten Arm an sich drückte. „Mir, dir und Sven Kleinschmidt. Das ist es, was zählt. Mache dir keine Gedanken um ihn. Er hat nur bekommen, was er verdient hat."

Trappelnde Schritte, die von mindestens einem Dutzend Personen stammten, näherten sich ihnen, und Cramer musste seine letzten Kräfte mobilisieren, um von den eifrigen Helfern nicht sofort in einen OP geschoben zu werden, um die gebrochene Schulter zu richten. Er bestand darauf, dass zunächst Cordula versorgt und seine Ablösung bei der Bewachung verständigt werden musste. Bis diese eintraf, nahm er wieder seine Position vor der Tür ein. Schließlich war er Polizist. Zuerst und zuletzt.

Kapitel Einundzwanzig
Tag Zehn, am Nachmittag

Es gibt Meldungen, die man einfach nicht erhalten will, obwohl -oder vielleicht sogar genau deshalb- sie den eigenen unmöglich erscheinenden Verdacht weiter bestätigen. Tanja Strassers Dienst sollte erst heute Abend beginnen, doch nach dem Angriff auf David Cramer hatte sie sich sofort zur Charité begeben und ihren verletzten Kollegen abgelöst. Im Gegensatz zu ihrem Vorgänger flirtete sie nicht mit der diensthabenden Pflegerin, sondern beschäftigte sich -im Zimmer Kleinschmidts sitzend- mit ihrem Laptop, auf dem etliche Mails mit den Ergebnissen ihrer Nachforschungsaufträge eingegangen waren. Sie war sich sicher, dass Breuer noch auf seine Ergebnisse wartete. Beziehungen schaden eben nur dem, der keine hat.

Je weiter sie las, desto mehr verdüsterten sich ihre Züge. Als erstes hatte sie die Nachricht des toxikologischen Instituts der Uni Hamburg erhalten, welches sich eingehend mit dem mutierten Ebola-Virus beschäftigt hatte. Die Mediziner hatten berichtet, dass die Variante mit der kryptischen Bezeichnung ERS-217/26 ein in der Natur nicht vorhandener Ableger des normalen Virus sei. Die Variante sei dahingehend gezüchtet, im menschlichen Organismus quasi zu explodieren und sich schlagartig zu vermehren, und zwar in einer Rate von

1:500 pro Minute. Jedes Virus greift die menschlichen Zellen an und zerstört sie, indem es sich in ihnen vermehrt, bis die Zellen platzen. Hierdurch kommt es zu massiven inneren Blutungen, die den Tod des Infizierten durch Multiorganversagen hervorrufen.

Extrem interessant war der Hinweis auf die Möglichkeit zur Neutralisierung des Virus. Bei einer Temperatur von genau 96,2 Grad Celsius zerfielen die Nukleoide des Organismus, und der Erreger starb. Die erklärte, warum alle Benutzer von Kaffeemaschinen gestorben waren, aber diejenigen, die ihr Kaffeewasser zum Kochen gebracht hatten, überlebten. Tanja seufzte bei dem Gedanken, dass der Kollege Beckmann von seinen Kollegen letzten Monat eine moderne Kaffeemaschine geschenkt bekommen hatte, die er danach anstelle seines alten Equipments aus Kaffeekessel und -filter genutzt hatte. Welch ein Mist, dachte sie, während sie den Rest des Berichtes überflog.

Der letzte Absatz ließ sie sich kerzengerade aufrichten. Dort stand, dass 72 Stunden nach der Freisetzung in den eingeschickten Proben keine lebenden Viren mehr festgestellt werden konnten. Der Verfasser des Berichtes hatte lapidar bemerkt, er habe noch niemals einen derart kurzlebigen Massenmörder zu Gesicht bekommen.

Die Kommissarin hatte sich schon vorher gefragt, wo die Tankladungen voller Viren geblieben waren, welche die Terroristen nicht in die Wasserversorgungen der anderen Städte hatten einbringen können. Die Antwort lag auf der Hand. Wenn der Stoff ungefährlich geworden war, konnte man ihn getrost in den nächsten Gully kippen. Aber…

Tanja runzelte die Stirn und startete eine Internetrecherche. Binnen zwei Minuten hatte sie herausgefunden, dass das PZI genannte Pasteurinstitut zur Infektionsforschung den Auftrag erhalten hatte, die Kontamination des Wassers in den Berliner Reservoirs und Leitungen zu beseitigen. Volumen des Auftrags: 450 Millionen Euro.

Die Ermittlerin begann schallend zu lachen. Das PZI würde also fast eine halbe Milliarde dafür erhalten, etwas zu beseitigen, das es inzwischen schon gar nicht mehr gab. Wenn das nicht mal ein Bombengeschäft war!

Weiterhin grinsend begann sie, sich über das PZI zu informieren, und es dauerte nur kurze Zeit, bis sie sich in ihrem Stuhl zurücklehnte und sich fragte, ob sie weiterhin lachen oder weinen sollte.

Das PZI war in den sechziger Jahren des vorigen Jahrhunderts gegründet worden und versuchte zunächst, einen wirksamen Impfstoff gegen Malaria und Gelbfieber zu entwickeln. Obwohl dabei nicht bahnbrechend erfolgreich, vergrößerte sich das Institut im Laufe der Jahrzehnte immer weiter und eröffnete bundesweit inzwischen 26 Dependancen, welche sich alle der Virusforschung widmeten. Der Löwenanteil des Jahresetats von rund

65 Millionen Euro bezahlte Jahr für Jahr das Forschungsministerium der Bundesrepublik Deutschland.

Die Muttergesellschaft des PZI war mindestens ebenso interessant gewesen. Die STINGRAY AG in Braunschweig bezeichnete sich in ihrem Internetauftritt selbst als „Zentrum für Experimentelle und Klinische Infektionsforschung“, und rühmte sich der großmaßstäbigen Forschung an einigen der gefährlichsten Virenarten auf unserem Planeten. Die Fotos in ihrem Internetauftritt beantworteten die Frage, die sich das Team um Breuer von Anfang an gestellt hatte: wer war in der Lage, das Killervirus in der erforderlichen Menge herzustellen? Tanja stellte sich jetzt selbst die zweite Frage:

Wer außer dem Erzeuger sollte sich berufen und in der Lage fühlen, das Dreckszeug zu beseitigen?

Die Antwort, dachte Tanja, lag wohl auf der Hand. Allerdings war auch klar, dass das PZI nicht auf eigene Faust gehandelt hatte, sondern im Auftrag eines bisher Unbekannten. Sie rief die Seite des Ministeriums auf, denn ihr kam der Spruch in den Sinn ‚wer die Musik bezahlt, dürfte sie auch bestellt haben‘. Die Fotogalerie der ehemaligen Minister betrachtend überlegte sie, wem von ihnen sie eine solche Schandtat zutrauen würde. Keinem, dachte sie ernüchtert und schloss die Seite.

Eigentlich schade, denn sie hatte gerade auf das Portrait von Nummer zwei geblickt.

***

Breuer runzelte die Stirn, als sein Telefon klingelte und ein anonymer Teilnehmer angezeigt wurde. Er mochte es einfach nicht, wenn jemand seine Identität zu verschleiern versuchte, aber dann erinnerte er sich an seinen Hinweisgeber aus Aleppo und beeilte sich, den Hörer abzunehmen. Tatsächlich sollte sich seine Ahnung bestätigen.

„Herr Breuer, ich gehe mal davon aus, dass Sie es geschafft haben, den Anschlag zu verhindern", meldete sich eine melodische Männerstimme, in der nur ein Hauch arabischen Dialekts mitschwang.

„Das war nicht schwer zu erraten", knurrte er zurück. „Andernfalls könnten Sie nämlich nicht mit mir sprechen."

Der Anrufer lachte leise. „Und das freut mich ehrlich, Herr Kommissar. Schließlich sind Sie einer von den Guten, und…"

„Jetzt mal halblang", unterbrach Breuer seinen Gesprächspartner. „Sie und Ihre Leute (denn ich vermute doch richtig, wenn ich Sie für den Chef der syrischen Spezialisten für Eigentumsübertragung halte) betrachten doch alle Polizisten als ihre natürlichen Feinde, oder liege ich da falsch?"

„Ja und nein, Herr Breuer", erwiderte die Stimme am anderen Ende der Leitung. „Es stimmt, ich bin derjenige, von dem Sie den Spitznamen ‚Ratte von Aleppo' kennen. Nennen Sie mich einfach Mohammad. Ob dies mein wirklicher Name ist, lassen wir mal dahingestellt sein. Aber Sie sind nicht unser Feind, und das mit den Spezialisten für Eigentumsübertragung ist ein echtes Kompliment.

Wir alle spielen nur die Rolle, die uns im großen Spiel des Lebens zugedacht ist. Wir sehen die Polizisten als Spieler der gegnerischen Mannschaft an. Wir gratulieren artig, wenn wir verlieren und feiern unsere Siege, aber niemals würden wir etwas gegen unsere Gegenspieler unternehmen. Das halten wir für unfair, und wenn jemand so etwas tut, macht uns das sehr wütend. So wütend, dass wir es manchmal für nötig halten, etwas gegen die Foulspielenden zu unternehmen, zum Beispiel die vorgesehenen Opfer zu warnen."

„Wie Sie es gestern mit uns gemacht haben", warf Breuer ein, und die ‚Ratte' lachte leise. „Ja, und es fühlte sich gut an."

„Warum haben Sie dann nur auf den einen Angriff hingewiesen und nicht auf den zweiten, der einem unserer Zeugen galt?", fragte Breuer scharf, und selbst durch das Telefon konnte er feststellen, dass ‚Mohammad' irritiert war.

„Weil ich davon keine Ahnung hatte", kam die Antwort nach einigen Sekunden. „Sie müssen wissen, dass wir nur den Rahmenplan kennen, quasi die Zeitleiste. Wenn abseits davon etwas gegen Einzelpersonen unternommen wird, ist das nicht vermerkt. Die Ausschaltung der ermittelnden Polizisten war Teil des Gesamtplans und uns daher bekannt."

„Ich beginne zu verstehen", bemerkte Breuer langsam. „Kennen Sie die Identität derjenigen, die hinter den Anschlägen stecken?"

Die Ratte schwieg lange, sodass Breuer schon vermutete, dass der Mann die Frage nicht beantworten wollte, doch schließlich seufzte dieser.

„Ja, wir wissen, wer verantwortlich ist. Zumindest sind uns die Namen der…mir fallen keine Worte für diesen Abschaum ein…bekannt, welche die Verbrechen in Deutschland geplant und befohlen haben." Er schwieg wieder.

Breuer setzte gerade zu der entsprechenden Frage an, als ‚Mohammad' weitersprach. „Bitte akzeptieren Sie, dass ich die Namen noch nicht nenne. Sie würden mir eh nicht glauben."

„Oh, Sie haben ja keine Ahnung, was ich inzwischen zu glauben bereit bin", widersprach der Kriminalist. „Ich habe eine Kollegin, die eine Theorie hat, nach der die Spitzen der Politik das eigene Volk massakrieren würden."

„Oh ja, so etwas passiert nicht nur in Syrien, Afghanistan oder afrikanischen Militärdiktaturen", bestätigte die ‚Ratte'. „Nach dem Plan, den wir uns aneignen konnten, geschieht dies weltweit."

Breuer benötigte einige Sekunden, um zu begreifen, dass sein Gesprächspartner soeben Tanja Strassers abwegige Hypothese rückhaltlos bestätigt hatte. Er seufzte tief und rieb sich die Augen.

„Schön, und was tun wir jetzt?", fragte er leise. „Wenn das alles stimmen soll, haben wir überhaupt eine Chance?"

„Das weiß ich nicht", antwortete Mohammad bedrückt. „Ich weiß nur, dass ich es versuchen werde.

Derzeit glauben diese Unmenschen, gegen die Saddam Hussein wirkt wie ein Abbild Mutter Theresas, dass sie mit mir ein Geschäft machen können. Wenn ich also weiter Informationen an Sie liefere, muss es so aussehen, dass die Verhinderung der Anschläge nur zufällig geschah.

Ich werde weitere Beweise gegen sie sammeln und sie Ihnen zu gegebener Zeit liefern. Keine Sorge, ich sichere mich ab. Wer die Hölle von Aleppo durchgestanden hat, weiß, wie man überlebt. Und selbst für den Fall, dass es mich erwischt, habe ich vorgesorgt. Sie werden Ihre Informationen also bekommen, egal ob von mir oder einem anderen."

„Lebend sind Sie mir lieber", schnaubte Breuer. „Warum tun Sie das alles? Ich meine, Sie haben davon doch keinen Vorteil."

„Da irren Sie sich", widersprach der Syrer. „Falls Sie oder Ihre Kollegen mal jemanden von uns erwischen, werden Sie sich daran erinnern, dass wir ja nicht die wirklich Bösen sind, weil wir Ihnen geholfen haben. Aber das ist nur ein Nebeneffekt. Wirklich wichtig ist etwas Anderes.

Ich hasse gewissenlose Mörder. Sehen Sie, auch ich habe töten müssen, zuerst in Syrien, und dann… aber lassen wir das. Wen ich getötet habe, der hatte es verdient, und zwar nach jedem geschriebenen und ungeschriebenen Gesetz auf diesem Planeten. Die Kreaturen, mit denen wir uns jetzt abgeben müssen, betrachte ich als Feinde, und um sie zu vernichten, muss ich Allianzen schmieden, auch wenn der Verbündete vielleicht nicht meine erste Wahl ist."

„Bei uns gibt es ein Sprichwort: ‚der Feind meines Feindes ist vielleicht mein Freund'. Das trifft es, glaube ich", bestätigte der Polizist. „Und was würde der gemeinsame Feind weniger erwarten als eine Koalition aus Polizisten und Dieben?"

„Da gefiel mir die erste Beschreibung unseres Beruf aber viel besser", protestierte ‚Mohammad' scherzhaft, und beide Männer lachten.

Eine Frage konnte sich Breuer aber nicht verkneifen. „Der tote Ex-Minister auf den Bahngeleisen… war das einer von denen?". Er musste nicht näher erläutern, wen er damit meinte. Erneut dauerte es einige Zeit, bis sich die Ratte zu einer Entscheidung durchgerungen hatte.

„Wenn ich alles richtig gelesen und interpretiert habe, war von Adelforst die Nummer vier in der feindlichen Hierarchie. Er war für operative Maßnahmen verantwortlich, und das Scheitern zog seine Liquidierung nach sich. Von ihm stammten die ursprünglichen Informationen, das heißt, wir haben sie von seinem persönlichen Datenträger kopiert. Das war nicht leicht, aber auch wir haben Spezialisten, wie Sie schon sagten. Nicht wir haben ihn getötet, sondern seine eigenen Leute. Dass er den USB-Stick verloren hat und wir dadurch die Pläne dieser Teufel zumindest aufhalten konnten, war wohl ein Fehler zu viel gewesen."

„Danke“, sagte Breuer leise. „Mir ist durch dieses Gespräch einiges klar geworden. Wir bleiben doch in Kontakt?“

„Ja, aber nicht so“, bemerkte die ‚Ratte‘ knapp. „Wenn Sie nach Hause kommen, klopfen Sie bei ihrer Nachbarin. Sie hat ein Paket für sie angenommen, und der Inhalt dürfte selbsterklärend sein.“

Ohne ein weiteres Wort legte ‚Mohammad‘ auf. Breuer saß noch einige Minuten reglos in seinem Stuhl, während er auf den Bildschirm seines Rechners starrte. Tanja Strasser hatte ihm ihre Rechercheergebnisse per Mail übersandt, und mit jedem Wort wuchsen seine Angst und seine Wut gleichermaßen. Er hatte sich schon zuvor gefragt, mit wem er sich da eingelassen hatte. Jetzt, nachdem sich die Konturen des Feindes aus dem Dunkel schälten, fragte er sich nicht nur, ob er überhaupt etwas ausrichten könnte. Primäre Frage war jetzt, ob er seinen Versuch überleben würde.

***

Dass Delta irgendetwas zugestoßen sein musste war Alpha klar, als er nach zwei Tagen immer noch keine Verbindung mit ihm aufnehmen konnte. Kein Anruf ging ein, und die Bandansage, die nach dem Anruf auf Deltas Nummer ertönte, zeigte klar an, dass dieser das Handy nicht einmal mehr aktiviert hatte. Sonst würde er nicht jedes Mal ‚die gewählte Rufnummer ist nicht vergeben‘ hören.

Alpha seufzte tief. Er hatte Delta gemocht und große Hoffnungen in ihn gesetzt, die sich nun nicht mehr erfüllen würden. Das war umso bedauerlicher, als er für seinen Plan Unterstützung benötigte, da er allein machtlos war. Von allen Mitstreitern war demnach nur noch Charlie übrig, aber wo zum Teufel war er? Entweder war er schon dem Gegner zum Opfer gefallen, oder seine Tarnung war sogar besser als seine eigene.

Anton Lessinger, der als Anführer des Quintetts den ersten Buchstaben des griechischen Alphabets als Tarnnamen erhalten hatte verzog seufzend das Gesicht. Er hatte Charlie immer als Sicherheitsrisiko betrachtet, da er zu flippig und sprunghaft erschienen war. Erst jetzt fiel ihm auf, dass dies durch Charlies Fähigkeit, Situationen blitzschnell zu erfassen und unfassbar schnell darauf zu reagieren mehr als kompensiert wurde. Zudem hatte er bewiesen, dass er über gute Kontakte verfügte. Er beschloss also, Charlie nicht vorschnell abzuschreiben und nach einem Weg zu suchen, ihn zu kontaktieren.

Inzwischen beschäftigte er sich mit etwas überaus Profanen: er ging einkaufen, denn schließlich musste auch er einmal essen. Er verließ also seine zweite Ausweichunterkunft auf dem Neudecker Weg in Rudow und stiefelte zum nahegelegenen Edeka-Markt. Dort angekommen ging er mit seinem Einkaufkorb zur Gemüsetheke und streckte seine Hand gerade zum Blumenkohl aus, als er von der Seite angesprochen wurde.

„Nehmen Sie lieber den Brokkoli, Herr Lessinger. Der ist besser."

Reine Selbstbeherrschung verhinderte, dass Alpha zusammenfuhr. Stattdessen drehte er sich langsam zu dem Störenfried um und sah einen dunkelhaarigen Mann mit Migrationshintergrund vor sich, der ihm merkwürdig vertraut vorkam. Dennoch schüttelte der Staatssekretär unverbindlich lächelnd den Kopf.

„Wie haben Sie mich gerade genannt? Tut mir leid, aber sie verwechseln mich anscheinend", erwiderte er.

„Bestimmt nicht", widersprach der Dunkelhaarige. „Schade, dass Sie ein so schlechtes Gedächtnis haben. Ich vergesse niemandem, dem ich die Geldbörse entwendet und dann wieder zurückgegeben habe."

Lessinger klappte das Kinn nach unten. „Sehen Sie, jetzt ist die Erinnerung zurückgekehrt", feixte der Taschendieb. „Aber keine Sorge, Ihr Inkognito ist sicher – zumindest vorerst."

Der Politiker sah ein, dass weiteres Leugnen sinnlos war. „Was wollen Sie von mir? Und wie haben Sie mich gefunden?" Sein Gesprächspartner lachte nur.

„Nachdem Sie mir vor die griffbereiten Hände gelaufen waren, haben wir sie einfach nicht mehr aus den Augen gelassen", verkündete er mit einem gewissen Stolz. „Und unsere Augen sind schärfer als die normaler Menschen. Sie können sich noch so verkleiden, wie Sie wollen – wir erkennen Sie doch.

Aber nun zu Ihrer ersten Frage: wir geben darauf acht, dass Ihnen niemand ein Haar krümmt. Ein gemeinsamer Freund ist sicherlich sehr daran interessiert, Sie kennenzulernen. Sie werden ihn zumindest namentlich kennen: Hauptkommissar Breuer."

„Den wollte doch Del… ich meine, ein Freund von mir aufsuchen! Danach habe ich dann nichts mehr von ihm gehört. Wissen Sie, ob ihm was passiert ist?" Lessinger konnte seine Erregung kaum zügeln, doch der Mann vor ihm winkte ab.

„Alles zu seiner Zeit. Ich denke, Herr Breuer wird Ihnen erzählen, warum es nicht zu dem Gespräch gekommen ist. Bis dahin halten Sie schön die Füße still! Wir werden Ihr Treffen mit Breuer arrangieren. Kaufen Sie ein und gehen Sie nach Hause. Und keine Angst! Es wird ständig jemand von uns in Ihrer Nähe sein – obwohl sie ihn oder sie garantiert nicht sehen werden."

Er wollte sich umdrehen und gehen, doch Lessinger hielt ihn zurück. „Warte Sie mal! Eins interessiert mich noch: wie umgehen Sie die Ausgangssperre? Ich bin Rentner und gehe einkaufen, aber Sie dürften Ihre Wohnung doch nur zum Arbeiten verlassen, und es ist schon nach Acht!"

Tahiq El-Kassem lachte nur leise. „Wer sagt denn, dass ich nicht gerade arbeite? Das tue ich sehr wohl! Genau gesagt, leite ich die hiesige Security." Er nickte Alpha zu und ließ diesen sprachlos zurück.

***

„Taurus und Aries waren die beiden besten Leute, die mir noch zur Verfügung standen", fauchte Petrov in sein Handy, welches ihn mit Nummer zwei verband. „Jetzt kommen Sie mir nicht damit, ich hätte es vermurkst!"

„Was denn sonst?", erwiderte Nummer zwei kalt. „Ich glaube nicht an Zufälle, und auch nicht daran, dass die Berliner Polizei plötzlich zu ihrer alten Klasse zurückfindet. Wir haben jahrzehntelang daran gearbeitet, ihr Leistungsniveau herunterzufahren, damit sie uns im entscheidenden Moment nicht in die Suppe spucken kann. Also wäre es merkwürdig, wenn sie es trotzdem könnte. Das Versagen unserer Killer muss also einen anderen Grund haben."

„Ja, und ich weiß auch schon welchen", knirschte Petrov. „Der verlorene Stick ist an allem schuld. Jetzt müssen wir... Aaahrgh!"

Er schrie auf und blickte die junge Frau an seiner Seite, die sich sofort angstvoll zusammenduckte, wütend an. „Ich kann nichts dafür", entschuldigte sie sich. „Die bei der ersten Versorgung übersehenen Granatsplitter in der Wunde haben eine massive Entzündung hervorgerufen, und um sie und die Polizeikugel zu entfernen werde ich Sie komplett narkotisieren müssen. Warum mussten sie auch damit mehrere Tage durch die Gegend laufen! Jetzt haben wir den Salat!"

„Es ging nicht anders, blöde Kuh“, raunzte er die eingeschüchterte Ärztin an und wandte sich wieder dem Telefongespräch zu. Nummer zwei hatte mitgehört und fluchte laut.

„Auch das noch! Wir können uns nicht leisten, dass du mehrere Tage komplett ausfällst. Die nächste Phase startet in zwei Tagen, und da brauchen wir dein Können.“

„Bis dahin bin ich wieder auf dem Damm“, beruhigte der Top-Killer seinen Auftraggeber und drückte auf den Ausknopf. Als er sich an die Ärztin wandte, wurde sie automatisch eine Spur blasser.

„Sie machen jetzt genau das, was ich sage! Sie geben mir eine Kurznarkose, entfernen die Splitter sowie das Projektil und desinfizieren die Wunde. Danach haben Sie einen Tag, um mich wieder ans Laufen zu bekommen. Nicht mehr und nicht weniger! Und wenn ich morgen früh nicht allein zum Klo gehen kann, gnade Ihnen der Gott, an den Sie glauben!“

Er ließ sich auf die Trage zurücksinken und gab der Medizinerin das Zeichen, mit ihrer Arbeit anzufangen. Während sie sich die Hände wusch und ein neues Paar Handschuhe überstreifte schwor sie, sich alsbald einen neuen Job zu suchen.

Zu ihrem Leidwesen lief ihr aktueller Vertrag auf Lebenszeit, was bedeutete, dass sie nach der Kündigung keinen neuen Job würde antreten können…

***

Für Tanja Strasser war es eine angenehme Überraschung, als sich die Tür von Kleinschmidts Krankenzimmer öffnete und Breuer hereintrat. Er hatte nach Dienstende den Entschluss gefasst, Tanja im Krankenhaus Gesellschaft zu leisten. „Du brauchst schließlich Personenschutz", meinte er, als er sie in die Arme schloss und küsste.

„Ah ja", grinste sie ihn danach schelmisch an. „Ich schütze Kleinschmidt, und du schützt mich. Und wer passt dann auf dich auf?"

„Keine Ahnung. Vielleicht meine neuen Buddies aus Syrien", meinte ihr Freund und berichtete von seinem Gespräch mit der ‚Ratte von Aleppo'. Erst in diesem Moment fiel ihm ein, dass er gar nicht mehr zu Hause gewesen war, um das Päckchen bei der Nachbarin abzuholen. Na ja, morgen ist auch noch ein Tag, dachte er, während er sich an Tanja kuschelte.

Vielleicht hätte er seine Meinung geändert, wenn er gewusst hätte, dass Mohammad gerade versuchte, ihn über den Aufenthalt Alphas zu informieren.

Kapitel Zweiundzwanzig
Tag Elf, am Morgen

Das Morgenlicht tat sich schwer bei dem Versuch, zwischen den massiven Lamellen der Fensterjalousie durchzukommen, doch ein einzelner Strahl drang Breuer durch die nicht völlig geschlossenen Lider und riss ihn aus der Schlafphase, die er als ‚Wächtermodus‘ zu bezeichnen pflegte. Vorsichtig öffnete er seine Augen, um sich zu orientieren.

Natürlich befand er sich noch im Krankenzimmer Sven Kleinschmidts und lag halb in einem nach hinten geklappten Ruhesessel, von dem aus er ohne weitere Bewegung Tanja beobachten konnte, die auf einem normalen Stuhl neben dem Bett des Patienten wachte. Als sie erkannte, dass er aufgewacht war, begann sie zu lächeln.

Sie hatten bis um 03:00 Uhr über den Fall und die weiteren Schritte diskutiert, bis sie einsahen, dass zumindest Breuer um halb acht wieder fit sein musste. Er hatte zwar abgewinkt und etwas von ‚weniger Schlafbedürfnis im Alter‘ gefaselt, war aber von einem gewaltigen Gähnen unterbrochen worden, sodass seine Freundin / Partnerin keinen Widerspruch geduldet hatte. Gut gemacht, dachte er. Trotz nur dreieinhalb Stunden Schlaf fühlte er sich leidlich erfrischt und bereit für die Aufgaben des Tages. Zunächst einmal galt es, den Ersatz für

David Cramer zu bestimmen. Er grübelte noch darüber nach, als es leise an der Tür klopfte. Beide Polizisten griffen automatisch an ihre Dienstwaffe, bevor Tanja auf den Monitor der frisch installierten Türüberwachung sah – und Breuer überrascht ansah, bevor sie auf den Türöffner drückte. Als der Kommissionsleiter den Eintretenden erkannte, übertrug sich die Überraschung im gleichen Maße auf ihn.

„David!", entfuhr es ihm. „Was machst du denn hier?"

„Könnte ich dich auch fragen", grinste der Angesprochene zurück. „Aber ich gehe mal davon aus, dass du auf Tanja aufpasst, während sie…"

„Exakt," knurrte Breuer. „Reiner Personenschutz. Aber du bist doch krankgeschrieben! Hast du nicht einen Schlüsselbeinbruch?"

„Schon," gab Cramer zurück, „aber so was hält mich nicht auf. Ich trage gerade einen Rucksackverband, der alles an Ort und Stelle hält. Leider muss ich deswegen die Waffe an der Hüfte tragen. Im Schulterhalfter war sie mir lieber. Bin zwar nicht mehr ganz so beweglich, aber wer mich angreift, bekommt eben nicht einen Roundhouse-Kick Marke Chuck Norris verpasst, sondern ein 9x19 mm Plastik-Deformationsgeschoss von Dynamit Nobel. Sollte auch reichen."

„Du spielst mit deiner Gesundheit, mein Junge", wandte sein Chef ein, doch der junge Polizist winkte nur ab, was ihn kurz zusammenzucken ließ.

„Kalkulierbares Risiko“, meinte er nur. „Ich lasse keinen nahe genug an mich heran, dass es gefährlich werden könnte. Es wäre mir unmöglich, in der jetzigen Situation zu Hause rumzuhängen und Däumchen zu drehen. Bevor du fragst: auch das geht, trotz der Schulter! Von so einer Kleinigkeit lasse ich mich nicht daran hindern zu erfahren, wie die Geschichte ausgeht, und am Ausgang will ich selbst mitwirken. Ich habe schließlich so was wie einen Berufsstolz! Als der Arzt mich fragte, wie lange er mich krankschreiben sollte, habe ich mit den Worten ‚gar nicht‘ das Behandlungszimmer verlassen. Er hielt mich wohl für verrückt, aber die Diagnose hätte ich angefochten.

Wir haben schon genug Personalausfälle, und du brauchst jede verfügbare Kraft. Außerdem benötigst du keine Ausrede für mein Fernbleiben vom normalen Dienst in der Kommission. Ich hatte halt einen Sportunfall, nicht mehr. Keiner wird sich Gedanken darüber machen, wo ich mich rumtreibe, und wir müssen den Personenkreis, der über Kleinschmidts Verbleib und Zustand Bescheid weiß, doch möglichst geringhalten.“

„Gib es auf, Thorsten“, warf Tanja süffisant ein. „David hat scheinbar alles durchdacht und auf jeden Einwand eine passende Antwort.“

„Na wenigstens eine, die mich versteht“, grinste der so gelobte. „Ich hatte ja eine Nacht lang Zeit zum Überlegen. Also gib es auf.“

Seufzend ergab sich Breuer in sein Schicksal, und im Grunde hatte David ja Recht. Seine Hochachtung vor dem jungen Kollegen war in den letzten Tagen immens angestiegen, und er hatte begonnen, das Potenzial in ihm zu erkennen. Nach der Krise, schwor er sich, werde ich mit ihm ein ernstes Wort über seine dauerhafte Verwendung in der Mordbereitschaft wechseln. Während er sich kurz zwei Hände voll kaltes Wasser ins Gesicht schüttete, übergab Tanja ihren Schützling formell an den jungen Kriminalkommissar, der sich die Jacke auszog und auf ihren Stuhl setzte. Jetzt konnte Breuer sehen, dass sich die Linien des Verbandes deutlich im Schulterbereich abzeichneten. Sein Kollege hatte ihn also korrekt über seinen physischen Zustand aufgeklärt.

Cramer sah den beiden nach, als sie das Krankenzimmer verließen, und dachte sich seinen Teil dazu. Er gönnte es Breuer, der Frau und Sohn bei einem Unfall verloren hatte von Herzen, ein neues Glück zu finden. Unfall, dachte er spöttisch. So nannte man es noch vor zehn Jahren, als zwei sturzbetrunkene Neunzehnjährige sich mit ihren aufgemotzten Karren ein Straßenrennen lieferten, die Kontrolle verloren und in eine vollbesetzte Straßenbahnhaltestelle krachten, wo sie Martina und Sven Breuer sowie sechs andere Menschen niedermähten wie Grashalme. Fünf waren gestorben, und für die restlichen drei würde das Leben bis zu seinem Ende mit seelischen und körperlichen Verstümmelungen verbunden sein.

Die Richter hatten die beiden nur wegen Straßenverkehrsgefährdung und fahrlässiger Tötung verurteilt, woraufhin die Kamikaze, die sich wohl für Hobbs und Shaw aus „The Fast & The Furious“ gehalten hatten grinsend das Gerichtsgebäude als freie Menschen verlassen konnten. Breuer hatte dies niemals verkraftet, und diese Vorfälle ließen ihn zur Flasche greifen.

David war damals noch nicht bei der Polizei gewesen, kannte die Geschichte aber dennoch aus erster Hand, da sein Vater das Verfahren als Staatsanwalt geführt hatte. Auch ihm hatte der Ausgang des Prozesses keine Ruhe gelassen, und er war es gewesen, der einige Zeit später in einer gleich liegenden Sache den ersten Prozess geführt hatte, bei dem sich der Todesfahrer wegen Mordes und versuchten Mordes vor Gericht hatte verantworten müssen. Die rechtskräftige Verurteilung erfolgte letztlich zwar ‚nur‘ wegen Totschlags, da der BGH statt des absoluten Tötungsvorsatzes nur die billigende Inkaufnahme von Todesfällen sah, aber immerhin reichte dies, um den Fahrer für Jahre hinter Gitter zu befördern. Der Chef wäre damit in seinem Fall wohl zufrieden gewesen, dachte David Cramer und lächelte traurig.

Den Hauptgrund für seinen Diensteifer hatte er Breuer und Strasser nicht erzählt, und das war wohl auch besser so, dachte der junge Polizist. Sein Kommissionsleiter sollte lieber nicht erfahren, dass er einem sterbenden kleinen Mädchen versprochen hatte, ihre Mörder zu bestrafen, koste es was es wolle. Genauer gesagt, hatte er einen Blutschwur geleistet. Ich finde und bestrafe sie, hatte er gesagt, und wenn ich dabei draufgehe. Diese Worte dürften die letzten gewesen sein, welche die Kleine noch hatte verstehen können.

Er seufzte und rieb sich die Augen. Natürlich war er ziemlich müde, da er sich tatsächlich in der Nacht überlegt hatte, wie er Breuer dazu bringen konnte, ihn im Dienst zu belassen. Jetzt einen Kaffee, dachte er sehnsüchtig. Und zwar einen von den selbstgefilterten…

Beim Klopfen an der Tür schaute er auf den Monitor, und seine Augen wurden groß. Ohne Zögern drückte er auf den Türöffner, obwohl er befürchtete, einer Halluzination zum Opfer gefallen zu sein.

Das Erste, was durch den Türspalt hereinkam, war eine dampfende Tasse, die sich in der Hand genau der Person befand, auf die er gehofft hatte.

„Guten Morgen, David“, begrüßte ihn die hereinkommende Schwester Cordula. „Als ich vorhin gehört habe, dass du hier bist, traute ich meinen Ohren nicht, aber es ist schön, dich zu sehen.“

„Die Freude ist auf meiner Seite“, erwiderte er und schnupperte derart auffällig, dass Cordula hell auflachte.

„Ach so ist das! Du bist nur wild auf meinen Kaffee! Na, wenn ich das gewusst hätte“, konterte sie schalkhaft und reichte David die Tasse, die er vorsichtig annahm. Das Getränk erwies sich als ebenso heiß wie schmackhaft.

„Ich hatte erwartet, dass du nach den Ereignissen von gestern erst mal ein paar Tage frei machst", begann er, doch sie schüttelte den Kopf.

„Nur die Harten kommen in den Garten, hat mein Vater immer gesagt", war ihre Antwort. „So schlimm hat es mich ja nicht erwischt. Ein paar blaue Flecke, leichtes Schleudertrauma… nix, was eine gute Krankenschwester nicht aushalten kann. Aber du? Sitzt hier mit kaputtem Schlüsselbein, als wenn nichts gewesen wäre! Nicht, dass ich nicht erfreut wäre dich zu sehen, aber übertreibst du nicht etwas?"

Als er die vorbereitete Rede an Breuer wiederholte, machte sie nur eine wegwerfende Handbewegung. „Papperlapapp! Das sind Sachargumente, die du deinem Chef unterjubeln kannst, aber nicht mir! Bei so einer Verletzung entscheidet nicht der Kopf, sondern das Herz. Also, warum bist du hier?"

Ist heute das zweite Mal, dass eine Frau versteht, was in mir vorgeht, dachte David, aber im Gegensatz zu Tanja Strasser war er bei Cordula nicht einmal erstaunt. Daher berichtete er ihr ohne Umschweife von dem in seinen Armen sterbenden Mädchen und seinem Schwur, und die Augen der jungen Frau begannen sich mit Tränen zu füllen.

„Ja, das verstehe ich sehr gut", flüsterte sie und wollte sich abwenden, doch der Polizist ergriff sie beim Handgelenk und hielt sie zurück.

„Das ist aber noch nicht alles", fügte er leise hinzu. „Hier, ich meine, diese Station war die einzige Möglichkeit, dich noch einmal zu treffen. Wir hatten gestern keine Chance mehr gehabt, unsere Handynummern auszutauschen, und die Verwaltung der Charité hat sich strikt geweigert, deine Kontaktdaten herauszurücken. Also musste ich wieder hierher. Ich... ich konnte einfach nicht anders."

Seine Worte zauberten das Lächeln in das Gesicht Cordulas zurück. „Ach ja, Behörden", seufzte sie. „Die sind überall gleich. Dein LKA ist ein genauso verschwiegener Haufen, denn deine Daten wollten sie mir gestern auch nicht nennen. Und deshalb, nur deshalb bin ich hier. Im Zweifelsfall hätte ich Frau Strasser gefragt. Von Frau zu Frau, meine ich. Sie hätte mich verstanden." Sie beugte sich zu David herunter und küsste ihn vorsichtig auf die Lippen.

David hatte gewiss nicht wie ein Mönch gelebt, und Küsse waren für ihn nichts Ungewohntes, aber dieser...Obwohl er nur eine Andeutung war, ließ die darin enthaltene Verheißung eine glühende Hitze in ihm aufwallen, und nur seine Verletzungen verhinderten, dass er sie an sich riss. Dennoch spürte sie seine Absicht, denn sie löste sich vorsichtig von ihm und lachte.

„Später, David, schließlich sind wir beide im Dienst. Aber danach würde ich diese Unterhaltung gerne fortsetzen. Vielleicht bei mir zu Hause? Dann kann ich mich auch davon überzeugen, ob die Kollegen in der Unfallchirurgie deinen Rucksackverband richtig angelegt haben, und du..."

„...ja, ich sehe nach deinen Prellungen“, ergänzte der Polizist lächelnd. „Falls dir die Ansicht eines Laien dazu etwas bringt.“

„An deiner Meinung bin ich brennend interessiert“, kicherte sie und strich ihm so liebevoll über die Wange, dass er verzückt die Augen schloss. Zu seinem Bedauern drehte sie sich um und ging zur Tür, an der sie jedoch noch einmal stehenblieb.

„Ich habe mit Frau Strasser gesprochen, und sie ist damit einverstanden, dich abzulösen, sobald meine Schicht hier endet. Lauf mir also nicht davon, und stelle keinen Quatsch mit deiner Schulter an! Ich brauche dich nämlich noch. Und jetzt trink deinen Kaffee, bevor er kalt wird. Für Nachschub kann ich sorgen.“

Sie warf ihm eine Kusshand zu und ließ ihn in der Gewissheit zurück, dass er sofort damit beginnen würde, die Sekunden bis zu seinem heutigen Dienstende zu zählen. Langsam reifte in David die Erkenntnis, dass manche Menschen auch in den größten Katastrophen zu den Gewinnern gehören können, denn das Leben an sich ist unzerstörbar.

***

Nicht immer laufen die Dinge so ab, wie man sie sich vorstellt, selbst wenn man fest davon überzeugt ist, weil man Pavel Petrov heißt. Als der Killer am Morgen erwachte, fühlte er sich, als stecke er in einer Sauna. Er schwitzte und dabei war ihm gleichzeitig derart kalt, dass er sofort an Schüttelfrost dachte. Er wandte den Kopf und sah ein Überwachungsgerät neben seinem Bett, auf dessen Monitor in roten Ziffern immer wieder die Zahl 40,8 aufblinkte.

Der Auftragsmörder war nicht zum ersten Mal in einem Krankenhaus, und es war auch keine Premiere, dass dies auf einem Kampfeinsatz beruhte. Er wusste also sehr schnell, was mit ihm nicht stimmte. Nur zog er gemäß seinem Naturell die falschen Schlussfolgerungen daraus. Für ihn stand sofort fest, dass diese inkompetente Ärztin Bockmist gebaut hatte. Er wusste nur nicht, ob Absicht dahintersteckte, und das musste er herausbekommen, bevor er sie bestrafte. Jetzt musste er erst mal dringend aufs Klo, und er erinnerte sich noch sehr gut daran, wie er die Schlampe angepfiffen hatte, dass er selbst dorthin gehen wollte.

Er hob die Bettdecke an und musste einen herben Rückschlag einstecken, denn aus seinem Penis ragte ein durchsichtiger Plastikschlauch, bei dem es sich unzweifelhaft um einen Katheder handelte. Der Anblick und die daraus resultierende Wut ließen seinen Blutdruck derart rasant ansteigen, dass das Gerät neben seinem Bett wild zu pfeifen begann. Nur wenige Sekunden später betrat die Person das Zimmer, die er am liebsten lachend erwürgen würde.

„Was hast du mit mir gemacht, du Flittchen?“, brachte er krächzend hervor, während ihm rote Ringe vor den Augen tanzten. Die Ärztin schien die

Beleidigung nicht gehört zu haben, oder sie wenigstens zu ignorieren, denn sie lehnte sich mit verschränkten Armen an die Wand neben der Tür und sah Petrov mit einem an Verachtung grenzenden Grinsen an.

„Wenn Sie es genau wissen wollen: ich habe wahrscheinlich Ihr jämmerliches Leben gerettet, sie undankbarer Kretin – falls Sie wissen, was das ist", schnauzte sie zurück. „Ich persönlich musste Sie während der OP reanimieren, und das war nicht gerade ein Vergnügen. Inzwischen haben wir einen kompletten Blutaustausch durchgeführt, weil die Sepsis Ihre komplette Blutchemie zerstört hatte. Also bedanken Sie sich ruhig, wenn Ihnen das möglich sein sollte. Aber vergessen Sie es einfach. So wie Sie mich behandeln, pfeife ich auf Ihren Dank. Nehmen Sie die Hand da weg!", fauchte sie, als Petrov nach der Infusion in seinem Arm griff. „Nur das hält Sie aktuell am Leben. Dieser Cocktail aus Amphetamin, Cortison, Antibiotika und noch einigem anderen repariert, was Ihre Gegner begonnen und Sie durch das Ignorieren ärztlicher Ratschläge fortgesetzt haben, nämlich die totale Zerstörung Ihres Organismus! Aber wenn Sie wollen, bringen Sie sich halt um."

Erst jetzt bemerkte Petrov, dass seine Hüfte nicht verbunden war, sondern frei lag und einen scheußlichen Anblick bot. Offenbar hatten etliche Gewebeteile entfernt werden müssen, und auf der offenen Wunde glänzte eine Schicht Salbe, von der er besser nicht wissen wollte, was sie beinhaltete.

Er zerbiss einen Fluch zwischen den Zähnen und beschloss, zumindest vorübergehend alle Rachefantasien zu unterdrücken.

„Na schön“, ächzte er. „Was ist mit der Toilette? Ich muss…“

„Gar nichts müssen Sie“, schnauzte die Medizinerin zurück. „Wir haben ihren Magen-Darm-Trakt komplett gereinigt, und -falls Sie es noch nicht bemerkt haben- in Ihrem Anus steckt ebenfalls ein Schlauch wie der da vorne. Nur ist der um einiges größer – wie der Arsch, in dem er steckt.

Mann, Sie dürfen Ihre Hüfte nicht einen Millimeter bewegen, sonst sind Sie des Todes! Noch mal bekommen wir eine Sepsis nicht in den Griff, und dann können Sie sich einen Sarg suchen!“

„Brauch ich nicht“, knurrte Petrov. „Mich lassen sie unauffällig verschwinden. Ich bin schließlich schon tot. Na schön! Toilette ist also nicht. Was ist den wenigstens mit Frühstück? Auch wenn mir jetzt nicht danach ist?“

„Alles per Infusion“, verkündete die Ärztin schadenfroh. „Feste Nahrung können Sie knicken. Wenigstens zwei oder drei Tage. Dann stellen wir sie je nach Heilungsverlauf auf Astronautennahrung um. Obwohl Sie das eigentlich gar nicht verdienen, wenn Sie jedem, der Ihnen helfen will, den Kopf abreißen. Zumindest verbal.“ Sie sah auf den Monitor und nickte, wenigstens teilweise zufrieden. „Na ja, der Blutdruck nähert sich dem Normalwert, und auch das Fieber ist auf 39,5 Grad runter. Scheint also alles zu klappen. Wir kriegen Sie schon wieder hin, aber das dauert etwas länger als wir uns das erhofft hatten. Schließlich sind Sie nicht die unterhaltsamste Gesellschaft, und je schneller ich Sie nicht mehr vor der Nase haben, desto besser wird meine Laune."

„Da sind wir ja ausnahmsweise der gleichen Meinung", ächzte der Killer. „Bringen Sie mich wieder auf die Beine, und zwar am besten sofort. Dann sind Sie mich los."

„Das Thema hatten wir gestern schon", seufzte sie. „Leider kann ich nicht hexen. Würde ich aber gerne. Dann wären Sie schon wieder draußen, und ich hätte meine Ruhe. Ich bin aber leider nur ein Mensch." Die Ärztin wandte sich zum Gehen, doch Petrov hielt sie noch einmal zurück. „Wie wäre es wenigstens mit einem Kaffee?", fragte er, und sie überlegte.

„Tee", meinte sie schließlich. „Auf Tee könnten wir uns einigen. Sofern Sie keine Mischung mit Rum oder Wodka im Verhältnis 50:50 möchten. Alkohol steht nämlich auf der Never-Ever-Liste."

Sein resigniertes Nicken erzeugte auf ihrem Gesicht ein erstes leises Lächeln, und sie erwiderte die Geste, bevor sie den Raum verließ. Petrov sah ihr noch einen Moment nach, bevor er den Kopf in sein Kissen zurücksinken ließ.

Ein paar Tage, dachte er. Das kann ja heiter werden. Seine Zeit mit diesem Drachen zu verbringen war der Horror, und dabei dachte er noch nicht einmal an die Auswirkungen auf den großen Plan.

Irgendwie hatte das Weib etwas an sich, dass ihm gefiel, während er sie gleichzeitig von Herzen verabscheute. Schließlich war auch ein noch so guter Killer nur ein Mensch. Er griff zum Handy auf dem Nachttisch, um Nummer zwei von seinem Befinden zu unterrichten, und genau dies machte einige Kilometer entfernt mehrere Menschen sehr glücklich.

***

„Anruf auf der gespeicherten Nummer!", rief Jasmin Eilert Breuer zu, der gerade die Tür hereinkam. Er war noch schnell zu Hause gewesen, hatte die Kleidung gewechselt und das Paket bei der Nachbarin abgeholt, die nicht begeistert gewesen war, auf dem Weg zur Arbeit aufgehalten zu werden.

„Wer ruft an?", fragte er, während er die Jacke achtlos über seinen Stuhl warf. Seine Kollegin schüttelte nur den Kopf und machte eine abwehrende Handbewegung, während sie die Kopfhörer komplett überstülpte und weiter zuhörte. Breuer beschloss, sie zunächst nicht zu stören und ging in sein Büro, um das Geschenk der ‚Ratte' auszupacken.

Natürlich war es ein klassisches Wegwerfgerät, kein elegantes Smartphone, aber als er den Akku und die SIM-Karte eingesetzt hatte, war es voll geladen, und auf dem Display zeigten sich zwei Anrufe in Abwesenheit des gleichen Teilnehmers von gestern Abend und heute Morgen. Breuer zögerte keine Sekunde und rief zurück.

„Ich dachte schon, Sie hätten unser Arrangement gecancelt“, begrüßte ihn ‚Mohammad‘ launig. Breuer schnaubte nur.

„War gestern zu spät, um das Gerät noch abzuholen“, begann er, um sofort wieder unterbrochen zu werden.

„Besonders, weil Sie erst noch zur Charité mussten und nicht mehr herausgekommen sind“, lachte die ‚Ratte‘. „Jedenfalls nicht mehr gestern Nacht, sondern erst… warten Sie… heute Morgen um 07:02 Uhr. Jedenfalls hat die Uhr meines Mitarbeiters diese Zeit angezeigt, als sie vor dem Krankenhaus ins Auto stiegen.“

Breuer seufzte und beschloss, seine eigenen Observationseinheiten bei denen der ‚Ratte‘ nachsitzen zu lassen. „Kommt hin“, bestätigte er mit leicht resignierter Stimme. Diese Typen schienen immer einen Schritt voraus zu sein. „Ehrlich gesagt, Sie werden mir immer unheimlicher. Was wissen Sie eigentlich nicht?“

„Wenig, Herr Kommissar, wenig. Manchmal wäre es mir lieber, ich hätte keine Kenntnis von den grauenhaften Dingen, die sich gerade abspielen, aber ich kann meine Sinne nicht verschließen, und meine Leute und ich sind ja quasi überall.

Herr Breuer, Sie bewachen in der Charité Staatssekretär Sven Kleinschmidt, von dem Sie sich wichtige Informationen erhoffen. Dies ist insoweit richtig, dass er diese Kenntnisse besitzt. Ob er sie noch weitergeben kann, ist eine andere Frage.

Sollte er nicht mehr dazu in der Lage dazu sein, biete ich Ihnen eine Alternative. In einem Air B'n'B am Hackeschen Markt befindet sich ein Freund und Mitverschwörer Ihrer Schutzperson. Es handelt sich dabei um Staatssekretär Anton Lessinger. Ja, genau der, und es besteht kein Zweifel. Nicht nur, dass ich ihn aus dem Internet kenne, ich habe auch ein Foto seines Ausweises in der Hand." Mounir Ben Mohammad lachte leise. „Ja, wer untertauchen will, sollte auf seine Geldbörse aufpassen. Aber keine Sorge, wir haben sie ihm zurückerstattet. Die Informationen waren wertvoller als der Inhalt an sich."

„Und was machen Sie jetzt mit ihm?", fragte der Polizist gespannt, während er sich die per SMS durchgegebene Adresse und den angegebenen Aliasnamen Lessingers notierte.

„Das gleiche wie mit Ihnen: wir passen darauf auf, dass ihm nichts zustößt. Die Pleite mit Kleinschmidt dürfte wohl gereicht haben. Lessinger lässt kein gute Haar an den Sicherheitsvorkehrungen, die Sie trafen, um das Leben Kleinschmidts zu schützen." Er zögerte kurz, bevor er fortfuhr. „Zumindest nach außen hin."

„Was meinen Sie damit?", fragte Breuer erstaunt. „Nur so ein Gefühl", entgegnete die ‚Ratte' zögernd. „Wir haben Kleinschmidt aufgenommen, als er das Sportstudio verlassen hat. Vorher kannten wir ihn ja nicht, aber er nahm in einem separaten Raum Kontakt mit Lessinger auf. Wir haben ihn sprechen gehört, und die Stimme entsprach der eines Mannes, der codiert mit Lessinger telefoniert hatte, als… nun, als wir Lessingers Identität enthüllten. Ach so, was die Struktur dieser Gruppe angeht: wenn wir das NATO-Alphabet zugrunde legen, dürfte Lessinger der Chef sein, denn er ist…"

„Alpha", unterbrach ihn Breuer, der nicht sehen konnte, wie die ‚Ratte' am anderen Ende nickte.

„Stimmt, Herr Kommissar. Kleinschmidt ist ‚Delta', ‚Bravo' und ‚Echo' sind laut dem Telefonat tot, und beide Überlebenden machten sich Sorgen um ‚Charlie', der verschwunden ist. Aber zurück zur eigentlichen Sache.

Nachdem wir Kleinschmidt aufnahmen, haben wir ihn eingehend beschattet, und das fiel sogar uns wirklich schwer, denn der Mann war gut. Vor allem war er extrem vorsichtig, fast paranoid, aber wer will es ihm verdenken. Er hat nichts gegessen, nichts getrunken und einen großen Bogen um alle anderen Menschen gemacht, die sich ihm näherten. Ich halte es für unmöglich, dass ihm das, was ihn vergiftet hat, in dieser Zeit beigebracht wurde, und sehr lange vorher kann es nicht gewesen sein, weil sich dann bereits Symptome während unserer Überwachung gezeigt hätten." Er schwieg für einen Moment, um Breuer Zeit zum Nachdenken zu geben. Dieser brauchte auch nicht lange, um die Schlussfolgerungen zu ziehen.

„Sie meinen, er könnte das… Zeug… in Gegenwart von ‚Alpha' eingenommen haben? Nun… die Zeitspanne würde passen. Aber wo wäre da der Sinn? Vor allem, wenn Lessinger gesund und munter ist."

„Und das ist er tatsächlich, Herr Breuer. Keine Anzeichen irgendeiner Intoxikation, kein Schütteln, keine Schweißausbrüche, und wenn man ihn auf Kleinschmidt anspricht, wird er äußerst nervös. Ich will damit gar nichts andeuten oder einen Sinn konstruieren. Es ist nur so, dass der letzte bekannte Überlebende unter den Widersachern unserer Feinde bei mir ein komisches Gefühl im Bauch auslöst, und auf das konnte ich mich bisher immer verlassen.

Also: ich habe keinen konkreten Verdacht, der mich Ihnen raten ließe, Lessinger nicht zu trauen. Mein Gefühl sagt mir nur, dass Sie sehr vorsichtig sein sollten."

„Na vielen Dank", ächzte der Kommissar. „Erst liefern Sie mir eine neue letzte Hoffnung, und dann ziehen Sie diese wieder in Zweifel! Wem soll ich denn dann noch trauen?"

„Mir, Herr Breuer", antwortete die ‚Ratte' leise. „Mir, Mounir Ben Mohammad, der ‚Ratte aus Aleppo'. Mir und ihrem eigenen Herzen. Sonst niemandem." Er legte auf, und Breuer ließ langsam das Telefon sinken.

Erst nach einigen Sekunden kam ihm in den Sinn, dass sein Gesprächspartner ihm – sofern der genannte Name stimmte - den ultimativen Vertrauensbeweis geliefert hatte. Er, Thorsten Breuer, wäre dann der einzige Polizist in Berlin, der die wahre Identität des Königs der Berliner Taschendiebe, der ‚Ratte von Aleppo' kennen würde.

Während er noch gedankenvoll vor sich hinstarrte, öffnete sich seine Tür und Jasmin Eilert trat ein. Zu behaupten, sie habe erschreckt ausgesehen, wäre vergleichbar gewesen mit der Aussage, der Burj Khalifa in Dubai sei ein hübsches kleines Gebäude. Breuer blickte sie mit gerunzelter Stirn an, während sie sich in seinen Besucherstuhl fallen ließ. Seine Entschuldigung wegen der Wartezeit wischte sie mit einer Handbewegung weg.

„Geschenkt, Chef", murmelte sie tonlos. „Hast du schon mal erlebt, dass du gejubelt hast, weil du die Lösung eines kniffligen Falls zu haben glaubst, um wenige Sekunden später den Boden unter den Füßen zu verlieren?"

„Mh-mh. Gerade eben", knurrte Breuer bestätigend. „Aber was gab es denn bei dir? Hat es was mit dem Telefonat zu tun, von dem du mir beim Reinkommen berichtet hast?"

„Ja, genau", murmelte seine Kollegin. „Es war ein Anruf von Petrov bei seinem Auftraggeber, den er als ‚Nummer zwei' bezeichnet hat. Dürfte also der Stellvertreter des großen Unbekannten sein.

Die gute Nachricht zuerst. Thorsten, Petrov ist schwer verletzt und für mehrere Tage ans Krankenbett gefesselt. Offenbar war er zu nahe an der Explosion in Kummersdorf dran, und scheinbar hat der Kollege vor Trixi Porthums Verandatür doch besser geschossen als gedacht. Petrovs Hüfte muss übel aussehen, aber am meisten nerven ihn die Katheder in Penis und... du weißt schon. Weglaufen kann er also nicht, und umbringen wird er von uns in den kommenden Tagen auch keinen."

„Ist doch großartig!", freute sich Breuer. „Also rück die Koordinaten raus, damit ich für die beiden Schmutzfüße bei der Generalbundesanwaltschaft Haftbefehle erwirken kann, mit denen wir ihnen auf die Bude rücken! Und...wieso guckst du so komisch, Jasmin?"

„Weil jetzt das dicke Ende, nämlich die Geschichte mit dem ‚Boden unter den Füßen wegziehen' kommt. Ich habe natürlich die Geo-Koordinaten von Anrufer und Empfänger des Anrufs herausgefunden. Und jetzt halte dich fest: beide waren gerade einmal 500 Meter voneinander entfernt. Nummer zwei sagte, er könne Petrov nur wegen eines Meetings nicht persönlich aufsuchen, also kannten sie den jeweiligen Standort des anderen und waren scheinbar im gleichen Gebäude oder zumindest im gleichen Komplex. Als ich die genauen Positionen übermittelt bekam wusste ich, dass wir unsere Beschlüsse vergessen können, oder sie zumindest ins Leere laufen."

„Wieso?", fragte Breuer verblüfft. „Sitzen sie im Bundestag oder so?"

„Schlimmer," seufzte Jasmin. „Beide sind auf dem Kasernengelände Treptower Park in Alt Treptow-Köpenick. Und dort befindet sich seit 2004 die

Berliner Zentrale des Bundesamtes für Verfassungsschutz."

Kapitel Dreiundzwanzig
Tag Elf, gegen Mittag

Trixi Porthum hielt die Anspannung nicht mehr aus. Viel zu lange schon hatte sie nichts mehr von Sven gehört, und obwohl er ihr Schwierigkeiten bei der Verbindungsaufnahme prophezeit hatte, machte sie sich echte Sorgen, denn sein früherer Einfallsreichtum sprach eher für als gegen die Überwindung der Probleme.

Urlaub zu machen war zwar angenehm, aber allein hatte sie keinen rechten Spaß daran, und außerdem war sie wirklich in ihrer Pepper-Potts-Rolle aufgegangen. Sich Sven Kleinschmidt anstelle von Robert Downey jr. als Iron Man vorzustellen, erheiterte sie kurz, bevor ihr Lächeln erstarb, denn sie erinnerte sich an das Ende des Superhelden in ‚Avengers: Endgame', als er sich für die Menschheit opferte.

Sie seufzte und rückte ihre Sonnenbrille zurecht. Hier unten in Kapstadt waren die Jahreszeiten zwar genau entgegengesetzt zu Deutschland, aber man war wenigstens in der gleichen Zeitzone, was Telefongespräche deutlich erleichterte, und das Internet funktionierte prächtig, selbst in Stoßzeiten. So hatte sie den Einbruch in ihr Haus über eine auf die Terrassentür gerichtete Kamera per DFÜ fast live miterlebt, und es wäre ihr nicht in den Sinn gekommen, dieses Gebäude ohne gründliche Absuche durch Fachleute für versteckte Fallen nochmals zu betreten.

Ihr unauffälliges Verschwinden war überraschend einfach gewesen. Ausgestattet mit einer ausreichenden Menge an Bargeld war sie nicht auf die Benutzung von Debit- oder Kreditkarte angewiesen, wodurch sie verhindern konnte, in der digitalen Welt eine Spur von Brotkrumen zu hinterlassen. Und noch etwas hatte sich als sehr vorteilhaft erwiesen: ihre Mutter war Südafrikanerin burischer Herkunft gewesen, und sie besaß deshalb auch noch die südafrikanische Staatsbürgerschaft nebst gültigem Pass, in dem ihr Vorname mit Beatrice und der Familienname mit van Dongen angegeben war, weil sie erst vor drei Jahren den Namen ihres Stiefvaters angenommen hatte. Als sie in Brüssel in den Flieger nach Südafrika gestiegen war, konnte sie zumindest hoffen, die vom Feind benutzten Suchalgorithmen unterlaufen zu haben. Jetzt galt es nur, unauffällig herauszufinden, was Sven zugestoßen sein konnte. Nur: wie zum Teufel sollte sie das anstellen?

Bevor sie zu einer Entscheidung kommen konnte, klopfte es an der Tür ihres Appartements, welches sie vorgestern gemietet hatte. In der Erwartung des Room Service ging sie zur Tür und warf einen Blick durch den Türspion. Der sich ihr bietende Anblick überraschte sie. Vor der Tür stand nämlich ein Mann Mitte dreißig, welcher einen offenbar auf Maß gearbeiteten dreiteiligen Anzug trug, dessen Hersteller wahrscheinlich in Italien residierte. Das helle grau des Anzugs harmonierte großartig zu der ebenholzfarbenen Gesichtshaut seines Trägers, der zudem ein gewinnendes Lächeln aufgesetzt hatte, auch wenn ihm aufgrund seiner Körperspannung anzusehen war, dass er in einer ernsten Angelegenheit zu ihr gekommen war.

Trixi schwante Übles. Irgendwie mussten sie ihr auf die Spur gekommen sein, aber sie hatte keine Ahnung, wie das vonstattengegangen war. Trotzdem beschloss sie, den Stier sozusagen bei den Hörnern zu packen.

„Ja bitte?", rief sie durch die Tür. „Hallo Frau van Dongen", kam die Antwort. „Vielleicht erinnern Sie sich an mich. Mein Name ist Terrence Johnson, und ich bin Sektionsleiter im hiesigen State Department. Ich habe eine codierte Nachricht erhalten, dass ich Ihnen behilflich sein soll, sich Nachstellungen durch… nun, sagen wir mal, gemeinsame Gegner zu entziehen."

„Ich wusste gar nicht, dass ich Gegner habe", behauptete Trixi, ohne die Tür auch nur einen Spalt zu öffnen. Vorsicht war schließlich die Mutter der Porzellankiste. Ihr Besucher schien dies zu verstehen.

„Ich schiebe Ihnen jetzt etwas unter dem Türspalt durch, was Sie wahrscheinlich beruhigen wird", versprach er. „Danach sollten Sie mich besser hereinlassen, bevor wir Aufmerksamkeit erregen."

Na, warten wir mal ab, dachte Trixi und beobachtete, wie sich ein weißer Umschlag unter ihrer Tür hindurchschob. Sie griff danach, öffnete ihn und entnahm ein Stück Papier, welches sich als ein Foto entpuppte. Darauf waren zwei Männer vor der Front des deutschen Innenministeriums abgebildet, welche die junge Frau auf den ersten Blick erkannte, denn neben dem Mann vor der Tür zeigte das Bild ihren Chef Sven Kleinschmidt. Jetzt schaltete sich auch die Erinnerung der Assistentin wieder ein, und sie beeilte sich, den Besucher einzulassen.

„Verzeihung Mr. Johnson, das ich mich nicht an Sie erinnert habe", begrüßte sie ihn nun wesentlich freundlicher. „Sie waren vor knapp einem halben Jahr bei Sven… ich meine, Herrn Staatssekretär Kleinschmidt, um an einer Besprechung mit einem Japaner teilzunehmen."

„Herrn Kawashima, das ist richtig", bestätigte Johnson, während er sein Jackett öffnete und sich setzte. „Es hat mich erschüttert, dass er bei dem Anschlag ums Leben kam und anscheinend sogar als Träger der Bombe missbraucht wurde. Ich sage ja immer, Bushido taugt nicht als permanente Lebensweisheit, wenn Höflichkeit dich töten kann – und andere mit."

„Wie haben Sie mich eigentlich gefunden? Ich hatte alle mit Sven besprochenen Vorsichtsmaßnahmen beachtet", wunderte sich Trixi, doch Johnson lachte nur.

„Genau deswegen“, meinte er heiter. „Sven hat mir gesagt, wo ich Sie finden kann. Sehr viele Appartements mit gehobenem Standard gibt es hier in der Gegend nicht, und es gibt hier auch nur eine Beatrice van Dongen. Und ich bin auch über ihr persönliches Verhältnis zueinander informiert.“ Er lächelte, als er die feine Röte in ihrem Gesicht sah, fuhr aber dennoch fort.

„Doch jetzt zum Wesentlichen: wie schnell können Sie Ihre Sachen gepackt haben? Ich muss Sie erst einmal hier raus und in Sicherheit bringen. Sonst reißt mir Sven bei unserem nächsten Treffen den Kopf ab.“

„Wie lange kennen Sie sich schon?“, fragte Trixi, während sie die Schränke öffnete und ihre Kleidung achtlos in die beiden Koffer warf.

„Fünf Jahre und ein paar Monate“, erwiderte ihr Gast. „Wir haben uns bei der UNO kennengelernt. Sven begleitete seinen Innenminister, ich meine Außenministerin. Ich glaube, unser gemeinsames Faible für Zitronensorbet war es, über das wir ins Gespräch kamen.

Beide hatten wir festgestellt, dass in der Politik unserer Länder merkwürdige Brüche existierten, die nicht gesellschaftlich oder historisch plausibel sind – nicht mal hier, wo man fast alles mit den Relikten der Apartheid begründen kann, und in Deutschland erst recht nicht. Sven hatte damals schon Kontakt zu der Gruppe von Anton Lessinger und wurde kurz darauf auch offizielles Mitglied. Ich selbst habe hier eine gleichartige südafrikanische

Gruppe aufgebaut, und wie sich herausstellte, war dies auch verdammt nötig.

Unsere Feinde agieren weltweit, in jedem Staat auf diesem Planeten, und sie verfolgen ein gemeinsames Ziel, nämlich die gesamte Menschheit auf ewig zu beherrschen, sie zu dezimieren (um sie besser unter Kontrolle halten zu können) und ihnen alle Ressourcen zu rauben, mit denen sie diesen Zustand jemals ändern könnten. Aber ich rede im Moment zu viel, und ich kann Ihnen ansehen, dass Sie nicht mitkommen."

„Stimmt", bestätigte die junge Frau. „Aber wenn ich das richtig verstanden habe, sind Sie hier ‚Alpha', nicht wahr?"

Johnson nickte nur. „Im Gegensatz zu Deutschland sind wir allerdings etwas weitergekommen. Wir werden morgen den umfassenden Gegenschlag starten und die Feinde ausschalten. Wären Sie zwei Tage später gekommen, hätten Sie ungestört hierbleiben können, aber jetzt will ich kein Risiko eingehen. Wie gesagt, insbesondere Sven hat darauf bestanden."

„Wann haben Sie zuletzt Kontakt zu ihm gehabt?", fragte Trixi, die inzwischen mit dem Packen fertig war, und die Rollkoffer in Richtung Tür schob. Johnson sah ihr dabei zu und grinste.

„Ich wünschte, meine Frau wäre so schnell. Helen braucht immer eine Ewigkeit, bis wir irgendwohin fahren können. Aber egal. Sven hat mir vor drei Tagen die Nachricht geschickt, in der es um Sie ging. Seitdem ist der Kontakt abgerissen." Er schwieg, und seinen letzten Worten war die Sorge um den Freund anzumerken.

„Genau wie bei mir“, bestätigte die junge Frau. „Ich beginne mir meine Gedanken zu machen. Schließlich haben wir es nicht mit Stümpern zu tun.“

Wem sagst du das, Mädchen, dachte Johnson. Er wusste genau, wovon sie sprach, denn auch in seiner Gruppe hatte es Verluste gegeben.

„Ich bringe Sie gleich in unser Sea Cottage in Simon's Town zu meiner Frau. Dort ist schon bekannt, dass sie eine Schulfreundin aus dem Internat in der Schweiz erwartet. Die Geschichte sollte kurzfristig als Legende ausreichen. Von dort aus werde ich auch versuchen, die Kommunikation mit unserem gemeinsamen Freund wiederherzustellen. Ich bin überzeugt, dass es eine ganz einfache Erklärung gibt, denn Sven kann gut auf sich aufpassen. Und er weiß, wem er vertrauen kann.“

Trixi war sich nicht so sicher, und wie in den meisten Fällen trug die weibliche Intuition auch hier den äußerst bitteren Sieg davon.

***

„Es ist unerträglich, dass wir einfach nicht vorankommen“, tobte Nummer eins, und die übriggebliebene Führungsriege der Verschwörer duckte sich wie Kühe bei Donner. „Können Sie mir erklären, wie ich Ihre Inkompetenz dem World Council auch nur ansatzweise begreiflich machen soll? Geht es in

Ihre Schädel denn nicht hinein, dass wir uns an den weltweiten Zeitplan halten müssen? Eine Verschiebung der nächsten Phase kommt nicht in Frage, und dank der letzten beiden Fehlschläge haben wir es nach wie vor mit einem funktionsfähigen Parlament und einer Polizei zu tun, die nicht im Mindesten geschwächt, sondern im Gegenteil hochmotiviert sein wird!"

„Drei", murmelte Nummer zwei dumpf. Er hob den Kopf und sah seine Chefin starr an. „Es waren drei Fehlschläge, nachdem auch der Versuch, Kleinschmidt endgültig auszuschalten gescheitert ist. Gut, das war nicht Bestandteil des großen Plans und er liegt meiner Kenntnis nach im Sterben, aber vorher kann er wahrscheinlich den Bullen noch alles erzählen, was er über uns erfahren hat. Detailliert wissen wir zwar nicht wieviel das ist, aber ein Risiko können wir uns bestimmt nicht leisten."

Er schlug mit der flachen Hand auf die Tischplatte vor ihm und schnaubte verächtlich. „Das alles ist nur dieser Idiot von Adelforst schuld! Hätte er sich diesen Stick nicht abnehmen lassen, säßen wir nicht in der Schei…"

„Ich muss doch bitten!", meldete sich Nummer sechs empört. „Sie sind für die Wiederbeschaffung zuständig, und auch dafür, dass die … na, sagen wir: Finder die Infos nicht an andere weitergeben! Dass sie die Daten erfolgreich dekodieren konnten, versteht sich nach unseren letzten Pleiten doch wohl von selbst, nicht wahr! Also beliefern ausgerechnet technisch versierte Diebe die Sicherheitskräfte Deutschlands mit hochkarätigen Hinweisen, und die wissen auch noch was damit anzufangen! Wenn diese Kooperation so läuft, beruht das wohl nicht auf Sympathie! Tatsächlich dürften Sie den Langfingern einfach nicht genug geboten haben, und das wäre einzig und allein Ihr Fehler gewesen!"

Nummer zwei wollte auffahren, doch eine Handbewegung der Nummer eins ließ ihn wieder in seinen Sessel zurücksinken. „Sei es wie es ist", bemerkte die Anführerin, „Nummer zwei muss die Verhandlungen mit den Syrern zum Abschluss bringen, koste es was es wolle. Wir mussten schon einmal den Ansprechpartner austauschen, und ein zweites Mal möchte ich das nicht, und das nicht nur, weil dies unsere Geschäftspartner irritieren und warnen würde. Was haben Sie in diesem Zusammenhang geplant, Nummer zwei? Sie haben doch sicher eine Idee."

Der Angesprochene nickte und entspannte sich etwas. Wenn Nummer eins seine Meinung hören wollte, war seine Liquidierung noch nicht beschlossene Sache.

„Ich warte aktuell auf die Antwort auf mein Angebot, dass ich vorgestern codiert unterbreitet habe. Anzeigen in der Zeitung, das ist ja wie in den Siebzigern! Hat aber den Vorteil, anonym, über Mittelsmänner und per Barzahlung an die Printmedien operieren zu können. Keine digitalen Spuren, keine IP-Adressen, über die eine Identität oder ein Standort ermittelt werden kann, und in welcher der Million gedruckten Blätter die Nachricht gelesen wurde ist niemals nachvollziehbar. Unsere modernen Ermittlungsstrategien laufen gegenüber dieser antik-analogen Methode leer. Einziger Vorteil ist, dass es auf beiden Seiten wirkt. Wir wissen nicht, wer sie genau sind, aber genauso wenig wissen sie es von uns."

„Immerhin etwas", höhnte Nummer sechs, der scheinbar noch nicht zufrieden war. „Und wieviel wird uns der Spaß kosten? Ich meine, wieviel Geld haben Sie den Hundesöhnen geboten?"

Nummer zwei sah seine Chefin an, die ihm durch ein Nicken die Erlaubnis gab zu antworten. „Zwei Milliarden Euro", antwortete er gedehnt und beobachtete, wie Nummer sechs entsetzt die Augen aufriss.

„Das ist bei weitem aber noch nicht alles", fügte der Sprecher hinzu. „Sie wollen die Summe in verschiedenen Kryptowährungen. Um diese zu beschaffen, werden wir nochmals 500 Millionen wegen des unabdingbaren Kursanstiegs aufbringen müssen."

„Haben wir denn noch so viel in der Kriegskasse?", wollte Nummer fünf wissen, der sich bislang völlig zurückgehalten hatte. Nummer sieben zog einen Flunsch.

„Leider nicht. Die Kosten für die Raketenpanzer und die Produktion der Virusmutante sind ziemlich aus dem Ruder gelaufen, und obwohl wir uns über Umwege an den Budgets verschiedener Ministerien gütlich tun konnten, ist die Kasse ziemlich leer.

Eine Milliarde, anderthalb vielleicht, mehr ist aktuell nicht drin. Besteht keine Möglichkeit, die Kosten zu senken?"

„Senken?", schnaubte Nummer zwei. „Sie glauben doch nicht, dass diese Kretins dazu kommen werden, einen maßgeblichen Teil davon auszugeben? Bevor es dazu kommt, werden alle tot sein, und wir holen uns das Geld wieder zurück.

Den Deal werde ich mit dem großen Chef der Syrer und seinem IT-Spezialisten persönlich aushecken. Die Bitcoin- und anderen Codes werde ich auf einer codierten Festplatte speichern, die ich in einem Aktenkoffer übergeben werde. Der Koffer ist harmlos, aber hermetisch verschlossen, und neben der Platte befindet sich eine Phiole mit einem Aerosolgift darin, deren Siegel mit dem Kofferdeckel verbunden ist. Wenn auch nur einer unserer Gegner im Raum ist, wenn der Koffer geöffnet wird, sind sie alle geliefert. Sie atmen es ein, werden infektiös, und Sie wissen ja, wie sich diese Araber begrüßen. Umarmung, Küsschen rechts, Küsschen links."

„Und was für einen Giftstoff verwenden Sie diesmal? Wieder dieses Ebola-Zeug?", fragte Nummer drei interessiert, doch sein Kumpan schüttelte den Kopf.

„Einmal reicht so was. Nein, da musste etwas anderes her. Diesmal ist es ein mutierter Lungenpest-Virus mit einer letalen Rate von 87%. Allerdings beginnen die ersten Symptome erst nach zwei Tagen, aber dann explosionsartig. Der Tod des Infizierten tritt nach etwa sechs weiteren Stunden ein. Und ein Gegenmittel gibt es nicht."

„Also die nächste Seuche, die über Berlin hereinbricht", ächzte Nummer eins. „Mit wie vielen Toten rechnen denn diesmal, Nummer zwei?"

„Nur mit so vielen, dass wir die in Berlin nicht erreichten Fallzahlen in Phase zwei wieder einholen", beruhigte er sie. „Ungefähr einhundertfünfzigtausend. Zumindest dürften es so viele sein, denn so viele arabischstämmige Einwohner gibt es hier. Und die sind unsere Zielpersonen; andere Menschen husten einmal, und damit hat sich die Infektion bei ihnen.

Der Trick ist ganz einfach. Jedes Lebewesen hat sich auch genetisch seiner Herkunftsregion angepasst. Asiaten, Afrikaner, Polynesier… alle unterscheiden sich in ihrer genetischen Struktur, und ebenso ist es bei den Menschen, die aus dem arabischen Raum stammen. Also…"

„… haben Ihre Wissenschaftler einen Sinovirus kreiert, der einen Araber tötet und einen Mitteleuropäer verschont", murmelte Nummer drei. „Brilliant! Aber wie sicher ist die Methode? Ich kenne das Ganze nur aus Matthew Reilly-Romanen!"

„Seien Sie sicher: es funktioniert", entgegnete Nummer zwei gelassen. „Einziger Risikofaktor ist die genetische Struktur. Wenn du mehr als zwei Vorfahren aus der Levante hattest, bist du in Gefahr." Er lächelte dünn. „Rassisten würden aber sagen: nicht schade um die Mischpoke."

„Gut, dass wir keine sind“, schnappte Nummer eins. „Wir denken ausschließlich pragmatisch. Was mir jedoch missfällt ist der Umstand, dass unsere ‚Geschäftspartner‘ zwei Tage Zeit haben, die Kryptos durch die ganze Welt zu schicken, bevor es mit ihnen zu Ende geht!“

„Ach, kein Problem“, meinte Nummer zwei lässig. „Sie werden leider ein paar technische Probleme beim Decodieren der Daten haben. Nichts Großes, aber so ein paar Zahlendreher im Code. Nichts wirklich Schlimmes, und wir werden uns auch dafür entschuldigen, aber es wird sie viel Zeit kosten. Zeit, die sie nachher nicht mehr haben werden. Der Stick enthält darüber hinaus eine weitere Falle. Sobald er in einen netzgebundenen PC gesteckt wird, schickt er uns seine Position. Der Rest unserer Eingreiftruppe wird sich dann ihrer annehmen und den Datenträger sicherstellen. Außerdem sind nur Codes im Wert von 500 Millionen echt. Der Rest wird ein Fake sein.“

„Sehr gut“, murmelte Nummer eins befriedigt. „Also legen Sie los! Lange können wir nicht mehr warten, bevor das World Council nervös wird, und die lassen nicht mit sich spaßen.“

Nummer zwei nickte und beendete die Verbindung, während er sich zurücklehnte. Er wusste nur zu gut, was dieses ‚nicht mit sich spaßen lassen‘ zu bedeuten hatte.

Schließlich hatte er es bei Nummer vier miterlebt.

***

Thorsten Breuer sah sich als Polizist – zuerst und zuletzt. Er liebte es, Verbrecher zu jagen und zur Strecke zu bringen, und obwohl er nicht immer mit den Ergebnissen der Gerichtsverfahren zufrieden war, tat er stets sein Bestes. Was er auf den Tod nicht abkonnte, war Bürokratie. Er versuchte, Besprechungen mit seinen Vorgesetzten möglichst zu entgehen, aber manchmal bestanden sie auf einem Update, und heute war dies der Fall.

Kriminalrat Eichler hatte ihn im Auftrag des Einsatzstabes ‚gebeten', um 13:00 Uhr in das Lagezentrum zu kommen. Eine solche Bitte kam einer dienstlichen Weisung gleich (militärisch hätte man dies als Befehl bezeichnet), und für den Hauptkommissar gab es keinen Ausweg. Er musste dorthin. Eine halbe Stunde vor dem angesetzten Termin saß er in seinem Büro und dachte darüber nach, was er ihnen erzählen wollte; was und vor allem, wieviel. Und er fragte sich, was genau sie von ihm wollten. Die Antwort darauf sollte ihn überraschen.

„Herr Breuer, das hier ist Diplompsychologe Dr. Eberhard Kronberg", stellte Eichler ihm beim Eintreten einem Mittfünfziger vor, der bereits am Besprechungstisch saß und an einer Kaffeetasse nippte. Er stand nicht auf, um Breuer zu begrüßen, sondern hielt ihm nur eine schlaffe Hand entgegen, die sich nach Meinung des Polizisten anfühlte wie ein kalter, toter Fisch.

„Wir kennen uns bereits", versetzte der Polizist ebenso kalt. „Dr. Kronberg hat mich untersucht, als es darum ging, mir eine dauerhafte Dienstuntauglichkeit zu bescheinigen. Sein Gutachten konnte jedoch als unzutreffend widerlegt werden. Interessant ist nicht nur, ihn wiederzusehen, sondern auch festzustellen, dass der Behörde offenbar nichts Neues einfällt, um mir zu beweisen, dass ich nichts mehr tauge."

„Nun machen Sie mal einen Punkt", unterbrach ihn Eichler. „Sie sind der beste Mann am richtigen Ort, dabei aber einem furchtbaren Druck ausgesetzt, dessen Auswirkungen ich von einem Fachmann überprüfen lassen muss. Ich selbst habe volles Vertrauen zu Ihnen, das sollte Ihnen doch klar sein!"

„Und genau deswegen haben sie mir einen Spion in mein Team geschleust", erwiderte Breuer mit dem freundlichsten Lächeln. Eichler nickte bekümmert.

„Ja, das war ein Fehler, und den gebe ich ungern zu. Ich werde mich nicht dafür entschuldigen, weil ich einfach sichergehen musste. Bisher haben Sie und ihr Team herausragende Arbeit geleistet. Sie haben weitere Anschläge verhindert, den Verantwortlichen für die Ausführung identifiziert, obwohl er als tot galt, und sind den Strippenziehern hinter diesem Petrov auf der Spur. Dass nicht alles klappt, ist bedauerlich, aber unabänderlich.

Herr Dr. Kronberg ist aktuell der einzige greifbare Polizeipsychologe, und selbst wenn Sie persönliche Vorbehalte haben, ist er der beste Mann, um herauszufinden, ob Sie überlastet sind oder nicht!"

„Danke für den Zusatz ‚oder nicht', auch wenn ich von Ihrem Zweifel noch nicht überzeugt bin", versetzte Breuer sarkastisch. „Was seine Reputation angeht, bin ich natürlich anderer Meinung, aber na schön. Ich werde Ihnen mal unser letztes Highlight schildern.

Aktuell haben wir aufgrund der Überwachungsmaßnahmen im Bereich der Telekommunikation Hinweise auf den konkreten Aufenthalt Petrovs und seines direkten Auftraggebers, der Mitglied der Verschwörergruppe sein dürfte."

Breuer schwieg, während Eichler ihn konsterniert anstarrte. Es dauerte eine knappe Minute, bis Dr. Kronberg das bestehende Schweigen brach.

„Ich kenne Sie gut genug, um zu wissen, dass da noch was kommt, Herr Breuer. Und ich kenne das normale Vorgehen der Polizei bei solchen Ermittlungen. Was hindert Sie daran, sich die Täter zu holen? Wollen Sie vielleicht auch den Rest der Gruppe identifizieren, bevor Sie zuschlagen?"

„Das ist eine der taktischen Erwägungen", bestätigte Breuer, der froh war, von Kronberg eine plausible Ausrede geliefert zu bekommen. „Wir wollen den Kreis der Eingeweihten, die alle Details kennen, möglichst klein halten. Auch meine Kommission kennt nicht alle Einzelheiten, weil ich ihnen eng umrissene Spezialaufgaben zugeteilt habe. Die kritischen Informationen beschränken sich auf vier Personen, nämlich Frau Strasser, meine Wenigkeit und zwei weitere, die ich nicht namentlich benennen werde, nicht einmal Ihnen. Tut mir leid, aber mein Vertrauen in Sie ist nicht so groß wie Ihres in mich." Er grinste Eichler wölfisch an und fuhr fort.

„Ich möchte Ihnen jedoch eine hypothetische Frage stellen. Wie würden Sie reagieren, wenn Sie feststellen, dass sich Ihre meistgesuchten Personen, also Staatsfeind Nr. 1 und 2, in der Obhut staatlicher Organisationen befinden?"

„Ich würde einen Überstellungsantrag ausfüllen und sie mir holen! Außerdem müsste mir die jeweilige Stelle ein paar kritische Fragen beantworten, nämlich warum sie uns über ihre Ermittlungen und Festnahmen nicht informiert haben!", empörte sich Eichler, doch Breuer unterbrach ihn abrupt.

„Sie scheinen nicht zu verstehen, Herr Eichler. Was ist, wenn unsere Täter nicht im Gewahrsam dieser Behörden wären, sondern ihnen angehören (als hochrangige Mitarbeiter wahrscheinlich) oder zumindest geschützt würden?"

Bevor der Angesprochene zu einer Erwiderung ansetzen konnte, klingelte Breuers Handy, und mit einer entschuldigenden Geste nahm er ab. Er hörte etwa eine Minute zu, murmelte „Gut, ich komme" ins Mikro und beendete das Gespräch, bevor er sich an Eichler wandte und sich erhob.

„Es hat sich etwas sehr Wichtiges ergeben, und ich muss sofort los. Ich werde Sie weiter auf dem Laufenden halten. Bitte entschuldigen Sie mich, aber die Ermittlungen haben Priorität."

Breuer verließ den Raum, und kaum hatte sich die Tür geschlossen wandte sich Eichler an Dr. Kronberg. „Nun, was halten Sie von ihm?"

„Mehr als von den meisten Polizisten, die ich kenne – Sie eingeschlossen", erwiderte der Psychologe trocken. „Er hat sich nach seiner persönlichen Krise sehr gut erholt. Ich erkenne zwar Anzeichen von Stress bei ihm, die er aber gut kompensiert. Auch dass er mich hier sah, hat ihn nicht aus der Spur geworfen. Und nicht alles an die große Glocke zu hängen schützt tatsächlich die Ermittlung. Ich bin überzeugt, dass er seine Aufgabe problemlos bewältigen wird. Also lassen Sie ihn weiter nachforschen. Breuer ist ein Bluthund, der nicht aufhören wird, bis er die Wahrheit herausgefunden hat – koste es, was es wolle, denke ich."

„Und das wollen wir ja auch", murmelte Eichler. „Mehr oder weniger. Na gut, dann danke ich Ihnen. Ich nehme an, dass ich noch einen detaillierteren schriftlichen Bericht erhalten werde."

„Wenn Sie das wünschen, natürlich", erwiderte Kronberg. „Es könnte aber etwas dauern, da ich mich noch um etliche Polizisten kümmern muss, die im Zuge des Terroranschlags traumatisiert wurden. Deren Gesundheit hat für mich die oberste Priorität.“ Er trank seinen Kaffee aus, nickte dem Kriminalrat zu und ließ Eichler gedankenverloren zurück.

Draußen schüttelte er bei dem Gedanken an Breuers durchsichtige Täuschungsversuche amüsiert den Kopf. Der Polizist hatte gelogen, dass sich die Balken des Gebäudes biegen mussten. Einerseits war die Suche nach den übrigen Verschwörern nicht der Grund für die Verzögerung bei der Vollstreckung von Haftbefehlen gegen Petrov und andere gewesen; Kronberg hätte ein Jahresgehalt darauf gewettet, dass dies tatsächlich mit Breuers ‚hypothetischer Frage‘ zusammenhing. Andererseits war das Telefonat eine willkommene Gelegenheit gewesen, die Befragung zu beenden, bevor er zu viele Details preisgeben oder sich mit seinen Phantastereien so weit aus dem Fenster lehnen musste, dass das Lügengewebe gerissen wäre. Nicht jeder ist zum Lügner geboren, und als solchen schätzte er den Polizisten nicht ein.

Entgegen seinem Verhalten schätzte Kronberg den Kommissionsleiter sehr. Es hatte ihn geschmerzt, auf Wunsch der Behördenleitung ein negatives Gutachten über seine Diensttauglichkeit vorzulegen, und dass es von einem Gegengutachter in der Luft zerrissen werden konnte, lag einzig und allein an einigen handwerklichen Fehlern, die er bewusst eingearbeitet hatte, um dem Polizisten eine Chance zu geben.

Er freute sich, dass Breuer zu alter Klasse zurückgefunden hatte und wieder der kompromisslose Jäger aller Bösen war. So wie er sich heute präsentiert hatte, befand er sich auf einer heißen Spur, und Kronberg war froh, dass er nicht das gejagte Wild war. In einer Sache irrte sich der Psychologe jedoch: der Anruf bei Breuer war tatsächlich von überragender Wichtigkeit.

Die Charité hatte nämlich gemeldet, dass Sven Kleinschmidt dabei war, das Bewusstsein wiederzuerlangen.

***

„Wo bleibt Henry?", fragte Pielkötter in der Berliner Zeitung jeden, der oder die ihm über den Weg lief, doch außer nichtssagenden Bemerkungen oder einem schlichten Achselzucken erhielt er keine Antwort. Zumindest keine, die seine stetig wachsende Nervosität zu dämpfen vermochte.

Natürlich hatte er sein bestes Pferd im Stall auf die Geschichte mit den Straßenkampfbarrieren am Reichstag angesetzt, und Porter war mit Feuereifer losgedüst, um Kontakt mit seinem Informanten aufzunehmen. Das letzte, was der Chefredakteur von ihm gehört hatte, war die Nachricht, dass er Kontakt aufgenommen habe. Und danach? Nichts mehr! Für Pielkötter, selbst Zeitungsmann der alten Schule war dies kein gutes Zeichen.

Zum gefühlt fünfzigsten Mal an diesem Tag drückte er auf die Wahlwiederholungstaste seines

Handys, und erneut ertönte die Ansage ‚the person you have called...‘ und so weiter. Gerade war er dabei, sein Smartphone wieder in die Tasche zu stecken, als seine Assistentin Anita den Kopf durch die Tür steckte. Ihr Gesicht sah aus, als hätte sie ein Gespenst gesehen.

„Boss? Ich glaube, das sollten Sie sich anschauen. Auf der A 100 hat es offenbar eine Verfolgungsjagd gegeben, und das flüchtige Fahrzeug hat sich mehrfach überschlagen, bevor es die Schallschutzwände durchbrochen hat und von der Rudolf-Wissell-Brücke gestürzt ist.“

„Was sagt die Polizei denn?“, wollte er wissen. „Haben die eine Ahnung, wen sie da gejagt haben?“

„Das ist es ja gerade, Chef“, murmelte Anita. „Wer auch immer hinter ihnen her war, es war nicht die Polizei. Und das verfolgte Fahrzeug war ein roter Sportwagen. Die Aufnahmen im Netz sind verheerend. Man kann den Autotyp nicht mehr erkennen, so zerschmettert ist das Wrack.“

„Hohe Geschwindigkeit, durch eine Leitplanke und 15 m freier Fall. Da wirkt schon genug zerstörerische Energie auf ein Chassis ein“, bestätigte Pielkötter. „Schick Jonas zum Unfallort. Er soll einen seiner üblichen Artikel über die Gefahren illegaler Straßenrennen schreiben. Ich frage mich nur, wo unsere Polizei ihre Augen hat. Wir haben Ausgangssperre, die Leute dürfen die Wohnungen kaum noch verlassen und trotzdem können Idioten über die Avus rasen. Na ja, vielleicht gerade deshalb."

„Ich gebe das weiter, Chef. Allerdings kam gerade über BB-Radio, dass es wohl weniger ein Rennen als vielmehr eine Flucht war. Das hintere Fahrzeug hat den Sportwagen nach Augenzeugenberichten mehrmals gerammt, und es wurde auch von ‚komischen Knallgeräuschen' berichtet."

„Dann war es wohl so eine Unterweltgeschichte. Feuergefecht zwischen Gangsterbanden in aller Öffentlichkeit! Darauf würde ich lieber Henry ansetzen, aber der ist ja mal wieder undercover. Okay, Jonas soll sehen, was er herausbekommt."

In den folgenden zwei Stunden verschaffte sich der Redaktionsalltag sei Recht, und Pielkötter kam weder dazu, sich Gedanken um diesen Vorfall noch um den Verbleib von Henry Porter zu machen. Erst als Anita erneut hereinplatzte, zerstob der schöne Traum von Normalität.

„Jonas hat die Fotos vom Unfallort geschickt, Chef. Ich glaube, es ist gut, dass Sie schon sitzen. Hier, sehen Sie selbst."

Sie ging um den Schreibtisch herum und aktivierte den Outlook-Account der Redaktion, öffnete die eingegangene Mail von Jonas Reutter und klickte die als Anhang beigefügten Fotos an.

Pielkötter sah auf die Bilder und ihm blieb die Luft weg. Von dem roten Sportwagen war fast nur noch ein einziger Blechklumpen übriggeblieben, aber dennoch erkannte er als Oldtimer-Fan genügend Details, um das Wrack als einen Alfa Romeo

Giulia Spider Veloce zu identifizieren. Er war sich darüber im Klaren, dass es von den jemals produzierten 1097 Fahrzeugen gerade noch 50 Stück weltweit gab, und dass einer davon in Berlin stand und Henry Porter gehörte.

„Die beiden Insassen waren wohl auf der Stelle tot", murmelte Anita bedrückt. „Ich glaube, wir wissen, wer der Fahrer war. Und der Beifahrer?"

„Einer seiner Informanten", stöhnte Pielkötter, der sichtbar erbleicht war. „Henry war einer dicken Sache auf der Spur, und er meinte, die Hintermänner würden keine Skrupel haben, ihn und jeden anderen Mitwisser zu beseitigen. Ich habe das nicht so recht geglaubt."

„Jetzt sollten Sie es aber", sagte Anita hart und deutete auf eines der Bilder. „Sehen Sie das?"

Pielkötter schüttelte schwach den Kopf. Der Verlust Henry Porters war schwer zu verkraften. Anita erkannte dies und vergrößerte einen Ausschnitt des bewussten Bildes, bis ein Segment des Blechknäuels detailliert gezeigt wurde.

„Genau dort", sagte sie und deutete mit dem Zeigefinger gegen den PC-Monitor. „Sehen Sie auch, was ich sehe?"

Ihr Boss sah nun ebenfalls hin und nickte, denn die Einschusslöcher konnten nicht wegdiskutiert werden. Nun war klar, dass sein bestes Pferd im Stall ermordet worden war.

Er fragte sich nur, von wem. Anderen dagegen war dies völlig klar.

***

„Vielleicht war die Idee doch nicht so gut“, murmelte Samir El Husseini bedrückt, und Mounir Ben Mohammad nickte zustimmend. „Besonders für Khodr“, ergänzte er gepresst.

Sie hatten Khodr Al Tahir als Kontaktmann für den Journalisten ausgewählt und mit allen Informationen ausgestattet, um die Story wasserdicht zu machen. Natürlich stammte das Wissen um die Barrieren an den öffentlichen Gebäuden ursprünglich vom Stick, den sie von Adelforst abgenommen hatten, wodurch natürlich klar war, welchem Personenkreis die Gegenmaßnahmen zuzurechnen waren.

Khodr war die ideale Wahl gewesen, da er in Syrien selbst Journalist gewesen war und fließend Deutsch und Englisch sprach. Nachdem ihm die Anerkennung seiner Hochschulabschlüsse durch die deutschen Behörden verweigert und somit die Karriere als Reporter verwehrt worden war, konnte er ziemlich leicht rekrutiert werden. Zwar tat er sich als ‚Zieher‘ schwer, aber es gab schließlich noch genug andere Aufgaben in der Organisation. Seine rhetorischen Fähigkeiten in Wort und Schrift führten letztendlich dazu, dass er den Schriftverkehr mit den ‚Kunden‘, also den Erpressungsopfern der Söhne Aleppos führte.

Auch das muss jetzt jemand anders machen, dachte Mounir erbittert. Wir wussten doch, mit wem wir es zu tun haben. Wieso haben wir dann gedacht, dass sie vor Presseleuten halt machen würden?

Er seufzte und straffte sich, während er über die nächsten Schritte nachdachte. Oh, die ‚Ratte' war schon bereit, mit den Massenmördern einen Deal zu machen. Er würde auch das Geld von ihnen annehmen und eine Weile die Füße stillhalten. Allerdings war es ihm nicht egal, ob diese Kretins anschließend ihre Pläne verwirklichen würden. Er selbst war sogar bereit, für die Vereitelung der Schurkenstreiche die zwei Milliarden zu riskieren, war sich aber bewusst, dass die meisten seiner Leute nicht unbedingt so dachten.

„Wie ist der Stand der Verhandlungen bezüglich der von Adelforst-Daten?", fragte er Samir, und dieser machte eine entschuldigende Geste. „Oh, Bruder, es tut mir leid. Das hätte ich dir gleich berichten sollen. Sie haben tatsächlich unser Angebot akzeptiert. In der Morgenpost befand sich die verabredete Annonce für zwei 3K-Fernseher. Tausend mal Tausend mal Tausend sind eine Milliarde, das hatten wir abgesprochen.

Ich habe die angegebene Rufnummer kontaktiert, und der Deal dürfte in trockenen Tüchern sein. Der Mann am anderen Ende der Leitung bat nur um etwas Geduld. Tatsächlich hat er wohl Probleme bei der Beschaffung der Kryptos, was durchaus nachvollziehbar ist, denn ob Bitcoin oder Ether, die Codes müssen erst einmal generiert oder angekauft werden. Er hat mir sogar eine Vorab-Teilzahlung angeboten. Ist das nicht witzig? Die wollen die zwei Milliarden doch echt bei uns abstottern. Und er rechnete sicher nicht damit, dass ich die Aufzeichnung seiner Stimme mit denen unserer Verdächtigen vergleichen würde." Er lachte kurz.

„Das ist doch mit Sicherheit eine Falle", bemerkte Mounir langsam, und Samir nickte, während sich die Heiterkeit in sein Gesicht schlich.

„Darauf würde ich mein letztes Hemd verwetten", erwiderte er breit grinsend. „Die wollen uns immer noch verarschen, aber da müssen sie früher aufstehen. Unser Ansprechpartner will sich morgen mit uns treffen – allein, wie er sagt. Das, was sie mit uns vor haben wird mit diesem Treffen zusammenhängen."

„Wer ist denn unser Ansprechpartner?", fragte die ‚Ratte' und blickte auffordernd zu der Reihe von Portraitaufnahmen, die an einer Magnetschiene an der Wand seines Büros hingen. Samir stand auf und tippte mit dem Zeigefinger auf das Foto eines bebrillten Mannes in einem zweireihigen Anzug. „Der da", sagte er knapp. Mounir warf sich in seinem Sessel zurück und begann zu lachen.

„Ach du Scheiße, der?!", rief er in komischem Erstaunen. „Den habe ich schon in seiner Zeit als Bundesminister für inkompetent gehalten, aber warte mal…". Er verstummte und überlegte.

„Ex-Minister, hat über seine Frau grandiose Verbindungen zur Pharmaindustrie und besitzt eine zehn-Millionen-Villa im Tiergarten. Spricht eher für

Erfolg als für Stümperei, und dass er dumm aussieht und sich in seiner Ministerzeit blöd verhalten hat, kann eine großartige Tarnung sein.

Überlege doch mal: was werden sie gegen uns einsetzen? Was haben sie schon eingesetzt? Ich glaube an eine Biowaffe, irgendein Teufelszeug, mit dem sie uns vergiften wollen. Und ich glaube nicht, dass sie sich Gedanken um irgendwelche Kollateralschäden machen."

„Ja, ich kann dir folgen", stimmte Samir ihm zu, und Mounir fuhr fort: „Nur: wie schützen wir uns? Irgendwie müssen wir die Krypto-Daten ja bekommen. Ein physischer Kontakt mit dem Datenträger scheidet dann ja wohl aus."

„Im Ernst: mit der möchte ich nicht einmal im gleichen Raum sein. Ich mache mir ein paar Gedanken", versprach Samir.

„Gut. In der Zwischenzeit streue ich noch ein paar Nebelkerzen, um unsere Geschäftsfreunde nervös zu machen. Vielleicht zahlen sie dann etwas schneller", knurrte die ‚Ratte', und sein IT-Spezialist stand lachend auf, um die Vorsichtsmaßnahmen auszuarbeiten.

Als er wieder allein in seinem Büro war, beschäftigte sich Mounir etwas intensiver mit ihrem Ansprechpartner. Sein wirklicher Name war Julius Platte, und die Boulevardpresse hatte es während seiner Amtszeit geliebt, ihn der Konzeptlosigkeit, Ressourcenverschwendung und der Begünstigung von Familienangehörigen zu beschuldigen. Den

Beweis blieben die Gazetten aber schuldig, und daher hatte er brav zwei Legislaturperioden durchgehalten und war erst im Zuge eines Regierungswechsels aus dem Amt geschieden. Da er sein Direktmandat verlor und nicht über einen ganz sicheren Listenplatz verfügt hatte, war er auch nicht mehr Mitglied des Bundestages. Dies versetzte ihn jedoch in die beneidenswerte Situation, sich als Lobbyist in eigener Sache betätigen zu können.

Platte war seit gut 25 Jahren mit seiner Frau Christiane verheiratet, genau gesagt: Frau Dr. Christiane Platte-Seul, las Mounir in ihrer Vita. Sie war Doktorin der Pharmakologie und hatte nach ihrem Studium, welches sie summa cum laude abschloss, Jobangebote großer Konzerne abgelehnt, um bei einem kleinen Unternehmen anzufangen. Mit ihrem Aufstieg in die Führungsetage ging auch einer Veränderung des Unternehmens einher. Durch Fleiß und Energie (und genügend Verbindungen in die Politik) wurde aus einer mittelständischen GmbH eine AG von europaweiter Bedeutung, deren Schwerpunkt auf der Bekämpfung biologischer Krisen lag.

Die ‚Ratte' lehnte sich zurück und rieb sich das bärtige Kinn. Ja, dachte er. Diese Firma ist genau der Ort, an dem so ein Teufelszeug zusammengebraut werden kann wie im Kessel einer Hexe. Er sah auf das Foto aus dem Internet, welches das Ehepaar beim Bundespresseball zeigte, und ihm kam in den Sinn, dass dies genauso ein Ort war, an dem sich die Bösen unters Volk mischen, um sich bewundern zu lassen.

Er beschloss, noch ein Telefonat mit Thorsten Breuer zu führen, doch dieser nahm den Anruf nicht an. Schade, dachte Mounir Ben Mohammad, meine Informationen wären wahrscheinlich für ihn hilfreich gewesen. Als er den Laptop zuklappte, an dem er recherchiert hatte, zeigte das Display immer noch die Homepage der STINGRAY AG.

***

„Gut, dass du so schnell hier sein konntest", begrüßte Thorsten Breuer Tanja Strasser vor dem Eingang der Charité. „David hat mich informiert, dass Kleinschmidt wach wird. Wir sollten angesichts seines Zustands keine Sekunde verlieren."

„Ach was", erwiderte Tanja in bester Loriot-Manier. „Ich denke, wir sollten abwarten, bis er nicht mehr reden kann." Sie grinste unverblümt, musste dann aber so heftig gähnen, dass ihr Freund und Kollege schon befürchtete, sie würde sich den Kiefer ausrenken.

Beide hasteten in den Trakt, in dem sich das Krankenzimmer Kleinschmidts befand, und blieben nur so lange vor seiner Zimmertür stehen, bis sie sich sicher sein konnten, über die Videoanlage von David Cramer identifiziert worden zu sein. Dann öffneten sie die Tür – und blieben überrascht stehen.

Das Zimmer war leer. Nein, es war zwar ein voll eingerichtetes Krankenzimmer, aber im Bett befand sich niemand, und die frischen Bettlaken vermittelten den Eindruck, dass darin auch noch niemand gelegen hatte.

„Sucht ihr jemanden?“, ertönte eine Stimme hinter ihrem Rücken, und sie fuhren herum. David Cramer hatte sich feixend hinter ihnen aufgebaut und betrachtete die beiden mit einem triumphierenden Gesichtsausdruck.

„Der kleine Trick hat echt gut geklappt“, freute er sich. „Wir sind einfach auf die gegenüberliegende Seite des Flurs in ein freies Zimmer gezogen. Das Videosignal kommt auch dort an, sodass ich im Fall eines Angriffs noch mehr Vorlaufzeit habe.“

„Prima Idee, David“, lobte Breuer den jungen Kollegen, doch der winkte bescheiden ab. „War nicht mein Einfall“, bekannte er. „Das hat sich Cordula einfallen lassen. Je mehr ich sie kennenlerne, desto mehr glaube ich, dass wir sie anheuern sollten.“

„Aha. ‚Je mehr ich sie kennenlerne‘ lässt ja tief blicken“, kommentierte Tanja Strasser trocken, und David errötete tatsächlich. Bevor er aber irgendeine Rechtfertigung stammeln konnte, winkte Breuer ab.

„Okay, mein Junge, geschenkt. Aber nun zum Wesentlichen. Wo ist Kleinschmidt, und was ist mit ihm?“

„Um mit ihm zu reden, ist es noch zu früh. Aktuell ist er noch in einem Dämmerzustand, aus dem er sich zurückzukämpfen versucht. Sein EEG zeigt aber deutliche Aktivitäten. Ich habe mit einem Neurologen gesprochen, und er meint, dass es vielleicht noch eine oder zwei Stunden dauern wird, bis er völlig wach ist."

„Dann hätte Tanja noch zwei Stunden schlafen können", seufzte Breuer, doch Tanja Strasser winkte ab. „Ich war sowieso wach", behauptete sie einfach und ging an Cramer vorbei in Richtung des anderen Zimmers. Sven Kleinschmidt lag in seinem Bett auf dem Rücken, und der Anblick hätte Menschen, die ihn als kerngesunden Sportler kannten entsetzt.

Sein Haar war fast völlig verschwunden, die gesamte Haut hatte eine gräuliche Färbung angenommen und seine Wangen waren derart eingefallen, dass sein Kopf einem mit Haut bespannten Totenschädel zu ähneln begann. Der Mann stirbt nicht nur, dachte Breuer, sondern er sieht auch genauso aus.

Aber noch lebte Kleinschmidt, was sich nicht nur an den wesentlich gestiegenen Aktivitäten auf den Überwachungsmonitoren zeigte, sondern auch bei seinen physischen Reflexen. Seine Hände bewegten sich über die Bettdecke, als wollten sie etwas ertasten, und sein Kopf drehte sich langsam hin und her, während seine Lider unstet flackerten. Neben seinem Bett standen Schwester Cordula und ein riesiger Mann in weißem Kittel, den Breuer von hinten für einen der Klitschko-Brüder gehalten hätte. Beim Eintreten der Polizisten beendeten die beiden ihre Diskussion und wandten sich den Ankömmlingen zu, wodurch Breuer sehen konnte, dass der Name des Arztes nicht Klitschko, sondern Litwinenko war. Dies beruhigte ihn jedoch nicht sonderlich.

„Guten Tag! Sie müssen die beiden leitenden Ermittler sein, von denen mir berichtet wurde", begrüßte der Arzt die beiden Ankömmlinge. Seine Stimme, ein sanfter Bariton enthielt den Hauch eines slawischen Akzents. „Ich freue mich Ihnen mitteilen zu können, dass ich meine Prognose korrigieren kann, und der Patient in wenigen Minuten aufgewacht sein wird. Wir haben bereits die Intubation entfernt und durch eine normale Zufuhr ersetzt, die ihn mit reinem Sauerstoff versorgt. Er wird also reden können."

„Na großartig", freute sich Breuer. „Dann mache ich mich schon mal fertig, seine Aussage zu protokollieren."

„So schnell geht das aber nicht", protestierte Dr. Litwinenko. „Er ist geschwächt, und ein Verhör wird ihn stark belasten. Mehr als zehn Minuten mit ihm gestehe ich Ihnen im Interesse des Kranken nicht zu."

„Er ist ein wichtiger Zeuge", entgegnete Breuer hart. „Und hinzukommt: egal was Sie tun, er wird sterben. Oder wissen Sie nicht, was mit ihm los ist?"

Litwinenko sah ihn mit jähem Zorn an. „Oh doch, das weiß ich nur zu gut! Ich bin Ukrainer, und ich habe unsere Offiziere gesehen, die in russische

Gefangenschaft gerieten, vom FSB verhört und nur zum Spaß mit Nowytschok infiziert wurden. Sie starben qualvoll, aber heldenhaft, und zum Schluss haben wir die Russen davongejagt!

Ich habe nichts dagegen, dass er ihnen vor seinem Tod noch alles erzählt, was er weiß, aber wenn Sie es langsam angehen lassen und ihm Zeit geben, noch ein paar verbliebene Kräfte zu sammeln, werden Sie mehr von ihm erfahren als in einer einzigen Hau-Ruck-Aktion!". Er schloss die Augen und atmete tief durch. Bevor Breuer etwas entgegnen konnte, hob der Arzt entschuldigend die Hände.

„Verzeihen Sie mir, Herr Kommissar. Ich weiß, dass Sie unter einem riesigen Druck stehen, und auch ich möchte, dass die Mörder dieses Mannes ihre gerechte Strafe erhalten. Ich bitte Sie nur darum, ihn sanft zu behandeln. Sie haben es schließlich mit einem Sterbenden zu tun."

Wie zum Beleg dieser Worte ertönte aus dem Bett ein leises Husten, und alle fuhren herum. Sven Kleinschmidt hatte die Augen geöffnet und blickte verwirrt um sich. Sofort eilten Dr. Litwinenko und Schwester Cordula an seine Seite.

„Bleiben Sie ganz ruhig", sprach der Arzt den Todkranken an. „Sie sind in der Charité und werden hier medizinisch versorgt. Wissen Sie, wer Sie sind und was Ihnen zugestoßen ist?"

Kleinschmidt runzelte die Stirn und sah den Arzt an, bevor er zunächst nickte und dann den Kopf schüttelte. Er hatte also erfasst, dass ihm zwei Fragen gestellt worden waren und sie nacheinander beantwortet. Breuer wertete dies als ein gutes Zeichen. Er trat einen Schritt näher, und der Mann in seinem Bett schien ihn zu erkennen, denn seine Augen weiteten sich und er versuchte zu sprechen, doch zunächst kam nur ein Krächzen aus seiner noch von der Intubation rauen Kehle.

„Übereilen Sie nichts und entspannen Sie sich", sprach Litwinenko weiter auf ihn ein, und seine Worte zeigten Wirkung. Kleinschmidt schloss die Augen und atmete mehrmals tief durch. Als er danach erneut zu sprechen versuchte, klang seine Stimme zwar sehr angestrengt, aber das einzelne Wort, das er sagte, war klar zu verstehen.

„Breuer."

„Ich bin hier", antwortete der Polizist und trat an das Bett des Staatssekretärs, der ihn ansah und nickte. „Ja", flüsterte er. „Ich kenne Sie von Fotos. Wir müssen reden."

„Aber nicht lange", erklang die strenge Stimme Litwinenkos. „Zehn Minuten, mehr nicht. Dann komme ich und hole sie hier heraus. Notfalls klemme ich Sie mir unter den Arm."

Breuer sah den Arzt an und nickte. „Sagen Sie, boxen Sie eigentlich?", fragte er leise, und der Hüne zeigte ein wölfisches Grinsen. „Leidenschaftlich," erwiderte er und ging hinaus.

Breuer sah auf die Uhr. Angesichts der Umstände entschied er, die zehn Minuten-Spanne keineswegs zu weit auszudehnen. Schließlich brauchte er seine Knochen noch. Während David, Cordula und der Arzt das Zimmer verließen, setzten sich Tanja und er ans Bett und warteten darauf, dass Kleinschmidt seinen Bericht beginnen würde. Seine ersten Worte jagten ihnen jedoch einen Schauer über den Rücken.

„Ich bin tot, nicht wahr?", fragte Kleinschmidt, und nach kurzem Zögern nickte Breuer langsam. „Vergiftung? Wahrscheinlich mit radioaktiven Isotopen? Na toll. War doch klar, dass diese Hundesöhne sich was besonders Widerliches für mich aussuchen würden. Wieviel Zeit habe ich noch?"

„Nicht viel, fürchte ich", antwortete Tanja Strasser weich. „Deshalb brauchen wir so schnell wie möglich Ihre Informationen. Was wissen Sie, und wer steckt hinter den Anschlägen?"

„Die Anschläge sind nur Mittel zum Zweck. Im Hintergrund steht eine Reduzierung der Weltbevölkerung und Umverteilung der globalen Reichtümer von unten nach oben. Neunzig Prozent des Reichtums unserer Welt befindet sich in der Hand von einem Prozent der Menschen – und die wollen sich jetzt auch die letzten zehn Prozent sichern. Das ist nämlich leichter, als sich mit den anderen Superreichen anzulegen.

Vor fast zehn Jahren habe ich zufällig Dokumente in die Hand bekommen, die mir die Haare zu Berge stehen ließen. Sie alle haben die einzelnen Segmente mitbekommen und sich nichts dabei gedacht. Ein Minister, der Verträge mit Privatunternehmen abschließt, obwohl er weiß, dass sie dem

EU-Recht widersprechen und niemals vollzogen werden können, wodurch der Staat Schadenersatz in Höhe einer halben Milliarde leisten muss. Ein anderer Minister bestellt im Rahmen der Pandemie Masken über ein Unternehmen, bei dem Familienmitglieder Hauptaktionäre sind. Für viele Millionen werden Waffen für die Bundeswehr gekauft, die im tatsächlichen Einsatz für die Soldaten gefährlicher sind als für die Feinde, und wenn dies herauskommt, müssen eben neue Waffen bestellt werden, ohne dass der Verantwortliche für die Mehrausgaben zur Rechenschaft gezogen wird. Monströse Bauprojekte der öffentlichen Hand laufen aus dem Ruder und kosten das Zehnfache des ursprünglich veranschlagten Preises, und um dies alles zu kompensieren, werden natürlich die Steuern erhöht. Natürlich nicht die Vermögens- und Unternehmenssteuer, schon gar nicht die Steuern auf Unternehmensgewinne. Stattdessen wird der normale Bürger zur Kasse gebeten, indem Sonderabgaben auf Gas, Strom und Benzin erhoben werden. Aber die Unternehmen, die mehr verbrauchen als der einzelne Haushalt, erhalten Unterstützungszahlungen des Staates in Milliardenhöhe.

Die Dokumente, die ich gesehen habe, waren Besprechungsunterlagen der damaligen Bundesregierung mit einer Gruppe hochrangiger Personen aus Wirtschaft und Politik, welche unserem Kabinett klar und deutlich vor Augen führten, dass in Wirklichkeit sie hier in Deutschland das Sagen haben. Sie bestimmen die Politik, nicht wir durch unsere Stimmabgabe bei den Wahlen! Alle sogenannten Volksvertreter haben derart viele Leichen im Keller, dass sie sehr daran interessiert sind, diese Gruppe nicht zu verärgern – wenn ihnen ihr Leben und ihre Karriere lieb sind. Ob ein Skandal, der einem Minister das Amt kostet, losgetreten wird oder nicht, bestimmen sie. Aber vor allem muss nicht nur das gesamte Land, sondern die gesamte Welt permanent im Krisenmodus laufen. Entweder eine Pandemie oder ein hübscher Krieg, und schon kann man die Menschen nach seiner Pfeife tanzen lassen, weil sie nur noch Angst haben und nicht mehr denken.

Als vor einigen Jahren alle Besitzer von Mehrfamilienhäusern eine Dichtigkeitsprüfung durchführen lassen mussten, dachte sich niemand etwas dabei. Es ging um Legionellen, die sich in den Rohren angeblich nicht breit machen dürften. Kurz darauf wurde das Gesetz geändert. Was das Ganze sollte erfuhr man dann, als im Ukrainekrieg die Gaspreise explodierten und den Menschen gesagt wurde, sie sollten nur noch kalt duschen. Kein heißes Wasser in den Rohren mehr, und die Legionellen gedeihen prächtig. Sind dann aber angeblich die bösen Hausbesitzer schuld. Von wegen! Haben Sie in der Krise einen Politiker gesehen, der mit zwei Pullovern bekleidet in seinem Haus herumlief oder nachher Statistiken über den Anstieg von Todesfällen älterer oder vorerkrankter Menschen nach bakterieller Lungenentzündung? Bestimmt nicht! Und das alles nur, weil den Menschen gesagt wurde, sie sollten kein heißes Wasser mehr benutzen, um Geld zu sparen. Die Reichen konnten das getrost ignorieren, aber der Mittelstand musste ans Eingemachte gehen, nur um zu überleben. Er plünderte sein Bankkonto, verkaufte sein Haus, sein Auto und so weiter, bis nichts mehr übrig war. Wenn die Banken die Armutsgrenze in Deutschland bei einem Nettoeinkommen von 4500 € im Monat berechnen, gibt es bald nur noch Arme und ein paar Superreiche."

Kleinschmidt brach ab und begann zu husten. Mit Schrecken beobachteten Strasser und Breuer, dass er grünlichen Schleim ausspuckte, der mit Blut durchsetzt war. Sein Herzschlag hatte mittlerweile den Wert von 120 erreicht, und sein Blutdruck lag bei 180:120. Kein Wunder, dass Dr. Litwinenko mit ernstem Gesicht hereinschoss und die Polizisten strafend ansah.

„Eine Frage noch, Herr Doktor", sagte Breuer schnell und wandte sich an Kleinschmidt. „War von Adelforst einer der Männer, von denen sie gerade berichteten?"

Kleinschmidt nickte schwach und lächelte Tanja Strasser, die ihm das Kinn abwischte, dankbar zu. „Ja, das war er", bestätigte er. „Nach unseren Infos war er Nummer vier des siebenköpfigen Gremiums und zuständig für IT und Logistik."

„Was ist mit Ihrer Gruppe?", fragte Tanja schnell und versuchte, den strafenden Blick des Arztes zu ignorieren.

„Wir waren zu fünft", erklärte Kleinschmidt, „und wir nannten uns nach dem NATO-Alphabet Alpha bis Echo. Ich war Delta, Phillip Demminger war Bravo, Bruno Hauschild war Echo, und Alpha..."

„Ist Anton Lessinger", ergänzte Tanja Strasser zu Kleinschmidts Überraschung. „Auch wir haben inzwischen unsere Hausaufgaben gemacht. Jetzt fehlt uns nur noch, wie sich ihre Gruppe gefunden hat und wer die anderen Verschwörer sind."

„Jetzt ist es aber genug", grollte Dr. Litwinenko und ballte die Fäuste. „Die zehn Minuten sind längst um! Meinetwegen können Sie ihn morgen früh weiter befragen, aber fürs erste gehen Sie alle nach Hause! Ich meine, alle mit Ausnahme des Wachkommandos."

Breuer wusste, wann man keine Chance auf einen Widerspruch hatte, und fügte sich in sein Schicksal. Trotzdem wandte er sich noch einmal an Delta. „Vielleicht noch ein Name?", fragte er schnell, und Kleinschmidt reagierte sofort.

„Julius Platte. Er ist vermutlich Nummer zwei", sagte er zum Erstaunen aller Anwesenden. Aller, mit Ausnahme von Tanja Strasser. „Ich habe es gewusst", sagte sie im Hinausgehen zu Breuer. „Jetzt werde ich mich bis heute Abend etwas intensiver mit der STINGRAY AG befassen müssen."

Der Hauptkommissar nickte nur. Er hatte das Handy der ‚Ratte' herausgezogen und blickte auf die What's App, die auf seinem Display angezeigt wurde. Als er das Gerät umdrehte und Tanja Strasser zeigte, bekam sie große Augen, denn auf dem

Display stand: *‚Kümmern Sie sich um die STINGRAY AG. Mounir‘.*

„Deine Freunde sind gut informiert“, bemerkte sie trocken. „Ich gedenke, ihrem Hinweis nachzugehen.“

Hinweise führen meistens an ein Ziel. Manchmal ist es nur nicht das, welches man erreichen will.

Kapitel Vierundzwanzig
Tag Elf, am Abend

„Sie sind ja wahnsinnig!“, stöhnte die Ärztin, als sie im Hereinkommen Petrov neben seinem Bett stehen sah. „Sie wollen sich umbringen! Daran habe ich jetzt echt keine Zweifel mehr.“

„Halten Sie die Klappe und helfen Sie mir lieber“, knirschte der Killer durch die zusammengebissenen Zähne. „Ich renne ja nicht weg. Aber ich muss mich bewegen! Mein Rücken schmerzt vom Liegen, als wären mindestens zwei Wirbel gebrochen, und ich kann schon spüren, wie die Spannkraft der Muskeln nachlässt!“

„Das liegt an dem Muskelrelaxans in der Infusion, Dummkopf!“, tadelte ihn die Medizinerin. „Das mit dem Rücken ist normal. Klingeln Sie einfach, dann werden wir die Betteinstellungen so verändern, dass Ihr Rücken glaubt, in Bewegung zu sein. Und jetzt scheren Sie sich wieder in die Waagerechte! Tot nützen Sie uns nämlich überhaupt nichts.“

Sie hob warnend den rechten Zeigefinger, als Petrov zu einer Erwiderung ansetzte und trat näher an ihn heran, um seine Hüfte zu begutachten. Was sie sah, ließ sie überrascht die Augen aufreißen.

„Du meine Güte, das sieht ja gut aus! Die Wunde schließt sich in einer Geschwindigkeit, wie ich sie noch nie zuvor gesehen habe! Wer sind Sie, Wolverine? Na schön! Wenn Sie sich unbedingt bewegen wollen, erlaube ich Ihnen eine Runde um ihr Bett. Aber in kleinen Schritten, nicht im Sprint! Und Sie stützen sich dabei auf mich, damit ich Sie festhalten kann, falls Ihnen schwindelig wird."

Sie legte sich Petrovs Arm über die Schulter und nickte dem Mann zu, der das Startkommando verstand und vorsichtig einen Fuß vor den anderen setzte. Wie die Ärztin vermutet hatte, brach ihm bereits nach drei Schritten der Schweiß aus, und nach einer halben Runde dachte er, einen Marathonlauf hinter sich zu haben. „Das reicht", krächzte er nur, und er musste nicht auf das Gesicht der Frau blicken, um zu wissen, dass sie triumphierend grinste.

Nachdem er wieder im Bett lag und zu Atem gekommen war, blickte er sie mit einem ungewohnten Gefühl an, dass er zunächst gar nicht erkannte. Wie um es zu vertreiben, schüttelte er kurz den Kopf und versuchte ein Lächeln. Obwohl etwas schief, gelang es so gut, dass sie es erwiderte.

„Morgen früh nächste Runde?", fragte er hoffnungsvoll, und ihr Lächeln vertiefte sich.

„Mal sehen, wie Ihre Hüfte aussieht. Jetzt schlafen Sie erst mal, dann sehen wir weiter", antwortete sie und winkte ihm zum Abschied zu, während sie die Zimmertür hinter sich schloss.

Petrov ließ die zum Gruß erhobene Hand langsam wieder sinken. Dieses merkwürdige Gefühl war schon wieder da, und er versuchte zu ergründen, was es war. Sein Job brachte es mit sich, dass er Emotionen als gefährlich ansah, weil sie seine

Effizienz bei der Erfüllung eines Auftrags verringerten. Was also fühlte er jetzt?

Als er schließlich darauf kam, war er einerseits beruhigt, andererseits aber auch irritiert. Nein, er hatte sich nicht verliebt. Das wäre ja noch schöner gewesen! Aber wie konnte er Dankbarkeit empfinden, wenn dieser Begriff in seinem Wortschatz nicht einmal vorhanden war?

***

„Du kommst spät", begrüßte Christiane Platte-Seul ihren Ehemann mit einem leisen Tadel, denn das Abendessen war bereits vor gut einer Stunde angesetzt gewesen. Sie liebte frisch aufgetragenes Essen, und ein Chateaubriand wurde nicht besser, wenn er längere Zeit im Wärmeofen auf Temperatur gehalten wurde.

Ihr Mann breitete entschuldigend die Arme aus und küsste sie auf die Wange. „Es tut mir leid, Liebes, aber ich habe unfassbar viel zu tun. Der Minister hatte noch einige Nachfragen zu der Reinigung der Trinkwasserleitungen." Er grinste breit, und seine Frau begann zu lachen, während sie ihm ein Glas Dom Perignon Vintage 2008 reichte.

„Tja, das war schon ein Meisterstück. Nicht nur, dass wir fast eine halbe Milliarde bekommen, um etwas zu beseitigen das es schon gar nicht mehr gibt; wir bekommen auch die perfekte Möglichkeit, die chemisch tote Giftbrühe loszuwerden, indem wir sie als angebliches Gegenmittel verwenden. Ich könnte mich echt totlachen!“

Nummer zwei nippte erst einmal an seinem Champagner, bevor er antwortete. „Das stimmt, aber derzeit müssen wir uns noch um ein anderes Problem kümmern. Ich benötige eine Phiole eines Wirkstoffs, YP-233-6 glaube ich.“

Das Glas, das seine Frau an den Mund führen wollte, blieb in der Luft hängen, als sie erstarrte. Ihre Augen weiteten sich, und sie stellte das Glas so hart auf den Tisch, dass der Inhalt überschwappte.

„Yersinia Pestis? Das ist doch ein Lungenpesterreger, mit dem wir experimentiert haben! Soll es noch eine Seuche hier in Berlin geben? Wenn ja, sag mir vorher Bescheid, damit wir rechtzeitig in Urlaub fahren können!“

„Ich möchte die Arabica-Variante“, ergänzte Platte und erläuterte seiner Frau die Hintergründe. Am Ende seiner Erklärung nickte sie gedankenvoll.

„Von Adelforst, aha. Ich habe ihn schon immer für einen inkompetenten Snob gehalten. Ist aber so was von typisch. Er baut den Mist, und wir müssen es ausbaden. Gut, dass er den Preis dafür gezahlt hat.

Im Übrigen hast du dich geirrt. 233-6 ist die Afrika-Variante. Damit hättest du jeden dunkelhäutigen Bewohner Berlins gekillt, dein eigentlichen Ziel aber verfehlt. Für die Araber brauchst du Variante 233-4.“

„Meinetwegen, du bist die Expertin, ich nur der Organisator“, stimmte Julius Platte zu, und sie nickte. „Diesem Teufelszeug sollten wir beide nicht zu nahe kommen, auch wenn wir nicht daran erkranken würden. Es würde aber reichen, wenn wir als Überträger fungieren. Stelle dir das mal vor! Übermorgen sind wir Hautsponsoren der Sportlerehrung in Braunschweig, und nicht nur die gesamte Zweitligamannschaft der Eintracht wird anwesend sein, sondern auch fast die gesamte arabische Schule Annour, weil sie niedersächsischer Landesmeister der Schulen in der Leichtathletik geworden ist. Wäre ja blöd, wenn wir dort auch ein Massaker anrichten würden. Ob wir noch ein paar Leute mehr umbringen ist mir zwar egal, aber wir sollten alles vermeiden, was den Verdacht auf die STINGRAY AG lenken könnte.“

„Vielleicht ist das ja schon geschehen“, murmelte Platte, während er angelegentlich in sein Glas starrte. Seine Frau fuhr mit entsetzt aufgerissenen Augen herum und sah ihn mit offenem Mund an.

„Ich habe einen Tracker auf unsere Homepage setzen lassen, weil ich wissen wollte, wer sich für die Firma interessiert“, erklärte er. „Leider befinden sich unter den Besuchern auch zwei nicht erwünschte Fraktionen, einerseits die Syrer, und auf der anderen Seite die Polizei, ganz speziell Tanja Strasser, diese Schnüfflerin des BKA.“

„Und was gedenkst du dagegen zu unternehmen?", wollte seine Frau wissen. Platte machte eine beruhigende Geste.

„Die Maßnahmen sind ja schon eingeleitet oder zumindest in Planung. Die Araber liquidieren wir mit dem Virus, und um die Strasser wird sich Petrov kümmern, wenn er wieder auf dem Damm ist. Er wird sich übrigens schneller erholen als die meisten es sich vorstellen können."

„Wenn sie aber ihre Kenntnisse schon weitergegeben hat, ist es sinnlos, sie zu töten", wandte Christiane ein, doch auch jetzt blieb ihr Mann gelassen.

„Noch kratzt sie nur an der Oberfläche. Da wir ihre IP-Adresse mit einem Tracer versehen haben, bin ich immer darüber informiert, was sie sich ansieht. Sobald sie zu tief gräbt, greifen wir sofort ein. Aber in einer Hinsicht muss ich dir widersprechen, mein Herz: diese Frau umzubringen, kann auf keinen Fall sinnlos sein."

„Ich beuge mich diesbezüglich natürlich deiner Analyse", lenkte die Pharmakologin ein. „Also tu, was du für richtig hältst." Sie seufzte und leerte ihr Glas in einem Zug.

„Irgendwie ist mir die Lust aufs Essen vergangen", seufzte sie. „Lass uns lieber ins Bett gehen. Ich habe ein paar neue Spielzeuge bestellt, die dich wahrscheinlich sehr interessieren werden."

Platte begann erneut zu grinsen. Die Nacht dürfte ziemlich ausgefallen werden, und selbst wenn er sich am Morgen steif und übernächtigt fühlen dürfte: der Genuss war es sicher wert.

Bevor die beiden sich zurückzogen, teilte Christine dem Küchenpersonal mit, dass das Essen nicht mehr benötigt würde und von der Belegschaft verzehrt werden könne. Frau Dr. Platte-Seul betrachtete diese Großzügigkeit als Ausdruck ihres sozialen Engagements, auf welches sie sehr stolz war.

Schließlich war ihr dafür vor drei Jahren das Bundesverdienstkreuz am Bande verliehen worden.

***

Wenn Tanja Strasser auf etwas stolz war, dann war es ihre Fähigkeit, auch aus einer eigentlich unzureichenden Faktenlage Schlussfolgerungen zu ziehen und dabei fast immer richtig zu liegen, eine Fähigkeit, welche unabdingbar für einen Profiler ist.

Mit von Adelforst und Platte waren jetzt zwei der Verschwörer bekannt, und Tanja traute sich zu, von diesen beiden auf die charakterliche Anlage der übrigen Gegner zu schließen und mit einiger Wahrscheinlichkeit auch auf ihre Identität. Obwohl sie es nicht wusste, machte gerade diese Eigenschaft sie für den Feind derart gefährlich, dass sie auszuschalten zu einem der primären Ziele wurde. Dies war jedoch nichts, von dem sich die Polizistin beeindrucken ließ.

Nachdem sie David Cramer abgelöst hatte, erstellte sie ein Dossier der beiden Zielpersonen, wobei sie besonderen Wert auf Verhaltensauffälligkeiten legte. Zeit hatte sie genug, da Thorsten Breuer ihr in dieser Nacht keine Gesellschaft leisten konnte. Es dauerte nicht lange, dann lag ihr das gleiche Ergebnis vor, zu welchem auch Mounir Ben Mohammad gekommen war. Im Gegensatz zu diesem war dies für sie aber erst der Anfang.

Sie studierte die Bilder der beiden, welche in unterschiedlichen Situationen aus unterschiedlichen Perspektiven aufgenommen worden waren, und sah sich Interviews an, welche beide während ihrer Amtszeiten gegeben hatten. Obwohl sie keine psychiatrische Ausbildung hatte, kannte sie die Erscheinungsbilder der einzelnen Charaktertypen, und bei beiden konnte sie mit hoher Wahrscheinlichkeit sagen, dass es sich nicht nur um ausgeprägte Egomanen, sondern auch um Machiavellisten handelte, also Menschen, die der Meinung waren, dass die Erhaltung ihrer Machtposition jedes Mittel rechtfertigte. Niederlagen akzeptierten sie nicht, und wer sie besiegte, befand sich in höchster Gefahr.

Die Unterbrechung ihrer politischen Karrieren durch äußere Einflüsse schrie geradezu nach einer anderweitigen Kompensation, sodass eine Machtergreifung und -ausübung auf anderem als dem demokratischen Weg mehr als wahrscheinlich war. Warum sie sich als Lobbyisten betätigten, lag klar auf der Hand. Leute aus diesem Personenkreis gingen im Parlament aus und ein, und Treffen mit Abgeordneten und Ministern fanden quasi täglich statt, ohne dass sich irgendjemand etwas dabei dachte, und niemand würde vermuten, dass einem Bundesminister bei diesem Gespräch keine Bitte vorgetragen wurde, auch mal an die Firma XY in seinem Wahlkreis zu denken, sondern man ihnen knallharte Befehle gab. Fraglich war nur, wer es tatsächlich schaffen konnte, eine ganze Handvoll Möchtegern-Diktatoren, von denen sich jeder für den Größten hielt, zu einer Gruppe zusammenzustellen.

Die Antwort, die sie schließlich fand, war ebenso einfach wie erschreckend: ein Machiavellist beugt sich immer nur einem noch machtvolleren. Der Anführer der Verschwörer konnte also nur jemand sein, der es gewohnt war, absolute Macht auszuüben.

Die Rahmenkriterien für eine Mitgliedschaft in dieser Gruppe hatte Tanja schnell festgelegt. Ihr Zieltypus waren ehemaliger Politiker, zuletzt entweder Bundes- oder Landesminister. Das Ende der Laufbahn erfolgte gegen seinen Willen, danach betätigte er/sie sich als Lobbyist, Das Alter lag zwischen 45 und höchstens 75 Jahren. Erkennbar sind Anzeichen für eine durch öffentliche Auszeichnungen für karitative Aktionen kompensierte Soziopathie. Ein großes Vermögen ist Ausdruck völliger finanzieller Unabhängigkeit.

Die Polizistin fügte noch das eine oder andere Submerkmal hinzu und machte sich an die Mammutaufgabe, alle deutschen Ex-Politiker auf diese Kriterien hin zu untersuchen. Natürlich hoffte sie wie alle anderen Mitglieder der Mordkommission, die Antwort morgen von Sven Kleinschmidt erhalten zu können, aber erstens lieferten ihre Analysen zusätzliche Erkenntnisse, und bis morgen konnte Kleinschmidts Aussagefähigkeit durch die Vergiftung dahin sein.

Um vier Uhr morgens rauchte ihr der Kopf. Ihre Liste umfasste inzwischen 178 Kandidaten, und noch lagen sechs Bundesländer vor ihr. Sie rieb sich die Augen und sah zum Bett Kleinschmidts herüber, der nach der Befragung in einen erschöpften Schlaf gefallen und seither nicht wieder erwacht war. Sie entschloss sich, die Tür von innen zu verriegeln und die Toilette des Krankenzimmers zu benutzen. Als sie zurückkehrte, hatte Kleinschmidt die Augen geöffnet und wedelte matt mit der Hand.

„Kurzer Urlaub im Leben“, flüsterte er. Seine Stimme krächzte angestrengt und rau, und die Endsilben klangen verwaschen. Trotzdem hatte Tanja keine Schwierigkeiten, die Worte zu verstehen.

„Was machen Sie da am PC?“, fragte der Staatssekretär, dessen Augen mit jeder Sekunde klarer wurden. Als sie es ihm erklärte, verbreiterte sich sein Lächeln.

„Safety first, was? Ich könnte den Löffel werfen, bevor ich aussagen kann. Deshalb schreiben Sie schnell mit, wenn ich Ihnen die Namen sage, die ich kenne. Das sind allerdings nur noch zwei weitere."

Er sah Tanjas Enttäuschung und lächelte traurig. „Ja, ich weiß, Sie haben sich mehr erhofft. Aber zu wissen was geschehen wird und wer dafür verantwortlich ist, kann zwei Paar verschiedene Schuhe sein. Vielleicht kann Ihnen Alpha, also Anton Lessinger, mehr sagen. Er sagte mir kürzlich, er habe einen Verdacht, was die übrigen Mitglieder des feindlichen Gremiums angeht, aber mehr wollte er mir erst nach gründlicher Nachforschung sagen. Dazu ist es aber nicht mehr gekommen."

„Dann gebe ich mich mit den beiden Namen zufrieden", erwiderte Tanja, die ihre Spannung kaum noch beherrschen konnte. „Mit wem haben wir es denn zu tun?"

„Nummer fünf ist Dominik Kletschner", sagte Delta ruhig, und sah Tanja nicken. „Sie wissen, wer das ist?"

„Allerdings," antwortete sie. „Er war Mitglied des Landtages in Thüringen, und zwar für eine Partei, die sogar von Verfassungsschutz beobachtet wird, mit der keine andere Partei etwas zu tun haben und schon gar nicht koalieren will. Kletschner hat dort eine raketengleiche Karriere gemacht, insbesondere weil er von Hause aus reich war und seine Diäten an karitative Organisationen spendete. Am Ende war er Fraktionsvorsitzender, doch nach einem internen Machtkampf verlor er seine Parteiämter und legte sein Mandat nieder. Angeblich war er sogar dieser Partei zu weit rechts gewesen. Danach trat er kaum noch in der Öffentlichkeit auf und kümmerte sich vorwiegend um seine Stiftung namens Marlin, die sich um die Opfer von Medikamentenskandalen und Ärztepfusch kümmert. Tatsächlich wurde er deswegen sogar mit dem Verdienstorden des Freistaats Thüringen ausgezeichnet. In mein Profil passt er jedenfalls großartig. Und wer ist der zweite?"

„DIE zweite", korrigierte Sven Kleinschmidt leise. „Und sie ist sogar die Anführerin der Bande. Im Klartext: Nummer eins ist eine Frau. Und was für eine. Sie war Ministerpräsidentin eines Bundeslandes und hat sich durch ihre scharfe Zunge durchaus einen Namen gemacht. Unter anderem sagte sie nach einem rechtsextremen Anschlag einmal..."

„...dass sie entgegen ihrer sonstigen Einstellung jeden, der Hinweise auf die Täter geben kann dazu auffordert, den Täter bei der Polizei zu denunzieren", fiel ihm Tanja ins Wort. Sie war aufgesprungen und starrte Kleinschmidt ungläubig an.

„Helga Petrusiak! Ja, das war tatsächlich eine starke Persönlichkeit. Diese Sache hat mich damals schwer erschüttert. Ich war mit dem Wagen unterwegs zum Dienst und wäre vor Entsetzen fast in den Graben gefahren! ‚Denunzieren', hat sie gesagt! Denunzianten verraten Andersdenkende um ihres persönlichen Vorteils willen an einen Unrechtsstaat, also hält sie jeden Zeugen einer Straftat, auch Helden, die sich persönlich in Gefahr bringen, um das Böse nicht siegen zu lassen für Denunzianten, oder sie hält die Bundesrepublik für einen Unrechtsstaat, das war damals unsere Schlussfolgerung. Beide Einstellungen hielten wir bei einer Ministerpräsidentin für untragbar. Und war es nicht sie, die fünfmal versucht hat, sich nach einer verlorenen Wahl trotzdem vom Parlament wiederwählen zu lassen?"

„Viermal", korrigierte Delta. „Aber völlig egal. Entscheidend ist, dass sie eine Niederlage durch den Willen des Volkes nicht akzeptieren wollte. Und was tat sie danach?"

„Sie zog sich völlig aus der Politik zurück", antwortete Tanja leise, „und kümmerte sich um ihre Stiftung namens Raja. Hier geht es um die Erfüllung des letzten Wunsches todkranker Kinder. Dafür hat sie vor fünf Jahren das Bundesverdienstkreuz erhalten. Wie sich die Bilder gleichen." Sie seufzte und schüttelte den Kopf.

„Aber sie war in einer großen Volkspartei, die immer propagiert, mit der Partei Kletschners nichts zu tun haben zu wollen! Was hat sie denn dazu bewogen, ihn zu rekrutieren, wenn sie sich so spinnefeind sind?"

Kleinschmidt legte den Kopf auf sein Kissen zurück und lachte leise. „Sie haben das nicht verstanden, oder? Das ist doch alles nur ein Spiel, alles nur Show! Das Ganze ist eine Pervertierung des Zitats von Churchill, der schon in den Fünfzigern sagte: ‚In einer Zeit, in der ein einziger Druck auf den roten Knopf den Untergang der Menschheit bewirken kann, hat die Politik nur eine Funktion: die Leute zu unterhalten'.

Der Bundestag und alle Landtage sind nur die Bühne, auf denen ein Schauspiel zelebriert wird, welches dazu dient, den Menschen eine Pluralität vorzuspielen, die es in Wirklichkeit gar nicht gibt! Es gibt keine unterschiedliche Meinung bei den Parteien, es gibt nur das, was das World Council und seine Stellvertreter hier in Deutschland wollen! Alle politischen Entscheidungen werden von diesen zwei Gremien vorgegeben, und unsere Parlamente haben nur die Aufgabe, Debatten zu führen und das Volk glauben zu lassen, dass nach harten Diskussionen eine Entscheidung durch Abstimmung herbeigeführt worden ist. Dabei steht das Ergebnis bereits Monate vorher fest. Und welcher Partei der Einzelne angehört, ist völlig egal. Es geht nur um seine Person, um seine eigene Skrupellosigkeit bei dem Erreichen seiner Ziele und dem Willen, sich einem Stärkeren zu unterwerfen. Nur diese Kriterien qualifizieren sie als Mitglieder des Inneren Zirkels."

„Aber warum dann der Anschlag auf den Reichstag? Wenn die Abgeordneten so unbedeutend sind, warum sie dann liquidieren?"

„Weil das ein Teil des Spiels ist", antwortet Kleinschmidt hart. „Die Marionetten wären geschützt worden. Vergessen Sie nicht, alle Mitglieder der Bundesregierung wären zu einer Sondersitzung ins Bundeskanzleramt gerufen worden und hätten den

Raketenangriff überlebt. Die Mitglieder des Bundestages dagegen waren überflüssig geworden. Erstens befinden sich gerade unter den neu gewählten Abgeordneten noch einige Idealisten, die noch nicht nach der Pfeife der Mächtigen tanzen. In der Regel dauert es zwei bis drei Jahre, bis über diese Männer und Frauen genug Erkenntnisse vorliegen, um sie erpressen zu können. Zweitens fühlen sich das World Council und seine Landesvertreter inzwischen stark genug, die Kontrolle selbst zu übernehmen.

Die Vernichtung des Parlaments hatte aber nicht nur die Funktion, potenzielle Gegner oder verzichtbare Mitläufer auszuschalten. Primär sollte die Zerstörung der Legislative alle Menschen in eine endlose Spirale der Furcht und des Entsetzens abgleiten lassen. Und ich fürchte, wir haben nur einen zeitweiligen Sieg errungen. Sofern wir die Wahrheit nicht aufdecken können, wird unser Erfolg hier in Deutschland die Vernichtung der drei Gewalten nicht verhindern können, sondern nur aufschieben."

„Mein Gott", hauchte Tanja. „Was für Unmenschen planen so etwas? Und wie können sie die Menschen so täuschen, dass ihre Strohpuppen von Millionen gewählt werden?"

„Kein Problem", zuckte Kleinschmidt die Achseln. „Alles eine Frage der Indoktrinierung. Hitler hatte das Radio, heutzutage gibt es Internet und Social Media. Das sind die Werkzeuge, mit denen vor allem eins getan wird: jeden Politiker, der nicht nach ihrer Pfeife tanzt, zu diskreditieren und seine Karriere abrupt zu beenden, und den eigenen Kandidaten als Heiligen hinzustellen.

Die Medien ändern sich, die Methoden nicht. Wiederhole eine Lüge oft genug, und sie wird in den Augen der Betrachter zur Wahrheit. Und was die Wahlen angeht... Hitler hatte 1933 auch keine Mehrheit. Erst seine Koalitionspartner verhalfen ihm zur Macht. Danach wurden sie ausgeschaltet. Faktisch hatte er etwa so viele Stimmen erhalten wie unser heutiger Bundeskanzler bei der letzten Wahl. Nur war damals die Wahlbeteiligung sogar höher als heute. Gäbe es die Partei der Nichtwähler, würde sie mindestens den Bundestagspräsidenten stellen." Er schwieg, und man konnte ihm die Anstrengung des Redens anmerken. Trotzdem riss er sich noch einmal zusammen und sah Tanja durchdringend an.

„Als ich das Thema einmal mit Alpha besprochen habe, ist mir etwas aufgefallen. Er hat nämlich angefangen zu lachen und gemeint, die restlichen drei Verschwörer seien gar nicht gewählt, sondern bestimmt worden. Das brachte mich auf eine Idee.

Was, wenn diese drei nicht aus dem Bereich der Politik, sondern der Wirtschaft stammen würden, also die CEOs oder Mehrheitsgesellschafter großer Aktiengesellschaften wären? Sie würden das Bindeglied zu den Profiteuren des Great Reset sein, also dem einen Prozent der Menschen, die alle Güter der Welt unter sich aufteilen wollen. Aber wer dies sein könnte? Da bin ich überfragt.

Aber jetzt möchte ich schlafen. Meine Kraft ist erschöpft, und ich brauche Ruhe, viel Ruhe.

Oh, eine Bitte habe ich noch: suchen Sie nach Beatrix Porthum. Ich habe sie zu Freunden nach Südafrika geschickt. Recherchieren Sie nach Terence Johnson, South African State Department. Finden Sie heraus, wie es ihr geht, und sagen Sie mir bescheid."

Tanja nickte dem Todkranken zu und löschte das Licht mit Ausnahme der kleinen Lampe auf dem Tisch, der als Ablage ihres Laptops und ihrer Unterlagen diente. Schlafen Sie gut, dachte sie, doch halten Sie es wie Dylan Thomas. Sie hatte dessen wohl berühmtestes Gedicht erstmals im Film ‚Interstellar' gehört und war fasziniert gewesen. Übersetzt lautete die erste Strophe in etwa:

Geh nicht zu still in diese dunkle Nacht
brenn, tobe, Alter, bis der Tag zerfließt
entzünde Zorn, wenn stirbt die helle Pracht.

Toben Sie, Kleinschmidt, dachte sie. Toben Sie, und schreien Sie dem Tod ins Gesicht, und selbst wenn er letztlich unvermeidbar ist – liefern Sie ihm einen unnachahmlichen Kampf, denn nur darauf kommt es an.

Sie startete ihren Rechner neu und wollte schon Recherchen zu den beiden genannten Namen anstellen, als sie sich anders besann und ‚Republik Südafrika' eingab. Als die Ergebnisliste aufbaute, wurden ihre Augen groß.

Die neueste Meldung war gerade wenige Minuten alt und lautete *‚Terror in Kapstadt und Johannesburg – bis zu 15 Tote bei blutigen Anschlägen auf Wagenkolonnen ehemaliger Minister‘*.

Tanjas Gefühl sagte ihr, dass sich das Lesen dieser Meldung lohnen würde, und ihr schwante, dass irgendein Zusammenhang mit Kleinschmidts südafrikanischen Freunden bestehen würde.

Kein Zweifel: ihr Instinkt wäre dem eines Jagdhundes würdig gewesen.

Kapitel Fünfundzwanzig
Tag Zwölf, am Morgen

Trixi Porthum schreckte aus einem unruhigen Schlaf auf. Sie brauchte nicht zu fragen, was sie geweckt hatte, denn das Stimmengewirr vor ihrer Zimmertür war unüberhörbar. Sie warf sich schnell einen Morgenmantel über und öffnete die Tür. Nur einen Augenblick später wünschte sie sich, es nicht getan zu haben.

Terence Johnson lehnte mit geschlossenen Augen an der gegenüberliegenden Wand und presste seine rechte Hand auf die linke Seite in Höhe der kurzen Rippen. Das Tuch, das er dabei benutzte färbte sich in kurzer Zeit blutrot.

„Dr. Montgomery wird in zwei Minuten hier sein“, ertönte die Stimme seiner Frau, und Johnson nickte, während er das durchtränkte Tuch mit einem frischen vertauschte.

„Es wird Zeit, denn langsam geht mir das Blut aus“, versuchte er einen flauen Witz, den jedoch niemand auch nur ansatzweise komisch fand. Erst jetzt bemerkte das Ehepaar Johnson seinen Gast, und Helen wandte sich Tanja zu.

„Machen Sie sich keine Sorgen um Terence. Es ist nur eine Fleischwunde durch einen Streifschuss, und es ist nicht das erste Mal, dass er angeschossen wurde. Das steckt er locker weg.“

„Aber... wieso wurde er angeschossen? Ich dachte, heute Nacht wäre die Aktion gegen die hiesigen Statthalter des World Council geplant gewesen. Warum wurde dann auf ihn geschossen?“

Helen wollte antworten, wurde aber durch das Klingeln an der Haustür davon abgehalten. Sie ging kurz weg und kam mit einem etwa sechzigjährigen Mann zurück, welcher den unvermeidlichen Koffer bei sich trug, aber schon durch seine Erscheinung so deutlich als Arzt erkennbar war, als habe er seinen Beruf auf der Stirn tätowiert. Beim Anblick des Verletzten grunzte er missbilligend.

„Also du lernst es wahrscheinlich nie, was? Warum meinst du, immer an vorderster Front kämpfen zu müssen, statt deine Krieger vorzuschicken? Wenn der Feldherr umkommt, geht die Schlacht verloren, merk dir das endlich einmal!“

„Aber so folgen mir meine Kämpfer notfalls bis in die Hölle“, widersprach Johnson, worauf der Mediziner nichts mehr sagte und sich ans Werk machte. Nach wenigen Minuten hatte Johnson einen strammen Verband, der die genähte Wunde so problemlos verbarg, dass der Verletzte wieder mühelos ein frisches Hemd und ein Jackett überstreifen konnte.

Trixi barst fast vor Neugier, doch sie bezähmte sich, bis Dr. Montgomery sich verabschiedet hatte. Dann platzte es aus ihr heraus.

„Jetzt erzählen Sie schon! Ist die Aktion schiefgegangen? Und wieso waren Sie beteiligt? Ich dachte, die Polizei würde...“

„Liebe Frau Porthum, jetzt sind Sie ein wenig naiv“, unterbrach sie Johnson knapp, aber dennoch mit einem freundlichen Lächeln. „Hatten Sie wirklich geglaubt, dass wir hier in Südafrika die Spitzen unserer Gesellschaft einfach so festnehmen lassen können? Das Führungsgremium unserer Feinde besteht aus einem ehemaligen Ministerpräsidenten, drei Ex-Ministern und drei CEOs der größten Konzerne Südafrikas. Diese Männer sind unantastbar, wenn man es mit juristischen, rechtsstaatlichen Mitteln versucht. Um sie auszuschalten, gab es nur eine Methode – man bringt sie um. Ich zum Beispiel hatte die Aufgabe, den ehemaligen MP unseres Landes zu liquidieren. Wir wussten, dass er sich gestern Abend mit seiner Geliebten treffen wollte – übrigens der Ehefrau unseres aktuellen Wirtschaftsministers. Wir haben ihn zwei Kilometer von ihrer Wohnung entfernt gestellt, seinen Wagen gerammt und mit einer geballten Ladung geöffnet, bevor ich ihn erschossen habe. Leider gab es erheblichen Widerstand durch seine Personenschützer. Bedauerlich, dass auch einige von ihnen ihr Leben verloren haben – und fünf von meinen Leuten auch. Mich selbst hat sein Fahrer angeschossen, der dann von meinem Stellvertreter erledigt wurde. Glücklicherweise lief es bei den anderen Zielpersonen besser. Sie sind alle tot, und wir selbst haben nur zwei weitere Leute verloren.“

„Sie… sie haben sie alle umgebracht“, flüsterte Trixi entsetzt. „Mein Gott! Und ich dachte, Sie seien humaner als…“

„Jetzt machen Sie aber mal einen Punkt", empörte sich Helen Johnson. „Hier läuft so was anders als in Mitteleuropa. Aber was sollten wir tun? Hier herumsitzen, ‚Imagine' singen und darauf warten, dass die Feinde hier hereinspazieren und uns allen die Kehlen durchschneiden? Und humaner sind wir allemal. Schließlich haben wir keinen Massenmord an unschuldigen Zivilisten angeordnet."

Trixi nickte matt. Obwohl sie immer noch bestürzt war, musste sie ihren Gastgebern Recht geben.

„Die Aktion war trotz der Verluste erfolgreich", erklärte Terence Johnson, und man konnte ihm die Zufriedenheit ansehen. „Zwar werden die Zielpersonen in den Medien als die Opfer von Terroranschlägen betrauert werden, aber sie richten keinen Schaden mehr an. Und wir haben die Kommunikationslinie mit dem World Council in unsere Hände bekommen. Das heißt, dass wir die Führungsspitze der Verschwörung zumindest vorübergehend mit falschen Informationen über die hiesige Lage füttern können. Das versetzt uns hoffentlich in die Lage, auch sie zu identifizieren und letztlich auszuschalten."

Er sah, dass die junge Frau immer noch bekümmert war und beschloss, sie ein wenig aufzuheitern. „Übrigens ist auf meinem dienstlichen Mailaccount eine Anfrage aus Deutschland eingegangen. Die anfragende Person nennt sich Tanja Strasser und..."

„Die kenne ich!“, unterbrach ihn Trixi aufgeregt. „Eine Polizistin vom BKA, die jetzt in Berlin ermittelt. Sie kennt Sven und weiß, worum es bei all dem hier geht. Hat sie etwas über Sven berichtet? Weiß sie, wo er ist?“

„Gemach, gemach“, lächelte Johnson, dem nicht mehr die Spur von seiner Verletzung anzumerken war. „Ich soll sie wegen eines Freundes kontaktieren. Mehr sagte sie nicht, wahrscheinlich will sie vorsichtig sein, da sie nicht weiß, ob wirklich ich am anderen Ende der Leitung hänge. Heute Abend kann ich sicher mehr erzählen. Aber eines ist sicher: meinen Namen kann sie nur von Sven haben. Also Kopf hoch.“

Er nickte ihr zu, küsste Helen und griff zu seiner Aktentasche. „Mal sehen, wie hoch der Hysterie-Pegel im Ministerium ist“, frotzelte er. „Ich gehe mal davon aus, dass dort keiner mehr klar denken kann. Wir sehen uns dann heute Abend.“

Trixi konnte seine Rückkehr kaum erwarten, da sie positive Nachrichten erhoffte. Das Frühstück schmeckte ihr daher zum ersten Mal seit ihrer Ankunft in Südafrika uneingeschränkt gut. Positiv sollst du den Tag beginnen, dachte sie dabei gutgelaunt.

Schade nur, dass der Tag nicht positiv enden sollte…

***

Steffen Polaszek betrat das Polizeipräsidium fröhlich pfeifend und mit einem breiten Grinsen im Gesicht. Ohne sich von irgendjemandem aufhalten zu lassen stiefelte er in das Büro Thorsten Breuers und warf sich in den Besucherstuhl, der zwar bedrohlich ächzte, der Belastung jedoch standhielt. „Haben Sie schon die Nachrichten gehört?“, fragte er Breuer, der indigniert die Augenbrauen hob und sich zu einer zynischen Gegenfrage entschloss.

„Welche? Die hier aus Berlin, dass die Anzahl der Ebola-Toten jetzt mit exakt 658.709 bestimmt wurde, oder dass eine Zeitungsredaktion vermutet, einer ihrer Reporter sei ermordet worden, oder eine Nachricht, die das große Weltgeschehen betrifft?“

„Eher letzteres“, antwortete Polaszek vergnügt. „Ich meine die Meldung aus Südafrika, die von der Ermordung ehemaliger hochrangiger Politiker und Wirtschaftsfunktionäre berichtet.“

„Mhh… nein“, gab der Polizist zurück. „Kümmert mich auch, ehrlich gesagt, wenig was da unten passiert. Ich habe hier in Berlin genug eigene Sorgen.“

„Vielleicht lohnt sich aber ein Blick über den Tellerrand“, gab der Staatssekretär zurück. „Gegen wen treten wir denn hier an? Denken Sie nach, auch wenn das am frühen Morgen noch etwas schwierig ist.“

Breuer öffnete den Mund zu einer scharfen Erwiderung, doch urplötzlich ging ihm nicht nur ein Licht, sondern ein ganzer Kronleuchter auf. „Sie meinen… ach du Schei…“, er verschluckte die letzte Silbe und sah den grinsenden Polaszek mit weit geöffneten Augen an.

„Dass da unten jemand das südafrikanische Pendant zu unserer Tätergruppe ausgelöscht hat, ja“, bestätigte der kleine dicke Politiker. „Die Parallelen bei den Personen sind doch zu auffällig. Da soll noch mal einer was Negatives über die Jungs am Kap sagen.“

„Also kein Terroranschlag, sondern das Werk Ihrer südafrikanischen Kollegen... zu denen wahrscheinlich auch Terrence Johnson gehört“, sagte Breuer knapp, während er sein Gegenüber scharf beobachtete und befriedigt feststellte, dass dieser bei der Erwähnung des Namens kurz zusammenzuckte.

„Äh... wessen Werk soll das sein?“, fragte er scheinbar ungläubig, doch Breuer hatte zu viele Vernehmungen durchgeführt, um sich täuschen zu lassen.

„Schluss mit dem Theater, Polaszek, oder soll ich Sie lieber Charlie nennen?“, fragte er scharf, und jetzt war es an seinem Besucher, die Augen aufzureißen.

„Das Theater ist vorbei, Mann“, fauchte der Kommissar. „Sie haben mich lange genug für dumm verkauft. Sie sind kein Verbindungsbeamter zum Bundeskanzleramt! Niemand hat Sie hierhergeschickt, denn als ich dort anrief und Sie sprechen wollte wurde mir gesagt, dass Sie seit den Anschlägen vermisst werden und auf der Verlustliste stehen!“

„Das habe ich auch gehofft", erwiderte Polaszek leise. „Sonst wäre ich jetzt entweder tot oder läge wie Delta im Sterben.

Das Bundeskanzleramt ist wie alle Ministerien vom Gegner unterwandert. Dort wäre ich meines Lebens keinesfalls mehr sicher. Aber während Alpha und Delta untergetaucht sind, habe ich beschlossen, in die Offensive zu gehen und Sie zu unterstützen, und das ist mir, glaube ich, recht gut gelungen."

„Dann sagen Sie mir endlich alles, was Sie wissen! Wer sind die übrigen Verschwörer neben von Adelforst und Platte?"

„Ach, die beiden sind die einzigen, die Sie kennen? Dann hat Sven Ihnen offenbar noch nichts erzählen können. Ich kenne aber nur noch zwei Namen, und es ist sicher, dass noch drei weitere dazu gehören. Die Namen, die ich kenne, sind Dominik Kletschner und Helga…"

„Petrusiak", fiel ihm Breuer ins Wort. „Danke, das genügt. Sie haben gerade die Aussage Deltas bestätigt. Tut mir leid, aber ich musste die Namen von Ihnen ohne Vorhalt gesagt bekommen."

„Aha, polizeiliche Verhörmethoden", lächelte Charlie milde. „Ich hätte mit so etwas rechnen müssen. Aber na gut. Sie tun schließlich Ihren Job. Was gedenken Sie jetzt mit mir zu machen?"

„Natürlich nichts", schnaubte der Polizist. „Ich halte meine Kenntnisse schön unter der Grasnarbe. Lebend sind Sie für mich schließlich wertvoller als tot. Sie könnten mir aber mal etwas über Ihre

Gruppe erzählen. Wie haben Sie sich eigentlich gefunden?“

„Mehr zufällig“, entgegnete Polaszek knapp. „Alpha, also Anton Lessinger war die treibende Kraft bei ihrer Bildung. Zuerst hat er Phillip Demminger als Bravo rekrutiert, und der war seit der Uni mit Bruno Hauschild alias Echo befreundet. Ich selbst war eine Zeitlang mit Brunos Schwester zusammen, und Sven hat mit Bruno bei den Johannitern das freiwillige soziale Jahr gemacht. So kam eins zum anderen.

Uns vereint die gleiche politische Einstellung, auch wenn wir unterschiedlichen Parteien angehören. Wir alle sind überzeugte Demokraten, achten das Grundgesetz, welches wir für die freiheitlichste Verfassung auf diesem Planeten halten, und wir fühlen uns verpflichtet, die Herrschaft des Volkes mit allen uns zur Verfügung stehenden Mitteln zu verteidigen.“

„Mit ALLEN Mitteln?“, spottete Breuer. „Etwa so wie in Südafrika? Ein Tyrannenmord hat noch nie etwas Positives bewirkt.“

„Nun… auch Sie haben nicht gezögert, den Angriff auf die Raketenpanzer anzuordnen, um die Vernichtung des Bundestages zu verhindern“, erinnerte Polaszek den Polizisten, der daraufhin seufzte und nickte, was Charlie als Zeichen sah, fortzufahren.

„Wir sind weit davon entfernt, das Prinzip ‚der Zweck heiligt die Mittel‘ gutzuheißen“, erklärte er.

„Manchmal gibt es jedoch Situationen, die harte Maßnahmen erfordern.

Herr Breuer, es wird überaus schwer werden, die Mitglieder des Inneren Zirkels vor ein Gericht zu stellen. Der einzige Weg wäre, dass wir ihre Informanten dazu bringen können, vor Gericht auszusagen, was bedeuten würde, dass sie zum Beispiel erklären müssten, wie sie an den Stick gekommen sind. Sie müssten sich also selbst einer Straftat bezichtigen. Darüber hinaus wäre es erforderlich zu erklären, wie sie in der Lage waren, einen mit geheimdienstlichen Methoden codierten Datenträger zu entschlüsseln, also ihre technischen Möglichkeiten und damit auch ihre hochorganisierte Struktur zu verraten. Und soweit ich gehört habe, sind auf dem Datenträger nicht die Klarnamen der Verschwörer genannt, sondern nur die Nummern. Wer welche Nummer trug, war nur eine Schlussfolgerung von uns, und auch Ihre syrischen Freunde werden zwar den Personenkreis, nicht aber die genaue Nummerierung benennen können, zumindest nicht bei allen. So werden wir eine individuelle Tathandlung nicht zuordnen können, oder sehe ich das falsch?"

„Leider nicht", seufzte Breuer. „Und ich wage zu bezweifeln, dass ihr Altruismus und unsere Freundschaft so weit gehen werden, sich ihr Geschäft zu ruinieren. Ganz abgesehen davon, dass sie sicherlich für einige Zeit ins Gefängnis wandern würden, denn kaum ein Staatsanwalt oder Richter würde sich auf einen Deal einlassen und ihnen Straffreiheit zusichern. Und selbst wenn: wie würden die Richter die Glaubwürdigkeit von Berufsverbrechern betrachten, besonders dann, wenn ihr Wort gegen das von ‚honorigen' Politikern steht?

Ganz klar, unsere Beweislage ist dünn. Selbst unsere Erkenntnisse aus der Telefonüberwachung, die den Kontakt von Petrov zu Julius Platte beweist, würde da nicht ausreichen, weil in diesen Gesprächen nichts von einer Tätergruppe gesagt wurde. Die Übrigen könnten Platte opfern und behaupten, dass alles auf seinem Mist gewachsen sei. Was also sollen wir tun? Die südafrikanische Methode anzuwenden wäre hier undenkbar."

„Da haben Sie wohl Recht", seufzte Charlie und sah Breuer nachdenklich an. „Vielleicht reicht es ja, wenn wir sie alle festnehmen und unser Wissen an die Medien weitergeben würden, damit die Öffentlichkeit kapiert, was hier gespielt wird. Mehr können wir nicht tun."

„Zudem fehlen uns immer noch drei Namen von Mitgliedern des Inneren Zirkels", erinnerte ihn der Hauptkommissar. „Entweder sacken wir alle ein oder keinen. Ich hoffe, dass meine syrischen Freunde mir da noch auf die Sprünge helfen können."

Die hatten inzwischen andere Probleme.

***

„Eine Milliarde, mehr kann ich Ihnen aktuell nicht besorgen. Jedenfalls nicht in der Form, wie Sie es gewünscht haben," versicherte Nummer zwei dem unsichtbaren Gesprächspartner, der sich ihm als ‚Mohammad' vorgestellt hatte.

Es war recht schnell zu einem Kontakt gekommen, nachdem er seine Gesprächsbereitschaft signalisiert hatte. An einem vereinbarten Punkt war ein für ihn bestimmtes Handy deponiert gewesen, und pünktlich um 08:30 Uhr am heutigen Morgen hatte es geklingelt.

„Das wäre schon mal eine brauchbare Anzahlung", antwortete die Stimme ‚Mohammads' langsam. „Allerdings ist es gerade mal die Hälfte unserer Forderung. Sie bilden sich doch nicht etwa ein, dass wir Ihnen den Stick schon nach der Anzahlung zurückgeben würden?"

„Natürlich nicht", versicherte Platte eilig. „Sie behalten ihn, bis die Zahlung vollständig ist.

Ich habe hier einen 512 GB USB-Stick in einem silbernen Samsonite-Koffer, auf dem die Codes der ersten Milliarde in Bitcoin und Ether gespeichert sind. Er ist nicht verschlüsselt, und sobald Sie ihn in einen PC stecken und ins Netz gehen, können Sie die Codes verifizieren. Dann sehen Sie, dass ich fair spiele."

Das glaube, wer will, dachte die ‚Ratte'. Laut sagte sie jedoch: „Gut. Dann starten wir die Übergabe wie abgesprochen. Sie werden um 16 Uhr mit dem Koffer, in dem sich der Stick befindet, am Ehrenmal in Treptow stehen. Wenn neben Ihnen ein

Taxi hält und der Fahrer Sie fragt, ob sie einen Wagen auf den Namen Lister bestellt haben, steigen Sie hinten ein. Der Fahrer wird Sie bis zum Brandenburger Tor bringen. Dort steigen Sie aus, ohne den Koffer mitzunehmen. Ist das klar?"

„Völlig", bestätigte Platte, der innerlich triumphierte. Die dummen Araber schienen wirklich auf seinen Trick hereinzufallen! Na, sie würden schon sehen, was sie davon haben würden. Allerdings machte er den Fehler, seine Kontrahenten zu unterschätzen, was vor allem daran lag, dass er die Angaben seines Kollegen von Adelforst schlicht vergessen hatte, wonach der ihm entwendete Stick codiert und mit der gleichen Tracking-Software versehen war, die jetzt auch Nummer zwei benutzte.

„Dann machen Sie sich auf den Weg. Seien Sie pünktlich, denn wenn Sie um 16 Uhr nicht am Treffpunkt stehen, fährt das Taxi einfach weiter, und der Deal ist geplatzt."

Mounir Ben Mohammad beendete das Gespräch abrupt und sah seinen IT-Fachmann Samir ernst an. „Ist alles vorbereitet?"

„Aber sicher, Bruder. Der ‚Taxifahrer' ist instruiert und wird den Koffer nicht anrühren. Nachdem sein Passagier das Taxi verlassen hat, fährt er umgehend zu unserer Lagerhalle nach Britz. Diese wurde in ein Bio-Labor umgebaut, das heißt, wir haben drei ringförmig angeordnete Sicherheitsbereiche. Das Taxi wird in Ring 2 abgestellt, wo sich auch die Unterkunft des Fahrers befindet. Der Fahrer holt den Koffer vom Rücksitz und legt ihn auf eine hermetisch abgeschirmte Rutsche, die ihn bis zu Ring 1 befördert.

Wir besitzen einen Anzug, der mit einer Art Ziehharmonika-System an einer Luftschleuse befestigt ist. Eine Person kann ihn von hinten besteigen und in dem kontaminierten Raum gefahrlos arbeiten. Der Anzugträger holt den Koffer von der Rutsche, schließt ihre Schleuse und kann den Stick herausholen, ohne in Gefahr zu geraten. Dann steckt er ihn in den dort stehenden PC und transferiert die Daten über die physikalische Datenleitung auf ein in Ring 3 stehendes Terminal.

Die gesamte Lagerhalle ist komplett abgeschirmt. Wir müssen davon ausgehen, dass elektronische Ortungsmittel verwendet werden, also werden wir mit äußerster Vorsicht agieren. Und alle Personen, die mit Koffer und Stick in Kontakt kommen, bleiben für 14 Tage in Quarantäne. Schließlich haben wir es mit Bio-Terroristen zu tun."

„Das sollte reichen", nickte Mounir. „Und wer sitzt in Ring 3 am PC? Du, denke ich?"

Samir nickte. „Abdullah fährt das Taxi, und Muzaffer wird den gefährlichen Job im wahrscheinlich kontaminierten Bereich übernehmen. Sie kennen das Risiko, sind aber für eine zusätzliche Prämie gern bereit, es einzugehen."

„Dachte ich mir", knurrte die Ratte. „Also gehen wir es an. Ich werde das Einsteigen von Platte ins Taxi aus der Distanz beobachten. Keine Sorge! Näher als 100 Meter gehe ich nicht ran."

Samir machte ein Gesicht, welches seine Skepsis nur zu deutlich zeigte, aber Mounir beabsichtigte Wort zu halten, wenn er auch plante, das Taxi nicht aus den Augen zu lassen, bis es in der Lagerhalle in Britz verschwand. Der Deal war fix. Jetzt kam es nur noch darauf an, dass ihre Sicherheitsmaßnahmen funktionierten.

***

Die Tagschicht im Krankenhaus abzuleisten war für David Cramer das reinste Vergnügen. Allein schon die Anwesenheit von Schwester Cordula versüßte ihm den Dienst. Dass sie auch die letzte Nacht gemeinsam verbracht hatten und gemeinsam ins Krankenhaus gekommen waren, war sozusagen das Tüpfelchen auf dem i.

Delta hatte sich über die Ereignisse in Südafrika sehr erfreut gezeigt. Ohne nähere Details zu wissen, setzte er voraus, dass Terence Johnson und seine Freunde erfolgreich gewesen waren, und dass Beatrix Porthum daher fürs erste in Sicherheit war. Und auch die Gespräche mit dem jungen Polizisten erfreuten ihn, da er in Cramer einen Mann mit den Idealen fand, die auch seine eigenen waren.

Beide wussten es nicht, aber ihr Gespräch nahm die gleiche Richtung wie die Diskussion zwischen Breuer und Charlie. Allerdings konnte Kleinschmidt die düstere Stimmung seines Schutzengels etwas aufhellen.

„In meiner Jackentasche steckt ein Schlüssel zum Schließfach 127 am Bahnhof Zoo. Darin werdet ihr einen Ordner finden, der unsere gesamten Erkenntnisse zu der Tätergruppe um Adelforst und die anderen enthält. Ich habe fleißig gesammelt, und die Informationen werden über euren Wissensstand hinausgehen. Ob es zu einer Verurteilung reicht, weiß ich natürlich nicht, aber es wird euch das Beantragen von Haftbefehlen und Durchsuchungsbeschlüssen sehr erleichtern."

„Ganz zu schweigen von den Beschlüssen zur Datenerhebung im Telekommunikationsbereich", ergänzte David Cramer, dessen Augen zu glänzen begonnen hatten. Kleinschmidt nickte und wollte weiterreden, aber das Rufzeichen von Cramers Handy unterbrach ihn.

„Ja, Chef? Natürlich! Er ist gerade wach. Leiten Sie den Anruf weiter." Er wartete einige Sekunden, bevor er das Gerät an Delta weiterreichte. „Ist für Sie."

Mit gerunzelter Stirn nahm der Mann im Bett das Handy entgegen. „Ja? Wer… Trixi! Alles in Ordnung bei dir? Geht es dir gut? Was weißt du von der Aktion in Südafrika?"

„Lassen Sie Ihre Freundin doch auch mal zu Wort kommen", lachte Cramer, der sich schon auf dem Weg zur Tür befand. „Ich bleibe draußen, bis Sie alles besprochen haben."

Kleinschmidt wartete, bis der Polizist das Zimmer verlassen hatte, bevor er wieder in das Gerät sprach. „So, jetzt können wir reden."

„Was ist passiert? Wieso kann ich dich nur über die Polizei erreichen? Wie geht es dir, Sven? Bist du in Ordnung?“ In ihrer Besorgnis um ihren Geliebten übersah Trixi, dass sie ihn ebenso mit Fragen bombardierte wie zuvor er sie. Delta seufzte und beschloss, ihr die Wahrheit zu sagen.

„Nein, ich bin nicht in Ordnung. Genauer gesagt, ich wurde vergiftet.“

„Aber das wird doch wieder, oder? Du liegst doch im Krankenhaus, wie der Polizist im Präsidium mir sagte. Also haben sie dir den Magen ausgepumpt und das Zeug rausgeholt, was dich vergiftet hat. Dann bist du doch bald wieder auf dem Damm.“

„Leider nein, meine Liebste“, antwortete Sven weich. „Mir wurden radioaktive Isotopen verabreicht, und meine Zellstruktur wird in Kürze zusammenbrechen. Ich bin nicht mehr zu retten und werde spätestens in einigen Tagen sterben.“

In das Schweigen auf der anderen Seite des Globus sprach er weiter. „Ich liebe dich, Trixi. Ehrlich gesagt, ich habe dich immer geliebt und hatte nur nicht den Mut, mich dir zu offenbaren. Ich hätte mir ein langes, gemeinsames Leben mit dir gewünscht, aber das wird jetzt nicht mehr möglich sein. Dafür haben diese Hundesöhne gesorgt, die auch für die anderen Anschläge verantwortlich sind.“

„Red keinen Quatsch“, unterbrach ihn Trixi grob. „Es muss doch eine Möglichkeit geben, das Zeug aus deinem Körper heraus zu bekommen.“

„Das Zeug, wie du es nennst, ist bereits zerfallen oder auf natürlichem Wege ausgeschieden worden. Was mich tötet, ist die Auswirkung der Alphastrahlen auf meine Zellen, die dadurch ihren Zusammenhalt verlieren, insbesondere die Darm- und Rückenmarkszellen. Ich habe nach Ansicht der Ärzte etwa ein Mikrogramm Polonium-210 inkorporiert. Irrelevant, ob ich es eingeatmet oder geschluckt habe: es handelt sich um die zehnfache Menge der für Menschen tödlichen Dosis. Die Mediziner wundern sich, warum ich noch nicht aus jedem Knopfloch blute, aber das ist nur noch eine Frage der Zeit. Ich werde jedenfalls ziemlich elendig an Strahlenkrankheit sterben. Der einzige Trost ist, dass die hohe Dosis dafür sorgt, dass es schnell gehen wird."

„Nein", flüsterte Trixi. „Das darf nicht wahr sein! Ich will dich nicht verlieren, denn ich liebe dich auch! Du musst bei mir bleiben, hörst du?"

„In deinem Herzen werde ich das immer sein", antwortete Sven, dem inzwischen ebenfalls die Tränen aus den Augen traten. Als er sie wegwischte stellte er fest, dass sich das Kleenex-Tuch rötlich verfärbt hatte.

„Ich nehme den nächsten Flieger und..." – „Tu dir das nicht an", unterbrach sie ihr Freund. „Selbst wenn du noch vor meinem Tod hier ankommst, werde ich ein körperliches und geistiges Wrack sein. Ich will, dass du mich so in Erinnerung behältst, wie du mich zuletzt gesehen hast."

„Auf keinen Fall, denn dann hätte ich immer den Fettsack bei IKEA vor Augen,“ widersprach die junge Frau in dem Versuch, den Sterbenden etwas aufzuheitern. Dies gelang auch, denn Kleinschmidt lachte auf, bevor er einen Hustenanfall erlitt. Es dauerte eine ganze Minute, bis er weitersprechen konnte.

„Nun gut, dann vielleicht doch eher den feurigen Pizzaboten“, offerierte er mit rauer Stimme, aber auch damit war Trixi nicht einverstanden. „Auch nicht viel besser, aber immerhin habe ich ihn geküsst. Nein, ich möchte mich doch lieber an Staatssekretär Sven Kleinschmidt erinnern, dem ich niemals zeigen konnte, was ich für ihn empfand.“ Sie schwieg und schluckte, um den Kloß in ihrer Kehle zu bekämpfen.

„Wir haben unsere Chance verpasst, und daran sind nur diese Nummern eins bis sieben Schuld“, sagte Delta bedauernd. Jetzt war es an seiner Freundin, einen Einwand zu äußern.

„Wann sollen denn diese Leute oder ihre Handlanger an dich herangekommen sein?“, fragte sie. „Wenn du dich an deinen Plan gehalten hast, konnten sie dir das Polonium nicht verpassen, weil du nichts gegessen oder getrunken hast, was du nicht selbst eingekauft hast. Oder nicht?“

„Nein, habe ich nicht“, erwiderte Sven Kleinschmidt. Unmittelbar nach dieser Äußerung fühlte er seine trockene Kehle und griff zu dem Mineralwasser auf seinem Nachttisch. Auf halbem Wege blieb seine Hand in der Luft hängen, und seine Augen wurden groß.

„Nein," flüsterte er. „Nein, das... das kann nicht sein. Das ist unmöglich. Völlig unmöglich!"

„Denke an Sherlock Holmes´ Direktive", antwortete Beatrix Porthum. „Wie sagte er: ‚*Wenn alle anderen möglichen Begründungen ausgeschlossen werden können, muss die unmögliche, so unwahrscheinlich sie auch klingt, richtig sein*'. Also, was ist unmöglich?"

„Alpha... als ich mich mit ihm im Fitnessstudio traf, hat er mir ein Glas Wasser eingeschüttet. Das war das einzige Mal, dass ich... nein, das kann nicht sein! Schließlich ist er einer von uns!"

„Unwahrscheinlich, das gebe ich zu", gab ihm Trixi recht, „aber nicht unmöglich. Ich habe ihn schon ein paarmal gesehen, als er sich mit dir getroffen hat, aber ich hatte bei ihm ein komisches Gefühl. Ehrlich gesagt, ich mochte ihn nicht. Er strahlte eine gewisse Arroganz aus, die mir missfiel. Doch das würde nicht erklären, warum er dich umbringen würde."

„Eben! Es gibt überhaupt keinen Grund! Warum sollte er mich umbringen, wenn er zusammen mit mir über mehrere Tage dieses komplizierte Versteckspiel durchgeführt hat?" Kleinschmidt schien die Welt nicht mehr zu verstehen, und Beatrix Porthum ging es nicht besser.

„Denk darüber nach", riet sie ihm. „Ich rufe dich heute Abend wieder an. Ruhe dich inzwischen aus und spare deine Kraft, um den Schurken nicht den Sieg zu überlassen. Das war doch dein Ziel, oder?"

„Das werde ich, Geliebte", versprach Delta leise und legte auf, bevor sie seinen nächsten Hustenanfall mitbekommen konnte. Dieser führte dazu, dass seine vor das Gesicht gehaltene Hand aussah, als habe er die Masern. Er starrte fassungslos auf die roten Punkte, bis sie vor seinen Augen verschwammen, und auch nach mehrfachem Blinzeln kehrte die klare Sicht nicht wieder zurück.

Es geht zu Ende, dachte Kleinschmidt traurig. Wahrscheinlich werde ich sterben, bevor der Sieger in unserem Kampf feststeht. Er blickte auf, als David Cramer wieder zur Tür hereinkam und bei dem Blick auf sein Gesicht sofort den Alarmknopf drückte. Der Kranke wedelte jedoch abwehrend mit der Hand und sah den Polizisten scharf an.

„Schicken Sie die Ärzte wieder weg. Ich muss Ihnen was erzählen, und Sie hören besser genau zu, weil ich das ein zweites Mal wohl nicht mehr hinkriege..."

Kapitel Sechsundzwanzig
Tag Zwölf, am Mittag

Manchmal geschieht es, dass selbst erfahrene Mediziner nicht glauben können, was sich vor ihren Augen abspielt. So jedenfalls erging es der Ärztin im Bundesamt für Verfassungsschutz, als sie die Tür öffnete und einen voll angekleideten Pavel Petrov vor sich stehen sah, der gerade von innen nach der Türklinke gegriffen hatte. Ihr fiel buchstäblich die Kinnlade herunter, und ihre Augen wurden groß, während sie den Mann vor ihr ungläubig anstarrte.

„Aber… aber… sie können doch nicht…“, stammelte sie, doch Petrov hob nur die Hand und brachte sie so zum Schweigen.

„Doch, ich kann, das sehen Sie doch gerade!“, knurrte er. „Und jetzt lassen Sie mich vorbei. Ich habe nämlich noch was zu tun!“

„Wenn's nach mir geht, haben Sie nur eins zu tun: sich hinzulegen und wieder gesund zu werden!“, fauchte die Ärztin, die einen Schritt auf ihren Patienten zuging und versuchte, auf ihn einschüchternd zu wirken. Rechtzeitig erinnerte sie sich jedoch daran, mit wem sie es zu tun hatte und verzog ihre Miene nur zu ärztlicher Strenge. Aber auch das schien für Petrov provokant genug zu sein, denn er packte die Frau brutal am Hals und zog sie zu sich heran.

„Es geht aber nicht nach deinem Kopf, blöde Schlampe!“, fauchte er und holte zu einem Schlag aus, der ihr mit Sicherheit umgehend das Genick gebrochen hätte, aber irgendetwas ließ ihn innehalten. Statt die Ärztin zu töten, stieß er sie aufs Bett und baute sich breitbeinig vor ihr auf, während sie ihn angstvoll ansah.

„So, und jetzt hör mir mal gut zu! Ich habe vorhin mit unserem gemeinsamen Chef telefoniert und habe ihm gesagt, dass ich mich wieder einsatzbereit fühle. Deshalb hat er mich beauftragt, die beiden einzigen Weiber kaltzumachen, die mir noch mehr auf den Sack gehen als du! Also mach nicht nochmal den Fehler, dich mir in den Weg zu stellen!!“

Er drehte sich kopfschüttelnd um und verließ das Krankenzimmer, immer noch fassungslos darüber, dass er diese Schnepfe am Leben gelassen hatte. Vielleicht werde ich weich, dachte er und schob diesen Gedanken im gleichen Moment weit von sich. Nein, es lag wohl doch eher daran, dass Nummer zwei ihm im Rahmen des Telefonats eingebläut hatte, sie hätten zu wenige Mediziner, und Verluste wären nicht hinnehmbar. Sich nur befehlsgemäß verhalten zu haben, beruhigte den Killer, und er verließ die Kaserne am Treptower Park in heiterer Stimmung.

Die Ärztin erhob sich derweil ächzend und betastete ihren Hals, der sich bereits intensiv rötete. Sie hatte das Gefühl, von einem wilden Stier überrannt worden und dem Tod nur knapp von der

Schippe gesprungen zu sein. In beiderlei Hinsicht traf sie den Nagel auf den Kopf.

***

Zwischenzeitlich glich der zentrale Raum der Mordkommission einem angegriffenen Wespennest. Jasmin Eilert hatte das Telefonat zwischen Nummer zwei und Petrov abgehört und sofort Breuer benachrichtigt. Obwohl im Gespräch keine Namen genannt worden waren, Stand für den Kriminalisten fest, dass Petrov auf Tanja Strasser und Beatrix Porthum angesetzt worden sein musste. Während die Freundin Deltas in Südafrika in relativer Sicherheit war, schwebte Tanja nun in höchster Gefahr.

Zum gefühlt sechzigsten Mal drückte er gerade auf den Knopf und beendete den erfolglosen Anrufversuch. „Verdammt," fluchte er. „Was macht sie? So tief kann sie doch nicht schlafen!

„Vielleicht hat sie das Handy auf Vibration oder lautlos stehen. Ist doch möglich, dass sie es nach dem Nachtdienst im Krankenhaus noch nicht umgestellt hat", vermutete Jasmin, und Breuer nickte.

„Plausible Erklärung, aber sie beruhigt mich nicht im Geringsten", knurrte er. „Ein eiskalter Killer ist auf dem Weg zu ihr, und ich kann sie nicht mal warnen! Die What's App, die ich ihr geschickt habe, hat sie auch noch nicht geöffnet. Ist der Streifenwagen schon eingetroffen?"

„Chef, den hatten wir erst vor drei Minuten dorthin geschickt“, lachte Jasmin. „Der kann noch gar nicht da sein. Wahrscheinlich trifft er in fünf Minuten dort ein. Aber vom Treptower Park bis zum Hotel braucht Petrov mindestens zehn Minuten, und der Anruf ist jetzt vier Minuten her. Du hast wahrscheinlich Recht mit deiner Besorgnis. Es könnte ein Kopf-an-Kopf-Rennen werden.“

„Auf jeden Fall ist mir das zu unsicher, ich fahre selbst dahin“, schnappte Breuer und holte die Dienstwaffe aus seiner Schreibtischschublade. Er prüfte den Ladezustand und steckte sie ins Holster. Jasmin tat es ihm nach. „Ich komme natürlich mit“, verkündete sie, doch Breuer schüttelte den Kopf.

„Ich brauche dich an der Telefonüberwachung, falls Petrov sich noch mal bei seinem Chef meldet. Nein, ich werde Maik Leschke mitnehmen. Falls Petrov auftaucht, fühle ich mich in Gegenwart des letztjährigen Berliner Polizeimeisters im Pistolenschießen wesentlich sicherer. Kein Vorwurf, Jasmin, nur der optimale Einsatz der Fähigkeiten meiner Leute“, fügte er hinzu. Die Polizistin verstand und nickte, während sie zurück an ihren Schreibtisch ging und sich wieder die Kopfhörer aufsetzte.

Maik Leschke hatte während der letzten Tage vorwiegend Routineaufträge erfüllt und brannte darauf, endlich wieder aktiv zu werden. Vor allem ging es ihm darum, nach seiner letzten verbalen Pleite dem Chef seine Fähigkeiten zu beweisen. Auf dem Weg zum ‚Berliner Bär‘ konnte er sich jedoch eine Frage nicht verkneifen.

„Sagen Sie, Chef… Sie und Frau Strasser… ich meine, es gibt so einiges Gerede in der Truppe…“, er stockte und schwieg.

„Ach, brodelt die Gerüchteküche mal wieder?“, fragte Breuer mit einem Seitenblick, und Leschke wurde rot. Der Hauptkommissar lachte leise.

„Abwarten, mein Junge! Tanja und ich sind noch nicht sehr weit gekommen, aber wenn du es genau wissen willst: wir haben vor, herauszufinden, ob wir zusammenpassen. Zufrieden?“

„Äh…ja“, stotterte der junge Polizist, der schon nicht mehr wusste, wo er hinsehen sollte. Er wechselte schnell das Thema. „Ich frage mich gerade, ob unsere Besorgnis wirklich berechtigt ist. Immerhin weiß Petrov doch nicht, in welchem Hotel sie abgestiegen ist, oder?“

„Da wäre ich mir nicht so sicher“, versetzte Breuer. „Alle Reisevorbereitungen wurden von Tanja im BKA durchgeführt, und dazu gehört das Ausfüllen eines Reisekostenantrags, das Bestellen eines Dienstwagens und so weiter. Das dortige Verwaltungsdezernat weiß also, wo sie schläft und welches Auto sie fährt, und ich würde nicht mein oder ihr Leben darauf setzen, dass diese Daten zur höchsten Sicherheitsstufe gehören. Petrov könnte also sehr wohl herausgefunden haben, wie und wo er sie erwischen kann, und das ist mir zu riskant.“

Mit quietschenden Reifen hielt Breuer vor dem Hotel, wo gerade die beiden uniformierten Kollegen aus ihrem Streifenwagen stiegen. Er postierte sie am Eingang und zeigte ihnen ein Bild Petrovs, bevor er mit Leschke an der Rezeption vorbei zur Treppe stürmte. Um auf den Aufzug zu warten hatte Breuer nicht mehr die Geduld.

Schwer atmend pochte er an die Tür des Zimmers 325, in dem sich Tanja Strasser aufhalten sollte, doch trotz seines Hämmerns tat sich nichts. Er war schon im Begriff den Schlüssel Größe 45 zu benutzen, als Leschke ihm auf die Schulter tippte und mit der anderen Hand auf eine junge Asiatin in der typischen Kleidung des Hotel-Reinigungspersonals zeigte. Auf die Aufforderung, die Tür zu öffnen schüttelte die Asiatin den Kopf.

„Junge Frau nicht da. Gerade weg. Ist Polizistin wie Sie. Wollte zu Ihnen. Mit Auto."

Breuer war schon wieder unterwegs nach unten und verfluchte sich, dass er den uniformierten Kollegen nur ein Foto Petrovs und keins von Tanja gezeigt hatte. Sie musste den Aufzug genommen haben, sonst wären sie sich auf der Treppe begegnet, dachte er. Aber wo steht ihr Auto? In der Tiefgarage? Draußen irgendwo? Er wusste es nicht.

Eine halbe Minute später standen sie an der Rezeption. „Nein, Frau Strasser hat keinen Tiefgaragenplatz gemietet", versicherte der Concierge. „Ich glaube, sie stellt den Wagen auf dem Parkplatz der Renault-Vertretung nebenan ab. Ich habe sie mal aus der Richtung kommen sehen und sie darauf angesprochen. Das wäre unauffälliger, sagte sie."

Der Hauptkommissar nickte und lief so schnell los, dass Maik Leschke ihm kaum folgen konnte und die beiden Streifenbeamten ihnen verblüfft hinterhersahen. Zwanzig Meter vom Hoteleingang entfernt blieb Breuer stehen und spähte in Richtung des Autohauses.

„Da!", rief Maik Leschke neben ihm und deutete auf eine etwa fünfzig Meter entfernte Gestalt, die zielstrebig auf einen schwarzen Opel Insignia zuging. Breuer rannte sofort in ihre Richtung und brüllte aus voller Lunge ihren Namen. „TANJA!!!!"

Ein auf der A 100 vorbeifahrender LKW übertönte Breuers Schrei, und die Frau vor ihm holte einen Schlüssel aus der Jackentasche und drückte, als sie noch drei Meter von dem Wagen entfernt war, auf den Türöffner.

Sekundenbruchteile später schien es, als würde vor Breuer eine zweite Sonne aufgehen. Der Donner der Explosion war so laut, dass er glaubte, sein Trommelfell sei geplatzt, und die Druckwelle riss ihn von den Füßen und ließ ihn haltlos wie eine Flickenpuppe über den Asphalt rollen.

Es war Maik Leschke, der ihn eine gefühlte Ewigkeit später wieder in die Wirklichkeit zurückholte, indem er ihm schüttelte und ihm einige leichte Ohrfeigen verpasste. „Chef! Chef! Kommen Sie wieder zu sich, ich brauche Sie aktionsbereit!"

Breuer öffnete mühsam die Augen die Augen und wollte den Kopf zur Explosionsstelle drehen, doch Leschke hielt sein Kinn fest. „Tun Sie sich das nicht an! Wir können ihr nicht mehr helfen, Chef. Aber ich sehe ihren Mörder. Ich weiß, wo er ist, und wir können ihn uns schnappen. Dafür brauche ich

Sie. Sie müssen jetzt stark sein wie nie zuvor. Seien Sie es für Tanja!"

„Wo ist das Schwein?", stöhnte Breuer, und Leschke antwortete sofort. „Er steht nur etwa fünfzig Meter rechts von uns entfernt, etwa auf zwei bis drei Uhr zwischen Hotel und Autohaus. Petrov trägt eine blaue Jeans, ein hellgraues Hemd und eine schwarze offene Blousonjacke. Offenbar ergötzt er sich gerade an den Folgen der Detonation."

„Was ist mit den beiden Kollegen in Uniform? Sind sie…"

„Sie sind in Ordnung", beruhigte ihn Leschke. „Ich habe sie beauftragt, Verstärkung anzufordern und den Zugang für Rettungskräfte freizumachen. Damit sind sie erst mal aus der Schusslinie."

Breuer nickte und versuchte sich aufzurichten, was ihm unter erheblichen Schmerzen auch gelang. „Sind wir in seinem Blickfeld?"

„Aktuell nicht", antwortete Maik. „Durch die Druckwelle ist ein Kangoo umgekippt und blockiert seine Sicht auf uns. Wenn wir uns tief am Boden halten, könnten wir ihn umgehen."

„Das machst du", bestimmte Breuer mit gepresster Stimme. „Ich werde seine Aufmerksamkeit auf mich lenken. Wenn er mich erkennt, könnte er auf die Idee kommen, ein weiteres lohnendes Ziel auszuschalten. Dann musst du in Aktion treten."

Leschke nickte und kroch davon. Breuer rappelte sich auf und tat, was er sich entgegen Maiks Ratschlag einfach antun musste. Er wankte auf das

Bündel zu, welches einmal Tanja Strasser gewesen war.

Wie durch ein Wunder war ihr Kopf nur wenig verletzt worden, was ihr aber nicht viel genützt hatte. Schon auf den ersten Blick konnte Breuer erkennen, dass er zum zweiten Mal das Liebste in seinem Leben verloren hatte.

Als er neben ihrer Leiche niederkniete, positionierte er sich so, dass Petrov ihn sehen konnte, aber nicht bemerkte, dass Breuer ihn aus den Augenwinkeln beobachtete. Den Polizisten erkennend zuckte der Killer vor Überraschung zusammen, aber dann spannte sich sein Körper, und er schien die Witterung einer neuen Beute aufzunehmen. Wie von einem Magneten angezogen setzte er sich in Richtung des Hauptkommissars in Bewegung, während er nach hinten an seinen Hosenbund griff und eine Pistole hervorzog.

Komm noch etwas näher, dachte Breuer, während er Tanjas Kopf streichelte und ihre Augen schloss. Noch zehn Meter, dann habe ich die Chance, dich zu treffen. Ob du noch schießen kannst, ist mir egal, aber dich will ich sterben sehen.

Petrov tat ihm den Gefallen. Als er noch gute zehn Meter von dem Hauptkommissar entfernt war, hob er seine Waffe und legte auf sein Opfer an, welches aber nicht so ahnungslos war wie erwartet.

Breuer stieß sich mit beiden Beinen ab, rollte über die rechte Schulter und der Schuss Petrovs verfehlte ihn um wenige Zentimeter. Noch im Rollen drückte er zweimal ab, bevor er hinter dem Wrack eines Renault Arkana zum Liegen kam. Als er einen Ruf und fünf weitere Schüsse hörte, krümmte er sich in Erwartung eines Einschlages zusammen, doch weder ihn noch das zerstörte Auto traf ein Geschoss. Vorsichtig hob er den Kopf aus der Deckung, und was er sah, veranlasste ihn dazu, aufzustehen.

Petrov kniete etwa sechs Meter vor ihm auf dem Boden und wandte ihm den Rücken zu. Er hatte seine Waffe zwar noch in der Hand, schien aber nicht mehr in der Lage zu sein, sie hochzuheben. Der Grund dafür erhob sich acht Meter vor ihm vom Boden.

„Wir haben ihn, Chef", knirschte Maik Leschke, während er sich langsam näherte, ohne seine Waffe zu senken. „Der tötet niemanden mehr."

Breuer schlich langsam und vorsichtig um Petrov herum, und was er sah, bestätigte die Worte des jungen Kommissars. Dieser hatte Petrov angerufen, sich zu Boden geworfen und auf den Killer, der sich sofort herumgeworfen und geschossen hatte, gefeuert. Sein Trefferbild hätte für eine weitere Meisterschaft gereicht. Alle vier Projektile waren in der Brust des Mörders eingeschlagen, und die Eintrittsöffnungen hätten von einer 2-Euro-Münze verdeckt werden können. Welchen Schaden sie angerichtet hatten, konnte nur gemutmaßt werden, aber der Killer war definitiv am Ende.

Und trotzdem: Petrov lebte noch. Er sah die beiden Polizisten hasserfüllt an und begann zu lachen. Er lachte immer lauter, bis ihm das Blut aus dem Mund lief und er aussah wie eine Gestalt aus einem Horrorfilm. Dann riss er mit letzter, versagender Kraft seine Waffe hoch.

Breuer und Leschke feuerten gleichzeitig, und beide Projektile schlugen in Petrovs Kopf ein, der zerplatze wie eine überreife Melone. „Für dich, Tanja“, flüsterte Breuer, während er seine Waffe einsteckte und nochmals zu ihr ging. Dort, ihren Kopf auf seinen Schoß gebettet fanden ihn seine Kollegen eine halbe Stunde später. Als der Hauptkommissar tränenblind zu ihnen aufsah, bemerkte er zu seiner Überraschung David Cramer unter ihnen. „David? Was ist... Warum bist du nicht im Krankenhaus?“, fragte er verwirrt.

„Weil es dort nichts mehr zu bewachen gibt“, antwortete Cramer traurig. „Kleinschmidt alias Delta ist tot.“

***

Vier Stunden später.

Breuer saß an seinem Schreibtisch und starrte blicklos vor sich hin. Er registrierte nicht, was um ihn herum geschah, und seine Gedanken kreisten nur um die zweite Frau, die er in seinem Leben geliebt hatte und die nun tot war.

Tanja, dachte er unablässig. Oh Tanja, warum bin ich nicht schneller gewesen? Warum habe ich nicht daran gedacht, den Kollegen dein Bild zu zeigen, und warum habe ich vergessen, den Aufzug zu sichern?

Es gibt nur eins was schlimmer ist, als die Liebe seines Lebens zu verlieren, nämlich das Gefühl zu haben, daran die Schuld zu tragen. Breuer fühlte sich zumindest so.

Nach der Explosion hatten ihn die Ärzte auf Herz und Nieren untersucht, aber außer ein paar Prellungen, Hautabschürfungen und einem leichten Knalltrauma keine Verletzungen festgestellt. Was sie nicht sahen, waren die klaffenden Wunden in seiner Seele, weshalb sie ihn dienstfähig schrieben, anstatt ihm Ruhe zu gönnen. Aber vielleicht war ja genau dies die richtige Therapie, dachte David Cramer, der sich entschloss, den angeschlagenen Geist seines Vorgesetzten durch Beschäftigung abzulenken. Also klopfte er einfach an Breuers Tür und trat ein, ohne auf ein ‚Herein' zu warten, welches ohnehin nicht gekommen wäre.

Breuer sah erst auf, als sich Cramer in den Sessel vor seinem Schreibtisch fallen ließ und eine Aktentasche neben sich stellte. Der junge Kommissar sah seinen Chef einige Sekunden an, bevor er sich entschloss, eine Frage zu stellen, die nur mittelbar mit Tanja Strasser zu tun hatte.

„Wie ist es gelaufen?", fragte er, und Breuer zuckte mir den Achseln. „Wie erwartet", antwortete er matt. „Es wird ein Verfahren gegen Maik und mich wegen Verdacht eines Tötungsdeliktes eingeleitet. Natürlich nur, um uns von jedem Verdacht zu befreien", fügte er sarkastisch hinzu.

Cramer rollte die Augen. „So ein Quatsch", stieß er hervor. „Der Kerl hatte eine Unzahl von Menschen ermordet und zuletzt auch versucht, dich zu erschießen, bevor Maik und du ihn ausgeschaltet haben. Wer sollte denn an eurer Aussage zweifeln?"

„Ach, da gibt es genug", seufzte Breuer. „Und damit meine ich nicht nur linke Schmierblätter. Auch Mitglieder unserer eigenen Führungsriege halten es für möglich, dass ich einfach nur Rache geübt habe."

„Und? Hast Du? Es gibt hier kaum jemanden, der dir das verdenken könnte," fragte David gelassen. Breuer sah ihn eine Weile an, bevor er langsam den Kopf schüttelte.

„Nein, habe ich nicht. Er hat tatsächlich noch versucht, auf Maik und mich zu schießen. Allerdings muss ich zugeben, dass ich mich über diesen Versuch gefreut habe. Es hat mir nicht leidgetan, ihm das Hirn aus dem Schädel zu blasen, im Gegenteil. Aber er hat die Waffe zuerst auf mich gerichtet, und ich wollte nicht abwarten, ob er noch in der Lage war, abzudrücken. Unser Schusswaffengebrauch war also rechtmäßig. Ich hoffe nur, dass auch die internen Ermittler zu dem gleichen Schluss kommen. Meine Waffe haben sie jedenfalls vorübergehend einkassiert. Forensische Untersuchung, sagten sie. Dass sie mir nicht die Führung der Dienstgeschäfte untersagt haben, lässt sich eigentlich nur mit unserer aktuellen Personalsituation erklären.“ Er seufzte und ließ die Schultern hängen, bevor er tief Luft holte, sich straffte und Cramer mit wacher werdenden Augen musterte.

„Du bist bestimmt nicht zu mir gekommen, um bei mir Händchen zu halten, und ich vermute, es hat mit dem Tod Deltas zu tun, David. Also: was hat er vor seinem Tod noch erzählen können? Gibt es neue Informationen, die uns weiterhelfen können?“

Cramer nickte, während er seine Freude über das aufflackernde Interesse seines Chefs zu unterdrücken versuchte. Zunächst berichtete er über den Verdacht Deltas, dass sein Freund Anton Lessinger alias Alpha hinter seiner Vergiftung stecken könnte. Zu seiner Überraschung beschränkte sich Breuers Reaktion auf ein knappes Nicken. Schließlich wusste er nichts von der geheimen Kommunikationslinie zwischen seinem Chef und der ‚Ratte von Aleppo‘. Was jedoch das Interesse Breuers elektrisierte, war die Erwähnung des Ordners in dem Schließfach am Bahnhof Zoo. „Und? Wo ist er?“, fragte er gespannt. Cramer grinste nur und deutete auf die Aktentasche.

„Ich bin auf dem Rückweg dort vorbeigefahren und habe ihn geholt. Im Büro habe ich dann angefangen, ihn durchzulesen. War sehr interessant. Willst du es selbst lesen, oder…“

„Gib mir zuerst einen Abriss“, forderte Breuer knapp. „Komplett lesen werde ich ihn später.“ David nickte und begann die Zusammenfassung.

„Also generell muss gesagt werden, dass wir damit sicher mehr als einen Schritt weiterkommen. Der Ordner beginnt mit einer Auflistung der Gruppenmitglieder. Dass unser angeblicher Verbindungsmann zum Bundeskanzleramt Charlie ist, weißt du inzwischen?“ Er registrierte Breuers Nicken und fuhr fort.

„Die Gruppe wurde von Lessinger installiert, der auf einige Dokumente gestoßen war, welche eindeutig belegen, dass Deutschland in Wirklichkeit von einer Schattenregierung geführt wird, welche selbst Weisungen von einem ‚World Council‘ entgegennimmt. Alle gewählten Politiker sind nur Marionetten, und wenn sie aufbegehren, werden sie abserviert. Ich habe zum Beispiel die Kopie von Anweisungen gefunden, zwei Bundestagsabgeordnete zu liquidieren, weil sie die Einflussnahme des Inneren Kreises auf die Bundesregierung öffentlich machen wollten. Natürlich fehlte dabei auch nicht der Hinweis, es wie einen Unfall aussehen zu lassen.“

„War das nicht vor etwa vor zwei Jahren?“, fragte Breuer, und Cramer nickte. „Die beiden waren Mitglieder der Regierungspartei und in der Bevölkerung sehr populär, weil sie die Verschwendung öffentlicher Gelder anprangerten und ein Großteil ihrer Diäten für karitative Zwecke spendeten. Sie flogen deshalb auch immer mit Linienmaschinen, statt die Flugbereitschaft der Bundeswehr zu nutzen. Deshalb…“

„… brachten unsere Feinde neben den beiden noch 217 andere Menschen um“, ächzte Breuer, und Cramer nickte. „Vor genau 26 Monaten verschwand Lufthansa-Flug 181 nach New York über dem Atlantik vom Radar. Später wurden Trümmerteile gefunden, aber die Flugschreiber blieben unauffindbar. Neben den beiden Politikern starben 211 andere Passagiere und sechs Besatzungsmitglieder. Unsere Gegner machen sich offenbar nicht viel aus Kollateralschäden.“ Die Stimme des jungen Kommissars klang bitter.

„Dies ist aber nur ein Beispiel von etlichen gleichartigen Ereignissen, die in der Akte dokumentiert sind. Alpha hatte jedenfalls eine Menge an Informationen gesammelt, und er stellte vor gut fünf Jahren die Widerstandsgruppe zusammen, und er und die vier anderen beschlossen, aktiv gegen die Feinde vorzugehen.

Wir wissen ja, dass Sven Kleinschmidt sich mit Akira Kawashima wegen eines Überwachungssystems treffen wollte, das uns wegen seiner Fähigkeiten entsetzt hat. Tatsächlich handelte er jedoch nicht im Auftrag des Innenministeriums, sondern auf eigene Veranlassung. Das System sollte zunächst als Testversion angeschafft und auf den ‚Inneren Kreis‘ angesetzt werden, um auch die letzten Mitglieder zu identifizieren. Zunächst war nur ihre Existenz bekannt, und vor zwei Jahren gelang es, auch ihre Anzahl zu ermitteln – sieben Personen. Dass es genau die Zahl der Parteien im Bundestag ist, muss aber als Zufall angesehen werden.

Vier der sieben sind namentlich bekannt, drei noch nicht. Ihre Namen gehen auch aus den Unterlagen Kleinschmidts nicht hervor. Gefunden habe ich allerdings Notizen, wonach die drei Unbekannten nicht aus der Politik stammen sollen, sondern aus Wirtschaft, Militär oder den Sicherheitskräften. Das macht allerdings Sinn, denn damit hätte der ‚Innere Kreis' Experten aus allen Bereichen zur Verfügung. Wichtig für uns ist, dass wir Abschriften von Gesprächsprotokollen vorliegen haben, in denen der Innere Kreis unter Berufung auf das ‚World Council' die Durchführung der Phasen eins und zwei beschließt, also der vermeintlichen Terroranschläge und des Anschlags auf die Wasserversorgung. Mit diesen Unterlagen werden wir wohl keine Probleme haben, Durchsuchungsbeschlüsse gegen die vier bekannten Verschwörer zu erwirken, und es müsste doch mit dem Teufel zugehen, wenn wir dort nicht Unterlagen finden, mit denen wir die anderen drei identifizieren können."

„Erstklassig!", murmelte Breuer zufrieden. „Ich werde Charlie fragen, ob er noch etwas hinzufügen kann. Geht aus den Unterlagen hervor, woher diese Dokumente stammen?"

„Leider nur in den wenigsten Fällen", antwortete Cramer zu Breuers Enttäuschung. „Aber bei einigen steht fest, dass sie von Alpha an die anderen weitergegeben wurden, unter anderem die Besprechungsnotiz über die Giftanschläge. Allein damit müssten wir die Schweinehunde doch kriegen. Vor allem steht fest, dass sie die Vernichtung des demokratischen Systems in Deutschland beabsichtigen. Wenn ich mich nicht täusche, steht darauf mehr als drei Monate auf Bewährung."

„Auf Hochverrat? Der Verstoß gegen Paragraf 81 StGB wird mit lebenslänglich oder Freiheitsstrafe nicht unter zehn Jahren geahndet. Und da eines der verwendeten Mittel die Ermordung von über sechshunderttausend Menschen war, dürfte es sich nicht um einen ‚minder schweren Fall' handeln", schnaubte Breuer und erhob sich.

„Ich werde erst mal Charlie interviewen, ob er deine Informationen bestätigt, und dann werde ich ein paar Telefongespräche führen. Wenn alles so läuft wie ich denke, werden wir morgen unsere Durchsuchungsbeschlüsse und Haftbefehle beantragen. Und spätestens übermorgen sitzen diese selbsternannten Herrscher hinter Schloss und Riegel. Gute Arbeit, David! Leider starb Delta, bevor wir ihn richterlich vernehmen konnten. Das hätte den Wert seiner Aussage erheblich gesteigert. Aber ich bin mir ziemlich sicher, dass es auch so reicht."

David merkte sofort, dass er jetzt entlassen war. Er drückte Breuer den Ordner in die Hand, befriedigt darüber, den Chef aus seiner Lethargie und seinen selbstzerstörerischen Gedanken gerissen zu haben.

Dieser sah den Ordner durch und fand die entscheidenden Blätter schon von David Cramer markiert, was seine Hochachtung vor dem jungen Kollegen noch weiter steigen ließ. Da Steffen Polaszek sich auf seine typische Art schon aus dem Präsidium verabschiedet hatte, führte er ein anderes Telefonat, das ihm gar nicht behagte.

Er hatte schließlich die traurige Pflicht, Beatrix Porthum vom Tod Sven Kleinschmidts zu informieren.

***

Eine Milliarde Euro sind eine gewaltige Menge, wenn man sie in bar mit sich trägt. Aufgeteilt in die größten existierenden Banknoten zu je 200 Euro wären es immer noch fünf Millionen Scheine, und um sie zu transportieren, würde man schon mindestens einen Kombi benötigen.

Glücklicherweise wollten die Araber kein Bargeld, dachte Julius Platte, während er sich auf den Weg zum vereinbarten Treffpunkt machte. Für den USB-Stick mit den Codes reichte der Samsonite-Koffer in Schmalausführung, den er in der rechten Hand trug, als er vor dem Brandenburger Tor stand und sich suchend umsah. Zwar konnte er niemanden sehen, der seinen Vorstellungen von seinen ‚Geschäftspartnern' entsprach, aber er war sich absolut sicher, dass sie sich irgendwo herumtrieben, um ihn zu beobachten.

Zum dritten Mal innerhalb von zwei Minuten blickte er auf seine Armbanduhr. Inzwischen war es 16:08 Uhr, und er wurde langsam nervös. Immerhin hatten die Syrer ihn angespitzt, auf jeden Fall pünktlich zu sein, und jetzt…

Unmittelbar neben ihm hielt ein Taxi, und der Fahrer ließ das Fenster der Beifahrertür hinab. „Hey, haben Sie ein Taxi bestellt?“

„Ja, auf den Namen Lister“, antwortete Platte, und der Fahrer nickte befriedigt. „Steigen Sie ein, ich weiß schon, wo’s hingeht“, meinte er nur. Platte saß kaum im Fond, als der Wagen mit quietschenden Reifen anfuhr.

Die Fahrt zum Ehrenmal dauerte eine gute halbe Stunde, in der Nummer zwei das Gefühl hatte, sich den Nacken auszurenken, so oft drehte er sich nach hinten, um nachzusehen, wer ihm folgte, aber wiederum konnte er niemanden erkennen.

„Aussteigen, sofort“, ertönte plötzlich die Stimme des Fahrers, und Platte blickte auf. Sie hatten inzwischen tatsächlich die Herkomerstraße erreicht, und der Haupteingang zum Ehrenmal lag vor ihnen. Platte folgte der Anweisung des Fahrers und beobachtete den Mercedes, der erneut einen Kavalierstart hinlegte.

„Taxi mit Ordnungsnummer 36, Kennzeichen B-TF 2631“, murmelte er und wollte in die Tasche greifen, um per Handy ein echtes Taxi anzufordern, doch im gleichen Moment wurde er von hinten angerempelt, und als er sich wütend umdrehte, nochmals von vorn. Die Verursacher der Kollisionen nuschelten etwas Unverständliches und verschwanden in Richtung Ehrenmal. Platte schüttelte den Kopf und griff in die Jackentasche – und danach in alle Hosentaschen. Frustriert, aber wenig überrascht stellte er fest, dass sowohl sein Handy als auch seine Geldbörse verschwunden waren, und als er Ordnungsnummer und Kennzeichen auf einem Zettel notieren wollte, hatte er schon die Ziffern des Nummernschildes vergessen. Na ja, wahrscheinlich waren es sowieso Fälschungen gewesen.

Aber immerhin hatte er vorgesorgt. Zwei Teams aus der zweiten Garde waren von ihm zum Treffpunkt geschickt worden, um die Übergabe zu beobachten und das Taxi zu verfolgen. Sicher würden sie…

Mit dem Gefühl wachsender Niedergeschlagenheit betrachtete er zwei dunkle Limousinen, die auf der Bundesstraße 96a von zwei Streifenwagen gestoppt worden waren. Die Insassen standen mit an die Dachreling gelegten Händen an den Fahrzeugen und machten verbissene Gesichter, während ihnen die Beamten die Waffen aus den Gürtelhalftern zogen. Als sie auch den Inhalt der Brieftaschen überprüften, senkten sie ihre Waffen und gaben den Männern ihre Pistolen zurück. Die entschuldigenden Gesten zeigten, dass die gefundenen Dienstausweise ihre Pflicht und Schuldigkeit getan hatten.

Während die beiden Limousinen davonfuhren, schlenderte Platte zu den Polizisten, die kopfschüttelnd vor ihren Streifenwagen standen. „Na, was war das denn?“, fragte er verwundert. „Sie finden Waffen und geben sie wieder ab?“

„Klar, wenn es Kollegen sind, die wir überprüft haben“, antwortete einer der Beamten frustriert. „Ist echt peinlich, wenn wir Leute aus dem BKA statt der uns avisierten Drogendealer hopsnehmen.“

Platte nickte nur und ging davon. Die beabsichtigte Observation des Taxis war geplatzt, und er hätte sein gesamtes Vermögen darauf gesetzt, dass diese verdammten Syrer dafür gesorgt hatten. Jetzt stand ihm (sofern er nicht einem Passanten sein Handy für einen Anruf abschwatzen konnte) nicht nur ein längerer Fußmarsch, sondern auch eine gepfefferte Standpauke von Nummer eins bevor. Einzige verbliebene Hoffnung war, dass der Tracker auf dem Stick funktionieren würde.

Sonst konnte es sehr leicht passieren, dass ihm das gleiche Schicksal bevorstand wie Nummer vier…

Kapitel Siebenundzwanzig
Tag Zwölf, am Abend

Wenn ein Handy anfängt zu brummen, gibt es zwei Möglichkeiten: man nimmt den Anruf an oder straft den Anrufer mit Verachtung. Breuer hatte Variante zwei dreimal versucht, aber Mounir Ben Mohammad ließ sich einfach nicht abwimmeln, sondern versuchte es wieder und wieder.

Der Kommissar hatte absolut keinen Bock auf noch so ehrlich gemeinte Kondolenzbekundungen. An diesem Abend wollte er einfach nur in Ruhe gelassen werden. Ganz abgesehen von dem Gefühl überwältigender Trauer tat ihm auch physisch jeder Teil seines Körpers weh, denn es ist kein Pappenstiel, von einer Druckwelle durch die Gegend gepfeffert zu werden. Pavel Petrov hätte ihm sicher beigepflichtet, aber auf dessen Zustimmung hatte Breuer so viel Lust wie auf einen gemütlichen Nachmitttag mit Nordkoreas Diktator Kim Jong Un. Trotzdem: es half nichts. Seufzend ergab sich Breuer beim nächsten Versuch der ‚Ratte' in sein Schicksal und hob das Handy ans Ohr.

„Hallo Herr Kommissar, es tut mir sehr leid…", begann Ben Mohammad, doch Breuer unterbrach ihn rüde.

„Ich pfeife auf Ihr Mitleid", fauchte er ins Mikrofon. „Ich pfeife auch auf Sie und ihre scheinbare Allwissenheit, die nicht verhindern konnte, dass Tanja tot ist!"

„Das verstehe ich, aber wir konnten es wirklich nicht“, bestätigte Mounir leise. „Ebenso wenig wie Sie. Menschen sind gegenüber dem Schicksal machtlos. Offenbar hatte eine höhere Macht vorherbestimmt, dass die Zeit von Frau Strasser abgelaufen war.“

„Ich scheiße auch auf Ihre höhere Macht!“, schrie Breuer. „Da hat kein Schicksal eine Rolle gespielt, kein Gott, Allah oder Jahwe seine Finger im Spiel gehabt! Alles, was passiert ist, hat nur geschehen können, weil wir versagt haben! Wir waren einfach zu langsam!“

„Und wir waren am falschen Ort“, bestätigte Mounir traurig. „Wir haben uns um die Beschattung der Mitglieder des Inneren Zirkels gekümmert, weil wir den Killer für ausgeschaltet hielten. Wie war es überhaupt möglich, dass er so schnell wieder auf die Beine gekommen ist?“

„Das ist noch unklar“, antwortete Breuer. „Allerdings haben wir in seiner Tasche eine Verschlusstüte mit fast 500 Gramm Amphetamin gefunden. Ich vermute, er stand derart unter Speed, dass er weder seine Schmerzen bemerkt hat noch den Einschlag der Kugeln meines Kollegen Leschke. Wir haben wohl so was wie einen Zombie vor uns gehabt.“

„Der aber äußerst präzise gearbeitet hat“, wandte die ‚Ratte‘ ein. „Er war jedenfalls in der Lage, die Sprengvorrichtung im Wagen Frau Strassers scharf zu schalten.“

„Wir fragen uns aktuell noch, wie er sie überhaupt hat anbringen können", sagte Breuer langsam. „Er war ja am Treptower Park, und bis zu ihrem Hotel brauchte er fast so lange wie wir. Er muss sie angebracht haben, während wir wie die Idioten ins Hotel…"

„Da liegen Sie falsch", unterbrach ihn sein Informant. „Er ist nicht einmal auf zwanzig Meter an den Wagen herangegangen. Die Ladung muss sich also bereits unter der Motorhaube des Wagens befunden haben. Er hat lediglich über einen Impulsgeber die Zündvorrichtung aktiviert. Einer meiner Männer stand schon bereit, um einen Angriff auf Frau Strasser zu verhindern, aber der Killer hat einfach gewartet. Als dieser Mann dann in die Tasche griff und die Fernbedienung herausholte, konnte Jamal nicht mehr eingreifen. Auch ihm blieb nur die Rolle des hilflosen Zuschauers. Nur eins sollten Sie wissen: hätten Sie den Killer nicht erschossen, hätte Jamal es erledigt."

„Hätte er es mal vorher getan", murmelte Breuer und wischte sich über die Augen. „Dann…", er verstummte, als ihm etwas klar wurde, das Mounir vor wenigen Momenten gesagt hatte.

„Augenblick mal", sagte er langsam. „Haben Sie gerade gesagt, Sie hätten die Mitglieder des Inneren Zirkels beschattet? Dann waren es wahrscheinlich vier Zielpersonen, oder?"

Die ‚Ratte' lachte leise und traurig. „Falsch geraten, mein Freund, und zwar gleich in zweierlei Hinsicht. Erstens: eines der bekannten Mitglieder mussten wir nicht beobachten, weil wir ohnehin mit ihm beschäftigt waren. Und zweitens: wir sind offenbar etwas weiter als ihr. Tatsächlich besteht der Innere Kreis der Feinde nach dem Tod von Adelforsts noch aus sechs Personen, und die konnten wir alle identifizieren."

„Nein!", flüsterte Breuer. „Das... das ist doch..." Sein Unglauben wandelte sich abrupt in Zorn. „Warum haben Sie uns das nicht schon längst mitgeteilt?", fragte er scharf. „Mit Ihren Erkenntnissen hätten wir..."

„Diese Menschen schon festgenommen?", fragte Mounir spöttisch. „Unsere Aktionen waren nicht legal. Kein Gericht hätte Ihnen auf dieser Grundlage einen Durchsuchungsbeschluss oder Haftbefehl ausgestellt. Also sagen Sie mir, wen Sie kennen, und ich verrate Ihnen die restlichen Namen."

„Julius Platte, Dominik Kletschner und Helga Petrusiak", antwortete Breuer langsam. „Stimmt", bestätigte die ‚Ratte'. „Platte war derjenige, mit dem wir zu tun haben, und die beiden anderen hatten wir im Auge. Bleiben noch drei, und die Namen sind nicht weniger prominent.

Fangen wir mit dem ersten an. Sagt Ihnen der Name Manfred Hellwitz etwas?"

„Na und ob", knurrte Breuer. „Es überrascht mich nicht, dass er einer der sieben ist. Er hat verschiedene Unternehmen, nein Riesenkonzerne geleitet und ihre Unternehmensgewinne durch massive Expansion ins Unermessliche gesteigert. Nein, es war nicht nur die Expansion. Tatsächlich hat er jedes Mal die Anzahl der Beschäftigten mindestens um ein Drittel reduziert. Dann suchte er nach einer neuen Herausforderung, verließ die Firma und kassierte eine Abfindung im Millionenbereich. Komisch nur, dass kurz danach die Gesellschaften in eine wirtschaftliche Schieflage gerieten und von der öffentlichen Hand massiv unterstützt werden mussten. Zumindest eines seiner Unternehmen hat dann Schadenersatzansprüche gegen ihn geprüft, ist aber in Insolvenz gegangen, bevor sie vor Gericht ziehen konnten.

Natürlich ist er für sein unternehmerisches Engagement hoch geehrt worden. Er hat das Bundesverdienstkreuz am Bande erhalten und auch andere internationale Auszeichnungen. Und das alles dafür, dass er sich selbst bereichert hat. Tatsächlich hat er versucht, als krönenden Höhepunkt seiner Laufbahn einen Staatskonzern an die Börse zu bringen, und dazu war ihm jedes Mittel Recht, auch das Ausspähen seiner Mitarbeiter. Rücktrittsforderungen wurden stets abgeschmettert, wobei hier insbesondere eine Rolle spielte, dass er Duzfreund von mindestens drei ehemaligen deutschen Regierungschefs ist. Am Ende seiner beruflichen Karriere hat er sich wegen angeblicher gesundheitlicher Probleme ins Privatleben zurückgezogen und arbeitet nur noch sporadisch als Berater verschiedener Firmen.

Ich kann nur sagen, dass Hellwitz auf meiner Liste potenzieller Mitglieder des inneren Kreises ganz weit oben gestanden hätte. Er ist für mich ein Soziopath und Machiavellist, was ihn für diesen Posten absolut prädestiniert."

„Hätte er in Ihrer Liste vor oder hinter Ansgar Tischenbrenner gestanden?", warf Ben Mohammad ein, und Breuer sog scharf die Luft ein. „Den hatte ich gar nicht auf dem Schirm", bekannte er, „einfach nur aufgrund der Tatsache, dass er kein Deutscher ist, sondern Österreicher."

„Das spielt für unsere Gegner offenbar keine Rolle", erwiderte Mounir verächtlich. „Entscheidend ist nur, dass er hier in Deutschland lebt und geschäftlich tätig ist beziehungsweise war. Auch er saß in diversen Konzerngremien und hat dort ein immenses Netzwerk aufgebaut. In seiner Zeit als Aufsichtsratsmitglied einer Großbank häuften sich die Skandale. Erst stand er vor Gericht, weil er sich und anderen Mitgliedern des Aufsichtsrats in einem anderen Konzern im Zuge einer Übernahmeschlacht Millionen-Boni zubilligte, was von der Justiz als Untreue gewertet wurde. Der Prozess war eine Farce. Zuerst wurden die Angeklagten freigesprochen, und als der Bundesgerichtshof die Revision der Staatsanwaltschaft zuließ und das Verfahren an eine andere Kammer zurückverwies, wurde es gegen eine Geldauflage eingestellt, die knapp drei seiner Monatsgehälter betrug und gerade eben unterhalb der Schwelle einer Vorstrafe lag. Überflüssig zu erwähnen, dass nicht Tischenbrenner die Strafe gezahlt hat, sondern seine Bank. Schließlich war er systemrelevant.

Seine Einstellung ist identisch mit der von Hellwitz. Er ist ein Egomane mit vordergründigem Charme, aber innerlich geht es ihm nur um den eigenen Vorteil. Das Geldverdienen steht bei ihm an erster und einziger Stelle, und er hat sich mal so geäußert, dass Deutschland das einzige Land sei, in dem jemand vor Gericht gestellt wird, weil er Geld verdienen würde. Dass sich seine Methoden beim Geldverdienen von meinen nur in der Ausführung unterschieden, hat er dabei unterschlagen. Für ihn heiligt also der Zweck die Mittel.

Später wurde dann festgestellt, dass die Eigenkapitaldeckung seines Kreditinstituts erheblich niedriger war als von den internationalen Bankenregeln vorgeschrieben. Ihm war das egal, weil er in einer Finanzkrise den Steuerzahler schröpfen konnte. Banken gelten hier in Deutschland ja ebenfalls als unverzichtbar.

Er war damals für den Bereich Kapitalanlagen und Investment verantwortlich gewesen und hat insbesondere auf den Bereich Devisenspekulation gesetzt, was im Zuge der Bankenkrise natürlich in die Hose gegangen ist. Es ist niemals herausgekommen, wohin das Geld seines Kreditinstituts gewandert ist, aber ich gehe jede Wette darauf ein, dass es sich jetzt in den Taschen des World Council befindet. Danach hat der Aufsichtsrat nicht nur nach Staatshilfe geschrien, sondern auch den Vorstandsvorsitzenden gefeuert und ihn, der für das Dilemma verantwortlich war, zum neuen Chef ernannt. Dank der Finanzspritze des Bundes konnte die Bank gerettet werden. Überflüssig zu erwähnen, dass er hierfür einen zweistelligen Millionenbonus erhielt.

Ausnahmsweise hat er kein Bundesverdienstkreuz, aber trotz seines schlechten Rufs diverse Ehrendoktorwürden unterschiedlicher Universitäten erhalten, mehr als genug, um sein Ego zu streicheln. Ach ja, ich vergaß: seinen Posten konnte er nur einnehmen, weil sein härtester Widersacher bei einem Bombenattentat getötet wurde – kurz nachdem er öffentlich über eine revolutionäre Änderung der weltweiten Kredit- und Finanzstruktur nachgedacht hatte. War doch echt praktisch, oder? Angeblich sollen es ja Terroristen gewesen sein. Komisch nur, dass RAF & Co. eine Beteiligung stets dementiert haben. Ich denke, dass das World Council es geschafft hat, den Widersacher eines Mitglieds ihrer Organisation auszuschalten."

„Und auch Tischenbrenner hat sich vor einigen Jahren ins Privatleben zurückgezogen", murmelte Breuer gedankenvoll. „Das wäre also der zweite. Und wer ist Nummer drei?"

„Bruno Weidemann", erwiderte Mounir. „Wobei ich nicht weiß, ob er in der Hierarchie des Inneren Kreises tatsächlich als Nummer drei bezeichnet wird. So weit gehen unsere Informationen nicht."

„Na großartig", seufzte Breuer. „Der hat uns gerade noch gefehlt. Deutschlands Vorzeigemanager, der seinen Pharmakonzern durch die Übernahme diverser anderer Firmen beinahe vor die

Wand gefahren hätte, weil gegen alle schon während der Übernahmeverhandlungen unzählige Klagen von Menschen, die von den Produkten vergiftet wurden, anhängig waren. Zusätzlich zum Kaufpreis wurden dann noch die Schadenersatzzahlungen fällig, die den Kaufpreis um 400% überstiegen, und das musste nicht nur Insidern klar sein, sondern jedem, der über eine Spur gesunden Menschenverstandes verfügte. Wo das Geld wirklich gelandet ist, weiß übrigens niemand.

Trotzdem war er zweimal Manager des Jahres, hat den Verdienstorden des Landes Hessen und dürfte in Kürze auch das Bundesverdienstkreuz erhalten. Er hat diverse Korruptions- und Bestechungsskandale erfolgreich ausgesessen und erfreut sich einiger Beliebtheit auf dem roten Teppich. Dabei hat auch er seinen Konzern durch Reduzierung der Belegschaft auf fast ein Drittel saniert. Die Gewerkschaften lassen kein gutes Haar an ihm, weil die Durchsetzung von Tarifabschlüssen eingeklagt werden müssen, und in den Werken im Ausland ist die Sterblichkeitsrate unter den Mitarbeitern so hoch wie beim Bau der Stadien in Qatar vor der WM 2022. Seiner Berufung auf seinen Posten ging ein heftiger Machtkampf voraus, und sein Kontrahent scheiterte an einem Sexskandal, der genüsslich durch die Medien gewälzt wurde. Also auch ein Egozentriker reinsten Wassers, der in die passende Position gehievt wurde.

Ich glaube, damit haben wir unsere Mitglieder des Inneren Zirkels zusammen“, bilanzierte Breuer zufrieden. „Wie haben Sie es geschafft, alle zu identifizieren?"

„Altes Prinzip: hast du einen, hast du alle", erklärte die ‚Ratte' schmunzelnd und schilderte dem Polizisten ihre Methode des Überwachens, Fotografierens und der Recherche via Internet.

„Wenn sie sich einmal treffen, kann es Zufall sein. Zweimal, vielleicht auch. Aber wir haben ihren Zugang und die Abreise von fünf ihrer Treffen verfolgt, und das ist nicht mehr zufällig.

Leider konnten wir nicht in das Gebäude hinein, da es zu scharf bewacht wird. Sonst hätten wir den Besprechungsraum einfach verwanzt. Aber der Zusammenhang der sieben Personen wird noch durch etwas anderes dokumentiert.

Ich habe einen Kreuzvergleich ihrer Aktivitäten durchgeführt. Alle sieben haben Beraterverträge mit der gleichen Firma, nämlich mit einer Risikoinvestmentgesellschaft namens WhiteStone Capital Inc., einer Gesellschaft, die…"

„… der größte Finanzkonzern der Welt ist und ein Vermögen von über 10 Billiarden US-Dollars verwaltet", ergänzte Breuer. „Also Geld haben die Burschen wohl genug." Er schlug mit der flachen Hand auf den Tisch und lachte bitter.

„Na gut! Liefern Sie mir Alpha, und dann werde ich mich um Beschlüsse und Haftbefehle kümmern. Und noch etwas: ich muss wissen, wo sich diese Mistkerle getroffen haben, denn für dieses Gebäude brauche ich auch einen Beschluss."

Jetzt war es an Mounir zu lachen, und auch bei ihm war die Bitterkeit hörbar. „Lessinger werde ich Ihnen morgen früh frei Haus liefern, aber was den Beschluss für den Treffpunkt angeht... da sehe ich schwarz."

„Wieso?", wunderte sich Breuer. Als Mounir es ihm sagte, verschlug es ihm die Sprache, und er konnte die Skepsis der ‚Ratte' verstehen.

„Versuchen Sie ihr Glück, aber Sie werden scheitern. Die Feinde haben sich nämlich im Gebäude des Wirtschaftsministeriums der BRD getroffen. Und ich muss Ihnen noch einen Dämpfer verpassen. Unsere sieben Feinde waren nicht die Einzigen mit Beraterverträgen. Auch einer ihrer Kontrahenten hatte einen Vertrag mit einer Tochterfirma, nämlich der WhiteStone Asset Management Deutschland – und das war Anton Lessinger."

***

„Na schau mal einer an", lächelte Samir, als er sich die Dateien ansah, welche vom übergebenen Stick auf seinen Rechner überspielt worden waren. „Ich wusste doch genau, dass ich euch nicht trauen kann."

Zuallererst hatte er festgestellt, dass der Koffer ein elektronisches Peilsignal abgab, worüber er aber nur schmunzeln konnte, denn das Signal war genau in dem Moment verschwunden, als Platte ins Taxi eingestiegen war, welches ebenso abgeschirmt war wie die Lagerhalle in Britz. Dazu hatte er den Koffer nicht einmal sehen müssen, sondern alle Frequenzbänder und Impulse angemessen, die in der Halle erzeugt worden waren. Ihr haltet uns wohl für völlig bescheuert, hatte Samir gedacht und sich zurückgelehnt, bis sein PC ein Lebenszeichen von sich gab. Danach war es mit der Ruhe erst einmal vorbei gewesen.

Dreißig Minuten später hatte sich seine spöttische Überheblichkeit in Kampfeslust verwandelt. Der IT-Experte musste nämlich feststellen, dass seine Gegner durchaus ernst zu nehmen waren und die übermittelten Daten vor Viren, Würmern und Trojanern nur so wimmelten. Ganz abgesehen von der Tatsache, dass ein weiteres elektronisches Trackingsystem installiert war, welches er aber bereits kannte und neutralisieren konnte. Er musste jedoch fast bis an die Grenzen seines Könnens gehen, um die Reindaten herauszufiltern und diese auf einen anderen Stick zu ziehen. Danach schrottete er den infizierten PC und setzte sich an den nächsten.

Die Kontrolle der Codes mit der angeblichen ersten Milliarde verlief ausgesprochen kompliziert, da er nicht direkt ins Internet gehen konnte, sondern sich mit einer gespiegelten Version zufrieden geben musste. Das Ergebnis war jedoch frustrierend. Zwar konnte er einige Codes verifizieren, doch über Bitcoins im Wert von fünf Millionen kam er nicht hinaus. Bei allen übrigen Dateien erfolgte die Anzeige ‚Code ungültig'. Die Art der Fehler zeigte eindeutig, dass es sich nicht um ein Versehen, sondern um eine geschickte Manipulation handelte. Alle ungültigen Codes entsprachen von der Struktur her den Echtdaten, wahrscheinlich bis auf eine oder zwei Ziffern, und Samir empfand einen Anflug von Hochachtung bei dem Gedanken, wie viel Arbeit sich der Gegner mit dieser Fälschung gemacht hatte.

Er war schon im Begriff seinen Chef zu informieren, als er plötzlich inne hielt. Ihre Feinde mussten gewusst haben, dass er oder ein anderer die Sperren knacken und die Fälschungen erkennen würde. Dementsprechend hätte die ‚Ratte' als Gegenmaßnahme die Daten auf dem ‚gefundenen' USB-Stick veröffentlicht, was ihre Feinde aber vermeiden wollten. Daher mussten sie irgendetwas installiert haben, um Mounir und seine Bande auszuschalten, bevor sie aktiv werden konnten. Also war zweifellos irgendeine Bio-Waffe mit dem Stick gekoppelt.

Jetzt griff Samir zum Telefon und versuchte, Mounir zu erreichen, doch der Clanchef hob nicht ab. Der Codespezialist beschloss, es später noch einmal zu versuchen und informierte in der Zwischenzeit die mit ihm in Quarantäne befindlichen Landsleute, welche die Nachricht mit einem fatalistischen Achselzucken und einem ‚Allahu Akbar' zur Kenntnis nahmen. Eine Dreiviertelstunde später hatte Samir Erfolg und teilte dem Chef mit, dass er die Isolation der drei Betroffenen auf zwei Wochen ausgedehnt habe, um ganz sicher zu gehen. Mounir zeigte sich über die Hinterlist nicht besonders überrascht und sicherte seinem Freund zu, dass alle für sie beten würden. Samir bedankte sich und dachte im Stillen, dass es wahrscheinlich sinnvoller wäre, für eine wirksame Versiegelung der Isolierkammer zu beten.

***

David Cramer hockte auf der Couch seines Wohnzimmers und sagte sich immer wieder, dass er stark sein müsse, obwohl ihm einfach nur zum Heulen zumute war. Cordula Schwarz, die neben ihm saß ahnte, wie ihrem Freund zumute war und versuchte nicht, ihn mit törichtem Geplapper abzulenken, sondern hielt einfach nur seine rechte Hand in ihrer linken, bis er seufzte und den Kopf auf ihre Schulter legte.

„Heute Morgen noch habe ich mit ihr gesprochen, und jetzt ist sie nicht mehr da“, murmelte er mit belegter Stimme. Seine Freundin nickte nur und strich ihm übers Haar.

„Ich weiß“, antwortete sie leise. „Auch ich habe sie noch gesehen, und sie hat mir lächelnd zugewinkt. Sie war offenbar sehr nett. Ich maße mir einfach an, das zu behaupten, obwohl ich sie nicht so gut kannte wie du.“

„Viel besser als du kannte ich sie auch nicht“, erwiderte David. „Keine zwei Wochen, aber sie hat mich schon beeindruckt. Erst schien sie ziemlich reserviert, aber nach kurzer Zeit taute sie auf. Und sie war eine verdammt gute Polizistin.“

Cordula hob den Kopf und sah sich um, bis ihr Blick auf das fiel, was sie gerade gesucht hatte. Sie klopfte David auf die Schulter, sodass er seinen Kopf hob und stand auf. Nach nur einer Minute kehrte sie mit je einer Flasche Pernod und Cola sowie zwei Gläsern zurück, in die sie eine Mischung aus beidem füllte. „Du hast zwar keine Eiswürfel im Kühlschrank, aber für den Zweck genügt das Vorhandene."

Sie drückte David ein Glas in die Hand und bedeutete ihm aufzustehen. Als er neben ihr stand, hob Cordula ihr Getränk, während ihr die Tränen in die Augen traten.

„Auf Tanja Strasser! Sie war eine hervorragende Polizistin und -was wichtiger war- ein guter Mensch. Möge sie in Frieden ruhen und mögen ihr Mörder und seine Auftraggeber auf ewig in der Hölle schmoren!"

„Auf Tanja!", antwortete David. Er stieß mit Cordula an, und beide leerten ihre Gläser auf ex. Danach verzogen beide unisono das Gesicht und mussten trotz der traurigen Situation lachen. David stellte sein Glas auf den Couchtisch und nahm Cordula in die Arme, obwohl sein fixiertes Schlüsselbein deutlich sein Missfallen signalisierte.

„Du bist ein Wunder", flüsterte er Cordula ins Ohr. „Ich habe noch nie einen Menschen wie dich kennengelernt, und falls du es noch nicht bemerkt haben solltest: ich liebe dich!"

Cordula schmiegte sich an ihn. Während sie den Kopf hob, versiegten ihre Tränen und wurden durch ein Strahlen in ihren Augen ersetzt. „Das hoffe ich doch sehr“, antwortete sie, und sie lächelte schelmisch. „Es wäre doch zu traurig, wenn dieses Gefühl nur von meiner Seite ausgehen würde.“

Sehr viel später in der Nacht lagen sie Seite an Seite in Davids Bett, welches eigentlich viel zu schmal für zwei Personen war, aber wer jung und verliebt ist, empfindet Enge nicht als unangenehm. Obwohl sie sich erst seit einigen Tagen kannten, war es, als wären sie schon ein Leben lang zusammen. Sie planten ihre gemeinsame Zukunft und kamen zu dem Punkt, an dem es um Kinder und ihre Namen ging. Was die Jungen anging, erzielten sie keine Einigkeit, wohl aber bei dem Mädchennamen.

Sollten sie eine Tochter bekommen, würde sie Tanja heißen.

Kapitel Achtundzwanzig
Tag Dreizehn, am Morgen

Breuer betrachtete den Mann vor seinem Schreibtisch mit einer Mischung aus Erwartung und Misstrauen. Anton Lessinger war alles andere als begeistert gewesen, als ihn zwei Mitglieder von Mounirs Gang tatsächlich unmittelbar vor dem Präsidium wie ein Paket deponiert hatten. „Stellen Sie sich das mal vor!“, hatte er gepoltert, als er in das Büro des Ermittlers gebracht wurde. „Sie haben mich morgens früh geweckt, indem sie einfach an meiner Schulter rüttelten. Keine Ahnung, wie sie in meine Wohnung gekommen sind. Das ist echt eine Frechheit! Ich frage mich, wozu diese Typen sonst noch imstande sind!“

Das frage ich mich auch, dachte Breuer trocken. Mounir scheint diesem Burschen und seiner Versicherung, zu mir zu kommen und sich vernehmen zu lassen nicht unbedingt getraut zu haben. Und wie mir scheint, lag er damit nicht unbedingt verkehrt.

Alpha sah nicht so aus, wie man sich einen Staatssekretär unbedingt vorstellen würde. Er war nicht rasiert, sein schütteres Haar war ungekämmt und seine Kleidung bestand aus einer grauen Stoffhose, die auch schon bessere Tage gesehen hatte, einem groben Baumwollhemd und einem Blouson, den er scheinbar bei einem Discounter erstanden hatte. Andererseits bildete dieses abgewrackte

Aussehen eine hervorragende Tarnung. Breuer ignorierte also das Aussehen des Mannes und beschloss, alle möglichen Erkenntnisse aus ihm herauszuholen – die Ergebnisse aber mit Vorsicht zu betrachten.

„Es freut mich, Sie hier begrüßen zu dürfen, Herr Lessinger. Schließlich gehören Sie einem elitären kleinen Kreis an: den Gegnern des Inneren Kreises, die noch am Leben sind."

„Allerdings", seufzte Lessinger. „Da wir gerade beim Thema sind: was ist mit Delta? Ich habe schon eine ganze Zeit nichts mehr von ihm gehört und mache mir große Sorgen um ihn."

Breuer beobachtete Alpha genau, aber außer der gezeigten Besorgnis konnte er keine Emotion erkennen. Entweder war Lessinger ein glänzender Schauspieler, oder er wusste wirklich nichts von Kleinschmidts Zustand. Er beschloss daher, eine Halbwahrheit von sich zu geben.

„Es geht ihm nicht besonders gut. Irgendjemand hat ihn mit radioaktiven Isotopen vergiftet, aber zum Glück war die Dosis nicht hoch genug, um ihn direkt umzubringen. Er wird zwar intensivmedizinisch behandelt, aber die Ärzte sind optimistisch."

War da nicht ein Flackern in Alphas Augen? Breuer war sich nicht sicher. Lessinger zeigte sich Sekunden später jedenfalls erleichtert.

„Na Gott sei Dank, Herr Breuer. Als wir uns das letzte Mal getroffen haben, war er sehr kurzatmig und schwitzte stark. Wahrscheinlich ist die Vergiftung also kurz vor unserem Meeting im Fitnessstudio passiert."

„Zeitlich würde das passen", nickte der Kommissar, während er Alpha nicht aus den Augen ließ. „Wer für die Vergiftung verantwortlich ist, wissen wir noch nicht. Leider liegt Delta noch im künstlichen Koma und kann uns aktuell keine weiteren Informationen geben, aber das kommt noch."

Breuer maßte sich nicht an, Fähigkeiten zu haben wie ein menschlicher Lügendetektor Marke Cal Lightman in ‚Lie to me', aber er hatte zwanzig Jahre lang Vernehmungen durchgeführt, und die Zeichen der Erleichterung bei Lessinger, als er von Deltas Koma erfuhr waren für ihn unübersehbar. Er ahnte nun, was er von Alpha zu halten hatte.

„Aber fangen wir besser ganz von Anfang an. Wir wissen aus den ersten Befragungen von Delta, dass Sie die treibende Kraft beim Aufstellen der Gruppe gewesen sind. Was gab für Sie den Ausschlag zu ihrer Bildung, und wie haben Sie die Informationen erlangt, die sie der Gruppe zur Verfügung gestellt haben?"

„Also, so etwas wie ein singuläres Ereignis hat es nicht gegeben. Es war letztlich die Summe von unglaublich vielen kleinen Erlebnissen, welche überhaupt nicht mit dem, was wir Rechtsstaatlichkeit nennen zu vereinbaren sind. Klar, dass auch Politiker nur Menschen sind und daher Fehler machen. Wenn ich aber feststelle, dass durch diese Fehler immer und immer wieder Menschen einer bestimmten Personengruppe begünstigt werden, und zwar sowohl in rechtlicher als auch in finanzieller Hinsicht beginne ich mich zu fragen, ob nicht mehr dahinter steckt als pure Inkompetenz.

Vor etwa 8 Jahren liefen etliche staatliche Großprojekte völlig aus dem Ruder. Seien es Flughäfen, Bahnhöfe, Gerichts- oder Verwaltungsgebäude, alles wurde viel teurer als geplant. Statt nur 20 Millionen € zu kosten belief sich am Ende die Gesamtsumme auf mehr als das Zehnfache, und keiner dachte sich etwas dabei. Ich habe bei zweien dieser Projekte die Rechnungsprüfung durchgeführt und stellte fest, dass die Zahlungsempfänger alle einem bestimmten Personenkreis zuzurechnen waren. Diese Personen haben das Geld allerdings nicht für sich behalten, sondern es auf verschlungenen Wegen in die Vereinigten Staaten transferiert, wo es in die Taschen einer aus acht Personen bestehenden Gruppe wanderte. Diese Gruppe stellte sich als das sogenannte ‚World Council' unserer Feinde heraus.

Inzwischen hatte ich im Ministerium bereits eine gewisse Karriere gemacht und verfügte daher über internationale Verbindungen. Meine Freunde in Frankreich, Italien, Belgien und Spanien, die ich in dieser Angelegenheit ansprach registrierten zu ihrem Entsetzen, das auch in ihren Ländern gleichartig verfahren wurde und dass das Geld an die gleichen Empfänger ging.

Es war also unbestreitbar, dass wir es mit einer großen internationalen Verschwörung zu tun hatten. Auf rein nationaler Ebene dagegen vorzugehen war für einen Einzelnen schlichtweg unmöglich, und es war vollkommen klar, dass unsere Regierung bis über beide Ohren mit drinsteckte und keinerlei Interesse an der Beseitigung dieser Missstände hatte.

Es gibt ja nichts Schöneres als den Korridorfunk, wenn man herausfinden möchte, wie die Kollegen gestrickt sind. Auf diese Art und Weise stieß ich auf Phillip Demminger, der über diese Abzocke mindestens genauso empört war wie ich. Er hatte einige Freunde, welche ebenfalls unserer Meinung waren, und innerhalb relativ kurzer Zeit stand unser Widerstandszirkel. Meine Mitstreiter verfügten auch über Freunde in ausländischen Ministerien, so dass wir in der Lage waren, eine weltweite Gegenbewegung aufzubauen. Ja, so hat es eigentlich begonnen."

„Kommen wir nun zu den ersten Anschlägen. Sven Kleinschmidt ist dem Bombenanschlag ja mehr oder weniger durch Glück entgangen, aber vor dem Reichstag und im Innenministerium sind zwei ihrer Leute ums Leben gekommen. Wir haben inzwischen festgestellt, dass der Anschlag im Innenministerium von einem Agenten des Bundesnachrichtendienstes verübt wurde, der seit Jahren als tot gilt. Für uns stellte sich natürlich die Frage, wie man einen solchen Agenten umdrehen und dazu bringen kann, sich selbst in die Luft zu sprengen."

Anton Lessinger lächelte nur. „Wer sagt denn, dass Daniel Vollmer umgedreht worden war? Sein Tod war ein überaus tragisches Ereignis, da ein Großteil der uns vorliegenden Informationen von ihm stammte."

Er sah den ungläubigen Blick Breuers, und sein Lächeln vertiefte sich. „Daniel ist immer ein herausragender Agent gewesen. Vor fünf Jahren waren wir noch nicht in der Situation, selbst aktiv werden zu können, und unsere Informationen waren meist Mutmaßungen oder aus zweiter Hand. Genau zu dieser Zeit bekamen wir mit, dass die deutsche Führungsspitze in dieser internationalen Verschwörung dabei war, Spezialisten aus dem Bereich des Militärs und der Nachrichtendienste für aktive Kampfhandlungen zu rekrutieren. Es war Daniel Vollmer, der seinen Führungsoffizier beim BND darüber informierte, dass dem halben KSK von Seiten unserer Feinde ein unfassbares Angebot gemacht worden war. Jeder von ihnen sollte für seine Mithilfe bei der Durchführung des Plans unserer Feinde den Betrag von 10 Millionen € erhalten. Keine Frage, dass gerade bei Menschen, denen das Töten von Berufs wegen beigebracht wurde, ein solches Angebot unwiderstehlich war. Daniel dagegen war anders. Er war einfach nur entsetzt und fragte seinen Führungsoffizier, was man denn dagegen unternehmen könnte."

„Sein Führungsoffizier war Philipp Demminger", warf Breuer ein, und Alpha nickte. „Philipp gab Daniel den Befehl, zum Schein bei der Sache mitzumachen und uns alle Informationen, die er sammeln konnte zu übermitteln. Hierdurch waren wir über die geplanten Aktionen bis zur Phase 1 informiert.

Leider hat Daniel jemandem vertraut, den er für seinen Freund hielt, sich aber in dieser Hinsicht schrecklich irrte. Pavel Petrov hatte drei Jahre zusammen mit Daniel Dienst beim BND gemacht und sich während dieser Zeit kontinuierlich in sein Vertrauen geschlichen, indem er Daniel suggerierte, dass er seine Meinung teilen und ebenfalls undercover gegen den inneren Kreis arbeiten würde.

Am Tag der Anschläge war verabredet gewesen, dass Daniel von Ibrahim Mansour, welcher Bestandteil der libyschen Widerstandsgruppe war, einen Koffer mit Geheiminformationen abholen und an Philipp Denninger übergeben sollte. Als Daniel zusammen mit Pavel Petrov die Wohnung des Attachés erreichte, fanden sie diesen ermordet vor. Auf Vorschlag Petrovs glich Daniel sein Aussehen dem Mansours an und ließ sich von seinem angeblichen Freund zum Innenministerium fahren. Den Rest wissen Sie. Offensichtlich wurde der Koffer mit den Unterlagen mit einer Bombe präpariert oder durch einen anderen mit Explosivmitteln gefüllten Koffer ersetzt. An diesem Tag verlor ich nicht nur zwei Freunde und Mitarbeiter, sondern unsere Widerstandsgruppe auch ihre primäre Informationsquelle."

Lessinger lehnte sich zurück und schwieg eine Weile, da er sich entweder sammeln wollte oder auf eine Frage Breuers wartete. Die kam auch prompt.

„Woher wissen Sie von den Abläufen in Mansours Wohnung?", fragte Breuer, und Alpha wedelte nur mit der Hand. „Daniel hat mich angerufen, während er auf dem Weg zu Phillip war. Das mit dem Koffer habe ich mir zusammengereimt."

„Interessant," murmelte Breuer. „Sie weisen zwar keine Ähnlichkeit mit Heine oder Rilke auf, aber es gibt ja auch noch andere Dichter. Sei's drum. Was halten Sie denn davon, dass Mansour und sein Fahrer mit einer Waffe erschossen wurden, die uns sehr gut bekannt ist? Der ballistische Vergleich hat nämlich ergeben, dass mit dieser Waffe auch die drei Streifenpolizisten im beziehungsweise am Haus von Beatrix Porthum erschossen wurden."

„Ich könnte mir vorstellen, dass es Petrov gewesen ist. Nach meiner Einschätzung ist er derjenige unter den Soldaten des Gegners, der die Exekutionen mit der größten Skrupellosigkeit ausführt", antwortete Lessinger langsam. „Wenn das stimmt, dürfte er die Waffe immer noch bei sich haben."

„Er hatte sie bei sich, als wir ihn erschossen haben", bestätigte Breuer, und er stellte fest, dass Alphas Gesichtszüge einen Sekundenbruchteil gefroren, bevor er ein breites Lächeln aufsetzte. „Ach, wirklich? Sehr gut, denn damit ist ein wirklich gefährlicher Gegner ausgeschaltet. Ich bin nur erstaunt, dass ich darüber nichts in den Medien gehört oder gelesen habe. Eine Schießerei scheint im Moment keinen Reporter mehr hinter dem Ofen hervorzulocken."

„Leider war es ihm zuvor gelungen, meine Kollegin Tanja Strasser zu ermorden", sagte Breuer tonlos und wartete auf eine Reaktion seines Gegenübers, doch im Gesicht Lessingers zuckte nicht einmal ein Muskel, als er Breuer sein Beileid aussprach.

Dem Mistkerl geht Tanjas Tod am Arsch vorbei, dachte der Kommissar und wollte etwas entgegnen, wurde aber durch sein klingelndes Telefon daran gehindert. Er blickte Lessinger entschuldigend an und hob ab. Nach nur dreißig Sekunden bedankte er sich und wandte sich wieder an seinen Gast.

„Das waren unsere Techniker. Sie haben die bei Petrov gefundene Waffe beschossen, und der Verdacht hat sich bestätigt. Petrov hatte die Waffe bei sich, mit der Mansour und sein Fahrer sowie die Kollegen Klothen, Hendrix und Schwartz erschossen wurden. Wir können diese Fälle also als geklärt abschließen.

Herr Lessinger, Sie und ihre vier Mitstreiter haben sich in große Gefahr gebracht, um eine übermächtig scheinende Organisation zu bekämpfen.

Wie haben Sie es geschafft, die erforderlichen Informationen über Ihre Gegner in so großer Menge zu beschaffen?"

Lessinger blickte verschämt zu Boden. „Tja… ich sagte Ihnen schon, hauptsächlich konnte Daniel Vollmer sie besorgen. Genau gesagt, hatte er sie aus dem Besitz des Mannes, der für die operativen Aktionen verantwortlich war: Nummer vier, Stefan von Adelforst. Daniel hat es riskiert, in sein Büro einzubrechen und die Daten zu kopieren."

„Also stammen auch Ihre Erkenntnisse aus zumindest formaljuristisch strafbaren Handlungen", fasste Breuer zusammen und seufzte, während er aufstand. „Oh Mann, das wird kompliziert, aber ich werde es trotzdem versuchen. Herr Lessinger, ich bringe Sie jetzt zu jemandem, der uns seit einigen Tagen unterstützt hat. Keine Sorge, Sie kennen ihn, sehr gut sogar. Und ich kann mir vorstellen, dass Sie mit ihm reden wollen."

Lessinger runzelte die Stirn, folgte dem Polizisten jedoch in einen anderen Raum, dessen Seitenwand ein großer Spiegel zierte und in dem ein einzelner Mann saß, dessen Physiognomie seiner glich, obwohl er sicherlich zwanzig Jahre jünger war. Als seine Besucher das Zimmer betraten und er den älteren erkannte, sprang der Mann auf. „Alpha!", rief er und machte ein überraschtes Gesicht.

„Hallo, Charlie", erwiderte Lessinger ruhig. „Ich konnte mir schon denken, dass Herr Breuer dich meinte. Schön, dich gesund und munter zu sehen."

„Ich lasse Sie beide jetzt allein“, meinte Breuer. „Sie haben sich wahrscheinlich Unmengen zu erzählen. Ich kümmere mich inzwischen um unsere operativen Maßnahmen.“ Er nickte den beiden zu und verließ den Raum. Allerdings ging er nicht zurück in sein Büro, sondern betrat den angrenzenden Raum, in dem Jasmin Eilert und Maik Leschke durch den Spionspiegel das Treffen von Alpha und Charlie beobachteten.

„Hast du dir das auch gut überlegt, Chef?“, fragte ihn Leschke ernst. „Wenn Kleinschmidt mit seinem Verdacht Recht hatte, war es Lessinger, der ihn vergiftet hat. Könnte dann Polaszek nicht auch in Gefahr sein?“

„Potenziell ja“, bestätigte Breuer widerwillig, „aber das Risiko ist überschaubar. Falls Lessinger es wirklich war, wird er nicht so dumm sein, noch einmal Polonium einzusetzen – besonders hier im Berliner Polizeipräsidium. Er ist wirklich clever, und eine so dumme Aktion passt einfach nicht zu ihm. Außerdem ist Polaszek gebrieft. Er wird Alpha also nur so nah an sich heranlassen, dass ihm nichts geschehen kann. Was mich interessiert ist, was Alpha herauszufinden versucht. Also haltet Augen und Ohren offen, während ich mich um die Beschlüsse kümmere!“

„Na logisch, Chef! Und was uns entgeht, halten wir auf Video und Audio fest“, versicherte Jasmin, ohne ihren Blick von Alpha und Charlie zu nehmen.

Breuer widmete sich also beruhigt seinen Aufgaben, deren Schwere ihm mehr als bewusst war.

***

Was immer man Julius Platte vorwerfen konnte: Dummheit war nicht darunter. Daher war er sich absolut sicher, dass er geliefert war. Auch wenn er dieses Miststück Strasser noch hatte liquidieren können, würde der Tod seines Top-Agenten Petrov negativ zu Buche schlagen. Und dass der Stick mit den Krypto-Codes keinen Pieps von sich gab, konnte nur bedeuten, dass diese Syrer über mehr Möglichkeiten verfügten als gedacht. Selbst wenn nur echte Codes im Wert von fünf Millionen Euro auf dem Datenträger waren, würden Nummer eins über diesen Verlust und die Syrer über seinen Trick mit den gefälschten Codes nicht begeistert sein.

Er hatte gerade auf sein Portfolio gesehen und mit Entsetzen festgestellt, dass er nicht mehr als Besitzer der Codes gelistet war, sondern jemand anderes. Übertragen auf das klassische Bank und Konto-Verfahren hätte dies bedeutet, dass jemand sich das Geld klammheimlich angeeignet hatte, ohne auch nur einen Hinweis auf seine Identität zu hinterlassen.

Nummer zwei zerbiss einen Fluch zwischen den Zähnen. Eigentlich sollte jeder dieser Mistkerle doch schon die ersten Symptome zeigen! Auf alle Fälle sollten sie nicht mehr in der Lage sein, sich an seinem Geld zu bedienen. Verzweifelt fragte er sich, was er dagegen unternehmen könnte, und ihm fiel ums Verrecken nichts ein.

Vielleicht hatte Christiane noch eine Idee, schoss es ihm durch den Kopf. Sie hatte ihm früher schon öfters aus der Patsche geholfen und den rettenden Einfall aus dem Hut gezaubert. Kurzerhand rief er in ihrem Büro an, erfuhr dort aber, dass sie sich in einer Konferenz mit dem Vorstand der Sapphire Pharmaceuticals befinden würde, welcher aus Austin/Texas angereist sei.

Platte seufzte. Dieses Meeting würde sicherlich noch zwei Stunden oder mehr dauern. Spontan beschloss er, nach Braunschweig zum Geschäftssitz der STINGRAY AG zu fahren und ihr seine Probleme im direkten Gespräch unter vier Augen zu schildern.

Die Fahrt verbrachte er schweigend und grübelnd, während sich sein Fahrer Kenneth fragte, was er seinem Chef getan haben könnte, dass er ihn nicht einmal eines Blickes würdigte. In Braunschweig angekommen hielt er vor der Firmenzentrale und öffnete ihm die hintere Tür der Limousine. Platte stieg die Treppe zum Firmeneingang fünf Stufen weit hoch, bevor er innehielt und sich umdrehte.

„Danke, Kenneth, ich brauche Sie heute nicht mehr. Holen Sie mich morgen früh um acht Uhr an unserer Privatadresse ab, um mich zurück nach Berlin zu bringen. Bis dahin haben Sie frei. Machen Sie sich einfach einen schönen Tag.“

Er nickte seinem verblüfften Angestellten zu und ging weiter. Dadurch konnte er nicht sehen, wie Kenneth die Mütze abnahm und sich ungläubig am

Kopf kratzte. Erst wurde er missachtet und gleich darauf mit Wohlwollen überschüttet... Der Chauffeur begann, sich ernsthafte Sorgen um seinen Chef zu machen.

Dieser hatte kaum die Chefetage erreicht, als ihm die Trevor O'Malligan, der CEO der Sapphire entgegenkam. Beide hatten sich bei einem Kongress in Tokio kennengelernt, und Platte wusste, dass O'Malligans Unternehmen das Pendant seiner Firma in den USA war. Dementsprechend freundlich grüßte er den Amerikaner und war verwundert, dass dieser wortlos an ihm vorbeiging, doch spätestens als ihn auch der Rest der US-Delegation ignorierte schwante ihm Übles.

Er ging an Christianes Assistentin Ilona vorbei, ohne ihr „Sie können jetzt nicht da rein" zur Kenntnis zu nehmen. Als er das Büro seiner Frau betrat, blieb er wie angewurzelt stehen.

Christiane hatte aus einer Glasphiole ein weißes Pulver auf einen Spiegel geschüttet und war jetzt dabei, es mit ihrer schwarzen American Express-Karte in zwei gerade Linien aufzuteilen. Das ebenfalls benötigte Metallröhrchen aus 925-er Sterlingsilber lag bereits griffbereit vor ihr. Platte schloss die Tür hinter sich und ging auf seine Frau zu, die noch keine Notiz von ihm genommen hatte.

„Ist es nicht noch etwas früh für eine Line, meine Liebe?", fragte er, und sie hob den Kopf. Mit Entsetzen erkannte Platte, dass ihre Augen vor Tränen überquollen.

„Was hast du getan, Julius?“, flüsterte Christiane. „Was um alles in der Welt hast du verbockt?“

„Wieso?“, fragte er verblüfft. „Was war hier los?“

Die Pharmakologin warf sich im Stuhl zurück und lachte bitter. „Siehst du dies alles um uns herum? Diese Firma, die ich in zwanzig Jahren Arbeit aufgebaut habe? Ich habe sie geliebt, mehr als dich, mehr als mich selbst, und jetzt…“

„Was und jetzt?“, fragte Platte verblüfft. Seine Frau sprang wütend auf und hieb mit der Faust auf den Tisch, sodass das Kokain aufstob.

„Jetzt ist alles dahin! Wir sind erledigt, Julius! O'Malligan kam im Auftrag des World Council, um hier alles zu übernehmen, und er hat mir voller Genugtuung mitgeteilt, dass dies einzig und allein auf deine Stümperei zurückzuführen wäre. Also noch einmal: was hast du verbockt?“

Platte ließ sich in einen Besuchersessel sinken und schlug die Hände vors Gesicht. Stockend und mit brüchiger Stimme erzählte er seiner Frau vom Tod Petrovs, der Pleite mit der Ortung des Sticks und dem Verlust der fünf Millionen. Christiane hörte ihm zu, und mit jedem Satz wurde ihr Gesicht länger. Trotzdem war sie skeptisch, als er seinen Bericht beendet hatte.

„Das kann aber noch nicht alles gewesen sein“, sagte sie hart. „Dafür lässt man dich und mich nicht fallen. Was ist also noch gewesen? Was hast du getan, was die ganze Organisation gefährdet hätte? Es muss etwas mit einem fehlgeschlagenen

Anschlag zu tun gehabt haben. In dieser Richtung hat sich O'Malligan nämlich geäußert."

Platte überlegte. Anschläge... was war das noch, das ihm im Hinterkopf ein bohrendes Gefühl erzeugte? Welche Anschläge unter seiner Regie waren denn gescheitert? Er ging die entsprechenden Ereignisse durch.

Der Anschlag auf Sven Kleinschmidt? Gescheitert, aber nicht rückverfolgbar. Und da war noch... er erstarrte.

Der Anschlag auf das Berliner Polizeipräsidium.

Taurus.

Sein vergeblicher Versuch, dem Killer telefonisch zu erreichen...

„Mein Gott!", flüsterte er. In den Stunden und Tagen nach der Pleite war er so beschäftigt gewesen, dass er schlichtweg vergessen hatte, das verwendete Handy durch ein anderes zu ersetzen. Da die Polizei im Besitz des von Taurus benutzten Geräts und seiner Verbindungsdaten war, konnte sie mühelos alle seine späteren Gespräche mithören – einschließlich seiner Telefonate mit Petrov. „Mein Gott!", wiederholte er, und jetzt drückte seine Stimme Hoffnungslosigkeit aus.

Christiane ließ natürlich nicht locker, bis er ihr die Geschichte erzählt hatte. Bereits in deren Mitte schlug sie die Hände vors Gesicht und erstarrte in dieser Pose. Erst mehrere Minuten nach dem Ende seiner Beichte ließ sie die Hände vom kreidebleichen Gesicht sinken.

„Das war unser Todesurteil“, murmelte sie tonlos. „Wir können nur darauf warten, wer uns zuerst besucht – die Killer von Nummer eins oder die Polizei. Die wird uns zwar nicht töten, aber wir wandern ins Gefängnis, und dort wird uns jemand die Kehlen durchschneiden – entweder ein vom Inneren Kreis gedungener Auftragsmörder oder jemand, dessen Familie bei dem Anschlag auf die Wasserversorgung starb und der nun nichts mehr zu verlieren hat.“

„Vielleicht können wir mit der Justiz einen Deal aushandeln“, schlug Julius vor, doch Christiane lachte ihn aus. „Einen Deal? Wir? Mach dich nicht lächerlich! In meinen Fabriken sind die Giftstoffe hergestellt worden, die Hunderttausende das Leben gekostet haben. Du warst organisatorisch für die bundesweite Verteilung verantwortlich, und du hast Petrov persönlich den Mord an der Strasser befohlen. Und du glaubst, mit uns würde jemand einen Deal aushandeln? Eher begnadigen sie Jeffrey Dahmer oder einen anderen Psychopathen.“ Sie schwieg für einen Moment verbittert. Dann zog sie ihr Fazit.

„Da beißt die Maus keinen Faden ab: wir sind erledigt. Es ist aus und vorbei. Aber ich sage dir: ins Gefängnis, wo mich jemand umbringt, gehe ich nicht. Ich behalte mir vor, mein Ende selbst zu wählen.“

„Du weißt, dass ich dich nicht verlassen werde, weder im Leben noch im Tod“, erwiderte Julius fest.

„Nur eines, glaube ich, sollten wir der Welt noch bieten: einen Abgang mit Stil."

„Du bist immer mein ‚âme damnée' gewesen, mein Liebster. Eine verlorene Seele, die sich an die Person klammert, welche sie beherrscht. Lass uns im Rausch sterben, der unsere Sinne betäubt und uns die Angst vor dem Unbekannten nimmt."

„Ich habe Kenneth gesagt, er soll mich morgen um acht Uhr an der Villa abholen. Wenn wir nach Hause fahren, müssen wir deinen Wagen nehmen."

Christiane nickte, steckte das Gefäß mit dem weißen Pulver ein und hakte sich bei ihrem Mann unter. Zusammen verließen sie in scheinbar gelöster Stimmung das Büro, und Frau Platte-Seul rief ihrer Assistentin zu, dass sie sich heute frei nehmen würde und keinesfalls gestört werden wolle.

Ilona lächelte nur. Anscheinend gab es was zu feiern, und eine solche Feier führte zu einer Nacht, an denen die beiden mal wieder die Sau rauslassen würden. Nichts Ungewöhnliches, und die einzige Folge war, dass die Chefin am nächsten Tag völlig verkatert im Büro erscheinen und als erstes nach einer Portion Aspirin und Mokka verlangen würde – natürlich in XXL-Größe. Die Assistentin sah in der Schublade nach und nickte befriedigt. Beides war in ausreichender Menge vorhanden.

Sie konnte nicht ahnen, dass ihre Vorsichtsmaßnahme überflüssig sein würde.

Kapitel neunundzwanzig
Tag Vierzehn, am Morgen

Ein unter Hospitalismus leidendes Raubtier im Käfig eines Zoos war am heutigen Morgen im Vergleich zu Breuer ein Standbild. Der Hauptkommissar tigerte in der Einsatzzentrale rastlos hin und her, während er auf die Rückmeldungen der insgesamt fünfzehn Einsatzabschnitte wartete. Da er genau wusste, dass es bis zum Eintreffen der Resultate noch einige Stunden dauern würde, blieb ihm genug Zeit, über die Ereignisse des gestrigen Tages nachzudenken.

In den ersten zwei Stunden nach seinem Gespräch mit Alpha hatte er versucht, Mounir davon zu überzeugen, ihm den Original-USB-Stick zu überlassen, auf dem sich schließlich noch die DNA von Nummer vier und möglicherweise einem der anderen Mitglieder des Inneren Kreises befinden musste, doch Ben Mohammad weigerte sich strikt. Er war zwar bereit gewesen, den gesamten Datenbestand zu übermitteln, aber das half auch nur marginal weiter, denn einerseits war die weitere Planung nicht mehr detailliert dargestellt, und andererseits waren auch diese Daten mit kriminellen Methoden erlangt worden.

Es hatte Breuer ungeheuer viel Energie gekostet, zunächst den Staatsanwalt bei der Generalbundesanwaltschaft und danach die Richter am Berliner Kammergericht davon zu überzeugen, dass die

Beantragung und Ausstellung von Durchsuchungsbeschlüssen und Haftbefehlen gegen die Creme de la Creme der deutschen High Society angemessen, verhältnismäßig und rechtmäßig war. Als er schließlich damit fertig war und Beschlüsse für alle Haupt- und Nebenwohnsitze sowie Büros in den Händen hielt, rauchte ihm der Kopf. Der Rest des Tages war mit der Anforderung von Kräften und Einsatzmitteln angefüllt gewesen, denn es mussten etliche bürokratische Hürden genommen werden, bis alle Einsatzmaßnahmen in vier verschiedenen Bundesländern koordiniert waren.

Neben Breuer hielten sich nur Jasmin Eilert sowie KR Eichler und LKD Hoffmann aus dem Führungsstab und last but not least Steffen Polaszek alias Charlie in der Einsatzzentrale auf. Die beiden Mitglieder des höheren Dienstes musterten den nervösen Breuer mit giftigen Blicken, was einerseits daran lag, dass sie erst heute Morgen über den Einsatz aufgeklärt worden waren und zweitens immer noch fassungslos darüber waren, gegen wen sich die Maßnahmen richteten.

Der Kommissionsleiter hatte sein Vorgehen rein logisch verteidigt. „Erstens haben wir die Namen der letzten beiden Verschwörer erst vor gut 24 Stunden erfahren, und unsere Hinweise mussten ja auch verifiziert werden. Außerdem sind Sie, meine Herren, etwas zu nah an unseren Beschuldigten dran, jedenfalls nicht weit genug, um ein versehentliches Ausplaudern unserer Pläne zu verraten. Herr Eichler, Ihre Frau ist Mitglied im gleichen Golfclub wie das Ehepaar Hellwitz, und in Ihrem Büro, Herr Hoffmann, steht ein Foto, welches Sie mit Helga Petrusiak zeigt. Ich weiß, dass Sie vor ihrer Versetzung nach Berlin im Innenministerium des von ihr geführten Bundeslandes Ressortleiter für den Bereich Polizei waren und um ein Haar dort Innenminister geworden wären, hätte die Partei von Frau Petrusiak, der Sie ja auch angehören, die Wahlen gewonnen. Sie sollten also verstehen, dass ich nicht bereit war, dieses Risiko einzugehen."

Seine Worte hatten den Zorn seiner Vorgesetzten eher angefacht als besänftigt. Breuer war darüber wenig überrascht, aber den Konsequenzen wollte er sich später stellen. Jetzt kam es nur auf die Ergebnisse an.

Die erste eingehende Meldung kam von Maik Leschke, der berichtete, Helga Petrusiak in ihrem Berliner Appartement angetroffen und festgenommen zu haben. Auf Breuers Frage, wie sie reagiert habe antwortete Leschke knapp: „Wie bei ihr erwartet: spöttisch und scharfzüngig. Natürlich hat sie gefordert, wir dürften nichts anrühren, bis ihr Anwalt erschienen sei. Um des lieben Friedens willen haben wir ihr den Gefallen getan, nachdem wir das Objekt gesichert hatten. Im Vertrauen gesagt, ich bekomme wahrscheinlich Ärger." Er seufzte.

„Meine verdammte Impulsivität. Als sie die Durchsuchung ständig durch ätzende Zwischenbemerkungen unterbrach, habe ich auf den Tatvorwurf im Durchsuchungsbeschluss hingewiesen und gemeint, wenn dieser auch nur ansatzweise stimmen würde, hätte sie das Recht auf Höflichkeit verspielt. Dann wäre der einzige Satz, den sie von mir zu hören bekäme ‚setz dich auf deinen verdammten Arsch und halt die Fresse'. Das hat sie wenigstens sprachlos gemacht. Mir ist ziemlich egal, ob sie mir ein Verfahren an den Hals hängt. Ihr konsternierter Gesichtsausdruck war es auf jeden Fall wert."

„Wenn ich mich nicht täusche, sind wir die ersten Polizisten seit der ‚Spiegel-Affäre' 1962, die jemanden wegen Hochverrats festnehmen, und ‚Mittäterschaft bei 600.000-fachen Mord' klingt doch auch nicht schlecht", kommentierte Breuer trocken. „Unter der Hand: es wurde Zeit, dass jemand dem Weib mal zeigt, dass sie kein Monopol auf bissige Bemerkungen hat. Habt ihr schon einen Überblick, ob ihr etwas Beweiskräftiges gefunden habt?"

„In Papierform bisher nicht", erwiderte Maik bedauernd. „Was sich auf den Rechnern befindet, kann ich nicht sagen. Sie müssten aber mit dem Klammersack gepudert sein, wenn sie alle belastenden Unterlagen nicht in irgendeiner Cloud versteckt hätten."

Nach und nach gingen die Meldungen aller Einsatzabschnitte ein, und Breuer stellte mit großer Freude fest, dass sich alle Beschuldigten in Berlin aufgehalten hatten – mit Ausnahme von Julius Platte und seiner Frau, die als Produzentin der Giftstoffe mit in den Kreis der Festzunehmenden gerutscht war. Bei dem Anruf des Abschnittsführers in

Braunschweig musste sich der Einsatzleiter erst einmal setzen.

„Thorsten? Hier ist Henning Bartels vom Staatsschutz in Braunschweig. Halte dich fest: Julius Platte und seine Frau sind tot. Die Kollegen vom hiesigen KK 11 haben den Tatort übernommen – jedenfalls das, was noch davon übrig ist. Allerdings sieht es nach einem gemeinsamen Suizid aus. Beide haben wohl geahnt, was auf sie zu kam und sich einem anderen Richter gestellt.

Als wir heute Morgen hier eintrafen, lieferten wir uns ein Wettrennen mit der Feuerwehr, das natürlich unentschieden ausging. Noch während des Ausrollens der Schläuche schlugen die Flammen aus dem Dach, und ein Eindringen durch das Erdgeschoss war nicht mehr möglich.

Kaum begann die Feuerwehr mit den Löscharbeiten, erschien das Ehepaar Platte auf dem Balkon des Schlafzimmers im ersten Stock, und wir erkannten mit Entsetzen, dass beide nicht mehr bei Verstand waren. Sie waren nämlich beide blutüberströmt und splitternackt, sangen irgendetwas, dass sich wie ‚Oh, lodernd Feuer, oh göttliche Pracht' anhörte und schütteten sich irgendeine Flüssigkeit über die Köpfe, bevor sie ins mittlerweile brennende Zimmer zurückwankten. Platte schrie uns noch etwas zu. Ich habe es nicht verstanden, aber mein Stellvertreter behauptet, er habe ‚it is better to burn out than to fade away' geschrien."

„Die standen offenbar auf Filmklassiker", ächzte Breuer. „Das mit dem ‚Oh lodernd Feuer' war der

Gesang Neros in ‚Quo Vadis', als er auf das brennende Rom starrte, und der andere Satz stammt von Kurgan aus ‚Highlander'. In der deutschen Version hieß es: ‚es ist besser auszubrennen als zu verblassen'. Tja, das haben die beiden wohl getan."

„Stimmt", bestätigte Bartels. „Unmittelbar nachdem sie ins Zimmer zurückgegangen waren, gab es dort eine heftige Verpuffung. Obwohl die Feuerwehr versuchte, ihr Wasser auf das Zimmer hinter dem Balkon zu konzentrieren, hat sie nach dem Ersterben der Flammen dort zwei verkohlte Leichen gefunden. Die Identifizierung läuft noch, aber wir können davon ausgehen, dass es die Plattes waren. Wer sollte es sonst sein? Das Haus war komplett umstellt, alle theoretisch denkbaren Fluchtwege abgedeckt, und alle Hausangestellten konnten vollständig und unverletzt geborgen werden. Aber wir haben Vergleichs-DNA, sodass wir sichergehen können."

„Verfluchter Mist!", fluchte Breuer, nachdem er aufgelegt hatte. „Gerade die beiden wollte ich unbedingt lebend haben."

„Warum? Glaubst du, sie hätten in der Vernehmung geredet?", fragte Jasmin Eilert, doch ihr Chef schüttelte den Kopf.

„Ich glaube, dass keiner aus dem Inneren Kreis überhaupt den Mund aufmacht", antwortete Breuer. „Fakt ist nur, dass sich alle handfesten Beweise auf Platte alias Nummer zwei konzentrieren. Zum Teufel, wir können unseren Tatverdächtigen nicht mal ihre Nummern wirklich zweifelsfrei zuordnen, mit

Ausnahme von Nummer vier alias Adelforst, und der ist so tot wie Josef Stalin. Und selbst unser Wissen, dass Helga Petrusiak Nummer eins ist, beruht auf dem Umstand, dass sie die einzige Frau im Inneren Kreis ist. Allein schon ein einziger Hinweis, dass noch eine da sein könnte, wird den ganzen Verdacht gegen sie torpedieren. Und da ist noch etwas.

Sobald alle erfahren, dass Platte tot ist, werden ihre Anwälte die Strategie fahren, dass wir zwar mit dem Verdacht gegen ihn und Adelforst Recht hatten, aber hinsichtlich der anderen Personen schief liegen würden. Und diejenigen, die Licht ins Dunkel bringen könnten, sind alle tot."

Einer der zur Bewachung der Festgenommenen eingesetzten Kollegen steckte den Kopf zur Tür herein und meldete, dass Helga Petrusiak den für die Aktion Verantwortlichen sprechen wolle. Breuer verdrehte die Augen und begab sich gemächlichen Schritts zum Vernehmungszimmer eins, in dem sich gestern noch Alpha und Charlie gegenübergesessen hatten. Was immer diese Harpyie plante, eins sollte sie nicht schaffen: dass er sich wegen ihr abhetzen würde.

„Na endlich!", fauchte die Frau, als er durch die Tür ins Zimmer trat. Der Hauptkommissar zog nur die Augenbrauen hoch, schloss langsam die Tür und ging gemessenen Schrittes zu dem Stuhl, der auf der anderen Seite des Schreibtisches stand. Er setzte sich sorgfältig hin und veränderte Sitzhöhe und Neigung der Lehne, bevor er die Frau anblickte.

„Frau Petrusiak, mein Name ist…"

„Ich weiß verdammt genau, wer Sie sind!", fauchte die ehemalige Ministerpräsidentin. „Sie sind der Ex-Alkoholiker, der sich einbildet, uns Hochverrat ans Bein binden zu können! Das kann doch nur Ihrem kranken Hirn entsprungen sein, dem jetzt einige Gehirnzellen fehlen!"

Breuer sah der wütenden Frau offen ins Gesicht. „Sie liegen in mehreren Punkten völlig falsch. Unter anderem sagten Sie, ich sei Ex-Alkoholiker. Das stimmt nicht. Ich bin es nach wie vor. Wenn du einmal alkoholabhängig warst, bleibst du Alkoholiker, auch wenn du trocken bist. Außerdem ist der Tatverdacht nicht meinem Hirn entsprungen, sondern dem einer Kollegin von mir, die im Auftrag von Julius Platte ermordet wurde. Ich habe diese Hypothese nur aufgegriffen, und es fanden sich mehr als genug Indizien zum Beleg; genug jedenfalls, um Staatsanwälte und Richter zu überzeugen. Das Einzige, womit Sie Recht haben, ist wohl die Tatsache, dass der Alkohol bei mir Schaden angerichtet haben könnte. Ob dies so ist, sollten wir den medizinischen Fachleuten überlassen.

Aber lassen wir das jetzt. Sie haben mich rufen lassen, und ich möchte gern wissen, weshalb. Möchten Sie zur Sache und zu den im Haftbefehl genannten Tatvorwürfen aussagen? Dann werde ich Ihnen gern das für Sie eingeteilte Vernehmungsteam schicken."

„Das wird meine Mandantin auf keinen Fall tun“, meldete sich nun die dritte Person im Raum zu Wort. „Ich bin Dr. Ernst-Otto von Kerkwitz. Meine Mandatierung haben Ihre Kollegen bereits zu den Akten genommen. Frau Petrusiak will, dass Sie den unverschämten Kollegen, der sie im Rahmen der rechtswidrigen Durchsuchung zutiefst unflätig beleidigt hat mit sofortiger Wirkung vom Dienst suspendieren.“

Breuer sah den Anwalt von oben bis unten an, holte tief Luft und gab ihm seine Antwort. „Nein.“

„Wie, nein?“

„Nein, das werde ich nicht tun. Zunächst mal war die Durchsuchung nicht rechtswidrig, da sie gerichtlich angeordnet war. Und zweitens: KK Leschke hat Ihre Mandantin nicht beleidigt, sondern nur zum Ausdruck gebracht, was er sagen WÜRDE, falls die Tatvorwürfe stimmen. Sie geben zu Protokoll, sie stimmen nicht. Also wird der Kollege es auch nicht sagen.“ Er lächelte sardonisch. „Sie sehen, nicht nur Ihre Mandantin ist in der Lage, sich durch rhetorische Mittel unangreifbar zu machen. Falls Sie sich aber beschweren wollen, dann senden Sie Ihr Anliegen in dreifacher schriftlicher Ausfertigung unterschrieben an die Beschwerdestelle des Polizeipräsidiums Berlin. Über den Ausgang des Verfahrens werden Sie auf jeden Fall unterrichtet.“

Der Anwalt knirschte nicht nur sinnbildlich mit den Zähnen. Er wollte offenbar zu einer Replik ansetzen, doch seine Mandantin kam ihm zuvor.

„Sie werden schon sehen, was Sie davon haben werden, uns hier festzuhalten. Das wird Ihnen übel bekommen!“, fauchte sie, bevor ihr Anwalt sie an weiteren Beschimpfungen hinderte. Breuer lächelte nur.

„Ach, Sie drohen mir? Ich wüsste nicht, wie sie diese wahrmachen könnten, denn Ihr Top-Killer Petrov ist tot. KK Leschke und ich haben ihn unmittelbar nach dem Mord an meiner Kollegin erschossen.“

„Wir verbitten uns die Formulierung ‚Ihr Killer‘, Herr Breuer. Dem Mord, den sie eingangs erwähnten und den angeblich Herr Platte in Auftrag gegeben hatte, denke ich“, murmelte der Rechtsanwalt, und Breuer nickte. „Dann sollten Sie Herrn Platte danach fragen“, fuhr er fort. „Meine Mandantin weiß nichts von irgendwelchen Morden oder Verschwörungen, und das ist alles, was Sie hören werden. Präsentieren Sie Ihre Beweise, und ich prophezeie Ihnen, dass sie vor Gericht nicht standhalten werden. Ich bezweifle sogar, dass die Staatsanwaltschaft überhaupt eine ausreichende, auf Fakten gestützte Anklage zusammenbringen wird.“

„Wenn ich das also richtig verstehe, und das ist bei meiner eingeschränkten Gehirnfunktion nicht so einfach, wird sich Ihre Mandantin nicht zur Sache einlassen, ist das richtig?“, fragte der Hauptkommissar, und der Anwalt nickte, während seine Mandantin Breuer giftig ansah. „Ironie steht ihnen nicht“, bemerkte sie höhnisch. „Das sollten Sie besser denen überlassen, die etwas davon verstehen.“

„Auch hier könnten Sie Recht haben“, erwiderte der Polizist ruhig. „Ich bin eher darauf spezialisiert, Verbrecher hinter Schloss und Riegel zu bringen, und ich versichere Ihnen, dass ich darin wirklich gut bin. Sie werden es ja sehen. Kann ich noch etwas für Sie tun?“

„Ja, lassen Sie mich entweder schnell hier heraus oder bringen Sie mir zumindest etwas zu trinken. Dieser Raum ist nicht nur viel zu stark geheizt, er stinkt auch noch bestialisch.“

Breuer, der schon auf dem Weg zur Tür war blieb stehen und schnüffelte, bevor er sich noch einmal umdrehte. „Wissen Sie“, antwortete er leise, „jemand wird Ihnen sicher gleich etwas bringen. Aber von Gestank kann keine Rede sein. Das Einzige was ich rieche ist ungeachtet Ihres großspurigen Verhaltens Ihre nackte Angst, und das finde ich bemerkenswert, weil wir ja noch nicht ein einziges unserer Beweismittel gegen Sie präsentiert haben. Ich freue mich jedenfalls schon auf unser nächstes Treffen.“

Er nickte und ging zurück in die Einsatzzentrale, wo er Petrusiaks Wunsch nach Getränken erwähnte und erfuhr, dass sich auch die anderen Festgenommenen gleichartig geäußert hatten. Steffen Polaszek sprang eifrig auf und meldete sich freiwillig dafür, den Kellner zu spielen. Breuer sah ihn stirnrunzelnd an, doch Charlie begründete seinen Einsatz.

„Herr Breuer, natürlich möchte ich unsere Feinde von Angesicht zu Angesicht sehen, und zwar festgenommen in einer Verhörzelle. Gönnen Sie mir doch bitte diese Genugtuung. Außerdem dürfte es interessant sein, ob und wie sie auf mich reagieren. Vielleicht bietet sich auch für Sie ein Anhaltspunkt für weitere Ermittlungen."

„Na schön", knurrte Breuer. „Dann legen Sie los. Da hinten steht ein Kasten mit Mineralwasser. Das dürfte für die Bande genügen. Schampus kriegen die hier nicht."

Charlie nickte und ging zu den Getränken. Er nahm sich zwei Flaschen stilles Wasser und begab sich damit in die Küche, wo er sie mit fünf Gläsern auf ein Tablett stellte. Jasmin Eilert stellte bewundernd fest, dass er sich dabei überaus geschickt anstellte. Ihren Blick bemerkend lächelte der Politiker. „Ich habe mein Studium durch Kellnern finanziert", erklärte er, hob das Tablett gekonnt auf die linke Hand und verließ den Raum. Breuer rieb sich die Schläfen und schloss seufzend die Augen.

„Wenn nicht ein Wunder geschieht, dürfte der Rechtsverdreher von Nummer eins wohl recht behalten", murmelte er frustriert. „Unser Fall steht auf tönernen Füßen. Wir wissen zwar, dass wir richtig liegen und die fünf dort in den Verhörzimmern schuldiger sind als die Sünde, aber es zu beweisen wird uns schwerfallen. Fast möchte ich sagen, dass die Südafrikaner es sich einfacher gemacht haben. Nicht, dass ich mir so etwas wünschen würde, aber sie sind unseren Problemen aus dem Weg gegangen. Und ich frage mich, ob wir es verkraften würden, diese Dreckschweine laufen zu lassen und zu wissen, dass sie für den von ihnen angezettelten Massenmord nicht bestraft würden."

Er lehnte sich in seinem Sessel zurück und beobachtete, wie Polaszek mit dem Tablett zurückkam, auf dem sich jetzt nur noch eine leere und eine halbvolle Flasche befanden. Der Politiker stellte das Tablett weg und kam mit der noch nicht geleerten Flasche zu den anderen.

„Und? Was haben Sie auf den Monitoren gesehen?", fragte er Jasmin, die nur die Schultern zuckte. „Nichts", antwortete sie. „Keiner der fünf hat irgendeine auffällige Bewegung gemacht oder Überraschung gezeigt. Diese Leute kennen Sie nicht. Na ja, jedenfalls nicht ihr Gesicht, aber wahrscheinlich Ihren Namen. Durst hatten sie jedenfalls alle, denn kaum waren Sie draußen, haben sie das Wasser schon heruntergestürzt."

„Na gut, dann habe ich mich wenigstens etwas nützlich gemacht", murmelte Charlie vergnügt. Breuer ging die gute Laune des Kerls etwas auf die Nerven, aber er beschloss, nichts dazu zu sagen.

Die Protokollierung der Aussagen der Festgenommenen, die durchweg aus den Satz ‚Ich sage bei der Polizei nichts' bestanden dauerte nicht lange, und alle fünf wurden ins Polizeigewahrsam gebracht, um anderntags dem Haftrichter vorgeführt zu werden. Breuer ordnete an, dass die Kräfte, die zum Teil bereits seit 04:00 Uhr im Dienst waren entlassen wurden, sobald sie die Berichte zu den Durchsuchungen geschrieben hatten. Danach stellte er die Verfahrensakte so weit fertig, dass sie dem Staatsanwalt am nächsten Morgen als Grundlage für die richterliche Vorführung zur Verkündung der Haftbefehle dienen konnte. Bei fünfzehn Einsatzabschnitten, von denen etliche fast 200 km entfernt von Berlin lagen war es nicht verwunderlich, dass deren Unterlagen nur als Mailanhänge vorlagen und die Originale später nachgereicht werden mussten.

Breuer war dies gleich. Der Papierkrieg lenkte ihn von seiner eigenen tristen Situation ab und hinderte ihn am Grübeln. Zudem musste er noch einen Pressebericht entwerfen, in welchem er die Festnahmeaktion schilderte. So wurde es 20:00 Uhr, und er wollte bereits das Büro verlassen, als sein Telefon klingelte. An der Nummer im Display erkannte er, dass ihn das Polizeigewahrsam zu erreichen versuchte. In dem Glauben, dass einer der dortigen ‚Gäste' eine Beschwerde habe nahm er das Gespräch an. Innerhalb von fünf Sekunden verwandelte sich seine vorherrschende Empfindung von Müdigkeit zu Entsetzen.

„Thorsten? Hier ist Ralf Butschkow. Komm sofort runter! Und beeil dich! Deinen Gefangenen geht es echt mies. Ich glaube... nein, ich bin mir sicher, dass sie alle gerade abkratzen."

Der Angerufene rannte wie von Furien gehetzt zum Gewahrsam, wo ihn der Dienstgruppenleiter der Spätschicht schon mit kreidebleichem Gesicht erwartete. „Ich weiß nicht, was sie haben, Thorsten! Sie riefen nacheinander über die Sprechanlage an und klagten über Kopfschmerzen und Übelkeit, danach über Sehstörungen. Einen Arzt wollten sie zunächst nicht, aber ich habe trotzdem einen bestellt, noch bevor ich dich alarmierte.

Seit ein paar Minuten sind sie aber wieder alle ruhig. Ich wollte gerade nachsehen…“

„Das machen wir, aber ganz schnell!“, kommandierte Breuer, und gemeinsam rannten sie zur ersten Zelle, in der sich Manfred Hellwitz befand. Butschkow schloss auf, Breuer riss die Tür auf – und prallte entsetzt zurück.

Der Manager lag bewusstlos auf dem Boden der Zelle und atmete krampfhaft. Als Breuer ihn drehen und in eine stabile Seitenlage bringen wollte, fiel ihm die unnatürliche Kopfhaltung des Mannes auf. Auf seinen Versuch, die Halswirbelsäule zu lockern reagierte der Kranke mit einem leisen Stöhnen.

„Zu den anderen, schnell!“, rief der Kriminalist gepresst, und Butschkow rannte schon vor, um die nächste Zelle aufzuschließen, deren Tür mit dem Namen ‚Kletschner' markiert war. Dort bot sich den beiden Polizisten das gleiche Bild, mit dem einzigen Unterschied, dass der Politiker auf seiner Pritsche lag.

„Ruf sofort einen Notarzt und fünf Krankenwagen, und die Charité soll ihre besten Toxikologen alarmieren“, ordnete Breuer an. „Das hier ist nicht normal! Entweder haben die sich alle zum gemeinsamen Selbstmord entschlossen, oder…“, er stockte, als ihn eine plötzliche Erinnerung überfiel.

„Wahrscheinlich sind sie vergiftet worden, vielleicht mit Polonium, obwohl ich dies bezweifle. Nein, die Symptome sind doch zu unterschiedlich, aber es gibt ja viele Giftstoffe. Und ich kann mir auch schon denken, wie das passiert ist. Halte hier die Stellung und pass auf die Gefangenen auf. Ich sorge für die Koordination ihrer Bewachung im Krankenhaus. Außerdem muss ich etwas überprüfen."

Er rannte wie ein Wiesel zurück in die Räumlichkeiten der Mordkommission, doch was er suchte, fand er nicht. Beide Flaschen, aus denen Charlie die Festgenommenen mit Wasser versorgt hatte, waren nicht mehr da. Stattdessen lag auf dem Kasten ein handgeschriebener Zettel. Breuer hob ihn auf, und seine Augen weiteten sich, während er den Text las.

„Lieber Herr Breuer,

wenn Sie dies lesen, hat mein Anschlag Erfolg gehabt, und der Innere Kreis kämpft gerade mit dem Tod oder hat es schon hinter sich. Machen Sie sich keine Sorgen: woran diese Schweine sterben, ist nicht ansteckend, aber absolut tödlich.

Sie haben natürlich Recht, wenn Sie denken, dass ich sie unter Benutzung des Mineralwassers vergiftet habe. Sie konnten es nicht merken, da das Gift farb-, geschmack- und geruchslos ist. Ich habe es gern getan, und Sie werden mir zustimmen, dass unsere Feinde genau diese Todesart auch verdient haben. Denken Sie nur an das schreckliche Ende meines Freundes Sven Kleinschmidt oder das der Menschen in Berlin, die ebenfalls Wasser zu trinken glaubten und stattdessen den Tod zu sich nahmen. Schon aus diesem Grunde ist mein Handeln richtig gewesen. Es entspricht nämlich dem alttestamentarischen Motto ‚Auge um Auge'.

Sie werden mich nicht mehr finden, zumindest nicht mehr lebend. Es war noch etwas von dem Wasser übrig, und das habe ich für mich reserviert. Ich folge meinen Feinden gern in die Hölle, um ihnen ins Gesicht lachen zu können.

Leben Sie wohl, Herr Breuer, und passen Sie auf sich auf. Bleiben Sie gesund und wachsam, denn ich fürchte, dass Sie sich etliche Feinde gemacht haben, denen jedes Mittel recht sein wird, Sie fertig zu machen.

Es grüßt Sie

Charlie'.

Breuer stand noch immer bewegungslos in der kleinen Küche, als die Sirenen der Rettungswagen durch den Hof des Präsidiums gellten und ihre Blaulichter ihn gespenstisch beleuchteten. Nach einer Weile drehte sich der Kommissar um und ging mit schleppenden Schritten in sein Büro, wo er die Campingliege aufklappte und sich darauf fallen ließ.

Heute würde er im Büro schlafen, denn um nichts auf der Welt wollte er heute Abend dem Dämon in seinem Kühlschrank begegnen.

Nicht heute Abend…

Kapitel Dreißig
Tag Fünfzehn, am Morgen

„Herr Breuer, ich untersage Ihnen bis auf weiteres die Führung der Dienstgeschäfte", verkündete LKD Hoffmann, und wer genau hinsah, konnte in seinem Gesicht mehr als nur Spuren von Genugtuung erkennen. „Ihr Verhalten in den letzten Tagen war im höchsten Maße pflichtwidrig und geeignet, den Ruf der Polizei Berlin auf das Ärgste zu schädigen. Deshalb werden Sie das Dienstgebäude umgehend verlassen. Ihre Dienstwaffe befindet sich ja schon in der Waffenkammer, und den Dienstausweis können Sie mir gleich geben."

„Aber nur gegen Quittung", versetzte Breuer trocken. „Und im Übrigen ist über meine Suspendierung noch nicht das letzte Wort gesprochen. Ich habe den Personalrat eingeschaltet, und ich werde natürlich auch den Rechtsweg beschreiten."

„Das steht Ihnen natürlich frei", antwortete Hoffmann kalt. „Ich glaube jedoch nicht, dass Sie erfolgreich sein werden. Schließlich wiegen die Vorwürfe gegen Sie schwer. Sie haben es einem zivilen Mitarbeiter ermöglicht, fünf in polizeilichem Gewahrsam befindliche Personen aus der Elite der deutschen Gesellschaft zu vergiften! Für die Opfer sieht es schlecht aus, und zwei sind inzwischen tot."

Drei, korrigierte Breuer ihn in Gedanken. Nach Hellwitz und Petrusiak war vor wenigen Minuten auch Ansgar Tischenbrenner dem Gift erlegen. Aber das wisst ihr noch nicht.

„Haben die Toxikologen inzwischen herausgefunden, um welches Gift es sich handelt?", wollte Kriminalrat Eichler wissen, doch Breuer schwieg zunächst. Natürlich hätte er die Antwort geben können, aber er wollte sich wenigstens noch eine Spitzfindigkeit gönnen. Er begann also erst zu sprechen, als Eichler die Frage wiederholte.

„Es tut mir leid, aber Sie haben mich grade beurlaubt", antwortete Breuer knapp. „Wenden Sie sich mit Fragen zu dem Ermittlungsverfahren also bitte an meinen Nachfolger." Er drehte sich um, ging hinaus und ließ seine Vorgesetzten sprachlos zurück.

Auf den Weg in den Besprechungsraum der Kommission dachte Breuer darüber nach, wie einfach es gewesen wäre, die Frage zu beantworten.

Dr. Litwinenko hatte den Giftstoff in einer Geschwindigkeit identifiziert, dass es fast an ein Wunder grenzte. Allerdings war dies das einzig Wunderbare, denn die Worte Charlies erwiesen sich als zutreffend. Alle fünf Vergifteten waren unrettbar verloren.

„Der Täter kannte sich gut aus", hatte der Toxikologe erklärt. „Den fünf Opfern wurde das wirksamste Nervengift überhaupt verabreicht, nämlich ein Botulinumtoxin, und zwar ebenfalls in einer exorbitanten Dosis. Es ist keine Bakterie, sondern das Stoffwechselprodukt einer solchen. Tragikomisch ist auch, dass es unter seinem Handelsnamen in extremer Verdünnung in der Kosmetik zum Einsatz kommt: Botox.

Das Zeug ist verdammt hinterlistig, denn das Opfer bemerkt den Konsum nicht einmal. Wenn es dann im Körper ist, wird es im Dünndarm resorbiert und beginnt seine Vernichtungsarbeit. Dabei greift es die Nervenzellen der Muskulatur an und hemmt die Ausschüttung der Neurotransmitter, das heißt, die Zellen können nicht mehr miteinander kommunizieren. Die Muskeln versagen ihren Dienst, und der Tod tritt letztendlich durch Atemlähmung ein. Direkt nach der Inkorporation können wir das Toxin noch neutralisieren, doch nach wenigen Stunden hat es sich auf derartig viele Zellen ausgebreitet, dass wir nichts mehr machen können. Meistens werden die ersten Symptome fehlgedeutet, und dann ist es zu spät – wie bei diesen fünf Opfern."

Breuer hatte ihm nicht erklärt, dass es sich bei seinen Patienten um die Initiatoren der Anschläge auf die Wasserversorgung handeln würde und hatte sich darauf beschränkt, sie als VIPs zu bezeichnen. Dr. Litwinenko war das egal. „Wer oder was sie auch immer sind: in wenigen Stunden haben sie die Konsistenz von nassen Lappen, und kurz darauf sind sie tot. Da nützt ihnen ihr vieles Geld gar nichts." Er hatte dem Polizisten zugenickt und war zurück in die Intensivstation geeilt, denn ob sie moribund waren oder nicht, aus seiner Sicht verdiente jeder Patient seine volle Aufmerksamkeit.

Beim Betreten des Besprechungsraums empfing ihn bedrücktes Schweigen. Er blickte in die Gesichter seiner Mitarbeiter und erkannte, dass alle bereits Bescheid wussten.

„Das ist doch ein Scherz, Chef", ließ sich Jasmin Eilert vernehmen, und einhelliges Nicken der anderen bestätigte, dass sie die Meinung aller geäußert hatte. Breuer zuckte nur die Achseln.

„Leider nein, Leute. Ich bin raus, aber ich erwarte von euch, dass ihr meinen Nachfolger mit allen Kräften unterstützt. Schließlich geht es hier um die Sache, nicht um meine Person."

„Da bin ich anderer Meinung, Thorsten", bemerkte Maik Leschke trocken. Er stand an seinem Schreibtisch und lud alle persönlichen Gegenstände in einen Karton. Breuer sah ihm ins Gesicht und verstand.

„Du auch, Maik?"

„Na klar, Chef! Nachdem du nicht mehr deine schützende Hand über mich hältst, war es eine Frage von Minuten, bis unsere Führung entschied, dass ich das Ergebnis der Überprüfung meines Schusswaffengebrauchs zu Hause abwarten soll. Nun, im Gegensatz zu dir können sie mir nichts."

„Was sagt denn mein Nachfolger dazu?", fragte Breuer, und nicht nur Maik, sondern auch etliche andere schnaubten. „Der? Der ist doch damit beschäftigt, der Führung in den Allerwertesten zu kriechen. Jetzt, da du weg bist, sitzt er ja wieder im Sattel."

„Wen haben sie denn in selbigen gehievt?“, fragte Breuer gespannt, und Jasmin Eilert rollte mit den Augen.

„Jemand den du gut kennst, Chef. Jemand, den du persönlich vor die Tür gesetzt hast, weil er hier spioniert hat.“

„Eckert?“, ächzte Breuer, und seine Leute nickten bestätigend. „Du lieber Himmel, wie will der denn die Kommission weiterführen? Er ist seit Tagen raus, und müsste sich über mehr als tausend Seiten in die Akte einlesen.“

„Was für eine Kommission?“, fragte David Cramer sarkastisch. „Sie wurde soeben von LKD Hoffmann für beendet erklärt. Schließlich, so sagte er, seien die ‚lebenden Toten‘, also die Ausführenden der Anschläge und ihre Auftraggeber jetzt wirklich tot.“

„Ja und?“, protestierte Breuer. „Die sogenannte ‚zweite Garnitur‘ ist schließlich auch noch da, und wir haben immer noch keine Ahnung, wie wir an die wirklichen Hintermänner, das World Council, herankommen sollen!“

„Das muss dich alles nicht mehr interessieren!“, ertönte eine Stimme hinter ihm, und als Breuer sich umdrehte, stand Eckert triumphierend hinter ihm. „Internationale Verflechtungen sind Sache des BKA, dieses ominöse World Council sitzt in den USA und die zweite Garde wurde als harmlose Mitläufer bezeichnet, die zu verfolgen es sich nicht lohnt.“

„Deine harmlosen Mitläufer haben versucht, uns alle zu ermorden, und nur der Wachsamkeit unseres Hausmeisters verdanken wir alle unser Leben", spottete Breuer. „Ich denke schon, dass..."

„Deine Ansichten interessieren hier im Haus niemanden mehr", raunzte Eckert ihn an. „Also verschwinde jetzt endlich! Gib endlich deinen Ausweis ab und lass uns in Ruhe arbeiten!"

„Woran denn?", fragte David Cramer provokant. „Vielleicht fortgesetzte schwere Eierdiebstähle aus verlassenen Häusern?"

„Du darfst froh sein, wenn du nicht ab morgen wieder Fußstreife in Kreuzberg gehen darfst", drohte Eckert. Cramer nickte, griff in seine Tasche und warf Eckert ein Blatt Papier vor die Füße. „Meine Krankmeldung", erklärte er. „Ich habe aus Interesse an der Sache mit einem Schlüsselbeinbruch weitergearbeitet, aber unter den gegebenen Umständen werde ich die Verletzung jetzt zu Hause ausheilen lassen." Er nickte Thorsten Breuer zu und ließ den sprachlosen Eckert stehen.

Jasmin Eilert schloss sich ihm an. „Ich fühle mich nicht gut", erklärte sie. „Wahrscheinlich prämenstruelles Syndrom. Ich werde erst mal zum Arzt gehen."

Binnen dreißig Sekunden hatten zwei Drittel der Kommissionsmitglieder an sich unerträgliche Krankheitssymptome festgestellt und erklärt, dienstunfähig zu sein. Breuer grinste den wie gelähmt dastehenden Eckert an und ging ebenfalls.

Beim Abgeben seines Dienstausweises klopfte er auf seine Kleidung, um festzustellen, ob er noch weitere dienstliche Utensilien bei sich trug und bemerkte, dass er sein Kontakthandy zu Mounir Ben Mohammad immer noch in der Tasche hatte. Kurzerhand wählte er die abgespeicherte Nummer.

Hallo, Herr Hauptkommissar", begrüßte ihn die ‚Ratte'. „Hallo, Clanchef", erwiderte Breuer, und beide lachten auf, obwohl Breuer eigentlich nichts zu lachen hatte.

Es dauerte nicht lange, bis er den jungen Syrer auf den neuesten Stand gebracht hatte. Mounir schwieg einen Moment, in dem er das Gehörte zu verdauen versuchte.

„Dann werden wir uns wohl mit den fünf Millionen zufrieden geben müssen, die wir ihnen abgenommen haben", meinte er schließlich gelassen. „Immerhin kein schlechter Fischzug, und zurückfordern wird das Geld auch niemand mehr. Aber dass man Sie kaltgestellt hat, ist eine Sauerei."

„Ist aber noch eine Kleinigkeit gegenüber dem, was der Öffentlichkeit verkauft wird", schnaubte Breuer. „Meine Presseerklärung wurde verworfen, um ganz etwas anderes zu präsentieren. Nach der offiziellen Darstellung fielen fünf VIPs, die sich zu einem Besuch im Berliner Polizeipräsidium befanden, einer schrecklichen Lebensmittelvergiftung zum Opfer. Die Polizei bedauert das tragische Ereignis bla bla bla… Kein Wort davon, dass es sich um die Personen handelt, welche die Verantwortung für die letzten Terroranschläge trugen. Das

Volk wird wieder einmal verarscht bis zum geht nicht mehr, und aus Verbrechern werden Helden oder arme Opfer gemacht."

„Die Informationspolitik in Deutschland ist auch nicht besser als die in Syrien", spottete Mounir. „Und das Volk hier ist auch nicht klüger als wir dort unten. Vielleicht ist es sogar noch dümmer; schließlich wissen wir, dass unsere Regierung uns belügt. Ihr glaubt den Witzfiguren, obwohl es auch dem dümmsten klar sein sollte, dass das Wort ‚Wahrheit' in ihrem Wortschatz fehlt." Er lachte leise. „Was werden Sie jetzt tun, Herr Kommissar?"

„Keine Ahnung", seufzte Breuer. „Eventuell werde ich die Informationen an die Presse durchsickern lassen. Ich habe noch die Nummer eines Redakteurs der Berliner Zeitung abgespeichert, der auf solche Stories spezialisiert ist. Henry Porter hat einen guten Draht zu seinem Chefredakteur, und deshalb glaube ich, dass sie die Geschichte bringen werden."

„Dann wünsche ich Ihnen viel Erfolg", sagte Mounir ernst. „Ich kümmere mich derweil wieder uns Geschäft. Nach dem Tod der Bösewichte dürfte das öffentliche Leben ja wieder in ruhigeres Fahrwasser geraten. Es werden wieder mehr Menschen auf den Straßen herumlaufen, und das verbessert unsere Gewinnmarge. Nichts für ungut", fügte er mit einer großen Portion Ironie hinzu.

Breuer zahlte es ihm mit gleicher Münze zurück. „Auch wenn ich derzeit suspendiert bin, verstehen Sie sicher, dass ich Ihnen dabei eher kein Glück wünsche“, meinte er launig, und beide beendeten das Gespräch mit einem Grinsen im Gesicht.

Der Polizist behielt das Mobiltelefon gleich in der Hand und wählte die Nummer des Journalisten, doch niemand meldete sich. Auf dem Weg nach Hause versuchte er es noch mehrmals, doch stets ertönte die Bandstimme mit der Abwesenheitsnachricht. Leicht irritiert rief er daraufhin die Zentrale der Redaktion an und fragte nach Porter. Die Stimme am anderen Ende schwankte, als sie erklärte, ihn mit dem Chefredakteur zu verbinden.

„Soso, der Chef der Mordkommission gibt sich die Ehre. Wurde auch mal Zeit, dass sich jemand der Sache annimmt“, erklang die Stimme Pielkötters. „Haben Sie schon etwas herausgefunden?“

„Worüber?“, fragte der Polizist verblüfft, und Pielkötter stutzte. „Moment, Herr Breuer, weshalb rufen Sie bei uns an?“

„Ich kann Henry Porter nicht erreichen, und ich…“ – „Den erreicht niemand mehr“, antwortete Pielkötter traurig. „Henry starb vor vier Tagen auf der A100, als er und sein Informant mit seinem Auto von der Rudolf-Wissell-Brücke stürzten.“

„Davon habe ich gehört“, sagte Breuer erschüttert. „Aber… wie ich hörte, soll es ein illegales Autorennen gewesen sein.“ Der Kriminalbeamte hörte verwundert, wie sein Gesprächspartner schallend lachte.

„Ja klar, sicher! Natürlich ist es ein Rennen, wenn einer den anderen jagt! Natürlich ist der Verfolgte schuld, wenn er dann eine Brücke hinunterstürzt." Er machte eine kleine Pause, bevor er sagte: „Besonders, wenn der Verfolger auf den Verfolgten schießt."

„Wie bitte?", flüsterte Breuer. „Ich habe in unseren Ereignisberichten davon gelesen, aber von Schüssen stand dort nichts. Nur von Alkohol und dem Verdacht des Drogenmissbrauchs bei den Toten."

Pielkötter schnaubte. „Die Einschüsse in Henrys Auto waren selbst für einen Blinden unübersehbar. Die konnte man auch ertasten und sogar riechen. Das sagte mir jedenfalls mein Reporter vor Ort."

„Unmöglich!", rief Breuer erregt. „Wir waren zwar sehr beschäftigt, aber klare Anzeichen für ein Tötungsdelikt zu übersehen... wie könnte das sein?"

„Na raten Sie mal", erwiderte der Journalist bitter. „Was glauben Sie denn, wer die Verfolger waren? Porter recherchierte in einer Sache, die unserer Regierung gar nicht gefällt. Und plötzlich ist er tot, ermordet von denen, die uns eigentlich beschützen sollen, oder zumindest toleriert von denen, die solche Morde aufklären und die Täter zur Rechenschaft ziehen sollen. Wie gefällt Ihnen das?"

„Gar nicht", antwortete der Kriminalist tonlos. „Worum ging es bei seinen Recherchen?"

Pielkötter erklärte es ihm, und Breuers Augen wurden groß. Viel zu vieles passte einfach zu den Dingen, die er in den letzten Tagen erlebt hatte. Er räusperte sich und stellte dem Chefredakteur eine hypothetische Frage.

„Was wäre, wenn Sie völlig Recht hätten? Was wäre, wenn es in Deutschland eine Schattenregierung gäbe, die auf Recht und Gesetz pfeift und notfalls Millionen von Menschen liquidieren würde, um ihre Machtfantasien durchzusetzen? Was wäre, wenn die Spitzen von Politik und Wirtschaft von dieser Schattenregierung gelenkt würden?“

„Dann...dann...“, sinnierte der Journalist, bevor er traurig antwortete: „Dann würde ich es nicht wissen wollen.“ Er registrierte Breuers Enttäuschung und fuhr fort: „Sehen Sie, ich habe Familie. Außerdem habe ich schon einen Freund verloren und möchte nicht, dass dies wieder passiert. Aber da ist noch etwas anderes.

Das Bild, das Sie entwerfen zeigt ein Szenario, bei dem die Mächtigen alle, die sich ihnen entgegenstellen, gnadenlos zerquetschen und dies auch noch straflos tun können, weil sie Strafverfolgung und Justiz in der Hand haben. Nein, Herr Breuer! Ich bin nicht feige, aber ich bin auch nicht lebensmüde! Vielleicht können Sie die Wahrheit im Internet verbreiten, aber an Ihrer Stelle würde ich verdammt vorsichtig sein.“ Ohne ein weiteres Wort legte Pielkötter auf.

Auch die vierte Macht im Staat ist ausgeschaltet, dachte Breuer deprimiert. Was bleibt uns dann noch?

Er hatte den Gedanken kaum zu Ende gedacht, als es an seiner Tür klingelte. Der Polizist schlurfte zur Tür. Was er durch den Spion erblickte, ließ ihn beide Augen erstaunt aufreißen, und er griff zur Türklinke, um den Besucher einzulassen.

Es war Anton Lessinger. Alpha.

***

„Guten Abend, Herr Kommissar“, begrüßte der Gast den Wohnungsinhaber, der ihn immer noch konsterniert anstarrte, bis er sich ebenfalls zu einer Begrüßung aufraffte. „Hallo, Alpha. Aber das mit dem Kommissar vergessen Sie mal schnell. Ich bin, wie man umgangssprachlich sagt, suspendiert.“

„Das weiß ich, Herr Breuer. Und ich kann Ihnen versichern, dass ich diese Disziplinarmaßnahme für überzogen, ja sogar für falsch halte. Sie sind schließlich für mich der beste Ermittler Berlins.“

Der suspendierte Polizist winkte nur ab. „Raspeln Sie kein Süßholz, Lessinger. Was wollen Sie von mir, und wer hat Ihnen verraten, dass ich hier bin?“

„Wissen Sie das nicht?“, fragte der Staatssekretär lächelnd. „Bei Ihrem Scharfsinn sollte es nicht schwer sein, das zu erraten.“

„Ich kann es mir denken“, knurrte der so Gelobte. „Eckert dürfte sich einen Spaß daraus gemacht haben, der Welt zu erzählen, dass man mich beurlaubt hat. Allerdings tappe ich im Dunklen bei der Frage, weshalb sie mich aufsuchen.“

„Na gut“, lachte der Angesprochene. „Ich bin hier, um Ihnen einen Job anzubieten.“

„Aha, daher weht der Wind! Aber es ist ja auch logisch! Schließlich sind Ihnen die Mitstreiter ausgegangen“, antwortete Breuer so sarkastisch, dass die Worte Lessinger zum Lachen brachten. „Kann man so sagen! Bei dem, was mir jetzt bevorsteht, brauche ich Hilfe von kompetenten Leuten.“

„Und da fiel ihre Wahl auf mich, soso. Warum?“, fragte Breuer gespannt, und Lessinger setzte sich auf seine Couch, während er antwortete.

„Ganz einfach: Sie sind der richtige Mann dafür. Sie sind klug, haben einen analytischen Verstand und die Fähigkeit, Menschen zu führen. Zudem scheuen Sie sich nicht, harte Maßnahmen anzuordnen. Sie tun, was getan werden muss. Solche Leute brauche ich einfach.“

„Wofür, Alpha? Wofür brauchen Sie mich? Ich bin kein Politiker, sondern nur ein Polizist, und nicht einmal jemand in einer herausgehobenen Stellung. Dafür stufte man mich als ungeeignet ein. Als ich versuchte, in den höheren Dienst zu kommen hieß es, ich hätte zu viele Verzahnungen mit dem gehobenen Dienst. Mit anderen Worten: ich sei zu kollegial.“

„Aus Sicht Ihrer Vorgesetzten war das sicher kontraproduktiv für eine Führungsposition. Allerdings erzeugt Ihre Einstellung bei den nachgeordneten Mitarbeitern natürlich eine ungeheure Loyalität, und das ist auch nicht zu verachten.“ Lessinger sah Breuer abwartend an, da er auf eine Antwort gespannt war. Die kam auch, nachdem sich Breuer in den Sessel gegenüber der Couch gesetzt hatte, aber in einer anderen Form als erwartet.

„Alpha, ich sollte mich für das Angebot bedanken. Es anzunehmen würde aber bedeuten, dass ich mit meinem Leben spiele, denn all Ihre früheren Mitstreiter sind inzwischen tot. Bei drei von ihnen weiß ich es, der vierte hat seinen Selbstmord angekündigt. Da wir gerade bei Charlie sind: wie haben Sie ihm eigentlich mitgeteilt, dass er Petrusiak & Co vergiften müsse, und wie haben Sie ihm das Botulinumtoxin zukommen lassen?"

Lessinger lächelte wie ein Lehrer, dessen Lieblingsschüler mal wieder seine Erwartungen erfüllt hatte. „Gratuliere, Herr Breuer. Sie haben es natürlich erraten.

Die Schurken zu vergiften war einfach die Ausführung unseres Notfallplans, welche stattfinden sollte, wenn eine Verurteilung des Inneren Kreises unmöglich sein würde. Um sie zu liquidieren, mussten sie aber alle an einem Ort zusammenkommen, an welchem wir auf sie zugreifen konnten, und da war eine Festnahme durch die Polizei die beste denkbare Gelegenheit.

Ich habe Charlie während unseres Treffens mit Morsezeichen, die ich mit der Hand auf meinen Oberschenkel tippte, das Startsignal gegeben. Die erforderliche Menge des Giftes hatte er wie jeder von uns in einer Phiole bei sich." Er schwieg.

„Morsezeichen auf dem Oberschenkel, aha. Die waren von der Tischplatte verdeckt, und Jasmin konnte sie nicht sehen. Der Plan für den Notfall, sagen Sie. Ich will Ihnen mal sagen, was ich denke. Was Sie da gerade von sich gegeben haben, war zum größten Teil gequirlte Scheiße!“

Lessinger holte tief Luft, aber Breuer sprach einfach weiter. „Das mit den Zeichen akzeptiere ich ja noch, aber ‚Plan für den Notfall‘... War es nicht eher so, dass die Ermordung des Inneren Kreises von vorneherein geplant war? Natürlich musste hierzu eine Festnahme erfolgen, aber Sie haben uns doch gerade mal so viele belastende Indizien geliefert, dass wir sie zwar festnehmen konnten, aber kein Gericht sie verurteilt hätte! Also blieb nur übrig, sie zu töten, habe ich nicht recht?“

Alpha sah den Polizisten einige Sekunden an, bevor er den Mund zu einer Erwiderung öffnete. „Und wenn es so gewesen wäre? Würden Sie Petrusiak, Hellwitz, Kletschner und den anderen auch nur eine Träne nachweinen? Hatte das, was wir taten, nicht eher etwas mit Gerechtigkeit zu tun als eine von irgendeinem Gericht verhängte Freiheitsstrafe, welche sie in einem Luxusknast ihrer Wahl absitzen und auf ihre spätestens in zehn Jahren erfolgende Begnadigung warten würden? Jetzt sind sie wenigstes tot, übrigens alle, denn die letzten beiden starben vor einer halben Stunde. Zumindest steht es so im Internet.“

„Möglicherweise haben Sie recht“, antwortete Breuer, „aber das interessiert mich nicht. Es geht mir auch am Allerwertesten vorbei, dass Sie die fünf gnadenlos umgebracht haben. Kennen möchte ich nur Ihr wirkliches Motiv dafür. Und ich möchte wissen, warum Sie alle Ihre Mitstreiter von Bravo bis Echo ebenfalls umgebracht haben."

„Sie sind ja verrückt", flüsterte Alpha. „Völlig irre! Wie kommen Sie auf so eine Idee, und was um alles in der Welt sollte ich denn damit bezwecken?"

Breuer trat an den Kühlschrank und holte sich eine Flasche Mineralwasser heraus, die er öffnete und ein Wasserglas füllte, welches er zwischen sich und Alpha auf den Tisch stellte. „Trinken Sie", forderte er den Politiker auf. „Es ist nur Wasser drin, keine Sorge! Ich komme weder an Pollonium-210 noch an Botulinum heran, mit dem ich Sie vergiften könnte – so wie Sie es mit Delta getan haben. Und das kann ich sogar beweisen, wenn auch nur mittelbar.

Delta wurde beim Betreten des Fitnessstudios von den syrischen Dieben gesehen und nach seinem Treffen mit Ihnen permanent observiert. Er hat keinen Schritt getan, ohne dass einer dieser unsichtbaren Schatten ihn aus den Augen verlor, und keiner der Beobachter hat (ob vor oder nach dem Treffen) auch nur einen Schweißtropfen auf seiner Stirn gesehen. Im Gegenteil, mir wurde versichert, Kleinschmidt sei in perfekter körperlicher Verfassung gewesen. Also wurde er nicht vor Ihrem Treffen vergiftet, und nachher war es ebenfalls nicht möglich, da er definitiv bis zu seiner Auffindung nichts mehr zu sich genommen hat.

Sie beschrieben dagegen erhebliche Symptome bei ihm, weshalb wir zu dem Schluss gelangen mussten, die Vergiftung habe vorher stattgefunden. Das ist jetzt widerlegt, und Ihre Aussage ist als Lüge entlarvt. Auf die Frage, warum Sie gelogen haben, gibt es nur eine Antwort: sie selbst waren der Mörder!

Und auch die Art seiner Ermordung ist signifikant, denn sie ist identisch mit der, denen jetzt die Mitglieder des Inneren Kreises erliegen: Vergiftung mit einem Mittel, welches sie langsam und qualvoll dahinsiechen lässt.

Mein Dozent für Kriminologie an der Fachhochschule hat etwas zur Typologie des Giftmörders gesagt. Er meinte, der Täter fühle sich als etwas Besonderes, weil er die Tat nicht selbst ausführe, sondern nur eine Kausalkette in Gang setze, an deren Ende der Tod des Opfers steht. Zudem sei der Giftmord schon in der italienischen Renaissance das bevorzugte Tötungsmittel von Fürsten und hoher Geistlichkeit, wie zum Beispiel der Familie Borgia gewesen. Ein Giftmörder ist ein erbärmlicher Feigling, weil er sein Opfer nicht von Angesicht zu Angesicht, sondern heimlich tötet. Und ich habe niemanden gefunden, auf den diese Charaktereigenschaften so gut passen wie auf Sie!"

Der Staatssekretär wollte aufbegehren, doch Breuer sprach unbeeindruckt weiter. „Als sie vor wenigen Jahren die Chance hatten, einen Ministerposten zu übernehmen, haben Sie entgegen der offiziellen Schilderung in Ihrer Biografie nicht gegenüber einem Konkurrenten den Kürzeren gezogen, sondern ihre Bewerbung zurückgezogen, also schlichtweg gekniffen. Und jetzt? Während die anderen versuchten, die Feinde zu bekämpfen, haben Sie sich versteckt.

Heimlichkeit ist nun mal Ihre bevorzugte Methode. Schließlich haben Sie ja auch Daniel Vollmer alle Recherchen übernehmen lassen und sind im Hintergrund geblieben. Also raus mit der Sprache, Alpha! Warum haben Sie erst ein Widerstandszentrum erschaffen und dann Ihre Freunde massakriert? Nein, das würde keinen Sinn ergeben. Ich glaube eher, der gesamte Widerstand war nur eine Fassade! Wofür, Sie Bastard? Was war Ihr großes Ziel?“

Lessinger hatte Breuer die ganze Zeit über lächelnd zugehört. Jetzt griff er zu dem Wasserglas und hob es vor sein Gesicht, um dem Polizisten zuzuprosten.

„Auf Sie, Sherlock Breuer! Ich wusste doch, dass Sie mein einzig möglicher Gegner sein würden. Sie sind klug, haben aber leider keinen einzigen Beweis für ihre wunderschöne Theorie. Und zum tragischen Helden werden Sie dadurch, dass Sie völlig recht haben; zumindest bezüglich der Sache, wenn auch nicht bezüglich meines Charakters.

Zuerst einmal: es stimmt, ich habe das Ministeramt abgelehnt, aber nicht aus Angst vor der Verantwortung. Ich hatte zwei Tage zuvor das Angebot erhalten, einen weitaus besseren Posten zu übernehmen. Und raten Sie mal, wer mir das Angebot gemacht hat?“

„Die gleiche Person, die auch Ihre Beratertätigkeit bei der WhiteStone Asset Management Deutschland initiiert hat?“, riet Breuer, und Lessinger zeigte sich erneut freudig erregt.

„Exakt! Es war einer der drei reichsten Männer der Welt, welcher natürlich Mitglied des World Council ist. Wenn so jemand dir einen Job anbietet, sagst du nicht nein.“

„Ich schon. Zumindest käme es auf den Job an“, knurrte Breuer verächtlich. „Aber was genau sollten Sie tun? Ich kann mir nicht vorstellen, dass die Initiatoren des Great Reset jemanden anheuern, ihre Planung zunichtezumachen.“

„Ganz so war es auch nicht“, erwiderte Alpha. „Allerdings sollte der Plan einem harten Stresstest unterzogen werden. Dafür gibt es in den einzelnen Ländern so etwas wie einen Backup Master, der eine Gruppe von Personen zusammenstellt, welche Teile des Plans angreifen soll. Das Ganze hat zwei Ziele. Einerseits sollen die lokalen Machthaber auf ihre Effektivität geprüft werden. Zerbrechen sie unter dem Druck, werden sie ersetzt. Gleichzeitig soll die angreifende Gruppe aus jungen Nachwuchspolitikern bestehen, deren Idealismus die Pläne des World Council gefährden könnten. Ihnen wird suggeriert, sie könnten eine große Gefahr für ihr Land beseitigen, wobei sich etliche von ihnen natürlich opfern müssen, was sie dann auch gern tun. Wenn diese Leute gut sind, können sie sogar den einen oder anderen aus dem Inneren Kreis erledigen. Gestern ist es zum ersten Mal gelungen, die komplette Gruppe der lokalen Residenten auszulöschen. Das hat es in den vergangenen 50 Jahren noch niemals gegeben."

Er trank elnen Schluck Wasser, bevor er fortfuhr. „Meine Gruppe zu liquidieren war verhältnismäßig leicht, weil sie hoffnungslose Idealisten und dementsprechend leichtgläubig waren. Leider waren sie trotzdem sehr gut, und Daniel Vollmer hat Verdacht gegen mich geschöpft, als er sah, dass ich mich in Marokko mit einem Kurier des World Council getroffen habe. Er berichtete dies Demminger und Hauschild, die sofort misstrauisch wurden. Phillip forderte Informationen über dieses Treffen aus Marokko an, die ihm von Mansour übergeben werden sollten. Natürlich hat Petrov den Attaché und seinen Fahrer auf meinen Befehl hin erschossen und den Koffer vertauscht. Danach machte er den Vorschlag, Vollmer als blinden Kurier des für Demminger bestimmten Koffers einzusetzen. Ich schlug damit zwei Fliegen mit einer Klappe. Dass ich mir das mit dem Koffer zusammengereimt hatte, nahmen Sie mir nicht ab, das war nicht zu übersehen. Aber ich hatte mich etwas verplappert, und anders konnte ich mich nicht aus der Affäre ziehen.

Da ich darüber informiert war, wo und wann Anschläge auf die Ministerien geplant waren, konnte ich Hauschild dazu bewegen, die Besuchergruppe aus Duisburg vor dem Reichstag persönlich in Empfang zu nehmen, und schon war das Problem meiner Enttarnung gelöst.

Delta zu vergiften erwies sich auch als einfach. Das Polonium war mir von dem schon erwähnten Kurier in Marokko übergeben worden, und ich hatte es in meinem Diplomatengepäck problemlos nach Deutschland gebracht. Als Kleinschmidt mich auf den Tod Demmingers ansprach wusste ich, dass auch er zumindest ansatzweise Verdacht geschöpft hatte und beseitigt werden musste. Wir haben aus der gleichen Flasche getrunken, darauf hat er geachtet. Allerdings hat er übersehen, dass nicht das Getränk präpariert war, sondern sein Glas. So gut er war, dieser Anfängerfehler hat ihn das Leben gekostet. Und Charlie? Der war der größte Träumer von allen. Er war zwar vor mir gewarnt worden -von Ihnen, nehme ich an- aber die Feinde auszuschalten war ihm wichtiger als sein eigenes Leben."

„Und was ist jetzt Ihr Preis für die Morde, die Sie begingen oder die in Ihrem Auftrag begangen wurden?", fragte Breuer tonlos. „Ist es das, was ich denke?"

„Vermutlich ja", entgegnete Lessinger stolz. „Ich werde die neue Nummer eins im Inneren Kreis werden. Natürlich brauche ich Unterstützung. Es gibt zwar schon mehrere Kandidaten, aber ein Platz für Sie wäre immer noch frei. Unsere Vorgänger haben den Fehler gemacht, keinen Praktiker in ihre Gruppe einzugliedern, der die Winkelzüge ihrer Gegner vorausahnen konnte. Sie wären der ideale Kandidat dafür. Meine früheren Mitstreiter wären völlig ungeeignet gewesen. Zu viel Charakter, zu viel Gewissen."

„Und Sie glauben, dass es mir daran fehlt?", fragte Breuer ungläubig. „Da sind Sie aber auf dem Holzweg. Was hält mich denn davon ab, Sie einfach umzubringen? Ich habe doch nichts mehr zu verlieren. Familie habe ich nicht mehr, Tanja Strasser ist ebenfalls tot und gegen mich läuft ein Disziplinarverfahren mit dem Ziel der Entlassung. Danach kann ich mir einen Strick nehmen oder bei der ‚Ratte von Aleppo' als Taschendieb anheuern. Im Moment erscheint es mir als lohnendes Ziel, Sie zu töten, denn danach gibt es in Deutschland keinen Statthalter des World Council mehr." Er stand auf und ging langsam auf Lessinger zu, der dennoch sein Lächeln nicht verlor.

„Ja, das könnten Sie tun, und vielleicht würden Sie sich danach etwas besser fühlen. Bewegen würden Sie aber damit nichts. Unmittelbar nach der Vernichtung des Inneren Kreises wurde hier in Deutschland wurde ein neuer Backup Master ernannt, der gegen die neue Gruppe agieren soll, welche sich um mich bilden wird. Sofern ich vorher sterbe, geht meine Funktion sofort auf ihn über, und wenn ich sterbe kennen Sie niemanden mehr, gegen den Sie vorgehen können. Dieses System funktioniert schon seit Jahrzehnten, und es wird noch lange praktiziert werden. Ich bin dabei überflüssig. Wenn Sie mich also liquidieren wollen, um Ihre Freunde zu rächen: nur zu. Ich bin, wie gesagt, nur von rudimentärer Bedeutung."

Breuer sah den lächelnden Mann in seinem Sessel an und fragte sich, ob er jemals zuvor derartigen Hass auf einen Menschen empfunden hatte, und verneinte dies sofort. Nicht einmal gegenüber dem Autofahrer, der seine Frau und seinen Sohn tötete, hatte er solche Wut empfunden, aber es gelang ihm, sich zu beherrschen und wieder Platz zu nehmen, wenn auch seine Fäuste derart geballt waren, dass sich die Fingernägel in die Handflächen gebohrt hatten.

„Sie gottverdammter Hurensohn!", flüsterte er. „Irgendwie werde ich euch zu fassen kriegen! Wie würde es euch denn gefallen, wenn ich der Welt erzählen würde, was hier läuft? Wenn das deutsche Volk wach werden und euch allen den Hals umdrehen würde?"

„Das wollen Sie wirklich tun?", fragte Lessinger, dessen Heiterkeit ungeachtet Breuers Worte weiter anstieg. „Aber gern! Wissen Sie, was daraus folgt? Das Volk erhebt sich und wird versuchen, den Bundestag und das Kanzleramt zu erstürmen. Vor wenigen Tagen haben zwei Agenten der zweiten Garde einen Reporter umgebracht, der die Vorbereitungen für genau diesen Fall herausbekommen hatte und darüber einen Artikel veröffentlichen wollte. Ein Sturm auf das militärisch befestigte Parlament endet in einem Massaker, und daraus resultiert ein wirklicher Volksaufstand, der zunächst hunderttausende von Opfern kostet, dann die gesamte Wirtschaft zusammenbrechen lässt, die parlamentarische Demokratie hinwegfegt und den

Weg frei macht für die Herrschaft des Inneren Kreises. Genauer gesagt, habe ich gerade die Phase sechs im Plan des World Council beschrieben. Also tun Sie, was Sie nicht lassen können." Lessinger trank sein Glas aus und stellte es auf den Tisch, bevor er sich erhob und zur Tür ging, wo er aber noch einmal stehen blieb.

„Ich habe schon geahnt, dass Sie meinen Vorschlag ablehnen würden. Bei der Bekämpfung des Inneren Kreises waren Sie sehr effektiv, wobei Sie jedoch nur die ausführenden Personen ausgeschaltet haben, ohne den großen Plan gefährden zu können. Sie haben also bei meinem Ziel zum Ergreifen der Macht funktioniert wie ein gut geöltes Zahnrädchen in einem Getriebe. Mehr sind Sie nicht und werden Sie niemals sein.

Wenn ich ehrlich bin, hat es mir Spaß gemacht, Sie leiden zu sehen. Und wissen Sie was? An Ihrer Stelle sähe ich im Leben keinen Sinn mehr. Vielleicht werfen Sie sich vor einen Zug oder hängen sich auf. Letzteres soll ja wenigstens zu einer sexuellen Stimulation führen, bevor es zu Ende geht."

„Raus hier!", ächzte der Kommissar. „Gehen Sie mir aus den Augen, sonst vergesse ich mich wirklich." Er griff nach dem Glas Lessingers und erhob es zum Wurf, doch der Staatssekretär war bereits durch die Tür.

Breuer sah aus dem Wohnzimmerfenster nach unten auf die Straße und sah, wie ein Mann in dunkler Livree seinem triumphierenden Gegner die hintere Tür eines schwarzen Mercedes öffnete.

Beim Einsteigen schaute Lessinger noch einmal zu Breuers Wohnung hinauf, und die Blicke beider Männer trafen sich. Lessinger grinste und führte seinen Zeigefinger quer über seinen Hals. Breuer verstand nur zu gut. Er seufzte tief, bedachte den davonfahrenden Wagen mit einem saftigen Fluch und besah sich das Wasserglas in seiner Hand anschließend genauer.

Es schien völlig harmlos, denn mit Ausnahme der normalen Wassertropfen waren keine Spuren darin zu sehen. Der Polizist nahm das Glas und die Mineralwasserflasche und packte beides in eine Plastikkiste. Danach entnahm er der Schublade seines Schreibtischs ein 200 ml-Fläschchen, welches jetzt noch etwa zur Hälfte mit weißen Kristallen gefüllt war. Das Fläschchen legte er ebenfalls in die Box, die er mit einem Deckel luftdicht verschloss. Anschließend verließ er seine Wohnung und fuhr zu einem Ort, den er eigentlich nie mehr hatte betreten wollen.

Seit der Feuerbestattung seiner Frau und seines Sohnes verfügte Breuer über einen Schlüssel für das Krematorium des Friedhofs am Baumschulenweg, der wohl aus Versehen niemals zurückgefordert worden war, und diesen benutzte er jetzt. Zu seiner großen Genugtuung stand vor den Öfen tatsächlich ein Sarg, welcher am nächsten Morgen nebst Inhalt verbrannt werden sollte. Breuer ignorierte den Geruch der Verwesung, stellte die Plastikbox hinein und verschloss ihn wieder, bevor er den Friedhof verließ und nach Hause zurückkehrte.

Das Fläschchen hatte er von Tanja Strasser erhalten. ‚Vielleicht kannst du es einmal brauchen', hatte sie gesagt. ‚Falls sie mich erwischen, hast du ja eventuell die Chance, denjenigen dran zu kriegen, der mich auf dem Gewissen hat'. Nun, zumindest mittelbar war Alpha für ihren Tod verantwortlich gewesen, und die anderen hatten schon das verdiente Ende gefunden.

Breuer hatte keine Ahnung, ob das kristalline Zeug, welches Tanja als ‚Rizin' bezeichnet hatte überhaupt noch giftig war und die Dosis reichte, um Lessinger zu töten. Er wusste genauso wenig, ob er sich beim Einfüllen des Giftes in das Mineralwasser möglicherweise selbst vergiftet hatte, und ob das Feuer des Verbrennungsofens das Gift neutralisieren würde, was er zumindest hoffte. Spätestens in 24 Stunden würde er über all dies Gewissheit haben. Ihm war es aber gleich, genauso wie die Frage, ob es ihm dabei um Rache oder um Gerechtigkeit gegangen war, denn er hatte es einfach versuchen müssen, sozusagen als letzten Liebesdienst. Nur eines wusste er genau, nämlich dass ihm jetzt nichts, aber auch gar nichts mehr blieb.

Müde öffnete er den Kühlschrank, und wie an jedem Abend schien ihn die Wodkaflasche anzulächeln.

Nur diesmal lächelte Breuer zurück, als er den Arm ausstreckte.

Nachwort des Autors

Dieses Buch schrieb ich in den Jahren der Covid-19 Pandemie, also 2020 bis 2022, in denen die intransparenten Entscheidungen der Mandatsträger ein bisher nie dagewesenes Level erreichten – aus welchem Grund auch immer. Bei manchem, was Deutschlands Spitzenpolitiker anzettelten (und hierbei denke ich vor allem an persönliche Bereicherung und willkürliche Verteilung von Aufträgen der öffentlichen Hand an bestimmte Unternehmen, bei denen Angehörige oder sogar sie selbst maßgebliche Positionen innehatten) brauchte man sich nicht zu wundern, dass ihr Ansehen in der Bevölkerung schneller abstürzte als der Börsenkurs von Wirecard.

Warum wurden Grundrechte ohne Zögern mit einem Federstrich außer Kraft gesetzt? Artikel 8 die Versammlungsfreiheit, existierte quasi nicht mehr, obwohl Absatz 2 dieses Grundrechtes lediglich die Einschränkung von Versammlungen unter freiem Himmel durch ein Gesetz erlaubt. Darauf, dass eine Versammlung in einem geschlossenen Raum damit nicht eingeschränkt werden darf, achtete nach meiner Meinung niemand geachtet. Dies ist nur ein Beispiel für die politisch angeordneten Maßnahmen. Nur zur Erinnerung: jeder behördliche Grundrechtseingriff muss rechtmäßig, erforderlich und geeignet sein. Bei Betrachtung der verhängten Maßnahmen habe ich kaum eine entdeckt, bei denen dies alles zutraf. Kein Wunder, dass etliche Verordnungen von den unabhängigen Gerichten kassiert wurden.

Einmal auf dieser Spur begann ich mich zu fragen, ob nicht vielleicht etwas anderes als die reine Seuchenbekämpfung dahinterstecken könnte, also der Kampf gegen eine Seuche, die bis Anfang 2022 lediglich 4,5 Prozent der Deutschen befallen und 0,08 Prozent der Bevölkerung getötet hatte. Soweit die offiziellen Zahlen. Komisch war insbesondere, dass plötzlich Meldungen auftauchen, wonach die von Vater Staat für 59€ angekauften PCR-Tests nach Angaben der Hersteller tatsächlich nur 6 – 10 € kosteten, und somit Milliarden aus dem Staatsvermögen verpulvert worden waren…

Merkwürdig auch, dass im Herbst 2022 die Anzahl der Erkrankten so hoch war wie nie zuvor, es aber niemanden mehr interessierte, weil ja angeblich jeder vielfach geimpft war und andere Probleme im Vordergrund standen. Vor allem war nicht mehr von einer Überlastung des Gesundheitssystems die Rede. Stattdessen sprach der Gesundheitsminister, der die Pandemie vorher als die Geißel des 21. Jahrhunderts hingestellt hatte, plötzlich von Klinikschließungen aufgrund mangelnder Wirtschaftlichkeit, und entschuldigte sich für Fehler, die gemacht worden seien. Ein Schelm, der Arges dabei denkt ...

Churchill wird das Bonmot „ich glaube nur der Statistik, die ich selbst gefälscht habe" zugesprochen. Mein Kriminologiedozent prägte die Redensart „Sage mir, wer eine Statistik in Auftrag gegeben hat, und ich nenne dir ihre Aussage, bevor ich die erste Zahl gesehen habe" um zu verdeutlichen, dass jede Statistik interpretiert und unterschiedlich ausgelegt werden kann. So könnte man auch sagen, dass 99,92% der Deutschen NICHT an Covid-19 gestorben sind. Und selbst die Zahl der Toten ist umstritten, da zum Teil auch Menschen als COVID-Tote gezählt werden, die infiziert waren, genasen und kurz darauf aus anderen Gründen verstarben. Einen solchen Fall hatte ich in meinem Freundeskreis.

Um das einmal klarzustellen: ich bin kein „Covidiot", kein „Coronaleugner" oder „Querdenker", und Virologe bin ich erst recht nicht. Ich weiß, dass dieses Virus existiert und Menschen tötet, und 2022 erwischte mich selbst auch die Omega-Variante. Aber ich bin auch ein Polizeibeamter (wenn auch inzwischen im Ruhestand), dem im Rahmen seiner Ausbildung beigebracht wurde, mal hinter das scheinbar Offensichtliche zu schauen und es zu hinterfragen. Und ich hatte immer ein Faible für Hypothesen, sehr zum Ärger meiner Vorgesetzten - besonders, wenn sich meine Extrapolationen wider Erwarten als richtig erwiesen.

Was wäre, wenn es tatsächlich eine Verschwörung auf höchster Ebene geben würde, deren Beteiligte unter Ausnutzung der Pandemie und anderer weltpolitischer Ereignisse das parlamentarisch-demokratische System abschaffen und durch eine Herrschaft des neuen (Geld)Adels ersetzen wollen? Wäre dies nicht eine plausiblere Erklärung für die Geschehnisse und Entscheidungen als die mit ihrer Intelligenz und Bildung nicht zu vereinbarende unfassbare Inkompetenz der Entscheidungsträger? Von wo aus hätte man denn die beste Möglichkeit, einen solchen Plan umzusetzen? Von ganz oben, das dürfte unbestritten sein.

Und das Schlimmste ist: kein kritisch denkender Mensch dürfte das von mir Geschilderte heute für völlig unmöglich oder undenkbar halten. Zu Zeiten eines Willy Brandt oder eines Helmut Schmidt, sicher; aber Politiker dieses Kalibers haben wir nicht mehr. Heute hat sich die französische Variante durchgesetzt. Entweder haben unsere Parlamentarier, die es mühelos geschafft haben, sich selbst zu diskreditieren entweder die merkantilistische Einstellung Colberts („bereichert euch") übernommen oder sie halten es wie Talleyrand („Ich bin unbestechlich – bis zu einer Million").

Aber falls Sie trotzdem noch an das Gute in den Politikern glauben und sie immer noch für wirkliche Volksvertreter halten, betrachten Sie meinen Roman einfach als die Schilderung einer Parallelwelt oder eine Fantasie Marke Robert Ludlum. Das könnte Sie davor bewahren, den Glauben an unser Staatssystem zu verlieren.

Wie auch immer: bleiben Sie gesund und kritisch!

Bisher von Georg von Andechs im Buchhandel erhältlich:

Ruhrgebietskrimis

Recht und Rache,
Emons-Verlag, ISBN: 978-3-95451-489-2
Mitten im Revier,
Emons-Verlag, ISBN: 978-3-95451-899-9
Revier in Angst,
BoD-Verlag, ISBN: 978-3-74127-363-6
April. Mai. Tot.,
BoD-Verlag, ISBN: 978-3-74608-933-1
Preis der Gier,
Ziemer-Verlag, ISBN: 978-3-98203-512-3
Hafen der Verzweiflung,
Ziemer-Verlag, ISBN: 978-3-98203-514-7

Fantasy-Roman

Mit Peter Jurie als Georg Peter:

Wes Geistes Kinde,
Ziemer-Verlag, ISBN: 978-3-98203-510-9